译文纪实

昭和解体
国鉄分割・民営化 30 年目の真実

牧久

［日］牧久 著　　　　　　　　　高华彬 译

昭和解体

日本国铁分拆和民营化的真相

上海译文出版社

目　录

序章 日本铁路最漫长的一天

昭和六十二年（1987年）4月1日凌晨零时，"日本国有铁路"（简称"国铁"）宣布结束所有业务，其长达115年的漫长历史终于落下了帷幕。

明治五年（1872年）9月12日（日本旧历，新历为10月14日），新桥—横滨区间的日本官营铁路举行开通运营典礼，明治天皇亲临现场。明治三十九年（1906年）3月，官营铁路收购全国17家民营铁路公司后变身为国有铁路，并成为线路遍布全国各地、名副其实的"国民的代步工具——国铁"。

尽管战后[①]昭和二十四年（1949年）6月，在GHQ（盟军总司令部）的指令下，国铁变成了拥有自主经营权的"公共企业体"[②]，但实际上，它采用的依然是通过投入国家预算即国民税金来运营这种政府管理模式。自明治三十九年（1906年）《铁路国有法》颁布以来，它一直作为国家的基础实业支撑着日本经济的发展。

这天，国铁被实施"分拆和民营化"，其所有业务被移交给新

---

① 本书中"战后"均指"第二次世界大战之后"。（本书脚注除特别说明皆为译注）

② 由国家或地方政府出资兴办的、有法人资格的企业，经营公共性强的事业。按旧《公共企业体等劳动关系法》，是指日本国有铁路、日本专卖公社、日本电信电话公社三家"公社"。

成立的 12 家法人，其中包括 6 家客运公司（本州 3 家：东日本旅客铁路公司即 JR^① 东日本、西日本、东海，再加上九州、四国、北海道 3 家）及日本铁路货运公司等。根据新实施的《日本国有铁路改革法》，之前被作为日本铁路运营基本原则的《日本国有铁路法》（即《国铁法》，昭和二十三年即 1948 年 12 月为翌年实施公共企业体转型而制定的法律）也于这一刻被正式废除。

《国铁法》第一条明确规定："国家经营根据'国有铁路事业特别会计'经营的铁路事业及其他一切事业，通过高效经营，使其得到发展，以增进公共福利为目的，为此设立日本国有铁路。"不过，就是这个"以增进公共福利为目的"的条文，使国铁长期持续地遭到政治因素的摆布和捉弄。而且在战后，它还造成了忽视企业收益性原则的"吃大锅饭"意识的滋生和蔓延，变成了束缚企业经营的"枷锁"。

3 月 31 日是"国铁的最后一天"。在国铁沿线各主要车站挤满了乘客，每个人手里都攥着可不限次数乘坐自由席的"优惠乘车券"。

尤其在东京站，为了乘坐东海道·山阳新干线的首班列车——早晨 6 时出发前往博多的"光 21 号"，在早晨 4 点多钟车站卷帘门开启时，包括通宵排队者在内已有约 4000 人在排队等候。待检票口一打开，众人便一齐向站台奔去，男女老少挤作一团，站务员的吆喝和制止根本无济于事。自由席严重超员，上座率达到 300%，"拜托别挤啦！"——女乘客的尖叫声此起彼伏。同样，在上野站，早晨 6 时发车的前往盛冈的东北新干线"山彦 31 号"、6 时 20 分

---

① Japan Railways 的缩写，日本铁路。由旧日本国有铁路分拆形成的 6 家民营旅客铁路公司及货物铁路公司的总称。

发车的前往新潟的上越新干线"朱鹭401号"等，车站内也长时间混乱不堪。

到了下午，从"原有线"①的站台上将先后发出数趟"驶向新公司纪念列车——启程 JR 号"。从东京站将发出 4 趟，分别前往博多、高松、大阪和名古屋。从上野站发出 2 趟，分别前往札幌和仙台。为了能赶上次日各新公司的发车仪式，这些列车的运行时刻表都经过了精心编排。"祝贺新生铁路开启新的征程！"——国铁总裁杉浦乔也的祝辞也已向各列车司机交待完毕。据称，"启程号"列车原计划每趟募集普通乘客 450 名，然而报名者竟多达 18 万人。所用列车也都是国铁引以为豪的榻榻米席列车或欧式列车。下午 4 点多，在东京站，当车窗饰有提花缎布的六节车厢编组榻榻米席列车"启程 JR 九州号"驶入站台时，站台上挤满了端着相机的铁路迷，狂热的欢呼声与咔嚓咔嚓的快门声响成一片。

到了日落时分，东京站的喧嚣和狂乱更趋激烈。为了用相机把当日的情景记录下来，1000 多名中学生铁路迷也涌入了现场。

晚上 8 时，在"启程 JR 四国号"发车之际，一名男生不小心跌落至轨道上，尽管没有酿成大祸，但在站台上拍照的中学生与正在准备特别列车实况转播的电视台工作人员之间却发生了推搡。为了维持学生们的秩序，丸之内警署应车站请求出动了 50 名警察。学生们与警察队伍不断发生冲突，并齐声高喊："滚回去！滚回去！"直到开往名古屋的"启程 JR 东海号"发车驶离后，这种混乱状态才终于结束。

国铁的最后一趟列车是"启程 JR 东日本号"。晚上 11 时 50 分，列车从上野站发车，10 分钟后当接近东京赤羽站时，列车广

---

① 指新干线建成之前的原有铁路线。

播宣告了 4 月 1 日凌晨零时的到来。瞬间，车厢里响起了彩带拉炮的声音。事先在每节车厢内设置好的彩球唰地裂开，啤酒香槟也一齐被打开。"祝贺 JR 东日本！""为实现盈利加油吧！"乘客们频频举杯相庆。凌晨零时，在东京站内的广播里，伴随着《吉日启程》的优美旋律，播音员深情地说道："今天，国铁重获新生变成了 JR。我们一定会努力把它建设成深受大家喜爱的铁路。"

凌晨零时前后，在铁路发祥地——东京汐留货运站（刚开通运营时名为"新桥站"）还举行了"蒸汽机车鸣笛仪式"。尽管已是深夜，但依然有无数大人带着小孩前来观看，现场气氛极为热烈。现场停着一辆从京都梅小路蒸汽机车馆运来的 C56 型蒸汽机车，最后一任国铁总裁杉浦乔也和运输大臣桥本龙太郎走进驾驶室并拽起汽笛开关，低沉呜咽的汽笛声霎时响彻夜空。这是国铁消逝之前的最后一个仪式。

凌晨零时 30 分之后，杉浦参加完鸣笛仪式回到已然变成"旧国铁总公司"的总裁室，在"交接书"上郑重地签上了自己的名字。交接书上写着："截至 3 月 31 日午夜 12 时，国铁所有线路均无事故报告。国铁现将所有的列车运行业务安全无误地移交给各公司，其铁路业务就此结束。"就这样，国铁历史上最为漫长的一天终于宣告结束。

＊　　　　　　　　　＊

不，"国铁的最后一天"并非都是这种光彩隆重的舞台。

3 月 31 日破晓时分，大批的铁路迷开始蜂拥来到东京站丸之内北口。而在与其邻接的国铁总公司（今天的"丸之内 OAZO"），上午 10 时起，在六层的大会议室举行了"解散仪式"，杉浦总裁发表了最后的致辞。参会人员约有 200 人，都是已被"录用"为新公司管理职员，明天一早将前往各地赴任的人。

"这两年半的每一天都是那样的动荡不安。能在有限的时间内完成这项堪称历史大业的改革，这完全得益于诸位员工的努力、国民大众的理解以及包括政府在内相关各方的支持。诸位勇于置身于动荡局面并开创了新的铁路，从明天起，希望各位带着这种骄傲和自信，在诸位自身所开拓的道路上，通过努力来证明分拆和民营化是一个正确的选择。"

从表面上看，国铁分拆和民营化的目的是为了处理超过 25 万亿日元的累积债务（此部分加上铁建公团 ① 的债务、养老金公积金不足部分等，合计 37 万亿日元），通过适当裁员来改善企业经营。然而其背后的意图，却是为了促使在战后 GHQ 民主化政策背景下诞生的工会，尤其其中最大的"国铁劳动工会" ②（简称"国劳"），以该工会为核心的全国性组织"日本劳动工会总评议会" ③（简称"总评"），以及以该总评为支持母体 ④ 的左派政党即社会党解体。因此，它堪称战后最大级别的政治和经济事件。

在东海道新干线开通运营的昭和三十九年（1964 年），国铁经营陷入单财年亏损。之后 20 余年，在劳资形成尖锐对立的同时，工会之间的钩心斗角，国铁当局内部的派系斗争，及来自政府、自民党内运输族 ⑤ 及受工会支持的社会党的压力等错综复杂地纠缠在一起，公共企业体"国铁"的扭亏为盈和经营合理化等改革方案一

① 1964 年 3 月，由日本政府与国铁共同出资成立的、专门负责铁路建设的特殊法人。2003 年 9 月 30 日解散。
② 即日本国有铁路劳动工会。"劳动工会"在日语中写作"劳动组合"。
③ 1950 年为与左翼派工会对抗，在 GHQ 的支持下成立的劳动工会全国性组织。之后，在工人运动中发挥了核心作用。
④ 对某一政党等持支持立场的团体。
⑤ 对运输领域有兴趣和见识，对相关政策的制定和实施有影响力的国会议员及议员团体。

次次被搁置和拖延。其结果使得国铁背负庞大的累积债务，最终被迫陷入"分拆和民营化"这种被"解体"的境地，7万余名员工失去工作岗位。

长期以来，无论国铁当局还是工会都安于"吃大锅饭"，认为反正有政府"擦屁股"而不思进取。为了打破这种局面使铁路重获新生，以人称"三人帮"的井手正敬、松田昌士、葛西敬之等公务员精英才俊为核心的改革派挺身而出，为实现"国铁解体"而义无反顾地奔走呼号。这股改革湍流，与当时执掌政权将国铁问题视为政策重头戏的中曾根康弘①内阁、由"财界总理"土光敏夫所率第二临调②的行政及财政改革这些宏大的地下水系汇合，成为令日本战后政治经济体制焕然一新的浩荡洪流。

《朝日新闻》31日晚报在整版报道《再见了，国铁》中，刊登了一张特写照片。照片中，唯一身着国铁制服站在最前排，一边聆听前述杉浦的致辞一边掏出手绢擦拭眼泪者，就是"三人帮"的首领井手正敬（国铁总公司总裁室室长）。

"在这场改革当中，很多国铁职员不幸流血或因相互争斗而受伤。这不是一场简单的改革。我曾经以为，自己或许不能像普通人那样终老于榻榻米之上。"

回想起当时的情况，井手依然感慨不已。也许在那一刻，他想起自己入职以来28年的国铁生活，各种往事涌上心头，终于忍不住潸然落泪。井手原已下定决心，等"分拆和民营化"事成之后便

---

① 1918—2019年，日本政治家，日本第71、72、73任首相（内阁总理大臣），被公认为日本最具"国际化"的政治领导人，绰号"风见鸡"和"红武士"。
② 第二次临时行政调查会的简称。1983年为推行行政改革而设立的首相咨询委员会，通过5次答询提出了建立日本式福利社会和综合安全保障的建议。

离开国铁。但是，改革派同伴纷纷表示强烈反对，说"那样做太不负责任了"，于是他才打消了这个念头。井手当时 51 岁，是改革派中最年长的一位。在同期入职的 30 名管理职员当中，继续留任新公司的只有井手和即将前往 JR 北海道赴任的清水英朗二人。

杉浦接着说道，不过这话好像是对他自己说的：

"对那些希望留在铁路上却没能被新公司录用的各位，从明天起我们还会继续做好相关安排，不会让任何一个人流落街头。"

翌日 4 月 1 日，"国铁清算事业团"将挂牌成立，杉浦将出任理事长。该组织是一个用来处理国铁负面遗产的"盘子"，它将通过出售固定资产来偿还长期债务，还将接收尚未决定去向的 7000 名员工，担负着用 3 年时间为他们寻找就业岗位的任务。杉浦自己也面临着巨大的难题。

下午 3 时半，杉浦摘下了悬挂在国铁总公司大门口的"日本国有铁路"牌子。从"国铁"变成"JR"——从这天早晨起，全国部分车站及车辆便开始更换标识。大规模的统一更换，需在 31 日末班车结束后至次日清早首班车发车前这段时间内进行。因为时间有限，所以换标动作必须像走钢丝一样又快又准。不过，由于来不及将所有"国铁"标识更换成用有机玻璃制作的"JR"牌子，作为临时应急措施，有些车辆只能用印有"JR"字样的胶贴直接覆盖在"国铁"二字上面。

当"分拆和民营化"法案被国会通过后，国铁宣传部随即与电通 ① 一起对新公司的 CI（企业标识）进行了讨论和研究。电通的大腕广告撰稿人提议，所有公司统一使用"JR"（Japan Railways）这个名称来代替"国铁"。"国铁"时代的英文名称是"JNR"（Japanese National Railways）。新的名称等于是从英文名称里删掉了

---

① 电通株式会社。日本世界级规模的广告公司，成立于 1901 年。

"National"一词，而"民营化"正是与已延续115年的"国家"的诀别！

日本设计中心设计和制作了组合徽标"JR"，并规定各公司分别使用不同的颜色，比如东日本为绿色、西日本为蓝色、东海为橙色等。另外他们启用有"国民美少女"之称的后藤久美子 [1] 连续数日在电视上做广告，告诉公众"国铁即将变身JR"。此外，还制作了海报（11种10万张）和宣传单（8种150万张），对新生"JR"进行宣传。"国铁告别日"和"JR诞生日"的声势浩大的宣传活动，就是他们为摒弃以往的羁绊和瓜葛，与电通及博报堂 [2] 等合力上演的"一首华丽而辉煌的狂想曲"。其总体费用超过10亿日元。

虽说国铁被"分拆和民营化"即将过渡到新公司，但其前方也并非一路坦途，出席解散仪式的所有员工对此有切身感受。向新公司的过渡，是带着无数国铁员工的"血和泪"、在对未来巨大不安的"风暴"之中的重整出发，为此，在他们看来，铁路迷们的狂热甚至显得有些虚伪和做作。无论是推进国铁解体的"年轻改革派"，还是企图阻挠"分拆"、守住"全国一社" [3] 的"体制派"，抑或是国劳等工会相关者，其内心都掺杂和涌动着谋略、背叛、变节、明哲保身、憎恶及怨恨等各种人情杂念。

在前一年4月份，国铁员工总数为27.7万人。其中，作为新公司员工被录用的有20.06万人。截至3月31日，约有4万人响应"自愿离职或退休"的号召，去了自己所找到的新单位；有近3万人被中央政府机关及地方政府等公共部门录用，含泪离开了国

---

[1] 日本影视演员、歌手。1974年出生于东京，曾是日本的"国民偶像"。
[2] 创建于1895年的日本大型广告公司。
[3] 指在全国范围内的所有业务统一由一家公司来经营的做法。

铁；有近 7000 人因未能找到合适的工作单位，需要在新成立的清算事业团"待命"。

不仅如此，总公司各局局长及各地方管理局局长等几乎所有的高层干部都遭到了"逐放"。在 1600 名曾经炙手可热、被称为"学士"① 的精英公务员（由总公司录用的精英职员）当中，被新公司录用的约有 1100 人。他们被分配至各地的新公司，四散而去。与战前铁道省 ② 一脉相承的"国铁官僚"，其荣光已消失不再。

曾经坚持激烈的"反合理化斗争"、号称日本劳工运动领头羊的劳动工会也不例外。

将"反对分拆和民营化"坚持到了最后一刻的国劳，还没等到这一天的到来就已然分崩离析。眼看众多会员纷纷离去，31 日下午 2 点多，在国劳坚守孤垒的新任委员长六本木敏于东京大学安田讲堂前召开的全国学生集会上发出悲痛的呐喊：

"尽管他们企图摧毁国劳，对我们发动了集中攻势，但依然有 6.2 万名战斗工人选择了留下。"

白天，大约 500 名会员在东京站八重洲南口国劳会馆前召开集会。从 4 月 1 日凌晨零时起，他们手持灯笼及手电筒，一边高喊口号一边绕行东京站一周。他们呼吁道："为了确保国民的代步工具，使公共机构重获新生，让我们立刻行动起来吧！"当年国劳会馆的旧址上，现已建起高达 41 层的豪华大厦"Gran Tokyo 南塔"，昔日的踪影已消失殆尽。在集会临近结束时，六本木委员长号召大家说："让我们咬紧牙关战斗到底吧！"然而，其声音已如"败犬远吠"般软弱无力。

---

① 指正规的四年制大学毕业生。
② 1920 年设置的负责铁路行政管理的中央机构（相当于中国的部委），同时经营国有铁路。后改为运输通信省，1945 年改为运输省。

国劳在鼎盛时期曾坐拥50万会员，作为总评的核心力量扮演了战后劳工运动领头羊的角色，它最早成立于二战结束后不久的昭和二十二年（1947年）6月。两年后即昭和二十四年（1949年）6月，日本国有铁路变成"公共企业体"，并依据《定员法》①开始实施9.5万人的大裁员。首任国铁总裁下山定则在上班途中突然失联，到7月6日早晨才被发现死于汽车碾轧。自那之后长达38年的、公共企业体国铁劳资的漫长斗争历史，终于在这一天落下帷幕。

在这以后，国劳的瓦解使得总评也丧失了力量，进而由总评支撑的社会党的势力也迅速走向衰弱。

总理大臣中曾根康弘高举"战后政治总决算"的政策大旗，反复强调实现国铁分拆和民营化是决定胜负成败的关键，甚至将其比作"日俄战争中的二〇三高地"。31日上午，他在国会针对记者提问作了简短回答："国铁的漫长历史就要谢幕了，新的一页即将开启。希望相关各位不忘前人劳苦，在新公司坚持把安全放在第一位，不要辜负国民的期待。"

"如果对国铁实施分拆和民营化，在'一企业一工会'的原则下，全国一体化的各家工会也会被切割成小块，长期以来一直支持总评及社会党、奉行斗争至上主义的国劳就会陷入解体绝境。"

中曾根曾在铃木善幸内阁出任行政管理厅长官，发起成立了第二次临时行政调查会（简称"第二临调"）并推举经团联②名誉会

---

① 1949年，为对战后迅速膨胀的行政机构进行精简及对职员进行缩减而制定的《行政机关职员定员法》。
② 全称为"日本经济团体联合会"。1946年设立的各种经济团体的联络机构，其宗旨是就有关重要的政治、经济问题等，对工商业界的意见进行汇总，并向政府及国会提出建议。

长土光敏夫担任会长。从那时起，他就在心里如此谋划。

昭和六十一年（1986 年）11 月 28 日，以"国铁分拆和民营化"为核心内容的《国铁改革八项法案》获得国会通过。当天，中曾根在《官邸日志》中如此写道：

"二〇三高地终于被攻下。这是第二临调（昭和五十六年即1981 年）成立 6 年以来，锐意改革者用汗水、泪水及忍耐换来的成果。（法案）通过过程井然有序，这在一年前是无法想象的。当时我们对总罢工、国会强行表决、暴力甚至流血牺牲已有心理准备。这是国民舆论的胜利，是民主主义的一大进步。眼见国劳走向崩溃，社党 ① 每日无可奈何茫然若失。向（第二）临调成立以来的委员及参事发送感谢电报。"

的确，由他提出和发起的"战后政治总决算"即将变成现实。

在新公司成立当日，4 月 1 日清晨 6 时，已由国铁总裁室室长变为西日本旅客铁路董事代表兼副总经理的井手正敬，坐上了即将从东京站新干线站台驶出的首发列车"光 21 号"。他这是要去新的工作地点大阪赴任。与昨日不同，此时此刻其表情看起来颇为轻松自得。

在同一趟列车上，也坐着将要在名古屋站下车的葛西敬之。葛西将出任东海旅客铁路的董事。在改革"三人帮"当中，葛西最为年轻，当时 46 岁。同一时刻，"三人帮"中的另一位主角松田昌士，正出席在上野站举行的东北新干线首班车"山彦 31 号"的出发仪式。剪彩、开彩球……仪式正在有条不紊地进行。此时，松田已就任东日本旅客铁路的常务董事。

"只有分拆和民营化"才能挽救已濒临倒闭的国铁——这三个

---

① 社会党的简称。

人因为这个共同信念而走到一起。这天早晨，三人分别作为大阪、名古屋及东京三地新公司的董事会成员，而且为竞争对手，开启了新的征程。

＊　　　　　　　　＊

本书试着对国铁朝着崩溃和消亡狂飙突进的 20 余年历史进行了重新考证。众所周知，在"明治维新"时期，美国海军东印度舰队司令马休·佩里率领 4 艘军舰来到浦贺，倍感危机的萨长① 下级武士挺身而出，裹挟着形形色色的历史人物，将德川幕藩体制② 逼入了崩溃绝境。也许，在昭和变成平成之前的 20 多年岁月，是与之类似的昭和时代的"国铁维新"。至少，"分拆和民营化"是延续了 100 多年的日本国有铁路的"解体"，是在堪称"迷你国家"的国铁所发生的一场重大革命。另外，它也意味着始于战败及被占领的"战后"这个时间和空间即"昭和"的解体。

---

① 日本旧时的萨摩藩和长州藩。在幕府末期，萨摩藩和长州藩曾经缔结同盟，共同开展讨幕运动。
② 幕藩体制是日本的封建政治体制，是由江户幕府和受其统治而又拥有独立领地的各藩组成的统治机构。

国铁的劳动工会组织变迁图

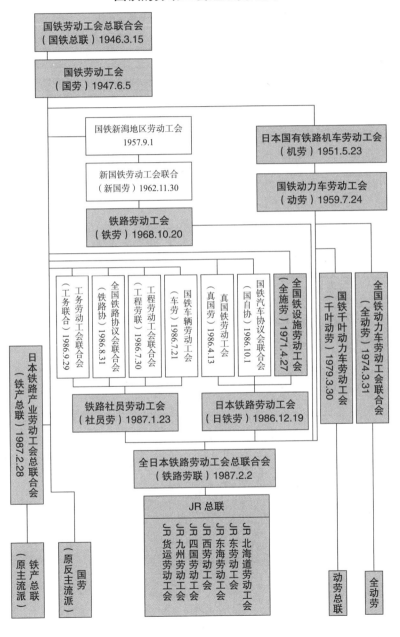

第一章　田中角荣与细井宗一

"守法斗争"

事情需要回溯至昭和四十三年（1968 年）5 月。

那时，我（笔者）是《日本经济新闻》（简称《日经新闻》）① 社会部的一名记者，刚刚由已常驻两年的都厅 ② 记者俱乐部调到国铁记者俱乐部（Tokiwa 俱乐部）。

在我负责都厅报道时期，昭和四十二年（1967 年）4 月 15 日，东京都举行知事 ③ 选举，结果由社会党和日本共产党推荐参选的美浓部亮吉 ④ 当选。在首都东京诞生了首位革新系 ⑤ 知事，这被舆论称为"东京燃烧"，并且迅速成为全国性的话题。随后，我与这个美浓部革新都政打了一年的交道。

在参选知事之前，作为"坊间经济专家"，美浓部经常在电视上露面，并对经济高度增长的弊病提出批评。因其潇洒俊朗的脸庞总是洋溢着被称为"美浓部式微笑"的柔和笑容，美浓部深受家庭主妇们的追捧，并由此击败了由自民党和民社党支持的立教大学 ⑥ 校长松下正寿。在离开都厅俱乐部时，我回顾"过去一年的美浓部

---

① 也可简称为《日经》。该报是以经济消息报道为主的日本全国性日报。
② 东京都政府，办理东京都行政事务的政府机关。
③ 相当于中国的直辖市市长或省长。
④ 1904—1984 年，经济学家、政治家。1967—1979 年任东京都知事，作为首位革新系知事主要推动了福利政策及公害对策的出台和实施。后当选参议院议员。
⑤ 由日本共产党或社会民主党（旧日本社会党）等革新派势力（相对于自由民主党等保守势力而言）担任首领的地方政府被称为"革新自治体"。"革新自治体（都道府县）"的知事即被称为革新系知事。
⑥ 日本知名私立大学之一，由美国圣公会传教士威廉姆斯主教于 1874 年创立。

都政",在"采访笔记"专栏(5月22日早报)中如此写道:

"诚然,这一年来公众对东京都政务举措的关注度显著提高,从三多摩①到伊豆七岛②,美浓部知事所到之处都有近乎狂热的都民围观捧场。对于现场反映上来的投诉和要求,知事常常当场训斥主管局长:'我作为都民代表也觉得这个问题应该尽快解决。局长大人,你打算如何处理呢?'这样,都民无疑会为其鼓掌喝彩:'真不愧是美浓部知事啊!'然而,其下属职员却反驳说'他这是不考虑行政的实际情况,仅仅根据原则论来处理问题而已',而且评价认为'这一年来,知事自始至终都在制造声势,从行政角度来讲则乏善可陈'。"

22日早晨,即这篇文章见报当日,当我去俱乐部上班时,东京都的宣传部长已坐在我座位上等待良久。他说:"知事找你呢。"于是,我便由宣传部长带着前往知事办公室。

"小牧啊,你在报上说我的坏话,《日经》的销量会下降哦。"

令他不满的报道大概不止这一篇。尽管美浓部式微笑还挂在嘴角,但他的眼里已没有笑意。知事如此教训一名年轻记者,足见在那个时代革新都政深得东京都民的狂热支持。

继东京之后,包括大阪府知事黑田了一、神奈川县知事长洲一二在内,受社会党及日本共产党支持的革新派地方首领相继亮相,这极大地动摇了自民党在地方的主导权。具有讽刺意味的是,美浓部都知事一方面利用其所仇视的高度经济增长带来的丰裕财政,大搞"四处撒钱"的福利政策,另一方面,对于桥梁道路等基

---

① 东京都西部的西多摩、旧北多摩、旧南多摩3个郡的总称。战后,除山区以外几乎都实现了城镇化。

② 伊豆诸岛中的大岛、利岛、新岛、神津岛、三宅岛、御藏岛和八丈岛,一共7个,隶属于东京都。

础设施建设，"只要有一个人反对"就毫不犹豫地下令叫停。

对经济高增长下的保守政治及大企业等权力集团举起反旗者，不只是美浓部都政。在各地的大学校园里，学生运动也如火如荼。在东京大学，学生们占领和封锁安田讲堂的事件也发生在昭和四十三年（1968年）。大学当局被拽出来与学生进行"大众集体交涉"，学生们一齐围攻教授，高喊"大学解体"。越南战争因美国的介入而陷入泥潭，随着其战斗日趋激烈，年轻人反对战争扩大化的反战游行在各地蔓延。在10月21日的"国际反战日"①，日本爆发了"新宿站骚乱"事件。当天夜里，约4500名学生聚集新宿，并与近2万名群众会合。之后，其中一部分人闯入铁道线路，他们捣毁电车、车站建筑物及信号机等设施，并实施纵火行为。警视厅以"骚乱罪"为名逮捕了745人。学生们与警察机动队的冲突持续了数日，整个日本处于骚乱不安的氛围之中。当时便是这样一个时代。

*　　　　　　　　　*

而我的下一个常驻地点——国铁也正迎来一个大的拐点。

当时的国铁总裁是三井物产出身的石田礼助，其前任是"新干线之父"十河信二。副总裁是在国铁土生土长的铁路官僚矶崎叡。此时，"日本铁路建设公团"（简称"铁建公团"）正在对国铁因资金不足而未能开工建设的地方线路逐个进行预算编制。铁建公团是专门负责铁路建设的组织，在政治家田中角荣的主导下于4年前成立。此时的国铁，已完全丧失了决定新线路的当事者能力。

---

① 1966年10月21日总评组织反对越战的大罢工，此后10月21日在日本便被称为"国际反战日。"

田中后来虽然登上了首相宝座，却被指责玩弄金权政治，并因"洛克希德贿赂案"① 被判刑。不过，如同他亲自撰写的畅销书《日本列岛改造论》所述，他主张在全国铺设新干线网络，堪称国铁的"超级应援团"。虽然田中为国铁构筑了巨大的利权关系网，但是由铁建公团相继建成的那些新线路，连同其建设债务一并被转让给国铁后，国铁财政状况逐年恶化。国铁的最后一次盈利决算是昭和三十八年度（1963 财年），此时尚余 1595 亿日元的结转利润，然而，到昭和四十二年度（1967 财年）国铁即陷入坐吃山空的状态，沦落为"财政状况最为糟糕的公共企业体"。

在这种情况下，昭和四十二年（1967 年）3 月，国铁提出了一个"5 万人合理化计划"。其主要内容是实施"EL（电气机车）、DL（柴油机内燃机车）单人乘务"制度②，即准备对牵引客货车组的动力车的乘务员（即火车司机）进行合理化裁员。围绕此方案，国铁当局与"国铁劳动工会"（即国劳）及主要由机车乘务员组成的"国铁动力车劳动工会"（即动劳）展开了正面对决。在我出任国铁常驻记者时，劳资双方激战正酣。在之后长达一年半的时间里，我目睹了这场号称国铁史上历时最长、规模最大的劳资之间的"殊死搏斗"。

当时，工会所采用的战术被称为"守法斗争"，今天，这个词已被淘汰，不再使用。

---

① 美国洛克希德公司在兜售飞机时，日本政界的一部分人接受了其巨额贿赂。此事于 1976 年在美国参议院外交委员会上被揭露出来，时任首相田中角荣以及参与此事的政治家、航空公司及商社的有关人员均被逮捕。一审、二审均被判有罪。

② 1960 年代后期，国劳及动劳反对国铁实施电力机车及内燃机车废除副司机、仅保留司机一人单独驾驶措施的斗争。在日语里，"乘务"指在交通工具上从事驾驶作业等工作。

国劳和动劳所开展的斗争，使得包括国电（指国铁在东京及大阪等大城市周边运行的电车线路，例如山手线、中央线等）在内各条线路的列车连续数日相继出现大幅晚点及停运。每天清晨，我赶到记者俱乐部上班，然后采访写稿，最后再把稿件发给晚报。那些稿件写的都是因运行时刻表混乱而造成乘客恐慌之类的事情。乘客的愤怒不断爆发，暴乱事件频频发生。

让我们把时钟拨回日本刚刚战败的时候。

昭和二十年（1945 年）10 月 11 日，驻日盟军总司令部的总司令麦克阿瑟命令币原喜重郎首相实施有关民主化的五大改革，其中之一就是鼓励成立劳动工会。根据这项政策，在"官公厅"① 及私营公司相继成立了劳动工会。在通货膨胀愈演愈烈的情况下，各工会在日本共产党的领导下，纷纷提出加薪等要求，在国铁、煤矿、电气产业、报纸等行业掀起了激烈的劳动争议。工会运动对产业经济及国民生活带来了重大影响，成为"战后日本"的一股重大势力。

继前一年 12 月 17 日召开由 50 万人参加的"确保生活权暨打倒吉田内阁国民大会"之后，昭和二十二年（1947 年）1 月，"全官公厅劳动工会联合斗争委员会"（简称"全官公厅共斗"）在皇居前广场召集了 4 万人大会，号召打倒内阁及成立人民政府，宣称"将在 2 月 1 日实施总罢工"，并成立了"全国劳动工会联合斗争委员会"（简称"全斗"）。"总罢工"是指由全国所有产业工人一齐实施的全体大罢工。伊井弥四郎当选主席，他是刚刚成立的国铁劳动工会总联合会（国劳的前身）的中央执行委员。伊井是大正十五年（1926 年）入职的一名"老国铁"，曾担任新桥站及东京站的站长助理，也是国劳的创始人之一。

---

① 指中央及地方政府机关。

当时，自由主义阵营与共产主义阵营互为对立的东西方冷战已经开始，美国打算将占领下的日本作为在亚洲遏制共产主义的防波堤，为此正在考虑实施民主化政策转型。麦克阿瑟总司令把全斗主席伊井叫到跟前，对他说："眼下的日本国力还很衰弱，总罢工有悖于公共福利，因此不允许举行。"下令停止总罢工。伊井被 GHQ 强行带走。他对着 NHK 广播 ① 的麦克风，声泪俱下地发表总罢工中止声明："很遗憾，根据总司令部的命令，我们不得不这么做。但是，后退一步是为了前进两步。工人农民万岁！我们必须团结起来。"

《日本国宪法》公布于昭和二十一年（1946 年），并于昭和二十二年（1947 年）5 月 3 日开始施行，它承认公务员与民间企业同样拥有"劳动三权"，即团结权 ②、集体谈判权 ③ 和争议权 ④（罢工权）。由此，国铁等单位的劳动工会运动如火如荼地开展起来。担心日本出现"共产化"的麦克阿瑟总司令遂致函芦田均内阁，指示必须禁止公务员的争议权。遵照该函件指示，政府于昭和二十三年（1948 年）7 月 31 日公布并施行了"政令第 201 号"。根据该政令，国铁及专卖 ⑤ 员工的争议权和集体谈判权被剥夺。

昭和二十四年（1949 年），公共企业体"日本国有铁路"成立，后来尽管在昭和二十七年（1952 年）通过《公共企业体等劳动关系法》（简称《公劳法》，该法将国铁、电电 ⑥ 及邮政等"五现

---

① 日本广播协会。日本以全国都能接收到广播和电视为目的，于 1925 年成立的特殊法人公共广播事业实体。
② 指劳动者为维护和改善劳动条件而组成工会、开展活动的权利。在日本，自卫队员、警察和消防队员等职员不享受此种权利。
③ 指劳方通过工会与资方就劳动条件进行交涉的权利。
④ 指劳动者为贯彻改善劳动条件等目的，团结起来进行罢工或其他争议行为的权利。
⑤ 日本专卖公社的简称，日本烟草产业股份公司的前身。
⑥ 即电电公社，"日本电信电话公社"的简称。

业"①—并作为规制对象）恢复了集体谈判权，但争议权仍然被否认。为弥补被剥夺的争议权，政府专门设立了一个对劳动问题进行调停的机构——"公共企业体等劳动委员会"②（简称"公劳委"）。由此，倘若工会实施罢工等争议行为，则将被视作违法行为并受到处罚。

是老老实实坚持合法斗争还是豁出去搞违法斗争？（即是否实施罢工）从这时起，国铁工会时常面临这个二选一的问题。进而，"国铁等公共企业体工会本应拥有的罢工权（争议权）应当得到保障""不，不应当被认可"——围绕这个争议焦点，国铁当局与工会之间形成了尖锐的对立。

如果开展违法罢工，就是违反《公劳法》，在罢工之后将有大批会员遭到解雇等处分。于是，为了解决长期性的纷争问题，工会研究出了一种名为"守法斗争"的战术，即通过严格遵守或过度解释相关业务法规而使业务效率降低的斗争措施。

顾名思义，"守法斗争"就是"慢慢吞吞、按部就班、不折不扣地执行规定的运行步骤"。例如，在列车经过弯道或车站等需要减速的区间时，将速度降到规定值以下从而造成列车晚点；或者以"在线路上发现障碍物"或"感觉有危险"为由实施临时停车等。这种行为积少成多后，便使得密集运行的国电等晚点延误越攒越多，列车运行时刻表陷入混乱不堪的状态。

若是因工人罢工造成电车停运，很多乘客就会干脆放弃去上

---

① 指邮政、造币、印刷、林野及酒精专卖五项实际作业机构。
② 主管"三公社五现业"（三公共企业五政府事业部门）的劳动争议并对不当劳动行为进行救济的机构。1987 年伴随国铁民营化等改组为国营企业劳动委员会（国劳委），1988 年合并为中央劳动委员会（中劳委）。

班或上学，然而，在守法斗争的情况下，虽然出现部分晚点或停运但电车仍然在运行，因此乘客还没法放弃去上班或上学。于是，大家不得不在车站排成长队，电车到站后，乘客只能被硬生生地塞入严重超员的车厢。动劳还想出了一个名为"安全检查斗争"的新战术，即只要新引进的"ATS（自动列车停止装置）"发出警报就必须停车，这使得运行混乱雪上加霜。这种战术属于"打擦边球"的做法，虽然它实质上是违法的消极怠工，但当局很难将其认定为争议行为。

围绕"5 万人合理化计划"的殊死斗争

昭和四十二年（1967 年）3 月，国铁当局向各工会提出了一项"5 万人合理化[①]计划"。该计划并非直接"解雇 5 万人"这种常规"裁员"，而是希望通过大幅的岗位调整及工种调换腾出 5 万人，以满足新增的用人需求。但是，5 万人比当时员工总数 47 万人（昭和四十一年度即 1966 财年末数据）的 10% 还要多，该合理化计划是昭和二十四年（1949 年）根据《定员法》解雇 9.5 万人（当时曾发生"下山事件"）以来最大规模的人员调整。该计划使国铁劳资的对立出现了新的局面。

在通过东海道新干线的开通运营向世界成功展示了新的铁路模式之后，国铁开始着手实施新的计划，即从昭和四十年度（1965财年）起用 7 年时间投入 3 万亿日元巨资以增强运输能力。由此，

①　合理化，指通过引进新技术以及有计划地调整劳动组织与管理体系，来提高劳动生产率的经营手法。

国铁对全国各条线路进行了电气化及复线化或双复线化改造，并配备了ATS设备等。他们打算在计划的中间时点即昭和四十三年（1968年）10月，在东北干线全线完成电气化工程，并借机在全国范围内实施大规模的运行图调整。该计划被称为"四—三—十（昭和四十三年10月之意）运行图调整"，国铁当时正全力以赴落实相关准备工作。

实现这个运行图调整需要增加列车班次等，这些业务量的增加需新增员工约3万人。干线运输方面，"原有线"的特快列车新增58趟，变为168趟，新干线的"光号"和"回声号"调整为合计170趟，原有线路和新干线共计将运行特快列车338趟，可以说，此次运行图调整掀起了空前的"特快热潮"。另外，根据公劳委的调停，实施劳动时间缩短的措施还需增加2万人。

对于这项计划的实施，政府方面已经制定了严格的限制框架，规定"不再新增人员"。从昭和三十九年度（1964财年）起，国铁就陷入单财年亏损，这么做也是理所应当的事情。为此，所需人员都必须通过合理化措施来产生。这就是所谓的"5万人合理化计划"。

这项合理化政策的重点，是打着"实现运输方式现代化"旗号的1.3万人裁员计划，其核心措施就是"废除机车副司机"。

当时，动力车的驾驶乘务工作，由司机和副司机两人共同承担。然而，"既然列车已经配备ATS，那么就不再需要负责安全确认的副司机"，出于这个理由，国铁当局提出要"对EL和DL的副司机约7500人实施分阶段的废除"。这7500人除非通过考试升格为机车司机，否则将被调配至其他工种及岗位。该计划一提出，国劳和动劳就立即发表声明表示强烈反对。

"尽管国铁当局声称不会直接解雇员工，但如果员工失去岗位或被调换到其他不习惯的岗位，也会丧失对未来的希望，丧失稳定的生活和劳动积极性，从而造成间接的解雇。这是昭和二十四年（1949

年）根据《定员法》解雇 10 万人之后的又一暴行。"（国劳的表态）

"削减动力车司机及车辆检修人员，这不仅是对动劳的挑战，也是对运输安全的挑战。我们将赌上组织命运战斗到底，直到将国铁当局的错误企图完全粉碎为止。"（动劳的表态）

可是，以实现"国铁劳工运动的民主化"为目标，6 年前从国劳独立出来的"新国劳"却表示积极赞成，认为"若不推进该合理化措施，国铁将无法生存下去"。新国劳最初是由各地区的劳动工会联手组成的联合体，在昭和四十三年（1968 年）10 月转变为单一组织，并更名为"铁路劳动工会"（简称"铁劳"），之后以扩大组织为目标积极开展了相关活动。

此时，工会会员的总数为 40.8 万人，其中国劳 27.6 万人，新国劳（铁劳）7.1 万人，动劳 6.1 万人。

对动劳来讲，废除 EL、DL 机车副司机 7500 人将导致会员大幅减少，甚至可能造成组织的瓦解。这的确是关系到"组织命运"的事情。但是，国劳的机车司机会员占比较低，他们一边高喊"反对合理化"，一边把它看作一种"有条件的斗争"：他们希望结合合理化谈判使工会提出的要求得到满足，如尽早实现之前虽一直在要求但尚未实现的劳动时间缩短、"一线集体交涉权"的确立、《就业稳定协议》的修订等。

机车司机的傲慢

日本铁路的历史始于明治五年（1872 年）行驶于新桥—横滨区间的蒸汽机车（SL），这点已无须赘述。蒸汽机车的原理是通过烧煤使水沸腾产生水蒸气，然后利用水蒸气的压力来驱动活塞，再通过活塞的循环运动来驱动动轮。机车副司机手持铁铲铲煤烧锅炉，司机操纵驾驶设备。在过去，驾驶列车是机车司机和副司机的共同作业。

当动力源变为电能或柴油，即从 SL 进入 EL、DL 时代后，不再需要烧锅炉，但双人乘务的习惯却被保留了下来。副司机从事辅助工作，比如执行信号机的确认作业等。在进入新干线时代后，国铁当局经过判断后认为，由于机车性能提升及 ATS 的配备，"单人乘务也不会有问题"。

动劳的前身"国铁机车劳动工会"（简称"机劳"）成立于昭和二十六年（1951 年）5 月。那些身为机车司机或副司机的会员，因为反对国劳的机车司机待遇措施，脱离国劳单独成立了自己的组织。机车驾驶要求司机必须有熟练的技能，而培养这种技能需要花费很长的时间。机车司机拥有强烈的自负心理和精英意识，认为与站务员及列车员等普通一线员工相比，自己的待遇自然应该高出一截；在员工心目中，机车司机甚至比地方车站站长更受人尊敬，这种时代持续了很长时期。虽说"废除机车副司机"并非解雇裁员，而是将其分配到其他工种，但这个提议仍然遭到了反对，其原因就在于动劳会员身上存在这种根深蒂固的傲慢心理。

动劳从正面提出的反对理由是"为了确保运行安全"。单人乘务很可能无法应对司机晕厥昏迷、犯困打盹、突发疾病等异常情况。他们发表了《国铁事故白皮书》等，宣称"两只眼比不上四只眼"，以此向外界强调"对单人乘务的顾虑"。对此，国铁当局通过列举各国统计数据等进行了反复说明：由于各种安全措施的发展和升级，即使是单人乘务也能够确保安全。另外，国铁当局还提出了配备 EB（Emergency Brake）装置（即列车紧急刹车装置）的计划。

＊　　　　　　＊

后来，国劳和动劳放弃守法斗争，冒着遭受处分的危险毅然掀起了罢工。

昭和四十三年（1968 年）3 月 31 日，当国劳和动劳在全国范围内掀起半日罢工时，国劳的三头领与国铁副总裁矶崎叡等人举行了高层会谈。国劳要求将单人乘务问题"留待以后继续磋商"，并解除了罢工。作为解除罢工的回报，国劳赢得了当局"对缩短劳动时间的承诺"及"现场协商制①的确立"。不过，动劳却始终对单人乘务持坚决反对的态度。

国劳此时赢得的"现场协商制"，将使国铁的劳资力量对比出现惊人的逆转，关于这点后文将有详述。可以说，就是这个"现场协商制"从国铁当局手中夺走了作为经营基础的"一线管理权"，国铁由此开始陷入狂乱迷途。

之后，国铁当局在劳务对策方面依旧失误不断。

为了瓦解国劳和动劳，昭和四十四年（1969 年）2 月，国铁当局毅然出手将东京铁路管理局（管理局相当于国铁在各地区的分公司）一分为三，即东京南局、北局和西局。其对外宣称的理由是，"东京铁路管理局所管辖的区域太大，无法做到精细管理"。然而，国铁当局的真正目的在于分裂国劳东京地区总部。当时，国劳东京地区总部坐拥 6 万会员，会员们紧密团结在富塚三夫委员长的周围。号称"富塚军团"的东京地区总部，在国铁总部眼皮底下的首都圈带头掀起反合理化斗争，多次实施罢工及守法斗争。

"当局的一名干部竟然公开表示要搞垮富塚，让国劳东京地区总部解体！"（富塚三夫语）

当局的想法是，如果将东京铁路管理局一分为三，各管理局的总务部劳动课就是劳资谈判的窗口；与此相对应，国劳和动劳也

---

① 此处的现场指工作现场，即生产一线。

不得不将其东京地区总部组织分成三块吧。然而，工会方面却并未"上当"，与三个局的谈判全部由东京地区总部一手承揽。

昭和四十一年（1966年），富塚才37岁就当上了东京地区总部的委员长，后来他作为国劳总部总书记，领导了将其他企业体也卷入其中的空前绝后的"夺取罢工权罢工"运动。"东京地区总部自称是国劳的'旗本八万骑'①，国铁当局打算将其拆散的企图昭然若揭。因此，我们从一开始就无视其要求，坚持采用由东京地区总部出面与他们进行谈判的体制。"富塚回忆说。

此事最终不了了之，只是当局徒增了管理局局长等管理职位而已。

与此同时，围绕"单人乘务"的劳资纷争也进一步激化。

昭和四十三年（1968年）9月，在实施"四—三—十运行图调整"计划前夕，为要求当局撤回单人乘务方案，国劳和动劳从9日起连续3天开展坚强有力的守法斗争。在12日，他们还实施了最长不超过12个小时的限时罢工。然而，谈判并无进展，斗争陷入泥沼状态。

在这场限时罢工结束后，各家报纸纷纷发表社评："如果实在无法达成妥协，就应该设立提供技术性判断的第三方委员会，与此同时委托公劳委进行调停"（11日《朝日新闻》）；"应从人体工程学、医学、心理学等角度就机车驾驶进行研究，劳资双方应设立由第三方专家组成的研究委员会，在其得出结论之前双方暂时休战（概要）"（12日《每日新闻》），等等。

这恐怕是因为国铁宣传部向各家报社主管国铁问题的评论员

---

① 原指德川将军家直属的、有8万之众的可动员兵力。此处指国劳东京地区总部所拥有的6万会员。

进行了秘密疏通,另外国铁总公司职员局(负责处理劳务问题的部门,与工会谈判的窗口)也与国劳及动劳在这个想法上达成一致,打算将问题推后解决。升田嘉夫当时身为职员局职员课总括助理,他在其作品《战后史中的国铁劳资》中证实,9月10日深夜,职员局局长真锅洋从外面回到总公司后说:"你们看看明后天的报纸社评吧。事情应该按照我们所设计的思路往前推进。"这说明当局与工会、媒体三者之间是存在幕后谈判的。从形式上看,国劳和动劳接受了这些社评,向当局提议:对于废除机车副司机所带来的安全性问题,"有必要从医学、心理学及工程学的角度进行讨论和研究"。当局也接受了工会方面的要求。

双方就以下两点达成一致:

·"关于暂且搁置的EL、DL单人乘务安全问题,委托另设委员会进行讨论和研究。"

·"尊重委员会所提交答询报告的内容,对劳动条件将通过集体交涉来决定。"

经当局、国劳、动劳三方推荐,由东京大学教授(医学、人体工程学)大岛正光任第三方委员会委员长,大阪大学教授(心理学)鹤田正一等5人被选为委员。这个名为"EL、DL安全调查委员会"的委员会,到翌年昭和四十四年(1969年)3月末为止,一共召开了15次会议。在此期间,劳资双方处于休战状态。同年4月9日,委员会提交《报告书》后宣布解散。报告书的结论是这样的:

"在海外各国,EL、DL单人乘务已取得很大进展,即使在我国,民营铁路的主要线路也几乎都是单人乘务,国铁实施单人乘务的客观条件业已成熟。因此,国铁现在也应该转换乘务方式,将实施单人乘务作为基本方针。"

于是,国铁当局由石田礼助发表总裁讲话,称"由此单人乘务的安全性问题已得到解决,希望立即进入有关计划实施后劳动条件的劳资谈判"，并通告"将从 6 月份起分阶段实施单人乘务"。

然而，国劳和动劳却以"调查不够充分"为由表示强烈反对，主张继续进行调查。委员之一的鹤田正一也发表了站在工会立场的言论，认为"委员会的结论没有充分的科学依据"，问题由此变得复杂化。尽管调查委员会得出了结论，但它不但没能解决问题，反而围绕其内容又引发了新的争论。工会方面再次在全国反复开展守法斗争，原定从 6 月份开始落实的计划，也因"谈判尚在继续"而被推迟。

之后，在摆出罢工架势试图将问题拖延下去的工会与不断作出小幅让步的当局之间，反复举行了一系列复杂的谈判。在劳资双方互有伤害的情况下，最终，又过了 4 个月到该年 11 月份，通过当局方面的大幅让步才使问题得到解决。从提出方案后算起，劳资双方进行了长达两年半的殊死斗争。

"黑宝书"的编撰者——细井宗一

的确，"反对 EL、DL 单人乘务的斗争"是一场长期的、争斗激烈的劳资纷争。我们新闻记者都把目光聚焦于其表面的激烈程度，疲于对一线进行持续追踪，然而当时几乎没有人立即意识到在这场斗争中国劳所赢得的"现场协商制"的真正意义。之后，"现场协商制"使国铁生产一线的氛围为之一变。

从昭和四十年（1965 年）左右开始，国劳强调"一线斗争是工人运动的原点"，并提出如下行动方针："为了使工人运动扎根于一线，要加强分会活动和一线斗争；关于一线的要求，必须与'现场长'（即一线负责人）进行集体谈判，要有耐心地、反复地去实施。"

当时，对于这种一线的工会会员与一线负责人的直接谈判，国铁当局并不承认是正规的集体谈判。他们认为，集体谈判应该"在国铁总公司的主管部门与工会总部之间"或者"在地方铁路管理局的主管部门与工会的地区总部之间"来实施；一线负责人没有谈判的权限，也就不存在谈判的事项。

然而，工会方面的基本理念是：如果让当局承认一线谈判是正规的集体谈判，"就可以在所有生产一线开展斗争，劳动者的思想意识将大大提高。一线斗争才是工人运动的原点"。

但是，当时的实际情况是，社会党及共产党的工会活动家大多采取"大包大揽的行动"，很难开展将广大一线也包罗进去的斗争。为此，昭和四十二年（1967年）7月，国劳制作了一本名为《一线斗争指南》的指导读本，对一线的"战斗方法"作了详细介绍。有了这个参照范本之后，一线斗争逐步走上正轨。这本指南的封皮为纯黑色，因此被称为"黑宝书"。可以说，它就是指导一线斗争的"圣经"。

在暗地里稳扎稳打地推动"现场协商制"谈判的，是身为国劳中央执行委员的细井宗一。编写"黑宝书"的也是细井。在国劳内部，细井隶属于反主流派"革同"（"国铁劳动工会革新同志会"的简称，日本共产党派系），他本人也是共产党员，是公认的"国劳首屈一指的理论家"和实力派干将，人们称"无论掀起罢工，还是收兵撤退，实际的发号施令者都是这个汉子"。据称，"守法斗争"战术的发明者也是细井。他虽然担任中央执行委员长达27年，但职务自始至终都是企划部执行委员（即"平头百姓"），他从不谋求任何职位。

细井出生于新潟县丝鱼川市的贫苦渔民之家，因为交不起学费从旧制四高 ① （现在的金泽大学）中途辍学后入职国铁富山机务

---

① 旧制第四高等学校，1887年4月在金泽市设立的官立旧制高中。简称"四高"。

段①。当时"日中战争"②激战正酣。随后,细井改变主意,进入专门培养下级士官的陆军预备士官学校,然后前往"旧满洲"③,并担任骑兵联队的中队长④。这时,日后为国铁构筑了巨大利权关系的田中角荣恰好是其部下。日本战败后,细井被扣留在西伯利亚。返回日本后,他恢复原职回到国铁富山机务段,开始从事工会活动。

在国铁的劳资纷争历史当中,细井就好比是国劳的"诸葛亮"。

*   *

对动劳而言,"EL、DL 单人乘务"是导致会员大幅减少甚至可能直接造成组织瓦解的重大问题;不过对国劳来讲,工种调换等将使得从动劳转入国劳的会员增多,反而还有好处。国劳虽然在表面上与动劳开展"联合斗争",然而暗地里却在为"确立现场集体谈判权"作积极努力。除非"现场集体谈判权"的谈判有进展,否则拒绝参与单人乘务问题的谈判。也就是说,他们将单人乘务谈判作为条件,赢得了实为"集体谈判"的"现场协商制"。

当国劳提出"把一线作为集体谈判的平台"这个要求时,国铁当局随即表示强烈反对。带头反对者就是日后成为"三人帮"首领的井手正敬。

井手生于昭和十年(1935 年)4 月,此时已 30 岁。这里先介绍一下他的父亲。其父名成三,东京大学法律系毕业后入职内务省⑤;二战结束后作为内阁法制局第一部部长,为 GHQ 麦克阿瑟总

---

① 机车及电车等的运行维护及检查场所。
② 指抗日战争。
③ 指伪满洲国。
④ 相当于连长。
⑤ 二战前统辖警察和地方行政等的中央机构,是统治和控制国民的中枢机构。设置于 1873 年,并于 1947 年被废除。

司令的宪法草案修订费尽心力，在新宪法成立时，以法制局次长的身份辞官退休；之后，在下条康麿文部大臣手下担任了文部次官①。母亲悦子是冈山县人，祖上为冈山藩池田家的家老②。出身名门世家的井手在学习院③读完初等科（小学）、中等科（中学）之后，因其父严命"高中必须去东京大学考取率较高的都立④高中"，于是在昭和二十六年（1951年）仓促报考了都立户山高中，考中并入学。

在户山高中，井手加入了橄榄球俱乐部，整天热衷于打橄榄球，荒废了学业。到了高中三年级的秋天⑤，他才开始备考学习，由于准备不充分，结果自然是名落孙山，只得再补习一年。在补习期间，他也没有扔下橄榄球，而且担任户山高中橄榄球俱乐部的教练，带领球队首次打入了关东地区大赛。昭和三十年（1955年）4月，他考上了东京大学经济学系。大学4年，依然每天与橄榄球为伴。

昭和三十四年（1959年）4月，井手入职国铁后被分配至大阪铁路管理局，作为总务部劳动课课员开始涉足劳务领域。当时正值1960年反安保斗争⑥高潮，劳工界也处于波澜动荡的时期。在大阪的宫原调车场，为了保护场内的10个信号站，当局与企图阻止列车运行的工会开展了激烈的攻防战。为了对违法行为进行现场事实认定，井手被派往现场，被迫置身于纷争的漩涡之中。在担任天王

---

① 主管教育和学术文化领域的中央行政机构文部省的次官，次官为辅佐各省厅长官或国务大臣的官职。
② 江户时代在大名家中统管藩政的重臣。
③ 日本宫内省直辖的供皇族、华族子女接受教育的学校。1877年在东京创立的学校，战后改成私立学校。
④ 由东京都设立和经营的学校。
⑤ 日本学校的新学年从每年4月1日开始，因此秋天开始每学年的下学期。
⑥ 1959年至1960年，在日本全国各地展开的反对修改《日美安全保障条约》的斗争。

寺铁路管理局旅客课课长之后，昭和四十年（1965 年）3 月，井手回到东京任国铁总公司职员局劳动课课长助理，"专门负责谈判及协约工作"，变成了与工会进行谈判和签署劳动协约 ① 的窗口。

这样，井手在入职后的第 6 个年头，便与国劳的权威、协约负责人细井宗一开始了正面较量。细井要求缔结一线集体谈判权，井手不厌其烦地反驳说："集体谈判的作用是决定对所有员工均有约束力的规范，一线负责人又不承担这个责任，怎么能与他们进行集体谈判呢？各生产一线是工作场所，因此不能在那里决定对其他一线也形成约束的规范。"由此，谈判时常中断。"你小子倒是极尽油嘴滑舌之能事哩。"据说，细井尽管骂骂咧咧恶语相加，但对这个年轻的谈判对手"也不敢轻视，不得不认真对待"。

后来，细井感到正面突破难以实现，于是想到了一个迂回战术，即采用《公劳法》中所规定的由地方调停委员会（简称"地调委"）调停斡旋的办法。根据该法规，在全国共设置了 9 个地调委，它们作为劳资纠纷的协调及调停机构，主要负责处理当地所发生的劳资纠纷问题。这些地调委由雇主、工人及公益代表三方构成。细井选择了门司、广岛、仙台三个地区的地调委（这些地调委均由左派专家担任公益委员），要求它们出面调停，以敦促"一线负责人参与集体谈判"。

结果如细井所料，三个地调委提出的调停方案均认为，"分会组织代表与一线负责人开展谈判并无不妥"。当局拒绝接受该调停方案，调停无果而终。昭和四十二年（1967 年）11 月，为了作出最终了断，该问题被提交公劳委仲裁委员会。

这年年末，公劳委仲裁委员会作出了结论。但其结论并非"仲

---

① 工会与雇主之间就劳动条件等签订的协定。也称为集体合同或劳资协议等。

裁决定"，而是"劝告"①。其内容如下：

·"为了顺利、和平地解决劳资纠纷，在与工会分会相对应的劳资之间，设立现场协商机构。"

·"有关分会会员劳动条件的纠纷，由现场协商机构付诸讨论。"

尽管劳资双方都表示接受这个劝告，但是要求设置的"现场协商机构"是"一线集体谈判平台"还是"劳资协商平台"，其意思表述模棱两可。国劳方面认为这就是"集体谈判平台"。如果是"集体谈判平台"，则意味着可以由工会会员与管理各个一线的干部职员分别进行谈判，进而可以对一线经营进行差遣。当局则将其勉强解释为"介于集体谈判与投诉处理之间的一种补充性措施"。双方随后开始劳资协商，讨论和制定有关"现场协商机构"的成立细则。

细井估计"虽然当局勉强接受了公劳委的劝告，但如果在细则敲定上时间过长，则当局内部的反对声音将逐渐变大"，于是决定采取"速战速决"的战术。昭和四十三年（1968年）3月22日，当时由反对EL、DL单人乘务斗争造成的混乱还在持续，当天晚上，关于"现场协商机构"细节敲定的谈判也久拖未决。细井与职员局局长武田启介进行了下述对话。

　　细井："为了就劳资协定达成妥协，今天得进行通宵达旦的磋商，你留下来不？"

　　武田："这件事已经责成课长等人来处理了。"

　　细井："那么只要劳动课课长等人留下就行了。你不会事后又提出异议吧？"

　　武田："定好了就不变了。"

武田作出明确表示后便离开了会场。也许武田当时并未认识到

_____

① 由行政机关提出的参考意见，没有法律约束力，但事实上具有某种程度的强制力。

签署这个"现场协商制"协约的严重后果。一直参与前期谈判的主管课课长助理井手正敬，这时已被调至旅客局总务课，而作为新的谈判负责人的劳动课课长是几个月之前刚从别处调来的。留下来接着谈判的，便是该劳动课课长及下属主管等一共七八个人。国劳方面则只有细井一人。

"咱们先说好啊，在对细则达成一致意见之前，除了上厕所以外，一律不许走出房间。"

细井一上来就先定下了规矩。

"每次谈判，当局方面总是借口休息或有事，中途溜出去。不能给他们这个空子，必须一口气谈完，省得掺入外部杂音把问题搞砸了。"细井的做法自有其道理。

双方连续谈了7个多小时，中间连个盹儿也没打，到凌晨4时终于敲定了"现场协商制"协约的相关细则。细井最先向当局要求的是在一线层面的"集体谈判"。可是，当局对此进行了激烈抵抗。于是，细井退让一步，将"集体谈判"改为"现场协商"，双方由此达成妥协。

倘若指导业务的一线管理人员与工会分会代表能够通过对话实现劳资关系的稳定，那自然最好不过。估计当局是这么考虑的吧。然而，在劳资关系磕磕绊绊的国铁，事情哪会如此简单。

"当局要'名'，工会获得了'实'。"细井说。尽管当局方面解释说"现场协商不是集体谈判"，但细井认为"无论如何，它是一线的集体谈判"。正如第二章中将详述的，它实际上就是"集体谈判"。在之后将近15年的漫长岁月里，生产一线变成了对管理干部进行围攻和指责的场所，一线的荒废凋敝愈发严重，对此当局方面估计做梦也没想到吧。"我们上细井的当了。"国铁当局的负责人后来后悔不迭，但那已是"马后炮"了。

　　　　　　　＊　　　　　　　　　＊

　　不过，细井为什么要搞这种通宵达旦的"禁闭式谈判"呢？

　　那是因为在大约十年前，细井曾有过一次因谈判延时而中途休息打盹儿，结果造成重大失败的痛苦经历。

　　那是昭和三十二年（1957年）"春斗"^①时的事情。这年的春斗是国劳成立以来最大规模的斗争，大批人员遭到处分，仅国劳就有23人被解雇。国劳在6月份开展了两次反处分斗争，对此国铁当局再次实施处分，国劳又再次开展要求撤回处分的斗争。处分与要求撤回处分的斗争循环往复，局面僵持不下，陷入泥潭。

　　其中新潟搞得尤为激烈。新潟铁路管理局在发布通告、解雇国劳新潟地区总部原委员长中村三夫及执行委员佐藤正二之后，7月9日，又以扰乱业务为由解雇了19名工会会员。对此，新潟地区总部在未与国劳总部商量的情况下，实施了"游击战"，即故意在列车班次最为密集的时段召开一线大会。这就是所谓的"新潟斗争"的开端。连续两天，工会在各条线路各个车站波浪式地召开一线大会，由此造成客运和货运列车大幅晚点及停运。盛夏时节的新潟暑热逼人。据称，这场斗争使装载在货运车皮里的西瓜几乎全部腐烂。

　　由于斗争呈现出长期持续的趋势，劳资双方均向当地派遣了后援人员。国劳总部派出的就是细井宗一。细井查看了当地形势之后，经过研判认为，由国劳总部动员各地会员来进行声援和支持几乎不现实，这个问题只能在当地局部解决。

　　当时的新潟铁路管理局局长，是后来由国铁常务理事成为民社

---

① 即春季斗争。1955年以后，工会在每年春天开展的以提高工资为重点内容的全国性共同斗争。

党众议院议员的河村胜。在国铁总公司职员局成长起来的河村与细井是老相识。当地的斗争声势一浪高过一浪，怎样才能将事态平息下去呢？"把后来这19人的解雇命令给我撤回去！"细井强烈要求道。谈判真是名副其实的通宵达旦。暑热难耐的7月，在临时工棚般的简陋房子里，细井一边咕咚咕咚大口喝水一边极力交涉。

第二天凌晨，河村局长表示让步说："关于解雇19人的事情，我们再重新考虑一下。"细井内心认为最终也只能争取到这个地步。不过，他仍然进一步要求道："把对中村和佐藤的解雇也改成停职12个月！"

到了黎明5时左右，双方均已精疲力尽，于是约定"稍微睡会儿后再重启谈判"，然后细井便回宿舍去了。可是，细井刚眯瞪片刻就收到消息，说在长冈有5名工会会员被警察逮捕了。

细井冲入河村的房间，怒吼道："双方正在进行'停火'交涉，这时候逮捕工会会员算是怎么回事？""我也不知道啊。"河村极力辩解说。"停止一切对话！"怒气冲天的细井随即命令新潟地区总部掀起罢工，然后便回东京去了。事后经过打听才知道，这5人被捕并非河村"在背后搞鬼"。细井后来推测，这可能是东京国铁总公司的人在没跟当地管理局局长打招呼的情况下，与警察厅商量后作出的"挑衅行为"。

这次骚动发生之后，在新潟各地，不断有工会会员从激烈的斗争中撤退下来，并且退出国劳，新潟地区总部中央支部也开始酝酿成立新的工会。中央支部里面有很多在管理局上班的职员，稳健派占多数。他们对细井领导的革同（日本共产党派系）新潟地区总部举起反旗，组建了日后"铁路劳动工会"（简称"铁劳"）的前身——国铁新潟地方劳动工会。

细井当时年仅39岁。

"当时对整体实力对比关系分析得不够彻底。自己还很幼稚，加上下面气势高涨，所以我作出了停止对话和开始罢工的命令。然而，斗争这个东西，开始容易结束难。"

细井后来一直悔恨不已。在之后很长一段时期，在谈判中途休息打盹儿这件事，在他心里留下了阴影。

*　　　　　　　　　*

让我们再回到"现场协商制"话题。昭和四十三年（1968 年）4 月 1 日，作为中止罢工的回报，国劳赢得了《关于现场协商的协约》，其主要内容如下：

·"现场谈判的单位"，如果是车站、调车场、信号场①，原则上将多个组织归总为"一个单位"，但根据实际情况，也可将单个车站等作为"一个单位"。车务段、机务段、车辆段、巴士营业所等以总段为单位，根据地理条件也可将支段、支所作为单位。哪些地方可以成为独立单位，需结合当地实际情况，最终通过当地的谈判来确定。"单位"无论大小，均可在各自一线由工会分会与站长或支所所长等一线负责人进行谈判。

·"协商事项"规定为"与当地一线劳动条件相关的、必须在当地一线来解决的事项"。问题在于协约规定"协商原则上必须公开"。这个"公开原则"是最大的分歧点，最终加入了"经双方同意也可以不公开"这句话，细井到最后也没有让步。倘若采取"公开原则"，则该单位所有员工都可以旁听。这样，众人围着谈判桌子谩骂起哄的"大众集体谈判"随时都可能出现。

·"在工作特殊性等迫不得已的情况下，与集体谈判及投诉处理相同，允许在上班时间进行"，由此在上班时间的协商也获得认

---

① 铁路上设置有供列车错车、等待用的待避线及信号机等设施的站场。

可。而且，"协商机构的召开次数"规定为"每月定期召开，其次数由地方对口机构谈判或现场协商来决定"。因此，连召开次数都是由一线的实力对比关系来决定的。

· 另外还规定了一条，"对经现场协商达成一致意见之事，可进行口头确认，或者通过会议记录、交换备忘录及签订协议等方式来加以确认"。有了这一条之后，虽然名义上是"现场协商"，但实际内容则完全变成了"集体谈判"。

这个"现场协商制"经过 3 个月的冷却期后，于昭和四十三年（1968 年）7 月开始实施。令当局"伤痕累累"的现场协商由此开启，从此，工会会员围攻站长、段长及助理等的"大众集体谈判"逐渐趋于日常化。

细井通过 3 年多的努力赢得了"一线集体谈判权"，他希望借此达到什么目的呢？细井在《劳动法律旬报》（昭和四十三年即 1968 年 3 月下旬发行）上以《为获得一线集体谈判权而作的斗争》为题，就其意义作了如下阐述（概要），堪称细井的"革命理论实践"。

"国铁是不折不扣的国家垄断资本主义机构，通过运输业务压榨从事运输工作的国铁工人，另外，资产阶级和国家垄断资本通过掠夺使用运输设施的国民来赚取钱财。其赚钱钱财的场所就是生产一线。假如这个生产一线停止运转或者效率下降，则其赚钱牟利也将难以为继。于是，为了不让一线工人团结起来，国铁使用了拆台瓦解、收买笼络、分裂破坏、武力镇压等所有手段。当局最害怕的事情就是一线工人的团结。因此，我们只能反其道而行之，只有在一线团结起来，才能使工会变得强大。

"工会的力量就是工人团结起来的力量。工会变得强大绝不是因为工会干部有多么优秀和能干。归根结底，工会的力量是团结的力量，团结最基础的条件就是生产一线。我们必须根据源于一线实际的一线需求来推进集体谈判，否则一线不可能变得强大，工会也不可能变得强大。我们提出一线集体谈判权这个要求，考虑的并非仅仅是自己的利益，而是为了日本劳工运动的百年大计。对于日本的劳工运动来讲，一线集体谈判权应该是一个划时代的重要课题。"

"田中老弟在吗？我是细井。"

富塚三夫（平成二十八年即 2016 年 2 月去世）曾担任国劳总部总书记、总评事务局局长，后来成为众议院议员（社会党）。细井宗一与他一同被称为"国劳的代表人物"。这里简单回顾一下细井的生平。

大正七年（1918 年），细井出生于冬季多暴雪的新潟县丝鱼川市。家里有 5 个孩子，他是长子，父亲以打鱼为业。细井后来升入位于金泽的四高（旧制高中，现在的金泽大学），但因父亲去世后学费难以为继，只上了一年便辍学，然后入职国铁，在富山机务段当司炉。然而，在昭和十二年（1937 年）7 月，以卢沟桥事变为开端，"日中战争"全面爆发，日本迅速走向军国主义时代。

昭和十三年（1938 年）春，"陆军预备士官学校"在仙台成立，细井进入该校学习。预备士官学校的目的是培养在"有事之时"①有大量需求的下级士官（中尉及少尉），学员的在校学习时间不到一年。当时，由于在中国的战线扩大，下级军官开始紧缺。因此可以说，不同于陆军士官学校，它是专为速成培养下级军官而设立的学校。

---

① 指发生战争及天灾人祸的时候。

昭和十三年（1938 年）年末，细井从该校毕业后，作为士官候补生被分配至盛冈骑兵第三旅团第二十四联队。

在同一时期，20 岁的田中角荣（日后的首相）在征兵体检达到一级合格 ① 后，也加入了该联队。田中的父亲是牛马贩子。据说，在接受征兵体检时，田中称"自己从小就喜欢马，也经常骑马"，因此被分配到了骑兵联队。作为士官候补生的细井与身为普通士兵的田中，二人尽管是上下级关系，但因为同为新潟县老乡，又同是大正七年（1918 年）出生，也许从最初见面开始，便有惺惺相惜之感。

田中入伍时蓄着胡子，后来因此曾遭到下级士官的训斥和殴打，但他依然理直气壮地说："我这就是为了显示自己的存在感。"每逢骑兵联队训练骑马，他必定从马上摔落下来。"细井兄，纵然受伤也强过去送死啊。我讨厌战争。"田中说（《镇魂·细井宗一先生》）。当时田中想通过受伤来免除兵役。他常常在训练及干活时偷懒，为此没少挨老兵的惩罚。在这种时候，站出来袒护他的就是细井。

翌年昭和十四年（1939 年）3 月，骑兵第二十四联队受命出兵位于满洲北部的富锦 ②。为此他们必须首先在广岛宇品港 ③ 集合，然后乘坐运输船前往朝鲜罗津港 ④，从罗津越过国境线，再分段乘坐火车及卡车前往地处松花江畔的富锦。在这次旅途中，细井任班长，田中任副班长。队伍抵达兵站后，需要立即接受个人物品检

---

① 二战前日本征兵体检中的一级合格（日语称"甲种合格"），其次有二级合格、三级合格。
② 富锦地处黑龙江省东北部、松花江下游南岸。今天的富锦市隶属于黑龙江省佳木斯市。
③ 广岛市南区的港湾地区，广岛港的通称。
④ 位于朝鲜民主主义人民共和国的东北部，面向日本海的港湾城市。

查。这时，一名老兵发现了田中的"贴身宝贝"——珍藏在钱包里的美国女星狄安娜·德宾①的明星照。于是，在刚到的第一天，田中就被老兵用大嘴巴子扇倒在地。

一天夜里，在田中值班看守俘房时，有一名俘房被冻得瑟瑟发抖，说"太冷了睡不着"。于是田中把那名俘房带出牢房，让他去找地方暖和暖和。这属于严重违纪行为，而且正好被前来巡视的上司细井撞上。"在我下次来巡视之前，你赶紧把他送回牢里！"细井对田中的违纪行为假装没看见。"田中是个讲信义、有韧劲儿的家伙。"细井常常这样夸奖田中。

在驻扎富锦2个月之后，当年5月，诺门罕事件②爆发，骑兵第二十四联队受命从富锦前往与苏联交界的平阳镇③。翌年昭和十五年（1940年）11月，在兵营小卖铺工作的田中突然倒下，送往野战医院后被诊断为格鲁布性肺炎④，随后被送回内地。勤勉好学的细井后来升任上尉⑤，在战争结束时已是驻扎满洲牡丹江的第五军（对苏作战的秘密部队）军参谋。昭和二十年（1945年）8月9日，细井被撕毁《日苏中立条约》攻入满洲的苏军抓获，后途经西伯利亚被送入莫斯科附近的俘房收容所。在冰天雪地的收容所里，为了打发时间，细井努力自学俄语，并达到了具有一定读写能

---

① 1921年生于加拿大的温尼伯，在美国加利福尼亚州长大，曾与伊丽莎白·泰勒、朱迪·嘉兰同为好莱坞最著名的少女明星。1948年退出影坛。2013年4月去世，享年91岁。

② 1939年5月—9月，日苏两军在位于中国东北和蒙古国国境交界的诺门罕发生的冲突事件。日军惨败于苏军的机械化部队，对苏开战论由此有所收敛。

③ 今黑龙江省鸡西市鸡东县平阳镇，南与俄罗斯毗邻。

④ 也称大叶性肺炎，是在整个肺叶发生的急性炎症过程。因其炎性渗出物主要为纤维素，故又称"纤维素性肺炎"。

⑤ 尉官的最高级别，一般对应副连、正连、副营3个职务级别。二战前，日本尉官中最高级别的军衔称作"大尉"，故日语中的"大尉"译成汉语应称"上尉"。

力的水平。

在那段时期，他搞到了一本由尼古拉·奥斯特洛夫斯基撰写的小说《钢铁是怎样炼成的》。该书是苏联文学的经典著作，它以俄国革命及紧接其后的红军与白军的冲突为舞台，描写了一位少年工人如何成长为革命家的历程。奥斯特洛夫斯基在战斗中负伤后全身瘫痪并且双目失明，据称，这部小说也是他自己一生的写照。细井被这部小说深深打动，于是努力学习"马克思列宁主义"，开始走上了马克思主义者的道路。昭和二十三年（1948 年）春，他复员后立志当一名火车司机，于是又回到了富山机务段。昭和二十四年（1949 年），《定员法》的实施造成 9.5 万名员工被解雇，而工会干部却以"被解雇员工不是工会会员"为由见死不救。见此情景，细井义愤填膺地说"如此下去民主主义将不复存在"，由此投身于工会运动，成为国劳金泽地区总部的专职工作人员。

*　　　　　　　　*

细井在服兵役时曾经帮助过自己，因此田中角荣一生都对其十分敬重。战后，田中年纪轻轻就当上了众议院议员，即便是成为自民党干事长之后，在细井来访时，还极力邀他共事："怎么样？能否来老家的越后交通公司当个总经理啥的？咱俩一起打天下吧。"细井拒绝了其邀请，但是之后依然自由出入于位于目白 ① 的田中宅邸。他时常拜访田中，与其纵论日本及世界的政治形势。尽管两人的思想不尽一致，但田中对细井的意见依然认真倾听。田中还是一个连细井都倍感吃惊的"铁路迷"。只要细井说要来拜访，田中一

①　东京都丰岛区南部的地区，属文教、住宅区。

定会抽出时间与之见面，而且临走时还会亲自把他送至大门口。

昭和二十七年（1952年），细井进入国劳总部，与社会党左派岩井章（当时任企划部部长，后来任总评事务局局长）联手，研究和首创了在禁止罢工的《公劳法》的规制下使列车停运的罢工及守法斗争。之后，在谋求争议权的大规模罢工即"夺回罢工权罢工"及国铁分拆、民营化问题上，暗地里在国劳与田中角荣之间牵线搭桥的就是细井。原国劳委员长村上义光曾经提议说："你俩是同年入伍的战友，能否去求他减轻对工会会员的处分？"（《镇魂·细井宗一先生》）细井很不情愿地把电话打到田中家里。"田中老弟在吗？我是细井。"细井一上来就拜托其关照对会员的处分问题。在田中当上首相后，细井仍然称其为"田中老弟"。据说，当时田中一边回应细井的请求，一边像往常一样"答非所问"："说这干吗？干脆你来我这里帮忙吧。"

昭和五十四年（1979年），已经61岁的细井退出一线。当时，他接受了《朝日新闻》的采访，对重建国铁发表了如下见解（7月24日晚报）：

"国铁这种单位，亏损太大很棘手，但也不能有太多盈利。为了保证票价及运费廉价适中，最好是不赔不赚或略有亏损。除了美国之外，发达国家都采用国铁这种方式即是这个原因。这对于确保一国之经济是有必要的。不过，据说此次重建计划（国铁最后的、义无反顾的重建计划）出于亏损原因，既要裁人又要削减业务。一名员工全年的人工费平均下来是400万日元，因此即使裁员10万人也不过4000亿日元。这并非解决全年将近1万亿日元亏损的有效措施。通过提高工作效率来削减员工数量，对此我并不反对，但是必须听取员工的意见，在客运及货运方面采取大胆的增收措施。铁路的燃料消耗率是卡车的三十分之一、飞机的十分之一。在节能意识高涨的今天，我们应该重新认识国铁的作用。"

"工会明星"富塚三夫

"不要阻断对手的退路。如果穷追猛打，对手就会穷鼠啮猫""要设想最为不利的局面来采取对策""若对手强势来袭，则你也必须强硬反击""只要有力量，任何时候都可以妥协"——这些是细井经常用来教育年轻后生们的"细井语录"。有一个人对细井无比信赖，称他是"在关键时刻最值得信赖之人"，并尊之为师。他就是被称为国劳"老大"的富塚三夫。富塚在担任国劳总部总书记后，在总评当了7年事务局局长，之后又摇身一变成为社会党众议院议员。

平成二十八年（2016年）2月，富塚因患胃癌去世，享年87岁。在去世前3个月即前一年年底，他接受了我（笔者）的采访。这是他最后一次接受采访，我想他当时可能已有所预感吧。

据富塚介绍，细井年轻时，曾经在酒后殴打过一个成天沉迷于打麻将的同事。他后来便不再沾酒，在55岁时，为锻炼身体学会了打高尔夫球。这是他唯一的爱好。然而，平成八年（1996年）12月25日，高尔夫球却夺走了他的生命。在参加年终高尔夫球活动，打得正开心时，他一头栽倒在果岭之上，命赴黄泉。死因为脑梗死。享年78岁。

遗体告别仪式在丝鱼川老家附近的一个小公民馆①举行，富塚三夫以"原总评事务局局长"的身份致悼词。在"现场协商制"谈判中，宗形明（劳务顾问）作为职员局劳动课的年轻职员曾与细井宗一进行了对抗和较量，他也出席了葬礼。"操着一口东北腔②、情

---

① 日本市町村为本地居民设立的、用于开展教育及文化等各种活动的设施。
② 日本东北地方方言。日本东北地方指本州的东北部地区，包括青森、岩手、秋田、宫城、山形、福岛6个县。

真意切地送别昔日盟友——富塚那低沉的声音在会场里缓缓回荡，列席者无不动容。那篇悼词真是饱含深情、感人肺腑，'逝者闻之可安息也'。"宗形说。我们从下述悼词也能看出两人之间无比信任的关系。

"长期以来，在您的熏陶下，我们掌握了各种战略及战术理论。'不要阻断敌人的退路'，您教给我们的这个战术真理，至今仍然深深印刻在我的脑海之中（中间省略）。在低增长经济之后的'行政改革路线'中首当其冲的国铁改革、为粉碎'丸生运动'①的激烈斗争、为夺回罢工权的'罢工权罢工'、国铁的民主化斗争……在您的领导下，我们进行了一次次果断而又勇敢的战斗。尽管很遗憾没能取得充分的成果，但是我坚信，在国铁工人运动及总评工人运动史上，这种'团结力'和'战斗力'必将永不磨灭、永远被铭记。今天，虽然我们进入了一个社会呈多元化发展、工人运动日趋艰难的时代，但真理只有一个，毫无疑问，您的指导理念必将被继承下去。

"我能担任国劳总书记及总评事务局局长，以及后来能进入国会，也完全得益于您温暖人心、充满人性的指导。我发自内心地向您表示感谢。曾经有很长一段时间，我们一起在八重洲同洗桑拿，裸身相对无话不谈，可是今后再也听不到您纵论内忧外患了，想到这里不禁倍感凄凉。细井先生，人们都喜欢管您叫'老爷'，您是如此的和蔼可亲。您更是一位伟大的领导者……"（《镇魂·细井宗一先生》）

教细井打高尔夫球的人就是富塚。细井虽然球技一般，但每逢年末举办高尔夫球活动，他总是积极邀请年轻人一同参加。"工会干部和社会主义者打高尔夫球，这成何体统！"尽管受到周刊杂志的

---

① "丸生运动"为"提高生产率运动"的俗称。因与该运动相关的文件上盖有带圈的"生"字印戳⊕，日语念作"丸生（marusei）"，故称之为"丸生运动"。

批评，但富塚和细井他们认为"打高尔夫球是一项有利于健康的运动"，因而一直坚持了下来。"不喜欢喝酒的细井因为打高尔夫球变得善于交际了。"富塚说。在寒风呼啸、冻雨翻飞的丝鱼川岸边，想到细井因为打高尔夫球而走到人生终点，富塚思绪万端、感慨不已。

富塚隶属于"民同"（国铁劳动工会民主化同盟，社会党派系），而细井属于"革同"（国铁劳动工会革新同志会，共产党派系）。二人分属国劳内部的不同派系，他们后来为何成了相互信任的盟友呢？欲知其过程及详情，我们必须回溯一下昭和三十九年（1964年）的春斗。

*　　　　　　*

在这一年，公共企业体等劳动工会协议会（简称"公劳协"，是国铁、电电、专卖三公社与邮政、造币等五现业的工会联合组织）宣称"将于4月17日掀起半日罢工，包括列车、电车、邮政、电信电话、专卖在内，所有的公共事业单位都要停工，要将这场战后最大规模的罢工斗争进行到底"。由此，春斗的气氛大为高涨。然而，国劳却身不由己，难以主动开展"违法罢工"。担心国劳组织出现动摇的总评领导层，为了避免罢工，决定通过池田勇人首相与总评主席太田薰的高层会谈来平息事态。在罢工前一天即16日，池田与太田举行了会谈，双方确认"对三公社五现业与私营企业的工资差距纠正问题，将在公劳委调停阶段作出努力，并尊重其结论"，于是罢工在即将开始的前一刻被叫停。

不过，在这个过程当中，日本共产党却做出了"莫名其妙的鲁莽行为"。

在公劳协发表罢工宣言后的4月8日，日本共产党突然走访了总评、国劳及社会党等团体，要求他们"重新研究'四一七罢工'"。其机关报《赤旗》宣称"'四一七罢工'是美帝国主义为了镇压工人而实施的挑拨行为",公然呼吁停止罢工。紧接着这个"四八声明",《赤旗》连续数日反复呼吁"工人不能随着反动派及分裂主义者的笛声起舞"。据称,当时在日本共产党内部流传着一种说法:"公劳协的部分干部出于挑拨目的安排了罢工,企图借机使共产党员遭到重点处分。"总评和社会党对"四八声明"进行了猛烈反击。但是,各工会的共产党派系纷纷表示将不会执行罢工命令,在国劳有 342 个地点通过了取消罢工的决议。

据说,在"四八声明"发表时,日本共产党总书记宫本显治正在国外访问,7 月,该党中央委员会就此进行了"自我批评",称该声明"是一个错误"。然而,公劳协各工会对实施反罢工活动的共产党员及跟风者毅然给予了严厉处分。国劳的处分包括 31 人被开除、89 人被中止权利等。此外,决定在 7 月份于札幌召开的国劳全国大会上,对革同(共产党派系)的中央执行委员细井宗一和子上昌幸严厉追究其领导责任,届时将提出不信任决议案,进行表决并作出开除决定。革同是少数派,陷入窘境的二人被给予"开除处分"看来已在所难免。

当时,富塚三夫任东京地区总部总书记,年仅 35 岁。他在幕后积极奔走,极力说服那些叫嚷"开除细井等人"的民同派,并劝说细井和子上二人:"我来跟他们周旋以争取时间,你俩先写一个申辩书吧。"于是二人提交了申辩书,称"围绕罢工引起混乱并非我等本意,为此深感遗憾;当然,我们一定会服从基于民主讨论的组织决定"。

在全国大会的讲台上,富塚手持二人的申辩书提议说:"我们不应该开除细井等人。"他还作了一番演讲,对"细井超越派系倾注于国劳运动的热情及其正直清廉的人格及人品"大加赞扬。民同派会员被这番讲话打动，于是细井和子上被免于开除。由此，细井宗一对富塚欠下一笔人情债。据说，细井在那时作出决定："为报答此恩，一定要把富塚培养成一名真正的活动家。"自此以后，细井和富塚二人结成了超越党派的个人关系，在富塚身边，随时随地都能见到细井这个"智多星"的身影。

"细井尽量淡化自己的共产党色彩，积极扶持站在台前的富塚，他一手承揽了幕后的工作，两人在台前幕后互相配合。在国铁的精英公务员看来，细井就是富塚的'代理人'，二人总是相互商量，一同参与谈判。"（《镇魂·细井宗一先生》）

后来，富塚逢人便说："工会在'丸生运动'等方面能取得胜利，是我和细井齐心协力、共同奋斗的结果。"另外，细井也回忆道："正因为我与富塚相互信任，因此在碰到危机时，国劳才能够不分派别坦率直言，并团结一致共同克服困难。"

"国铁官僚的王子"矶崎叡

昭和四十四年（1969年）5月，也是在"EL、DL单人乘务谈判"最为激烈的时候，石田礼助总裁将结束任期正式卸任。石田是十河信二的后任，在总裁位子上坐了6年。

二战前，石田曾担任三井物产董事长等职，被称为三井集团的"大总管"；战后，他在退休之后还担任过国铁监查①委员长等职，77岁时应邀出任总裁。他自称是"年轻的士兵"，宣称"公职就应该讲奉献，拒领总裁薪水"。"老夫虽粗野却不卑俗。"——在国会面对议员们振振有词掷地有声的石田礼助，在国铁内外有着极高的人气。

---

① 指会计审计等监督检查工作。

在众人看来，如不出意外，接替其职位者将是矶崎叡。6 年来，矶崎作为副总裁一直在辅佐石田，他是在国铁土生土长的"国铁官僚"。经济界出身的石田礼助堪称"主外的脸面人物"，但他对国铁内部尤其劳务关系几乎是个外行，因此石田就好像是一个"甩手掌柜"，在任职期间将内部问题全部托付给了矶崎叡。在劳资关系最为恶劣之时，对二战前后的国铁了如指掌、有"国铁王子"之称的矶崎叡，作为第 6 任总裁登上了舞台。

大正元年（1912 年）8 月 16 日，矶崎叡出生于东京本乡丸山町（今文京区千石）。其父名清吉，是海军早期的造船技术官员。矶崎叡出生时，其父正参与"比叡号"军舰的建造，于是取"叡"字为其名（顺带介绍一下，其母亲的姐姐嫁给了桦太厅 ① 长官平冈定太郎。平冈夫妇之孙名叫平冈公威，即作家三岛由纪夫）。矶崎叡后经府立四中 ②（今都立户山高中）、一高 ③ 升入东京帝国大学 ④ 法律系。昭和十年（1935 年），大学毕业即入职铁道省。昭和十四年（1939 年），被分配至大臣官房 ⑤ 人事课，在这段时期，他与身为监督局铁路课课长的佐藤荣作（后来的首相）交情甚笃。在太平

---

① 该岛现由俄罗斯管辖。俄语译名为"萨哈林岛"，日本称"桦太岛"，中国传统称"库页岛"。日俄战争后的《朴次茅斯和约》（1905 年）将该岛割让给日本，"桦太厅"是日本为统治该地区于 1907 年设置的行政机构。
② 1901 年设立的东京府立第四中学。
③ 设立于 1886 年的旧制第一高等学校（即高级中学），今东京大学教养学部及千叶大学医学部和药学部的前身。
④ 日本的旧制官立大学。1886 年设立于东京，之后在京都、仙台、福冈、札幌、大阪、名古屋以及日本占领时的韩国汉城和中国台北设立。战后，根据学制改革，成为新制的国立大学。
⑤ 日本在各"省"设置的部门，负责大臣的秘书事务，以及需要与其他部门统一处理和协调的事务。

洋战争开战在即的昭和十六年（1941 年）11 月，被借调至内阁直属机关、于昭和十三年（1938 年）成立的"兴亚院"。

兴亚院是掌管针对中国大陆的满洲等实际管辖地区、占领区的政治及经济政策的国家机关，矶崎被分配至经济第三课。课长是从大藏省借调过去的爱知揆一（后来曾任藏相[①] 和外相）。该课主要负责日本与中国满洲之间的物资运输工作。该课有一个"九贤会"，由 9 名从各"省"借调来的交情甚好的同事组成。他们经常举办沙龙活动，一边饮酒畅谈一边学习交流。

其成员以大藏省派出的大平正芳（战后的首相）为首，还有商工省的鹿子木升（战后的亚洲经济研究所所长）、农林省的伊东正义（战后的外相）、满铁[②] 的佐佐木义武（战后的科学技术厅长官、通产大臣）等，可谓人才济济。他们经常邀请课长爱知揆一或者陆海军的枢要人物作讲师，讲解有关国际关系及战局形势等。学习活动结束后众人便涌向新桥[③]，一边开怀畅饮一边继续讨论。

日本战败后，矶崎被调回运输省（由铁道省改名而来），担任涉外室干事，涉外室是负责驻日美军运输的窗口部门。昭和二十二年（1947 年）3 月，矶崎升任职员课课长。由于被派往中国的满洲及台湾等地区铁路的职员相继回国，此时国铁员工总数多达 61 万人，接近战前的 3 倍。在 2 年后即昭和二十四年（1949 年）6 月，国铁作为"公共企业体"从运输省独立出来。首任总裁是铁道省出身的下山定则。如前所述，这是由 GHQ 授意实施的"出人意料"的组织变更。

伴随着这次组织变更，国铁职员的争议权被剥夺。"GHQ 是为

---

① 指大藏大臣。
② 日本帝国主义侵占中国东北时的"南满洲铁路"的简称。
③ 指东京都港区东北部的新桥车站周围地区，是与银座南端相连的繁华地段。

了劳工问题而进行组织变更的。"（矶崎叡，《我的履历书》，《日经新闻》平成二年即 1990 年 6 月）在变成公共企业体之后，国铁开始采用独立核算制。从表面上看，国铁摆脱了政府及国会的管束变得自由了，但实际上在预算编制、运价设定、新线路建设等所有方面都没有自主决定权，仍旧受到作为监督机构的运输省及大藏省还有国会的制约。

昭和二十四年（1949 年）5 月末，即在国铁作为公共企业体启动前夕，政府颁布了《行政机关职员定员法》（简称《定员法》）。当时，国铁因为接收了从满铁及朝鲜铁路等地撤回的人员，员工总数接近 60 万人。国铁是《定员法》的首个实施对象，其定员编制为 50 万人，为此需要在 10 月 1 日之前的短短几个月内解雇 9.5 万人。身为职员课课长的矶崎恰好是该工作的负责人。7 月 4 日，矶崎首先向第一批被免职的 3.7 万人发出了免职通告。"尽管是费力不讨好的工作，但既然已经决定并形成了法律，那么就必须去实施，否则整个国铁都将无法存续下去。因此，我和同事们义无反顾地抱成一团，全力推动了相关工作的落实。"（《我的履历书》）

在第一批免职通告发布结束后的第二天即 5 日，下山总裁即告失踪。6 日凌晨，其尸体在常磐线绫濑站附近被发现，尸体上有被汽车碾轧的痕迹。是他杀还是自杀？这至今仍然疑团重重，是一个待解的谜。这就是"下山事件"。15 日，在中央线三鹰站站内发生了无人电车失控狂奔的"三鹰事件"，8 月 17 日又发生了东北线列车脱轨倾覆的"松川事件"。"增田甲子七官房长官 [1] 断言，这一系列事件是'由集团组织实施的有预谋的扰乱行为'，这使得舆论对

---

[1] 指内阁官房长官。日本的国务大臣之一。统辖与内阁有关的各项事务，实际为内阁总理大臣的助手。

工会的态度更趋严厉。不过，包括国铁在内的所有行政机构的裁员工作反而由此变得顺畅起来，这也是事实。"(《我的履历书》)

身为职员课课长的矶崎冒着人身危险，最终完成了"解雇10万人"的任务。之后，他历经宣传部部长、营业局局长等步步高升，最后从常务理事升任副总裁。在下山事件等社会纷扰不断的背景下如期实现"解雇10万人"的目标，这堪称矶崎的"功勋章"，他对于以工会为对手的劳务对策有着绝对的自信。

或许，这也导致了他后来在劳务问题上的强硬姿态吧。"现场协商制"造成国铁的生产一线被工会控制，一线负责人变得软弱无力。面对这种实际情况，矶崎一定忍无可忍。就在这样的时代，总裁的位子转到了他的面前。

＊　　　　　　　＊

昭和四十四年（1969年）5月20日，这天原本是石田礼助满面笑容地离开国铁、内阁会议作出决定任命矶崎叡为新总裁的日子，然而情况却突然发生变化。新总裁的记者招待会预定在内阁会议决定作出之后举行，当天的晚报将刊登《矶崎新总裁侧记》，各家报社也早已准备停当。然而，不知为何内阁会议未能对"国铁新总裁"人事进行审议，决定被搁置和推后了。于是，在记者俱乐部及国铁内部，各种小道消息不胫而走。不过，当天的《每日新闻》却捷足先登，在早报"时下人物"专栏刊登了一篇介绍矶崎的文章——《矶崎叡即将履新国铁总裁》，并配上了笑容可掬的照片。

（省略）总之，石田先生留下"票价上调"和《促进国铁财政重建特别措施法》两个"大礼包"，踩着六方台步①从总

---

① 歌舞伎演技的一种形式，武戏演技的一种，模式化的走步动作。

裁位子上退了下来。这在历任总裁当中也是头一次。一直充当贤内助的矶崎先生想必在背后也异常辛苦。石田先生有他自己的招数：或假装糊涂或故作幽默，或把别人当傻瓜信口开河，以此来唬住对手。矶崎先生，您打算使用什么手段呢？（记者问）

"我哪行啊，像我这样的人也那样做的话，是会倒大霉的……"（矶崎答）

您的工资怎么处理呢？也会返还上交吗？（记者问）

"那怎么行啊！那我只能喝西北风了。我可不是石田先生那样的有钱人哦。"（矶崎答）

此时的矶崎才56岁，是名副其实的"年轻士兵"，要让他像80多岁的老爷子那样有"城府"，这本身也不太现实。不过矶崎也有其优势：他有敏锐的头脑和出色的执行力；他当过宣传部部长及营业局局长等，精通国铁的内部情况；而且拥有"一高—东大"毕业的精英学历，在政界和官僚界人脉很广。（省略）

这篇介绍新总裁的报道其实并无任何特别之处，不过，在这篇文章见报一周之后，即到了5月27日，矶崎才终于就任总裁。内阁会议决定因何被搁置和推迟？虽然其真相至今仍无定论，但当时在记者中间有如下的议论。

一个说法是，当时的首相即矶崎在铁道省的大前辈佐藤荣作，对于矶崎在内阁会议尚未决定之前就在报纸上撒欢感到不快，于是放出话"叫他不要得意，赶紧把劳资关系恢复正常"，下令推迟一周再作出决定。此时，国铁劳资还在为EL、DL单人乘务问题打得不可开交，双方正处于激烈纷争的漩涡之中。当时，日本政府围绕冲绳返还问题与美国的谈判也处于最后阶段。冲绳返还对佐藤内阁来讲是最重要的政治课题。如果国铁劳资双方继续斗来斗去，在国会上难免出现在野党态度变得强硬、对冲绳返还关联法案的审议陷入停顿的局面。

另外还有一个说法，说是因为受田中角荣指使，田中派阁僚在内阁会议上表示了不满。矶崎在成为副总裁之前，对政界尤其与田中的交往煞费苦心，一直坚持去目白"参拜"①。不过，眼看总裁位子离自己近了，就转而接近被视为佐藤荣作首相接班人的福田赳夫，与田中开始变得疏远。据说，田中还因此向周围人埋怨说："矶崎最近咋不露面了呢？"于是，听到这话的田中派议员就对矶崎就任之事按下了"暂停键"。

尽管被推迟了一周，但矶崎还是如愿当上了总裁。号称"政界通"的山田明吉东山再起，坐上了副总裁的位子。山田在二战前入职铁道省，在国铁历任会计局局长、关西分公司总经理、常务理事之后退任，然后去担任了帝都高速交通营团的理事。在昭和二十年代（1945 至 1954 年），山田曾被任命为吉田茂内阁的总理大臣官房总务课课长，与政治家有广泛交往。可以说，这个人事安排既与一心致力于"冲绳返还谈判"的佐藤首相达成了谅解，也照顾了田中角荣的感受。总之，佐藤对矶崎新总裁的要求是，尽快恢复被"现场协商制"扰乱的一线秩序，并落实国铁员工的意识改革。

矶崎的就职讲话也如实体现了这点。以往的就职讲话，通常是把干部职员召集到国铁总公司九层的大会议室里举行。但是，这次矶崎却使用铁路专用微波线路，向全国各铁路管理局进行了广播直播。在各管理局，干部职员与站长、机务段段长、工务段段长等主要一线负责人被召集到大会议室或者礼堂，一齐聆听其发言。矶崎提出要"恢复人的本性"。可以说，该讲话是为引入"提高生产率运动"（俗称"丸生运动"）而奏响的序曲。

---

① 指去拜访位于目白的田中宅邸。

"既然肩负着总裁的重责，那么我将秉持年轻人的胸怀，向着新的道路勇往直前。为了确保整个国铁不会脱离重建轨道，我准备采取或多或少不同于以往的前进方式，这点请诸位谅解。去年，电视上播放了《旅途》，片中展现了养路工的灵魂、机车司机的毅力以及技术人员为实现动力革新如何呕心沥血等等。我想，由这些品格和精神浑然一体形成的国铁人的本性绝不是神话或寓言。我认为，所有事故的起因以及服务的发端，这些东西全都被包含在你我的人性之中。"

不仅就职讲话有别于以往惯例，矶崎在就任2个月之后还采取了一项行动——去全国各地巡视考察，与一线负责人促膝谈心。从7月22日在横滨召开东京南局座谈会开始，到最后11月21日走访新干线分公司结束，他依次巡视了全国各地的管理局，参加座谈交流的一线负责人合计3000名。这次全国各地考察正好赶上EL、DL单人乘务问题的收尾阶段，因此也增强了一线负责人的紧迫感。

我（笔者）对在横滨举行的第一次总裁座谈会进行了采访，并在《日经》社会版的"一线报告"栏目（8月10日早报）发表了一篇长篇报道。该报道的引言如下："就任两个多月以来，为了督促和鼓励一线管理人员，国铁总裁矶崎开始了对全国各地的巡视和考察。贯穿考察活动的中心内容是，号召管理人员团结一心、共同应对日趋激化的工会运动。总裁干劲十足地说：'到明年2月份为止，我计划与3000名一线负责人座谈，给予他们鼓励。'"以下是文章的概要内容。

　　　横滨市水道局①宿舍楼，这里聚集了东京南局的各主要站长、机务段段长、车辆段段长、车务段段长等，一共有88人，

————————

①　掌管自来水供应的地方政府部门。

每个人都头戴制式帽身着制服。"今天，我想在这里摘下头衔，以个人身份与大家谈话。我想到哪儿说哪儿，因此希望大家也不要拘束，把你们的痛苦和烦恼讲出来。"矶崎总裁的开场白显得低调而诚恳。之后，在主持人东京站站长小宫山的引导下，一线负责人纷纷打开了话匣子。

"现在的国铁员工，恐怕没有一个人愿意去当一线管理人员吧。若是当了一线负责人，就会遭到员工的围攻，被他们憎恨。在有的部门，工会会员约好全都不搭理你。一线负责人经常感到很孤独。"

"迫于工会的压力，一线负责人不能自主实施对员工的加薪和晋升考核等。人事权实质上已经被工会夺走，这是事实。"

"我们夜以继日地应对工会，与他们周旋。但实际上手里却没有像样的权限，也很少有回报。为了避免被工会会员骚扰，自然就会变得消极。希望能让一线负责人拥有自尊，能抬起头来。"

"当我们与工会正面交锋打得不可开交时，总公司的高层谈判却悄无声息地与他们妥协。这好比将一线负责人推上房顶后把梯子撤走了一样。这让我们在工会会员面前颜面尽失。"

那些一线负责人一边抹着额角上的细汗一边讷讷而言，但他们的每句话又都是那么扎心。"混蛋！""笨蛋！"遭受这种辱骂已是家常便饭。田町车辆段甚至被称为"田町解放区"。据称，一线负责人拿到任命通知书后，"都得带着'壮士一去不复返'的决心去赴任"。一线负责人所说的情况比想象的还要严重，国铁的生产一线俨然已变成了"闹学运的大学"。

听完这些申诉后，矶崎总裁对丧失自信的一线负责人鼓励说：

"在员工当中，反国铁分子仅占2%、3%，每天被他们哇啦哇啦吵闹确实很心烦。不过，其他大部分员工都是善良的员工。把这些善良员工团结起来，将其培养成与反国铁分子抗衡的力量，这就是你们的责任。"

听了矶崎的这番发言后，那些一线负责人就问："那我们应该怎么办呢？"在机务段及车辆段等规模较大的一线部门，除一线负责人之外，包括副职领导在内管理人员至多也就十来个人，而员工却有二三百人。有很多时候，新员工来了后，还没来得及去当局方面报到，反而先被工会隔离起来，被施以严格的工会教育。

"一线负责人要多关照新员工，要率先走入员工队伍中去，以坚定的态度与他们谈心，必须让有良知的工会会员振作起来……为此大家必须要有勇气。我在这里向大家保证，总公司和管理局一定会举全力为大家提供各种支持。"

听了矶崎总裁的讲话，一线负责人纷纷表示："哼，工会有啥了不起！"与工会"对抗"的气氛随之高涨起来。

2 年半之后的了结

昭和四十四年（1969 年）秋天，正当矶崎新总裁在全国各地巡回考察、为一线负责人鼓劲打气时，反对 EL、DL 单人乘务（机车副司机废除）的斗争也迎来了最终阶段。国劳和动劳两个中央委员会根据采取"完全联合斗争"的约定，发布了联合斗争宣言，即"从 10 月 31 日至 11 月 1 日，在全国 217 个地点实施长达 17 个小时的长时间罢工决战"。两劳动工会经研究认为"（要当局将方案）全部撤回不太现实"，因而决定转入以"继续保存副司机制度、最大限度地确保双人乘务"为目标的有条件斗争。他们作出将斗争和谈判同时并行的姿态。既然已经摆出要大搞"罢工决战"的架势，那么劳资双方都不可能在进入罢工之前善罢甘休。"必须对他们实施彻底的处分！"矶崎总裁也作出了不同寻常的训示。

31 日下午，在罢工即将开始的前一刻，当局给出了"最终答复"。其内容为：

① 连续驾驶 100 公里以上的特快列车。

② 在凌晨 0 时到 6 时之间连续运行两个半小时以上的客运及货运列车。

③ 持路牌 ① 通过的列车（列车在通过车站时，需将路牌交给车站工作人员）等。

对以上情形将安排副司机参与乘务工作。

按人员数量来计算，即在原计划废除的对象中，约有 2500 人将得到保留。对此国劳和动劳又提出异案，认为"在干线上行使的列车应全部实行双人乘务"，即保留副司机 5000 ～ 5500 人。双方重启谈判工作。

然而，由于谈判没有进展，工会方面将罢工开始时间提前了 2 个小时。从下午 5 时起，东京、大阪的国电等毅然掀起了守法斗争及 ATS 斗争，在 26 个地点相继开始罢工。在这种形势下，11 月 1 日凌晨 3 时，当局提出将副司机保留人数定为 3500 人的妥协方案，并且在动劳要求的劳动时间缩短方面也作出了让步。于是，当日上午 8 时 30 分，国劳和动劳下令停止罢工。当局在原计划废除副司机 7500 人的基础上作出了大幅让步。由此，耗时 2 年半的"EL、DL 单人乘务问题"终于获得了结。

在决定最后让步方案的国铁理事会上，矶崎总裁大动肝火：

"过去，八幡制铁即便高炉被停也对罢工进行了抵抗。哪怕让他们罢工，我们也不能让步。"

矶崎在就任总裁时曾惹得佐藤首相不快，据说，"这次为了在

----

① 在铁路的单线运行区间，为防止两列列车同时进入规定区间及确保行车安全，而由站长交付给司机的通行牌。

佐藤面前挣回面子，其态度非常强硬。"（井手正敬，《国铁改革回想录》）

在理事会上，主管劳务问题的常务理事山口茂夫对矶崎劝诫道：

"集体谈判可不能那么搞。因为是劳动条件问题，所以不能将乘客撂在一边、任由列车停运好几天。作为当局，在合理范围内与其认真对话，和平解决问题才是应有之道。"（《国铁改革回想录》）

矶崎勃然大怒，与山口进行了激烈的争论。

在斗争结束两天后，矶崎召集理事会成员及职员局相关人员到赤坂的日料餐厅，举行了一个"慰劳会"。席间，矶崎又反复唠叨那些车轱辘话。于是，井手正敬及几个年轻人，一齐揪住矶崎不放，双方大吵了一架。

"总裁，您说什么呢？您不是也当过职员课课长吗？集体谈判英文叫 collective bargaining，是互相有买有卖的场所，而并非单方面强加于人的地方。"

"好啦好啦。"最后，由职员局局长真锅洋站出来打圆场，这场争吵才算平息了下来。矶崎心想，一定是山口茂夫在背后给井手这帮年轻人撑腰。之后，矶崎在对单人乘务斗争谈判进行总结的基础上，又准备开始实施"丸生运动"即提高生产率运动（详情参见下一章）。由于山口对矶崎的做法持批评态度，所以在担任常务理事半年多之后，便被贬为九州总局局长。

*　　　　　　　　*

这次斗争给"赌上组织命运参战的动劳"也留下了巨大的后遗症。在对妥协方案进行表决的临时大会上，反主流派认为"陷入有条件斗争这个最终结果是屈辱性的"，因此对执行部进行了猛烈攻击和追责。另一方面，有 4000 多人因为"不能认同动劳的斗争至上主义"而退出组织。动劳大会批评了"社会党和总评的领导力"，另外也作了自我批评，认为"在与国劳的联合斗争中未能贯彻动劳的自主性"。"斗争搞得那么激烈，然而……"这种挫折感及失败感在会员之间弥漫和扩散，这对动劳后来的斗争方针也产生了巨大影响。

在斗争结束一个月之后，12月13日，国铁当局根据《公劳法》第十八条，对国劳和动劳的罢工进行了处分。对两个工会共计解雇66人（其中国劳27人、动劳39人），为国铁史上解雇人数最多的一次。矶崎发表总裁声明说："因为罢工规模庞大，而且为了今后不再有违法罢工出现，所以作出了这次处分。"

不仅有被解雇者，还有停职、减薪、警告等处分，遭受处分者超过5000人。自当局提出"EL、DL单人乘务"方案以来，屡次发生的罢工及守法斗争等一共造成解雇及免职132人，加上其他形式的处分，受处分者总数多达31202人（其中动劳为21580人）。

的确，"这是国铁劳资纷争史上最为激烈的纷争，堪称最大规模的'殊死斗争'"（升田嘉夫，《战后史中的国铁劳资》）。

我在当天《日经》晚报的"解说"专栏里这样写道：

"前所未有的大量处分，无论在财政方面还是心理方面，都对动劳带来了几乎是致命性的打击。由此，动劳在短时间内将不可能再次组织这种由全员参与的斗争。在财政状况方面，包括被解雇者的退职金及年金、对停职及减薪者的加薪和被扣除工资的补偿等在内，动劳用于受害者救济的资金据估计高达40多亿日元。尽管其手里有部分资金，会员将继续上交一个月的工资涨幅部分，另外还会继续对夏、冬季末津贴实行1000日元的临时性征收，但事实上，今后比起搞斗争，它必须优先考虑财政重建问题。"

自此以后，动劳将时常面对如何进行组织维系的问题。

第二章　矶崎总裁的"丸生运动"与国劳的反击

从"提高生产率运动"到"丸生运动"

在"生"字上画个圈（即⊕），日语念作 marusei（汉字写作"丸生"）。所谓"丸生运动"，指的是矶崎叡新总裁作为重振国铁经营的重头戏而引入实施的"提高生产率运动"。矶崎新体制本想通过它找回被工会夺走的生产一线"管理权"，然而结果却适得其反。岂止如此，这场"丸生运动"还带来了无可挽回的劳资对立和生产一线的荒废。这个给国铁留下巨大伤痕的"丸生"到底是怎么回事呢？

提高生产率运动的起源可追溯至昭和十九年（1944 年）的ILO（国际劳工组织）大会。该大会通过了旨在恢复和改善第二次世界大战后世界各国人民生活的《费城宣言》。宣言开篇即宣称"劳动不是商品"，并将改善人类福利作为终极目标，指出为此"经营者和劳动者必须合作，努力提高生产率"。

进入二十世纪后，随着诞生于英国的工业革命扩大至列强各国，近代资本主义席卷世界，在唯利是图的资本家所经营的工厂里出现了严酷的重体力劳动，一次次的经济盛衰浪潮使得城市的贫困和乡村的凋敝日趋严重，更有相继发生的大规模战争带来社会的动荡不安。在此背景下，由马克思提出、列宁付诸实践的以共产主义为旗帜的工人运动在世界各地掀起高潮，最终，社会主义国家苏联诞生。也许可以说，"提高生产率运动"是一场在对发展过度的资本主义进行反省的基础上兴起的运动。

按照马克思的《资本论》的论述，由劳动者提供的"劳动力"，在市场上与一般商品一样，通过供求规律定价和被买卖。而 ILO 却向世界宣称："劳动力就是人本身，而人并非可供买卖的商品。"

之后，伴随着战后的经济复兴，欧洲各国的劳资方及政府积极致力于开展提高生产率运动。日本生产率总部（财团法人）[①] 成立于昭和三十年（1955 年）2 月。在美国及日本政府的资助下，由经团联（经济团体联合会）、经济同友会、日经联（日本经营者团体联盟）、日商（日本商工会议所）即经济四团体联手组建。首任会长为石坂泰三（东芝总经理），专务理事由乡司浩平（经济同友会事务局局长）担任。其《设立趣意书》[②] 宣称，该组织由经营者、劳动者及专家学者三位一体构成，然而在成立时并未得到劳动工会的参与。原因在于总评等方面认为"此举将强化美国对日本经济的支配"，对其持批评态度。

生产率总部所实施的提高生产率运动，其原则有三点：第一是"提高生产率归根结底是为了扩大就业，对于过渡性冗余人员将通过实施岗位调动等防止其失业"；第二是"提高生产率的具体方式由劳资双方共同研究和协商决定"；第三是"要把生产率提高的成果公平地分配给经营者、劳动者和消费者"。很多依此原则引入该举措的私营企业，为了贯彻劳资合作理念，还设立了由劳资双方商讨提高生产率具体措施的平台——"劳资协议会"。

提高生产率运动的基本精神，是由劳资双方通过合作提高生产率的"劳资协调路线"。其本意是一种促进经营者和管理干部"承认劳动者的人性"的意识革命，然而，国铁却将把它搞成了以重建

---

① 1955 年，日本以财界赠款和日本政府、美国的补助金为资金来源，以促进生产发展为目的而建立的财团法人。
② 即设立宗旨。

国铁为目的的"促进员工意识革命的精神运动"。

矶崎总裁一上任即赴全国各地巡察，对一线负责人反复强调这是一场精神运动，即要求"员工首先是国铁职员，其次才是工会会员；要热爱国铁；要对国铁使用者抱有诚意"。他还进一步解释说：

"在生产一线，有不主动去了解国铁所处的现状、肆意反对一切的恶劣员工。我并不想去改造这种员工。处于不同层次的员工、企图利用国铁（在日本）掀起革命的这些员工，让他们洗心革面是徒劳的，还是不做为好。既不热爱国铁，对使用国铁的人也没有诚意，认为即使列车停运、让乘客为难、搞垮国铁也无所谓的员工，可以暂且把他们搁在一边（省略）。用数字来讲，大概2%是本质恶劣的员工吧。在余下的98%当中，无需管理人员任何点拨即明白事理的员工大概只有一半。余下的一半是需要有人点拨才会明白的员工。认真指导这部分处于中间地带的员工，是非常重要的事情。"（*Foreman*，1977年1月号）

继矶崎总裁之后，职员局局长真锅洋强调说，"生产率运动是对国劳和动劳阶级斗争主义的批判"，他如此解释道：

"进行国铁员工的意识改革，首先需要从旧有的马克思主义毕业。欧美的工会自不必说，日本的私营企业工会也早就从马克思主义毕业了，现在在企业活动中发挥着重要作用。认为在企业里面搞对抗和斗争很有意义的工人，在私营企业已经荡然无存，我们必须正视这个事实。"

表面上打着劳资协调这种"爱的哲学"的旗号，然而在背后却暗藏着排除敌对工会会员这种"恨的哲学"——国铁的提高生产率运动在出发点就动机不纯。不过，作为推行者的矶崎和真锅怎能想到：它将加深劳资双方的敌我对立，是通往不幸结局的出发点。

狂乱的风暴

"当工会会员之前，先当好国铁员工。"在一线管理人员因"现场协商制"所带来的工会一线斗争而烦恼不已、因劳务管理陷入僵局而丧失自信时，矶崎总裁的这个"人性回归"呼吁在他们听来犹如"福音"。随后，在各地开始出现"热爱国铁会""国铁改良会"等团体和组织。"丸生运动"使国铁劳资之间的混乱和对立进一步加剧，可以说，是矶崎的对话集会点燃了这场运动的导火索。

在这段时期，我（笔者）对东京品川"田町车辆段"的实际情况进行了报道，那里甚至被称为"田町解放区"。那篇报道被刊登在社会版头条（昭和四十四年即 1969 年 11 月 10 日早报），里面有好几个小标题："国铁劳资的田町攻防战""堪比学运的大众集体谈判""对人事及加薪也横加干预"等。该文对于了解当时生产一线的气氛以及当局发起提高生产率运动的背景很有帮助，故将其概要引用如下。

在从国铁品川站前往东京的路上，右侧可以看见一系列的电车及列车基地：田町车辆段、品川车辆段、品川机务段、东京机务段。倘若罢工造成该地区功能停摆，则以东海道线为中心的太平洋沿岸工业带的运输将陷入瘫痪状态。据当局称，这一带是国劳和动劳"激进分子"聚集的地区。其核心是东海道线的电车基地、田町车辆段的"国劳田町分会"（580 人）和"动劳田町支部"（48 人）。该车辆段长期受到这两个工会的"压制"，处于若没有工会点头就会事事受阻的状态。

无论碰到什么问题，工会方面都是由分会干部带头，二三十人一齐涌入段长室。他们虽然没有携带武斗棒，但谈判方式与学运的大众集体谈判几乎没有区别：拽住段长或副段长的领带，用拳头击打腹部，或用脚踢打对方，用手反拧其胳膊。这种"不至于让人受伤"的暴力行为动辄持续数小时，"混蛋""蠢货""扯淡"等各种谩骂满天飞。根本没有对话和协商的氛围。

谈判内容涉及从物业管理到人事、加薪、晋升、处分等所有项目，而这些本应属于当局的管理权限。今年3月，东海道线春季的临时列车因这个田町分会的突袭式消极怠工而一齐停运，据称其目的也是为了威胁段长"不许将反对东铁三分①斗争的处分报告提交给管理局"。刚开始大家还议论这是"野猫式罢工"（一部分会员未经工会总部同意而自发举行的罢工），但国劳东京地区总部很快对其进行了追认。他们迫使段长向工会会员公开有关加薪升职的报告申请，对相关考核结果不予认可。去年7月，前任段长N先生因为顶不住这种压力，在全国的生产一线当中唯一提出了"全员100%加薪"的申请报告。

据说，管理人员最怕被他们搞"各个击破"。将管理人员分隔开来令其感到孤立，只要发现助理们的一点小失误就将其一个一个地叫来，然后众人对其进行围攻，强迫其作自我批评。任意张贴写着"把某某助理赶下台"的大字报。据说，有的助理因为担心"若坚持原则以后将会挨整"而变得心灰意懒，有的甚至为此患上了神经症。

在这篇报道的最后，我引用了两位当事人的讲话来作总结性收尾。其中一位是国劳田町分会会长篠原正雄，另一位是国铁常务理事（主管劳务）井上邦之。

篠原："虽然有人称这是'暴力行为'，但是我们从来没有主动动过手。反而是当局在大肆进行恶劣的宣传。为什么这

---

① 由当局提出的将东京铁路管理局划分为三部分的方案，其背后目的在于分裂国劳东京地区总部。

么说呢？因为他们虽然口口声声说手里有证据，有暴力事件发生，却从不进行检举和告发。（省略）另外也有人说我们'超越了工会活动的范围，侵害了管理权'，可是，在加薪晋级等方面是否存在对工会会员的不当评级，对其进行监督检查是工人运动的应有之义。在这种时候，谈判是不能妥协的，一周也好十天也罢必须坚持到底。我们在众多斗争中，一贯坚持全员决定、全员行动的方针。"

井上："田町车辆段之所以陷入被称为'解放区'那样的劳务管理状况，归根结底，还是因为没有具备驳回工会主张充分能力的一线负责人。要想恢复正常状态，就需要一线管理人员变得强大，能够与工会堂堂正正地进行论战和交锋。矶崎总裁召开一线对话集会也是出于这种目的。今后，可以想见，工会方面还会采取各种手段发起进攻，所以我们打算在助理级别配置扎实可靠的人员，让他们来辅佐段长，通过巩固这种体制来确立正常合理的劳务管理。只要总公司和管理局给予全面支持，就一定能恢复正常。"

*   *

昭和四十三年（1968 年）3 月，在 EL、DL 单人乘务斗争步入正轨时，大野光基（后任铁路劳动科学研究所所长）就任职员局培训课课长。大野曾负责宣传工作，经常就劳资谈判的进展情况及罢工对策等向记者俱乐部作说明。他是一位勤勉正直之人。培训课课长这个职位，其主要工作是负责对员工的教育和培训。矶崎总裁呼吁一线管理人员要重视"国铁员工的人性回归"，为开展相关实践而对管理人员进行教育这个任务自然就落在了他的肩上。不久，他就成了"丸生运动"的前线指挥。

大野"抓紧点滴时间"去学习日本钢管及日立制作所等民间企业的职场组织及员工培训制度。他发现，这些地方全都在实施"管理者—监督者—小组领导"这种三级式管理。他一边参考和学习民间企业的做法，一边去与国铁的机务段指导司机及信号员、调车员等相当于一线小组领导的那些人谈话。令大野惊讶的是，"这些（作为一线小组领导的）人与一线管理人员之间的距离实在太远了"。

　　"对职场组织进行重组乃当务之急。无论如何，我们需要将一线负责人作为金字塔的塔尖，打造'管理者—监督者—小组领导'这种三级职场组织。（根据其各自的作用）赋予适当的权限和责任，并（对其）加以明确，由此，这些人就可以找到每天工作的价值和意义、感受到工作的乐趣吧。"（大野光基，《出卖国铁的官僚们》）

　　矶崎总裁在全国巡视及与一线负责人对话时，对他们苦口婆心地说道："重建国铁要从育人教育开始。（在员工培训中）仅仅教他们如何工作是不行的，要教给他们社会各方面的东西。告诉他们自己在社会中处于什么样的位置和立场。"接过总裁的话茬，职员局局长真锅洋讲得更为具体：

　　"我们要在精神层面上重建国铁。为此，需要打造数万名真心热爱国铁、把国铁当作实现自我生存价值的场所的骨干分子。他们并非管理人员。要在各关键岗位配置这种受过教育、经过千锤百炼的骨干。""最近，国劳和动劳的攻势越来越激烈。在所有培训阶段都必须引入劳工运动教育，培养对工会进行批判的势力。"

　　当高层反复如此强调之后，"培训课课长还愣着干啥呢？"这种揣度领导意图的批评之声便开始出现。昭和四十四年（1969年）9月，大野经人介绍去拜访了日本生产率总部劳动部部长深泽敏郎。深泽说了一句话令大野很受打击：

"国铁没有经营哲学。在国铁生产一线充斥的尽是工会的理念。"

深泽还说：尽管日本从美国引进了教育培训的方法和技能，但全都半途而废；生产率总部从4年前起，已针对各民间企业开始实施因"企"而异、有针对性的培训项目等等。大野立即将深泽的话向真锅局长进行了汇报。于是，他们决定下回真锅也参加，让深泽再重新讲讲。这样，9月中旬，他们把深泽请到了职员局局长室，并当场委托他为国铁"引进生产率培训"。

深泽说："要我们接受国铁的培训委托，必须答应三个条件。""第一，高层要有坚定的信念；第二，（培训）至少要安排三晚四天的课程；第三，培训必须在铁路设施（国铁下属的中央铁路学园 ① 等）以外的地点进行。"并说以上三个是绝对必须的条件。在事前磋商时，真锅和大野设想的是：利用东京国分寺的国铁中央铁路学园的员工培训设施，花几个小时或者住宿一晚来实施生产率培训。"如果是那样的话，我们绝对不会接受。"深泽说完拂袖而去。大野估计"这事只能就此放弃了"，但真锅在考虑了几天之后，非常坚决地说："不，这事不能放弃。"

作为尝试，从这年11月19日起连续4天，国铁在代代木奥林匹克纪念青少年综合中心实施了第一期培训。之后，按照每期40人的规模，一共举办了5期。参加者为各机务段的副段长和指导司机，共计197人。大野也参加了这个培训。参加者的反响非常强烈。据大野称，在培训结束时的座谈会上，参加者们纷纷激动地表示：

"在一线指导员工时心里吃不准、含糊不清的东西，感觉被一扫而光了。内心又涌起了决不屈服的斗志和坚持不懈的毅力。"

"自己的'国铁不沉战舰'意识被彻底戳到痛点，现在重新下

---

① 国铁的教育设施。1987年国铁分拆和民营化时，为偿还债务将其关闭并将地皮转卖他人。

定了决心。"

"感觉自己年老而僵冷的血液又重新沸腾了起来，熬夜两三宿也不在话下。我们打算在回到一线后，以提高生产率为目标，相互多联系并对所学内容进行实践。"

见大家的反应如此积极，真锅局长和大野课长便开始与日本生产率总部沟通和接洽，准备正式引进生产率培训项目。然而，生产率总部的一部分人，却对国铁的精英官僚抱有强烈的不信任感。"（国铁官僚们）一旦觉得形势对自己不利便会立即逃之夭夭，之后生产率总部下不来台只能掩面哭泣。""唯有国铁的培训不能答应。"此类声音不绝于耳。

的确，他们的担心后来变成了现实。

昭和四十五年（1970年）2月末，真锅局长和大野课长直接找到生产率总部理事长乡司浩平（在该组织成立时担任专务理事），恳请他务必答应研修之事。但是乡司并没点头，只是说："3月5日我将与矶崎总裁见面……"估计乡司也想确认一下矶崎总裁的决心。5日下午，乡司与矶崎举行了会谈。乡司回到生产率总部后立即叫来深泽，略带兴奋地命令道："深泽，国铁培训的事情，你就答应他们吧。这可是为了国家的利益。"在矶崎就任总裁时，佐藤首相曾强令他"改善劳资关系"，所以不难想见，矶崎一定是浑身充满自负地向乡司恳求道："为了国家的利益，我们希望实施生产率培训。"

*　　　　　*

3月24日，国铁的常务会① 通过了生产率培训计划方案。同

---

① 由常务理事以上高管组成的总裁咨询机构，实质上是最高业务决策机构。

时，矶崎总裁提议，为了推行生产率提高运动，将职员局培训课改组为"能力开发课"；并作出人事任命，将大野提拔为首任课长。之前在职员局并不起眼的培训主管课长，一下子被置于高光之下。在该常务会上，还有人提议在全国各铁路管理局的总务部里新设"能力开发课"。然而，这遭到了刚刚由会计局局长升任常务理事（主管劳务）的山口茂夫的强烈反对。

山口认为，与其在各管理局设置新课，还不如将中央铁路学园校长提拔为主管教育培训的常务理事，加强全国各地铁路学园的力量，将所有的教育培训工作都交给他们去做。山口担心，如果将生产率提高运动与工会对策同时并行，国铁的劳资关系将愈发不可收拾。"无论如何，生产率提高教育只能作为教育培训的一个环节。"由于山口的反对，当天的会议未能作出相关决定。后来到了6月2日，在矶崎的强烈推动下，才在各铁路管理局设置了能力开发课。

从8月26日起，全国各铁路管理局能力开发课课长被召集到东京，参加课长会议兼生产率教育会议。会上，职员局局长真锅致辞说：

"我们需要诸位去做一件以往组织所未能做到的事情，深入一线去干一些粗俗土气的事儿。生产率教育能产生以往国铁培训所不具备的效果。（此前的听讲者）大家都漠然而来感激而归。我认为这个教育可以掀起意识革命。年轻人对此很拥护。今后我们不能仅依靠生产率总部，各管理局也要搞生产率教育。管理层已经差不多了，今后要把重点放在工会的基层会员身上，打造对工会进行批判的势力。"

生产率提高运动的本来目的是通过劳资合作提高生产率，以实现经营和就业的稳定。很明显，真锅的发言已经偏离了生产率提高运动的应有之义。如此一来，说他是借培训之名实施"反工会教化活动"也无可厚非吧。

实际上，国铁的劳务政策已开始出现重大转折。

10 月 24 日，因担心生产率培训成为新的劳资纠纷火种而对其持批评态度的山口茂夫，在出任常务理事（主管劳务）仅 7 个月就被降职为九州总局局长。职员局局长真锅洋被提拔为其后任。在山口出发前往九州那天，国劳和动劳的干部几乎全员到东京站为其送行。

从旅客局重新回到职员局并担任劳动课总括助理 ① 的井手正敬，也是"生产率提高运动的公开批评者"之一。

"有关生产率提高的教育很重要，但生产率运动并非绝对的价值观。它是众多理念之中的一个，但并非普遍的价值观。通过这种运动来否定工会的存在，如果实施这种不当劳动行为，迟早必定会遭到工会的反击。社会舆论也会认为这是为了打压国劳。'不当劳动行为'，只能由专业人士来搞（作为'必要之恶' ② 不得已而为之，而且实施起来也不会被视为不当劳动行为）；若让普通员工来搞，则必然会露出破绽。用生产率运动来改变国劳和动劳的组织，从根本上来讲并不现实。"（井手正敬，《国铁改革回想录》）

职员局制作了"参加人员名单"，准备让总公司课长助理级别以上的人员全部接受培训。可是，真锅局长却对属于反对派的井手恨恨地说："像你这种人接受培训也没有意义。让你去简直是浪费钱，你就不用去啦！"不仅是井手，当时身为会计局局长的吉井浩、货运局运输课课长川野政史等人也都持批评态度。但是，矶崎总裁、真锅局长和大野课长三人"上下一条心"，他们对那些批评意见根本不屑一顾。生产率提高运动已陷入疯狂，其风暴随即刮遍了全国。

---

① 即总括课长助理，指从总体上辅助课长的工作或者负责两个课以上的人事、预算等重要综合性业务的课长助理。

② 指虽然希望没有，但出于组织运作或社会生活上的需要不得不做的事情。

"丸生运动"现场

生产率培训具体是如何开展的呢？"由于受工会'宣传'的蒙蔽，那些媒体报道四处散布了（坏名声）。"后来，大野光基为此甚感不甘。这里我从当事人大野的著作《出卖国铁的官僚们》中摘选了部分内容。

培训分总公司主办和地区管理局主办两种方式，仅在昭和四十五年度（1970 财年）就有共计 3.9 万人参加了培训。总公司主办的培训是四晚五天的课程。白天，主要由外聘讲师讲授生产率提高运动的理念及日本经济现状等内容。晚餐后举行小组讨论，这时"大家好似忘记了时间的流逝，经常搞到夜里十一二点，有时甚至到凌晨两三点"。

下面是白天讲师授课内容的一例。

"很多国民都在异口同声地发出疑问：'国铁的劳资关系难道就不能恢复正常吗？'一年到头都在搞罢工搞对立抗争，在反安保斗争中，没有罢工权的国劳和动劳也跻身前列。这种劳资关系难道不是必须加以改善吗？只有劳资关系成为社会上普遍存在的那种合作体制，才有可能实现国铁的重建。

"重建计划应该是由劳资双方共同制订的东西，在民间都是由劳资共同制订的。只有劳资共同制订，大家才能齐心协力，劲儿往一处使。

"在国铁，只要经营方提出一个措施，工会就说你那是垄断资本的骗人把戏而加以反对。经营方说要废除亏损线路，工会就会反对废除。这样下去，岂不是毫无办法吗？

"当局方面也有很大的问题。那就是官僚主义。官僚主义就是指偏重学历的人事制度，还有责任意识缺失、权力主义、'通知主义'。在前段时间有人问道：'生产率运动的实施通知何时下发呀?'他们这是把它与事故预防运动、服务改善运动等混为一谈了。生产率运动是一个理念,是一种基本的思维方式。它不是发个通知的问题,而是一场号召打破这种'通知主义'的运动。"

在白天这类授课结束后,晚餐后的夜间小组讨论才是培训的重头戏。讨论的主题是《国铁经营及一线所存在的问题》。据称,每次讨论必定是以下内容。

刚开始讨论一般性原则问题,比如:"今天国铁的巨额亏损,是无论你我如何努力都无法消除的""当局在跟我们谈提高生产率之前,应该先展示一下重建愿景",然后再逐渐转向一线及身边的话题。

"最烦人的是我的上司。他一点干劲儿都没有;对工会倒是格外客气,而且天天只想着自己退休后的事情,对工作也心不在焉。"

第一、第二天的晚上,全是这种来自参加人员的没完没了的批评和中伤。主持夜间讨论会的人,是由生产率总部派来的指导培训师。从第三天开始,培训师便向这些爱发牢骚的愤愤不平者提问:

"你自己如何呢?'我不需要别人提醒,已经做得很好了',是不是真的做到了呢?如果'已经做得很好了',那么这个人就不会去努力了吧?这样他大概就会止步不前了。

"我认为,在这个地球上,没有一个人能够拍着胸脯说'我已经做得足够好了'。为了追求完美,人永远需要不断地努力,只有这样才能取得进步,难道不是这样吗?"

大概从第三天起,参加者的态度就开始发生变化。

"重建国铁需要从我做起。哪怕是芝麻小事也行,从明天起我一定要做点什么。仔细想想,在过去对国铁来讲,我是一个价值为'0'的人。好,从明天起我要变成'1'。1乘以46万人,不就变成46万,这不就是一股宏大的力量吗?"

"生产率教育的成果非常了不起。"就像大野自诩的那样，培训取得了很好的效果。员工结束培训回到一线后，以一线管理人员为核心，在很多部门成立了生产率提高运动小组。"重建国铁同志会""重建国铁会""热爱国铁会""生产率培训及实践会""毅力会""跌起会"①……名字五花八门的运动小组在各地的车站、车务段、机务段等相继诞生，在全国共成立了 5215 个生产率提高运动推进小组。后来，矶崎在国会答辩称，参加培训的人员合计约 22 万人。如果该数字没有水分，那么当时几乎一半的员工都参加了培训。

昭和四十五年（1970 年）11 月，在总公司举行了针对各铁路管理局能力开发课员工的培训。矶崎总裁在事先未打招呼的情况下突然来到会场。据说"矶崎当时很是兴奋"。（大野光基语）

"看，诸位是多么的热血沸腾！今日我也无法再作训示了。真是太棒了！现在的国铁官僚主义依然严重。希望你们即便在官僚制度上碰壁也不要灰心。请诸位率先将生产率运动渗透到一线。大野现在俨然是一个火球。我们要打造新的国铁管理组织。斗争至上主义早晚将陷入穷途末路。希望诸位多为新型劳资关系添柴加薪。"

"这些事情我们不做谁来做！"矶崎兴奋不已、不同寻常的激励，点燃了那些一线管理人员心中的激情。

不过，与一般的工厂劳动者不同，国铁生产一线有很多业务的"生产率提高"业绩无法用数字来表示。这样，其"矛头"就必然转向拉工作后腿的工会活动家，削减国劳和动劳的会员逐渐成为业绩目标。这将在各地生产一线引发"不当劳动行为"，并导致矶崎体制的瓦解，这点恐怕连矶崎本人也没有想到。

由于被一线管理人员纠缠不休地劝说"退出国劳"，或者被上司命令"去劝说部下退会"，不少员工为此倍感烦恼，甚至有自

---

① 无数次跌倒后再爬起、百折不挠之意。

杀者出现。据国劳编写的小册子《见鬼去吧！㊤产率运动》(昭和四十六年即 1971 年 10 月 15 日刊发)统计，该运动一共造成 7 人丧生(其中自杀者 6 名、事故死亡 1 名)。据称，各地还出现了"重度神经官能症"患者。

*　　　　　　　*

随着生产率提高运动的推进，工会势力也开始出现了明显变化。

"劳资协调"是生产率提高运动的目的，也是同盟(日本劳动总同盟，民社党的支持母体)系工会"铁路劳动工会"(简称"铁劳")自成立之初起一直高举的旗帜。于是，大批会员相继集体退出国劳和动劳，而铁劳的会员迅速增加。从昭和四十六年(1971年)1 月左右起，国劳和动劳合计每月平均有 3000 至 5000 名会员退出组织。在生产率提高运动开始之前的昭和四十五年(1970年)1 月，铁劳工会会员的总数为 7.5 万名，一年半之后迅速增至 10.5 万人。在同一时期，原有 27 万名会员的国劳有 5 万人退出组织，会员人数减至 22 万人。动劳也有 9000 人退出，只剩下不到 5 万人。

另外，这年 4 月，由退出国劳的设施部门的工会会员组成了"全国铁设施劳动工会"(简称"全施劳")，会员人数在成立之初只有约 1000 人，但到了 10 月份便增至 9350 人，跨年后竟突破了 1 万人。全施劳在与铁劳划清界线的同时，逐渐成为对国劳和动劳的批判势力。生产率提高运动使国铁的工会活动出现了重大转折。

昭和四十六年(1971年)9 月 9 日，在东京的日本青年馆，当局以"胸怀热情勇往直前"为主题，召集全国的青年国铁职员 1300 人举行了一场意见发表会。矶崎总裁在讲台上呐喊："当下我们正迎来国铁维新！今后的国铁需要 11 万国铁年轻人来打造。"对矶崎来讲，这应该是"胜利的怒吼"吧。兴奋至极的年轻人一齐拥上去将矶崎围在中央，并把他抬起来抛向空中。

职员局能力开发课是推进生产率提高运动的核心主力，从昭和四十五年（1970年）1月起，他们开始连续发行B4大小的蜡纸油印刊物《能力开发信息》。大野光基课长指示说："只要内容不是撒谎，写什么都行，要用接地气的语言进行原汁原味的描写。"该课职员中泽弘自告奋勇地担任了责任编辑。所刊发的内容包括会议上与会者的发言、职场故事、图书介绍、干部动向、能力开发课职员的结婚及乔迁之喜等，可谓是乱七八糟的"一锅烩"。刚开始大家还瞧不上眼，说"这是啥玩意儿啊"，但是后来它逐渐变得受欢迎，各管理局和一线纷纷要求订阅。到后来因工会的"反丸生斗争"造成停刊为止，该刊物一共发行了290期。可以说，它有力地推动了生产率提高运动的开展。在刻写《能力开发信息》的蜡纸时，中泽嫌"生产率提高运动"这个词写起来太麻烦，于是就在"生"字上画个圈，将其写作"㊣运动"。虽然该课课员把它念作"生产率提高运动"，但是国劳和动劳认为，这是"借生产率提高运动之名，行打压工会之实"的不当劳动行为，而将其称作"丸生"。在记者俱乐部也很少有人说"生产率提高运动"，大家都通称其为"丸生"。可能大家觉得，生产率提高运动专注执着、不拘小节，它所展现的那种病态"精神主义"与"丸生"这个表达方式很匹配吧。

富塚与真锅的料亭会谈

仅一年半之内就有5万会员退出，面对这样的危机事态，国劳也并没有就此束手待毙。从昭和四十五年（1970年）年末到翌年昭和四十六年（1971年），国劳面向会员积极开展了"粉碎丸生"的教育宣传活动。领头人就是中央执行委员、号称"智多星"的细井宗一。

从这年 2 月到 4 月，细井连续撰写了 15 篇教育宣传文章，总题目叫《生产率运动是个谎言！》。与一般的工会教宣材料不同，它通过加入漫画等形式，向会员简明扼要地介绍了"丸生运动"的本质。工会把这些文章汇编成册，并发放给每一位会员，人手一册，一共发放了 29.5 万册。其所花费用也非同寻常，一共耗费了 1 亿日元。"耗费 1 亿日元的教育宣传活动"，当时这在会员之间也引起了热议。关于这本小册子，细井如是说（《国铁"丸生斗争"资料集》）：

"生产率运动是个什么东西，一开始工会干部也不是很清楚。就连当局在着手实施时，对'生产率运动是啥'这个本质问题也并不明白。当局的做法，与其说是生产率运动，还不如说是伴随着不当劳动行为的组织破坏和组织攻击，而且当然是以思想攻击为主。由此，比起直接对付生产率运动，我们可能更注重去对付不当劳动行为并进行组织防卫。然而，要与其进行对抗，生产率运动到底是什么，这点必须搞清楚，这是我当时的想法。"

《生产率运动是个谎言！》的第一回是《梦想何时绽放——失去梦想的丰田汽车的故事》。漫画中一名身着国铁员工制服、头戴制式帽的男子一边弹吉他一边演唱，其演唱内容首先是模仿藤圭子[①]的流行歌曲《圭子之梦在夜晚绽放》的歌词，后面接着写道："生产率运动是什么？一曰洗脑，二曰盲从，三四被压榨，五即被赶走。"正文以下述一问一答的形式开始：

"这阵子，无论在哪个部门，生产率运动都如火如荼啊。"

"嗯，是很火爆啊。简直是'生产率，你追我赶不停歇'。这可不是歌词哦。"

[①] 1951—2013 年，出生于日本岩手县，上个世纪 60 年代末至 70 年代初风靡日本的演歌歌手。歌手宇多田光是其女儿。

"听说丸生运动能让职场和生活都充满阳光、让我们人人充满梦想？"

"做你的美梦吧。丸生运动对当局来讲或许能带来美好希望，但对我们工人来讲，是既无梦想也无希望。你瞧，他们像疯子一般宣传：要改善国劳的体质，干工作要有毅力。可是'我自己又该如何如花儿一般绽放呢'？"

"（省略）丸生运动的优点不是循序渐进逐步改善么？"

"你算说到点子上了。未来的事情，不说不知道，听别人一说又觉得挺奇妙。丰田汽车的生产率运动已连续搞了15年，然而同伴们的体会却是：日子一天不如一天，职场越来越黯淡无光。这可是他们自己说的哦。"

一问一答之后，文章介绍了丰田汽车的生产率运动，并附上其结论："丰田的生产率运动为我们带来了什么——只是生生夺走了工人的自尊和梦想而已。"并控诉道："资本家（当局）的花朵和工人的花朵，压根儿就不是一种东西。想让罂粟籽开出百合花，这只能是天方夜谭。我们工人的梦想，如何才能绽放呢？"

以上是第一篇，之后是《大蛋糕是谁的——蛋糕做大了就能涨工资吗？》（第三篇）、《令人忧虑的差距——如何公平分配成果》（第四篇）、《就此告别生产率运动——工资与生产率无关》（第五篇）、《如此国铁谁之过——"亏损"宣传的目的何在？》（第六篇）、《我怎么能把生命托付与你——"合理化"与生产率运动》（第七篇），等等。第十篇是《Oh！猛烈特训——永无休止的精神总动员运动的终点站？》，第十四篇是《我们岂能让"丸生"走进职场——终结"丸生"的要点》，最后收尾的第十五篇是《你将如何对待这个职场——工人与其生存价值》。

可以说，这是一本通俗易懂的"解说读本"，它对生产率运动与国铁当局的目的、对此工会会员应如何思考及如何行动作了清楚的阐述。虽然所有国劳会员人手一册，但在当局的猛攻面前，细井苦心编撰的读本也没有什么效果。在昭和四十六年（1971 年）夏季过后，会员的集体退出依然势头不减，退出国劳后再加盟铁劳的会员共计超过 7 万人。国劳由此陷入组织危机。

＊　　　　　　　　＊

应该如何应对这种事态呢？对此，国劳组织内部出现了两种截然不同的看法：一种意见认为应该对不当劳动行为进行检举揭发，进行彻底的斗争；另一种是较为悲观的看法，认为"坚持斗争就能打败当局吗？不能获胜的战争就不应该打，应该接受当局的主张，让他们停止攻击"。"能否想办法让当局停止搞'丸生'呢？""眼下职场的混乱局面能否想法收拾一下？"地区总部领导的这种声音被频繁送达中央总部。

听到这种呼声之后，当时的国劳总部企划部部长富塚三夫在第三十二届全国大会（8 月份在函馆召开）的前夕提出，希望与常务理事兼职员局局长真锅洋举行会谈。

富塚知道国劳地区总部的干部纷纷要求"尽早收场"，因此暗自打定主意：为了打开局面，"只能向真锅低头"。于是，在位于东京神田的料亭"九条"，真锅与富塚举行了"面对面的会谈"。富塚还带上了主管企划的中央执行委员武藤久（后来任国劳委员长）和企划部中央执行委员美见和甫，并令二人做会谈的"见证人"。不过，"面对面的会谈"不可能让这两人同席而坐。在会谈开始前，武藤和美见便潜伏在隔壁房间里，准备"偷听"真锅和富塚的谈话。

筷子和酒杯尚未端起，会谈即已拉开序幕。据武藤的自传《不知己，亦不知敌》描述，在房间入口处，富塚向真锅下跪，双手伏地恳求说：

"局长，我知道您对我的看法。我自己一定反省，今后一切都听您的。您能否停止目前正在实施的'丸生运动'？"

面对富塚的恳求，真锅厉声斥责道：

"富塚，你小子认尿了？怎么不像在对抗'东铁三分'（在第一章中，将东京铁路管理局分成三部分以分裂国劳东京地区总部的措施）时那样坚持到底了？"

宴席的气氛顿时变得紧张起来。

眼见真锅不顾自己的再三请求依然傲慢无比，可能富塚也不抱希望了吧。"真锅，你不要欺人太甚！反正老子是福岛的穷光蛋。咱们就彻底干一场吧。"富塚站起来，将餐盘及饭菜掀翻在地，屋里传出杯盘摔碎的响声。"哟，老子也是德岛的平头百姓哦。好，看谁能笑到最后！"真锅甩下这句话后愤然离场。一直在旁边屏息注视的料亭老板娘赶紧喊道："美见先生，快来劝劝他们吧。"于是，躲在隔壁房间的武藤和美见也露馅了。

我（笔者）曾就武藤自传中的这一幕情景向富塚核实过。

"写得一点儿没错。我希望尽量与真锅和解，转入有条件的斗争。但是真锅气势汹汹想找茬儿的态度实在太气人，所以我跟他翻了脸……"

在一次以国劳所编撰的《国铁"丸生斗争"资料集》为讨论主题的座谈会上，武藤久说二人之间还曾有过这样的对话。

"真锅，你收手吧。老子也收手。老子已下定决心收手了。如果你停下这个（丸生），咱们也可以合作。"

"老子是绝对不会收手的。如果收手了，国铁也就撑不下去了。"

"国铁是靠你一人撑着的吗？是仅靠管理人员撑着的吗？你以为没有工人的合作国铁能生存吗？你不收手是吧，那么老子也奉陪到底。"

"当真锅明确表示不会停下'丸生'之后，富塚便下决心真正跟对方干仗了。"武藤说。可以说，以这次会谈为开端，国劳和当局进入了进退维谷的全面对决状态。

"与其坐以待毙，不如起来反击"

富塚三夫是细井宗一的盟友，在"丸生斗争"中，他作为"国劳代表"与当局进行了针锋相对的斗争。这里我想讲讲其前半生。

前文提到，富塚曾严词厉色地说："反正老子是福岛的穷光蛋。"的确如此，昭和四年（1929年）2月27日，富塚在福岛县伊达郡国见町一户贫苦农家呱呱坠地。家中共有兄妹八人（四男四女），他是第三个儿子。祖上曾做过伊达藩的家老，但在第35代时家道中落。三夫出生时，父亲是村里穷得响叮当的佃农。父亲在地主面前总是点头哈腰低人一等，母亲也经常因被债主逼债而四处躲藏唉声叹气。"难道仅仅因为贫穷，就得如此卑躬屈膝地生活吗？"年幼的三夫时常为此愤愤不平。

昭和十八年（1943年），当时尚处于二战期间，富塚在国民学校高等小学 ① 一毕业即入职国铁，成为东北干线藤田站的一名勤杂工。那年他只有14岁。

早晨上班后，他主要负责清扫车站及站长公寓、打水、买东西等这类杂活儿。没过多久即迎来战争结束。为了拿到旧制中学的毕业证，他在仙台铁路教习所学习了一段时间。在昭和二十四年（1949年）根据《定员法》实施大批裁员时，富塚主动申请调往东京。他被安排到位于国铁总公司内的东京电务段工作，成为一名信

---

① 国民学校为日本旧制初等普通教育机构。以国家主义教育为目的，于1941年对普通小学和高等小学进行改编。年限改为初小6年，高小2年。1947年被废止。

号工。他一边工作，一边在明治大学 ① 政经系（夜校）上学。在明治大学，他呼吁大家搞学校民主化，并担任了自治会委员长。在调动一年后，他便当上国劳东京电务段分会青年部部长，翌年被调至新桥站。昭和三十三年（1958年），由青年部部长变成新桥支部总书记。

之后，他作为国劳东京地区总部的活动家开始崭露头角，从昭和三十四年（1959年）起任东京地区总部执行委员，昭和三十八年（1963年）起任该总部总书记。昭和四十一年（1966年），他刚37岁就出任该总部委员长。30多岁就担任委员长，这在当时一度引起热议。如前文所述，当局将东京铁路管理局一分为三就是为了打压富塚，但是富塚察觉后，坚定维护东京地区总部的团结，奋力挫败了当局的企图。然后，在昭和四十四年（1969年）担任国劳总部中央委员会企划部部长，开始了与"丸生运动"的全面对决。在此期间，包括在昭和三十二年（1957年）5月遭到停职3个月的处分等，先后遭到6次处分，在昭和四十年（1965年）被免职 ②。后来，他还担任了国劳总书记、总评事务局局长，成为仅次于前辈岩井章的"劳工界明星"。

富塚原本与岩井章一样，同属于民同（国铁劳动组合民主化同盟，社会党派系）左派，但随着民同左派的工会干部逐渐向社会主义协会（日本社会党左派派系之一，也被称为"向坂派"）倾斜，他便不再属于任何派系，而与共产党系的细井宗一始终保持着盟友关系。由此，人们评价他"处事灵活，是'妥协的天才'""漫无原则，故'变幻自在'"等。不过，"工人运动需要浪漫情怀。不

---

① 日本的私立大学之一，前身是1881年创立的明治法律学校，1903年改称为明治大学。1920年根据大学令升格为大学。总部位于东京都千代田区。
② 此处的免职尤指失去职员（准公务员）身份。

能患得患失，搞罢工时，哪怕明知受损也必须坚持到底"，这些才是富塚的口头禅。

*　　　　　　　*

昭和四十六年（1971 年）8 月 24 日，国劳第三十二届全国大会在函馆召开，会期 5 天，会议的主要议题是决定如何应对"丸生运动"。会议期间，总部和地区总部的干部反复磋商。国劳面临解体的危机，"难道不能想办法收拾局面吗？总部改变一下斗争方针如何？"国劳国会议员团、地方议员团、总评干部也开始出现逼迫总部"妥协"的动向。"意志消沉派"与"自暴自弃派"各持己见，无法形成统一认识。

在软硬两派意见不一致的情况下，正式会议之后，国劳总部的中川新一（委员长）、富塚三夫、细井宗一、酒井一三（总书记）、小山田哲也（教宣部部长）等实力派人物，与北海道、东北、东京、名古屋、广岛、门司等地区总部的委员长深夜秘密聚集于"函馆汤之川"旅馆，共商对策。从第二天夜里起，讨论终于朝着"斗争方向"推进。在背后起推动作用的就是富塚。富塚向大家汇报了在神田料亭与真锅会谈的经过，并激动地说：

"我们唯有斗争。既不知道能走多远，也不知道是输还是赢。但是，（工会会员）减少如此之多，组织不保，劳动工会不是只有斗争这一条道路可走么？"

这句"唯有斗争道路可走"又将大伙拽回了斗争路线。斗争之路能走多远呢？"不管怎样先让他们撤掉搞'丸生'的真锅局长。只要撤掉了真锅，就总会有办法。"富塚说。大家对此表示默认。"撤换真锅竟然成了我们的目标，这也说明我们当时是多么缺乏自信啊。"（细井宗一语）

富塚进一步强调说："要斗争我们就必须团结一心坚如磐石，否则不可能获胜。不能再分什么民同和革同。关键在于是否真正有勇气去斗争。这点需要确认一下。要干就必须坚决彻底，要一心一意、心无旁骛地去斗争。"

通过反复举行这种非正式会议，从第三天起，大家才统一认识，决定开展斗争。不过，那也是一种"玉碎战法"，即"把该做的做了，这样纵然组织剩下不到 20 万人头也认""即便如此屈服也是挨整，这说明已经到了阿图岛 ① 啊！把能做的做了，然后玉碎即可"。既然决心已下，那么中央和地方的干部便统一认识，约定将"以死相拼"，并决定在最后一天，由中川新一委员长作"特别讲话"，一扫沉闷气氛。撰写讲话稿的任务交给了教宣部部长小山田哲也。最后一天中川委员长"特别讲话"的结尾如下：

"眼下，我们必须认识到：纵使坐着观望、拱手退让，目前的组织也无法保住，而且，一旦时机成熟对手便会加强攻势，最终必定会强迫我们全面解除武装。因此，我们必须遵循'只有抵抗才是最有力的防御'这个原则，以粉碎丸生运动尤其是让他们立刻停止不当劳动行为和歧视为目标，依照本届大会的精神，对如何粉碎丸生运动作出战略性展望。在当前，要为即刻废除亟需解决的不当劳动行为和歧视而斗争。我发誓，中央领导部门将带领大家彻底战斗到最后一刻，以上即是我们的决心。"

这便是国劳"与其坐以待毙，不如起来反击"的号召，它为国劳历史写下了浓墨重彩的一笔。与之前的反合理化斗争不同，这表

---

① 位于太平洋北部、美属阿留申群岛最西端的火山岛。二战期间，日军守备部队在此被美军全歼。日军在最后阶段采取自杀式的疯狂"玉碎"反攻，美军为收复该岛伤亡惨重。

明国劳决心以组织命运相拼转入反击。当中川委员长发言结束后，全场顿时响起"热烈的掌声"，并且足足持续了十分钟。

"富有正义感"的《每日新闻》记者内藤国夫

"要搞垮丸生运动，唯有进行坚决斗争我们才有获胜的希望。"在大会期间的"深夜秘密聚会"上，富塚首先讲了这句开场白。接着，他阐述了自己的主张：

"最有效的反击方法是由工会会员进行内部告发，由会员潜入丸生教育现场，去打探实际情况，然后对不当劳动行为进行揭发，向公劳委或者地方法院提起诉讼。另外，揭露总公司及地方干部的违规行为，对其实际情况进行曝光的战术也不可缺少。"

对于富塚这个貌似有些"过激"的主张，那些劳资关系相对较好的地区总部的委员长们刚开始难免顾虑重重、畏首畏尾的。可是，在"与其坐以待毙，不如起来反击"的特别决议被通过后，"好，那就试试吧"，这种响应和附和之声逐渐多了起来。

富塚还提议通过电视、报纸、杂志等媒体开展全面的"反丸生运动"，这也获得了大家的认同。由于在地区总部层面的曝光战术有破坏地方劳资关系的危险，因此决定"由总部代为实施"，并且全权委托总部的富塚三夫和小山田哲也负责。在《国铁"丸生斗争"资料集》座谈会上，富塚如此回忆道：

"于是我就寻思，以矶崎为核心的官僚管理体制最薄弱的环节在哪里呢？答案是媒体环节。在看穿了官僚们的这个弱点之后，我就跑到报社记者那里，对各种各样的内幕进行了公开揭发和曝光。这引起了社会的异常关注，影响不断扩大，由此对方开始出现了动摇的苗头。"

在大会结束回到东京后，富塚开始每天前往设在劳动省（今天的厚劳省①）内的记者俱乐部"劳农记者会"，向他们反映丸生运动的真实情况。"作为战后工人运动领头羊的国劳都快被搞垮了，看来形势很不安稳啊。"《每日新闻》②记者内藤国夫对富塚的控诉作出了强烈反应。

富塚说："如果没有内藤国夫，我想'丸生'（的问题）就不会那么广为人知。他是一位很有个性之人，在他的努力下，《每日新闻》彻底报道了国铁的不当劳动行为。"后来，内藤也称富塚是"自己在丸生时代的战友和伙伴"。《每日新闻》率先开始报道"批判丸生"的内容之后，《朝日新闻》等各家报纸也紧随其后，一连数日，各家媒体都竞相刊登了"批判丸生"的文章。

"媒体这块由富塚负责，但主要还是依靠《每日新闻》的内藤国夫先生。（省略）他有很强的正义感，连着好几天为我们撰写了有关这个问题的报道。《每日新闻》写了之后，《朝日新闻》也不得不写。然后《读卖新闻》也不可能默不作声。《产经》③偶尔也会刊登铁劳的主张，因此，关于'丸生'问题每天都有文章见报。我想，这对国铁工人来讲是一个巨大的鼓励，也把'丸生'作为社会问题进行了宣传。内藤的力量非常强大。"细井宗一也如此证实道（《国铁"丸生斗争"资料集》）。

---

① 厚生劳动省的简称。日本主管医疗、福利、保险和劳动等行政事务的中央行政机关。2001 年由厚生省与劳动省合并而成。

② 日本有代表性的全国性报纸之一。1943 年由《大阪每日新闻》与《东京每日新闻》合并而成。

③ 日刊报纸之一。其前身为 1933 年在大阪创刊的《日本工业新闻》，1942 年更名为《产业经济新闻》。1950 年起也在东京发行并从经济专刊转变为一般综合类报纸。

在工会方看来，内藤是"富有正义感的记者"。然而，对于生产率提高运动的前线指挥——当局的大野光基（职员局能力开发课课长）来讲，则是"可恨的敌人"。

　　"国劳和动劳的阶级路线没有丝毫的良知，但竟然有为拥护其路线而甘愿充当其走狗四处奔波者。那就是《朝日新闻》和《每日新闻》这两家堪称我国大众媒体代表的报纸。其核心人物是《每日新闻》的记者内藤国夫。"大野说。

　　内藤曾经在文章里写道："有时，喧嚣嘈杂反而是好事。趁着这种骚乱兜售新闻是报纸的特性，报纸有时甚至会充当'麻烦制造者'的角色，也就是说，是一个煽风点火者。"（产业劳动调查所"社会教育管理者版"昭和四十六年即 1971 年 12 月 5 日发行）大野例举这段文字，颇为不屑地说："写这种文章的人怎么可能有正义感呢？他没有任何像样的思想，只是一个煽风点火者而已。"

　　前文提到，在美浓部亮吉东京都知事诞生前后，我（笔者）在都厅记者俱乐部常驻。那段时期，《每日新闻》的内藤国夫恰好也在那里常驻。他深入采访了东京都议会的公明党，撰写了一本《公明党的真面目——对这个巨大信徒群体的疑问》（Yell 出版社）。在美浓部都政之下，他深入挖掘与美浓部相关的素材，如同美浓部都政的啦啦队一般披露了一系列的"独家猛料"。我和他是邻座，因此经常有机会"聆听"他的感想。

　　昭和四十三年（1968 年），当我被调到国铁记者俱乐部时，内藤也离开了都厅记者俱乐部，转为去采访"东大学运"[①]。东大学运告一段落之后，他又去劳动省常驻。他在学生时代曾担任东大法律系自治会委员长，在"六〇年安保斗争"中，曾率领东大学生开展了游行活动。昭和三十六年（1961 年）4 月，他进入《每日新闻》。

---

① 东京大学的学生运动。

作为新闻记者，他比我早入行 3 年，是我的前辈。尽管我们有时见解不同，但他是令我尊敬的记者之一。

关于"丸生"的采访，内藤在其著作《身为新闻记者》（筑摩书房）中如此写道：

"在学生运动采访告一段落后，我转入了对工人运动的采访。当时劳工界重组浪潮来袭，即所谓的'丸生攻击'。当局借'生产率提高运动'之名，发起将工人'划分'为'好工人'和'坏工人'的攻势。'好工人'即老实巴交地听从上级指示的人，而'坏工人'就是有强烈的权利意识、对上级不惟命是从的工人。这关乎人的'生存状态'，所以我比别人更有兴趣、更为关切地去进行了相关采访。也可以这样说吧，即那些被施以'丸生攻击'的工人与憎恨这种划分行为的我手中的笔杆子——二者'同仇敌忾结成了战斗伙伴'。那正好是在我当了 10 年左右记者时碰到的工作。"

从昭和四十六年（1971 年）9 月末至 10 月初，报纸上出现了令当局倍感吃惊的"批判丸生"报道热潮。这里我仅列出各家报纸部分报道中的标题。

· "国劳愤怒曝光相关实例——当局的'不当劳动行为'""以加薪为诱饵瓦解组织"（《每日新闻》，9 月 21 日早报）

· "令人头疼的丸生运动""'作业人员要戴好头盔'——相互仇视的国铁劳资""加薪晋级也被叫停"（《朝日新闻》，9 月 23 日早报）

· "'丸生列车'将驶向何处？""请驶回'对话站台'""强行高压的官僚思维"（《读卖新闻》，10 月 1 日早报）

· "丸生运动：陷入泥潭的国铁劳资""忘记重建，只争'面子'""不合作当然受歧视""彻底的歧视，家庭生活也受影响"（《每日新闻》，10 月 6 日早报）

·"国铁当局被迫对丸生进行再议""陈旧观念的曝光""令人关注的六个问题"(《读卖新闻》，10月8日晚报）

在这一系列报道中，打头阵的是《朝日新闻》的《狂飙突进的"丸生列车"——愈演愈烈的国铁生产率运动》（5月16日早报）。大野光基曾经感叹："它对生产率运动带来了极其恶劣的影响，国铁的部分高层开始显露出动摇的神色。"（《出卖国铁的官僚们》）这篇文章以"黑夜中的仪式"为小标题，描述了在东京国分寺中央铁路学园所举行培训最后一晚的情景：

"在四晚五天特训的最后一个晚上，在宿舍楼的一个房间里，学员们围坐一团。当电灯熄灭后，屋里只剩下正中间的大蜡烛和学员们各自手中的蜡烛。伴随着宿舍之歌、童谣等沉静舒缓的背景音乐，大家默默注视着蜡烛的光芒，时间长达十几分钟。一直在严肃讲解生产率课题的讲师，突然站起身子，一边说'让我们回到一线去引起核裂变吧'，一边来回与大家握手。'加油吧！''您就把丸生交给我们吧。'——人们狂热地握手，呐喊声响成一片。等电灯重新亮起时，每个人已是泪流满面。'我以前做得不对。我们必须对亏损国铁进行重建！'——有的人兴奋不已，当即提出要退出工会。"

而且，这篇文章还写道：

"自从'丸生运动'开始之后，参拜神社变得流行起来。伊势神宫、热田神宫、出云大社等大型神社所在地区的管理局，还组织员工开展了名为'重建祈愿'的集体参拜活动。在大阪和福井的一些一线单位，站务员和作业人员在腰间拴着从神社请来的护身铃铛，走起路来叮当作响。据说这个铃铛可以让员工提高安全意识。也有些地方（比如米子管理局辖区）组织员工去寺院坐禅，搞'丸生特训'。军事化的培训教育也很盛行。各地相继组织干部职员去自卫队参加军训，对敬礼和立正的角度及姿势等也开始有了严格要求。"

*　　　　　　　*

富塚三夫通过劳动省记者俱乐部，将地方上反映上来的有关"丸生"的一手信息源源不断地提供给各家报社。不仅如此，有一天，富塚还叫来武藤久（后来的国劳委员长）并对他说：

"你悄悄地去一趟米子。有传言说职员局局长真锅在担任米子铁路管理局局长期间，与手下的女秘书打得火热，那女秘书还为他生了一个孩子。你去调查一下吧。"

富塚提出的"不拘小节的斗争"也包括丑闻曝光。

于是武藤前往米子，向米子地区总部委员长及总书记等人确认此事。但是米子地区总部却不愿自暴"家丑"。不仅如此，他们还抗拒说："揭发丑闻这种行为有违常理。"为了寻找"把柄"，武藤便去生产一线及街上餐馆等地四处转悠，虽然听到了一些传闻，却没有找到确凿事实。不过，这个传闻却逐渐扩散开去，没过多久，有关真锅与女秘书暧昧关系的文章便被刊登在了一家八卦杂志上。据说，该女子的哥哥还是国劳的会员呢。文章内容真实与否暂且不论，这多半应该是富塚搞的鬼吧。

富塚把这本杂志拿到当时的文书课课长天坂昌司（后来任副总裁）那里，天坂从职员课课长时代起就与富塚交情甚笃。天坂叫来劳动课总括助理井手正敬，把那本杂志递给他，对他说："这下国劳该掀起运动了。为了避免国铁由此卷入丑闻，我打算把真锅搞的这个'丸生运动'暂缓一下。"

"是吗？可是将个人私事与国铁的百年大计混为一谈，岂不是很可笑么？开除真锅不就行了吗？"

井手从一开始就对真锅他们搞这种"精神主义"性质的生产率运动抱有疑问。"那可不行。"天坂说。之后，天坂向矾崎总裁建议说："我们应该让'丸生'刹刹车了。"

对于媒体铺天盖地地炒作"反丸生运动"，矾崎本来就感到害怕，听说了真锅的丑闻后，其心里更是大为动摇。于是，他开始逐渐与生产率运动拉开了距离。这样，之前表面上支持"丸生运动"的国铁总公司的精英官僚们也开始转变态度，他们恨不得说："怎么样？不听我的搞砸了吧？""丸生运动"的老巢——真锅所率领的职员局由此迅速陷入孤立。在事情正闹得沸沸扬扬之时，9 月 27 日，一直带头推动"丸生运动"的大野光基被叫到职员局局长室，真锅告诉他说：

"大野，你很快就会被任命为货运局调查役 ①。"

"目前这个能力开发课课长，希望能让我干到明年 2 月份。"

"这是高层作出的决定，没有办法改变。预计 3 天后即 30 日将会签发任命书。"

"撤换大野"是由矾崎总裁作出的决断。大野知道这个情况后决定提出辞职。然而回家告诉妻子后，妻子哭诉说："咱家以后的日子可怎么过啊？"于是大野只好接受了这项任命。撤掉"丸生运动"的急先锋大野，这等于向工会方面发出了信号：当局将对"丸生运动"作出方向性修正。矾崎为何出现如此"豹变"呢？

矾崎在《我的履历书》(《日经新闻》平成二年即 1990 年 6 月）中这样写道："没过多久，国铁的生产率提高运动也成了执政党和在野党国会对决的一个材料。在国会上，佐藤首相正全力以赴准

---

① 在政府机构、银行及独立行政法人等单位，为从事调查研究工作的职员设置的职务，大多相当于课长级别。

备通过冲绳返还来实现自己的华丽退场，因此极力排除一切障碍。与我私交甚好的大平正芳先生也提醒我说：'党内也不都是支持者哦。'"

也就是说，佐藤认为，"反丸生运动"的气焰高涨与在国会上来自社会党的批评追究或将使冲绳返还谈判受阻。"在这种时候，不能扯上'丸生'那样的国铁内部问题。你赶紧收场吧。""冲绳国会"将于 10 月中旬开始召开，在其即将到来之际，估计佐藤首相通过大平向矶崎委婉地表达了此意。

致命一击：水户的"窃听磁带"

"我提倡使用各种各样的战术，并且告诉他们：公劳委调停或法院审判、媒体报道、干部职员丑闻揭发，什么方式都可以采用。这些手法相互结合，形成了一套很有效的'组合拳'。"

富塚一边回顾当时的情景一边说道。把媒体卷进来之后，舆论逐渐变得对工会方面有利。但这还不足以对当局的丸生运动形成"致命一击"。

这年 9 月 14 日，札幌地方法院就"苗穗工厂不当劳动行为事件"，作出了下述"假处分①决定"："当局不得怂恿或逼迫工会会员退出工会，也不得令其劝说其他会员退会。"这让富塚开始觉得"这事儿有戏"。随后，对当局的打击接踵而至。10 月 8 日，对于国劳提出申诉的"在静冈铁路管理局驹根乘务段、静冈供电段、清水站、挂川站等地发生的不当劳动行为事件"，公劳委又向矶崎总裁发出道歉命令，令其"就鼓励会员退出国劳的行为道歉，且今后不允许类似行为再次发生"。

---

① 指为避免债权人遭受审判期间的现实性损害，而由法院作出的暂定处置。

"丸生运动是国铁员工的精神运动，是一种经营哲学""我并不认为自己有过错，我相信在国铁职场不存在不当劳动行为"。矶崎收到道歉命令后依然态度强硬，没有要道歉的意思。他打算把它搞成行政诉讼，通过长期持久战来辨明是非。

然而两天之后，即 10 月 10 日，各家报纸报道了一件令事态急转直下的"事件"。

"煽动不当劳动行为——水铁局 ① 的'丸生会议'""国劳的录音揭穿真相""有人煽动站长们'开动脑筋'"。以上是当天《每日新闻》早报的报道标题。文章的引文如下：

"（8 日）矶崎国铁总裁发言说：'我至今仍然坚信在国铁职场不存在不当劳动行为。'然而就好像是对其发言进行嘲讽一样，9 日，国铁劳动工会公开了一个'铁的证据'——水户铁路管理局的一位干部煽动车站站长及工务段段长说：'不当劳动行为已是欲罢不能，不搞也不行；但是要开动脑筋去搞。'该会议是在 8 日（与总裁发言为同一天）举行的。国劳对其进行了录音，（省略）并对其内容进行了曝光。继 8 日的公劳委道歉命令之后发生这起事件，国铁当局遭到双重打击，陷入了相当被动的局面，因为这没准还会成为总裁的政治责任问题。"

报道配有录音磁带的照片，还附有会议发言者、水户铁路管理局能力开发课课长早川武士对此事的解释："我只是在会议上作了简短的致辞而已，内容我不记得了，不过我没有讲鼓励实施不当劳动行为之类的话。"另外，还有常务理事兼职员局局长真锅的表态："我们将尽快对实际情况进行调查，如果作为管理局能力开发课课长的干部确实作了那种发言，那就有些过头了。如果确有打压工会

---

① 水户铁路管理局的简称。水户是茨城县中部的城市，茨城县县厅所在地。

的意图，我们将采取适当的措施。"

这个给丸生运动致命一击的"证据磁带"，国劳是如何搞到手的呢?

当时，水户管理局计划召集车站站长、工务段段长等一线管理人员约 20 人，到栃木县芳贺郡茂木町的一家饭店举行培训活动。国劳水户地区总部获知此消息后，便在头一天晚上，派从事通信工作的会员悄悄前往饭店，装扮成住宿客人在会议室里安放了一个麦克风，为了不被发现还将线绳引入了别的房间。会议结束后，水户地区总部觉得"声音虽小但能听清内容"，便向国劳总部汇报说："我们派人坐火车把磁带送过去，你们留人等着吧。"中川委员长及富塚、细井等人便留了下来。夜里，磁带终于送到了。因为需要将其整理成书面文字，于是他们叫上速记员，大家一起"洗耳恭听"。但是，"早川课长说话带着很浓的滋滋腔 ①，根本听不懂他讲的是啥"。最后，经过反复细听，总算将其整理成了书面文字。

他们还特意咨询了律师，询问窃听及用磁带录音是否算盗窃罪。"如果是磁带，则盗窃罪不成立。"得到律师的这个答复后，他们马上将磁带送到国劳出身的社会党议员团团长久保三郎那里，准备在国会对相关方面进行追责。翌日 9 日，在劳动省记者俱乐部，录音磁带的事情被公布于众。

以下是早川课长在录音磁带中的讲话:

"(省略)尽管《朝日新闻》等用大标题'丸生运动被认定为不当劳动行为'作了报道，但是丸生运动和不当劳动行为是两码事。不当劳动行为并非现在才有。从机车劳动工会自国铁劳动工会中分裂出来那时起，就已经在国铁有所实施，而且在这之前，不当劳动

---

① 日本东北地区特有的用鼻音说话的一种方言，亦指此种说话方式。

行为其实已比比皆是。现在饱受议论的是意在搞垮工会的不当劳动行为。但是，这个已经是欲罢不能且骑虎难下了。因此，现在必须要绞尽脑汁去搞不当劳动行为。

"对这个问题，之前我们已经进行了确认、商量、请求和讨论，因此一步都不能退让。而且必须继续往前推进。注意不能被他们窃听和录音，一旦被录音就告吹了。但是，若是整天畏缩不前的，则无法完成我们的大业。"

*   *

社会党准备在 10 月 11 日召开的众议院社会劳动委员会上，利用这个磁带对矶崎总裁进行追责。不过，这天早晨，刚刚明确表示"生产率运动是国铁的经营哲学，与不当劳动行为无关"的矶崎却举行记者发布会，发表了全面撤回前述发言的讲话。他说：

"纯粹的生产率运动因所谓的不当劳动行为而被曲解，发生此类事情我甚感遗憾；借生产率运动之名行不当劳动行为之实，则更是不能容许的事情。"

在头一天夜里，矶崎总裁、山田副总裁和真锅常务理事兼职员局局长三人齐聚总裁公馆，共商应对之策。真锅认为"（关于苗穗工厂及静冈铁路管理局的不当劳动行为）应该提起行政诉讼进行抗争"，但山田强调"应该服从公劳委的命令向工会道歉"。山田手下的人已经从工会方面获悉了水户"窃听磁带"的消息，他判断认为"纵使继续斗争也无获胜希望"。矶崎倾向于山田的意见，于是选择了"全面撤退"的道路。

在 11 日的众议院社会劳动委员会上，针对社会党的追责，矶崎极力辩解道："对于生产率运动因不当劳动行为而被歪曲之事，我深感遗憾。"电视上播出了矶崎鞠躬致歉的画面，报纸也一齐宣称"丸生战争结束"。16日，被称为"冲绳国会"的第六十七届国会随即拉开帷幕。可以说当时正处于国会召开前夕的紧要关头。如前所述，矶崎受到了来自政府方面的强大压力。在此基础上，水户管理局的"窃听磁带"可谓国劳给当局的致命一击，形势由此发生逆转。

两周之后，10月23日，矶崎总裁向国劳发出"道歉信"，另外，包括对山田副总裁、真锅常务的严重警告在内，对18人给予了训诫等处分。同时，真锅洋被免去职员局局长职务，降为名为"地方交通线路① 主管"的闲职。由东京南管理局局长原田种达接任职员局局长。继能力开发课课长大野之后，职员局局长真锅又遭免职，这意味着国铁当局的"全面败北"。让原田种达出任职员局局长，这是国劳方面的要求。获胜的国劳连局长级别的人事安排都要插手。在前文已提到的《国铁"丸生斗争"资料集》座谈会上，细井宗一对相关幕后情况作了如下介绍。

当矶崎总裁就不当劳动行为道歉之后，国劳提出必须对在各地生产一线"实施不当劳动行为的管理人员作出处分"。矶崎这时已开始迅速丧失实权，因此主要由副总裁山田明吉来负责"停战处理"。山田刚开始答应"作出处分"。但是，随后在总裁公馆召开了为期两天的全国各管理局局长会议，参会的管理局局长们纷纷提出强硬的意见："绝对不能对下属作出处分。如果非处分不可，那就处分管理局局长吧。倘若遵照总裁命令实施的行为被当作不当劳动行为遭到处分，那么以后没有人会听从总裁的命令。今后我们将无法

---

① 根据1980年公布的《促进国有铁路重整经营特别措施法》，其定义为：即便国铁采取现代化及合理化等经营措施也无法实现自立经营、难以发挥铁路特性的线路。

开展工作。"处分管理局局长，还是处分其下属？在这道二选一的难题面前，山田陷入了窘境。

10 月 21 日，山田副总裁打电话给国劳委员长中川新一，让他"速来一趟"。中川让富塚和细井等人静候消息，自己去了国铁总公司。山田对中川说："我们不能对一线管理人员作出处分，这点请谅解。不过作为交换条件，真锅留下的职员局局长这个职位，可以采用由你们推荐的人选。"富塚和细井听完中川的汇报后，仔细翻阅了国铁的《学士名录》(即精英公务员名单)，随后举出加贺谷德治（常务理事）的名字，并转告了山田。加贺谷是理事会成员中偏向国劳的人物。不过，对方马上打来电话，恳求道："现在加贺谷如果当了职员局局长，是会被人干掉的。除了他以外谁都可以。"

"那就索性找一个完全不懂劳动行政的人吧。"于是他们推荐了现任东京南管理局局长、与加贺谷同年入职（昭和十九年即 1944 年) 的原田种达。当中川把"原田种达"这个名字告诉山田后，山田还再三确认："让他来当没有问题吧？"估计山田也知道原田对劳务工作不熟悉吧。中川回答说："就这样没问题。"对此一无所知的原田回到家里，夫人赶紧告诉他："山田副总裁来过电话，让你马上去一趟。"原田出任职员局局长之事就这样定了下来。从那以后，劳资关系攻守易位，工会方面获得了主导权，当局则在所有方面都受到工会的阻挠和掣肘。

国劳吹响"乘胜追击的号角"

10 月 29 日，新任职员局局长原田种达与国劳和动劳的总书记举行会谈，通知他们"生产率教育将中断两个月，以便对培训教材进行检查；另外，为了避免员工之间出现冲突，原定的生产率运动全国大会也暂时中止"。这实际上是丸生运动的终结宣言。工会方面乘胜追击，提出"设置用于处理纠纷的'停战处理'小组委员会"。

这是工会方面吹响了"乘胜追击的号角"。尽管当局对此表示反对，但社会党的众议院议员（国劳议员团团长）久保三郎直接向其故交山田副总裁施以压力。担心问题久拖不决的当局对此勉强表示同意，于是双方共同设立了"丸生纠纷对策委员会"（简称"纷对委"）。

这个俗称"纷对"的委员会成员如下：来自总公司方面的有橘高弘昌（职员课课长）、川越美昭（劳动课课长）、八田诚（工资课课长）等四人，来自国劳方面的是中央执行委员富塚三夫、细井宗一、小山田哲也等四人。双方约定在纷对委谈判的事项为：①对实施不当劳动行为者的处分；②对受害者的救助及待遇恢复；③对升职、晋级、加薪标准的调整；④对权利及惯例的恢复；等等。

工会方面还提出，与中央的纷对委并行，在各地区管理局也设置同样性质的纷对委。当局一开始表示反对，但最终以"在地方纷对委出现混乱时，由中央纷对委来处理"为条件，双方达成一致。

也许当局方面的成员觉得这是在替真锅和大野"擦屁股"吧，每个人都抱有强烈的厌战情绪，由此，这个纷对委实际上变成了"对丸生运动实施者进行单方面追责的场所"。如果用对二战战犯追责来打比方，那就好比不对主导丸生运动的"甲级战犯"进行审判，而是准备对在一线为恢复生产纪律尽心尽力的员工——那些"乙级、丙级战犯"进行不容辩白的惨烈断罪。

在中央及地方的纷对委里，国劳首先要求对"丸生"教育实施者及不当劳动行为实施者给予降级、调离等处分。在总公司层面，实施对象是谁很清楚。但是在地方上，那些"隐蔽的"实施者也被揪了出来，"围绕这些人有无参与、是否应该受到处分，双方争执不休"。工会会员的告发也很激烈，一线管理人员对此惶恐不已，甚至有些管理人员产生错觉，认为"无条件地接受工会主张才是防止一线混乱之道"。事实上，国铁当局已经把对实施不当劳动行为管理人员的"处分权"和"人事权"拱手让给了工会。

国劳的武藤久（后来任委员长）也指出，虽然原则上"疑罪不罚"，但"工会方面的'胜利势头'锐不可当，连'疑者'也成为被追责的对象，管理人员对维持一线管理纪律完全丧失了自信"。

劳资力量对比出现逆转。工会方面对于彻底打倒一线管理人员"表现得异常执着"（升田嘉夫，《战后史中的国铁劳资》）。很多一线管理人员按照总公司的指示忠实地推行了丸生运动，他们怨声载道："我们遵照总公司的命令爬上了二楼，但现在总公司却把梯子撤走了。"

昭和四十六年（1971年）7月，在"丸生骚动"正处于旋涡之中时，井手正敬由职员局劳动课总括助理调任仙台铁路管理局总务部部长。职员课课长橘高弘昌对井手说："咱们输了，所以乖乖卷旗逃跑吧。不要试图反抗。"井手反驳说："那可不行。"仙台的动劳干部拿来"管理人员的黑名单"，要井手对他们作出处分。仙台铁路学园园长、仙台运输课课长、劳动课课长等都是被攻击的对象。"上面连我的名字都没有，这种东西有啥意义？"井手把名单随手撕碎并扔掉。"你的名字不能写上去。""岂有此理，最大的元凶就是总务部部长。这种事情我怎么可能同意？"井手怒斥道。

在《国铁"丸生斗争"资料集》的卷末附录里，有一个《对不当劳动行为及违规行为实施者的处分、降职、调动一览表（昭和四十七年即1972年2月统计）》。表中详细记载了遭受处分的站长、段长及助理等的所在部门、职务、姓名、年龄、受处分原因及处分内容等。在册人数共计389人。"在对丸生运动实施者开始追责后，一线负责人马上对分会及工会干部大献殷勤，劝说那些已退

出会员重返国劳，对在丸生运动中组织迅速扩大的铁劳甚至开始实施'逆不当劳动行为'。"（武藤久语）

双方的力量平衡陡然生变，国铁当局及管理人员的风向也发生了变化——很多人意识到这点后纷纷重返国劳。一度跌破20万人的国劳会员一下子又增加了4万多人，总数超过24万人。

*　　　　　　　　　*

就像"痛打落水狗"一样，工会方面在纷对委上提出了各种各样的要求，而当局对其毫无抵抗。其中之一就是"升职及晋级标准制定"问题，管理人员叹息说这是"改变国铁劳务管理历史的前所未闻的事情"。当时，国铁采用的是"职群①制度"，一共设置了12个职群（级别）。如果职群上升，则工资也会上涨。例如从机车副司机升为机车司机叫做"升职"，职群上升，工资也随之上涨。进入上位职群被称为"晋级"②，当时采取的做法是：由一线负责人综合考虑员工的职务能力、业绩、工龄等来推荐晋级者。

总之，当局的升职和晋级原则是"主要参考业绩和职务能力，与工龄及任职年限无关"，之前都是通过"由管理人员实施的考核"来决定晋升和升职。然而，当局竟然同意了工会提出的"三—四—三升职及晋级标准"。这个"三—四—三标准"指的是，将工龄、任职年限、现职群经历年限分别按照3：4：3的比例打分，根据总分对升职晋级者进行自动排序。由此，根本不再需要一线负责人综

---

① 企业对员工的分类方法。一般有两种分类方式：一种是分为综合职位和一般职位；另一种是按业务性质来分类，如营业职位、事务职位、技术职位等。多数采用职群制度的企业，都按照不同职群分别设置级别和报酬等。
② 日语叫"升格"。

合考虑部下的职务能力和业绩来决定晋级和升职，而改为根据在国铁的总工龄数、任职及职群经历年限，进行机械的排序和确定。"考核权"，这个一线负责人用来管理一线的"法宝"由此变得有名无实。另外，也造成了"干和不干都一样"这种风气的蔓延。

此外，在当局与工会经协商达成一致后，还开始实施"减轻处分等级"的措施。例如，对于因参加违法斗争受到"减薪处分"者，将其处分降为"警告"，即比起被通告的处分内容，对其"量刑"一律降低一个等级。公布的处分内容很严厉，但实际执行时却被大幅减轻，这完全是一种欺世盗名的行为。之前，对会员因受处分造成的加薪损失及其他损失，工会都会进行补偿。实施"减等处分"后，员工因处分造成的工资损失降低，工会的补贴金额也随之大幅减少，这对工会财政来讲是一个"巨大的贡献"。而且还有"恢复加薪"的措施，也就是说，即便因遭受处分造成工资涨幅部分被扣减，但"3年之后将一律恢复至原有水平"。

井手正敬当时担任仙台管理局总务部部长，以下是他的证言。

"总公司的纷对委提出，对在过去晋升和升职时被刷下的员工，将由总公司提供一笔资金对其进行补偿，请据此对他们进行救助。然后就汇来了可分配给100人的救助金。"工会随即就来逼着赶紧执行。"以前当局一直都通过合理评估来实施晋升和加薪，这种做法没有必要修改。如果你们认为自己吃了大亏，那么我就在总公司提供资金的限度内对你们进行救助。不过，因为资金有额度，所以请提供一个标好优先顺序的被救助者名单。"工会提供了排好顺序的名单之后，井手便按其要求对救助资金进行了分配。

然而，在工会排序名单中被刷下的会员却闹将起来。面对蜂拥而来的会员，井手说："我是按照你们工会总书记提供的名单来分配的。你们看，是这个顺序没错吧？"会员们又一齐到核定名单的工会干部那里去抗议。据说，后来细井宗一回忆说："当时，我们介入人事是一个很大的败笔。人事这东西实在很复杂很烦人，可以批评和反对，但倘若由自己来拍板，子弹就会向自己飞来。这件事确实搞砸了，我们被井手算计了。"

对总是冲锋在前一路猛攻的富塚，细井时常提醒说："我们不能切断对手的退路，穷鼠啮猫嘛。"对于在丸生运动中所取得的"胜利"，富塚如此回顾道：

"当时，在一些单位和部门出现了当局和工会的中央领导部门都难以控制的情况，这也可以说是丸生斗争的反作用。在对失控工会的指导方面也有问题。如果此时工会能够有组织地施以控制，那么之后在国铁实施分拆和民营化时，被部分媒体当作'枪靶子'的一线纪律混乱或许就不会出现了吧——这的确很令人懊悔。斗争在取得胜利时，更需要找出自己的弱点并加以克服，以便迎接下一次斗争。丸生斗争的胜利，是让当局停止不当劳动行为、使一线的工会活动权利得到恢复的暂时性胜利。真正的较量还在后面等着呢。"

第三章　政府、自民党 VS. 国铁劳资

"欺世盗名"的劳资蜜月

在丸生运动中，国铁总裁矶崎叡"全面败北"，国劳和动劳则大获全胜。矶崎叡不仅抛弃了在前线奋战的职员局局长真锅洋和能力开发课课长大野光基等人，还在随后成立的纠纷对策委员会上，不断屈服于国劳和动劳所提出的要求。最终，在全国各铁路管理局，共有将近 1000 名一线管理人员遭到工会方面的攻击，受到减薪、训诫或调离等处分。然而，作为"总司令"的矶崎却自称"假如我辞职了，这件事将无法收场，因此我只能默默忍耐"(《我的履历书》)，在总裁位子上又待了一年半之久。

一个有责任感的总司令，是不会去责备下属各部队负责人各自的过激之处的，而是会祖护他们，主动承担战败的责任并引咎辞职。矶崎在文中写道："一提起生产率提高运动我就感到很难过，自己也不愿再提及此事。"(《我的履历书》)估计他那时在总裁位子上也是如坐针毡吧。"这活儿实在没法干了。"一线管理人员也都丧失了干劲儿，任由工会摆布，"现场协商"中包括人事权在内的实际"管理权"都由工会掌握，这种异常事态在全国的国铁生产一线逐渐成为常态。

在由丸生所造成的混乱及对其后果的处理告一段落之后，昭和四十七年（1972 年）7 月，加贺谷德治（常务理事）出任职员局局长，川野政史（昭和二十九年即 1954 年入职）被提拔为劳动课课长。加贺谷是由在丸生运动中获胜的国劳推荐的职员局局长人选。

如前所述，常务理事山口茂夫因强烈批评矾崎总裁所推行的丸生运动而被降职调往九州。这个川野据说是山口的嫡系，他在任东京铁路管理局总务部部长时，即与富塚三夫及细井宗一等人关系很熟。国铁的劳动行政开始走向丸生运动之后的"劳资关系正常化"。

此时当局希望实现的劳资关系正常化，是对富塚等国劳民同左派（社会党派系）妥协讲和的"绥靖劳动行政"。"国铁这种组织，需要当局与工会合作去发展壮大，不是迫于工会压力、反复去讨好和搞妥协，而是要主动去推动劳资关系正常化。"——这便是职员局加贺谷和川野等人的劳务哲学。那么，由谁来推行这个"绥靖劳动行政"路线呢？当局方面是川野，国劳方面则是富塚。

当时，富塚与川野相互之间非常信赖，后来富塚提起川野时，还称赞他"能力出类拔萃，度量大，懂得照顾人，是一个了不起的男子汉，是内外公认的在国铁官僚中百年一遇的人才"。川野打算与富塚联手，使因丸生运动而极端恶化的劳资关系走向"正常化"。在之后的4年里，川野一直担任劳动课课长，实质上掌管着当局的工会对策。

川野出生于鹿儿岛县大隅半岛，其叔父的一个朋友当时是自民党众议院议员二阶堂进（也是鹿儿岛县同乡）的秘书。川野到东京就读东京大学法律系之后，便凭借与这位秘书的关系开始出入二阶堂事务所，并与二阶堂成为忘年之交。二阶堂对田中极为崇拜，常常称"自己的兴趣就是田中角荣"。他是田中派的管家，因此当田中就任首相后，他便当上了官房长官。二阶堂非常欣赏这个年轻后生的胸襟和才气，在他还是学生时就对其寄予了厚望。

到了9月份，当局发布通告，对春斗中的守法斗争及丸生纷争时的暴力行为等进行了处分。因违反《公劳法》被解雇的有27人，因违反《国铁法》被免职的有16人，停职457人，减薪33427人等，共计处分 38772 人，其规模堪称空前。然而，在国劳和动劳开展反处分斗争之后，9 月 26 日，当局又实施了"减等处分"。这是根据丸生运动结束后在纠纷对策委员会（纷对委）达成的劳资协定来实施的措施，即以收到减薪以下处分通告者为对象，将处分一律减轻一等。由此，相关处分实际上变得有名无实。

如果不折不扣地强行实施原定处分，那么工会方面的反处分斗争将再次给乘客带来不便，国铁当局的本意是想通过"减等处分"斩断这种恶性循环。然而，表面上对外宣称实施了大规模的处分，在背地里却减轻处分，这分明是一种"欺世盗名"的行为。相关知情者对此提出了强烈批评，认为这纯粹是一种"劳资勾结"。

不过，即便如此，与国劳处于"蜜月关系"的加贺谷和川野这对劳动行政搭档又开始有了新的举动：他们认为"应该有条件地赋予工会罢工权，这样，当局也可以采取诸如临时歇业等针对罢工的对抗性措施"。

"日本列岛改造论者"田中角荣出任首相

因担心丸生问题影响国会审议而让矶崎"刹车"的佐藤内阁，最终总算闯过了"冲绳返还国会"这一关。昭和四十七年（1972 年）5 月 15 日，《日美冲绳返还协定》生效，佐藤荣作首相由此实现了"收回冲绳"的夙愿。然而，虽然佐藤建立了自昭和三十九年（1964 年）以来"最长不倒的长期政权"，但其手中的权力由此迅速蒙上阴影，自民党各派阀的头目为争夺下一任位子而一齐加快了行动。6 月 17 日，佐藤作出辞职表态。在 3 天后的 6 月 20 日，一直支持佐藤内阁并担任通产大臣的田中角荣出版了《日本列岛改造论》（日刊工业新闻社出版）。该书一上市旋即成为畅销书，短短 3 个月就卖出了 100 万册。田中此时已有参加自民党总裁竞选的想法。

当时，在自民党内有 4 名总裁候选人：三木武夫、田中角荣、大平正芳和福田赳夫。这 4 人被戏称为"三角大福"①。佐藤想让福田赳夫来接班，而田中与大平、三木还有中曾根康弘则组成了"反福田联盟"。7 月 5 日，自民党召开了决定佐藤后任的党大会。第一轮投票时有效投票为 476 票，其中田中的得票数为 156 票，福田 150 票，大平 101 票，三木 69 票。接着，马上又进行了针对前两位候选人的最终投票。大平派和三木派的选票流向田中，结果田中以 282 票当选自民党总裁。议员们认为，国民对岸信介、池田勇人及佐藤这几届官僚政权的支持日趋冷淡。于是，他们纷纷转向支持田中。

田中准备在当上首相后要做的一件事，就是推行"日本列岛改造计划"。他的目标是将包括新干线在内的铁路网铺设到日本列岛的每一个角落，把整个日本改造成一个"一日交通圈"②。

田中角荣曾在池田内阁担任大藏大臣③（昭和三十七年即 1962 年 7 月），他主张通过铁路来搞国土开发，并为设立"日本铁路建设公团"（简称"铁建公团"）而奔走呼吁。该公团成立于昭和三十九年（1964 年）3 月，其主要任务是代替国铁建设新线路。铁路建成之后，即使预计会出现巨额亏损，国铁也必须接手和运营。这样，那些明知亏损却仍然上马修建的地方支线线路，遂成为压在国铁身上的沉重包袱。

在《日本列岛改造论》中，田中就国铁作了如下评述：

---

① "大福饼"即豆馅团子，是日本人喜食的一种点心。"三角大福"是从 4 人名字中各取一字而成的。

② 指通过交通基础设施建设，实现在日本任何两地之间都可以当天往返的构想，也指可以当天往返地区的范围。

③ 大藏省（统辖国家财政和金融行政的中央行政机关）的长官。

"在昭和四十七年（1972 年）3 月末，国铁的累积亏损额达到8100 亿日元，造成收支不平衡的原因之一是地方的亏损线路，由此，要求废除这些线路的议论渐盛……纵然国铁出现亏损，但国铁身负核算盈亏之外的其它重大使命。明治四年（1871 年），北海道仅有 9 万人，然而其人口现在为 520 万，接近原来的 60 倍，这就是铁路所发挥的作用。倘若要让所有铁路都赚钱，那就交给民营企业去经营好了。我们不应该用私营企业的标准来讨论国铁的亏损和重建。

"在提倡城市集中发展的年代，要求废除亏损的地方线路的讨论自有其说服力。但是，在通过工业的重新布局来实施全国综合开发的时代，对地方铁路应该从全新的角度来进行重新评价。北海道的开垦历史表明，铁路在地区开发方面所发挥的先导作用极为强大。倘若因废除亏损线路造成地区产业衰退，人口流向城市，则过疏、过密这种两极分化将更趋严重，这恐怕会招致远超铁路亏损金额的国家性损失。"

在石田礼助总裁时期，昭和四十三年（1968 年）9 月，作为国铁重建计划的一环，当局提出了废除 83 条亏损的地方线路的计划，当时国铁正为落实该计划而努力。田中首相的日本列岛改造论虽然给地方居民带来了活力，但是对于一边遭受地方居民辱骂一边努力废除亏损线路的国铁员工来讲，则打击巨大。因为他们的努力被否定了。

在这本著作中，田中强调应该建设全国性的新干线网络。在田中就任首相前夕，昭和四十七年（1972 年）3 月 15 日，山阳新干线新大阪—冈山区间开通运营，从东京到冈山只需 4 小时 10 分钟。他提出，在东海道、山阳新干线之后，将接着建设奥羽北陆新干线、中国四国新干线、九州四国新干线、山阴新干线、北海道纵贯新干线等，计划铺设总长度超过 9000 公里、遍布全国的新干线网络。田中在该书的"结尾"部分如此写道：

"尽管我们构筑'明治百年之日本'[1] 的能量有源自乡村和城市的区别，但是我想，在我们共同热爱并引以为豪的故乡有生生不息的能量源泉。我之所以盼望去实施和实现日本列岛改造，就是为了对正在消失和遭到破坏、日渐走向衰败的日本人的'故乡'进行全国性的重建，为我们的社会重新找回昔日的温馨和安宁。"

在内阁中，田中的心腹二阶堂进任官房长官，其他重要职位也都由其亲信担任，如植木庚子郎任大藏大臣，木村武雄任建设大臣[2]，等等，田中内阁由此朝着实现日本列岛改造论的目标进发。"田中选择了一条将国民'欲望'政策化的道路。田中认为，高增长的成果不应该仅让某一地区、某一特定阶层独享，而应该分配给所有国民。这里面包含着进一步追求物质饱满的意思。"（保阪正康，《民族主义的昭和》）于是，与《日本列岛改造论》的销量遥相呼应，在政府计划搞开发的地区，以商社为主，大批的企业、组织及投机者蜂拥而至，疯狂购买土地。

地价迅速高涨，随之一般物价也涨幅加剧。从昭和四十七年（1972 年）到四十八年（1973 年），全国城市地价同比增长 16%，木结构住宅的建设费用上涨 20% 以上，消费者物价也节节攀升。在此基础上，日本又遭受了第一次石油危机[3] 的打击。媒体称这种

---

① 指明治维新（1868 年）之后 100 年的发展历程。

② 建设省（主管国土开发、城市规划和住宅建设等行政事务的中央行政机关）的长官。2001 年省厅改革，建设省被并入国土交通省。

③ 1973 年的第四次中东战争后，阿拉伯产油国减少原油产量、禁止出口、提高油价，对世界经济带来沉重打击的事件。由此也导致日本受到很大影响，出现急剧的通货膨胀、景气萧条、削减能耗等问题。

状态为"狂乱物价",陷入恐慌的消费者为了抢购和囤积手纸、洗衣粉等四处奔走,整个社会弥漫着一种异常狂躁和焦虑的氛围,田中内阁由此陷入失灵状态。在这种情况下,乘客对国劳和动劳守法斗争的愤怒也随之爆发。

电车纵火、乱闯车站——乘客骚乱爆发

昭和四十八年(1973年),与国劳一起在丸生斗争中获胜的动劳,结合春斗正式掀起了"驾驶安全斗争"。动劳并未忘记在"EL、DL单人乘务(机车副司机废除)斗争"中的败北。他们趁着丸生运动胜利的势头,再次提出双人乘务的要求,并着手实施了强有力的守法斗争。动劳的要求是:①在国电运行过于密集的区间、有两公里以上长大隧道的区间,以及从晚上10时到次日凌晨5时之间的深夜乘务,这些地点及时段均需要双人乘务;②司机深夜乘务的次数每月不能超过10次,等等。在当局看来,单人乘务的问题已经解决完毕。与动劳也签订了详细的劳资协定,不可能再作出让步。但是,动劳仍在伺机卷土重来。

最初的起因是在之前一年即昭和四十七年(1972年)3月28日早晨,总武线船桥站发生的一起追尾事故。在早高峰时段,停靠在船桥站的上行电车被从后面驶来的电车追尾,超过700名乘客受伤(包括轻伤及重伤)。其原因是ATS(自动列车停止装置)的蜂鸣器持续鸣叫,司机误以为ATS出现故障,造成注意力分散,看漏了信号机且制动操作不及时。该司机是动劳会员,因涉嫌业务过失伤害罪等而被逮捕。这起事故的真正起因是变电所的供电故障导致停电及信号机灯光熄灭,继而造成ATS蜂鸣器持续鸣叫。动劳提出"当局疏于安全设备维护,故而应当承担责任",并掀起守法

斗争。

在围绕此事故的劳资谈判中，当局方面强调"司机应该遵守基本操作"。动劳据此反守为攻，开始实施"只要蜂鸣器发出声响就必须停车"的战术。在运行间隔较短的东京及大阪等地的通勤电车区间，司机的习惯性做法是切断蜂鸣器，一边注意观察一边继续慢行。如果因蜂鸣器鸣叫而临时停车的电车接二连三地出现，那么晚点幅度将逐渐扩大，时间一长运行图就会乱成一锅粥。从 4 月份到 5 月份，动劳反复开展守法斗争。

进入昭和四十八年（1973 年）后，他们结合春斗，打出"驾驶安全斗争"的旗号，加大了守法斗争的力度。

当局要求动劳"停止斗争"，提议设立对驾驶安全问题进行专业性讨论的"专门委员会"，但被动劳拒绝。由此，当局申请公劳委出面斡旋，但动劳也表示拒绝，公劳委遂放弃斡旋。之后，动劳决定拽上国劳搞联合斗争，从 3 月 12 日起，开始在包括国电、新干线等在内的范围实施守法斗争。3 月 10 日晚，劳动大臣 ① 加藤常太郎将劳资双方召集到一起，要求停止罢工斗争。国劳接受了劳动大臣的居间调停，决定实施"战术降级"，改为以货运列车为主要对象的守法斗争。不过，动劳并不理会劳动大臣加藤的居间调停，毅然按原定计划掀起了守法斗争。

在斗争首日即 12 日，动劳的守法斗争造成首都圈的国电停运 504 趟，晚点 2860 趟（最长的晚点达一个半小时），120 万名乘客受到影响。在上野站发生了乘客骚乱：满脸怒气的乘客约 80 人蜂拥着冲进站台问讯处，并向站务员投掷从卷帘门侧面抽出的横棒。

---

① 劳动省（主管劳动行政的中央机关）的长官。2001 年省厅改革，劳动省被并入厚生劳动省。

在翌日 13 日早高峰期间，乘客的愤怒终于爆发。在高崎线上，相继出现停运及大幅晚点的电车；在上尾站、大宫站、赤羽站等地，上不去车的乘客砸碎电车的玻璃窗户闯入驾驶室，他们还闯入站长办公室等设施，局面一发而不可收拾。

骚乱最为严重的是上尾站。当时，该站站台上有 5000 名乘客在候车。当大幅晚点的满员电车来了之后，上不去车的乘客与着急发车的工作人员发生了争吵。愤怒至极的乘客用洋伞等打砸驾驶室的玻璃窗户，司机和列车员因担心出现人身危险而慌忙躲进了站长室。从后面追赶过来的乘客也涌入了站长室，他们砸坏了铁路电话，并打伤了站长和助理。这样，停靠在上尾站的两趟列车和站内运行设备及信号机等被捣毁，列车无法运行。高崎线的各主要车站纷纷请求警察出动，到晚上 7 时为止，该线路的上野—高崎区间一直处于全面停运状态（即"上尾事件"）。

鉴于各车站相继发生乘客"暴动"，政府随即向矶崎总裁发出指示，令其直接与动劳三头领面谈，尽快平息事态。二阶堂官房长官也发表谈话，表示"希望工会方面停止罢工斗争"。矶崎总裁与动劳委员长目黑今朝次郎等三头领举行会谈，要求其停止守法斗争，但被目黑委员长一口回绝："即使停止斗争，也无法从根本上解决问题。"

从 4 月 24 日开始，动劳再次在东京和大阪的国电、所有的新干线线路区间，开展了包括 ATS 斗争在内的强有力的守法斗争。在这天的晚高峰时段，以京滨东北线大宫站的乘客骚乱为发端，在东京的各国电车站，下班回家途中的乘客的愤怒再次爆发。这次是连环式"暴动"：首先是在大宫站有 2000 名乘客发生骚乱，然后与此相呼应，乘客骚乱扩大到东京的上野、赤羽、王子、有乐町、新宿等各车站。先后有 38 个车站发生站内设施及电车被攻占、捣毁、纵火和掠夺的情况。这场骚乱使得首都圈的国电到次日 25 日傍晚为止，一直处于前所未有的瘫痪状态，共有 138 名乘客被逮捕。在政府意识到事态的紧急性和严重性，提出立即停止守法斗争的要求后，当天夜里，守法斗争才终于告停（即"首都圈国电暴动事件"）。

另外，4 月 27 日还举行了首次交通大罢工，新干线也参与其中。在这年春斗结束之后，为了对在首都圈各车站发生的两起骚乱事件进行调查，社会党、总评、国劳和动劳设立了"调查委员会"。委员会成员包括以东洋大学教授大岛藤太郎为首的 7 名专家及市民代表等。7 月，该委员会提交了中期报告，其结论如下：

"上尾事件和首都圈事件都绝不是偶然发生的事件，（相关暴动）是有计划、有组织的暴力行为。警察事实上对其放任不管。我们判断认为，这个事件是（某些人）借被国家权力保护的暴力煽动团伙之手，利用国民对守法斗争的不满情绪，蓄意制造由电车全面停运导致的骚乱，其目的在于借此对国铁工人的团结和争议进行大规模的介入和镇压。"

这个结论对公众舆论而言根本没有说服力，反而激起了乘客的强烈反感。将通勤及走读乘客对于持续数日反复实施的守法斗争的愤怒说成是"有组织的阴谋"，这种"牵强附会的结论"是导致国劳及动劳的斗争被国民抛弃的主要原因。

"其背景原因是，丸生斗争的胜利让很多会员变得狂妄自大，以为什么事情都可以干。我们有点被胜利冲昏头脑了。"

曾任国劳总书记的富塚三夫，一边回顾当时的情况一边如此反省道。

在高崎线上，当时曾有一趟在时刻表上没有显示的列车，被挪揄为"员工专列"。在早晨通勤时段，司机把试运行列车停靠在岔道口，让住在附近的国铁员工在此上下车，专供他们通勤使用——动劳和国劳会员的傲慢自大以及对安全的漠视，可以说已达到极点。

        *   *

    动劳在这年所开展的激烈的守法斗争，也使国劳与动劳的联合斗争关系产生了裂痕。国劳在停止罢工时发表声明说："为了让国民大众克服各种不便，我们正在对斗争方式进行慎重考虑，我们认为斗争当然应该是有限度的。"然而动劳的目黑委员长却自始至终坚持强硬态度："我们不应该躲在国民的容忍限度这个美名之下往后退缩，而应该坚持顽强斗争的方向，号召所有工人共同战斗。"

    对于以首都圈国电为中心反复出现的乘客"骚乱"，国铁当局也束手无策。矶崎总裁在新闻发布会上说："动劳搞的是政治斗争。仅凭我们自己的力量是无法解决的。对乘客来讲这是国铁的窝里斗，因此我们知道这不能成为借口。但我们真的是毫无办法。有媒体报道说，发生骚乱时站长及站务员全都逃之夭夭。不过，乘客将愤怒全都发泄在国铁身上，这确实很恐怖。"懦弱的矶崎已完全丧失了作为当事人的能力。

    在骚动平息后，昭和四十八年（1973 年）9 月 19 日，当局发布通告，对春季的一系列斗争作出了处分。包括解雇 28 人在内，一共处分了 114951 人，其规模可谓空前。这天，矶崎总裁只身去拜访了运输大臣新谷寅三郎，向其递交了辞呈。他事先未与运输大臣进行任何联系。其列出的辞职理由是，"昭和四十七年（1972年）11 月，北陆线的下行快速列车'北国号'在北陆隧道内发生火灾，造成 30 人死亡，以及高崎线上尾站发生乘客骚乱，自己应该对其承担责任"（《我的履历书》）。不过，自从丸生运动彻底败北以来，他已然丧失了作为总裁的领导能力和实权，因此，可以说这个"辞职来得实在是太晚了"。

"隧道松"出任第七任总裁

谁来接替矶崎的总裁职务呢？有人推荐公正交易委员会①前委员长谷村裕和日本通运②副总经理广濑真一，他们分别是大藏省和运输省出身的人。不过二人均坚决推辞。9月20日，田中派的会长西村英一（后来出任田中内阁的首任国土厅长官）登门造访了藤井松太郎。藤井是在国铁土生土长的土木工程师，当时正担任日本交通技术③的总经理。西村过去曾担任铁道省电气局局长，是藤井的前辈。二人见面后，西村直入主题（田村喜子，《刚毅木讷——铁路工程师藤井松太郎的一生》）。

"你来当国铁总裁吧。田中总理说，希望你务必接手。"

"纵然是田中总理的吩咐，也请恕我无法从命。"

"只有你能够拯救当今的国铁。"

"真是折煞我了，我可做不到哟。"

西村固执地劝说藤井，最后他抛出了这么一句话：

"藤井，你深深地爱着国铁，对吧？对国铁的爱是最重要的。"

"我回去就向田中总理汇报，说你已经答应了。"西村说完便回去了。

"我是一个老好人，不善于拒绝别人。西村带着田中总理的请求专程来访，我实在无法拒绝啊。"

经过一番掂量之后，藤井勉强决定接任国铁总裁。

---

① 日本内阁府外设局之一。为实现《禁止垄断法》的目的而设置的行政机关，具有准司法功能。

② 日本以汽车运输和转运业务为主的综合性货物流通企业，成立于 1937 年。除遍布全国的运输网络外，还与国外的运输企业通过协作实施联运。

③ 日本交通技术株式会社，1958 年由藤井松太郎创立，作为铁路建设咨询公司，主要从事与铁路建设相关的各种调查、测量、设计及施工监理等业务。

　　藤井素以"喝酒豪爽讲义气"而闻名。在十河信二总裁时期，他曾担任总工程师一职，但后来因反对十河的东海道新干线计划而被从总工程师的位子上赶走。不过，在十河尚未等到新干线开业即卸任、石田礼助就任总裁后，藤井又再度回到了总工程师的位子。藤井看到东海道新干线开通而且取得成功，便亲自去拜访已经引退的十河，并诚恳认错，为自己当初的莽撞无知道歉。在十河的葬礼上，藤井致悼词说："我可以大胆断言：新干线是您留给二十世纪国铁的伟大遗产。"这也是他对十河真诚而坦率的道歉。

　　藤井与田中角荣友情的起点，可以追溯至昭和二十五年（1950年），那时他正担任国铁信浓川工程事务所所长。信浓川水力发电工程是战后重建的第一号工程，也是对东京周边运输行业电力供应来讲不可或缺的、当时规模最大的土木工程。那时，由当地新潟三区选出的（选举区按当时的中选举区划分，以下同）年轻的众议院议员田中角荣经常来这个工程事务所考察。田中向那些专业电气工程师询问了许多有关水力发电的问题，但是因为内容太专业，很多他都听不懂。藤井的专业是土木工程。当由非电气专业的藤井来讲解电气时，田中不无感激地说："还是你讲得最明白易懂。""藤井，你是日本最棒的工程师！"比藤井小 10 岁的田中对他恭维道。

　　之后，田中历任邮政大臣、大藏大臣、自民党干事长等要职，最终就任总理大臣。大概每年一次吧，田中会把藤井和铁建公团总裁篠原武司、道路公团 ① 总裁富樫凯一这三人请到日料餐厅，一

---

① 　日本道路公团。依照 1956 年《日本道路公团法》设立的、由政府出资成立的特殊法人，旨在建设、管理收费道路和收费停车场等。2005 年因实施分拆和民营化而解散。

边用餐一边与他们进行技术座谈。三人均为当时土木技术领域的翘楚。藤井和篠原力陈全国新干线网建设的必要性，富樫后来出任本州四国连接桥公团 ① 总裁。三位工程师与田中在酒席上的讨论在日后结出了硕果——那就是由田中撰写的《日本列岛改造论》。

藤井松太郎有一个绰号，叫"隧道松"。自昭和四年（1929 年）入职铁道省以来，藤井作为土木工程师先后参与了数十条隧道工程的建设，还担任过土木学会隧道工程学委员长。作为隧道权威，他在国铁内部也备受尊崇。就是这个藤井，在劳资关系最为困难的时候就任国铁总裁，面临着如何改善劳资关系的难题。

明治三十六年（1903 年）10 月 5 日，藤井松太郎出生于北海道雨龙郡一已村。一已村是由屯田兵进驻开垦的村子，以鲑鱼溯游产卵闻名的石狩川就从村子附近流过。其父母从香川县大川郡移居而来，父亲经营着一家马车铺，主要替人搬运农作物。藤井以优异成绩从一已普通高等小学毕业后，因为家里贫穷不得不放弃升学。后来，父亲答应送他去老家四国的大川中学（现在的三本松高中）继续读书，条件是要他照顾在那里独居的祖母。

中学时期，藤井年年考第一，用四年时间 ② 修完课程后，又考上了冈山的旧制六高（现在的冈山大学）。在高三暑假时，藤井回到了阔别六年半的北海道家中，向父母提出："我想报考东京的帝大 ③ 。"他本以为会遭到父亲的反对，可是没想到父亲却对此早有心理准备："好吧，我把家里的田卖了，估计可以凑出钱来供你上大学。"昭和四

---

① 1970 年，依照《本州四国连接桥公团法》、为建设和管理有关本州和四国连接桥的收费公路及铁路等设立的特殊法人。2005 年 9 月 30 日，依照《日本道路公团等民营化关系法及施行法》予以解散。
② 旧学制中学的学制为五年。
③ 帝国大学的简称。

年（1929 年）3 月，藤井从东京帝国大学工学系土木工程专业毕业并入职铁道省。当时，民营建筑公司还很少接收帝大毕业的技术人才，土木工程学科的毕业生几乎全都入职铁道省或者内务省。

藤井被分配到建设局工程课，由此开始了在铁路建设领域的跋涉和奔波。当时日本正在进行丹那隧道（昭和九年即 1934 年开通，7804 米）和清水隧道（昭和六年即 1931 年开通，9702 米）的建设，建设局里充满了活力。他涉足的第一个工地现场，是纪势线马越岭下的尾鹫隧道建设工程。他由此开启了工程师人生，从一个现场转战另一个现场。昭和十二年（1937 年），藤井首次前往新潟县信浓川工程事务所赴任，他与田中角荣就是在那里认识的。

东京山手线等电车的电力需求，在早晚高峰时段达到峰值，然后在白天下降，到了夜间变为零。负责提供电源的发电站，必须根据需求变化对输出功率进行增减。在电力需求较少时，将水事先蓄积在调节池；在上下班高峰时，再将调节池的蓄水加入水渠引水，以此来增加发电量。藤井的工作就是修建这个调节池。因为在中国的战争日趋激烈，该工程曾一度被中断。战争结束后，伴随着铁路的战后重建，以及迫于电气化所产生的电力需求，有人提议重启这个已被中断的信浓川发电工程。提议者就是当时的运输省（原来的铁道省）铁路总局电气局局长西村英一。

当时藤井是设施局线路课课长，西村命令他编制该工程的建设费用预算。藤井经过测算后在年度预算中列入了 30 亿日元，然后与西村一起去了无数趟 GHQ。二人苦口婆心地解释说："对东京周边运输系统的电力需求来讲，信浓川电力不可或缺，而且这也是最廉价的获取电力的办法。"昭和二十三年（1948 年）10 月，GHQ 同意了这个计划，工程获得重启。这是战后日本重建的第一号工程，也是当时规模最大的土木工程。

运输省汇集了土木部门的全部力量，实施了细致周密的规划和设计，设施局也根据需要派出了技术人员。昭和二十四年（1949年），公共企业体"日本国有铁路"成立后，藤井作为第八任所长，前往已迁至上越线小千谷站附近的信浓川工程事务所赴任。那些从战前起就受他关照的水电专家，也终于有了发挥能力的机会。另外，也正是这个信浓川电力工程，使他与由当地选出的年轻议员田中角荣成为挚友。

昭和四十八年（1973 年）9 月 22 日，藤井就任第七任国铁总裁。他曾经两度担任总工程师，对国铁剪不断理还乱的劳资关系及国铁财政的困境有着充分的认识，但是在田中角荣及前辈西村英一的恳求下，他实在无法说"不"。当时他已经 69 岁。在 22 日举行的就任新闻发布会上，藤井如此说道：

"我的首要任务，是国铁的财政重建和劳资关系的正常化。还有安全性的提高……确实，劳资问题是一个非常棘手的问题，不过，国铁的股东和客人是每一位国民。因为受劳资问题连累而给股东及客人带来困扰，这是绝对不允许的。虽然我们常说国铁员工有 45 万人，但无论老朽还是他们，不都是同吃一锅饭的伙伴吗？尽管各自有不同的主义和主张，但我们要站在更高的维度来进行判断，要进行富有人情味的协商，无论如何也不能给客人造成困扰。老朽比较讨厌劳资这个词，不过我还是希望与工会好好商量，使劳资关系尽可能得到改善。"

"劳资就好比车子的左右两轮，缺一不可。"——这是藤井的基本理念。"实际上，这个（劳资关系健全化）是最大的问题，只要这个理顺了，国铁重建也就算成功了。每位员工都怀揣希望，在和谐明快的职场遵章守纪地工作。这就是国铁在重建之后、在实现健全化发展之后应有的面貌。"（藤井松太郎，《与国铁一同走过的五十年》，交通协力会）

自入职铁道省以来，藤井长年奋战在建设一线。虽说他自己是由"本省"（指铁道省总部）录用的精英技术官员，但是在工程一线，只有工程师和一线作业人员齐心协力相互配合，相关作业才能往前推进。多年以来，他与部下及分包商的作业人员相互理解打成一片，成为名副其实的"同吃一锅饭的伙伴"；他与大伙一起战天斗地，共同分享了工程竣工的喜悦和感动。北海道贫苦垦荒农家的成长经历，或许也是他能够理解底层工人的原因吧。一到地方上，他总是打开驾驶室的窗户，跟轨道工人亲切地打招呼："你们辛苦啦！"去工地考察时，他常常坐在项目办公室的凳子上，与员工们同啃一个西瓜。"劳资就好比车子的左右两轮，缺一不可。"——藤井对此深信不疑。

藤井在内心依然坚守着铁道院 ① 首任总裁后藤新平所倡导的"国铁一家"这个理念。

不过，虽然藤井受命出任了总裁，但国铁劳资关系的现实与想象可以说是两个极端。自从丸生运动受挫以来，一线管理人员的命令对工会不起作用，劳资关系已达到破裂的极点，双方陷入斗争和处分循环往复的状态。如何才能解开这个纠缠不清的死结呢？

"工会积极分子遭到处分被解雇后，纵使丧失了国铁员工的身份，但依然可以作为工会干部赖着不走，而且还能领导反处分的斗争。要斩断这个恶性循环，就只能赋予工会罢工权（争议权），让其对争议进行自我约束，劳资关系正常化不是只有这一条道路可走吗？"（《与国铁一同走过的五十年》）

在背后支撑藤井总裁这种劳动政策的，就是常务理事兼职员

---

① 伴随着铁路国有化而设立的掌管铁路行政事务的中央机构。1908 年由帝国铁道厅和递信省铁道局合并而成。1920 年升格为铁道省。

局局长加贺谷德治及劳动课课长川野政史等职员局的"绥靖政策"。有人认为,藤井总裁有关"罢工权赋予问题"的理念,也应该是"由偏向国劳的加贺谷及川野编排设计的"。这点姑且不管,总之,国铁的劳务政策开始调转方向,朝着"关系正常化"迈进了。

就在这个时候,总理大臣的咨询机构"公务员制度审议会"(简称"公制审"),将由公益委员、雇主方委员、雇员方委员全体一致汇总归纳的《关于公共企业体劳动者的劳动基本权的答询》提交给了田中首相。公制审成立于昭和四十年(1965年),之前它一直未触及罢工权问题,到了成立后第八年,才提出了关于公共企业体罢工问题的答询。不过,它也只是把以下三种观点一并列出而已:①全面、一律禁止罢工;②允许在对国民生活影响较小的领域实施罢工;③对所有部门有条件地赋予。然而,这个答询要求政府"为尽快解决争议权问题,进行立法、行政方面的彻底讨论"。政府与劳工方面就罢工权问题进行正面交涉的平台终于形成。

田中下野及三木内阁的成立

昭和四十九年(1974年)的春斗,恰逢第一次石油危机之后物价狂涨的巅峰时期。在前一年的10月至11月,因谣传手纸及洗衣粉、白糖等供应不足,超市出现了排长队的现象。消费者物价指数猛涨12%。尽管春斗高喊"防止通胀、反对涨价"并由此达到高潮,但其最大的主题却是"罢工权问题"。以总评、中立劳联(中立劳动工会联络会议①)为核心组成的"春斗联合斗争委员会"(简称"共斗委")提出了以下要求:①保障所有中央及地方政府部门

---

① 1956年以实现工人的统一战线为目的、以民间大型工会为主要力量组成的全国性组织。1987年随着全日本民间工会联合会的成立而解散。

劳动者的罢工权；②在罢工权法案成立之前暂不实施处分；等等。他们还从 4 月 11 日开始实施总罢工，以迫使政府作出决断。国劳和动劳实施了包括新干线、国电在内的国铁全线路罢工，再加上民营铁路、都市交通工会①的 48 小时罢工，由此形成了"交通总罢工"。

在进入总罢工的前一天，田中内阁紧急召开了临时内阁会议，决定了以下方针："关于国铁等三公社和邮政等五现业的罢工权赋予问题，力争在昭和五十年（1975 年）秋季之前作出结论"，并要求停止总罢工。在共斗委与政府围绕这个内阁会议决定的解释等进行反复谈判之后，13 日凌晨，总罢工被解除。尽管内阁会议决定并非对罢工权赋予的确切承诺，但这是政府首次提出解决期限，公劳协（国铁等三公社五现业的工会联合）便认为"罢工权恢复之路已由此打通"。

为了对该问题进行磋商，政府于 5 月份设立了"公共企业体等相关阁僚协议会"，然后在 8 月份，又聘请 20 名实施实质性审议的专门委员，组成了"专门委员恳谈会"（会议主席是 NHK 会长小野吉郎）。由此，政府层面开始了对罢工权问题的审议。不过，这个专门委员恳谈会的成员多为反对赋予公共企业体工会罢工权的势力，也就是说它的目的也只是让问题暂时得到缓解而已。实际上，它为日后的骚乱埋下了种子。

在这年的下半年，堪称藤井松太郎总裁"后盾"的田中角荣内阁突然出现震荡，最终，田中于 11 月份宣布辞职下台。最初的震荡是在 7 月 7 日举行的参议院选举。事前有人预测，在这次选举

---

① 由日本全国的地方政府所运营交通团体（公营交通）的劳动者组成的工会。由全国的公营交通团体的工会构成。简称"都市交"。

中执政党和在野党将出现逆转，田中虽然拼尽全力开展了选举活动，但还是遭到了很多人的强烈批评——人们指责其搞的是"金权选举"和"企业后援选举①"。当时，自民党必须要有 63 人当选，这样加上非改选部分才能获得过半数。田中等人预计将有 75 人当选，然而实际当选者仅有 62 人，与预想相差甚远。在对无党派和非公认议员进行公认②后，总体勉强达到 129 个议席，比改选之前减少了 5 个。

在选举结束 5 天之后，副总理三木武夫以"与田中政治保持距离"为由提交了辞呈。又过了 4 天，大藏大臣福田赳夫也离开了阁僚职位。田中更换了党的三头领并对内阁进行了改组，这实质上等于将三木和福田赶出了内阁。三木和福田批评"田中政治过于脱离国民，缺乏谦虚态度"，然而田中并未因此而有所退缩。

10 月 10 日，月刊《文艺春秋》昭和四十九年（1974 年）11 月号开始上市销售。这期的卖点是立花隆的《田中角荣研究——其"金脉"与人脉》和儿玉隆也的《寂寞的越山会女王》。前者对田中角荣如何从一介土木建筑商逐步发展到拥有自己的企业王国，以及如何通过炒地皮赚得盆满钵满等进行了详细叙述，并通过大量资料及文件记录对田中的资产进行了曝光。后者则揭露了田中的女秘书兼保险柜保管人佐藤昭（后改名为昭子）的真实面貌。这期《文艺春秋》立即售罄并加印。

对于这两篇报道，自民党内部也有人表示："相关报道内容非常令人遗憾。这些都是真的吗？"不过，干事长桥本登美三郎却认为，"报道内容都是田中就任总裁之前的事情，不会有多大的问

---

① 在公职选举中，大企业有组织地支持某些特定候选人，将选举活动纳入企业活动的现象。

② 公开承认，指由国家、政府机关或政党等正式承认。

题",并未当回事。10月12日,田中应邀去位于东京丸之内的外国特派员协会作演讲。在演讲之后的提问交流环节,记者们纷纷毫不客气地质问:"《文艺春秋》所报道的内容是事实吗?""您不打算公开财产吗?"等等。田中只得拼命地辩解。以此为开端,自民党内要求田中辞职的声音也逐渐增多。到了10月下旬,要求对田中的财产来源进行调查的呼声陡然增高。社会党和共产党成立了田中财产来源专项调查小组,开始了正式调查。

当时正值时任美国总统福特首次访日。待22日福特离开日本后,政局一下子变得动荡起来。26日,田中首相通过官房长官竹下登表明了辞职意向。据说,田中之所以打消连任想法,是因为参议院决算委员会作出了要求立花隆等媒体人士及佐藤昭等"田中家族"到国会作证的决定。辞职宣言由竹下代读。在宣言中,田中表示"我早晚会让真相水落石出,以求得国民的理解",此时他仍然相信自己还有再度出山之日。

田中首相的后任将会是谁呢?在"三角大福中"里面,除了田中之外,还有三木、大平、福田以及属于少数派系的中曾根。众人一致认为,后任应该从这4个人当中产生。田中率领着最大的派阀,其盟友是大平正芳,若是实施选举,那么大平获胜的概率很大。因此大平主张实施公选。但三木、福田和中曾根对此不接受,要求通过协商来决定。于是,三木、大平、福田和中曾根4人举行会谈,决定全权委托自民党副总裁椎名悦三郎指定接班人。12月1日,椎名推举了素以"干净清白"著称的三木武夫为总裁。这就是所谓的"椎名裁定"。"这犹如晴天惊雷,我根本没有料到会是这个结果。"三木表示说。随后,三木内阁成立。在这届内阁中,大平留任大藏大臣,福田就任副总理兼经济企划厅长官。在党内,椎名留任自民党副总裁，中曾根任干事长。

"夺回罢工权已进入射程"

国劳总书记富塚三夫等人认为，新任首相三木武夫"应该会采取一定的形式赋予罢工权"，并判断三木内阁的登台使得"政治解决罢工权问题的时机已经成熟"，由此气势愈发高涨。同上年一样，昭和五十年（1975年）春斗提出的口号也是大幅加薪和"夺回罢工权"。

国劳和动劳向当局提出交涉，"要求在田中内阁政府所答应的罢工权问题解决时限即这个秋季之前，暂时冻结针对去年春斗的处分"。在春斗共斗委的"三二七统一罢工"前夕，3月25日，藤井总裁发表了大胆积极的总裁讲话："当局希望工会采取富有远见卓识的行动，并对原定在年度末 ① 公布的有关去年春斗的处分予以暂时搁置。"两工会对此表示欢迎，原定27日开始的罢工由此得以避免。

政府方面，在6月3日的众议院社会劳动委员会上，劳动大臣长谷川峻在回答社会党代表田边诚的提问时，也表明了这样的见解："今后要站在斩断罢工和处分这种恶性循环的角度，朝着通过对话来解决问题这个方向努力。"富塚等人对这个政府见解给予了高度评价，将其解释为"实质性的允许有条件罢工权的答辩"，从而"认为夺回罢工权已进入射程"。

自从公共企业体"国铁"成立27年来，劳资双方始终处于"罢工—处分—罢工"这种重复兜圈子的状态。罢工结束后，当局公布解雇、减薪、警告、训诫等大批处分，然后工会又实施"反对不当处分"的斗争。因违反公劳法而被解雇者累计有1015人，受

---

① 指3月末。从4月1日起为新的年度。

处分者多达 105 万人。当时国劳和动劳的工会会费是 4000 日元。每年还需要征收数万日元的临时会费，用作对被处分者的救助资金。从会员那里所征收资金总额的三分之一，都被用于"受害者救助"。因此，夺回罢工权是公劳协的迫切愿望。

希望夺回罢工权的不只是工会。那些不参加罢工的员工会受到严厉谴责，被称作"叛徒"或"罢工破坏分子"，"国铁一家"已被撕扯得四分五裂；一线管理人员虽然嘴上不说，但内心也期盼着罢工权的恢复。

这年 10 月，国劳和动劳提出了举全力解决罢工权问题的斗争方针。另一方面，在 10 月 9 日的公共企业体等相关阁僚协议会的专门委员恳谈会上，国铁当局的井上邦之副总裁表示：罢工权"属于高度的政治判断问题"，希望全权委托政府来处理。此时，主管国铁劳动行政的职员局已决心就罢工权问题"向前迈出一步"。职员局的想法是："与其因为不赋予罢工权而令其产生不满，还不如赋予罢工权让他们进行自我约束。"

于是，主管劳务的常务理事加贺谷德治、职员局局长君袋真一、劳动课课长川野政史等人，悄悄齐聚于神奈川县辻堂的藤井总裁家中，就罢工权问题达成了统一意见。10 月 16 日，职员局突然召集全国各地铁路管理局的总务部部长开会，就其内容向他们进行了说明。对毫不知情的众多国铁员工来讲，这个"密室决定"实在令人大为惊讶。其内容要点如下：

"尽管禁止争议行为在法理上具有充分的合理性，在实效方面却产生了各种问题。'罢工—处分—罢工'这种恶性循环逐渐扩大，从总体上来讲，劳资关系的紧张和对立程度在逐渐加深。为了把给国民造成的困扰限制在最小限度，并且通过相互信赖来改善劳资关系，力争确立有助于形成为国民所理解和支持的具劳资惯例效力的新型劳资关系秩序，'应该在附加各种条件的基础上允许争议行为'

这种意见具有现实意义，是应该尽快加以解决的问题。"

20日，藤井总裁对国铁的5家工会正式表明"将赋予有条件的罢工权"。紧接着，他在21日的众议院预算委员会上声嘶力竭地呼吁：

"由于国劳等开展近似消极怠工的拒绝安全检查这种非合作斗争，一线的劳务负责人反映说，如此下去则运输安全无法得到确保，将造成严重事态。我认为，为了解决这些问题，赋予有条件罢工权是合适的。"

三木首相在与社会党委员长成田知己进行党首会谈时，也表明"打算斩断'罢工—处分—罢工'这种恶性循环"，并声称"藤井的发言可以代表官方见解"。

*   *

劳动者的团结权、集体谈判权和争议权（集体行动权＝罢工权），是在宪法中有明文规定的劳动基本权（《日本国宪法》第二十八条）。但是，任何权利都不允许滥用，都有增进公共福利的义务，这也是宪法所明确规定的（《日本国宪法》第十二条）。藤井等国铁当局的想法是："在施以公共性框架限制的基础上，原则上允许罢工。""如果拥有合法罢工的权利，则解决罢工的手段也由法律来规定。为了不给国民带来困扰，必须赋予带有一定条件的罢工权，只有这样才能减少罢工。"

"只要赋予罢工权，罢工就会减少吗？"针对这个提问，井上副总裁回答说："正是因为认为会减少，所以（当局才提出希望承认罢工权）。肯定会减少的。一方面是因为内心深处存在（没有罢工权这种）不满的心理，所以造成斗争激化；另一方面也可以把它看作一道简单的算术题：反对处分的斗争将不复存在，夺回罢工权

的斗争会消失。"(《朝日新闻》10月24日早报）

然而，藤井总裁这个有关罢工权赋予的发言，尽管揣度了被称为"有条件赋予派"的三木首相的意向，却没有提前与政府及自民党进行疏通。实际上，很多自民党干部都对罢工权赋予持反对态度。藤井总裁、倡导"绥靖劳政"①的职员局，还有富塚等工会方面，都对前景过于乐观而完全没有意识到这点。

9月1日起，自民党的最大派阀田中派在箱根举行了研修培训会。会上，从铁道省时代就与藤井是盟友的西村英一，对罢工权赋予提出了强烈的反对。据富塚三夫讲，在培训会之前，当细井宗一通过电话跟田中角荣商量此事时，田中还回答说："让我想想办法吧。"

不久，在自民党内部开始出现明确对立的两派：允许罢工权赋予的"鸽派"和认为不应该赋予的"鹰派"。到了10月份，曾经答应细井"想想办法"的田中，也不再接听细井的电话，并开始表示"在现阶段不应该允许有罢工权"。对田中和西村来讲，尽管自己是藤井总裁的推荐人，但是比起与藤井之间的"友情"，他们更加看重政局。

三木就任首相以来，狠抓对"金权政治"的追查和问责，大搞博取国民人气的表演。作为三木内阁"创始人"的自民党副总裁椎名悦三郎，对其"闹腾劲儿"已忍无可忍。另外，作为自民党运营关键角色的干事长中曾根康弘，也表明了强烈反对罢工权赋予的态度。围绕针对前首相田中角荣的诉讼，他们开展了倒阁运动，"把三木轰下台"的强劲大风开始刮了起来。

对罢工权赋予较为积极的人，除了三木首相之外，还有政调会

---

① 指对工会持妥协态度的劳动行政政策。

长 ① 松野赖三、公劳法问题调查会小组委员会主席仓石忠雄、国铁
基本问题调查会会长大桥武夫等福田派成员。劳动大臣长谷川峻也
比较接近福田派。

"因为三木相对而言是一个进步主义者，所以社会党和总评有
些过于乐观，认为他多半会妥协。但是，在我和椎名的努力下党内
稳如磐石，所以三木也不敢'轻举妄动'。"

当时的干事长中曾根如是说。

当时，由前任田中内阁设置的相关阁僚协议会的专门委员恳谈
会，正在对三公社五现业的罢工权问题进行讨论和研究。于是，三
木内阁便耐心等待该恳谈会提交意见书。

然而，10 月 15 日，该专门委员恳谈会的成员之一总评顾问
岩井章（前总评事务局局长）突然提出辞去委员职务。岩井申述
其原因说："委员成员大都是思想偏右者，其实从一开始我就想请
辞。不过，考虑到可以对专门委员恳谈会进行监视，当言则言，因
此就留了下来。这次来自自民党和政府的压力，让我看清了谁是当
事者。专门委员恳谈会的前景不言自明。"（《朝日新闻》10 月 25 日
早报）当时，他大概已知道专门委员恳谈会的结论了吧。在 9 月份
时，公劳协还决定"在 11 月底之前先严密关注政府的态度，从 12
月份起再开始筹划长期、持久的罢工"。然而，以岩井的辞任为转
折点，公劳协一下子便由"对话路线"转入了"罢工路线"。

昭和五十年（1975 年）11 月，由国劳、动劳、全递（全递信
劳动工会＝邮政的劳动工会）、全电通（全国电气通信劳动工会＝
电电公社的劳动工会）等公劳协下属九家工会共同发起的、日本战
后史上规模空前的罢工拉开了序幕。在铁路方面，国铁在全国范围

---

① 即政务调查会会长。政务调查会是对政策方案进行调查、研究及制定的党内机
构，在党内决策过程中发挥着重要作用。

内全面停运，罢工时间长达 8 天（即 192 个小时）。

"自由派言论人 [1]" 加藤宽的 "背叛"

岩井的辞任导致公劳协与专门委员恳谈委员会关系彻底决裂。于是，公劳协一边探寻与政府进行直接谈判之路以打开僵局，一边决定从 11 月 26 日起开展长达 10 天以上的长期罢工，并开始进行相关准备。25 日，即进入罢工的前一天，总评主席市川诚在罢工权夺回集会上发表声援演讲时说：

"这次罢工或将决定今后劳工运动的方向。"

另一方面，在同一天的自民党总务会上，自民党干事长中曾根康弘也作了强硬发言：

"如果他们搞总罢工，那么无论一个月还是两个月，我们都要与他们斗争下去。这是在国民支持下对国劳进行追责的绝好机会。国劳等反复实施政治罢工，与他们进行关原会战 [2] 的时刻到了。到底谁能胜出呢？我想结局应该是输者受伤倒下吧。"

公劳协在与政府的直接交涉中未看到希望，于是按预定计划从 11 月 26 日起毅然掀起了罢工。以前一天夜里国劳和动劳实施的长途夜行列车 "指名罢工"（由总部指定工会会员令其实施罢工）为开端，这天的国铁列车包括新干线、国电、原有线等共有 23000趟完全停运。在平常早高峰时拥挤不堪的东京站，四周空无一人，"绿色售票窗口" 窗帘紧闭。在车站台阶上竖着国铁当局的致歉告示牌："因受违法罢工影响，所有列车及电车停运。" 最终，当天仅

---

① 言论人：指以发表言论为职业的人，也被称为 "论客"。

② 关原是位于日本岐阜县不破郡的盆地。庆长五年（1600 年），德川家康与石田三成的大军在此展开会战，结果石田三成败北。比喻决定胜负、命运的决战。

运行了3趟短途快速列车和660趟地方支线列车，长途列车完全陷入瘫痪状态。因列车停运而影响出行的乘客，仅这一天就达到2200万人。

当天上午，政府发表如下声明："工会方面藐视法律执意实施罢工，这是对法治国家和议会民主制的挑战。我们不得不说，在全体国民为摆脱经济萧条而努力奋斗之时，掀起对国民生活造成重大打击的罢工，是无视国民的行径。"

国劳总书记富塚三夫作出了如下决定："前3日实施全面罢工，中间4日稍微缓和一下，将大阪和东京的国电排除在外。倘若这时还没有结论，则后3日再次实施全面罢工。"富塚安排这个10日罢工战术自然有其目的。因为他判断认为，"通过前3日的罢工，就能够从政府那里得到一定程度的答复，这样可以通过速战速决的办法取胜"。一同参与战术制定的细井宗一对富塚的判断半信半疑：真的能那么轻易就获胜吗？不过，抱着"有枣没枣打三杆子"的想法，他也同意了富塚的意见。

据富塚说，在进入罢工之前，几乎每天晚上，富塚和细井都与文部大臣永井道雄（据称他与三木首相关系密切）的亲信、《朝日新闻》的评论员数人（永井过去曾担任该报评论员）以及国铁职员局劳动课课长川野政史等人一起开会，对罢工权问题的相关信息进行分析。

"掀起罢工"的最终决断，就是由国劳的细井、职员局的川野课长、掌握政府方面信息的《朝日新闻》评论员和富塚四人齐聚某饭店，一起对形势进行分析后作出的。据说，当时川野力挺富塚说："老富，你就下决心吧。"

"当时，国铁的经营者、三木内阁、《朝日新闻》全都在背后做各种分析，对我们给予了支持。我想这应该不会有问题，于是做出了（掀起罢工）的决断。"

富塚在接受笔者采访时，对当时的情形如此回顾道。

富塚还去找了老朋友自民党议员仓石忠雄（当时任自民党公劳法问题调查会小组委员会主席，福田派）商量。曾两度出任劳动大臣的社劳族[1]议员仓石说：

"富塚，在接下来这3天，我要去一趟（选举区）长野。等我回来后就作了结吧。罢工搞3天就可以了吧。"

仓石说完后便去了长野。富塚根据仓石的讲话及行动，揣测"3日后自民党将得出结论"。其实，正是这些信息和谈话导致富塚作出了过于乐观的预测。可以说，首尾长达8天的"罢工权罢工"[2]，是除了国铁当局以外，连三木内阁及部分自民党成员也都容许的"政府及劳资一体化的罢工"。不过，这里面有一个重大的失算。

*　　　　　　　　　　　*

相关阁僚协议会的专门委员恳谈会之前一直在讨论罢工权问题。在罢工掀起之后，11月26日下午，该恳谈会向井出一太郎官房长官提交了一份名为《三公社五现业的应有性质特征及劳工基本权问题》的意见书。如前所述，该恳谈会成立于田中内阁时期，在一年半之内共计召开了32次会议，现在其意见书终于撰写完成。意见书的起草人是加藤宽（庆应大学教授），他也是恳谈会的成员之一。这是加藤首次撰写审议会的答询报告。富塚他们对加藤满怀期待，认为身为社会民主主义者及三木首相智囊的加藤宽，将会通

---

[1]　对于社会福利、社会保障政策等的制定有影响力的国会议员，与厚生劳动省关系密切。亦称"厚生族"。
[2]　公务员为要求恢复罢工权而进行的罢工，亦称"夺回罢工权罢工"。

过某种形式提出"罢工权容忍论"。

然而，实际所提交意见书的内容却是"对国铁及邮政等政府机关劳动者的罢工权不予认可"，其结论与富塚等人的期待完全相反。意见书对国铁当局等所表明的"有条件罢工权赋予论"进行了直截了当的批判。

"争议权是劳动基本权之一，当然，它本身应该得到尊重。可是，争议权却未必优先于所有事物。比如，当停工对国民生活及公共福利带来重大影响时，争议权就必须自动受限。关于三公社五现业的争议权问题，存在这样的议论：尽管在法律上被禁止，但现在仍在实施罢工，基于这个事实，为了改善劳资关系及减少对国民的困扰，应该认可争议权。不过，就算仅着眼于劳资关系这点来考虑，争议权得到认可后，劳资关系就有改善的希望吗？就现状而言，无论采取何种形式，如果争议权得到合法化，从现今主流劳动工会的性质及既往表现来看，可以预见，作为当然的权利，争议行为将会被反复实施。"（概要）

意见书不仅仅是否定了有条件的罢工权。"对争议权问题，我们不应该仅从劳资关系方面来处理，还必须结合经营形态一起考虑。"由此将这个"经营形态论"推到了前面，并断言道："假如转型为民营或准民营则可以认可罢工权，不过在现行经营形态下是无法认可的。"尤其针对国铁它还指出："有人判断说，就现状而言国铁或许已超越了经营管理能力的极限。通过分拆将经营单位缩小，包括客运干线网的运营及中长途大宗货物运输之外的部门，这些是否必须由国家来持有和经营，也应一并进行充分的讨论。"

可以说，这正是"国铁分拆和民营化"构想的"萌芽"。起草人加藤宽后来作为第二次临时行政调查会的成员，对推进国铁的分拆和民营化发挥了重要作用。这个第二临调在当时的行政管理厅长官中曾根的推动下得以成立，中曾根后来说："这个意见书明确指出了国铁所存在的问题及其本质，为国铁分拆和民营化埋下了伏笔。"可以说，日后"临调成立—分拆和民营化"路线的前哨战此时已经打响。

这件事对国劳总书记富塚三夫打击甚大。加藤是一位"自由主义者"，而且是民主社会主义研究会议的理事。富塚回顾当时的情形说：

"三木先生原以为，加藤宽会在意见书中写入给予有条件的罢工权。可是加藤却对其举起了反旗。毫无疑问，加藤对三木先生非常敬重。三木先生也很信任加藤，却遭到了他的背叛。加藤为何要背叛呢？这是一个谜。总之，遭到加藤的彻底背叛后，三木先生也毫无办法。"

关于这个"背叛"，加藤后来是这样解释的（《我的履历书》，《日经新闻》平成十七年即 2005 年 5 月）：

"因为我赞成民主社会主义，所以他们就认为'加藤会赞成带附加条件的罢工权赋予'。但是，与这种预测相反，我无论在恳谈会讨论时还是在撰写意见书时，都强烈主张在目前状况下不能给予罢工权。

"虽然我经常出入三木先生的政策研究团体，被视为其智囊，但我并没有遵照其意图行事。不过，这对日本来讲是一个正确的选择。

"即使从民主社会主义的立场来讲应该认可罢工权，但是也还有其他必须考虑的条件。田中首相因资金来源问题辞职后，民众对政治的不信任加剧，考虑到这种政治状况，假如此时对政府机关及公共企业体的那些势力强大的工会给予罢工权，岂不是会让社会主义势力得到发展壮大并引起社会动荡和不安吗？"

"为了获得罢工权而罢工令人不可思议，但政治的内幕更加令人不可思议。"他还曝光了如下内幕。

"为什么这么说呢，时任首相打来电话，要求搞垮由政府设置的（专门委）恳谈会，'让它不能正常开展审议工作'。恳谈会是由反对赋予罢工权的前首相田中设置的，主席也是田中的亲信[1]。声称'考虑有条件赋予罢工权'的三木首相判断认为，若不让这个恳谈会名存实亡，就不可能实现自己的想法。因此，他向我这个老朋友提出了这种请求。"

对于恳谈会田中依然发挥着影响力，三木"无奈之下"竟然策划要搞垮它。加藤当然无视了三木的这个要求。

自由主义派言论人加藤出现"豹变"，其背后究竟有何原因呢？从之后的发展脉络来看，多半是因为他与第二临调的"背后主谋"中曾根气息相通吧，这样解释也许更为自然。

规模空前的"打空"[2]

在罢工首日即 11 月 26 日，国劳的细井宗一派遣了数名会员去东京筑地的中央批发市场，让他们调查罢工对作为市民"菜篮子"的市场有何影响。

然而，与其想象相反，中央市场呈现出一片繁荣景象。来自全国各地的、满载生鲜食品的卡车一辆接一辆地抵达市场。"进货反而比平常更多了。"市场负责人告诉工会的侦察队队员说。侦察队回到国劳总部后，向细井汇报了实际情况。民营铁路、海运部门及

---

[1] 即 NHK 会长小野吉郎。
[2] 指挥击出的球棒或球拍没打着球。比喻带着某种目的的行为以失败告终，徒劳白干。

航空公司都没有加入罢工。仅国铁及部分公营交通的罢工，对市场并未造成太大的影响。此时，细井判断"继续罢工也难有成效，罢工已无获胜希望"。

为了应对这场罢工，从11月中旬开始，政府由内阁审议室牵头，一边与农林省①加强协调，一边对如何确保生活物资供应进行了反复研究。另外，政府还要求全日本卡车协会提供协助，使用卡车来运输生鲜食品，并通过提前运输作了一定的储备。之所以罢工影响减小，一个原因的确是政府的提前应对，不过，更主要的原因是国铁在日本物流和经济中的作用在逐渐减小。

昭和四十年（1965年），国铁货物运输量在全国的市场占有率为30.3%，到了昭和五十年（1975年）则降至12.9%。"通过停止运输生活物资对政府造成打击"这种战术已不再适用。不仅是罢工战术，就连国铁本身都已落后于时代。尽管国铁运营陷入了瘫痪状态，但国民生活并未受到多大影响。

在罢工第三天即11月28日，按照富塚他们最初的战术，原计划在这天逼迫政府作出某种程度的妥协。公劳协召开了由委员长及总书记参加的紧急会议。富塚在会上发言说："关键看三木首相今明两天是否作出决断。不过目前还没有这种动向，形势极为严峻。"可是，由于在公劳协内部强硬态度占主导地位，于是会议决定加强斗争力度以迫使"首相作出决断"。在最初计划中，11月29日到12月2日这4天是新干线和国电罢工的"中间休息日"，现在也改成不休息，接着举行全面罢工了。

"对方（指政府方面）沉默不语，其态度好像是在说：他们有本事就让他们闹好了。"（富塚语）

仓石忠雄对工会的战术比较了解。富塚感到罢工战术已走到

---

① 日本的国家行政机关之一，曾主管农林、畜产和水产业。1978年改称农林水产省。

尽头，为了打探自民党的动向，他给仓石打了个电话。前面已经讲过，仓石事先曾暗示富塚，罢工只要闹三天就应该有收场的眉目。然而，在电话的另一端，仓石嘟哝着说："椎名按兵不动，我也没有办法啊。"仓石说，自己去拜会了自民党副总裁椎名悦三郎，但是被回绝说"（在这个阶段发表首相谈话）为时尚早"，自己也正为找不到"突破口"而发愁呢。

其实，富塚哪里知道，在时事通信政治部负责报道福田派的记者屋山太郎的劝说下，仓石这时已对罢工权赋予改持否定态度。我在后文还将提到这点。

28 日下午，三木首相与 10 名相关阁僚分别会谈，表示"将由自己来作最终判断"，希望他们将此事"全权委托给首相"。

然而，第二天 29 日，中曾根干事长前往田中角荣家里，亲自确认了田中对此事的态度——"全面支持自民党执行部对罢工权问题的处理及对罢工所采取的强硬姿态"。在同一时间，三木首相通过劳动大臣长谷川峻，准备向工会提出妥协方案："只要不违反公共福利，将对劳动基本权给予最大限度的尊重。在两三年内将对罢工权问题作出结论。"

中曾根闻听此事之后，马上与椎名联系，"让他千万不要接受妥协方案"。椎名仅回复了一句话："妥协方案等概不允许。""我也认为妥协方案不可。"当中曾根把这话告诉三木后，三木"心中怅然不已"。"我和椎名拒绝了（这个妥协方案），没让他们提出。"在佐藤诚三郎（原东京大学教授）等人的访谈著作《天地有情》（文艺春秋出版）中，中曾根如是说。

在罢工第六天即 12 月 1 日下午，自民党召开了临时总务会。会上，干事长中曾根提出了由他亲自草拟的"自民党的五条见解"，并推动其成为党内决议。其具体内容是：

1.尊重专门委员恳谈会的意见书，并研究如何实现其内容；

2. 提高对公共企业体公共性的自觉意识，严格遵守法律秩序，实现劳资关系正常化；等等。

"在我和椎名的努力下，党内稳如磐石。"（《天地有情》）正如中曾根所预想那样，政府紧接着召开了临时内阁会议，确定了以自民党见解为蓝本的基本方针。至此，在党内势单力薄、陷入孤立的三木首相已无力翻盘。在下午 6 时 30 分召开的紧急新闻发布会上，三木宣读了由临时内阁会议拟定的《政府声明》。

*　　　　　　*

从罢工第二天起一直到结束为止，每天早晨，NHK 都在直播富塚与内阁官房副长官海部俊树（后来任首相）的现场讨论节目。每天，连线官邸与斗争总部所在地全递会馆的讨论，向千家万户传递着紧张气氛。年轻的海部在早稻田大学雄辩会 ① 即已声名鹊起，满口东北方言的富塚则被称为"劳工界的拉斯普京 ②"。尽管两人每天寸步不让据理力争，但是事态毫无转机。11 月底，在公劳协内部，认为"形势对国劳不利"者逐渐增加。"此时应该无条件停止罢工，保存组织实力，以备将来"，此类呼声逐渐高涨。

到了罢工第六日即 12 月 1 日，来自公劳协内部强硬派的压力越来越大，政府的强硬态度也使得局面呈胶着状态，在这种情况下，富塚一赌气玩起了"人间蒸发"。其心腹武藤久赶紧去其住所打探。原来富塚正躲在东京九段的格兰皇宫饭店（Hotel Grand

---

① 早稻田大学的辩论俱乐部，设立于 1902 年。很多俱乐部成员毕业后成为政治家及记者等，因而也被视为政治家的"登龙门"。

② 1869—1916 年，俄罗斯帝国神父，尼古拉二世时期的神秘主义者，沙皇及皇后的宠臣。

Palace）"怄气"哩。事态渐趋恶化，对于这点富塚心里比谁都清楚。于是，他指示武藤使出"最后一招"。

细井宗一是田中角荣的"铁哥们儿"。富塚的"最后一招"，就是让细井马上去见田中，"让田中出面说句'考虑一下罢工权'之类的话"。"然后，只要政府对于罢工权略微作出积极表示，国劳就可以立刻停止罢工。"武藤去见细井，向其传达了富塚的指示。细井考虑了两秒钟，然后说："现在不是太晚了吗?"任凭武藤再三恳求，细井就是坐着不动。"细井不采取行动的原因我不清楚。或许，他早已预料到罢工权罢工的前途和命运了吧。"武藤说。

当得知"细井—田中"这条渠道已无法打通之后，富塚便开始考虑罢工如何收场的问题。然而，在这种完全零回复的情况下，罢工能够收场吗? 在罢工第七天即 12 月 2 日，国劳总部的相关负责人分头询问了各地方的干部："零回复且没有任何条件，在这种情况下可否停止罢工?"他们回答说："该做的都已经做了，能做到这些已经很满足了""地方上没有问题，只是希望在政治上国劳的实力不要受到影响"。在收到这些答复后，国劳的领导层决定停止罢工，并马上着手收尾工作。为了"向国民展示真正的国铁工人的形象，以利于今后夺回罢工权"，在解除罢工当天即 12 月 4 日，必须从首班车开始，让全国的列车和电车都井然有序地开动起来。

在发出"停止罢工命令"的同时，国劳还需向全体工会会员发出一份"声明"。于是，富塚请细井宗一撰写了"声明"的文稿。以下便是细井所撰写"声明"的概要。

"我们停止罢工并非根据政府的判断，而是基于自身判断来决定的。停止夺回罢工权罢工，这不过是劳工运动漫漫征途中的一个短暂休息而已。这绝不是败北，也不是对政府压力的屈服。我们依然保留着充分的战斗力。会员们一定要充满自信。正义的斗争将形成公众舆论，而公众舆论将对政府形成包围圈。今后只要我们在斗争方式上保持一定的广度和深度，就一定能获取胜利。为了迫使政府作重新研究，我们将暂时休战一段时间。假如政府不理解，那我们将与国民一道挺身而出，再次继续'旷日持久的鏖战'。持续 8 天的'罢工权罢工'，给广大民众的日常生活带来了诸多不便，在此谨表歉意。"

原本打算将对工会赋予"有条件罢工权"作为劳动行政亮点的藤井总裁，在"政府声明"发出之后，在罢工第七天即 12 月 2 日，连忙召开紧急新闻发布会，宣读了题为《告员工诸君书》的声明。声明文稿由职员局相关负责人在发布会召开之前仓促写就。藤井还未来得及将其修改成自己的语言，因此念得有些结结巴巴，言辞中不乏悲壮之情。对国铁当局来讲，这个"总裁声明"也是失败宣言。

"给国民带来的困扰已然超过极限。我与诸位一道向国民致歉。我充分了解诸位多年来围绕'劳动基本权问题'所做的工作，作为国铁经营负责人，我也将自己的想法在国会作了明确陈述。（中间省略）关于这个问题，最重要的是首先要得到国民的理解和共鸣。（中间省略）构筑得到国民信赖和支持的新型劳资关系，无论如何都是有必要的。我打算，在此基础上，实现经营健全化，打造真正为国民所信赖的国铁。我在此向诸位发出呼吁：眼下无论如何要尽快结束斗争；然后在此基础上，遵循民主主义原则，正视诸位的主张，着手解决这个问题。"

曾经答应"赋予有条件罢工权"的国铁当局与国劳的"美满蜜月"（武藤久语）被画上了句号；而被政府、自民党以及国铁内部严厉批判为"劳资勾结"的时代，由此拉开了帷幕。

8 天的罢工，造成国铁全面瘫痪长达 192 个小时，18.4 万趟列车停运，共计影响了 1.5 亿人次的出行。可是，纵然罢工从头至尾整整持续了 8 天，日本经济的基础却并未被动摇，这清晰地表明了国铁货运市场占有率的下降，即它对物流经济已几乎没有影响。

从罢工开始后第九天即 12 月 4 日的首班车开始，国铁所有线路重启运行。包括东京、大阪的国电在内，所有列车都转入正常运行，与平日没有丝毫差别。在全面罢工之后，如此顺畅地恢复列车运行时刻表，这种例子前所未有。从前一天即 3 日早晨起，国铁当局就与工会方面开始了非正式的磋商，为运行重启而安排调班等，参加罢工的会员回归岗位的速度之快也是史无前例的。罢工的第八天，是工会一边继续全面罢工，一边为从 4 日开始正常运行而与当局进行"劳资协商"的一天。

"202 亿日元的索赔"

这次罢工权罢工亦可称为"劳资联合出品"，其"完败"结局对之后的国铁造成了深远的影响。12 月 2 日下午，这时罢工尚在持续，自民党干事长中曾根康弘把运输大臣木村睦男和国铁总裁藤井松太郎叫到跟前，要求他们在开年后昭和五十一年（1976 年）1 月末之前，在对违法罢工进行严肃处分的同时，还要对国劳和动劳提出索赔。在罢工平息后，12 月 7 日，中曾根在日记中这样写道：

"罢工以劳动工会失败、国民获胜告终。社共[1] 还在向工会谄媚，忘记了国民的存在（省略）。我打算设立保护大众的团体，筹建法律工作组。另外，应该让国铁的年轻人迅速发起内部改革。"

国铁当局原计划在春斗之后 5 月份对罢工作出处分。虽然他们勉强接受了将处分时间提前的要求，但对向工会索赔损失抱有抵触

---

① 指日本社会党和日本共产党。

情绪。然而最终，面对政府及自民党对这个长达 8 天、史上空前规模罢工的强烈批判，藤井总裁及职员局均无法违抗中曾根的旨意。国铁当局无奈只能遵照执行，昭和五十一年（1976 年）1 月 31 日，当局公布了对 5405 人（警告及以上）的处分，其中包括解雇 15 人，并对国劳和动劳提出了 202.48 亿日元的索赔。

在参加罢工的单位中，只有国铁在这时发布了处分通告，其他像邮政、专卖、电电都是到了 4 月份才进行处分。另外，也只有国铁对工会提出了索赔要求。在昭和二十四年（1949 年），国铁曾经对国劳提出过 2000 万日元的赔偿要求，但那次索赔已达成诉讼和解，而且是极其罕见的例子。工会方面认为这是"要打压和搞垮工会"，对此表示反对，并要求当局撤回。2 月 14 日，国铁当局向东京地方法院提起诉讼。之后，国铁劳资双方被迫开展了一场并非其本意的诉讼斗争。再往后，作为认可国铁分拆和民营化的交换条件，由动劳负责赔偿的部分被予以免除；但与国劳的诉讼则一直持续到分拆和民营化之后，到了平成六年（1994 年）12 月开始的"自社先联合政权"①村山富市首相时期，在运输大臣龟井静香的斡旋下才达成和解。

关于这个罕有先例的索赔要求，自民党干事长中曾根曾说："这是我与椎名经过商量、在说服三木后作出的决定。它对国劳造成了重大的负担，直接打击了其心脏部位。"（《天地有情》）国铁当局因处于与政府及自民党的夹缝中而苦恼不已，是被迫提起诉讼的。在刚开始与国劳接洽时，他们提出打算搞"一个损失金额为 30 亿日元左右的诉讼"。国铁当局称，"索赔不过是'做做样子'

---

① 从 1994 年 6 月 30 日到 1998 年 6 月，由自由民主党、日本社会党（1996 年 1 月 19 日以后称社会民主党）、先驱新党组成的联合政权。

而已，并没有真要打官司的意思"，希望得到工会的理解。但是，当局方面的律师认为，"如果是 30 亿日元左右的诉讼，很可能两三年就结束了"。由此，当局又重新向工会方面提出交涉："希望以打长期官司为目标来提起诉讼。"最终，索赔金额被确定为 202 亿日元（武藤久，《不知己，亦不知敌》）。

据国劳的武藤久称："国铁当局说：'我们也没打算去打官司……考虑的是长期诉讼（100 年的诉讼）。因此，比起 30 亿左右来，还是 200 亿左右的巨额起诉理由更为合适吧。'工会方面也认为：'要搞 100 年的话，还是金额高些更好。200 亿这个数字太假了，那就 202 亿日元吧。'于是，工会决定以这个并无真凭实据的金额去应诉。"（《不知己，亦不知敌》）

准确地说，最后算出的金额是 2024827.8 万日元。当局解释说，这是用因争议行为造成的客货运收入损失，扣除因罢工未支出的人工费（工资扣除部分等）和动力费（列车的电力、燃料费）后得出的金额。然而，实际上是将全年总收入单纯地用除法算出一天的收入，然后由此确定罢工 8 天时间的收入减少总额。总之，它是为了对诉讼进行零敲碎打式处理而"编造出来的数字"。

武藤说，当局表示"将赋予有条件的罢工权"，他们为了给当局面子，以及出于企业内部工会的宽容，"被'100 年之后将物是人非'这种随意说法迷惑，而糊里糊涂地答应了对方的请求"。富塚也证实说，劳动课课长川野政史也对其劝说道："官司要打几十年呢，中间总会有办法的。"可是，富塚和武藤当时岂能想到：这个索赔诉讼后来却被用作"交易筹码"，甚至"还要了国劳的老命"。

昭和五十一年（1976 年）开年后，为了对新财年 ① 的预算进行

---

① 日本的财年为 4 月 1 日至次年 3 月 31 日。

审议，自民党在总部七层召开了总务会及交通部会。每天，藤井总裁等国铁所有理事会成员及下面的局长等被要求列席会议。会上，那些议员批评他们纵容工会，对其进行追责，并逼迫他们尽快落实索赔问题。中川一郎和浜田幸一等鹰派议员毫不留情地训斥道："你们是干什么吃的？就是因为总裁说要赋予罢工权，所以工会才得寸进尺。"甚至有人特意站起来走到藤井面前，推搡其肩膀说："你怎么回事？去年不是已经让你走人了吗，怎么还没辞职？""你这家伙真不像话。像你这种家伙担任总裁，国铁搞得好才怪呢。你还是早点走人吧。"有人拍着桌子对藤井劈头盖脸一顿臭骂。

　　藤井一言不发，任由他们数落。置身于这个惨烈的修罗场①，副总裁及以下的国铁当局干部感到一切都是那么苍白无力。藤井在车上对秘书菅建彦（现任交通协力会会长）吐露道："真是被各种数落啊。总裁本来就是挨骂的角色。也许对方是在有意骂我，不过我已习惯了挨骂，所以也就觉得无所谓了。"他这也许是在逞强吧。从1月末到2月，鹰派议员对藤井的"欺凌"变本加厉："老头子，你还活着呢？""怎么又恬不知耻地来了？你啥时候辞职啊？"

　　昭和五十一年（1976年）2月18日早晨，藤井总裁跟往常一样，从神奈川县辻堂的家中出发，使用通勤月票乘坐电车前往东京站。到了东京站之后，他钻进早已恭候在站前的总裁专车，径直前往位于霞关的运输省。到达之后，他向运输大臣木村睦男亲手呈上了致三木总理大臣的辞呈，以及一份"老年人肺炎"诊断书。此时，其总裁任期尚余一年半的时间。副总裁井上邦之和负责劳务的常务理事加贺谷德治，随后也提交了辞职信。

　　当初，藤井应老友田中角荣和西村英一之邀出任了总裁一职。然而，在政界派系斗争的捉弄和摆布下，他在当局与因丸生斗争获

---

① 指因战乱或争斗造成的极其悲惨的场所。

胜而得寸进尺的工会的夹缝间挣扎一番后，被迫惨淡辞任。

之后，国铁当局的精英职员们愈发走向"老好人主义"。这也是自丸生运动以来屡战屡胜气势如虹的工会首次遇挫。就像是为了发泄罢工权罢工失败的郁愤一样，他们在现场协商中加强了"职制瘫痪职场斗争"①的攻势。由此，国铁内部也加快了走向崩溃的步伐。

---

① 此处的职制指生产一线的管理人员。

第四章　猛然提速的国铁解体

"自带嫁妆"的国铁总裁

昭和五十一年（1976 年）2 月，在藤井松太郎总裁因罢工权罢工问题被迫提出辞职后，媒体开始大肆报道说其后任将起用民间人士。闻听此事的日经联会长樱田武（当时职务，并任国铁咨询委员会委员长）如是说道：

"民间才没有傻瓜愿意去担任那种职务呢。在国铁这种制度下，经营者无法自由施展拳脚。这就好比将你五花大绑之后，再把你扔进海里叫你去游泳，游得动才怪呢。"

永野重雄（新日铁董事局主席）也冷冰冰地评论说："民间可没人愿去当这个总裁。"

前大藏事务次官高木文雄正在一边阅读这些评论和报道，一边寻思"那究竟会让谁来当呢"。就在这时，三木首相邀其就任的电话打了过来。

高木早年从东京大学毕业时即已通过了司法考试。此时此刻，他正在为自己退休之后的人生作规划：一边做执业律师，一边去庆应大学当教授。其叔父高木寿一过去是庆应大学经济系的财政学教授。当时的经济系系主任大熊一郎是寿一的弟子，高木文雄在担任次官时，曾应其邀请在三田校区的"演说馆"① 作过特别讲座。高

---

① 庆应义塾大学的象征性建筑。1875 年开馆，是日本最早的"演说会堂"，被指定为日本的重要文化财产。

木曾在庆应幼稚舍 ① 学习 6 年，又在普通部 ② 学习了 5 年，因此也算是庆应义塾的"特别塾员" ③。后来，他从旧制浦和高中考入了东京大学法律系。退任次官之后，他欣然接受了系主任大熊的邀请，答应从昭和五十一年（1976 年）新学期 ④ 开始，每周去讲授一次《公共企业体》课程。高木正庆幸"自己终于不用在衙门当差了"，因此，他连想都没想就拒绝了三木的请求。

不过，三木是一个"电话狂魔"。他给高木打了好几次长电话。据高木撰写的《我的履历书》(平成六年即 1994 年 3 月《日经新闻》) 所述，高木曾避开新闻记者的耳目，前往三木家里去谢绝此事。三木双手摁着高木的膝盖，把脸凑到近前，使劲劝说。高木去大藏省找后任次官竹内道雄商量。竹内说："这种事情，我劝你还是放弃吧。"当他找到大藏大臣大平正芳征求意见时，大平连忙说："不行不行，已经来不及了。他们已经跟我打招呼了。"高木听到这个消息后急忙赶到首相官邸，三木告诉他说："这是我做的安排。我把福田（赳夫）和大平叫到官邸，跟他们商量说：'我想让高木来当总裁，你们二位意见如何？'两人都回答说'可以'。现在就算你反对，也已经晚了。"三木已做好了外围的铺垫。

当时，国铁和运输省出身的那些人，没有一个人愿意去当总裁。决定接受这个总裁任命后，高木便邀请其旧制浦和高中的校友、当时任国铁常务理事的长濑恒雄出任副总裁。长濑以"我有心肌梗死的征兆，不能胜任"为由，拒绝了邀请。可是，长濑随后却

---

① 日本最早的私立小学之一，始创于 1874 年。
② 庆应义塾普通部是位于神奈川县横滨市的私立中学，也是由庆应义塾设立和运营的唯一一所男子中学。
③ 指特别校友。
④ 日本的新学期从 4 月 1 日开始。

答应出任日本交通公社 ① 总经理。"难道与国铁副总裁相比，交通公社总经理更轻松、更有意思吗？"其"真实想法"到底如何，还一度在国铁内部引起了热议呢。

最后，（主管财务的）常务理事天坂昌司被任命为副总裁。天坂在藤井总裁时期就任常务理事，才一年半不到就升为副总裁。由国铁的现职干部出任副总裁，这已是时隔 17 年的事情。"如果说高木出任总裁是意外的二次方，那么天坂担任副总裁就是意外的四次方。"对于这个让所有人大跌眼镜的人事安排，国铁内部不乏惊讶之声。

当时，国铁的累计亏损已超过 6 万亿日元。据说，三木首相之所以选高木作为总裁，是出于这样的考虑："如果让曾经身为大藏事务次官的高木来当总裁，那么大藏省就得想办法对这个亏损财政进行处理了吧。"在坊间看来，高木就好比"自带嫁妆"被送进了国铁。

那么，高木为何还算爽快地接受了这个任职邀请呢？他自己是这样解释的：

"我有这样的人生观，即人生不如意事十之八九，这好比上帝或者谁铺就了一条道路，而我们总是不自觉地被拽着沿其前行。对此我们不应该过于抗拒。国铁总裁这个莫名其妙的——当然不能称之为莫名其妙的——总之是与我的能力不匹配的困难角色，我接受它大概也是出于这种机缘吧。这就是我当时的心境。"（《国铁坦言录》，东洋经济新报社）

高木平时很少大声说话或者生气，脸上总是笑容可掬且洋溢着自信。"只要我出山，巨额亏损的国铁就能有救——在出任总裁时，

---

① 日本最大的旅行社，英文名称为 Japan Travel Bureau，缩写为 JTB。其前身是 1912 年为吸引外国游客而成立的"国际旅客奖励会"。

我可没有这种意气和抱负。"(《国铁坦言录》)虽然他嘴上这么说，但其内心伴随着一帆风顺的大藏省官僚的精英意识，或许也有这种自负吧：只要自己出马，周围就会言听计从，困难局面总会得到解决。

"当时面临着罢工权罢工如何收场的问题，因此必须具备劳动问题方面的知识。在这方面，从担任大藏省秘书课课长时起，我就与日本专卖公社、造币局、印刷局的劳动问题有所接触，因此自认为多少懂得一些。"(《我的履历书》)

他竟然把纷繁复杂的国铁劳资关系，与自己曾接触过的大藏省及专卖公社等部门的工会相提并论。后来的事实证明，这是其一大失算，但在答应出任总裁时，他完全没有意识到这点。

昭和五十一年（1976 年）3 月 5 日，高木文雄在首相官邸双手接过国铁总裁任命书。当时，三木首相在他耳边悄悄提醒说："凡是罢工权问题都不要去碰，因为现在还不是时候。"随后，高木与前任藤井松太郎在国铁总裁室进行了工作交接。

"我没有任何需要托付和交接的事情。很抱歉，由于我的懒散和随意，给您添麻烦了。您就大胆施展自己的才能吧。"

藤井恬淡而坦荡地说道。高木在心中暗自赞叹："这才是对国铁爱得深沉、有古代武士般风骨之人啊。"

这时，井手正敬已由仙台管理局总务部部长调回国铁总公司，并担任宣传部次长。"根据惯例，在总裁交接期间，在新任秘书确定之前，由宣传部次长暂时替代秘书的工作。"按照这个吩咐，井手将给高木当 3 天秘书。在就任总裁的头天晚上，高木召集公司理事会成员、局长及核心部门的课长等到位于东京麹町的总裁公馆开会。席间，高木突然当面对劳动课课长川野政史进行了谩骂。估计有国铁干部已经给高木吹风，告诉他与国劳联手搞罢工权罢工的"元凶"就是川野。

"你伙同国劳把国铁搞得萎靡不振。造成今天这个混乱劳动政策的罪魁祸首，就是你小子。这个劳动课课长你不要干了。"

平日连粗声粗气说话都很少的高木声嘶力竭地吼道。他或许是在"演戏"。将"劳资绥靖派"川野赶出职员局——高木可能希望首先通过行使这个人事权，向工会展示其强硬姿态，同时也向国铁干部显示其"威严"。

实际上，在出任总裁之后，当月 9 日，高木首先撤换了职员局局长君袋真一，并任命经营规划室室长橘高弘昌为职员局局长。大约 3 个月之后，6 月 5 日，川野被免去劳动课课长职务，改任一个闲职——总裁室调查役（负责公务员制度调查会的工作）。在 2 年后的昭和五十三年（1978 年）5 月，他又被任命为"共济事务局① 局长"，被赶出了总公司的核心部门。接替川野担任劳动课课长的，是职员局能力开发课课长秋山光文（昭和三十一年即 1956 年入职）。高木哪里知道：橘高和秋山均为与国劳的富塚交往甚密的"劳资绥靖派"。一定是有人告诉他：只要把职员局的君袋和川野赶走，被诟病为"劳资勾结"的罢工权罢工之后的劳动政策，就能够"走向正常化"。

高木上任伊始，在 3 月 6 日的新闻发布会上即被记者提问："对于罢工权问题，您将如何处理？"他回答说："罢工权问题由政府和国会来决定，劳务问题并非我的主要工作，让职员局的人去做即可。像我这样的外行没有任何相关知识，因此最好不要轻易发表见解。"三木首相让他"不要去碰罢工权问题"，可以说高木忠实地遵守了其忠告。当天各家报纸的晚报，对其发言作了较大篇幅的报道。

国劳的富塚三夫等人对这个发言勃然大怒，当即发表了抗议声

---

① 负责处理公务员等"共济组合"（互助会）会员的医疗保险及养老金事务的部门。

明："总裁的发言是对工会的藐视，工会将无法与当局开展合作。"
而且富塚还宣布"冻结一切有关合理化问题等的谈判"。惊愕不已
的高木要求与富塚进行非正式会谈，双方反复进行了多次接触。其
结果，5 月 12 日，当局与富塚等国劳三头领进行正式会谈，双方
达成了如下备忘录。当时川野还在劳动课课长的位子上，他是到了
6 月初才被秋山光文替换的。在富塚一系列行动的背后隐藏着川野
的影子，我想这种看法应该不会有错。

　　"双方认识到劳资关系的改善是亟需解决的课题，在承认劳资
双方立场不同的同时，需要通过反复对话来构筑信任关系。双方认
识到，劳动基本权问题（罢工权问题）虽然不是由劳资间通过谈判
来决定的问题，却是改善劳资关系不可回避的课题。这个课题的解
决需要国民的理解，因此，劳资将为此做出最大限度的努力。"

　　在进行非正式接触时，高木与富塚之间有过怎样的交锋我们并
不清楚。但是，通过阅读这个备忘录，我们可以想见当时的氛围。
估计富塚对高木进行了恫吓吧。高木就罢工权问题与国劳"推倒重
来"，并在"罢工权问题是改善劳资关系不可回避的问题"这个备
忘录上签字，再次确认了"劳资关系的正常化路线"。将国铁的劳
资问题与大藏省及专卖公社的工会同等看待的高木，第一次见识了
总评主力部队国劳的凶狠，"首战"即举起了"白旗"。在这一瞬
间，国铁劳动行政又回到了之前的绥靖路线。从此以后，高木"好
像变了一个人似的"，不再过问劳资问题，变成完全听从职员局的
安排了。

＊　　　　　　　＊

　　当高木就任总裁后，国铁当局特意新设了一个职位——"秘
书役"。高木不了解国铁的内情，所以当局准备安排一个秘书役为

他"进讲"①，说白了就是高木的培训老师。已经当了 3 天临时秘书的宣传部次长井手正敬，自然成为该职位的第一候选人。但是，这遭到了职员局的一致反对。井手曾担任职员局劳动课的课长助理及仙台铁路管理局总务部部长等职务，对劳资关系的实际情况知道太多了。最终，在职员局的要求下，由该局的调查役小玉俊一（昭和三十三年即 1958 年入职）去担任了秘书役。

当高木问到有关劳资关系的实际情况时，小玉总是说："一线的劳资关系正逐步好转。国劳也很配合，所以不能跟他们吵架。"

高木的在任时间为 7 年半。在这期间，每当一线的混乱及丑闻等被媒体曝光后，他就用小玉所教的那句话来应付："这只是九牛之一毛而已，从整体上来讲，劳资关系已经好转。"劳资关系的实际情况并非没有传进高木耳朵里。也有员工对其直言相告。高木听完他们的汇报后，便忧心忡忡地去找秘书役等人核实。然而每次得到的回答都是："那只是少数另类者的一面之词，并非一线现状的真实反映。"高木遂放下心来，对秘书役及职员局所讲的情况深信不疑。课长级别以上的国铁干部，很多人都把高木看作政府派来的"破产财产管理人"，对其敬而远之。很少有人去主动接近他，因此他逐渐变成了一个完完全全的"穿着新装的皇帝"。

"一直以来，国铁都非常努力。工会的人由于不了解形势等原因，反复实施了不合理的罢工。不过，最近在他们了解情况后，局面已经逐渐好转。只是，过去劳资关系的疙瘩还依旧存在，将其解开还需要时间。总之，我们在一点点地取得成果。"

每当在国会等地方被问到劳资关系的实际情况时，高木总是如此回答。当时，劳务由"天坂副总裁—橘高职员局局长—秋山劳

---

① 原指为天皇或帝王讲解诗书文史，此处指为领导讲课及介绍情况等。

动课课长”这条线把持着。在他们的授意下，“劳资关系已经好转”这句话，被当作“国铁的方针”到处宣扬。

其实，在供职大藏省时期，高木是一个极为优秀的人才。一般来讲，“主计局 ① 局长—事务次官”是最快的升职路径，而高木却跳过主计局局长这个步骤，从主税局 ② 局长直接升为事务次官。当时重用高木的就是时任大藏大臣（昭和三十七年 7 月至昭和四十年 6 月即 1962 年 7 月至 1965 年 6 月）田中角荣。不过，高木出任国铁总裁这件事，事先却并未征求田中的意见。非但如此，提名高木之人，恰恰是坚持对田中所涉洛克希德贿赂案追究刑事责任的三木武夫。也许是因为有这个顾忌吧，高木在就任总裁之后，也没去田中那里打招呼，与田中的关系逐渐疏远。作为精英官僚的高木也很难适应国铁的氛围。高木在其著作《国铁坦言录》中，对当时国铁的氛围，像一位局外人似的作过如下描述。该书出版于他就任总裁一年之后，即昭和五十二年（1977 年）12 月。

“很长一段时间以来，当父亲的都希望自己的孩子长大后去国铁工作；如果孩子是女儿，则希望她长大后能嫁给‘国铁郎’。也许正是因为他们热爱国铁，所以才会这么做。但大家全都这样做之后，逐渐地在国铁汇聚了太多相互有亲缘关系之人，换句话说，就是出现了血缘关系过浓的趋势。这件事是好是坏暂且不论，倒是很有‘国铁一家亲’的氛围嘛。被称为‘国铁一家’的这个巨大组织，我们一旦进入其内部，就会惊奇地发现它是一个纵向分割社会的集合体。

“还有一点需要指出的是，国铁这个社会，就像是一个与其他社会几乎隔离的世界，难道不是这样吗？我在大藏省供职时，觉得

---

① 大藏省主管国家预算编制的重要部门。
② 大藏省负责国税的估算及分配等业务的部门。

很快乐的一点就是，无论预算工作还是税务工作，总是有很多机会去接触其他各种领域。新的预算申请报上来，在听取各部门、各领域负责人的说明之后，我们就知道有新技术诞生或者又发现了某种新的治疗方法，因此对社会的变化非常了解。"

应该说，高木的这些感想还是挺有道理的。但是，这可以作为外部评论家的看法，却不能作为当事者总裁的言论。"国铁一家主义"使劳资关系产生一种合谋，形成了相互隐瞒包庇的习气，他就算知道这点，也不愿去对"劳资关系正逐渐好转"这个汇报是否属实进行确认。逐渐被"国铁一家"疏远的高木，为了拉拢和讨好媒体，开始频繁出入记者俱乐部，源源不断地向记者们披露各种哗众取宠的点子。一位当时常驻记者俱乐部的记者作了如下证实。

譬如，他曾提出"打算录用年轻女性，以使一线变得欢快明亮"。"在国铁无论售票处还是检票处，全是胡子拉碴的中年男性在面无表情地检票，所以人们说国铁态度不好、服务差。若是改由年轻貌美、举止优雅的女性来售票和检票，那么国铁的形象肯定立刻改观。"

出于这种突发奇想，高木于是下令"录用女性员工"。不过，当时在员工专用的内部区域还没有供女性使用的厕所和更衣柜等设施，为此需要大量的设备投资。而且，当时只有护士和电话接线员允许女性值夜班，而国铁夜班较多，女性员工如何安排也是问题，何况国铁本身还有很多冗余人员呢。

高木还得意洋洋地卖弄他的各种点子，比如"在新干线列车上外接一节弹珠店车厢如何？""在绿色售票窗口同时销售赛马彩票怎么样？"等等。如果这是"外行评论家"的突发奇想，大家点评一句"蛮有意思啊"也就罢了。但是，作为国铁一把手的总裁这么讲就让人啼笑皆非了。几乎全是中看不中用的歪点子。

另外，高木还逐渐染上了酗酒的毛病。在总裁任期的后半期，可能因为头天夜里的宿醉未消吧，在上午开会时，他的讲话经常支离破碎，令众人不知所云；午餐时只要一看见酒，他就立刻精神倍增；一到傍晚，他又在总裁室喝得酩酊大醉。或许他已经酒精中毒了吧。昔日在大藏省呼风唤雨的精英官僚，竟然沦落为政治家及国铁精英职员眼中的无能之辈。

彼时，一线发生了什么

在国铁当局反复声称"劳资关系正在好转"这个时期，一线的实际情况又如何呢？在高木就任总裁一年之后，昭和五十二年（1977年）2月，后来成为"三人帮"之一的葛西敬之，由总公司会计局课长助理调任静冈铁路管理局总务部部长。地方铁路管理局总务部部长这个职位，掌管着一线与工会谈判的所有事项。这是葛西首次在一线掌管劳务工作，也是他后来长期劳务问题生涯的开端。

根据葛西撰写的《我的履历书》（平成二十七年即 2015 年 10 月《日经新闻》）记述，他刚刚到任后，即接到由总公司运转局一位课长助理打来的电话，请求他说："有一位新员工，其工作岗位已经内定，但动劳要求调换。你能否帮忙安排一下？"这是首次负责劳务的葛西遇到的第一个考验。人事权是经营权的根基，不能因为工会有要求就随意更改。"假如现在在人事方面将就他们，那就等于今后将长期容许工会插手人事。"葛西一口回绝了对方。于是，总公司那边说："倘若动劳一生气搞罢工怎么办？你为了一己之面子而给几十万名乘客带来困扰，你觉得这样行吗？今后无论发生什么事情，我们都不管了哦。"对方说完就把电话挂断了。

过了不到一个小时，动劳总部的副委员长也为这事打来电话。当葛西拒绝其请求后，他马上改变口气说："我看跟你小子商量也是瞎耽误工夫。咱们还是战场上见吧。"过了一会儿，大概 30 名原定负责第二天列车乘务工作的工会会员，纷纷称"头疼"或"肚子疼"，拿着医生的诊断书前来请假。照此下去，这势必对列车运行造成影响。"但倘若委曲求全，那么将引发无休止的连锁反应。因此只能将原则坚持到底。"

动劳的员工装病不上班，那么只能去求歇班的国劳员工。葛西便指示部下安排歇班的国劳员工顶班。那些部下对此很惊讶且面露难色。葛西只好亲自给国劳干部打电话，告诉他们实情，请他们让国劳员工来顶班。过了一个小时左右，对方回电话说："好的，明白了。您随时吩咐吧。"估计国劳也想借此机会让新上任的葛西欠他们一个"人情"吧。最终，葛西决定由国劳的员工去执行乘务工作。但就在这时，动劳的员工又一个接一个地找到葛西，说他们"头已经不疼了""明天可以上班了"等等。葛西不冷不热地拒绝他们说："人呢我已经找好了，你们还是安心养病吧。"

在国铁当中，静冈管理局管内属于劳资关系比较稳定的地区，混乱凋敝的一线情况相对较少，但葛西刚走马上任就被来了个下马威。国劳和动劳都在力争发展更多的机车乘务员会员，二者之间存在强烈的对抗意识。而且，国铁总公司只知道看工会脸色行事，对其插手人事权已见怪不怪。这就是职员局为高木总裁"精心编排"的"官方见解"——"劳资关系正逐步好转"的真实写照。

*　　　　　　　*

昭和十五年（1940 年）10 月，"三人帮"中最为年轻的葛西敬之出生于兵库县明石市。其父名顺夫，曾是明石中学（旧制）的国语及汉文 ① 教师，不过没过多久，顺夫便来到东京，在战后登上了

---

① 在日本，一般指全部用汉字连缀而成的中国式文章。

都立高中的讲台。在父亲的口授下，葛西从小就学习了与谢芜村 ①
和松尾芭蕉 ② 等人的俳句，5 岁后又开始学习《万叶集》③ 中柿本人
麻吕 ④ 等人的和歌。二战结束之后，葛西进入小学高年级，常常在
自家书桌前与父亲相向而坐，用心习读《论语》。

　　昭和三十四年（1959 年），葛西从都立西高中考入东京大学法
律系。当时，东京大学正因为 1960 年安保斗争而骚动不安。在班
级讨论会上，他发言说："在我们阻止安保条约修订之前，先讨论
一下日本安全保障的应有形态如何？"自治会主席回应他说："你
可真是落后啊。"班级讨论会召开了无数次，但他感觉"与其陪他
们进行毫无效果、无聊透顶的讨论，还不如去看场电影有意思呢"，
于是他不再参加讨论会。后来，他加入了一个号称日本文化研究会
的兴趣小组——"观世会"，开始学习观世流 ⑤ 的谣曲 ⑥。自幼研习
古典文化的葛西觉得谣曲"很合乎自己的性情"，坚持练习了 4 年。

　　昭和三十八年（1963 年），葛西入职国铁。在总公司会计局等
部门的 3 年见习工作结束后，他通过政府的国家公务员留学项目，
赴美国威斯康星大学留学 2 年。在去留学之前举行了结婚仪式，妻
子省子是芥川铁男（后任国铁监察局局长）的妹妹。芥川铁男是葛
西在国铁的前辈，曾一度被借调到外务省工作。芥川兄妹的父亲也
是铁路界的老前辈，"下山事件"（首任国铁总裁下山定则被汽车碾

---

① 1716—1783 年，日本江户时代中期俳人和画家。
② 1644—1694 年，日本江户前期俳人。对俳谐进行革新，集其大成者。蕉风（芭
　蕉风格）的开创者。
③ 日本今存最古老的歌集，收录了长歌、短歌、旋头歌等 4500 首。
④ 生卒年不详。日本《万叶集》的主要歌人。在《古今集》序中被称为"和歌之
　圣"，以后也一直被尊为歌圣。
⑤ 日本能乐主角演员的一个流派。为大和猿乐四座之一的结崎座的分支。创始人
　为日本南北朝时代的观阿弥。
⑥ 日本能乐中的唱段和相当于念白的台词。

轧致死）发生时，他正担任铁路公安局局长。这位父亲用"铁道省"这三个字，分别给三个孩子起名"铁男""道子""省子"，也是一位颇具传奇色彩的人物。铁男的妻子是井手正敬（"三人帮"之一）的妹妹，与井手也算是远亲。

回国后，葛西主要在新成立的经营规划室及会计局等部门从事长期收支概算、预算的申请及执行等工作。国铁的经营迟早会陷入难以为继的僵局，他对此有切身感受。

在静冈待了2年之后，昭和五十四年（1979年）3月，葛西被任命为仙台铁路管理局总务部部长，那里据称是当时劳资对立最为激烈的地方。这时，被派来担任葛西上司即仙台铁路管理局局长的人，是总公司货运局总务课课长太田知行（昭和三十年即1955年入职）。此时的二人怎能想到，日后，太田将由总公司职员局局长升任常务理事，作为反对国铁分拆和民营化的所谓"国体护持派"①的领头人，与葛西等"改革三人帮"形成尖锐的敌对关系。

从全国范围来看，国劳的会员约占七成。但在仙台管理局管内，当时国劳和偏向当局的铁劳势力相当，国劳拼命想将其会员比例提升至全国平均水平。因此，这里也被称为全国最大的"激战地"。与葛西一样，太田也被视为主张严厉对待工会的强硬派。

"国劳在对（与当局合作的）'铁劳'施加压力的同时，以使列车停运为要挟，在一线反复实施扰乱业务的行为。车站助理等为了平息事态，只好接受国劳方面的无理要求。这样，国劳便试图让那些管理人员对自己唯命是从，想拉拢他们一起搞垮铁劳。"

这便是葛西对仙台铁路管理局管内国铁劳资实际状况的亲身

---

① "国体护持"指对天皇制的维持和拥护，二战末期，日本政府以维持国体作为唯一条件而投降。此处指维持国铁的国有体制。

感受。当时，一线到底发生了什么？以下内容源自《我的履历书》，是葛西亲眼所见的一线的真实情况。

在会津若松工务段的一个支段，那里有 21 名员工，一年所完成的业务仅仅是更换了 21 根枕木，余下就是整天都在反复点名。在早晨点名时，助理指示大伙对某个地点的线路进行养护。于是，工会会员就以协约规定"指示必须具体"为由，质问"该地点的地形条件如何？""在让车待避时应该往哪里跑？""在跑开时先迈哪条腿？"等等。见助理吞吞吐吐回答不上来，他们就开始指责道："难道你小子认为我们工人被火车轧死也无所谓吗？"

在另一个支段，之前一直是雇佣临时工烧洗澡水。有一次，员工作业结束后去洗澡，发现水太烫没法用。于是，他们以"外部人员对工人不能产生足够的共鸣"为由，要求把临时工换成正式员工。他们将一线管理者及助理团团围住，并进行恐吓，强迫他们同意其要求。"现场协商制"在仙台的基层一线也得到了贯彻和执行。

葛西发布通告说："现场协商"所决定的东西"没有法律依据，从明天起就当它们不存在"。工会方面对此进行了激烈反驳："你打算单方面废除由劳资通过协商决定的东西吗？"葛西断然回绝说："不是废除，而是从一开始就是无效的。"然后，针对葛西的"叛乱"此起彼伏。葛西指示他们"要规规矩矩地工作"，工会会员就说"我们才不听从你的命令呢"，并开始旷工及消极怠工等。葛西也不含糊，挨个儿扣减了他们的工资。

葛西这种不妥协的做法，除了令国劳总部感到意外之外，也令盼着与国劳一道实施绥靖政策的总公司职员局感到难办。他们忠告葛西说："虽说这些都是不良惯例，但也是由劳资共同决定的。倘若要废除，也应该认认真真地履行程序。""若是正式协定当然没有问题，但那些都是一线管理者在被威胁和逼迫的情况下被迫决定的惯例，因此连废纸片也不如。"葛西向总公司作了解释，并未听从其劝告。"正是我们这些国铁精英职员屈服于工会的无理要求,在背地里与工会干部握手言和,才造成了目前一线的惨状。"(《我的履历书》)

"在仙台管理局工作是我铁路人生的转折点。"葛西说。他暗下决心:"不能拘泥于组织的方针和价值观,而应该对实际情况进行冷静分析,做自己认为是正确的事情。""照此现状,我们没法让葛西待在仙台。你们赶紧把他调回总公司吧。"于是,危机感不断加深的国劳,开始实施把葛西从仙台赶走的"荣迁运动"。

濒死的"病态巨象"

围绕 EL、DL 单人乘务问题及丸生运动的殊死斗争,罢工权罢工的攻防战……在劳资关系陷入泥潭、劳资纷争持续不断的这 10 年(昭和四十年代即 1965 年至 1974 年),国铁的亏损额呈加速度膨胀。在高木就任总裁的前一年即昭和五十年度(1975 财年),单财年净亏损为 9147 亿日元,累积亏损竟高达 6.7 万亿日元。由此,昭和五十年(1975 年)年末,政府制定了《重建国铁对策纲要》。可以说,这是政府将前大藏次官高木派到国铁去当总裁时,送给高木的"陪嫁钱"。

纲要的要点是,从累积亏损当中拿出 2.5404 万亿日元作为"特殊债务"与一般账目加以区分,即把这部分亏损暂时搁置,从国铁的负担中剥离出来。这项对过去债务的搁置措施,从昭和五十一年度(1976 财年)开始实施。

另外还有一点,就是对地方亏损支线线路运营提供补助。

比如,福冈县的添田线,其运输营业系数是 3376。该数字表示要赚取 100 日元,需花费成本 3376 日元。国铁的盈利线路逐年减少,能够依靠这些盈利来弥补的亏损线路运营里程也日趋减少。

为了弥补支线线路的亏损，在昭和五十一年度（1976 财年）的预算方案中，首次以"地方交通线路补助费用"的名义计入 172 亿日元。

而且，相关涨价方案也已提交国会，即计划从昭和五十一年（1976 年）6 月 1 日起，将票价一举上涨 50%，预计由此将增收 5300 亿日元。不过，票价上涨对国民生活影响较大，不可能轻易就获得通过。果然，审议进展不畅，涨价法案在定期国会流产。后来，在秋季的临时国会，该法案终于获得通过，并决定从 11 月 6 日起实施。根据计算，如果涨价方案推迟实施一个月，预定收入就将减少 530 亿日元。票价调整每推迟一次，就须削减相应金额的支出。"因为应有收入未能实现，所以造成资金短缺支出困难。"由于这个原因，员工夏季奖金的发放也被推迟了一个月。

在决定票价上涨之后，以昭和五十四年度（1979 财年）实现收支平衡为目标，新的重建计划开始启动。不过，在首个财年即昭和五十一年度（1976 财年）决算，即出现 9141 亿日元的亏损，与昭和五十年度（1975 财年）的亏损额不相上下。长达 8 天的罢工权罢工、票价大幅度上涨，这些因素使得很多国民逐渐远离国铁，其程度甚至超出想象。"罢工的结果是票价大幅上涨，这叫什么事儿啊？"乘客们怒斥车站工作人员的事情在各车站相继发生。全年亏损将近 1 万亿日元，这相当于每天亏损 25 亿日元。国铁在经营方面已陷入濒临死亡的重症状态。

国铁在陷入亏损（昭和三十九年度即 1964 财年）之后，围绕票价上涨，与政府及国民进行了反复的讨价还价。比如，在矶崎总裁末期的昭和四十七年（1972 年），国铁为了削减亏损幅度，曾向政府提出上涨票价的要求。虽然涨价法案获得了国会的通过，但紧接着在昭和四十八年（1973 年）发生了第一次石油危机。由于物价飞涨，票价上涨措施被冻结 2 年。这次涨价冻结使得总收入减少约 5000 亿日元，加速了国铁亏损的步伐。为此，昭和五十年（1975 年）5 月，矶崎总裁的后任藤井总裁开始着手制定大胆的调价措施，即从翌年开始每年运价上涨五成，且连续实施 2 年，以期走出连年亏损的困境。

当时东京民营铁路票价的起价是 40 日元，而国铁被控制在 30 日元。但是，因为工会罢工及守法斗争而持续混乱不堪的国铁，要连续 2 年实施高达五成的大幅涨价，必须首先将其窘困现状告知国民，获取国民的理解。

*   *

"国铁的票价被控制得太低了。其结果，使得国铁这个国民的重要资产被掏空，而不能发挥其作用。"如何将这个事实广泛告知国民呢？国铁宣传部与电通进行了商量。电通方面的业务负责人是藤冈和贺夫。藤冈曾以诺贝尔奖获得者作家川端康成 [1] 的获奖演讲题目《美丽的日本和我》为副标题，策划了一项名为"发现日本"的交通宣传活动，并因此一举成名。

他提议说："美国有一种在报纸上进行整版刊登的意见广告 [2]，我们采用这个手法如何？"于是，国铁决定采用意见广告的方式，"在全国各大报纸连续 5 天刊登整版广告，将国铁的实际情况及涨价的必要性告诉国民"。

此事由宣传部次长井手正敬负责，文书课调查役矢岛明彦受命

---

[1]　1899—1972 年，日本小说家。1968 年获诺贝尔文学奖。后用煤气自杀。著有《伊豆的舞女》《雪国》和《睡美人》等。

[2]　以政治广告为主的非商品广告，主要用于表明个人或企业、团体的某种信念，以获取大众的支持。

担任撰稿人。井手和矢岛在饭店开了一间房，在那里埋头撰写文稿及制作校样。他们制作了名为《病态巨象》、分5次连载的意见广告。"国铁这头巨象已病入膏肓。为了让巨象重新恢复活力，我们必须这么做。"矢岛认真撰写了供5次连载使用的文稿。

然而，当校样被提交理事会后，立刻招来了很多批评意见："病态巨象是什么东西？""这也太惨不忍睹了"。在井手他们看来，国铁的真实情况何止是"病态"，简直是"濒死"状态。可是，理事会下令必须从整体上进行重写。这次由井手代替矢岛来作撰稿负责人，连载次数也缩减为3天。井手参考矢岛的文案，撰写了供3天连载使用的文稿。它们分别是："国铁的心里话"（第一期）；"为了不辜负您的托付"（第二期）；"如何打造健全国铁"（第三期）。

第一期的开头是这样的：

"'国铁的票价将上涨一倍。'这件事您曾经听说过吧。如果您是首次听说，想必会感到惊讶。然而，为了国铁将来永远是国民的国铁，我无论如何也必须提出这个请求。为此，我决定将我现在的财政状况毫无保留地、坦率地告诉您。"

紧接着，文章详细列出了从昭和三十九年（1964年）起国铁各财年的亏损金额。第二期强调说"小小的一册列车时刻表里浓缩了国铁的所有工作"，并分析"为了使列车能够严格按照时刻表运行需要支出多少经费"，然后指出"债务逐年积累……最终高达6.7万亿日元"。第三期的结尾是："我真切希望能够赢得您的理解，就像当年您的祖辈养育了我们那样，希望您协助我们重新打造一个健全的国铁，并将国铁这个日本的资产留传给子孙后代。"

在登报之前，当时的常务理事天坂昌司（主管财务）把校样送到了自民党运输族老大加藤六月那里，将刊登广告之事提前向他作了汇报。加藤看完后大怒："这种东西绝对不能刊登！马上把广告给我停了!"当时国铁已经预约了5家全国性报纸及主要地方报纸的广告版面。宣传部立刻炸开了锅。宣传部部长山崎忠政说:"井手,你快想想办法吧。"井手迫不得已作出如下安排:让各家报社将已印好的报纸作废,然后借用交通公社、日本旅行等各家旅行社的名义,在原定版面上改登名为"乘坐国铁去旅行"的旅游宣传广告。广告费用合计2.3亿日元,当然,这个费用不可能让那些旅行社来支付。井手为此烦恼不已,一夜都没有合眼,并写好了辞职信。

这时,总裁藤井松太郎站了出来,他说:"事已至此,哪怕有人反对也应该刊登。"他作出了继续刊登意见广告的决断,井手的辞职信也被退了回来。曾决定"有条件赋予罢工权"的藤井俨然已下定决心。即便加藤六月反对他也不介意,他仅提出了一个要求:斜排的手写体大标题"有点过于煽情",希望改成呆板的铅字。从昭和五十年(1975年)6月16日起,这个意见广告同时在《朝日新闻》《读卖新闻》等全国性报纸及《中日新闻》①等主要地方报纸上连续刊登了3天。

加藤六月为何要反对呢?他认为这个意见广告是在批评政府,好像在说"看,政府及执政党之前有关国铁的政策是多么愚蠢啊"。"难道我以前对国铁所作的努力都白白付出了吗?"——这才是运输族"老大"加藤六月发怒的原因。其实,意见广告并没有触及这个深度。井手他们的真正意图在于,"国铁的债务包袱有多么巨大?每秒钟有多少利息产生?希望国民能够了解这个事实"。

据井手说,国民对这个意见广告反应不一。"敢于赤裸裸地诉说在巨额亏损中苟延残喘的惨状,国铁终于敢于面对现实了啊。"这种倾向好意的意见占三分之二。余下的三分之一是批评意见:

---

① 在日本东海地区及中部地区发行的日刊报纸。

"说什么呢！这还不都是你们反复搞消极怠工、罢工和守法斗争的结果吗？"不过，至少有一点可以肯定，这是国铁第一次将自己的实际情况坦率和直接地告诉国民，也是日本最早的意见广告。它得到了当时媒体的高度评价，并且开创了日本意见广告的先河。

"债务地狱"与"背水一战的改善经营计划"

昭和五十二年（1977年）2月，井手正敬在担任了3年半宣传部次长之后，被任命为会计局调查役（主管损益）。当时，每逢政府进行预算编制时，国铁重建问题总是被当成最重要的政治课题。尤其在昭和五十四年（1979年）预算编制时期，围绕如何制定彻底的重建方案，政府、自民党与国铁当局反复进行了激烈争论。一连数日，在谈判负责人全部外出后，作为主管损益的井手在会计局干部室里，一边留守值班，一边关注着事情的进展。昭和五十四年（1979年）7月，国铁当局向运输省提交了《重建国铁的基本构想方案》。

这个基本构想方案包括两项主要内容。

其一是在财务处理方面实施"业务分类"。将国铁线路分为"干线类区段"和亏损的"特定地方交通线路"（亏损地方线路）两大块：第一块"干线类区段"需要通过自身努力实现盈利；第二块是被称为"我田引铁"①的政治色彩浓厚、从开通当初即陷入亏损的"特定地方交通线路"，对其要果断予以废除。

另外再新设一个第三块，即所谓的"公共负担部分"，主要用于解决"因国策造成的员工构成方面的遗留问题"。战后，国铁响

---

① 指政治家等出于自身利益、将铁路线延伸至自己家乡所在地。化用日语中"我田引水"一词。

应政府要求，录用了大批从"满铁"① 及朝鲜铁路撤回的人，由此，员工总数在高峰时期多达 61 万人。他们中的很多人正迎来退休时期，退职金 ② 是一个庞大的数额，此外还须马上向退休者支付养老金。退职金和养老金负担的超额部分，经过核算，在昭和六十年度（1985 财年）将达到 6100 亿日元。这部分由政府负担，借此对国铁和政府的责任进行明确划分。

另一项重要内容是在昭和六十年度（1985 财年）之前，从 43 万余人的员工总数中削减 7.4 万人，打造一个"35 万人体制"。它是这么一个构想：因为即将迎来"退休高峰期"（在未来 10 年约有 20 万人退休），所以利用这个机会极力控制人员的补充，这样无需解雇人员即可实现大幅削减。实施这个人员削减方案的前提是提高生产率。不过，从工会方面来看，这会造成工作量的增加，并直接导致会员数量的减少。可以想见，它肯定会遭到国劳和动劳等工会的强烈抵制。

政府同意了这个《基本构想方案》，在昭和五十五年（1980 年）2 月，又将根据这个方案制定的《促进国铁重整经营特别措施法案》提交国会。在法案提交之前，时任自民党总务会长铃木善幸在总务会上，对国铁明确表示："如果国铁把员工削减至 35 万人，那么我们就同意这个计划。倘若这个计划失败了，那可就得对国铁实施民营化喽。"

紧接着在 3 月份，井手正敬被任命为经营规划室首席主管，成为国会应对及根据该法律制定具体重建策略的实际负责人。"重建国铁"这个沉重使命便落在了井手肩上。同年 11 月 28 日，《重整

---

① 日本帝国主义侵占中国东北时，在当地设立的"南满洲铁道株式会社"。
② 机关及企业对连续工作达一定年数的职工在其退职时一次性支付的款项。金额根据其退职时的职位、工资及工龄等计算得出。

特别措施法》获得国会通过。尽管与自民党、运输省之间有各种迂回曲折，但在翌年即昭和五十六年（1981 年）5 月，由井手牵头制订的国铁《改善经营计划》也获得了运输大臣的批准。

＊　　　　　　　　　　＊

　　该计划被称为"背水一战的改善经营计划"，其内容是对先前的《基本构想方案》作了进一步的充实，并按部门进行了具体细化。它提出的目标是"到昭和六十年度（1985 财年）之前，用 5 年时间配合行政措施，确立健全经营的基础"。在昭和五十五年度（1980 财年）的决算中，国铁单财年净亏最终突破 1 万亿日元，计入亏损 1.0084 万亿日元，长期债务余额高达 14.3992 万亿日元，完全陷入了"债务地狱"。这个计划不能再像以往那样重蹈覆辙，是一个"只能成功不能失败"的重建计划。井手他们在这个计划的"基本方针"里写道："我们认识到这是事关国铁生死存亡的'背水一战'的重建计划，绝不能使其只停留在纸上谈兵的层面。国铁将以破釜沉舟的决心去完成该计划。"他们试图把重建国铁的最后一线希望寄托在这个计划上。

　　该计划的核心要点是按年度列出的人员削减计划。以昭和五十四年度（1979 财年）削减 4500 人为开端，昭和五十五年度（1980 财年）削减 1.1 万人，昭和五十六年度（1981 财年）削减 1.2 万人，昭和五十七年度（1982 财年）削减 1.43 万人，昭和五十八年度（1983 财年）削减 1.55 万人，昭和五十九年度（1984财年）削减 1.67 万人。这样，到昭和六十年度（1985 财年）初期为止，一共削减 7.4 万人，将员工总数控制在 35 万人。方案还提出了具体的削减方法：通过作业方式及业务运营的现代化改造（提高机车乘务员的效率、削减列车数量、缩减管理部门等）削减 1.95

万人；通过投资与相关措施相结合的现代化改造（通过车辆改良等实现单人乘务，通过机器设备投入实现维护作业的高效化等）削减1.86万人；通过营业体制的现代化改造（调整车站及调车场的作业体制、车站无人化、货物集约化、售票及检票的机械化等）削减1.18万人，等等。

井手称，这个人员削减计划是在与运输省讨价还价之后，拿回国铁与职员局商量后决定的。计划削减7万余人，这相当于当时新日铁的员工总数。运输省要求"详细列出到何年何月为止实施何种合理化措施"。但职员局反抗说"那不可能"，因此，井手和职员局"一边激烈争吵一边进行了汇总"。也就是说，在计划制订的最终阶段，职员局对其也是认可的。

可是，计划刚获得批准，职员局就开始说"这不过是画饼充饥而已。"在工会方面，虽然铁劳表明"基本持赞成立场"，但国劳及动劳均表示"反对"。作为当事人的国铁劳资双方纷纷唱起了"反调"。

只是，本应"大张旗鼓开展反对斗争"的国劳和动劳，其实际应对却变得复杂化，动作也显得相当迟缓。其背景原因是由罢工权罢工造成的202亿日元索赔问题。

这个索赔诉讼，自昭和五十一年（1976年）第一次公开审理以来，已过去4年有余。工会方面提出了一个"运行可能论"，称"实际上当时只要当局下决心，列车是可以运行的"，要求当局对在各管理局及各区段罢工与列车停运之间的因果关系进行举证。当局一边与其"周旋"，一边回绝说"不会提供相关细节举证"，由此官司毫无进展。

工会方面如果败诉，将负担包括利息在内大约270亿日元的赔偿。当时的国劳委员长森影诚在中央委员会上致辞说："当局要求工会在重建国铁方面积极合作，但一手要求损害赔偿、一手要求握手言和的这种法令，我们无法予以配合。"据说，对此当局方面是这样理解的：他的这个讲话"暗示只要撤销诉讼，就可以配合实施合理化措施"。前文已述，这个数字原本是在自民党干事长中曾根康弘的强烈要求下，劳资双方以"零敲碎打式解决"为前提杜撰的一个数字。（当局）也不可能对各管理局、各区段的停运班次与损失之间的因果关系进行举证。劳资双方都知悉此事，那就用7万人裁员来换取202亿日元的索赔吧——双方之间存在这种"默契"也并非不可思议。

迷乱政局下日趋膨胀的赤字国债

高木总是声称"劳资关系正逐步好转"，这样"安闲舒适"的高木总裁时代前后持续了7年半，到昭和五十八年（1983年）年末才结束。其存在的背景原因，是这一时期日本政治处于极为混乱的状态。在作为执政党的自民党内部，派系斗争进一步激化，首相如走马灯似的频繁更换。政府和自民党没有工夫认认真真地去搞"国铁的经营改革"。在这期间，国铁的劳资关系进一步荒废凋敝，虽然当局先后数次制订了重建计划，然而最终都是"画饼充饥"无果而终。累计亏损额逐年膨胀，以至于最后命悬一线，不得不实施"背水一战的重建计划"。

在高木就任总裁前夕，昭和五十一年（1976年）2月4日，前所未有的重大贿赂案"洛克希德事件"被曝光，三木首相就此发表讲话："为了完善民主政治，必须彻查真相。"这年7月27日，田中角荣被逮捕。8月中旬，田中被保释后，田中派、福田派、大平派、椎名派一齐发声："三木真是岂有此理！竟然将田中出卖给了检方。现在就把他从首相位子上拽下来吧。"他们联手成立了"举党体制确立协议会"（简称"举党协"），正式掀起了"把三木赶下台"的运动。在激烈的派系斗争持续不断的背景下，在同年 12 月的大选中，自民党因分裂成"支持三木派"和"反对三木派"而导致大败。三木内阁承担选举败北的责任，内阁成员集体辞职。

在三木下台后，昭和五十一年（1976 年）12 月，福田赳夫内阁成立，同为首相候选人的大平正芳出任自民党干事长。据称，在福田就任首相时，大平和福田之间达成了一个"大福密约"，约定在 2 年之后福田将把政权移交给大平。在福田内阁成立 1 年半之后，昭和五十三年（1978 年）秋季，福田是否继续连任成为当时政界关注的焦点。在福田和大平有关"大福密约"的会谈决裂后，自民党决定于 11 月 26 日举行首次总裁预备选举。

预备选举是指在由国会议员参与投票的正式选举之前，由党员、党友等进行投票的选举。只有预备选举产生的第一名和第二名，才有资格进入正式选举。当时，除了福田和大平之外，还有中曾根康弘、河本敏夫，一共有 4 人提出了候选人申请。福田坚信自己在预备选举中能够夺得第一名，于是在选举前发话说："第二名以下应主动退出正式选举。"然而，选举结果却与其预想相反，大平获得 55 万票，大胜福田成为第一名。田中派全面支持大平是其获胜的原因。"上天的声音中偶尔也有奇怪的声音。"[1] 福田留下这句名言后主动退出了正式选举。是年 12 月 7 日，大平内阁正式成立。

*   *

在大平内阁执行的首个预算即昭和五十四年度（1979 财年）

---

[1]　福田在新闻发布会上的原话为："人民的声音就是上天的声音，不过，上天的声音中偶尔也有奇怪的声音啊。"

基本预算中，一般预算收入的规模为 38.6 万亿日元。用于弥补岁入不足的国债发行额为 15.27 万亿日元，创下历史最高纪录，国债占到一般预算收入的四成，财政陷入危机状态。大平在担任三木内阁的大藏大臣时曾首次发行了赤字国债，出于这种责任感，他希望引入"一般消费税"。但是，在野党强烈反对引入消费税，由于在国会执政党与在野党势力不相上下，因此解散议会实施大选在所难免。昭和五十四年（1979 年）9 月 7 日，在野党社会党、公明党和民社党向众议院提出内阁不信任案。在在野党作不信任案宗旨说明之前，大平强行解散了众议院，并出马参加大选。大选于 10 月 7 日举行投票，结果自民党获得 248 个议席，未能达到过半数。

选举结束后，党内开始追究大平的责任。面对逼迫其下台的福田派等反主流派，大平反击道："你们这哪里是逼人辞职，简直是逼人去寻死哩。"双方争斗遂发展成党内斗争，即所谓的"40 日斗争"①。在首席（指内阁总理大臣）指名选举时，出现了"大平派和田中派投票给大平，而福田派、三木派和中曾根派却投票给福田"这种异常事态。经过第二轮选举投票后，大平仅以 17 票的微弱优势获得连任。11 月 9 日，第二届大平内阁发起成立。由此，在自民党内留下了前所未有的"嫌隙"，自民党实际上已陷入分裂状态，第二届大平内阁呈现出少数派执政党②的态势。

在开年后，昭和五十五年（1980 年）5 月 16 日，社会党再次提出对大平内阁的不信任案。在表决时，对大平持批评态度的福田

---

① 1979 年发生的自由民主党内部的派系斗争，被称为是自民党历史上最大的危机。因发生时期前后持续大约 40 天（从 1979 年 10 月 7 日第三十五届众议院大选中自民党失败开始，到 11 月 20 日第二次大平内阁正式成立时结束），故名"40 日斗争"。

② 指执政党在议会中未获得过半数席位，而成为少数派。

派和三木派公然缺席，该不信任案遂获得通过。就连提出不信任案的社会党也没料到会出现如此事态。大平随即宣布解散众议院，决心结合参议院选举，实施历史上首次众参两院同日选举，以闯过此次危机。投票日定在 6 月 22 日。此次解散距离上次大选仅 8 个月，因此被称为"意外的解散"。

5 月 30 日，当参议院选举公告发布后，大平正芳即在新宿进行了首次演说。但在演说之后，他突然感到身体不适，第二天，便因过度疲劳和心律不齐而紧急住进了虎之门医院。对国内政局的操劳及频繁的出国访问，使他的身体承受能力已达到极限。因为担心心脏出问题，他服用了硝酸甘油，但这个情况并未对外公布。之后其身体一度有所恢复，甚至还与记者团的 3 名代表进行了几分钟的会见。然而，在 6 月 12 日早晨 5 点多，终因病情突然恶化而不幸去世。享年 70 岁。在大平去世后，由官房长官伊东正义临时代理总理大臣职务，自民党副总裁西村英一代行总裁职责，选举大战继续往前推进。

不过，现任总理大臣去世这个意外事件，却使得选举形势为之一变。自民党的主流派和反主流派都呼吁进行"吊唁会战"，从而形成了全党团结一致的态势。选民的同情票（也被称为"香奠票"）也使自民党处于有利地位。在众议院，自民党仅公认候选人就获得 284 个议席，比原来增加了 38 个；在参议院也占据了 135 个议席，比原来增加 11 个。自民党终于又恢复了占据稳定多数席位的局面。

大平的意外去世也使得政局出现变数。同为大平派、被称为"万年总务会长"的铃木善幸获得田中派的支持后，出任了总理及自民党总裁。强力推选铃木的是金丸信和二阶堂进等田中派实力人物。自佐藤内阁以后，"三角大福中"成为舆论关注的焦点，除了"中"这一派，几乎每个派系的领袖都已坐了一次政权宝座。觉得

"这次应该轮到自己了"的中曾根，其内心想必不会很平静吧。

昭和五十五年（1980年）7月17日，高举"和的政治"大旗的铃木善幸登上政权宝座。铃木的"和的政治"指的是什么呢？"围绕大平政权的建立，党内出现的激烈斗争就是教训吧。政治被无法容忍的派系斗争或怨恨嫌隙推动和左右，他大概希望对这种情况加以改变吧。"后藤田正晴在其著作《情与理》（讲谈社）中如此揣测说。中曾根接受了铃木的入阁邀请，他"原本希望当副首相兼大藏大臣"。不过，铃木首相却对其躬身请求说："中曾根先生，这届内阁的一项重要工作是行政改革，能否请你以副首相的级别担任行政管理厅长官？"

自石油危机爆发以来，日本经济出现严重的不景气，为了弥补税收不足，政府从昭和五十年（1975年）秋季开始发行赤字国债，在昭和五十六年（1981年）国债余额达到82.3万亿日元。作为解决对策，大平内阁出台了引入"一般消费税"的措施，不想却由此导致选举的惨败。铃木认为，如果引入消费税不可行，那么通过实施行政改革或许能避免增税。这就是"无需增税的财政改革"。

是否接受行政管理厅（简称"行管厅"）长官一职呢？中曾根把这个问题带回自己的派阀，与其他人进行了商量。前任长官是中曾根派的宇野宗佑。"让老大去接自己手下人的班，这怎么可能？"中曾根派的干部纷纷表示反对。但是中曾根心意已决："眼下正是鞠躬尽瘁为国效力的时候。应该接受（行管厅长官的）任职邀请。行政改革乃当今时代之宏大潮流。此时需以'大死一番'[①]的精神去推行行政改革。"有"政界进谏者"之称的评论家细川隆元也为中曾根打气说："去与行政改革同生死共命运吧，如此则当总理大臣有望了。"此时，中曾根的脑海中又浮现出了罢工权罢工时国铁

————————

① 佛教成语，"大死大活"、置之死地而后生之意。

劳资的颓废情景。在接受行管厅长官任职邀请时，虽然嘴上没说，但他在内心已决意实施国铁改革。

爱吃鱼干的土光敏夫与《不毛之地》的原型濑岛龙三

昭和五十五年（1980年）7月22日，在内阁会议后，行管厅长官中曾根告诉铃木首相说，"我打算放眼八十年代，对行政的哲学及体系进行思考"，并命令行管厅的事务官员们研究"应该用何种突破口和步骤来实施行政改革"。于是一连数日，在行管厅，众人每日都围坐在中曾根长官面前召开"御前会议"①。一天，事务次官加地夏雄提议说："长官，咱们还是再次设立临调（临时行政调查会），广泛搜罗人才，用这种方式来推行行政改革吧。"

在昭和三十六年（1961年）到昭和三十九年（1964年）期间，作为总理府的附属机关，曾设置过临时行政调查会。该调查会提出的涉及行政各领域的行政改革意见，被认为具有划时代的意义而受到高度评价。

"虽然这个临调提出了非常出色的答询，但是政治层面对此不重视，由此经历经济高度增长期后，行政一味地变得臃肿肥大。如今要削去行政的赘肉，就必须再次让具有权威性的临调复活。"

加地如此建议道。

对加地的提议，中曾根没有马上给予回应。不过，从第二天起，他在位于砂防会馆（东京平河町）的中曾根事务所闭门不出，潜心描绘新临调的"架构图"。"在向经济高增长过渡的经济社会发

---

① 二战前，日本在国家紧急时刻，在天皇出席的情况下，由元老及主要阁僚等召开的最高会议。此处指由行管厅长官出席、在行管厅内部对行政改革等重要问题进行讨论和研究的会议。

展时期，行政应对凸显滞后，为此需要引入合理的管理思想和实现行政的现代化"，这是昭和三十六年（1961 年）设立临调的目的。然而，这次的"第二临调"的任务是要"针对日本经济从高增长过渡到稳定增长这种时代变化，对臃肿肥大的行政进行重新研究"。

中曾根在决定设立临调之后，便马上行动起来。在就任长官一个月之后，8 月 20 日，在厅内设立了临调筹备组；9 月 12 日，临调设立方案获得内阁会议批准；11 月末，国会表决通过了临调设立法案。政府以异乎寻常的速度完成了第二临调的前期准备工作。

在这年年末，铃木首相对中曾根叮嘱说："关于临调成员的选任，你按照自己的想法决定即可。不过，会长人选希望你跟我商量一下。"从很早以前起，中曾根就一直在关注 5 月份刚刚退任经团联会长的土光敏夫。关于土光，中曾根在前述《天地有情》里面这样写道："他貌似一个粗野的僧人，宽宏大量却异常顽固，另外待人做事宽严得当。"土光是一个晴耕雨读之人，其个人兴趣无非是早起挥挥木刀^①，或者在自家旁边的菜地里抡抡锄头。中曾根认为："能胜任临调会长职务者非此人莫属。"

当时，报纸都在议论说日经联的大槻文平和樱田武是会长人选。在翌年昭和五十六年（1981 年）"正月"^②进宫朝贺时，中曾根与铃木首相等人在皇居的"梅厅"等待天皇陛下驾临。这时，中曾根向身旁的铃木首相问道："您觉得土光先生如何？""嗯，他很合适哩。"铃木回答说。

"何时向土光提出请求呢？"中曾根开始寻找时机。1 月中旬，中曾根得知土光正要去名古屋演讲，便"装作有急事的样子"，特意把电话打到新干线列车上，恳请他接受临调会长一职。2 年前，

---

① 木制的日本刀，也称"木剑"，在进行日本剑术、剑道及合气道练习时使用。
② 指 1 月份或庆祝新年的期间。

土光作为经团联代表曾对当时的大平首相表示："在行政改革付诸实施之前，我们是不会赞成提高法人税①的。"被称为"合理化先生"的土光，已经预感到"临调会长一职可能落到自己头上"。不过，他还是暂时拒绝了中曾根的请求。"我必须等铃木首相来请我……"（牧太郎，《小说土光临调》，Business 社）——土光心里有自己的主意。

1 月 21 日，铃木总理打电话邀请土光出任会长。土光叮问道："我有一些要求可以吗？""当然可以。"铃木很干脆地回答说。当时，铃木刚就任首相不久，因为接下来还要去东盟（ASEAN）五国访问，所以日程非常繁忙。3 月 12 日，土光与铃木、中曾根在大仓饭店会面。"这些事情你们能答应吗？"土光说着掏出一张写有"请求事项"的纸片交给二人。二人迅速浏览了一下，然后说："应该没有问题，就这么办吧。"土光又叮问了一句："真的没有问题吗？""既然答应了，我们就会拼上政治生命去落实的。"铃木和中曾根回答道。

土光的"请求事项"有以下四项内容：

一、行政改革能否果断实施取决于总理大臣的决心。既然接受了临时行政调查会会长职务，那么我将尽最大努力，进行充分的审议并提交令人满意的答询。不过，希望总理大臣表明决心，一定会将这个答询付诸实施。尤其是，对各省厅②自不必说，在自民党党内，总理大臣也必须发挥坚强有力的领导作用。

二、国民对于行政改革抱有极大的期待（中间省略）。此时，以实施彻底的行政合理化、打造"小政府"为目标，在不增税的条件下实现财政重建，这是临时行政调查会的一项重大使命。请总理

---

① 对法人收入所征收的税。在日本，该税与所得税同为国家税收的主要来源。
② 相当于中国政府机构中的各部委。

大臣明确这点。

三、我认为，行政改革不是单纯以中央政府为对象，而是需要包括各个地方政府的问题在内，彻底推进整个日本的行政合理化和精简化。关于这点，也请总理大臣明确您的想法。

四、与此同时，需要极力实现 3K①（国铁、大米、健康保险）的亏损消除、特殊法人的梳理及移交民营，以排除国营对民营的打压，最大限度地释放民间活力，该策略的实现十分关键。关于这点也需要总理大臣明确想法。

中曾根在这个"请求事项"的空白处，记下了土光和铃木的谈话。他这样写道：

"设立由自民党和内阁共同参与的行政改革推进总部②，由铃木任总部长，中曾根任总部长代理。7 月 10 日提交答询。然后在昭和五十七年度（1982 财年）预算中对 7 月份的答询加以落实，争取实现无需增税的预算。'若能完成此项工作，自己也就心满意足了。'铃木说。"

这样，第二临调的方向通过这次三方会谈得以确定。据说，关于"请求事项书"中第二项"无需增税的财政重建"，"这能做到吗？"当时中曾根在内心犹豫了一下，但顺着铃木的话，他"也表示没有问题"。

在这次会谈之后，昭和五十六年（1981 年）3 月，第二临调发起成立，并在 2 年后，即中曾根出任总理大臣之后，提交了最终答询报告。第二临调以土光敏夫（经团联名誉会长）为会长，成员有宫崎辉（旭化成总经理）、濑岛龙三（伊藤忠商事董事局主席）、谷

① 指 20 世纪 80 年代给日本带来巨额财政赤字的国铁、健康保险、大米（生产者米价）。其日文发音的首字母均为 K，故简称 3K。
② "推进总部"类似于中国政治组织体系中常见的"某某工作领导小组"。

村裕（东京证券交易所理事长）、圆城寺次郎（日经新闻社顾问）、林敬三（日本红十字会会长）、辻清明（东京大学名誉教授）、丸山康雄（总评副议长）、金杉秀信（同盟副会长），一共 9 人。其成员涵盖了经济界、政界、学术界、媒体言论界及劳工界的代表。

*　　　　　*

　　土光敏夫于明治二十九年（1896 年）9 月 15 日出生于冈山县，当时已经 84 岁。大正九年（1920 年），他从东京高等工业学校（今东京工业大学）毕业后，作为工程师入职石川岛造船所。二战结束后，昭和二十五年（1950 年），石川岛重工业（今 IHI 集团）亏损超过 1 亿日元（按当时币值），面临经营危机。这时，被"强行"任命为总经理的，就是"晚上 11 时睡觉、早晨 4 时起床"的奇人——土光。土光当时是石川岛芝浦涡轮的总经理。

　　在就任石川岛重工总经理那天，土光令人把存放在财务部的发票及收据拿出来摞在一起，怒斥说"你们实在是太浪费了"，然后，通过实行各工厂独立核算制及引入办公设备等，实施了彻底的合理化改革。昭和四十年（1965 年），成功实现石川岛重工重建的土光，应邀出任东芝的总经理。"没有永不沉没的舰船，也没有万古长青的企业。所有一切都事在人为：普通员工照着之前的三倍努力；高管成员照着之前的十倍努力；而我的努力还要在他们之上。"在总经理就任致辞中，土光如此说道。他充分发挥了其"合理化先生"的本领，以致有员工感叹："女工哀史 [1] 算什么？哪里比得上

---

① 《女工哀史》为日本小说家细井和喜藏所著小说，1925 年出版。该小说描写了被迫从事残酷劳动并遭受虐待的纺织女工的实际情况，书名亦成为女工恶劣劳动状态的代名词。

东芝哀史啊！"

土光不仅有作为"合理化名人"的超人能力和手腕，还有其超然脱俗的生活习惯和行事风格。每顿饭仅一菜一汤，肉类及金枪鱼生鱼片等一概不吃，鱼呢只吃沙丁鱼串①。每天早晨4点起床后，先在佛龛前念经念二三十分钟，然后下地干农活。6点半出家门，7点到公司。他过着商界人士罕有的俭朴生活。"领导必须亲自做示范，告诉部下怎么做，还要让他们去做，并对其施以褒奖，否则他们是不会行动的。"他非常喜欢山本五十六②元帅的这句话。在干部及员工面前，他经常把这句话挂在嘴边。

经济界的代表成员找谁好呢？土光首先毫不犹豫地指定了濑岛龙三。在这年元月，濑岛已决定退任伊藤忠商事的董事局主席，并提出"将在5月份的股东大会上正式辞任"。1月10日，濑岛接到行管厅长官中曾根的联系后，前往位于砂防会馆的中曾根事务所。"为了推进行政及财政改革这项国家举措，3月份将发起成立临时行政调查会。会长已经内定为土光先生，希望你作为委员辅佐土光先生。"这完全出乎其意料。对行政和财政是外行的濑岛回答说："让我好好考虑一下。"

几天后，他去经团联拜会了土光。"我也84岁了，在这个夏天将迎来85岁。我能有今天都是拜国家所赐。尽管不知余生几何，但作为最后为国效力的机会，我决定接受临调会长这个任命。因此也请你助我一臂之力。"土光一边说话一边躬身请求，濑岛"被土光前辈一心报国的炽热情怀深深打动，内心暗自发誓：自己虽不才

① 用盐腌渍后再晾干的沙丁鱼串。
② 1884—1943年，军人，生于新潟县，海军大将，元帅。1939年任联合舰队司令。曾在太平洋战争中指挥攻击珍珠港、中途岛海战等，在所罗门上空被击毙。

也愿尽全力相助"(《濑岛龙三回忆录　几度山河》,产经新闻社)。

于是,濑岛作为土光的助理被任命为临调委员。3 个月之后,5
月,他辞去伊藤忠商事的董事局主席职务,改任顾问,然后便开始埋
头于第二临调的工作。"每次开会,请你坐在我旁边。"按照土光的吩
咐,他经常坐在土光的左侧。他充当了在临调和政府及自民党之间进
行沟通的桥梁角色,每周需要主持召开两到三次临调内部的"战略
会议",并负责把临调讨论的内容归纳为有实效性的东西。他实际
上是土光会长身边的"参谋长",坊间称其为"临调的官房长官①"。

明治四十四年(1911 年),濑岛出生于富山县的一户农家。
在旧制砺波中学学习一年后,入学东京陆军幼年学校,当时他年
仅 13 岁。昭和三年(1928 年),升入陆军士官学校。昭和十三
年(1938 年),以第一名的成绩从陆军大学毕业。翌年昭和十四年
(1939 年)年末,被任命为大本营陆军部作战课幕僚②,在日美开战
前后,他即已参与日本国策的制定。在二战结束前夕,昭和二十年
(1945 年)7 月,身为陆军中佐的濑岛作为关东军参谋被派往满洲。
战争结束时,被扣留在苏联,在西伯利亚从事重体力劳动,在东京
审判时还曾作为苏联方证人出庭。其前半生是纯粹的职业军人。

昭和三十一年(1956 年)8 月,濑岛结束长达 11 年的扣留生
活回国。这时他已经 44 岁。翌年 12 月,他应邀入职伊藤忠商事,
被分配到航空部。之后作为商社职员,他担任了业务部部长等职
务,积极活跃在商业一线。他运用当陆军参谋时锻炼出来的战略眼
光来制定"经营战略"方案等,在公司经营方面大显身手。由此,
他后来升为副总经理,最后升至董事局主席,一步步爬到了公司的

---

① 官房长官相当于办公厅主任。
② 即参谋将校。

顶端。作家山崎丰子有一部小说叫《不毛之地》①，该书主人公壹岐正的原型就是濑岛。当时，濑岛在行政方面还完全是外行，在听完行管厅的介绍之后，在他心目中日本这个国家的印象是这样的：

"包括行政事务、组织、人员、经费等各方面在内，如果用人体来打比方，政府整个就是一个大胖子。其结果，行政的整体效率低下自不必说，行政经费膨胀也是必然趋势。另外，我国已陷入前所未有的财政危机，患上了血液（财政）无法顺畅循环的'动脉硬化症'。而且，国民已经习惯了这种行政，并且产生了依赖性而不能自立和自助，这是'糖尿病'症状。自由经济社会得以成立和维持的根基是自立自助的精神，然而整体状况与之相差甚远。我认识到，要打开这种局面，必须对整个财政实施紧缩，对行政的作用重新从法律及制度层面进行深入讨论。"（《几度山河》）

土光临调"国铁分拆和民营化"理念的诞生

昭和五十六年（1981 年）3 月 16 日，由土光敏夫率领的第二临调召开第一次会议，由此开始进入实质性审议阶段。

会议首先确定的措施是，"在调查会下面设置对专门事项进行调查的专门委员、顾问及参事。专门委员及参事实际负责撰写作为答询要点的报告书；调查会以该报告为基础进行讨论和提炼"。临调一共任命了 21 名专门委员和 55 名参事。而且，作为临调的工作人员，政府还从行管厅等各省厅抽调了 83 名调查员及 26 名事务性职员。由上述人员组成了一个总数接近 200 人的庞大机关。

为了能赶上昭和五十七年度（1982 财年）的预算编制，铃木首相要求临调抓紧审议"当前的紧急课题"。在"当前的紧急课题"

---

① 著名作家山崎丰子的小说，日文原名为《不毛地带》。

中，关于"中央及地方的支出削减与收入确保"由第一特别部会 ①
（部会长为住友电工董事局主席龟井正夫）、关于"中央及地方行政
的合理化及高效化"由第二特别部会（部会长为庆应大学教授加藤
宽）分别进行审议，并要求在 7 月份完成。

在审议开始之前，3 月 26 日，中曾根特意将两个特别部会的
专门委员召集到大仓饭店，对他们提出了以下要求。

"第一临调用 3 年时间作出了非常出色的答询。不过因为过于
出色、过于理想化，而未能得到实行。此次临调答询，希望你们提
出让政府'只要付出努力就能够接受'的方案。第二点是希望指明
按什么顺序去实施、如何一步步落实。"

中曾根要求的是"只要付出努力就能实现"这个前提条件。也
就是说，如果答询是"纸上画饼"不能实现，则没有意义。

审议国铁问题的是由加藤宽担任部会长的第二特别部会。加藤
是一位经济学家，另外如前文所述，在田中内阁时期成立了对公劳
协的罢工权赋予问题进行审议的"公共企业体等相关阁僚协议会"，
他作为该协议会专门委员恳谈会的成员之一，与时任首相三木的期
望背道而驰，起草了主张"不应对国铁工会给予罢工权"的答询，
在了结罢工权赋予问题上发挥了重要作用。从这个意义上来讲，他
被任命为第二特别部会的部会长也是顺理成章的事情。

被任命为该部会的专门委员有：来自政府部门的大津留温（原
建设省）等 3 人，来自财经界的山同阳一（旭调查中心专务）、来
自劳工界的鹤园哲夫（原全农林 ② 委员长）、来自媒体界的八木淳
（《朝日新闻》评论副主管）等一共 7 人。此外，被指定为参事（与

---

① "部会"相当于临调下设部门（会议）。"部会长"即部门负责人。
② 全农林劳动组合，简称"全农林"，是由农林水产省及相关独立行政法人的职员
联合组成的工会。

委员同样参加审议）的有：来自媒体界、后来以《国铁劳资"国贼"论》^①引领舆论界的屋山太郎（时事通信评论委员），千田恒（《产经新闻》评论委员）及来自学术界的泽田敏男（京都大学教授）等。第二特别部会的特点是，除了 4 名专门委员及参事是政府部门出身之外，余下 8 人皆为民间人士，因此他们开展了无所顾忌、大胆自由的讨论。

6 月 22 日，第二特别部会的报告书撰写完毕，在提交临时行政调查会并获得批准后，被纳入 7 月 10 日的紧急答询（第一次答询）。整个答询体量十分庞大，这里仅抽出与国铁相关的《应紧急实施的改革策略》这部分。

一、关于日本国有铁路，当前需尽早、扎实地实施《改善经营计划》。为此，在明确规定每年度改善经营计划实施情况的同时，还需采取以下措施。

1. 在劳资双方都对国铁所处现状有严肃认识的同时，努力纠正经营姿态及改善劳资惯例。此外，作为其中一环，要充实员工培训及对免费乘车制度进行重新研究。

2. 在严格控制新员工招聘的同时，通过对业务运营整体实施合理化措施来提高生产率，尤其对货运部门实施彻底的业务缩减等减量化^②措施。

3. 对未利用土地等闲置资产进行处置等，彻底实施增收措施。

4. 在迅速落实特定地方交通线路对策的同时，对特定地方交通线路之外的地方交通线路，也根据需要实施民营化等措施。

在这个《改革策略》中提到的《改善经营计划》，就是指前述

---

① 由屋山太郎撰写的文章，刊登于《文艺春秋》1982 年 4 月号。
② 减少货运列车运行班次等合理化措施。

由国铁经营规划室首席主管井手正敬牵头制订的"背水一战的改善经营计划"。5月，当第二特别部会正忙于对国铁改革进行审议时，该改善经营计划获得运输大臣的批准，随后被付诸实施。这个由国铁自主制订的改善计划，当然也是第二特别部会讨论的内容。

"这个计划真的能让国铁得到重建吗?""在公共企业体这种经营形态下，让其实施合理化也并不现实，只是把死期延缓而已"等等，众人对"背水一战的改善计划"相继提出了批评。可是，在获得运输省的官方批准之后，国铁正准备实施这个计划，相关工作现在刚刚启动。"眼下，我们只能先关注由国铁自己制订的'背水一战的改善计划'的实施情况。"这种意见占大多数。据称，部会长加藤也说:"此时说国铁的计划不行也没有用，因此只能为其'加油助威'，鼓励他们朝着打造35万人体制的目标迈进。"(草野厚，《国铁改革》)

政府收到第一次答询后，在7月17日的内阁会议上决定"最大限度地尊重这个答询，并迅速落实所需对策和措施"。同月27日，还决定设立对"基本答询"进行讨论的新部会。

第一部会(部会长为梅本纯正)的议题为《行政应发挥的作用及主要行政措施的应有方式》;第二部会(部会长为山下勇)的议题为《行政组织与行政制度的应有方式》;第三部会(部会长为龟井正夫)的议题为《中央与地方的功能分担及补助金、审批许可的应有方式》;由加藤宽担任部会长的第四部会主要负责"临调最重要的课题即三公社(国铁、电电、专卖)的改革"。第四部会的部会长代理，由原运输次官住田正二和《读卖新闻》调查研究总部的岩村精一洋担任。

第二特别部会中有多位民间人士成员参与了第一次答询工作，因此，部会长加藤宽提出，希望他们能够继续留在第四部会。他们之前一直参与讨论对情况比较了解，让其继续讨论三公社问题也更合适。在加藤的要求下，部会的 7 名正式成员中，阿部喜夫（第一劝业银行副行长）、山同阳一（旭调查中心专务）、高野邦彦（经济论坛社总编辑）、鹤园哲夫（原全农林委员长）4 人和参事中的屋山太郎（时事通信评论委员）留在了第四部会。

田中昭一（后任拓殖大学教授）作为负责临调事务局工作的行管厅主任调查员，执掌第四部会的事务性工作。昭和三十六年（1961 年），田中入职行管厅之后，即负责对国铁的审计工作，并且时间长达约 4 年，可以说，他详细见证了国铁由盈利跌入亏损的过程。主任调查员的工作，是为顺利推进部会的审议做相关准备及归纳总结工作。在第四部会发起成立后，部会的主要成员和田中等事务局职员经常召开非正式会议，进行开诚布公的交流。

以 9 月 9 日的第一次正式会议为开端，第四部会以大概每周一次的频率开始了审议工作。在当月 30 日的第四次会议，国铁的高木总裁及国铁总公司的其他干部等也被叫来列席会议。他们希望就"背水一战的改善经营计划"质询国铁的想法。高木一上来就对"国铁经营之前未能搞好的原因"作了如下陈述：

"当国铁从经营角度出发希望尽早实施涨价时，国会完全出于政治判断——认为这会刺激物价及招致国民的批评——每次都对涨价进行压制，使得实施时期被一推再推。在这种情况下，哪怕能进行全面彻底的讨论也算有所收获，但它又与其他法案一并成为讨价还价的筹码而被掩埋在废纸堆里。按道理，（作为不让涨价的补偿）应该照顾一下国铁吧，但政府也没有这么做。这样，国铁的经营观点及主张几乎被完全无视。坦率地讲，国铁陷入今天这种状况的主要原因即在于此。"

这是高木一贯秉持的观点。如果是"评论家"，这么说也算合乎道理；但高木身为国铁总裁坐在"被告席"上，却发言说"经营恶化的责任，主要不在国铁自己，而在国会及政治家身上"。关于劳资关系，高木也如此说道：

"关于一线纪律和员工的道德问题，社会上有很多批评，我并不否认。对此进行改善和治理的难度很大，不过得益于社会批评及员工意识提高等，这三四年已逐步好转。今年的春斗没有罢工即是一个例证。今后我们还将加快改进速度。"

第四部会的专门委员及参事们对国铁劳资关系的实际情况非常了解，在他们听来，高木的发言只能说是"死皮赖脸"。"劳资关系正在好转"，高木的这种说法并不能令他们信服。参事屋山太郎作为时事通信的评论委员对国铁劳资关系的实情极为了解，他对高木要求道："国铁对国民有如此多的欠债，希望你能够把劳资问题和盘托出。"

对于《改善经营计划》实现的可能性，高木总裁等国铁当局明显底气不足："能否做到暂且不论，但现在除了实施这个也没有别的希望。"

参加听证会的成员，每个人都切身感受到了国铁改革之艰难。濑岛龙三也回忆说："我不得不对实施前景抱有疑问。从国铁劳资的现状来看，几年之内要裁员7万人难度很大；从政治对国铁的介入程度来看，地方线路废除能否得到实行也存有疑问；从国铁内部的实际情况来看，要完成其本来的义务，倘若没有包括最高责任人在内所有员工的意识改革，恐怕也难以实现。"（《几度山河》）

令部会长加藤及参事屋山太郎担心的，是担任部会长代理的原运输次官住田正二的存在。住田曾担任铁路监督局局长，因为精明强干且直言不讳，所以国铁干部都惧他三分，称之为"剃刀"①。运

---

① 指头脑犀利者。

输省对国铁改革持消极态度，若住田完全为运输省"代言"，则国铁改革难有指望。然而，与预料相反，住田对国铁的改善计划提出了严厉批评：

"在第一次答询中，我们提出要关注国铁的改善计划，然而我觉得照此现状即便关注也没有意义。他们提出把东北和上越两条新干线从上野延伸至东京，每年将增加 250 亿到 300 亿日元的亏损。一边高喊要实施重建，一边在年年亏损的情况下大搞投资，（重建真的）能实现吗？"

加藤说："住田正二先生是非常强硬的改革及民营化倡导者，你甚至很难想象他以前曾当过运输次官。他对铁路行政及政治与国铁关系的里里外外无所不知，是一位值得信赖的同道中人。"（《我的履历书》）

＊　　　　　　　＊

不仅是国铁相关人员，第四部会还把各方面的专家召集起来，就国铁改革继续进行听证。同时，濑岛龙三和加藤宽还将六七名曾担任过运输大臣的人请到濑岛事务所，就改革方案听取了他们的意见。不过，二人并没有获得能够产生共鸣的好方案，于是只好继续摸索。

就在这个过程中，这年 11 月 9 日，临调的成员请来了交通评论家角本良平，准备听取他对国铁问题的意见。角本于昭和十六年（1941 年）入职铁道省，战后调任国铁从事东海道新干线规划等工作，还担任过国铁审计委员，因此也是一名老国铁人。角本多年以来一直在研究国铁的实际情况及改革问题，他一针见血地指出："国铁的改善计划只是骗人的把戏。在经营形态上，不但要搞民营化，还必须进行分拆，只有这样国铁才能得到重建。"他进一步解释说：

"国铁就像一个重症病人，因为自己不注意健康及治疗不当而造成症状一步步恶化。国铁症状恶化迅速加剧的原因是，在亏损增大的过程中，只是小打小闹地采取了一些改善措施，并且实施时机一再延误；另外，打着盈利的幌子推进了使亏损增大的投资（东北和上越新干线），却未能对东京周边的国电等进行必要的投资。国铁采用的是'公共企业体'这种责任暧昧的组织运营方式，而且其运营也未能遵守既定原则。

"今天的国铁，已然在'国家'这个巨大规模中迷失自我责任，处于'一亿国民集体讹诈'的状态。要想一扫国铁劳资及全体国民的'吃大锅饭'意识，并且为了使其决策能贴近地方，必须按地区实施分拆。即便按照9个电力公司的模式来拆分，其规模都还有些偏大。票价的调整程序、劳资关系也要与民营铁路看齐，工资收入来源需要由劳资自己去赚取，必须让他们有这种自觉性。"

濑岛说："应该实行民营化这点很早就想到了，但这个'民营加分拆'的主意令我茅塞顿开。"这时，坐在濑岛右侧的土光也小声问道："这人是谁呀？讲得可真不错！"

这便是第二临调的领头人物土光和濑岛产生"国铁分拆和民营化"这个共同认识的瞬间。接着，临调事务局公布了角本的观点和意见，翌日，媒体也进行了相关报道。这引起了极大的反响。当然，并非所有人都赞成角本的意见。一些以前曾在国铁就职的人多次集体来到濑岛的事务所，要求"改革要尽量在维持原有公社 ① 形态的前提下进行，如果迫不得已必须民营化那也没有办法，但是千万不要搞分拆"。有些人甚至哽咽着，一边流泪一边诉说。

---

① 由政府全额出资的、经营国家事业的特殊法人，即公共企业体。

濑岛自己的心情也很复杂。从明治五年（1872 年）至今已有大概 110 年，在这期间，国铁这个组织实体作为国家的大动脉，为国家及国民作出了巨大贡献。二战前，他在陆军参谋总部工作时，在运送兵力及战时动员运输等方面，与国铁员工曾在一起不分彼此地工作过，当时的情景依然历历在目。"那时的国铁纪律严明，堪称组织实体的典范。"然而眼下，若不实施分拆和民营化，国铁就无法得到重建。"'鬼手佛心'——为了重建国铁，我们唯有采取最佳策略。"濑岛暗自下定决心。随后，他马上去找行管厅长官中曾根康弘与自民党行政及财政调查会会长桥本龙太郎商量此事。二人也一致认为，基本上只有这一个办法。

风平浪静的水面之下，"国铁分拆和民营化"的暗流已开始涌动。

第五章 "运输族"三塚博的秘密办事员

井手、松田及葛西的相遇

"葛西先生，你荣升的部门已经定下来了。听说是经营规划室哦。"

——昭和五十六年（1981 年）4 月，仙台铁路管理局总务部部长葛西敬之尚未收到总公司的联系，却先从国劳干部那里获得了"内部指示"。当时，第二临调已经启动，同时也是国铁经营规划室首席主管井手正敬等所制订的"背水一战的改善经营计划"获得运输大臣批准的前夕。据说，"为了使葛西在新的岗位不会再与工会产生摩擦，国劳特意要求将其'荣升'到既无资金也无权力的部门"。葛西比计划提早一年被从仙台赶走，这也是他时隔 4 年之后重回东京上班。

葛西的新职务是"经营规划室规划主管兼总裁室调查役"，其职责是作为与刚成立的第二临调的"联系窗口"，一面与临调秘书处联系，一面关注其审议情况并及时向总公司汇报。5 月，即他刚被调回之后，"背水一战的改善计划"便获得了运输大臣的批准。"因为改善计划的启动，所以国铁改革被排除在临调的讨论对象之外。我们与执政党干部在这点上也已达成一致，因此对临调只需适当应付即可"——在这种乐观的氛围下，很多国铁干部都认为"必须让爱出风头的葛西坐坐冷板凳，这个闲职对他再合适不过了"。不过，对葛西来讲，"这个职位却有如天佑神助"（《我的履历书》）。

在葛西看来，"'背水一战的改善计划'在获批及被付诸实施之时即已宣告破产"。第一年度的资金支出为 6 万亿日元，其中靠营业收入能够解决的只有 3 万亿日元。即使加上政府补助的 7000 亿日元，也还需借债 2.3 万亿日元才能弥补亏空。显然，照此下去国铁"迟早会一命呜呼"。"我很清楚自己的使命。那就是对国铁实施分拆和民营化。但是怎样才能让第二临调对国铁问题咬住不放呢？"（《我的履历书》）当时，第二临调已开始在征询相关各省厅的意见。

5 月上旬，葛西悄悄地去拜访了濑岛龙三。濑岛是葛西妹妹和妹夫的月老，葛西便利用这层关系见到了濑岛。这是两人第一次谋面，葛西力陈"国铁问题必将成为临调的最大成果"。濑岛一边感慨"国铁必须端正纪律，如今的国铁纪律太涣散了；二战前的国铁可是非常了不起哟"，一边热心地倾听这个年轻后生的讲话。从那以后，濑岛经常把葛西叫去，询问他的意见和看法。敢于直言的葛西每次也都向其直抒己见。

5 月中旬，第二临调秘书处找到运输省及国铁的相关负责人，听取了有关国铁亏损问题的说明。临调方面的出席人员包括主任调查员田中一昭在内有三四个人；运输省出席人员为铁路监督局相关课室的课长助理，国铁方面由负责临调工作的葛西等经营规划室的三四名代表出席。临调秘书处和运输省及国铁代表分坐在桌子两边，双方相向而坐。因为是折叠式桌子，所以相互能看见对方在桌下的腿和脚。

当葛西发言时，运输省的课长助理有时会踢他的脚。田中敏锐地注意到这个细节，于是他仔细观察：在葛西讲什么内容时，课长助理才会踢他呢？

结果，他发现葛西挨踢都是"在委婉地作以下发言的时候：比如仅靠'背水一战的（改善）计划'国铁重建将难有指望；目前的投资及劳资关系等难道不是有问题吗？"田中在草野厚所著《国铁改革》（中公新书）的文库版（《国铁解体》，讲谈社文库，在文库本改版时修改了书名）的"解说"部分对此有所记述。以运输省的立场来讲，当时刚刚批准了这个改善计划，或许他们认为葛西的发言是在批评运输省吧。会议结束后，田中把葛西留了下来。葛西明确表示"考虑到昭和五十六年（1981年）、五十七年（1982年）的预估收入下滑，《改善经营计划》的实现极为困难"，这令田中倍感吃惊。

这是田中和葛西的第一次见面。二人意气相投，之后也经常联系。在葛西的介绍下，田中又认识了经营规划室首席主管井手正敬及职员局调查役松田昌士。不仅葛西，井手和松田也都抱有强烈的危机感，他们认为"依靠现有管理层局面将难有改观。照此下去，国铁早晚将被国民抛弃"。

*　　　　　*

这里简单介绍一下"三人帮"当中的最后一个人物——松田。

昭和十一年（1936年）1月，松田昌士出生于北海道网走支厅①的铁路机关宿舍。他虽然出生时间略晚，但与井手在同一年上小学。其父亲在国铁野付牛站（今天的北见站）工作，是一名从基层成长起来的"铁道员"，也是札幌铁路教习所的首期学员，后来还当上了札幌站站长。昌士是家里的第三个男孩，在他两岁时，因父亲工作调动全家移居札幌。到了上中学时，在母亲的建议下，他进入了"光星中学"，这是一所实施初高中一贯制教育的天主教私立中学。不过，后来因为反对该校优待天主教教徒的教育方针，他与很多朋友一起毅然从该校集体退学。随后，他考取了道立札幌北高中，并在那里念书。

---

① 管辖北海道东北部、鄂霍次克海沿岸一带町村的北海道厅的派驻机构。2010年改称为"鄂霍次克综合振兴局"。

昭和三十年（1955 年），松田考入北海道大学法律系。一次，在朋友邀请下，他无意间去参加了联合国教科文组织的活动。后来，他非常热衷于该活动，还担任了北海道联合国教科文组织学生会会长。怀着"将来当北海道大学教授"的决心和志向，松田之后升入研究生院继续攻读硕士课程。其专业是"民事违法行为"。正当他努力撰写硕士论文时，母亲强烈要求他"去国铁应聘，因为那是他父亲曾经奉献终身的地方"。母命难违，出于孝心，他决定去参加考试。其实，参加入职考试只是一个借口，他的真正目的是去神田旧书店街搜集硕士论文的参考文献。不过，录用通知书不期而至。他一边与一年前刚从国铁退休的父亲小酌，一边向其汇报了这个消息。父亲喜不自禁地说："是吗？这么说你愿意接我的班啰……"于是，松田决定入职国铁。

在昭和三十六年（1961 年）入职国铁后，松田先在名古屋工作了一年半，然后到总公司审议室上班。审议室是精英智囊汇集的部门，松田的工作是研究货物运输方式等课题。当时，受汽车普及浪潮的影响，物流的主角正由铁路转向卡车，在这样的背景下，很显然，旧态依然的国铁将无法生存下去。入职第四年，他被借调至经济企划厅物价政策课。这个物价政策课，汇集了来自大藏省、通产省、农林省（均为当时名称）等各部门的一流顶尖人才。与他们的结识和交往，将成为松田日后的一笔宝贵财富。

之后，他一度回到国铁审议室。昭和四十三年（1968 年）年末，又奉命被借调至运输省，被分配到铁路监督局国铁财政课。当时的课长是从大藏省借调过来的，不过一年之后，杉浦乔也出任该课课长，杉浦后来成了"国铁的最后一任总裁"。在借调运输省这段时期，包括后来成为国铁重建监理委员会事务局次长的林淳司等在内，他结识了众多锐意推进国铁改革的同伴。虽然同为被称作"学士"的精英分子，但井手和葛西出身于总务及劳务领域，松田则是从企划领域摸爬滚打出来的规划设计师。

昭和五十年（1975年），当时罢工权罢工刚刚结束，松田作为门司铁路管理局营业部部长前往九州赴任。2年后，他出任该局总务部部长。在门司管理局一线工作了4年之后，以职员局调查役的身份回到总公司，从这年6月起就任该局能力开发课课长。

松田长期被借调至经济企划厅及运输省，并以"规划设计师"自居，但在九州的4年，他经历了丸生运动受挫的"后遗症"即荒废至极的劳资关系。在开展现场协商时，管理人员常常遭到工会会员的围攻，身边的部下变得疲惫不堪。"除了与工会进行斗争之外，我们别无他法。"

有一段时间，他开始着手对一个货运站进行整顿。该货运站的主营业务是用集装箱将本地的陶瓷产品运往外地。在这个货运站，员工着装极为混乱，而且频繁发生在装卸货时货物破损的情况。松田"一心想让这个据点车站恢复正常"，于是派了一位北九州出身、有货运站站长助理经验的职员去当站长。2年后，这位站长果然不负众望，使一线重新焕发了活力。一天，这位站长见到与自己很要好的一位记者朋友。那位记者朋友慰劳他说："你可真是付出了很多努力啊。"一小时之后，或许是因为紧张感一下子消除了吧，这位站长自行了结了生命。在守灵仪式上，松田在其家属面前说不出话来，只知道一个劲儿地道歉。

在九州这4年，为了改变一线的状况，松田曾与总公司进行了无数次交涉。但总公司每次只是说"你自行好好处理吧"，几乎不起任何作用。总公司把与国劳的关系修复放在首位，结果造成一次又一次的妥协。"无论你在地方上多么顽强地开展局部斗争，也改变不了总公司的方针。除非从根本上改变国铁总公司的劳务政策，否则，国铁无法得到重建。"对此深信不疑的松田，以职员局调查役的身份回到了总公司。

那时，井手是会计局调查役。在进行预算编制作业时，他发现职员局的临时雇员多得令人吃惊，于是准备对其进行削减。职员局干部勃然大怒，与会计局之间产生了摩擦和争执。当时松田是职员局的联系窗口，他对井手说："井手，你别担心，放手大胆地干吧。"他不顾职员局的反对，向井手伸出了援手。自此以后，井手和松田的关系变得亲密起来，在两人之间产生了很多共识。

尽管临调的第一次答询强调"要关注'背水一战的改善计划'的进展情况"，但临调内部已开始在讨论国铁经营形态变更的问题。"我们是否也应该预先就分拆和民营化进行讨论呢？"葛西在经营规划室内部提出此建议，然后召集来自总裁室文书课、经营规划室、会计局等部门的七八名课长助理，开始了非正式的学习和讨论。经营规划室的井手正敬和职员局的松田昌士也加入其中。作为"背水一战的改善计划"方案制定者的井手，在这时认为"讨论分拆和民营化为时尚早"：

"要想打造具有光明前途的国铁，就必须让工会接受这个改善计划，一边实施一边定期进行修正。纵然有一时的痛苦，也必须咬牙坚持，去彻底实现这个计划。我们只能在做出这种努力之后，在获得政府及国民同意的基础上，去实施令所有员工都能看到光明的真正的重建计划。这才是摆脱目前困境的最佳策略。"（《国铁改革回想录》）

但是，他感到，要实现这个改善计划，"职员局的不合作态度当然是个问题，但劳资关系也实在过于恶劣"。起因于劳资、劳劳关系（国劳、动劳和铁劳相互之间的势力争斗）的丑闻在一线不断发生，有如家常便饭，其详情将在后文叙述。井手认为，"要重建国铁，对劳动行政的整顿和恢复是首要前提"。

"有没有办法让工会支持重建呢？"三人一致认为，"首先应该从劳资问题的核心即纠正纪律入手"。后来被称为"三人帮"的井手正敬、松田昌士和葛西敬之，首先在以恢复纪律为目的的工会对策问题上，表现出了团结一致的精神。

*　　　　　　　*

昭和五十六年（1981 年）7 月 1 日，即葛西回到总公司 3 个月之后，在仙台作为葛西上司担任管理局局长的太田知行就任总公司职员局局长。其前任是川野政史，川野因在罢工权罢工问题上被高木总裁追究作为职员局劳动课课长的责任，被迫离开了职员局。好不容易回到职员局的川野只待了很短时间，在任仅 1 年零 4 个月即被替换掉了。而且，当时注定命途多舛的"7.4 万人裁员"劳资谈判即将拉开帷幕。虽然当局对外宣称川野被撤是因为"健康原因"，但是有很多人认为川野是作为"劳资合作派"被清除出去的。川野被调任经营规划室室长，而在仙台坚持与国劳对决的对工会强硬派人物太田被提拔为职员局局长。

太田在担任货运局总务课课长时，即着手实施了国铁的首个"货运减量计划"①。在担任仙台铁路管理局局长时期，他与总务部部长葛西一起，在确立一线纪律及废除一线所签订的各种违规协定方面大显身手，为东北新干线的开业运营敷设了人员合理化"轨道"，是有名的"鹰派"（强硬派）劳务干部。职员局局长必须从正面去落实作为"背水一战的改善经营计划"重点的"裁员"措施。因此，被视为未来副总裁人选之一的国铁精英官僚太田，其身上肩负着实施"7 万人裁员计划"和与工会进行正面对峙的重任。

在这个改善计划的推进过程中，首先被卷入纷争的是以职员局

---

① 即缩小货运部门规模的计划。

局长为首的职员局干部。作为对手的国劳对太田抱有强烈的戒心，这使得迎接"鹰派"太田新局长的职员局的气氛也有些冷冰冰的。

在临调听证会等场合，当被要求"出示7万人裁员的具体时间表"时，职员局的课长们全都畏缩不前："如果真有那种具体方案的话，我们早就实施了。现在是一边跑步向前一边琢磨计划，什么东西何时完成，这怎么可能知道？""这种计划就算强加于我们，我们也不可能完成。什么35万人体制职员局概不知晓。计划也就是画饼充饥喽。"他们竟对局长太田这样说道。

职员局的课长及课长助理们对新局长太田也抱有戒心。他们可能后来与曾经颇有威望的常务理事（主管劳务）吉井浩及前任经营规划室室长川野政史等仍在相互通气吧，除非局长召唤，他们一般不会去局长室露面。在职员局里，局长太田好像被架空了似的。"照此下去，自己将无法执掌劳动行政。"颇有危机感的太田于是通过同期入职（昭和三十年即1955年）的会计局局长盐谷丰，迅速去接近常务理事（主管会计）绳田国武。后文将会讲到，绳田是自民党运输族实力派人物加藤六月的盟友。据说，绳田与太田"一致认为：除非改变目前这种与国劳勾结的体制，否则国铁不可能得到重建；为此，必须铲除吉井常务和川野经营规划室室长"（三塚博，《再见吧，国有铁路》）。

一天，葛西安排临调事务局的田中一昭等人与国铁职员局干部举行会谈。这是一次非正式会谈，目的在于让双方进行坦率交流。会谈时，职员局的劳动课课长、职员课课长和工资课课长都"冷笑"着说："这种计划（宣称裁员7万人的'背水一战的改善计划'）不可能实现。"田中不禁疑虑重重："临调提出'暂且关注这个计划的实现情况'，作出了有利于国铁的答询，然而该计划果真能实现吗？这个计划是否过于敷衍和草率？"

据说，在这年年底，"背水一战的改善计划"的制订者井手正敬也"终于有所觉察"：

"即使按照这个计划裁员 7 万余人，最终全年也将产生近 1 万亿日元的亏损，在 5 年后即计划的最终阶段，将留下近 25 万亿日元的累积亏损。计划对如何处理这个亏损只字未提。只知道为每年产生的亏损找'借口'，却没有主动对其进行处理的方法和意愿，这是一个纯粹指望政府来进行善后处理、任由亏损产生的计划。虽说计划才刚刚启动，但如果这个计划最终没有光明前景，那么岂不是需要制订其他重建计划吗？"

另外，井手还有一个反省："国铁总公司应该找机会将 7.4 万人裁员计划向工会一次性提出，并尽早开始谈判"。计划说要用 5 年时间打造 35 万人体制，虽然列出了各年度的数字，但是"具体通过何种措施分别裁员多少，哪个年度完成，没有这种实施路线图"。慢慢地，井手也认为"分拆和民营化是迫不得已的事情"。

第二临调第四部会的加藤宽等成员，在第一次答询中对"背水一战的改善计划"作出了善意评价，提出"要关注其结果"。但现在，他们也开始改变想法，认为"国铁的改善计划仍旧不靠谱"。由此，"无需增税的行政改革"又一下子缩小了范围，变成了仅限于特定领域的"国铁改革"。

"三人帮"自暴国铁家丑

国铁当局的高木总裁等人，因丸生运动受挫而变得畏缩不前，因为不愿意与工会为敌，所以在第二临调的听证会上，他们坚称"劳资关系正逐步好转，一线也很稳定"。然而，"一线的实际情况却并非如此。每天都有争执和纠纷发生，当局甚至连一线管理权都已经丧失"。井手、松田和葛西三人（以下称"三人帮"）对此均有亲身体验。三人一致认为，"实际上，要想改变主宰一线的工会，让他们配合和支持国铁改革，只有一条路可走：将劳资的真实情况彻底抖搂给国民，揭穿劳资的'谎言'，并以此为重点完善管理体制，使国铁团结一心"。从昭和五十六年（1981年）秋季起，三人便开始搜集国铁劳资双方的各种"丑闻"材料。

井手曾经担任过宣传部次长。他知道，在生产率提高运动中，当局之所以陷入窘境，就是因为当时国劳总部企划部部长富塚三夫将当局的不当劳动行为等问题彻底抖搂给了媒体。对其所使用的手法，井手也有所耳闻。"现在轮到我们以其人之道还治其人之身了。"

三人均有担任地方管理局总务部部长的经历，因此熟知一线劳动行政的内情，且擅长收集相关材料。当时在国铁总部四层与旧馆（东京三局，即东京南局、北局、西局）相连接的角落里，有一个不太显眼的、专门供经营规划室开会用的小房间。井手、松田和葛西便以此为活动据点，把常驻记者俱乐部的各家报社记者一个个叫来，将国铁劳资勾结的情况及一线的丑闻信息等彻底抖搂给他们。于是，各家报社根据"三人帮"所提供的材料，"开始源源不断地撰写相关报道"。（井手正敬语）

在井手担任首席主管的经营规划室里，汇集了职员局、会计局、旅客局、宣传部等各部门的精英成员。他们平时经常接触国铁当局的各种"秘密"信息，因此不愁没有可抖搂的内容。除了因纪律混乱引起的"马虎事故""马大哈工程"之外，还有员工参与的违法案件等，这些对国铁来讲都是负面消息，有很多都从未公开过。当时，国铁和警察厅正在实施干部人事交流，因此，对于很多影响劳资双方形象的案件，他们就请求警察当局帮着掩盖了起来。

比如，"机车引导员被刑拘：当班前为'消除困意'在值班室注射兴奋剂"（昭和五十六年即1981年10月31日各报纸报道）；另外，同年11月5日，各家报纸一齐报道了"东京南局营业部部长（精英干部）饮酒驾车及肇事逃逸案件"，该案件在之前竟被国铁和警察双方持续隐瞒了3个月。这起肇事逃逸案件性质极其恶劣，肇事人竟然采取"掉包"手段，声称"出事时车辆由坐在车上的银座酒吧老板娘在驾驶"。当局一直企图隐瞒此事，直到案件被媒体捅出后，才慌忙对肇事者给予了"劝告免职"处分。虽说没有支付退职金，但也并非"惩戒免职"。

据草野厚的《国铁改革》(中公新书) 记载，进入昭和五十七年（1982年）之后，有关国铁的报道文章迅速增加，在3月份达到顶峰。譬如，仅统计3月份有关国铁的负面报道，《产经新闻》有34篇，《读卖新闻》有31篇，《朝日新闻》有18篇。其内容为违规休假、通知式请假（指当天突然提出的休假）、违规免费乘车证等缺乏常识的恶习，以及因职务疏忽引起的麻痹事故等。每天都有攻击国铁的文章见报，以至于人们说"让乌鸦闭嘴易，让报纸不骂国铁难"。

井手说："其实我们也很难为情，我们一边暴露国铁的阴暗面，一边编排和导演了今天的国铁劳资关系已无可救药这种舆论氛围。"井手回顾说，"三人帮"在透露这些材料时极为注意保密，不过，也许在高木总裁等国铁干部及工会方面看来，"我们就是在幕府末期，带着西乡隆盛①的密令潜入江户，在江户城内四处放火、煽动民众不安情绪的萨摩藩士益满休之助②吧"。

国铁内部称井手、松田和葛西为"三人帮"，就是从这个时期开始的。江青、王洪文、张春桥、姚文元曾主导了"文化大革命"，

---

① 1827—1877年，日本明治初期政治家。萨摩藩出身。明治维新的领袖，后成为新政府的首脑。
② 1841—1868年，幕府末期的萨摩藩士。

被称为"四人帮"。"三人帮"的名字即由此而来。"四人帮"因为策划政变及迫害反文革干部等罪名而被捕，并且被判刑。当时，在日本国内，关于审判"四人帮"的报道天天见诸媒体，成为人们热议的话题。国铁的体制维护派模仿中国的"四人帮"这个叫法，称井手、松田和葛西为"三人帮"，把他们当作试图撼动国铁体制的"叛乱分子"，时刻提防着他们。

对于这个"三人帮"，有人取其姓名首字母，把他们叫作"K·I·M"或"M·I·K"，不少员工称他们为"阿帕奇"①或"蟑螂"而嗤之以鼻。他们被称为"改革三人帮"，则是在政府决定对国铁实施"分拆和民营化"之后的事情。而在早期，这是对他们的一种蔑称，认为他们是背叛明治以来的"国铁一家"主义、企图肢解国铁的"叛逆者"。

*　　　　　　　　*

昭和五十七年（1982 年）1 月 23 日，《朝日新闻》在社会版头条报道了"夜行卧铺特快蓝色列车②乘务虚假出差及违规津贴问题"。这种由劳资串通实施的恶劣行为已持续多年，对其荒唐至极的真实情况曝光，引发了国民"对劳资勾结的批判风潮"。

事情的起因是这样的。作为检修（在车辆基地等的检查及修理业务）体制合理化改革的一环，东京南局将东京机务段的裁员计划提交了工会。该机务段有一名国劳工会会员认识《朝日新闻》的记者。他对记者如此控诉道：

---

① 阿帕奇人，美国西南部以狩猎为生的印第安人。
② Blue Train，指日本前国铁、今 JR（日铁）的长途特快卧铺列车，因车体为蓝色，故获此爱称。

"当局的做法也太过分了。本来，我们应该跟车执行乘务，对运行中的蓝色列车的故障进行修理，并获得乘务津贴，以前也是这么做的。不过，当局单方面认为没有那么多故障因此没必要每天执行乘务，于是强行实施了合理化措施，把我们从蓝色列车上拽了下来。当时，在工会的争取下，即便没有执行乘务，作为既得权益我们也领取了津贴。但是现在不仅废除了津贴，还要强行实施合理化裁员，这算怎么回事儿啊？"

一般来讲，人们都不愿让别人知道自己所做的违背常理的事情，会对其加以隐瞒。这位工会会员的言外之意是"自己的逻辑是正确的，是当局太蛮横了"，因而向《朝日新闻》进行了"告密"。那位记者的判断非常准确。他以此为发端，查明了相关事实并进行了报道：在过去10多年间，该机务段的检车员并没有执行东海道山阳干线的夜行卧铺特快"蓝色列车"的乘务，每年却领取了多达一千多万日元的违规津贴。继《朝日新闻》之后，各家报纸也一齐作了报道，由此引起了社会震动。

国铁总公司立刻变得慌乱起来。从1月末开始，当局派遣了约70名工作人员去全国19个机务段，让他们调查实际情况。结果发现，在接受调查的1860名检车员当中，实际并未执行却在账簿上记入"乘务"并领取乘务津贴的所谓"虚假出差"竟占76%；仅在过去9个月期间，支出总额即达6900万日元。如果换算成全年，则大约为1亿日元。东京机务段和田端机务段的支出金额较大，平均每人每月超过1.4万日元。

正当相关方面在对"蓝色列车违规乘务津贴"持续进行严肃追责时，这年3月15日凌晨，在名古屋车站内发生了卧铺特快列车"纪伊号"与机车相撞的事故。当时，"纪伊号"停靠在站内等着更换机车，不料被正准备实施连接的机车撞上。该事故造成3节车厢脱轨，14 人受伤。事故原因是这样的：机车司机在小睡休息时间去附近餐馆喝酒造成上班迟到，后又发现忘了带机车钥匙；当找来备用钥匙启动车辆后，又因为着急而看漏了连接员的手旗信号，从而引发了撞车事故。

当时，舆论正在对"混乱不堪的一线纪律"进行严厉批评，这起事故的发生犹如火上浇油，使得舆论对国铁的批判更趋激烈。

之后，蓝色列车的违规津贴问题持续发酵。违规津贴是不合规的支出，因此应当退还，此类批评之声日盛。迫于舆论压力，国铁当局通知相关职员约 1600 人"在 6 月末之前将已收取部分如数退还"。国劳对此表示强烈对抗，称"这是对工会的无视和对国劳的否认，坚决反对退还在劳资双方同意的基础上业已取得的津贴"。然而动劳却改变了方针，称"将配合当局对一线纪律进行纠正"，表示将考虑退还。动劳总部向会员解释说："在严峻的形势下，为了要维护工会会员的利益，我们不能滥用观念论或一味拘泥于原则，而必须采用与自主性相称的形式尽可能地阻止事态的发展，采取现实的措施。"

国劳寻求通过集体谈判来解决问题，被国铁当局拒绝后，转向公劳委提出了不当劳动行为救济申诉；国铁当局则向各地的简易法院 ① 提出了"支付命令申诉"。双方的争执遂发展为诉讼战。

但另一方面，国劳与动劳的对骂大战也开始上演。国劳指责动劳"已经像产业报国会 ② 那样沦为国铁当局的走狗"，动劳则反

---

① 日本最低一级的法院，处理轻微案件的一审法庭。
② 1938 年日本在各工厂及事务所设置的以配合战争为目的的劳资一体化组织。1940 年各劳动团体合并成大日本产业报国会，成为战时体制的一个支柱，第二次世界大战后解散。

击说"恶劣天气下强行登山是愚蠢者的行为"。国劳与动劳的联合斗争路线，因在蓝色列车违规津贴退还问题上产生分歧而开始土崩瓦解。

动劳在"EL、DL单人乘务斗争"及"罢工权罢工"等运动中，置乘客的不便于不顾而开展了激烈的斗争，以致有"冷血动劳"之称。这是它首次展现出灵活路线，也是其后来出于"组织防卫"① 目的，作出赞成"国铁分拆和民营化"这个"哥白尼式转变"② 的前兆。

据井手正敬称，在"背水一战的改善计划"得到运输省批准之后，动劳总书记福原福太郎及中央执行委员松崎明来到经营规划室，提出"把你们目前的想法给我们说说吧"。于是，"作为说服工作的一个环节，在得到职员局的允许后，我们将计划内容一点点地向他们作了说明"。每个月两到三次，在东京目黑区的雅叙园，井手等人一边用早餐一边向他们进行了说明，每次大概用时一个半小时左右。福原总书记等动劳干部热心倾听了说明。即使碰到对工会不利的事情，他们也"一边听一边嗯嗯应承，既不反驳也不发牢骚"。由此，一起参与说明的松田昌士开始感慨道："动劳好像已有所改变啊。"井手也感到"动劳或许真的要成为国铁改革的拥护者了"。然而，这"其实只是动劳用来掩人耳目的隐身蓑衣③"——后来，直到JR成立之时，大家才明白这点。

其实，造成这种违规津贴支付的原因也并非全在工会方面。井

① 指面对障碍或威胁时的一种自保性反应。它可以出现在组织的任何一个层次上，包括个体、团队、团队之间及部门之间。
② 哥白尼式转变指重大转变，比喻观点或想法发生完全相反的变化。
③ 日本人想象中的一种蓑衣，披上后即可隐身。喻指掩盖真相的手段。

手在担任会计局调查役时，就曾经历过这样的事情。在当局提出合理化建议之后，当时的职员课课长来到会计局张口就说："井手，给我钱吧。"井手以为他说的是与合理化相关的机械化及相关设施完善所需资金。然而，他要求的是"需要额外增加出差费、伙食费、加班费"。井手问他："这是为什么？"他"理直气壮地"回答说："合理化裁员一个人多少钱，我们需要拿钱从动劳那里买呀。"据说，他们把会计局支出的资金，假装用于支付出差费用、加班费及夜班伙食费等，实际上却将其放入小金库，然后用它与合理化裁员作交易，按一个人多少钱支付给工会。

这位课长在东京南局有很大的影响力。井手他们调查后发现，东京南局的人事课课员好似一年三百六十五天都在地方上出差。"自己不去做相关说服工作，却让人拿钱去向工会购买合理化裁员名额。竟然有如此混账的职员课课长！"井手对这位前辈职员课课长怒斥道。不过，这位课长却毫不畏怯："你小子凭什么反对我的做法？老子可是职员课课长哦。""我承认你是职员课课长，可是你做得不对。做得不对的事情我是不会同意的。"职员课课长怒气冲冲地夺门而出。在地方管理局，这类事情简直就是家常便饭。当时，井手强烈地感到："无论当局还是工会，其实都已腐烂不堪。"

运输族加藤六月的"跟班小弟"

昭和五十六年（1981年）秋，这时临调的国铁改革讨论已走上正轨。一天，葛西敬之去自民党交通部会长三塚博的事务所进行礼节性拜访。三塚是由宫城一区选出的众议院议员，葛西在仙台铁路管理局上班时便与他关系很熟。三塚问葛西："现在国铁的情况到底如何？"三塚是自民党运输族中的实力派议员。葛西经过考虑后认为："要想纠正国铁的劳资关系，就必须让三塚了解各种实情。"回到总公司后，他马上与井手商量："你不跟我一起去见见三塚吗？"井手自担任仙台管理局总务部部长时期起，也与三塚很熟悉。于是，葛西安排了一次与三塚的早餐交流会，并且叫上了松田。这是"三人帮"与三塚的首次会面。

会面时，井手亲手交给三塚一本名为《川崎养路段段长日记》的小册子。这是川崎养路段段长写的日记，它生动具体地描述了一线纪律的混乱情况、该段长每日为纠正这种混乱所付出的艰辛，以及在点名时双方争论的样子等。井手以这个内容为例子，强烈指出"国铁的劳动行政现在已经烂透了"，葛西和松田进行了补充。"一线管理人员几乎没有人下达过业务命令，因为他们已经没法下达命令。连打扫厕所等勤杂工作也全部由管理人员来承担。员工可以随时任意地休息、迟到和早退。由此造成的空缺，需由管理人员通过代行下属职务的方式来填补。违规休假愈演愈烈，另外，包括上班拖拖拉拉（上班时间不在岗位上工作，随意到处溜达）、休息时间任意延长等，上班自由散漫的现象越来越普遍。"

三塚对此非常吃惊："是吗？这可跟我听说的不一样啊。有这么严重？今后咱们有空多交流吧。"此后，"三人帮"开始频繁出入三塚的议员宿舍，经常与其一边共进早餐一边谈论国铁内部的实际情况。三塚过去曾多次听到当局介绍"国铁的劳资关系已经好转"，而现在三人所说的"与管理层的汇报内容完全不同"，因此一开始他并不相信。当时，自民党运输族的中心人物是福田派的加藤六月。同属于一个派阀的三塚原本是文教族议员，后来因被加藤拉拢而成为运输族。"老大哥"加藤很熟悉国铁的情况，三塚从他那里听到的也都是"国铁的劳资关系已经好转"之类的内容。

战后，虽说国铁变成了公共企业体，但是从总裁任免到预算决定、票价上涨，能够自主决定的东西很少，因而长期受到政界的摆布。对国铁来讲，来自政界的影响力主要由两个流派构成。

佐藤荣作内阁曾经是战后历时最久的长期政权，在其倒台之前，包括人事权等在内，国铁的所有利权都由铁道省出身的佐藤一手掌控。后来由于佐藤派分裂成田中派和福田派，这份"遗产"也随之被分为两份。这两个流派一个是由被称为"佐藤的心腹"的保利茂及其亲信细田吉藏继承的福田派这条线；另一个是田中角荣、西村英一、桥本登美三郎等田中派这条线。不过，受洛克希德事件影响，田中派的影响力正逐渐减弱。

在这段时期，对国铁最具影响力的是运输族"老大"加藤六月（冈山二区选出，福田派）及其"小弟"三塚博（宫城一区选出）。加藤在担任运输政务次官时，虽然也有参与洛克希德事件的嫌疑（被视为"灰色高官"①），但并未受到司法追究。而把加藤拽入运输族的，则是当时的国铁常务理事绳田国武（后来任副总裁）。

加藤与绳田的关系可以追溯至昭和二十四年（1949 年）前后，当时绳田还是东京大学法律系的学生。绳田的父亲与老家冈山的大前辈、曾任众议院议长的政治家星岛二郎是旧制六高（今天的冈山大学）的同年级同学，也是星岛的实力派后援之一。当已成为东大学生的绳田每次回老家时，父亲经常带着他去星岛家做客。也许他觉得儿子未来可期，希望把他培养成政治家吧。

那时，为星岛担任秘书工作的就是加藤六月。加藤曾就读于陆军士官学校。战后，从旧制姬路高中（今天的神户大学）毕业后，他一度担任中学教师，并热衷于日教组②的活动。当时，他作为星岛的秘书，正在学习如何做一名政治家。在星岛的介绍下，绳田和

---

① 灰色指有嫌疑之意。
② "日本教职员组合"（即日本教职员工会）的简称。

加藤成为挚友，经常在一起畅谈梦想。在昭和四十二年（1967年）大选中，加藤作为星岛的接班人参加冈山二区的竞选，实现了首次当选。

绳田于昭和二十七年（1952年）3月从东大毕业后入职国铁，并于昭和四十三年（1968年）成为总裁室调查役（课长级）负责与国会相关的工作。"国会主管调查役"是负责自民党等的政治家与国铁对接的重要职务。当时，绳田正考虑在自民党内多发展一些国铁的同情者和支持者。就在这时，在自民党总部的走廊里，他偶然遇到了自己多年的老友——在前一年大选中刚刚当选议员的加藤六月。

绳田决定将自己的"国铁人生"押在加藤身上，于是积极给自民党干部做工作，使这位初出茅庐的"一年级议员"转年即当上了该党交通部会的副部会长。另外，在昭和四十四年（1969年）的大选中，绳田举全国铁之力，对加藤等自民党候选人给予了支持。由此，加藤和绳田的关系逐年加深，并发展为一种互为依存的关系。绳田在担任文书课课长、会计局局长后，便晋升为常务理事，进入国铁的核心领导层。在国铁内部，每当绳田获得晋升，大家其实也都心知肚明："他靠的是加藤六月的力量。"

＊　　　　　　　＊

从昭和五十六年（1981年）年底到五十七年（1982年）年初，由井手、松田和葛西组成的"三人帮"，施计让媒体对国铁内部的问题逐一进行了报道。这时，"国铁现在到底如何？"自民党内部对国铁的追究和抨击也渐趋严厉。批评的矛头也指向了运输族。于是，三塚与前辈加藤经过商量，于昭和五十七年（1982年）2月5日，即"蓝色列车违规津贴"问题刚被曝光之后，在自民党交通部会内部设立了"重建国铁小组委员会"（通称"三塚小组委员会"），决定讨论和落实国铁的职场纪律纠正问题。

可是，当设立三塚小组委员会的消息被公布之后，第二临调的成员却对此抱有疑虑。在加藤宽任部会长的第四部会，住田正二及屋山太郎等大多数成员认为："在自民党的运输族里，有很多对分拆和民营化持反对意见者，设立三塚小组委员会的真正目的一定是为了打压临调。临调将陷入危机。"因此，他们对三塚小组委员会的一举一动甚为警惕。

当时，三塚认为，倘若能够真正实行"背水一战的改善经营计划"，那么"国铁就能够存活"。他在其著作《再见吧，国有铁路》中如此写道：

"（国铁）将举全力实施（'背水一战的改善计划'）。与此同时，第二临调在对措施更为彻底的分拆和民营化方案进行讨论和具体细化，即为了在（正在实施的改善计划的最终年度）昭和六十年（1985年）能够实行二选一，而提前准备好选项。

"届时，如果改善经营计划达到最初的预想要求，或者超出预想，能够作出在'全国一社'的经营形态下也可以长期维持健全经营这种判断，那么就无需将已备好的另案付诸实施。当然在这期间，国铁必须通过拼命努力，让国民形成共识，愿意承担其过去的遗留债务及地方交通线路补助。

"反之，倘若改善经营计划不能顺畅实施，觉得在延续以前体制的条件下国铁无法实现稳定经营，则需将并行讨论的分拆和民营化方案付诸实施，在明确保证将来不会再次给国民带来负担的基础上，恳请国民承担遗留债务等问题。与前者相同，在这种情况下，倘若国铁不作拼死的经营自救努力，估计国民也难以同意为其承担债务。"

当时，关于国铁的经营形态变革，有两个互相对立的观点。一个是"若不立即实施分拆和民营化，则国铁经营将愈发陷入泥潭，最终只能破产。因此，要在5年之内，抓紧实施国铁的分拆和民营化"。这是由第二临调提出的，是主张首先要搞分拆和民营化的"入口论"^①观点。与之相对的则是像三塚那样的观点，首先通过实施国铁的"改善经营计划"来实现国铁重建，若这个办法不行，再实施分拆和民营化，即分两个阶段来实施国铁改革，这种观点被称为"出口论"^②。

无论铃木善幸首相，还是后来作为首相成功实现了"分拆和民营化"的中曾根康弘，此时都并非"入口论"观点的明确支持者。他们好似对这两方面都很关注，尤其"出口论"因为"既包含着早晚也得实施分拆和民营化这种观点，也照顾到了对分拆和民营化难以明确表示反对者的立场，反而是一种比较笼统的共识"。（升田嘉夫，《战后史中的国铁劳资》）

在"三塚小组委员会"发起成立后，根据职责分工，国铁方面由职员局局长太田知行担任联系窗口。三塚是由宫城一区选出的议员，太田自担任仙台管理局局长时起就与其关系密切。三塚向太田提出要求，希望让之前已与其有秘密接触的井手、松田和葛西三人来担任该委员会办事处的职员。太田答应了他的要求，对"三人帮"命令道："你们去充当三塚委员会的'秘密部队'吧。不过绝对不要公开露面。"总之，表面上由职员局在负责相关工作，实际上，三人才是三塚小组委员会的"秘密办事员"。

接着，太田又向他们下达了"复杂而又奇葩"的指示："职员

---

① 指将分拆和民营化置于改革的"入口"位置。
② 指将分拆和民营化置于改革的"出口"位置。

局将向三塚委员会就国铁现状进行敷衍塞责的说明并提供相关资料。秘密办事处则要告诉三塚先生，职员局的官方说明并非事实，而是粉饰和造假，并向三塚先生提供相关证明材料，以便让其对职员局追责。"

而且，太田自己极力回避与秘密办事处的接触。"你们不用事事都与我商量，直接与三塚先生商量向前推进即可。你们也可以秘密地、任意寻找和使用其他可靠的年轻人。"他对"三人帮"吩咐道。"（在总公司里）除了太田先生以外，其他还有谁知道此事呢？"对于这个问题他回答说："只有常务理事绳田国武、会计局局长盐谷丰和我三个人。"太田与"三人帮"遇到事情时总是进行秘密商量，"在总公司即使偶尔碰面也对此只字不提"。当有事需要商量时，太田就会悄悄地把写着时间及地点的纸条，亲手交给能力开发课课长松田（这个职位也是职员局局长的直属部下）。明明是由自己负责的工作，他却千方百计地不想让别人知道他们之间的接触，"这也未免太反常了"（葛西敬之，《尚未完成的"国铁改革"》，东洋经济新报社）。

"太田先生这是脚踩两只船呢。"葛西凭直觉认为。"如果三塚委员会那边很顺利，那么就此顺水推舟并无妨碍；假如进展不顺利，届时则只当是神不知鬼不觉地做了一次尝试。另外，就算进展顺利，当局与国劳、动劳之间多半会产生很多摩擦，国铁高层及前辈同事之间也会出现摩擦。他不想卷入这种纠纷，但是又必须打破现状。估计为了让这两方面都得到满足，他才不使用职员局的人，而希望完全采用非公开的方式来运作。"（《尚未完成的"国铁改革"》）

太田开始"一人分饰两角"：表面上，作为与工会勾结的劳动行政当事人，受到三塚小组委员会等国会议员们的追究和抨击；背地里，他又是对腐败的劳动行政进行彻底追责的急先锋。而对表面和背后这两支部队进行指挥的，就是绳田常务理事和太田本人。

"一线突袭考察"

在舆论齐声高呼"对国铁追责"的背景下，三塚小组委员会以每周两次的频率开展了积极而热烈的讨论。虽然名为"小组委员会"，但实际上它已变成以自民党运输族为中心、每次讨论均有数十名议员出席的"大型委员会"。小组委员会的职责是对重建国铁的基本方针及经营形态等进行审议，但讨论焦点却是"职场纪律问题"。将国铁佯装不知、不愿说出的一线劳资实际情况暗地里透露给小组委员会成员的，便是秘密办事处的"三人帮"。

小组委员会每次都要求职员局干部出席会议，并追究"职场纪律混乱"的问题，但当局方面始终强调说："职场纪律已经好转，合理化措施也正在着手推进。"于是，小组委员会决定"那我们自己去对国铁的真实情况进行核实和了解吧"。为此，他们计划实施针对一线管理人员的"无记名问卷调查"和"一线突袭考察"。

相关的具体方案由井手、松田和葛西等人所在的"秘密办事处"来负责制定。

"问卷调查"是向全国 174 个"重点单位"的站长、段长及助理等所有一线管理人员（共计 3257 人）寄送无记名调查问卷，然后回收，以便掌握"一线的实际情况"。重点单位是指大家"公认"的、纪律已经混乱到无法收拾地步的单位。虽然在此之前国铁当局以职员局为中心，也搞过"职场实际情况调查"，但调查结果都被当作"机密"而未被公开，只是被总公司用作"虽有问题却已逐步好转"这种说辞的凭据。这次调查与以往不同，"一线负责人及助理现在有什么亟需解决的问题？是谁写的我们绝对会保密，因此请务必说真话和实话"。

"三人帮"秘密挑选了 10 名年轻职员，让他们住进上野站附近的旅馆，在那里开展作业。若是找在总公司上班的职员则会比较显眼，因此，井手和葛西悄悄召来了在仙台管理局任总务部部长时深得自己信任的部下。调查问卷的篇幅必须适于书写，为此最后决定做成一页 B4 纸大小。问卷上一共列出了 20 个问题，包括"你在过去一年中休了多少天假？""现场协商的次数及所花费时间"等，另外，"空白处可以随意填写"。不过，如果暴露了填写者的单位和姓名，则填写者今后可能会遭到工会的欺负。但是，如果不知道是在哪个单位发生了什么事情，则调查本身也没有意义。

怎样才能知道收回的问卷寄自哪个单位呢？秘密办事处在调查问卷上"做了些手脚"。他们事先在回收用信封及调查问卷上打了两三处针孔。这样，调查问卷收回后，根据信封及调查问卷上针孔的位置，就可以知道寄送单位。这项工作的工作量极为庞大。不过，有些单位好似识破了这个秘密，调查问卷被扎了很多乱七八糟的针孔。问卷的回收率极高，基本实现了预期目的。不过，有的单位可能事先与工会进行了商量，所有人员把写有同样答案的答卷一并寄了回来。

4 月 2 日，问卷调查结果被公之于众。"当局与工会的勾结造成一线的荒废""来自 1800 名助理（一线管理人员）的申诉""工会对加薪也横加干涉""'现场协商'变成围攻场所"——这些是《产经新闻》（4 月 3 日早报）的报道标题。该报的报道内容如下：

"该调查发现，一线存在各种各样的恶劣惯例，例如一半以上的养路段都存在 10 天以上的违规休假，通知式请假大肆盛行等。助理们被夹在管理局和工会之间左右为难，他们表示，'自己连歇年假都受到限制，身心疲惫已达极限'。另外，工会方面对管理人员人事及工会会员的晋升和加薪等也横加干涉，这种管理局与国劳等工会'相互勾结的情况'也浮出水面。大多数助理们对总公司和管理局都表现出强烈的不信任，而且，这种勾结已成为阻碍国铁重建的症结。"

根据问卷调查的结果，造成助理们不能休假的原因在于，工会会员动辄搞通知式请假，或者因出席现场协商而造成员工人手不足，由此，助理必须代替下属工会会员去顶班，比如去检票口剪票等。在所有管理局的大部分一线，都存在这种"代行下级职务"现象。尤其在长野铁路管理局，助理一个月中有一半以上时间都在忙于职务代行；在高崎管理局，仅助理顶班还忙不过来，作为一线负责人的站长也在从事普通员工的工作。

关于"现场协商"，六成以上单位的召开次数都超过了总公司所规定的上限（全年 24 次）。札幌铁路管理局的一个驾驶部门全年搞了 87 次。现场协商超过 50 次的部门，在盛冈、东京三局、米子、门司等管理局比较多见。召开时间长达 20 个小时的也不在少数。在养路段及驾驶、调车场等部门，在上班时间洗澡已成为理所应当的事情。半数以上的养路段都存在 10 天以上的违规休假，约一半的部门存在违规津贴。另外，关于管理人员人事及加薪，半数以上的一线管理人员回答说："工会施加了影响力""事先与工会分会主席就加薪和晋升进行了磋商"。

问卷回答栏里写满了各种各样的意见："国铁受到国劳这个组织的过度打压，现在根本没有像样的管理。应该将所有员工全部解雇，然后作为一个新组织重新出发。""一线管理人员受着非人的待遇。工会说，这些人出卖了工人的灵魂，所以与猪、狗等畜生没有区别，大家可以随意使唤。即使在歇班的日子，他们也经常被使唤到三更半夜。""我自去年春季上任以来，在工会干部的吩咐下，到了元旦才终于休息了一天。"无数痛彻心肺的悲鸣和哭诉扑面而来。很多一线都出现了当局和工会"权位逆转"的现象。

在实施问卷调查的同时，三塚博还向秘密办事处下达指示说：

"我们想去国铁荒废混乱的一线看看。希望你们制订一个行动计划。"当时，据称中央线的甲府站是最为破败混乱的一线。"甲府站如何？"井手问。三塚当即拍板说："这个安排甚好。"然而，如果事先走漏了风声，一线负责人和工会就会在背后联手"做表面文章"。因此，必须搞"突然袭击"，否则不可能了解到一线的实际情况。于是，由井手、松田和葛西组成的"三人帮"便开始研究策略，决定将这次活动搞成"秘密行动"，所有的行动计划都由秘密办事处来策划和制订。真正的考察地点是甲府站，但是他们在"佯攻作战"计划中，列出了东京站、田町车辆段、樱木町站等6个地点。

秘密办事处为三塚小组委员会的国会议员们编写了《考察要领》，上面写着"在一线需要重点考察的地方及需要询问的问题等"，另外还制定了考察日程表，定好了考察的实施日期。甲府站的一线问题较为严重，于是他们特意挑选了三塚等体力充沛的议员去那里考察。在通宵达旦花了3天时间做完这些准备工作之后，他们便通知参加考察的议员们"某月某日凌晨4时在议员会馆前面集合"。三塚的秘书为议员们安排好了巴士及餐食。在前一天晚上，秘密办事处通知国铁总公司负责国会工作的调查役南谷昌二郎，告诉他"明天早晨议员们要去一线考察，请你陪同前往；至于去什么地方，届时请问一下三塚先生"。早晨，他们给管辖甲府站的东京西管理局局长井上六郎也打了电话。三塚坐上巴士后，将考察目的地告诉了南谷等人。

与三塚同行的议员有高桥辰夫、龟井静香、近冈理一郎、樱井新四人。这次秘密筹备的考察，最终还是走漏了消息。早晨8点半，当考察团一行抵达甲府车站时，平时贴满了工会海报的站内墙壁已被清理得干干净净，红旗林立井然有序。不过，可能那些刚来上班的工会会员还没接到通知吧，点名时跟平常一样随意马虎，甚至懒得回答。中途突然闯入的迟到者恐吓助理说："喂，助理，你该不会把我记作迟到吧？"另一名工会会员顶撞助理说："老子昨天的休假，你是怎么处理的？该不会是通知式请假吧？""已经按休假处理了。"助理低声下气地回答说。站长和助理都穿着制服、戴着制帽，而有的员工却未着制服，并且叼着香烟来参加点名。三塚考察团一行见状怒不可遏："这成何体统！"

在回程途中，甲府站考察组顺便去了一趟大月站的养路段。三塚一行直奔该养路段的仓库而去。他们从秘密办事处那里听说：工会"不允许会员阅读当局所发行的内部刊物《飞燕》"，因此，这些报纸寄到后，并没有发给员工而是直接被扔进了仓库。事实也的确如此，仓库里丢弃着成捆的《飞燕》，连包装都没有打开。其他去东京站、田町车辆段、樱木町站等地的考察则毫无悬念，由于事先已打过招呼，因此所到之处都提前做好了精心准备：平时未开的售票窗口全都打开；平常仅开一个的票价计算窗口也全部开放。以上便是这年 3 月 18 日早晨所发生的事情。

*　　　　　　　*

3 月下旬，问卷调查分析和考察成果总结等进入了最终阶段。这时，职员局局长太田知行和会计局局长盐谷丰，来到井手等秘密办事处职员所住宿的旅馆，对大伙进行慰问和鼓励。如前所述，知道这个秘密办事处的人，除了这二人之外就只有常务理事绳田国武。当天，不知何故二人心情大好。"表面上我们装作不知道你们在做这些工作。不过，天下早晚将是我们的。在这一天到来之前，你们就作为秘密部队好好努力吧。"二人说完便回去了。二人心情大好的原因，原来与春斗前夕 4 月 7 日公布的人事调动有关。

"令国劳惊诧的异常人事""春斗前夕，劳务主管焕然一新""'蜜月关系'或被刷新？"——这些是《东京新闻》(4 月 8 日早报）有关这次人事变动报道的标题。在这次人事调整中，职员局的首席课长劳动课课长三村忠良被调任资材局计划课课长，掌管所有工资及津贴事务的工资课课长橘宏平被调任首都圈总部次长，负责岗位管理的竹田正兴调查役被调任共济事务局调查役。据说，虽然程度有所不同，但这三人都是与川野政史较为亲近的人物。

该报还评论说："据称，这次人事变动由扮演劳资高层谈判关键角色的职员局局长太田知行一手操办，因而被称作'太田人事'。违规津贴、违规休假、违规免票乘车证等被逐个曝光，这些都是因为在生产率运动之后的劳务政策和劳务管理上存在问题。这次人事变动，就是为了在对其进行反省的基础上，更加严厉地处理劳资关系。"报道还说："工会方面可能还难以揣测这次人事变动的真实意图，今后劳资关系或多或少将出现摩擦。"

紧接着这次"异常人事"，在同月 18 日，又曝出了令国铁内部更为震惊的人事变动：吉井浩常务理事将不再主管劳务，而变为主管其他项目；同时，经营规划室室长川野政史被借调到"日本民营铁路协会"（简称"民铁协"）。"国铁应该学习和借鉴民营铁路的经营手法和理念。像川野那样在经营和劳务管理等核心部门工作过的人才，让他去学习最为合适。"这是当局对这个人事变动的说明。运输大臣小坂德三郎也特意解释说："对川野不是撤换，而是让他去学习。他是同期入职者当中的翘楚。"可是，谁也不会相信这些说辞。"显然，这是在清除对工会采取绥靖路线的吉井和川野。"如前所述，川野作为劳动课课长，是当局在丸生运动失败后推行"劳资关系正常化"的核心人物，被视为"鸽派"的代表。

在国铁内部，对这个"清除吉井和川野的人事"的批评之声后，就有人散布谣言说："背后策划者一定是'三人帮'和三塚博""井手等人天天出入三塚事务所，国铁内部的人事就是由他们和三塚一起决定的"。

不过，据三塚回忆，太田曾去他那里说"若不赶走（吉井和川野）二人，年轻人将难以服气"，他"确实记得太田说过此话"。三塚推测说，"这次人事变动是吉井、川野与三塚、井手之间的争斗"这个小道消息，是有人故意散布的"毫无根据的谣言"，"估计是绳田和太田身边的人，为了将批评矛头转向别处而有意散布的吧"。（《再见吧，国有铁路》）

总之，经过这一系列人事变动之后，丸生运动以降的绥靖劳动行政被画上了句号，劳动行政的实权完全落入了常务理事绳田国武和职员局局长太田知行手中。在自民党三塚小组委员会的报告及"三人帮"所秘密掀起的针对"职场纪律荒废混乱"的强大舆论的压力下，国铁当局一举加强了对决姿态。在丸生运动中曾对工会给予"火力掩护"的媒体，这次也一齐调转枪口对工会进行了批判。自民党内部的劳动行政强硬派，也对由绳田和太田路线引领的国铁劳动行政转型提供了有力支持。由井手、松田和葛西组成的"三人帮"，对于围绕职场纪律正常化与国劳、动劳"开战"也没有异议。他们与绳田、太田在这个方面开展了团结合作。然而，后来，绳田—太田这条线与井手等"三人帮"，在"分拆和民营化"问题上，却形成了完全对立的两派。

屋山的《国铁劳资"国贼"论》与加藤的《国铁理应解体》

就在国铁内部的真实情况天天见报、自民党三塚小组委员会的动向也相继被报道的时候，第二临调第四部会长加藤宽（庆应大学教授）和参事屋山太郎（时事通信评论委员）也开始行动起来。

昭和五十七年（1982年）3月上旬，二人在几乎同时发行的两个月刊上分别发表了文章：屋山太郎在《文艺春秋》（同年4月号）上发表了《国铁劳资"国贼"论》，加藤宽在《现代》（同为4月号）上发表了《国铁理应解体》。也就是说，尽管"国铁改革问题"正在审议，尚未得出结论，但部会长加藤和下属成员屋山却抢先发表了主张"分拆和民营化"的个人见解。按理说这是非同寻常的事情，但是，无论第二临调会长土光敏夫及担任参谋长角色的濑岛龙三，还是执政党及在野党的政治家们都没有表示任何抱怨或不满。这恐怕也是第二临调的"战术"之一吧。

加藤宽的《国铁理应解体》首先否定了"国铁的公共性"，然后在此基础上，主张"分拆已不可避免"。以下便是其论点（概要）。

"临调第四部会虽然并非只处理国铁问题，但国铁是其中最重要的问题，这是事实。国铁（作为公共企业体这种特殊法人），是兼具公共性和企业性的企业组织。国铁现在每年亏损1万亿日元，今后也没有好转的迹象。累积亏损已达16万亿日元，即相当于每位国民平均负担16万日元。让每位国民负担16万日元，这样的特殊法人怎么能称得上有公共性呢？亏损扩大即表明它未能履行其公共性职责。

"国铁的自主改革其效果是有限的，这点必须明确指出。即便实现35万人体制依然会产生亏损，哪怕加快裁员速度，总体减至25万人，从企业管理的角度来讲，也不能称之为合理规模。一般来讲，一个人的管理能力上限是5万人，因此即使变成25万人，也必须分拆为5家企业，否则无法实现妥善和健全的管理。从现实情况来讲，国铁正是因为缺乏管理才使一线陷入了混乱不堪的状态。

"原本应该在蓝色列车上执行乘务的检修人员，实际上并未执行乘务工作。然而，当局却向这些未执行乘务者违规支付了乘务津贴。这是劳资之间的合谋和勾结，是一种腐败。当这件事被报纸曝光受到舆论谴责后，新潟铁路管理局局长竟然还指示下属说：要想办法不露出马脚。其腐败程度可以说已达到极点。从健全常识来看，我们只能说国铁劳资状况已陷入疯狂。对于超越管理能力的经营规模，他们只进行了形式上的管理，这是所有这些问题产生的根源。从这个意义上来讲，分拆是我们不得不考虑的方向。"

在这篇杂志论文的最后，加藤宽作了如下总结：

"行政改革相当于'换装'，眼下，我们需要通过行政改革来换上洋装。（省略）实际上，明治维新也是一次大胆的换装。当时我们脱掉和服，忍受严寒，然后穿上了洋装。实施那次换装的萨长政府，在当时也颇受非议。然而今天，明治维新却获得了高度评价。因此，纵使当下饱受非议，铃木总理也应该坚决断行。既然明知有非议而主动接手，那么理当义无反顾地去推进和实施。"

*　　　　　　　　*

比加藤宽的《国铁理应解体》引起更大反响的，是由第二临调参事屋山太郎撰写的《国铁劳资"国贼"论》。

"在临调答询即将出炉之际，据说，国铁将重建希望寄托于《国铁改善经营计划》之上。然而，纸上谈兵的改善计划我们已不再需要。国铁已然化身为劳资合谋的'噬金虫'，其重建之路只有一条，即分拆和民营化。"以上是该文章的引言。在文章中，屋山称国铁劳资是"国贼"，并详细描述了国铁员工的各种乌七八糟的事情。电视台的早间时事节目争先恐后地策划和播出屋山与工会代表的座谈会等内容，国铁改革一时成为热点话题，屋山的主张也引起了国民的共鸣。今天作为政治评论家依然健笔如飞的屋山太郎，在那之后，对国铁的分拆和民营化发挥了重要作用。

昭和七年（1932年），屋山出生于福冈市。父亲是地道的萨摩武士。因为父亲工作的原因，屋山幼年时期生活在鹿儿岛，小学入学时才来到东京。在上小学三年级时，太平洋战争爆发。因战争时期的疏散及父亲工作调动等关系，他一共先后上了五所中学^①：首先是府立第十五中学，然后依次是上田中学（长野县）、长野中学、鹿儿岛一中，最后留级一年进入青山中学。从新制青山高中毕业后，当年并未考上大学。到了昭和二十九年（1954年）21岁时，他才考入了东北大学法文专业。据说，在这期间他从父亲那里学到的东西是"打架的规矩"。

昭和三十四年（1959年），屋山大学一毕业即入职时事通信社，被分配到内政部。在内政部负责农林省报道之后，又被调到政治部，先后在首相官邸及"霞俱乐部"（外务省）蹲守长驻。在昭和四十年（1965年）《日韩基本条约》^②签订时，时事通信提前搞到了条约文本，当时屋山也是采访小组的成员之一。在日韩条约缔结那年的12月，他被派驻罗马支局。在罗马待了3年后回国，被再次分配到政治部。然后受命长驻平河俱乐部（自民党），主要负责对福田派的报道。在这个时期，他与福田派的"座上客"仓石忠雄结为好友。

仓石曾两度担任劳动大臣，在国铁工会搞罢工权罢工时，他与三木首相一起，倾向于"赋予（工会）有条件的罢工权"。"倘若现在赋予罢工权，公劳协势必凯歌高奏称'胜利源于顽强的斗争'，如此则法治国家的根基将被动摇。不管他们搞多少天罢工，我们都应该跟他们斗争到底。"屋山拼命地劝阻仓石，还让自民党副总裁

---

① 旧制中学是对男子进行高等普通教育的学校，学制为5年。1947年，根据学校教育法，开始实施为期3年的中等普通教育（即新制初中）。
② 简称《日韩协定》，是日本与韩国于1965年6月22日签订的一项双边条约。该条约的签订标志着日韩实现邦交正常化，双方正式建立了大使级外交关系。

椎名与仓石进行了会谈。最后，终于使仓石放弃了对工会赋予罢工权的念头。据称，当时屋山"感觉自己好像拯救了这个国家"。

昭和五十二年（1977年），即福田内阁诞生后的第二年元月，屋山被任命为驻日内瓦特派记者。在日内瓦常驻3年半之后，昭和五十五年（1980年）9月，屋山回到总部，担任东京总社政治部评论委员兼编辑委员。翌年昭和五十六年（1981年）3月，以土光敏夫为会长的第二临调发起成立。土光在临调成立之初，深感必须有媒体支持，提出"从报社或通讯社寻找合适人选来做参事"。于是，屋山受社长之命从时事通信社来到临调。见到土光会长后，他指出"国铁年年巨亏，劳资关系逆转，出现了下克上的现象"，主动请缨参与国铁问题的讨论。

"目前国铁所存在的职场纪律混乱问题，如何才能够得到纠正呢？"当被临调方面诘问时，国铁总裁高木文雄总是反复声称"职场纪律已经好转"。他在新闻发布会上还说："临调那些人不了解情况，就在那里批评国铁。"屋山闻听此言后，"内心气愤不已。既然如此，那我们不妨彻底调查一下吧"。于是，屋山与编辑部的同事一起，去一线进行了实地采访。

据《国铁劳资"国贼"论》记载，屋山等人首先着重对东京周边的42个"重点单位"进行了调查，这些单位都是长期存在问题却毫无改进的老大难单位。在该采访过程中，众人异口同声地指出："最差的地方"是"鹿儿岛养路段"。

"（这里的）员工都在干什么呢？我们在调查之后深感震惊。国铁内部存在的恶劣习惯、违规休假、违规休息、违规加班，所有这些现象在这里都能看到。这个养路段简直就是'国铁的缩影'。这里的一线纪律也属于最差的一类。

"首先，员工在上班时间要花30分钟来洗澡；其次是违规休息，比如吃午饭要用 1 小时 20 分钟，夏季暑热期间要午睡 1 小时；此外还存在违规休假，例如外出旅行 2 天，海水浴、赏樱花、忘年会等大约长达 6 天；另外，即使加班 1 小时也一律按 8 小时支付加班费，并且第二天上午还要休息。按社会常识来讲，正是因为第二天必须正常上班，所以才称之为加班；如果第二天休息半天的话，那就没有必要支付加班费了。可是，常识在这里根本行不通，员工们还会一脸诧异地反问：'这有何不妥吗？'无论加班时间长短，一律按 8 小时支付加班费，这分明是不合理的做法，是违反法律的行为。然而，管理人员和员工好像根本没有这种意识。"

屋山还写道："管理人员原本就与国劳工会会员持有完全相同的意识，这就是所谓的'人民管理'吧。据熟知内情者称，不仅是鹿儿岛养路段，包括在其他地方，管理人员（养路段段长及助理）若是不采用这种鹿儿岛式做法，'就会被干掉。'"他接着写道：

"国铁的管理人员首先被'现场协商'这个'刑具'折磨得痛苦不堪，如果他们进行反抗，还会被'突发式请假'——俗称'通知式请假'（员工在值班表排好之后提出休年假）——的战术彻底搞死。在国铁，所有的作业计划都必须提前 4 天安排妥当。因此，到了当天，只要有一个人提出通知式请假，如果是小组作业，那么该小组所有人都只能停工。但这样下去也不行，于是助理不得不代替休假者参加小组作业。当通知式请假越来越多后（省略），站长、段长和助理只能放弃其本身的管理工作而去从事一线工作。他们的歇班日和带薪休假，也会因为应付这个通知式请假而化为泡影。"

对于在国铁一线采访时了解到的实际情况，屋山有如下感想：

"一箱苹果，只要其中一个腐烂了，整箱苹果就都会跟着烂掉。在国铁这个箱子里，四分之一以上的部分都已经腐烂。即便事态如此严重，国铁当局还在拼命捂住盖子，而国民早已闻到箱子四周散发的腐臭。为什么会捂盖子？其动机的心理机制不正是造成国铁堕落至此的元凶吗？国铁自称是公共机构，声称因为要提供公共服务，所以亏损也是迫不得已。这个亏损（省略）是用国民的税金来填补的。（省略）隐瞒实际情况，谎称国铁正在逐步改善，这难道不是对国民的严重的背信弃义行为吗？"

与加藤宽一样，屋山的结论也是必须实施"分拆和民营化"。

"为什么必须分拆？其根据源于'一名总经理能够统帅和管理的最大限度是 5 万人'（日本邮船董事局主席菊地）。国铁之所以产生无数的违规津贴和恶劣习惯，组织过于肥大，来自中枢的监管难以到位即是原因之一。

"（通过分拆和民营化）使其变为区域性公司之后，或许就能够形成顺应劳动市场地区特性的劳动条件及组织实体。以前，地方的管理局局长只要在两年任期内'没有重大过错'，就能够再回到总公司。因此，他们的想法是'只顾眼前，不管将来'；可是今后，要当总经理就必须有一辈子扎根当地的决心。其经营态度必然会发生变化。"

"入口论" VS. "出口论"

接下来，自民党的三塚小组委员会继续实施了针对一线员工的问卷调查及对一线的实地考察，他们倾向于这种观点："改善荒废混乱的一线，才是实现'背水一战的改善计划'的关键"。不过，第二临调第四部会却认为："实现国铁当局的改善计划非常困难，需要尽早实施'分拆和民营化'。"昭和五十七年（1982 年）3 月，正当三塚小组委员会的调查结果被媒体炒得沸沸扬扬，加藤宽和屋山太郎的"国铁解体论"在杂志上引起热议时，号称自民党运输族"老大"的加藤六月与三塚博一起来到了国铁总公司。二人把相关干部召集到一起并鼓励他们说："临调的讨论是'榻榻米上练游泳'①。倘若改善计划不能实现，那么实行民营化和分拆是没有办法的事情；但如果能够实现，那就不可能去改变国铁的经营形态。"

土光、濑岛、加藤宽等第二临调方面，必须越过自民党的三塚小组委员会和以高木总裁为首领的国铁当局这两道关卡。高木说："'地区分拆和民营论'作为理念如何暂且不论，总之不具备现实意义。国铁整体上为亏损'体质'，很明显北海道和九州即便分拆也是亏损，谁会愿意接手呢？只要是按照常规经济原理来实施行动的人，恐怕都不会接手。"（前述《国铁坦言录》）纵使临调提出"实施分拆和民营化的答询方案"，如果遭到自民党及国铁当局的反对，那么也是不可能实现的。临调与对国铁当局颇具影响力的三塚小组委员会，两者必须协调一致，这是一道绕不开的难题。

3月17日，为了协调临调和自民党之间的意见，在东京都内某饭店，由临调第四部会与自民党举行了首次会谈。

自民党方面的出席人员以桥本龙太郎（行政及财政调查会会长）为首，还有运输族的主要成员加藤六月、三塚博、细田吉藏、田村元、小此木彦三郎等各位议员；临调方面以濑岛龙三为首，往下为第四部会部会长加藤宽、部会长代理住田正二、临调事务局次长佐佐木晴夫。在这个会谈上，自民党方面对分拆和民营化提出了反对意见。国铁常务理事（后来任副总裁）绳田国武的盟友——运输族的老大加藤六月的反对态度尤为强硬。原运输大臣田村元也认为"没有人会为亏损超20万亿日元的公司出资；假如实施分拆，则国会将乱作一团，还会引起罢工；因此分拆和民营化并不可行"，并发言说"应该在维持现行公共企业体组织的基础上，实现25万

---

① 纸上谈兵之意。

人体制"。为防止自民党的反对态度进一步激化，临调的加藤宽等人连忙躬身请求说"各位不赞成也没关系，但希望不要抨击和打压临调"。

之后，临调与自民党继续保持了各种正式和非正式的接触。其结果，临调方面慢慢感到：自民党里也出现了"分拆暂且不论，但民营化将不得已而为之"的氛围。但是，自民党方面担心，如果临调提出分拆和民营化的结论，今后或将受到其内容的束缚。

另一方面，马渡一真副总裁、绳田国武常务理事等国铁干部，也在拼命地对临调及自民党内的"鹰派"（即对国铁强硬派）发起反攻。他们反复要求说："临调的第一次答询提出关注国铁的改善经营计划，作为国铁，希望等到计划的最终年度即昭和六十年度（1985 财年）再下结论。在这期间，倘若国民希望保留现行经营形态，并且一线纪律也得到改善，那么经营权即可确立。希望自民党在临调答询出台前公布这个方针。"国铁当局把最后一线希望寄托在了三塚小组委员会身上。

在各方持续争斗的背景下，从 4 月末至 5 月上旬，临调第四部会进行了集中审议，并于 5 月 17 日将"部会报告"汇总并提交临时行政调查会。在该报告中，作为国铁"经营形态"的应有方式，第四部会首次正式且明确提出了"分拆和民营化"，即"对国铁业务进行分拆，基本实现民营化"。

报告提出："分拆基本上按地区来进行，将北海道、四国和九州分别独立出来，将本州分拆为数块。分拆需在 5 年之内尽快实施。由政府宣布进入国铁业务重建紧急状态，在总理府设置行政委员会即负责制订新形态过渡计划的'国铁重建监理委员会'（暂定名称），制定所需法案及预算方案，以使国铁平稳过渡到新的形态。"

在该报告书中，第四部会就"国铁的现状及问题"提出了两点意见。

第一点是"缺乏企业性"。"①国会及政府的过度干预及地区居民的过高要求，②超越管理限度的庞大企业规模，③国铁自身企业意识和责任感的丧失，等等，正是以上原因导致国铁陷入了'吃大锅饭'的经营状态。巨亏之下继续进行无视收益性的巨额设备投资，合理化措施不充分，动辄依赖票价上调等，这些即是其具体表现。"

第二点是"劳资关系"问题。"劳资关系不稳定和职场纪律混乱的问题早已有之，而且，最近通过调查发现，很多国铁一线都处于荒废混乱的状态。违规协定和恶劣习惯蔓延，合理化措施难以推进，其结果带来生产效率的低下，这也是造成今日国铁亏损的重要因素。"

可以说，第四部会的结论就是加藤宽的《国铁理应解体》和屋山太郎的《国铁劳资"国贼"论》二者的结合体。

在第四部会的报告提出一个月之后，6月18日，三塚小组委员会也拿出了结论。他们公布了一个《重建国铁之策略纲要》。临调第四部会明确提出"在五年内实施分拆和民营化"，在三塚小组委员会的纲要中，"关于营业形态应如何来写"，受命起草方案的秘密办事处的葛西敬之为此"绞尽了脑汁"。国铁当局反对写入营业形态变更，而且自民党内"反对分拆和民营化的声音"也很强烈。葛西等"三人帮"对于"第四部会提出的唯有分拆和民营化能拯救国铁"已经形成共识，可是又不能无视小组委员会的讨论内容。

作为三塚小组委员会的结论，葛西写道："要求在国铁目前正在推进的35万人体制的基础上，再削减3万人，即打造32万人体制；对正在推进（背水一战的）改善计划的国铁当局，暂时给予最后的机会。"并且明确提出："如果在昭和六十年度（1985财年）之前未能实现32万人体制，则以昭和六十二年度（1987财年）为期限，将其分拆为北海道、本州、四国和九州四个部分，并实施民营化。"这是一个兼顾"两手准备"的改革方案。三塚看完草稿后说:"这与我的想法完全相同。"于是小组委员会按原稿公布了方案。

关于做"两手准备"的原因,方案列举如下:"①国铁内部的危机意识已有所提高,应该给他们最后的改革机会;②对改善计划不应该朝令夕改;③突然实施分拆和民营化将造成员工士气低落;④重建准备至少需要3年时间",等等。总之,三塚小组委员会的这个结论是"出口论",与加藤宽的第四部会提出的"入口论"是完全对立的。从内容上讲,它是想阻止临调的分拆和民营化路线。在新闻发布会上,三塚说:"对国铁应采用性善论还是性恶论?我们倾向于性善论。"对国铁当局的努力给予了期许。

在作为自民党运输族代表的三塚表示"秉持性善论、关注国铁的努力"之后,以高木总裁为首的国铁干部也不可能不作出"阻止分拆和民营化、坚守现行经营形态"的姿态。无论临调第四部会还是三塚小组委员会都严厉指出:国铁亟需使持续多年的劳资勾结关系及其所造成的荒废混乱的职场纪律恢复正常。职员局局长太田知行等人,因担心三塚小组委员会作出与国铁当局意愿相反的结论,而派遣"三人帮"去当秘密办事处成员,并且对此事长期秘而不宣。他们判断三塚小组委员会的结论将是"对国铁的组织形态维持现状"。就结果而言,将"三人帮"派至秘密办事处还是"颇有成效"的。

同床异梦

常务理事绳田和职员局局长太田迅速接近"三人帮",开始对工会采取强硬政策。同时,当局决定将"三人帮"的代表井手正敬由经营规划室主管提拔为在课长级别中排在首位的总裁室秘书课课长，并于昭和五十七年（1982年）7月15日公布了任命。绳田和太田他们认为这是"论功行赏"，不过"三人帮"已经与临调的"分拆和民营化"路线形成共识，为此，与强烈反对"分拆和民营化"的国劳的对峙将不可避免。绳田—太田与"三人帮"，双方虽然在对工会强硬路线上达成一致，然而对于之后如何进行国铁改革却是"同床异梦"。

在井手就任秘书课课长之后，旅客局营业课课长白川俊一主动对其提议说："我们何不开展有关经营方式的讨论和学习呢？""这个想法很好。大家可以在一起畅所欲言嘛。我来准备酒和菜吧。"于是，每个星期一的晚上，不仅事务性职员，技术人员也参与其中，大家一起在秘书课课长旁边的屋里举办学习讨论会。

其实在那之前，井手已经和曾在会计局主计一、二课当过课长助理的年轻职员一起，经常举办一个名为"无名会"的学习讨论会。他们定期在神田"ISEGEN"①的二楼聚会，就国铁的未来侃侃而谈。当时的成员都成了新的学习讨论会的骨干分子。举办这个学习讨论会，当然事先征得了主管秘书室的常务理事竹内哲夫的同意。有一次，常务理事绳田和职员局局长太田站在门口往里扫视了一下，然后问："你们在干什么呢？""举办学习讨论会。您二位要不也听一会儿？"二人推说"正忙着呢，不用了"，瞥了一眼参会人员之后便离开了。

由于第二临调已经提出"分拆和民营化"的方向，因此，学习讨论会也对"国铁对此该如何应对？""分拆和民营化是否可行？"等问题进行了讨论。最后，讨论会提出的重建方案是"包括将本州分成九个部分在内，将全国拆分为十三个部分"，并就届时列车的设置方法、车辆配置等提出了书面报告。然而，井手他们哪里会想

---

① 位于东京神田的鮟鱇鱼料理餐厅。

到：这个学习讨论会后来竟遭到绳田和太田等"国体护持派"的敌视，被污蔑说"这是井手在组建'私人武装'，私结党羽"。

*   *

当三塚小组委员会在审议国铁问题时，自民党议员多次对"国铁员工的兼职问题"提出严肃批评。有很多人一面拥有国铁员工身份，一面在地方议会等从事议员活动并获取报酬。这些人几乎都是隶属于社会党或共产党的、国劳等工会的活动分子。这在自民党看来颇为碍眼。"兼职议员的事情必须想办法解决。"三塚小组委员会对此提出了一致意见。不过，高木总裁因担心国劳反对，便按照职员局事先所教的说辞，反复强调说"这是员工作为居民参加地方自治，是涉及宪法层面的问题，很难解决"，总是对这个问题避而不谈。

对此，三塚小组委员会的成员言辞激烈地责问道："要么你辞去总裁，要么让他们辞掉兼职，你在二者之中选一个吧！""法律方面的问题无关紧要，我们需要的是总裁的决心。"这时，井手已经被内定为秘书课课长，于是高木总裁向他询问说："现在该如何是好呢？"井手口气果断地告诉他："我们已经没有必要给国劳和动劳面子了。"眼见三塚小组委员会作出了"给正在推进改善计划的国铁当局最后机会"这个结论，高木终于下决心"禁止员工兼职"。这年7月15日，即在井手坐上秘书课课长位子这天，高木总裁发布指示说："对今后当选的议员，总裁不再批准其兼职；另外，对目前任期尚未结束的在任议员，从下一年度起也不再批准更新。"

虽然《国铁法》第二十六条禁止国铁工兼职担任议员，不过作为例外，市町村的议员，如果有总裁批准是可以兼任的。当时，兼职议员一共有594人，其中社会党有314人，共产党有83

人，公明党有 22 人。从国铁和地方政府两边领取薪水的兼职议员，由此不得不作出选择：是留下来继续当国铁员工，还是去专心当议员？国劳等工会组织气势汹汹地扬言说："只要不影响国铁的业务，就应当被批准。如果当局不批准，那我们就去起诉。"但当局称"这与蓝色列车违规津贴是同等级别的问题"，坚持不作让步。

再有一点，现场协商被视作违规津贴和违规休假等恶劣惯例产生的元凶，为了显示斩断与工会勾结关系的"证据"，昭和五十七年（1982 年）7 月 19 日，国铁当局向国劳及动劳等提出将对"现场协商的协约"进行重议。他们打算将其修改成现场协商"仅适用于纷争处理"，这实际上是对现场协商制的废除。相关方面严厉指出，要想"重新树立一线纪律"就必须废除现场协商制，因此当局态度强硬地表示，假如工会方面不答应，那么在协定期满即同年 11 月 30 日之后，将"不考虑重新缔结"。

现场协商制最早由当局与国劳于昭和四十三年（1968 年）4 月缔结，与铁劳于同年 5 月、与动劳于昭和四十五年（1970 年）3 月缔结。之后每年更新一次，基本上都是"自动更新"。这天，当局对工会方面提出集体谈判要求后，动劳、铁劳和全施劳（全国铁设施劳动工会，昭和四十六年即 1971 年由退出国劳的设施部门工会会员组成）均表示响应，但国劳对此表示拒绝，并强烈反驳说"设置时限是对工会的挑衅"。

现场协商制诞生于昭和四十三年（1968 年），是由国劳的细井宗一"一手策划"的。这次以自民党三塚小组委员会及国民舆论的强烈支持为背景，职员局局长太田终于下决心将其废除。后文将会讲到，在 11 月末，现场协商制终于被实质性废除，长年被置于"工会管理"之下的一线由此获得解放。

另外还有一点，就是决定全面停止翌年即昭和五十八年度

（1983财年）的新员工招募（包括大学毕业生及高中毕业生）工作。国铁原本计划在这年招募高中毕业生 12000 人；针对大学毕业生，由总公司录用"学士"即精英职员约 60 人，地方铁路管理局录用约 400 人。停招新人是为了响应由临调第四部会提出的控制新员工招募措施，以及三塚小组委员会提出的在"背水一战的改善计划"35 万人体制的基础上进一步削减 3 万人的要求。在当局已重新夺回主导权的情况下，国劳对事关合理化谈判的新人招募中止措施表示强烈反对；而动劳继积极响应退还蓝色列车违规津贴之后，对这项停止招募新人的合理化措施也表示同意。由此，国劳与动劳的关系进一步恶化。

这样，以常务理事绳田国武和职员局局长太田知行等人为核心的国铁当局，通过对工会采取强硬态度使荒废混乱的劳资关系走向正常化，终于朝着三塚小组委员会所给予的"最后机会"即实现"背水一战的改善经营计划"的目标，开始有所行动。绳田和太田等人认为，只要借助自民党实力派运输族的力量，就存在避免陷入临调第四部会所提出的"分拆和民营化"这种最坏事态的机会。也可以说，维持"全国一社"的公共企业体"国铁"这种现状的策略也仅此一条。然而，这些人及井手等"三人帮"哪里知道：一场根本无法预知的巨大波澜正在前方等着他们。

第六章 中曾根"风见鸡内阁"的诞生

"三条委员会"还是"八条委员会"?

昭和五十七年（1982年）7月30日，第二临调会长土光敏夫前往首相官邸拜会铃木善幸首相，并向其提交了《基本答询》（即关于行政改革的第三次答询）。

铃木首相接受了这个要求实施"无需增税的行政改革"的答询，并承诺将对其予以"最大限度的尊重"。这个基本答询原样采用了由加藤宽任部会长的第四部会的报告，即"对国铁业务实施分拆，基本实行民营化；分拆基本上按地区来进行，在各分拆地区推行功能分离及地方交通线路剥离"。"分拆"的具体实施办法如下：

"将国铁大致分拆为七大块。分拆时将参考以下标准：①分拆后各公司有与独立经营体相适应的业务内容；②与地区经济体量相适应；③经营规模在适当的管理限度之内；④由于预计今后铁路需求的重点将转向城际旅客运输、大城市圈旅客运输、大宗定期货物运输，因此必须将这些需求合理地分配给各公司。分拆应在5年之内尽快实施，在分拆伊始若需要政府补贴，应基于各分拆公司的重建计划来实施，并明确规定政策推出时间。"

而且，该基本答询还提出要在总理府内设置"国铁重建监理委员会"，"建立强有力的实施推进体制"的方针。国铁重建监理委员会的权限是"对实现分拆和民营化的重建基本计划进行企划、审议及作出决定，以及对分拆和民营化之前国铁业务管理运营的相关重要事项进行审批"等。铃木首相说："国民最关心的是国铁重建问题。我们希望将《国铁重建监理委员会设立法案》尽早提交国会，在得到批准后即设立重建监理委员会，以启动国铁改革和重建。"同年 8 月 27 日，政府成立了"重建监理委员会筹备室"。

该筹备室汇集了 20 多名从运输省、大藏省、厚生省、劳动省等各部门抽调来的职员。

运输省派来的是铁路监督局国铁部部长林淳司，他被任命为首席室员。林淳司历任财政课课长、政策课课长和文书课课长后晋升为国铁部部长，是运输省的精英官僚。在松田昌士被借调到运输省国铁部财政课时，他与松田成了知己。国铁副总裁马渡一真和常务理事绳田国武等人向首席室员林淳司提出要求，说国铁当局也希望向筹备室派遣职员。他们盘算着通过向重建监理委员会事务局派遣职员，为分拆和民营化路线设置障碍。

然而，林淳司及运输省方面对此非常警惕，他们担心若是接受了国铁派遣的职员，相关信息可能随时会被泄露给反对改变经营形态的国劳及自民党运输族议员。最终，在第二临调内部，大家认为"应该将国铁排除在外"，国铁派遣职员的要求被拒绝。就重建监理委员会设立问题，国铁总裁高木文雄在与国劳进行集体谈判时说："自民党也有其考虑，因此不会从一开始就将分拆和民营化作为前提吧。倘若将分拆和民营化作为前提，那么国铁也可能会进行抵制。"

这个重建监理委员会是"负责国铁解体的实施机构"，也好比是一把伸向国铁的"利刃"，不过围绕其性质及定位，在第二临调内部产生了激烈争论。一开始有人提出"将其置于国铁总裁之上"的方案，但是目前的运输省已具备这个功能。"国铁变成这样，其责任完全在运输省，因此它必须是超越运输省的组织。"参事屋山太郎等人如此主张道。讨论的焦点是"应该设立依照《国家行政组织法》第三条的委员会，还是依照该法第八条的委员会"。

如果想让它拥有强大的权限，那么必须是依照第三条的"行政委员会"。国家公安委员会、人事院、公正交易委员会等即为依照第三条设立的委员会，它们拥有许认可^①等行政处理权限。不过，这样一来，它与运输省及大藏省等行政机关处于同等级别，之前一直对国铁实施监督管理的运输省将无权过问国铁改革。国铁改革也涉及离职退休人员的养老金问题，厚生省、自治省及总理府等部门的配合不可或缺，这些部门肯定也会提出反对意见。

　　如果是依照第八条设立的委员会，则与临调相同，相当于在各个省厅内设置的咨询委员会或审议会，主要负责向各省厅提出意见和建议，是行政机关的辅佐机构。然而，这样其作为实施机构的权限就会被削弱，国铁分拆和民营化不仅在政界，即便在国铁内部也遭到劳资双方的强烈反对，因此改革的实施难度可想而知。

　　在战前的昭和十四年（1939年），日本成立了特殊法人"日本发电送电公司"，对全国电力实施统管。战后，为了对其实施分拆和民营化，政府设立了"电气事业重组审议会"。出任该审议会会长的是素有"电力魔鬼"之称的松永安左卫门^②。松永顶住相关各方的强烈反对，将日本发电送电公司分拆为东京电力、关西电力等一共九家公司，并实施了民营化。当时的重组审议会就是依照第三条设立的行政委员会。

　　"我认为新酒应该装入新酒瓶。为了推陈出新，（重建监理委员会）必须是依照第三条设立的行政委员会。这样做会招致很多困难，不过困难是早有预料的。我想铃木内阁一定会对其加以落实，

---

① 行政行为的一种，行政机关以保全国民生活等为目的，为了使国民行为依规合法而实行的规制行为。如许可、认可、检查、认证等。
② 1875—1971年，实业家，出生于长崎县。创办了九州水力电气和东部电力。提倡电力民营化改革，被称为"电力魔鬼"。

如若不成，内阁也就该下课了。"

第四部会长加藤宽作出以上判断后，顶住各种反对意见，在第四部会强行取得了"设立以第三条为依据的行政机关"的共识。

但是，运输省及自民党都强烈反对这个结论。运输大臣小坂德三郎批评说："作为行政组织，叠床架屋，这样做有意义吗？"国劳及动劳等也发表了抗议声明。自民党三塚小组委员会的成员也表示强烈反对："连运输省和内阁都不需要了么？内阁由总理大臣负责，里面不是有运输省在监督国铁的工作吗？""第四部会也太自以为是了吧？"不过，一直对提出"分拆和民营化"的第二临调持反抗态度的国铁当局，却对这个第三条委员会表示赞成。因为他们认为，如果国铁改革不再由第二临调及运输省来主导，加上再从国铁派遣委员，这样或许存在击败"分拆和民营化"主张的机会。

加藤将第四部会的结论引向"第三条机构"，这里面隐藏着他的"战略"意图。设立第三条机构，将会从根本上打破国家行政机构的基本理念，并引起强烈反对，这点已在预料当中。

"估计政府多半会说：采用第三条存在困难。最终结论可能是依照第八条设立组织，但是，要想设立与第三条最为接近的强有力的组织，首先就必须强调应该依照第三条来设立。这样，即便最终落脚点为第八条委员会，政府也不会对其决定等闲视之吧。"（加藤宽、山同阳一合著，《与土光先生在一起的 730 天》，概要）

果然，行管厅长官中曾根康弘致信加藤说：

"三条委员会不可以，希望设立八条委员会。组织只是手段而已。国铁的分拆和民营化必须实现，令国家行政组织上下颠倒的话就不要再讲了。"可能预感处境尴尬的运输省及行管厅的官僚直接向中曾根进行了强烈申诉吧。中曾根也把屋山太郎叫去，单独对其进行了劝说。加藤回复说"您的信来得太晚了，已经来不及了"，并就第四部会决定"依照第三条"的背景作了说明。"你的意思我明白了，那就这么办吧。"中曾根当即作出决断。双方由此达成一致：设立"无限接近三条委员会的八条委员会"。

之后，对"国铁重建监理委员会"的任务及权限等加以具体规定的该委员会设立法案，被提交给了同年 11 月开始召开的临时国会。根据该法案，重建监理委员会设立在总理府内，其目的是"推进有关国铁经营形态彻底改革的讨论，设定重建目标，以实现对国铁所经营业务的妥善和健全运营"，并明确指出"它是依照《国家行政组织法》第八条设立的组织"。但是，在此基础上，还明确写入了"首相的尊重义务"，即"内阁总理大臣在接受委员会的决定和意见后，必须对其予以尊重"。

而且，监理委员会被授予了远比一般委员会更为强大的权限，比如"可以要求相关行政机关的长官及国铁总裁提交材料、作出相关说明及提供其他必要的配合；对于监理委员会所呈报的意见，政府是如何应对的，政府需就此向委员会报告"等。加藤宽他们所希望的"最为接近第三条的第八条委员会"便由此诞生。不过，这个设立法案在国会并未获得顺利通过。因铃木首相下台及中曾根内阁成立等政局变化，重建监理委员会设立法案比预定计划大幅度推迟，过了半年之后，在转年昭和五十八年（1983 年）5 月 13 日，才在定期国会得以通过和成立。

"流氓政权"的真正意图

铃木善幸首相先后担任了 10 届自民党总务会长，在内政方面可谓长袖善舞，但在外交方面却并不拿手。

昭和五十六年（1981 年）5 月，在"铃木—里根日美首脑会谈"之后，铃木政权因共同声明中写入了"同盟"二字而陷入尴尬困境。在新闻发布会上，铃木讲话说："'日美同盟'并没有军事方面的含义。"但是，外相伊东正义却说"同盟关系当然包括军事问题"，后来伊东被迫引咎辞职。在昭和五十七年（1982年）夏，据媒体报道说，文部省要求出版社将历史教科书上的"侵略"改成"进驻"①，由此引发日中及日韩之间的对立。岸信介及福田赳夫等人严厉批评说："铃木内阁未能得到国民的信任。"

昭和五十七年（1982年）10月5日，在内阁会议召开之前，铃木把中曾根叫去，悄悄对他说："在各种困难问题堆积如山之际，顶着舆论批评去再次参选——我还不至于愚蠢到这种地步。下一任你来干吧，除了你也再没别人了。我也会支持你的。"中曾根回答说："我将照此方向努力。前些日子见到田中老总理，我跟他也有所沟通。"随后，中曾根通过电话再次向田中表达了出马的决心。田中明确表示说："我绝对支持你。"

纵然有铃木和田中的支持，中曾根派也不过是势单力薄的第四派阀而已。他必须取得最大派阀田中派的全力支持。中曾根打算起用后藤田正晴为官房长官，后藤田是内务省的前辈，也是曾经担任警察厅长官的田中派干部。见到后藤田后，中曾根向他发出邀请说："如果我当了首相，希望你能进入官邸助我一臂之力。"不过，后藤田并没有当即答复他。

自民党的总裁选举将在11月份举行，候选人除了中曾根以外，还有河本敏夫、安倍晋太郎和中川一郎。照此趋势发展下去，预备选举将不可避免。为避免出现预备选举，10月22日，铃木善幸与干事长二阶堂进及福田赳夫进行了磋商。会谈一直持续到深夜，这就是有名的"十二小时密谈"。这个三方会谈的结果是：由中曾根当总理、福田任总裁，即"总理和总裁由两人分担"的方案。随

---

① 日语原文为"進出"。

后，铃木等人向中曾根提出了这个方案。

中曾根起身离席，打电话与田中角荣商量。田中高声激励道："这绝对不能接受。必须一口回绝，然后预备选举见分晓。"中曾根回到座位后，遵照田中的意思，以强硬的口吻说，"坚决反对这个方案"。中曾根有田中派作后盾，因此没有必要通过协商来作了结。铃木等人于是放弃协调，决定实施预备选举。

在昭和五十七年（1982 年）11 月 24 日举行的预备选举中，中曾根在田中派和铃木派的支持下，获得 559673 票，超过总票数的一半，取得压倒性胜利。翌日 25 日，中曾根就任自民党总裁。26日，在国会获得首相提名。中曾根虽身为弱小派阀领袖，却凭借其出类拔萃的政治嗅觉长期活跃在政治舞台。"风见鸡"① 终于如愿登上了总理宝座。

中曾根不仅让田中派的二阶堂进留任自民党干事长，还在新成立的中曾根内阁中，任用了 6 名田中派干部为阁僚②（阁僚一共有20 名）。他们分别是：大藏大臣竹下登、官房长官后藤田正晴、建设大臣内海英男、自治大臣山本幸雄、厚生大臣林义郎和环境厅长官梶木又三。

不仅如此，眼看洛克希德案宣判在即，他还将虽无派阀但靠近田中派的秦野章（原警视总监）任命为法务大臣；在洛克希德案中被检察当局盯上的"灰色高官"运输族加藤六月，也被起用为国土厅长官。当阁僚名单被公布后，首相官邸记者俱乐部的记者们都大

---

① 鸡形风向标，此处喻指"墙头草"或巧妙顺应时代潮流者。1967 年，中曾根就任第二届佐藤内阁第一次改造内阁的运输大臣。他之前曾批评佐藤荣作是"右翼单肺内阁"，但旋即又接受邀请进入内阁，故被揶揄为"风见鸡"。之后，这成了中曾根的代名词。

② 即大臣，相当于中国国务院各组成部门的部长。

跌眼镜："这岂不成了第三届田中内阁吗？"舆论界随即刮起了猛批中曾根的风潮。

11 月 27 日，中曾根在日记中如此写道：

"从昨晚的电视开始，今早的报纸及电视都向我发起了喧嚣如潮的谴责和批评。就像关东大地震及太平洋战争爆发时那样，它们通过大标题进行批判和齐声谴责，批评本届内阁是'直角内阁'①'田中曾根内阁''田中的傀儡政权''右翼单肺内阁'②等；报纸评论对组阁人事进行了抨击。它们异口同声地下结论说：'这届内阁或将短命而亡。'"

在中曾根看来，那些媒体根本不去了解他组阁的意图，只知道胡乱高喊"伦理！伦理！"，这让他实在忍无可忍。不过，这里面有一篇评论准确说中了他的意图。在一个月之后的 12 月 26 日，中曾根在日记中这样写道：

"今晨，《诸君！》上刊登了一篇屋山的论文。文章称，中曾根的人事乃以毒攻毒，其手腕堪称凌厉，意在实现以工作为本之精神。我对其深刻洞察表示敬意。该评论立意深刻，越咀嚼越有味道。日本媒体习惯于搞一边倒，各种报道通篇充斥着'鸽派''鹰派''干净''龌龊'等字眼。对本届内阁而言，行政及财政改革和对美关系改善是当前的攻击目标。政治伦理乃永恒之课题，轻描淡写会遭到谴责，但做得过火又会丧失活力。（省略）若是忘记人性社会之内含，则政治将变得缺乏人性。如果说以往的内阁是'大杂烩内阁'，那我们就是'流氓内阁'吧。"

---

① 之前的大平内阁、铃木内阁被称为"角影内阁"。与其相比，在第一届中曾根内阁当中，田中的影响力较之前更甚，故而被称为"直角内阁"。

② 指由右翼操纵和主导的内阁。"单肺"的原意是指，带双发动机的飞机，其中一个发动机在空中停车后，仅剩另一个发动机运转飞行的状态。

这里的"屋山论文"，是指刊登在《诸君!》（昭和五十八年即1983新年号）上、由屋山太郎撰写的题为《以毒攻毒——令人叫绝的中曾根人事》的评论。中曾根大概也认为这篇评论"说到自己心坎里了"吧，否则，这位时任首相不会在日记中"对其洞察表示敬意"。"乍一看，这是一个流氓内阁，然而，只要仔细琢磨，就会发现在其背后隐藏着中曾根的深思熟虑和强烈意图。这岂止是'直角'内阁，简直就是针对田中角荣的'超度引导①内阁'!"——这是屋山论文的引文，论文篇幅较长，我仅将其概要摘抄如下。只要看看后来中曾根内阁将国铁分拆和民营化付诸实施的过程，我们就知道屋山的分析可谓切中要害。

　　"本来就（对田中角荣的）'谢恩'而言，只有回报多得让对方感到吃惊，才能令其满意。干事长、官房长官这两个自民党及内阁的核心职位全部献上，其他还有五个阁僚职位，再加上法务大臣一职，将这些拱手相送后，就算田中角荣胃口再大也该心满意足了吧。连田中派的人都称'老爷子做得过头了'，因此，对于'借款'应该说已经进行了充分的偿还。据说，田中在分配金钱时，在满足对方要求的基础上，总是会再给一些添头。这是田中擅长收揽人心的原因所在，而中曾根式还礼也与其有相通之处。

　　"当今政治亟须解决的课题有三个：①行政及财政改革；②国际信用的恢复；③政治伦理的确立。从组阁人选及施政方针演说来看，显然，中曾根将政治伦理的确立完全丢在了一边。放弃这部分，以便在行政及财政改革和国际信用恢复方面倾注全部力量，看来这才是其真实意图。作为首相他肯定知道，打造这样的内阁，来自舆论及自民党内的批评和谴责将会有多么猛烈。虽然自民党理应

---

① 超度引导，指举行葬礼时，僧人对死者讲经诵佛，使其开悟去迷。喻指对某人下最后通牒，或作最终宣告而使其放弃某个念头。

排除田中角荣以确立政治伦理，但即使不去理会这件事，外部也会通过起诉及判决，对其加以处理。在此次洛克希德'大换血'的幕后，我们隐约可以听见中曾根那处心积虑的'潜台词'：'您看，纵然下了如此大的力气，我也未能帮上您（田中）哦。'

"看看阁僚的人员构成及其配置，我们就能够感受到首相的强烈意图。第一是对行政及财政改革布局之精妙。对行政及财政改革来讲，最大的敌人是官僚，其次是议员。尤其是邮政、运输等公共事业机构，其固执和倔强令人作呕。它们总是强词夺理并负隅顽抗，那些完全没有存在必要的机构连芝麻大小的行政权限也抓住不放。只有'田中军团'能够威慑和压制住这些官僚。尽管官房长官后藤田被称为田中派来的'监工'，但对于推进行政改革来讲，没有比后藤田更合适的人选。作为内务出身的官僚，他拥有丰富的人脉资源，而且身后还有多达 109 人的'田中军团'。对于掌控官僚来讲，他无疑是最合适的人选。因此，准备打一场行政改革短期决战的首相，明知这是打入自己内部的'间谍'，也要对其加以利用。

"另一个看点就是起用斋藤邦吉担任行管厅长官。既然首相声称要继承铃木行政改革，那么就不可能让作为铃木派重镇的斋藤置身于行政改革之外。中曾根希望通过给予斋藤此人'副总理级别'待遇，将田中、铃木两派与行政改革紧紧地绑在一起吧。如果只看作为行政改革重点的国铁改革，则此次人事安排的意图更为明显。反对国铁分拆和民营化的是国劳、动劳、国铁当局、运输官僚和运输族议员。前任运输大臣小坂德三郎，只不过是这些反对派的代言人而已。首相在这个职位上起用了长谷川峻。在任用之际，首相对长谷川叮问道：'你能够遵照（临调的）答询来实行改革吧？'在得到长谷川的肯定回答之后，中曾根才对其进行了任命。长谷川是中川派的长老，而中川派虽然人数较少，但破坏力超群。

"对国铁问题拥有话语权的人，是福田—中川派的三塚博（国铁问题小组委员会委员长）。首相要求长谷川峻‘在处理事情时要多与三塚商量’，意思是叫他遇到麻烦时要在内部协商解决。而且，与此相关最为绝妙的是对加藤六月的安置。加藤是三塚的‘老板’，首相对称加藤是‘灰色高官’的谴责充耳不闻，反而将其起用为国土厅长官，这显然是一种‘寝技封制’①。首次新闻发布会上介绍阁僚人选时，当说到加藤，首相说‘这是给了他最后的机会’，言下之意是：‘你要是不乖乖听我的话，可就完蛋了哦。’”

屋山太郎与临调第四部会部会长加藤宽同为第四部会的“宣传负责人”，他也是资深政治记者。应该说，他透过中曾根内阁的布局看穿了其背后的真实意图。运输族老大加藤六月与国铁内部的常务理事绳田国武及职员局局长太田知行等人联手抵制分拆和民营化，中曾根索性把他也“揽入怀中”。在屋山看来，中曾根内阁是“为实现国铁改革而特意打造的‘粗暴野蛮的流氓内阁’”。应该说，对于中曾根秘密谋划的这个人事安排，屋山是准确读懂了其意图的。

“原爆受害者”龟井正夫的工薪族人生

中曾根就任首相后，每次在国会的主要演说中必然提到一个词语——“战后政治总决算”。什么是“战后政治总决算”呢？中曾根在前述《天地有情》中这样解释道：

“对日本过去四十年的政治、经济等各方面进行‘检查和大修’，并且面向未来锐意推进改革，这就是‘战后政治总决算’的基本思路。也就是说，包括从明治以来的中央集权官僚政府、战后经济高度成长下机构膨胀的政府及相关规定、不具备国际视野且

---

① 又称“跪摔技术”。喻指暗中交易。

怠于开放和贡献的利己主义姿态，我们要对这些积弊进行根本性的改革。"

中曾根将"国铁的分拆和民营化"作为具体"靶标"。在刚刚就任首相之后，昭和五十七年（1982 年）12 月 7 日，即在政府内设立了"国铁重建对策推进总部"，并亲自担任总部长。这个推进总部首先着手的工作，便是出台《国铁重建监理委员会设立法》和筹备成立监理委员会。

当时日本尚处于所谓的"五五年体制"①，即"在自民党单独执掌政权的一党独大体制下，社会党一直是在野党第一大党，两党之间保持既对立又协调的复杂关系的时代"。中曾根把目标对准"国铁分拆和民营化"的目的，就是为了与这个"五五年体制"诀别。战后政治的"另一个主角"是社会党和总评，而长期在背后支持它们的就是国劳和动劳等庞大的工会势力。中曾根秘密谋划的思路是通过国铁的分拆和民营化，一举击垮国劳和动劳，削弱社会党和总评的势力，进而使"五五年体制"土崩瓦解。

昭和五十八年（1983 年）5 月 13 日，《国铁重建监理委员会设立法》终于在定期国会获得通过。同年 6 月 10 日，在中曾根首相的领导和过问下，重建监理委员会正式成立。

被选为委员长的是在第二临调担任第三部会长的住友电工董事局主席龟井正夫；委员有四人，分别是第二临调第四部会部会长加藤宽（庆应大学教授）、部会长代理住田正二（原运输次官）、吉濑维哉（日本开发银行总裁）、隅谷三喜男（东京女子大学校长）。推

---

① 1955 年，日本社会党由原来分裂的左右两派形成统一党派，同时自由、民主两保守党合并成自由民主党，由此形成两大政党既对立又协调的政治框架。虽然形式上实现了两大政党制度，但实质上意味着自民党一党统治的政治现实。

选龟井为委员长的是中曾根本人——龟井在"担任第三部会长时做事果断",给中曾根留下了深刻印象。中曾根评价他是"践行自由主义哲学、头脑敏锐、有信念、行事果断之人"。

但是,龟井非常客气地说"像我这样的人怎么能……",一再婉拒中曾根的邀请。中曾根便请第二临调会长土光敏夫去劝说龟井。于是,土光决定前往位于大阪的住友电工总公司,去请龟井出任委员长。消息传到龟井耳朵里后,龟井忙说:"怎么能劳驾土光先生亲临大阪呢?"遂赶紧答应了担任委员长之事。

作为接受委员长一职的条件,龟井提出"务必让熟悉和精通国铁问题者来担任委员"。于是,提出"国铁分拆和民营化"的临调第四部会部会长加藤和部会长代理住田也加入了委员行列。据说,作为接受任命的条件,住田提出必须"实现国铁分拆和民营化"。龟井回答说:"我有这个决心,不过因为法律上写的是'高效的经营形态',所以我们不得不从零开始讨论。"中曾根心想:"只要龟井和住田组成搭档,分拆和民营化就一定能够实现。""住田是运输省出身者当中的'异端分子',富有改革精神,并且有自己的独到见解,有着不同于其他普通次官的存在感。"

中曾根说,在当时来讲,提倡国铁分拆和民营化"就是对运输省的叛逆"。还有一个人是运输省出身(任国铁部长)、此前担任监理委员会筹备室首席室员的林淳司,他被平调为事务局次长。林淳司也与住田同样,是运输省内为数不多的分拆和民营化倡导者。如果国铁被民营化,之前运输省所拥有的很多利权自然就会丧失。不仅国铁内部,在运输省内部,"反对分拆和民营化"的声音也是哗然一片,中曾根对此也非常了解。因此,"当龟井、住田及林淳司'三人组合'形成时,他暗自思忖:'如此则(分拆和民营化)指日可待也'"(《天地有情》)。

　　龟井正夫于大正五年（1916 年）出生于神户。曾在旧制六高
（今冈山大学）念书，后毕业于东京帝国大学法律系。昭和十四年
（1939 年）入职住友总公司。翌年应召加入陆军，在大学时代即已
通过司法考试的龟井主动申请，当上了法务部的干部候补生，并于
昭和十九年（1944 年）成为法务部见习士官。昭和二十年（1945
年）8 月 6 日早晨，原子弹在广岛上空爆炸。当时，龟井正在广岛
城内天守阁附近大本营遗址处的军官宿舍用早餐。军官宿舍与爆炸
中心地的距离只有三四百米。跟他在一起的 9 名同事，全都被埋在
倒塌的房屋下面，因受挤压而丧生。而龟井恰好被夹在由两根倒塌
房梁形成的空隙里，幸运地捡回了一条命。

　　然而到了 8 月末，他的身体开始出现异常。"先是头发大把大
把地脱落，最后变成了秃顶；然后喉咙出现疼痛和出血，发 40 度
高烧且持续不退，浑身不能动弹。"（《走向改革之路》，创元社）这
是原子弹辐射症的症状。医生表示"已经无力回天"，劝其放弃治
疗，但翌年 3 月，他却奇迹般地恢复了健康，又回到了住友总公
司。人事课安排他去住友电工上班。这样，他又重新开始了工薪族
的生活。他不管走到哪里都随身携带着那本《原子弹爆炸受害者手
册》①。在住友电工，他一路青云直上，后来升任总经理、董事局主
席，还担任过日经联副会长。

　　就任国铁重建监督委员长之后，龟井家里不断收到恐吓信和骚
扰电话。"你是想搞垮国铁吗？""你是特意从大阪跑到这里来解雇
国铁员工的吧？"几乎全是这类内容。对这些骚扰，龟井总是一笑

---

① 　根据《关于对原子弹爆炸受害者实施援护的法律》，由政府发给 1945 年原子弹
爆炸受害者的手册。满足相关条件者，可获得医疗费等方面的援助。

了之。从答应出任第二临调第三部会部会长那天起，他就抱定了这样的信念："要想重建国铁，就必须解散国劳和动劳。必须通过国铁分拆和民营化，来实现战后劳工运动的终结。"中曾根首相高举"战后政治体制终结"的大旗，龟井对其理念有着强烈的共鸣。正因为中曾根了解龟井的想法及其前半生，所以执意"让他来担任国铁重建监理委员会的委员长"。

"不准向监理委员会提交资料！"

龟井在就任新闻发布会上作出了极为慎重的姿态："尽管分拆和民营化是大方向，但是在临调答询里面并未写入其具体步骤。在国会也有民营化之外的讨论，因此，现实地讲，我们不可能很随意地就提出方案。"

据说，这是由事务局次长林淳司"事先编写的台词"。国铁当局以高木总裁为首，有很多分拆和民营化的反对派。林淳司认为，为了尽可能地抑制反对意见，"刚开始最好不带任何成见，从零起点出发去讨论"。因为在这之前，国铁问题由加藤和住田等第四部会负责，龟井委员长虽然也是第二临调的成员，但并未直接接触；还有一个原因是，新加入的成员大藏省出身的吉濑维哉和学者隅谷三喜男，也都还没有充分掌握国铁的现状。

6月21日，重建监理委员会召开第一次会议，从国铁的经营现状入手，开始进行相关学习和讨论。这项工作就是要抛弃预判和偏见，从完全的白纸状态开始，从所有的观点和立场对国铁问题进行仔细研究，最后得出结论。从这天开始，一直到2年后将最终答询提交中曾根首相为止，委员会以每周2次的频率，一共召开了超过130次的会议。其间，他们在实施国铁一线考察和海外铁路调查的同时，还积极广泛地听取了国铁管理层、工会及有识之士的意见。

国铁当局主张"反对分拆和民营化",正在探索"更为缓和的'全国一社'体制下的改革"。因此,当重建监理委员会的审议开始后,他们进行了全面抵抗。临调答询中提出"应该促进亏损地方线路的梳理、亏损线路剥离及原则上禁止设备投资"等,当就这些问题征求高木总裁的意见时,高木回答说:"虽然他们指出了亏损线路剥离、如何进行设备投资等这些重要问题,但这些问题事关国铁的未来,需要进行更为具体的讨论。另外,长期债务、养老金负担、重大项目对策等财政措施,是重建进程中最基本且极难解决的问题,尤其债务处理问题是重建的前提,希望优先对此作出决定。"他试图将第二临调的答询拽回"起点"。当然,这个总裁发言的脚本,是由以绳田及太田为核心的国铁官僚们事先编排好的。

前文已经讲过,重建监理委员会以"担心审议内容被泄露给国铁当局及工会"为由,拒绝了国铁向事务局派遣职员的请求。不过,《重建监理委员会设立法》明确规定:"监理委员会可以要求国铁总裁提交相关资料、作出说明以及提供其他必要的协助。"国铁方面向监理委员会提供协助的窗口是经营规划室。当时担任经营规划室室长的是室贺实(后来任常务理事),他是被"流放"到民铁协的川野政史的后任。"三人帮"中的松田昌士,也在这年2月份的人事变动中,由职员局能力开发课课长调任经营规划室首席主管。一开始,经营规划室全面配合监理委员会的工作,按其要求提供了国铁的内部资料。

然而,过了一段时间之后,当监理委员会再次要求提供资料时,不仅要等很长时间,而且还开始遭到拒绝。这是因为反对分拆和民营化的高木总裁等领导层向经营规划室室长室贺下达了命令,要求"所有资料提供都必须事先征得理事会的同意"。室贺自然无法违抗其命令。经营规划室把监理委员会所需资料提交给理事会后，理事会常常以"这是绝密材料"为由不让其提供。在高木总裁、马渡一真副总裁、绳田常务理事、太田职员局局长等分拆和民营化的反对派看来，"监理委员会终究不过是八条委员会而已，与其他各种审议会也没啥区别嘛"，因此他们采取了事实上的消极怠工战术。如果国铁方面不提供资料，那么监理委员会的工作也就无法顺利推进。

比如，在对国铁进行分拆时，国铁的所有线路和所有区间各自有多少乘客，具体收支如何，这些基础数据都是必须的。而这些数据只有国铁手里才有。旅客局抓紧时间整理好了数据，好不容易可以提交了，理事会却说"这些数据是进行票价上调时的基础数据，是绝密材料"，不让提交。松田主张"应该按照监理委员会的要求提交资料"，与前来传达理事会命令的会计局局长盐谷丰吵了起来。尽管经营规划室一直在努力按照监理委员会的要求提供相关资料，但"你们不要对监理委员会言听计从"这种来自管理层的压力却与日俱增。上面不允许提交的资料，他们也不能公然将其拿出去。松田等人便开始摸索将资料秘密带出去的其他途径。

龟井委员长也曾多次向国铁当局流露出强烈的不满："经营规划室的资料老是送不来，这已经影响了我们的工作。"令龟井吃惊的，不只是国铁首脑层采取这种敌视监理委员会的非合作态度。他经常被叫去参加自民党运输领域人士的聚会，那些人也都扯着嗓子反对第二临调提出的国铁分拆和民营化，几乎没有表示赞成的议员。虽然中曾根首相积极支持监理委员会的工作，可是将法案提交国会的毕竟是自民党。于是，龟井通过其中学同学政调会长藤尾正行，去找总务会长金丸信商量。

金丸决定将加藤六月、三塚博、小此木彦三郎三人作为自民党与监理委员会开展沟通和磋商的窗口，并且告诉龟井："如果这三个人同意了，就可以认为是自民党的意见了。"小此木彦三郎是中曾根首相的亲信，加藤和三塚是自民党运输族的头领。然而，三塚小组委员会的报告提出了把将来的分拆和民营化也纳入视野的"出口论"，而加藤六月则是分拆和民营化的坚决反对者，三塚和加藤从这时起逐渐产生了距离。因此我们只能说，要想同时取得这三个人的同意难度极大。金丸信竟把处于微妙平衡关系的三人，任命为与监理委员会进行协商的负责人。

自民党的对策也可谓前途多舛。

"你们不是加藤六月的手下么？"

当上面决定由林淳司担任监理委员会事务局次长后，三塚小组委员会秘密办事处的井手、松田和葛西"三人帮"收到了三塚的秘书庄司格的忠告："你们不要把林淳司当作敌人哦。"估计这也是三塚的意思吧。在"三人帮"当中，松田从被借调运输省时开始，就与林淳司很熟悉；井手和葛西虽因工作关系与其认识，但并没有深交。林淳司在担任运输省国铁部财政课课长时，经常与国铁会计局的负责人进行激烈争论，因此国铁会计和财务部门的职员对其很反感。"三人帮"接到三塚秘书的忠告后，便与林淳司进行了沟通和交流。在听取林淳司的谈话，了解了他对国铁改革的强烈愿望后，三人随即消除了内心的隔阂，并与其成为肝胆相照的伙伴。

"当时，在运输省有这样的传言：国铁问题是老虎的屁股——摸不得，搞不好会使自己的仕途受阻。因为运输省反对国铁的分拆和民营化。在这种背景下，林先生作为为重建监理委员会和我们国铁经营规划室牵线搭桥的角色，为国铁作出了无私的奉献和努力。我想，林先生当时一定下了这样的决心：纵使自己的升迁之路受阻，也一定要实现国铁改革。真是令人敬佩啊！"（松田昌士，《有志竟成的民营化》，生产性出版）

随后，"三人帮"召集国铁的年轻职员，发起成立了"围坐在林淳司身边的聚会"。成员们经常秘密聚集在一起，为监理委员会整理和编写资料。而且，他们还把那些通过经营规划室这个正规渠道无法递交的资料，悄悄送到监理委员会那里。身为经营规划室主管的松田，在明里和暗里都向监理委员会提供了协助。有时候，监理委员会成员加藤宽、第二临调参事屋山太郎和临调事务局的田中一昭等，也会在这个"围坐在林淳司身边的聚会"上露面，与他们就国铁内部及监理委员会的审议情况等进行交流。

　　在一次聚会上，林淳司对"三人帮"建议说："今后我们推进国铁改革，不可能不去接近自民党行政及财政调查会会长桥本龙太郎。桥本先生是脾气暴躁之人，不好接近，但最好找机会接触试试。桥本先生才是国铁改革的关键人物。我们必须深入桥本先生的内心，了解他对国铁改革有何想法，否则我们不可能完成国铁改革。"后来，由林先生帮着牵线搭桥，"三人帮"叫上同为聚会成员的会计局调查役大塚陆毅（后来任 JR 东日本总经理），在赤坂见附的日式牛肉火锅店请桥本吃了一顿饭。

　　这是桥本与四人初次见面。落座后，桥本一边挨个儿瞅着他们，一边开口怒骂：

　　"你们不是加藤六月的手下么？我和加藤同属于一个选区（冈山二区），但你们国铁从来没有帮过我。"

　　"我想，那都是我们的上司干的。今后我们一定加以改正。"

　　井手等人急忙辩解道。当时，在冈山二区，加藤和桥本之间的选举大战极为激烈，甚至被称作"六龙战争"。之后，桥本尽管逐渐消了气，但"直到最后仍然有些疑神疑鬼的"。然而，他对国铁改革很有热情，表示"要与濑岛龙三一起，彻底推进分拆和民营化"。在分手时，桥本说："我会派在当地的秘书二阶堂安行去找你

们，你们就按他吩咐的去做吧。"（井手正敬，《国铁改革回想录》）

昭和五十八年（1983 年）年底，一天，桥本的秘书二阶堂安行打电话给井手，要求与其会面。井手便与从这年 6 月起担任总裁室秘书役的本田勇一郎一起，前往对方所指定的位于赤坂的日料餐厅。"我们打算推行国铁改革。为此我们希望得到桥本先生的指导。"见面后，二人躬身恳求说。"你们在说什么呢？国铁从来都是偏向加藤六月，现在你们有什么脸面来求我们？""过去的事情实在很抱歉，但我们今后希望仰仗桥本先生。"

二阶堂于是提出要求："那你们表示一下诚意呗。以某位国铁头面人物的名义，写一篇推荐桥本先生的文章，给桥本后援会的会报投个稿吧。"之前，国铁当局与加藤六月的关系"如胶似漆"，桥本曾对国铁当局多次提出抗议。井手对副总裁马渡一真说："在自民党里面，国铁改革由行政及财政调查会会长桥本龙太郎一手掌管，因此现在必须给他面子。"马渡推托说："我不会写，但是可以让常务理事三坂健康来写吧。"把球踢给了三坂。最后，由三坂撰写了会报稿件。会报发行后，桥本见到井手时嘿嘿一笑："噢，你们已有所表示了呵。"

然而，几乎就在同时，运输族老大加藤六月把马渡和三坂叫了过去，对其一顿臭骂。其实这也不难理解：加藤与其盟友常务理事绳田国武堪称"一心同体"；另外，如若不去"参拜"加藤，国铁恐怕连编制预算都会受阻，其重要性不言而喻；每逢众议院选举，冈山铁路管理局都会由局长带头倾巢出动去支持加藤。以这次会报投稿为开端，"三人帮"及林淳司开始出入桥本事务所，与桥本大概每三个月举行一次秘密聚会。《诸葛亮传》一书中有"伏龙凤雏"（比喻虽暂时没有发挥作用但非常能干、有潜力的人）之说。借此典故，这个聚会也被命名为"伏龙会"。

职员局局长太田宣布"停止射击"

让我们再次回到第二临调基本答询出台的昭和五十七年（1982年）夏季。当政府根据这个答询准备设立重建监理委员会后，对"分拆和民营化"颇有危机感的国铁当局，开始认真落实遭到各方强烈批评的"职场纪律整顿"问题。从6月份到7月份，各管理局一齐开展行动，对违规津贴、虚假出差、违规休假、上班懒散（虽按时出勤却不好好工作）等恶劣习惯进行纠正。站在这个"职场纪律整顿"行动最前列的，就是职员局局长太田知行。

相关措施中最大的焦点，就是要废除被认为是"万恶之源"的"现场协商制"。前一章已经提到，在这年8月17日，职员局以"昭和五十七年（1982年）11月末之前"为期限，提出了"有关现场协商制的修改方案"。方案中明确写道："（该制度的目的是）为了确保业务的正常运营及维持正常和稳定的劳资关系"；处理事项仅限于"一线日常劳动中所产生的具体纠纷"；次数也被限定为"每月一次，且不超过两个小时"。这等于删除了以前有关现场协商的劳资协约中的关键内容，将使其变得有名无实。

各家工会对此表示反对，认为当局的方案"是对一线劳资协商的拒绝和否认"，谈判由此陷入僵局。其中，国劳要求恢复原状及对现行协约进行重新签订，到了10月份又宣布"中止谈判"，向公劳委申请调停。进入11月份后，公劳委以"当事人之间分歧太大，难以调停"为由，把问题又扔回劳资双方。到了现行协约到期日即11月30日，当局明确表示不会修改方案内容，要求工会方面作出让步。然而，国劳和全动劳（"全国铁动力车劳动工会"，由被动劳开除的共产党派系工会会员于昭和四十九年即1974年组建）对此并不同意，于是双方陷入无协约状态。变成无协约状态之后，当局就可以随时拒绝所有的现场协商。另一方面，动劳、全施劳和铁劳认为变成无协约状态并非上策，而按照当局的方案与其达成了妥协。

由国劳的细井宗一苦心发明但被当局方面称为"万恶之源"的"现场协商制"，在开始实施后第 14 个年头终于遭到实质性废除。这也成为职员局局长太田知行在国铁劳动行政史上留下的"一大功绩"。

由此，太田获得了一线管理人员及自民党鹰派议员的齐声喝彩。据称，太田曾对国劳和动劳的干部解释说："整顿职场纪律和彻底废除现场协商制的目的，是为了护持国铁这个'国体'。"太田所说的"国体护持"，据称其内容是"第一要维持现行经营形态；第二要确保员工就业；第三是确保工资；第四是确保退职金和养老金"。

在昭和五十九年（1984 年）6 月 27 日召开的众议院运输委员会会议上，已成为社会党众议院议员的原国劳总书记富塚三夫叮问太田："（太田所说国体护持的）四个承诺条件是事实吧？"富塚担任了 7 年总评事务局局长之后，在昭和五十八年（1983 年）年底大选中，于神奈川五区申请候选后成功当选。太田回答说"我已反复重申，获取国民的信任关系到我们自身的幸福"，并未明确提及四个承诺条件之事。但是，富塚认为"自身的幸福"这个表述即指"为实现国体护持的四个承诺条件"，因此他对太田的回答感到满意，没有继续往下追问。国劳的机关报《国铁新闻》（昭和六十年即 1985 年 1 月 25 日发行）上有"当局已承诺这四个条件"的记述。由此看来，在废除现场协商制的背后，太田与工会之间当时是存在"有关四个条件的秘密约定"。

*　　　　　　　*

昭和五十八年（1983 年）5 月，经营规划室主管（负责临调工作）葛西敬之被任命为职员局职员课课长，该课是与工会谈判的最前线的部门。他刚一上任，局长太田就指示说："以前你在三塚小组委员会办事处做的是战略性工作；今后你要彻底发挥作为职员课课长的作用。"此时，掌管三塚小组委员会秘密办事处的井手正敬已升任秘书课课长；松田昌士也荣升为经营规划室首席主管；葛西现在又当上了职员课课长——"这也算对得起'三人帮'了吧。"也许太田在心里这么认为。

　　就在这个时期，太田的劳工政策开始出现了一些微妙的变化。之前他一直致力于职场纪律纠正和现场协商制的废除；但现在"该得的东西都得到了"，于是在现场协商制废除之后，他开始转变方向：下令"停止射击"，准备结束对工会的攻势。

　　据称，"这种变化在对'丝带和徽章问题'的处理上表现得最为明显"（葛西敬之语）。所谓"丝带和徽章问题"，是指工会会员在胸前或其他部位佩戴写有"反对分拆和民营化"等口号的丝带及徽章的行为。上班时间佩戴丝带和徽章"并非正当的工会活动"，对此最高法院之前已有判例。因此，昭和五十八年（1983年）3月，国铁当局向各地方管理局下达了《有关着装要求的通知》，指示对佩戴丝带及徽章的员工，"应当采取必要的措施，比如将该行为与业务评估挂钩等"。具体而言，就是"对经提醒注意后仍不摘下徽章和丝带的员工，给予暂停加薪等处分"。当局借此表明了其严肃态度：不准员工佩戴徽章和丝带。

　　接此通知后，各地一线管理人员便去努力劝说那些佩戴徽章和丝带的工会会员，令其将徽章和丝带摘下。尽管"这不过是一枚小小的徽章而已"，但对国劳等工会会员来讲，它是"忠于工会、向管理者表示反抗"的标志。反之，对一线管理人员来讲，它事关对一线管理体制完善与否的评估，因而也是"不可小觑的徽章"。因"废除现场协商制"而找回自信的管理人员，把徽章斗争看作职员意识改革的"天王山"①，积极采取措施让工会会员摘掉徽章，并提请各自管理局对态度恶劣者给予处分。然而，下达通知的总公司职员局却态度暧昧，迟迟不作出处分决定。

一位地方管理局局长向职员局局长太田请示说："若对徽章和丝带问题进行处分，就等于攻击工会的团结权，将导致与工会的'全面战争'。到底应该如何处理，请总公司作出具体指示。"太田回答道："处分是一种简单的逃避。我们劝他们摘下丝带和徽章，必须要有理有据。不做这种努力而只知道进行处分，这是对自我责任的放弃。丝带是反映员工对工会忠诚度的简单直观的标志，让他们佩戴着更好。全国各地管理人员的实力参差不齐，不可能一律要求他们去作出处分。"（《国铁最漫长的一天》，《产经新闻》国铁采访组）

葛西在职员局课长室里，还听到有人这么说："东京南局的总务部部长真是不像话，坚持声称对不摘下反合理化丝带和徽章的员工停止加薪。真是不明事理的家伙！"葛西闻之勃然大怒："难道不是职员局指示让员工摘下丝带和徽章的吗？很显然，是不听助理指示不摘下丝带和徽章者违反了纪律。对其不但不处分还要加薪，这种做法将使下达命令的助理威信扫地。"据说，主管职场纪律的调查役是这样回答葛西的："人们不是常说'领导放屁都是香的'吗？有什么办法呢。"（葛西敬之，《尚未完成的"国铁改革"》）

昭和五十九年（1984年）3月，就在当局的徽章和丝带问题方针转变使得一线管理人员倍感疑惑且不信任感逐渐加深时，职员局局长太田升任常务理事（主管劳务，兼职员局局长）。在随后召开的全国总务部部长会议上，太田就徽章和丝带佩戴问题进行了训

---

① 喻胜负分水岭。在1582年的山崎之战中，首先占领天王山的丰臣秀吉的军队打败了明智光秀的军队。

话："大家应该有耐心、坚持不懈地去做工作，不能简单地用处分来代替。"而且在 6 月 21 日，他还发出通知说："要进行反复指导，带着爱心去做说服工作。"这个通知在国铁内部被称为"爱心通知"，但它对于不听劝说继续佩戴徽章者如何处理却只字未提。言下之意就是"对徽章丝带问题不要进行处分"。

从这个时期起，太田开始到处宣扬他的"北风与太阳"理论："当北风嗖嗖时，你叫人脱掉斗篷他是不会听的；但是若给他送去煦日和风，他自己就会主动脱掉。"同时，他开始与井手、松田及葛西"三人帮"逐渐保持距离。井手认为："太田与工会在背后一定存在某种交易。"上述"爱心通知"，使得一线对徽章及丝带问题的处理也不了了之。

太田为何要放松对徽章问题的追究？第二临调参事屋山太郎如此分析说：

"在国体护持这点上，当局和国劳的想法是一致的。为此，当局必须在纪律整顿方面拿出成果。因此，整顿职场纪律是当局的'方针'。要做到这点就必须与国劳展开对决，但国劳无论如何必须避免出现组织灭亡。双方最大限度的妥协点，就是当局对国劳的徽章斗争视而不见。即劳资双方抱团合作，以躲过'蒙古元军的进攻'（重建监理委员会的攻势）。"（《再谈国铁劳资"国贼"论》，《文艺春秋》，昭和六十年即 1985 年 4 月号）

葛西说，当时在职员局里，"作为劳动行政的基本思路，大家频繁使用'现代劳资关系'这个词语"。"劳资在本质上处于互为对立的立场。但是，在相互承认对方存在的基础上，双方通过协商及相互让步达成共识——这就是现代劳资关系。"通过这种方式，"我们并没有将劳动工会当作敌人，当局主动向工会表示了这种态度"。葛西认为，"'充满爱心的劳资关系'这种口号"即由此产生。他还这样说道：

"在用人单位指挥权的最低标准尚未确立的情况下，高喊'充满爱心的劳资关系'，一边说'要让他们摘掉丝带和徽章'，一边却'对佩戴丝带和徽章者不但不处分还照常加薪'，这种思维明显不合逻辑。在生产率运动之后当局因受工会打压而造成严重退步，现在这些退步的部分大多已重新恢复，我认为首脑层存在'安于小成'的心态。"(《尚未完成的"国铁改革"》)

井手正敬当时担任总裁室秘书课课长，他对常务理事太田的看法更为犀利：

"后来我逐渐明白：太田先生在职场纪律纠正及现场协商制废除等方面的强硬姿态，不过是在装样子而已。他提出的合理化对策，也不过是为了让自己掌权的手段而已，我很鄙视他的这种做法。可能他认为，对国劳和动劳的攻击也该告一段落了，永远与其为敌也并非上策吧。于是，他开始琢磨：现在该拉拢工会，搞点合理化业绩，朝着副总裁的位子进发了。"

"冷酷动劳"的"华丽转身"

在2年前的昭和五十七年（1982年）3月，当时国民对国铁劳资职场纪律混乱不堪的批评日趋激烈，国劳、动劳、全施劳和全动劳等4家工会发起成立了联合斗争会议。然而，在蓝色列车违规乘务津贴问题上，当动劳转变方针同意返还违规津贴后，这个联合斗争体制开始崩溃。国劳在全国地区总部委员长会议上，通过了《关于对太田劳动行政进行批斗的决议》，但素有"冷酷动劳"之称的动劳却与之前的强硬路线诀别，开始走灵活路线，转向赞成对现场协商制的实质性废除。

在这年3月召开的第115次中央委员会上，动劳明确提出了路线转换，"旨在确保岗位、工作和生活"的运动方针获得全场一致通过。也就是说，对于以实现 35 万人体制为目标的国铁当局的合理化计划，"应该降下坚决反对合理化的旗帜，采取更为现实的态度，在斗争战术上，要避免无视客观形势及自主力量的罢工等激烈斗争，通过集体谈判来灵活应对"。同年 12 月 10 日发行的机关报《动力车新闻》对其理由作了如下说明：

　　"关于蓝色列车、'五七·一一运行图调整'以及这次的现场协商制，我们与国劳、全动劳在应对措施及想法上全都有所区别。因为我们认为，作为动劳来讲，为了在严峻形势下维护会员的利益，不能只讲观念论或原则论，而必须采取现实性措施，即采用与自主力量相称的方式，尽量做到能不攻击则不攻击。而且，为了不让当局有分裂工会的可乘之机，我们通过采取各项措施加强了组织团结。"

　　动劳运动方针的转换，最早萌芽于昭和五十三年（1978 年）的《货物稳定运输宣言》。该年 10 月，当局对货物运行图实施了大幅调整。伴随着货物运输量的减少，当局提出了大幅度的合理化改革方案。针对这个方案，在冈山召开的全国大会上，动劳通过了《货物稳定运输宣言》，宣称"停止一切罢工及守法斗争等"。当时担任动劳东京地区总部委员长（后来任动劳总部委员长）的松崎明，在其著作《国铁改革——堂堂正正地走我们自己的道路》（People 社）中，对其理由作了如下概述：

　　"显然，与国铁的货物运输能力相比，实际运输量尚存在 25% 的缺口。当时，铁路货物的市场占有率是 8% 左右，即一年约 1.2 亿吨。运输量已滑落至此，若货物部门掀起罢工，则势必招致大量货主远离国铁而去，而失去货主就等于丧失自己的工作岗位。造成失去货主的一个主要原因，就是国劳和动劳的罢工及守法斗争，这也是事实。

　　"要将货运列车排除在斗争战术之外，其实动劳对此也相当纠结。长期以来，劳动工会的领导也沾染上了'吃大锅饭'的意识，对社会情况不了解；考虑问题即便远离常识，也不觉得有什么不妥。现在商品已经卖不出去，还要在这个滞销商品上添加瑕疵，当然不合适。这是社会常识。尽管在动劳内部不乏强烈的批评，但我们还是大胆发布了《货物稳定运输宣言》。"

动劳也向国劳提议"不要把货运作为罢工及其他斗争的工具"，双方一度就此达成一致。就在国劳声称作出最终决定尚需时日时，动劳率先发布了《货物稳定运输宣言》。但是后来，国劳在其全国大会上作出决定，认为"动劳不把货纳入斗争手段是自缚手脚，对此无法表示赞同"。动劳则认为国劳违背了约定，对与其开展联合斗争持怀疑态度。松崎说"这里面有'愈是亲近者恨之愈深'的因素，但如若不信守承诺，那么我们最终将不得不对其进行谴责"，暗示以后或将与国劳形成路线对立。松崎还说："这个货运问题也是决定之后动劳方针的一个重大转折点；对这个转折点，今后也要继续加以重视。"从这个时候起，他开始使用"路线转折"这个词语了。

*　　　　　　　　*

在葛西敬之当上职员课课长那段时期，另一项合理化改革也正在谈判之中，而且，动劳为维护自身组织势力决定将对其"全盘接受"。那就是"机车乘务员岗位制度"改革。昭和五十七年（1982年）1月，当局将该方案提交给了国劳、动劳、铁劳及全动劳等四工会，当时已经进入谈判阶段。

昭和五十八年（1983年）5月，在赤坂一家小酒馆的二楼，职员局局长太田及其他3位职员局的课长为刚刚上任的葛西举行了欢迎会。席间，太田态度严肃地对葛西命令道：

"眼下正在谈判的乘务员岗位制度修改方案，是一个很不彻底的方案。工会是不可能接受的。我们绝对不要因为那玩意儿陷入与工会对决的局面。你尽快把它搁置起来，并将方案撤回来吧。这是你上任后的首要工作。本来，在方案提出时就没有进行充分的说明，职员局对其也没有形成共识。那是职员课急于求成搞的东西，我对那个方案没有丝毫兴趣。"

葛西答应说："我刚走马上任，一定好好学习一下。"然后，他马上去找职员课的部下了解情况。部下纷纷反映说："这是我们研究了10年才制定出的方案，它非常有助于提高效率。倘若现在往回退缩，那么以后将再也没有机会去解决机车乘务员岗位问题了。"据了解，该方案对于人员削减也非常有效，是"极为彻底的合理化方案"。在职员局大会上，葛西无视职员局局长太田的严令，主张"应该彻底实施此方案"。"没有人能够反驳这个发言。"于是，职员课以在年度内对方案进行落实为目标，重新拟定了进度计划表。

对于机车乘务员的岗位管理，当时还在沿用昭和二十四年（1949年）的《一号内部文件》，但那是在蒸汽机车全盛时期形成的岗位制度。在蒸汽机车时代，每隔50公里至100公里就需要设立一个机务段，及时进行水和煤炭的补给。尽管后来电气化和柴油化使长途驾驶成为可能，但针对"连续乘务时间限制""折返等候时间""准备时间"等各种工作条件，劳资协定仍然按照车型及列车种类有非常详细的规定。

当局的方案从岗位规定到乘务津贴、乘务差旅费等涉及很多方面，但其中最重要的内容，是对复杂零乱的列车及车型类别的乘务员岗位工作作了简化处理，同时，对将加班纳入正常管理的《乘务运用表》的编制规定进行了彻底修改。如果劳资双方能就这个修改方案达成共识，那么将为实现"与民营铁路相同"的工作效率打下基础。然而，从工会方面来看，它是一种合理化方案，将强迫乘务员"大幅提高劳动强度"。如果国劳和动劳采取联合斗争加以反对，将出现劳资双方全面对抗的局面，由此，有关此方案的谈判迟迟没有进展。

不过，就在同一时期，如第五章所述，国铁当局决定全面冻结昭和五十八年度（1983财年）的新员工招聘计划。为了向第二临调及重建监理委员会展示其在经营方面所作的努力，他们还决定冻结原定1.2万名一线员工的招聘计划。对葛西所在的职员课来讲，这有如"天佑神助"（《尚未完成的"国铁改革"》）——停止新员工招聘，这等于堵死了用新员工来填补退休乘务员空缺的路子。

在这之前，国劳为了维持和扩大其组织，一方面拒绝实施合理化措施，另一方面源源不断地将新员工培养成司机接班人。其结果便是国劳会员中乘务员人数不断增加，驾驶岗位上的国劳组织比例逐年上升。不过，若是新员工招募被冻结，那么补充司机的渠道就会被切断，这样，退休司机的空缺，就只能通过国劳会员中的站务员或列车员转岗来补充。若动劳全盘接受了这个合理化方案，那么就没有必要再接收国劳会员。

反之，如果国劳击败这个合理化方案，将其他部门通过合理化腾出的站务员等转换成机车乘务员，则其在驾驶部门的势力将得到扩大。因此，这个"机车乘务员岗位制度"修改方案，是使国劳和动劳的利害关系形成正面对立的合理化方案。从这个时期起，动劳东京地区总部委员长松崎明开始向工会会员呼吁说，"咱们一定要多干活。至少要比现在多干一倍的工作，否则，在当今社会条件下，国铁工人将无法生存下去"，"我们一定要多流汗，以确保就业岗位"。

葛西及职员课课员觉得："动劳一定会响应这个合理化改革方案。"

就当时的组织比例而言，在整个机车乘务员当中，动劳占七成，国劳占三成。如果动劳赞成，那就等于获得了七成乘务员的赞成。"与动劳达成一致是有可能的。"这是一直参与谈判的职员课的实际感受。从昭和五十八年（1983 年）夏季起，葛西他们便主动去接近动劳。翌年昭和五十九年（1984 年）2 月 29 日，他们向各工会提交了最终方案。铁劳当即回复说"同意"；动劳的谈判部长第二天一早打来电话，表示"大致同意"。眼瞅当局与占乘务员七成的动劳达成了妥协，直到最后一刻还在高呼反对的国劳和全动劳也被迫妥协。谈判终于如期完成，各方在年度内达成了一致意见。

"吊诡的是，动劳当时陷入了一个悖论，即实施合理化改革反而有利于维护其组织的影响力。"葛西在前述著作中写道。配合合理化改革的工会即"好工会"能够维护会员的就业并保存自身的势力；而拒绝合理化改革的工会即"坏工会"只能自取灭亡。我想，葛西在这个问题上应该非常明确地意识到了这点。我们可以认为，这也是后来在实现分拆和民营化过程中所实施的"葛西劳动行政"的原点。

这次谈判对之后的国铁劳资谈判产生了重大影响。在就同一事项与多家工会同时进行谈判时，之前都是先与最大的工会国劳谈，根据进展情况再与其他工会谈；但自此以后，根据情况，当局有可能不管工会大小，先与持赞成态度的工会谈妥，此次谈判算是一个先例。不过与此同时，国劳和动劳的裂痕也进一步加深。

"学而优则仕"的"混凝土权威"总裁

对于国铁内外的激烈动荡，总裁高木文雄几乎完全置身事外；不仅如此，在常务理事绳田及职员局局长太田的强大压力下，他还被迫站在反对分拆和民营化阵营的前列。由此，国铁重建监理委员会等部门对高木的批评也日渐强烈。高木逐渐嗜酒成性，昭和五十八年（1983年）11月，也许是因为感到厌倦了吧，他提出了辞职，此时距离其第二届任期结束尚余半年左右。在离开国铁时，高木神色黯淡地对秘书课课长井手吐露道："我这是上了职员局的当啊。"

高木辞职之后，人们传言副总裁马渡一真或将接替其职务。马渡的姨妈嫁给了爱知揆一（原大藏大臣）；马渡的妹妹被过继到姨妈家，后与入赘女婿爱知和男（众议院议员）结婚。马渡待人接物和蔼持重，田中非常看好他，认为他是"一个很有前途之人"。然而，在国铁改革风雨飘摇的现实面前，田中觉得"不能让马渡受到伤害"。这时，浮出水面的便是仁杉岩。仁杉以常务理事身份从国铁卸任后，曾应邀出任西武铁路的专务理事（后来任副总经理），当时身为日本铁路建设公团总裁。仁杉在西武铁路任职时，每次只要田中来西武旗下的高尔夫球场打球，他必定躬身相迎热情接待。

12月2日，官房长官后藤田正晴把仁杉叫去，对他说："我们希望你来当国铁总裁。"说实话，仁杉内心也很想拒绝，但他曾多次听到周围的政治家们议论："那些国铁出身的家伙们实在太不像话了。现在国铁处境艰难，竟无一人身先士卒地站出来拯救国铁。""在国铁面临危难之际，我怎么能当逃兵呢？"仁杉于是决定出任总裁。当天，他还被中曾根首相叫去。"仁杉先生，希望你认真思考一下社会对国铁的看法，好好努力吧！"当时，官房长官后藤田也在场。"举荐仁杉的人是田中角荣先生"（《天地有情》），不过，中曾根此时已打听到，仁杉对分拆和民营化持积极态度。

仁杉于大正四年（1915年）5月出生于东京牛込（今天的新宿区西五轩町），当时已68岁。从出生后不久到5岁这段时期，因父亲工作的关系，他生活在静冈县清水町（后改为清水市，即今天的静冈市）。从东京府立四中（今天的都立户山高中）毕业后，考取了旧制静冈高中（今天的静冈大学），那里既是父亲的故乡，也是他婴幼儿时期的成长之地。高中毕业后，升入东京帝国大学土木工学专业。之所以学习该专业，是因为他当时有一个梦想："将来一定要建造一个堪与万里长城媲美的工程。"昭和十三年（1938年）春，大学一毕业即入职铁道省。与高木总裁的前任藤井松太郎一样，他走的也是以土木工程师身份入职铁道省的道路。

昭和十八年（1943年），他被分配到铁道技术研究所（在1942年之前名为"铁道大臣官房研究所"），开始从事对混凝土的研究。当时，东京大学教授、混凝土权威吉田德次郎正担任该研究所顾问。所长吉田谨平向仁杉下达任务说："吉田顾问说，在欧美用作枕木的PC（预应力钢筋混凝土）发展很快，因此我们决定把它作为研究所的紧急课题。希望你来负责相关具体工作。"当时日本还处于战争时期，各种物资器材严重不足。在这种情况下，为了找到节约钢材的建造方法，研究所决定开展预应力混凝土攻关研究。仁杉的这项研究课题一直延续到了战后。

战争结束后，铁道技术研究所重启了这项一度被中断的研究。他们制作了五十来根小型预应力钢筋混凝土横梁，将其破坏掉，然后重新制造并再次破坏掉。这种循环往复的作业，一直持续到了昭和二十三年（1948年）左右。相关研究成果后来被整理成一篇题为《关于预应力钢筋混凝土横梁设计方法的实验性研究》的论文，并发表在《土木学会论文集第七号》（昭和二十四年即1949年发行）上面。以此为开端，仁杉还参与了土木学会对《混凝土技术标准》的修订工作。之前的《技术标准》是昭和六年（1931年）制定的，很多新技术在里面都没有反映。仁杉参与了新版《技术标准》的制定，作为研究人员成绩卓著。后来，他还担任了"土木学会会长"。

昭和二十七年（1952 年），仁杉担任大阪工程事务所次长，在关西各地从事桥梁工程建设。昭和三十年（1955 年）被调到国铁总公司的总工程师办公室工作。当时，十河信二担任国铁总裁，十河与总工程师秀岛雄二人组成搭档，已经开始了对东海道新干线的建设。昭和三十四年（1959 年），仁杉被任命为名古屋干线工程局局长，开始为从名古屋到岐阜县的新干线的征地而苦战恶斗。之后，他作为东京干线工程局局长，指挥实施了新干线装修工程。昭和三十九年（1964 年）10 月 1 日，他以总公司建设局局长的身份出席了新干线的开通运营仪式。昭和四十三年（1968 年），一直从事技术工作、最后官至常务理事（主管工程建设）的仁杉，离开了已工作 30 年的国铁，去西武铁路担任专务理事，后来还升任副总经理。在西武铁路，他亲身体验了民营铁路经营的实际情况，同时，他也一直从外部关注着纷乱复杂的国铁改革问题。

　　就任总裁后的仁杉，对国铁分拆和民营化是如何考虑的呢？在就任后的新闻发布会上，仁杉说："国铁是一个拥有 110 年历史的组织，它实际上也有很多优势。我将充分听取国铁内部的意见，去探索新的重建之路。"他在发言中没有提到分拆和民营化，应该说，他的发言还是很慎重的，更接近于常务理事绳田等国体护持派。不过，他在自己的著作《挑战》(交通新闻社）中明确写道：自己上任伊始便认为"民营化暂且不论，国铁分拆还是有必要的"。或许可以这么说吧，他的想法是"分拆和民营化未必需要一起实施，将二者分开来进行也是有可能的"。

　　"从根本上来讲，我认为当时国铁的规模实在太大了。讨论民营化与否的前提是必须解决负债及养老金等问题，这个暂不讨论。但是，如若不实施分拆，员工多达 30 万人以上，从北边的北海道到南边的鹿儿岛，一个总裁是无论如何也掌控不过来的。而且，劳动工会方面的情况也很糟糕：劳资对立自不必说，劳劳对立（工会之间的对立）也很激烈，当局的指示根本没有人听。再者，总裁一年到头都被国会传唤，在这种体制下，他不可能统领好如此庞大的组织。因此当时我认为应该实施分拆。

"跟国铁相比，西武铁路的优势在于其规模较小。西武铁路的营业里程只有国铁的 1% 左右；员工人数也是大约 1%，即 3000 人左右。总公司位于池袋，董事会成员有数名，但他们都经常到一线巡视，随时收集一线的信息。一线负责人的命令在一线得不到执行——国铁一线的这种糟糕情况，在西武铁路根本不可能发生。总经理带头，包括副总经理及常务理事，领导干部经常到一线去巡视。

"对于服务态度恶劣等一线颓废混乱问题，只有通过对话才能解决。为此，我们必须在各地安排和布置手握一定权限之人，让他们去掌管和处理，否则相关业务无法顺利推进。然而在国铁，所有权限都由总公司一手掌控，三十来个下属管理局的人手中没有任何权限。管理局局长的任期长则三年，短则一年，更换非常频繁。无论管理局局长如何忠告劝说，员工只需老实待着不动声色即可，因为反正过不了多久局长就会换人——一线充斥着这种氛围。如此一来，劝说工作没有效果，劳务措施也难以像样地开展。我在西武铁路时的体会是，铁路这个东西必须再进一步细分，否则将难以为继，无法实现真正的管理。"

在仁杉总裁上任后，为了不重蹈高木总裁时期的覆辙，秘书课课长井手安排了"三人帮"的伙伴原和安（昭和三十九年即 1964 年入职）去担任秘书役，并且向仁杉承诺，他们"将会及时汇报所有的一手信息"。"井手，各方面的事情你都跟我讲讲。要不我们召集年轻人，大家一起来学习吧。"于是，仁杉总裁以每月一次的频率，召集以井手、松田、葛西"三人帮"为中心的年轻改革派，在总裁公馆开展学习活动。同时，井手大概每周一次，去出席在秘书课课长座位旁边的会议室召开的学习活动，认真倾听年轻人的心声。

仁杉就任总裁后再次认识到，"从明治末期《铁路国有法》制定以来，国铁一直采用全国一体的运营方式，希望延续这种历史，反对分拆和民营化的国体护持派并不在少数"。不过他也发现，力求改变国铁现状的年轻改革派尽管人数较少，但也是存在的。仁杉对秘书课课长井手、经营规划室首席主管松田和职员课课长葛西三人指示说："在日本，除了国铁以外还有很多民营铁路，这些民营铁路无论好歹都是自主经营。它们当中不乏智慧和启发。民营铁路是如何运营的，你们去学习一下吧。"

当时，全国的民营铁路大体上可以分为三类：A 类是像西武铁路、小田急一类的大城市近郊铁路；B 类是像伊豆箱根铁路、静冈铁路那样的中等线路；C 类是类似近江铁路那样的地方亏损线路。于是，仁杉指示说："希望你们把国铁在全国的线路也分成 A、B、C 三类，对每一类的经营状况、员工配置、工资水平等进行比较和分析。"翌年昭和五十九年（1984 年）5 月，相关调查结果出炉。

后来，这个调查结果及相关数据被国铁重建监理委员会采用，也被国铁当局用于重建方案的制定。可以说，这次调查为国铁改革奠定了基础。

第七章　国体护持派与改革派的暗斗

因中曾根败北而得势的国铁"事务次官"

　　昭和五十八年（1983 年）10 月 12 日，当洛克希德案一审宣判之后，中曾根政权暗云涌起。东京地方法院对被控违反外汇法及受贿罪的田中角荣，作出了有期徒刑 4 年、追缴金 5 亿日元的实刑判决。田中当日即提出上诉，并且，在支付 3 亿日元获得保释之后，他明确表示"自己不会辞去议员职务"。28 日，中曾根与田中在大仓饭店会面。

　　"从舆论动向及党内氛围来看，现在由你大彻大悟自行决定进退，将是最好的结果。至于你的将来嘛，我会负责照顾的。"中曾根委婉地要求田中辞去议员职务。

　　田中与中曾根年龄相同，同为大正七年（1918 年）5 月出生。在战争刚刚结束，昭和二十二年（1947 年）4 月，日本在新宪法之下首次实施了大选。在这次大选中，二人均首次当选，成为同期议员。之后，两个人均连续 14 次当选。尽管时而对立时而合作，但不可否认，相互之间存在着超越派阀的默契和交情。当时，田中没有说"Yes"，不过，"田中先生泪流满面，我也陪他一起落泪……不管怎么说，确实是走投无路情不得已"。（《天地有情》）尽管二人一同伤心落泪，但田中"不会辞职"的决心并未改变。照此下去，翌年 6 月任期结束时的大选势必迎来一场苦战，中曾根政权难免因此短命而亡。

　　中曾根经过一番纠结之后，于 11 月 3 日写了一封逼迫田中辞职的信，然后委托佐藤昭秘密转交田中。佐藤有"越山会女王"之称，是田中的秘书兼情人。为了让佐藤也能看到信中内容，信封口特意没有封死。"为了拯救国家、拯救党、拯救内阁，希望您在这一个来月里能摘下议员徽章。为了挽救危难时局，在选举中获得压倒性胜利，虽然明知这会令您为难，但我不得不斗胆提出请求。"中曾根的意思是，希望田中辞去议员职务，然后通过国会解散和大选行"修禊"① 之礼，过大约一个月之后估计就能重新恢复议员身份。

没过多久，中曾根收到了回信。不过写信者并非田中，而是其秘书佐藤。

"我想，即便我把您的信交给田中也没有意义，反而可能使他血压再度升高，与总理之间的信任关系也将化为泡影。他一再表示，担任过总理大臣之人，摘掉徽章一个来月，又立刻去参选和当选议员，这种雕虫小技是欺骗国民的把戏。"原来中曾根的信被佐藤私藏了起来，不过，"佐藤的回信也应该在中曾根的预料之中"（服部龙二，《中曾根康弘》，中公新书）。

田中派的后藤田正晴、二阶堂进、金丸信等人主张解散国会。然而，中曾根认为，洛克希德案刚被宣判，若此时实施大选可能招致惨败，因此对于解散国会持消极态度。田中虽然被判有罪，但他认为，在其选举区新潟将会赢得大量的同情票，因此这是一个绝好的"修禊选举"。在后藤田等人看来，"洛克希德判决造成国会空转，如果开年后 1 月份还不能召开预算委员会，中曾根内阁将气数耗尽、落魄而亡。尽管解散国会实施大选也肯定是输，但与任期结束后的选举相比，会输得相对少点。"后来，二阶堂和金丸与主张提前解散的社会党等在野党达成交易：用解散国会换来《总务厅设立法》《总理府设立法修订》等行政改革法案的成立。至此，中曾根才终于决定解散国会。11 月 28 日，中曾根宣布解散众议院。

---

① 修禊：古代民俗，农历 3 月上旬的巳日到水边嬉戏，以祓除不祥。

在同年 12 月 28 日举行的大选中，自民党的惨败超出了预想。自民党的议席比之前减少了 36 个，共获得 250 个议席，未达到过半数。不过，田中本人却大获全胜，得票数超过 22 万，创下历史纪录。田中派也仅减少了两个议席。中曾根虽身为首相，却在群马三区排在福田赳夫之后，仅以第二名的身份当选。自民党加上追加公认的 9 人，才勉强实现过半数。

中曾根事先已料到会失败，因此在选举之前，就已经在筹划与新自由俱乐部建立联合政权。他过去的秘书依田实，当时已是新自由俱乐部的众议院议员。中曾根通过他与该党干事长山口敏夫见面，并与其约定：若自民党所获得席位在 265 个以下，则由双方建立联合政权或实施合并。

中曾根任命新自由俱乐部的田川诚一为自治大臣，在岁末将至的昭和五十八年（1983 年）12 月 27 日，第二届中曾根内阁发起成立。这也是自民党的首个联合政权。为了显示"对田中角荣影响力的清除"，中曾根起用了自己派阀的心腹藤波孝生，任命他为官房长官。后藤田被平调为行政管理厅长官，负责国铁改革等行政改革。自民党的三要职分别是田中六助任干事长、金丸信任总务会长、藤尾正行任政调会长。

在这届内阁中，由岛根县选出的细田吉藏取代长谷川峻出任运输大臣。细田原来属于佐藤派，但在田中角荣与福田赳夫为争当"佐藤接班人"进行激烈交锋时，他与田中分道扬镳，加入了福田派。

昭和十一年（1936 年），细田从东京大学毕业后入职当时的铁道省。战后，先后担任过运输省的国铁部部长、观光局局长等职务，属于运输省出身的官僚。以加藤六月及三塚博为首，福田派里运输族颇多。因此，中曾根将福田派的重要干部细田起用为运输大臣。细田历任行管厅长官、防卫厅长官、自民党总务会长等要职，中曾根希望他能够统领由自民党、运输省及国铁等各方参与的国铁改革讨论。然而事与愿违，细田竟在就任新闻发布会上，滔滔不绝地阐述了分拆和民营化的负面影响。可以想见，加藤六月等运输族和国铁内部的"国体护持派"（即常务理事绳田国武和职员局局长太田知行等人）肯定抢先与细田进行了"疏通"。

第二天早晨，各家报纸一齐打出大标题——"国铁民营化或将困难重重"，对新大臣细田所持观点进行了报道。

细田在就任新闻发布会上的发言，令国铁重建监理委员会委员长龟井正夫及委员加藤宽等人倍感吃惊。中曾根已下定决心要搞"分拆和民营化"，细田的发言等于说明"在内阁内部意见尚未统一"。龟井立即向中曾根抗议，要求细田注意自己的发言。细田被中曾根提醒注意后，迅速降低了"嗓门儿"。不过，这也只是表面现象，细田的"内心"一点也没改变。中曾根政权因选举失败而实力大打折扣，福田派的那些人正在冷眼旁观呢。

*　　　　　　*

在第二年即昭和五十九年（1984 年）3 月 5 日，贴近福田派加藤六月及细田吉藏的国铁常务理事绳田国武爬上了副总裁的位置，职员局局长太田知行也升任常务理事兼职员局局长，二人在国铁内部更加权势逼人。在当时的国铁，大家认为，总裁相当于各省厅的大臣，副总裁的级别则与事务次官相同。由此，在国铁内部形成了以副总裁绳田和常务理事太田即国铁的"事务次官"及其亲信为核心的权力体制。

新总裁仁杉岩在上任 3 个多月后，便开始要求经营规划室提交各种材料，而且命令他们"直接拿到自己这里来"。经营规划室主管松田昌士等人感到"总裁已经开始在认真学习分拆和民营化的事情"。绳田和太田察觉此事后，质问松田等人"你们为什么要把资料直接交给总裁，向他汇报工作？"，并命令道：

"仁杉是搞技术的，老子才是行政工作的统帅。你们以后不许直接到总裁那里去。"

松田反驳说："难道总裁还有行政领域和技术领域之分吗？总裁是公司的负责人，他想了解的问题其他部门无权过问。"绳田几乎被气疯了。

当绳田听说仁杉在总裁公馆定期召开学习讨论会之后，就把松田叫来，怒斥道："你们这是在搞拉帮结派，简直是胡来！""副总裁，您也可以把分拆问题上的赞成派和反对派召集起来，听取他们的意见嘛。我随时都可以向您汇报。我们向总裁说说自己的看法，怎么就成了拉帮结派呢？"松田不以为然地说。对于秘书课课长井手正敬与年轻课长助理们定期在会议室开展的讨论活动，绳田也批评说是"拉帮结派"。国铁内部俨然已开始实行"言论管制"。

出尔反尔的总裁发言

昭和五十九年（1984 年）4 月 16 日，仁杉总裁发布消息说：据预测，即使在昭和六十年度（1985 财年）完成目前正在实施的"（背水一战的）改善经营计划"，"之后国铁的亏损不但不会减少，累积亏损反而会进一步扩大"。

根据国铁当局的测算，①在昭和六十五年度（1990 财年）之前，就运输量而言，新干线和大城市勉强能够与现在持平，但一般干线将减少 15%，包括货运在内的整体增长难以实现；②本年度末累积亏损为 22 万亿日元，到昭和六十五年度（1990 财年）将超过 30 万亿日元，债务利息使得亏损加大的局面不会改变。国铁当局根据这个测算结果对改善经营计划进行了修改，并于 5 月 17 日向运输大臣提交了修改方案。

修改方案提出要实现干线的收支均衡，除了"将员工人数在最初计划的 35 万人体制基础上再减少 3 万人即打造 32 万人体制"之外，还新提出了以下措施：①重点发展铁路运输的优势领域；②生产率向民营铁路看齐；③打造重视地方层面的人事体制；④关联业务的自由化；⑤长期债务的彻底解决，等等。然而，修改方案指出，"即便上述计划得到实现，改善经营计划的最终年度即昭和六十年度（1985 财年）的单财年亏损额，也将从最初预估的全年 9900 亿日元增至 1.29 万亿日元"。

国铁当局提出这个修改计划，等于正式承认"（背水一战的）改善经营计划"已经完全破产。对于旨在维持现状的"国铁护持派"来讲，这好比失去了"救命稻草"。尽最大努力去实现"改善经营计划"，当其无法实现时，迫不得已才实施分拆和民营化——这种"出口论"也随之破灭。如此一来，就只能采用分拆和民营化一步到位的"入口论"。重建监理委员会于是暗自期待：国铁内部的"国体护持派"当然也会转变想法，改为支持"分拆和民营化"了吧。可是，他们很快就发现，这只是一种过于乐观的期待而已。

就任总裁半年之后，昭和五十九年（1984 年）6 月 21 日，仁杉应邀在位于东京内幸町新闻中心的"日本记者俱乐部"就国铁的经营现状发表演讲。虽然当局针对在国铁总公司记者俱乐部常驻的记者安排了定期的新闻发布会，但其他记者几乎没有直接聆听国铁总裁讲话的机会。由于国铁改革在政治上备受关注，所以新闻中心十层的大会议室里挤满了各家报社记者及俱乐部的同仁，听众有将近 100 人。那些常驻国铁总公司的记者也很关注仁杉总裁将就分拆和民营化如何表态，因而也赶到了现场。

《国铁总裁赞成"分拆和民营化"》——第二天（22 日），各家报社的早报一齐采用这个大标题，对仁杉总裁的演讲内容进行了报道。

"国铁的仁杉总裁（中间省略）在日本记者俱乐部就国铁的经营现状进行了演讲，在回答记者提问时，他表示'基本赞成分拆和民营化'。关于国铁的经营形态，国铁重建监理委员会（委员长为龟井正夫）正在以分拆和民营化为方向进行审议，但国铁首领亲自正式表明分拆和民营化立场尚属首次。不过，国劳等工会方面对其讲话表示反对，认为这是'对经营责任的放弃'。

"仁杉总裁说：'我以前在私营铁路工作过，我认为，企业必须引入竞争机制。从追求利润和提高效率方面来讲，如果可能还是应该实施民营化，这是我的基本想法。'不过，他补充说，'今后运输量将持续减少；无论特殊法人还是股份有限公司，没有利润都会很难堪'，表明了即便实施民营化，经营问题也很难解决的见解。而且对于分拆，他表示：'为了便于掌控还是实施分拆为好；但这涉及企业性①，所以不会那么简单；目前有像九州、四国等按照岛别以及按照功能等来分拆的方案，但都各自有其优缺点。'他说，总之，'我基本上赞成分拆和民营化，目前正在探索之中'。

"总裁还明确表示，除了重建监理委员会之外，国铁自己也在研究和制定经营形态方案。到目前为止，重建监理委员会在审议中形成的意见是应该实施'分拆和民营化'。国铁的劳资双方均对分拆和民营化表示强烈反对，就连当初被视作'分拆和民营化论者'的仁杉总裁，自去年 12 月就任总裁以来，也没有明确表示过支持分拆和民营化的想法。"（《日经新闻》昭和五十九年即 1984 年 6 月 22 日早报）

---

① 指企业的经济性或收益性。

那些常驻国铁的记者在日本记者俱乐部聆听了总裁讲话之后，立刻把相关情况告诉了经营规划室主管松田及秘书课课长井手。松田率先冲进了总裁室，井手也随后赶来。"总裁，您讲得太好了。您终于下定决心了啊。您的这个决心可千万别变哦。""无论有什么压力，请一定坚持分拆和民营化的方向。因为这是重建国铁的唯一方法。总裁，您并非单枪匹马独自奋战，我们也会支持您的，您就大胆地往前走吧！"井手和松田激动不已，二人轮番为仁杉打气和鼓劲。总裁仁杉对着二人腼腆一笑："你们就不要恭维我了吧。"

就在这时，副总裁绳田和常务理事太田也气急败坏地闯了进来，怒气冲冲地说："总裁，你看看你都讲了些什么？我们正在为'出口论'而努力，然而……假如'出口论'的结果是民营化和分拆也就罢了，但其结果尚未见分晓，你就说要搞分拆和民营化，这算怎么回事啊？这件事你打算怎么处理？"（秘书课课长）井手也真是的！瞧瞧，你都让总裁讲了些什么。马上把宣传部部长给我叫来。"

于是，宣传部部长广野惠夫被叫了过来。绳田对其命令道："马上发行临时内刊《飞燕》，并将其分发给所有员工，告诉大家那个讲话并非总裁的本意。"常务太田当场打好草稿，不到一小时校样就做好了。井手和松田读完后，猛烈反对说："这种稿子不能散发出去。"但绳田和太田坚持"按此发稿"，把井手和松田赶出了总裁室，并且将仁杉总裁"禁闭"起来。之后，估计他们一边胁迫仁杉，一边对稿子的文案进行了最终修改。

第二天即各家早报大肆报道"国铁总裁赞成分拆和民营化"的22日上午，国铁召开了紧急理事会。仁杉总裁就"在日本记者俱乐部的讲话过于草率"表示道歉，并对"自己讲话的本意"作了说明。26日发放的内刊《飞燕》号外，对相关内容进行了全文刊登。以下就是仁杉的解释和说明，其题目为《关于我在日本记者俱乐部讲话的说明》。

"我历来认为，分拆和民营化作为企业经营手段有其优势，这种想法至今依然未变。然而，这并不意味着我就赞成对国铁实施分拆和民营化。国铁的历史已超过110年，其中有70多年一直维持着单一组织这种形式。可以预见，如果现在猛然改变其经营形态，在各方面将会产生摩擦。

"也有人提议应该按照岛别（北海道、本州、四国、九州）来进行分拆，但即便按现状把北海道和九州分拆出去——北海道的收入是971亿日元，费用是3717亿日元，营业系数为383（注：即每赚取100日元的收入需花费成本383日元）；九州的收入是1202亿日元，费用是3506亿日元，营业系数为292——很显然它们不可能独立生存。在今后很长时期内，运输量预计将难有增长，另外包括目前的长期债务、养老金负担和地方交通线路对策等在内，国铁还背负着很多仅凭自身努力难以解决的问题。我认为，在这种情况下，纵然实现了与民营铁路相同的效率，也无法成为一个健全的企业组织。也就是说，铁路要成为一个健全的企业必须具备一定的条件。我呢，把这个问题提了出来。我想，最好能有这样的方案：既有分拆和民营化的优势，还能够实施全国一元化管理。目前，重建监理委员会正在就经营形态进行审议和讨论，最终还需要由监理委员会依法向总理大臣呈报意见。我作为掌管实际业务的负责人，今后一定加强各方面的学习，随时积极提出自己的建议和意见（省略）。"

*　　　　　　　　*

在总裁讲话被报道的当天即22日下午，常务理事太田马上召集除铁劳之外的国劳、动劳、全施劳和全动劳四家工会的干部，让他们来听取总裁的"真实想法"。太田也出席了总裁与工会干部的这次会谈，但他一言未发，只是坐在一旁，静听工会如何对总裁进行严厉追责。当天，四家工会随即发出了联合抗议声明。在"反对分拆和民营化"这点上，绳田和太田等国体护持派与四家工会的利害关系是完全一致的。

"仁杉总裁一反其就任以来'既不说赞成也不说反对'的态度，竟然发表讲话说'基本赞成分拆和民营化'。"这是"对国铁这个公共机构存续的自我否定，是完全不能容忍的"；"作为当局，应该为把国铁保留下去作出最大限度的努力"，"我们不得不说，总裁讲话是对所有国铁工人的背信弃义行为"。"我们以国铁工人及其家属的名义要求其撤回讲话。""如果总裁及国铁当局坚持采取这种态度，那么我们四家工会将不惜一切代价对其加以阻止。"（公企劳研究所，《公企劳报告》昭和五十九年即 1984 年 7 月 15 日号）

另一方面，26 日，偏向当局的铁劳单独听取了仁杉总裁的解释和说明，并于翌日召开中央委员会，提出了《铁劳关于国铁经营重建的意见和建议》。其内容是"在现行的经营体制和经营形态下，国铁重建不可能实现，照此下去，将重蹈煤炭产业的覆辙"，为此建议"应该引入对经营规模进行适当划分的地区总部制"，另外，他们还大胆提出"希望在管理层大量起用民间人才"。总之，铁劳表现出了与其他四家工会明显不同的姿态（《公企劳报告》昭和五十九年即 1984 年 7 月 15 日号）。

仁杉总裁虽然在日本记者俱乐部坦率地阐述了自己上任以来的学习成果，但在受到绳田、太田一干人的强烈反对后，他收回了大部分发言，其学习成果又被"打回了原形"。经营规划室主管松田昌士对此倍感失望："我们所推进的分拆和民营化大计看来已经到头了。"他决心辞职，并写好了辞职信。当晚，他怀揣着辞职信，在国铁总公司附近皇宫饭店的酒吧里，一边独自喝闷酒，一边给秘书课课长井手打电话。"我打算明早提出辞职。""你再等等，不要仓促行事。现在还输赢未定呢。你不要辞职，咱们还得接着努力啊！"在井手的极力挽留下，松田才"回心转意决定接着努力，最终没有提出辞职"（《有志竟成的民营化》）。

不过，在这次骚动之后，国体护持派对"三人帮"及其周边的打压开始变本加厉。在总裁公馆举办的以年轻职员为对象的学习活动，以及在秘书课课长室旁边会议室举行的一边喝酒一边畅谈的自由讨论会都变得难以召开了。在"日本记者俱乐部总裁讲话骚动"终于平息下来后，星期六早晨，仁杉总裁把井手、松田和葛西三人叫到总裁公馆，向他们问道："关于今后的推进方式及目前首脑层的想法，你们怎么看？"于是，三人开始坦陈自己的看法。就在这时，职员课找葛西的电话打了进来。

"太田局长问'葛西去哪儿了'，他在找你呢，并且好像很生气似的。你去哪儿了，在干什么，跟谁在一起，他好像全都知道呢。我们跟他说了'马上去找一下'，你早点回来吧。"

葛西问仁杉总裁："今天把我们叫到这里来的事情，您告诉了其他人吗？"仁杉说："昨天在离开总公司之前，我告诉了副总裁绳田，说我准备把井手、松田和葛西叫到总裁公馆，听听他们的意见。"葛西急忙赶回总公司。职员局局长太田假装不知道葛西的行踪，大声斥责说："你跑出去也不说一声，这怎么行？"葛西反驳说："我跟周围打招呼了，有事可以随时联系到我啊。偶尔我也会因为业务需要出去一趟嘛。""那你给我随时带着寻呼机。"双方冲动地吵了起来。"总之，这件事给人的感觉是：仁杉总裁讲了一回真心话，但是因为遭到反击，就立刻变得萎靡不振了。"（葛西敬之语）

"变节者"三塚家收到恐吓信

井手、松田、葛西"三人帮"白天在各自岗位上忙着处理业务，下班后又来到三塚事务所，继续从事"三塚小组委员会"秘密办事处的工作。昭和五十八年（1983年）初秋，葛西提议说："咱们将三塚小组委员会的讨论成果整理和总结一下吧。"三塚得知这个想法后，兴致勃勃地表示："可以用我的名义出版，书稿就由你们来撰写吧。"于是，以出版"三塚论文"为目标，大家对内容进行分工后，便开始进入分头撰写的阶段。除"三人帮"之外，作为改革派同伴的大塚陆毅（后来任JR东日本总经理）和细谷英二（后来任JR东日本副总经理、理索纳银行董事局主席）也加入了撰稿小组。

这些人已经习惯了身兼二职：白天在国铁上班，夜里在三塚小组委员会接着忙碌。将与三塚一起讨论的内容整理成文，然后再把文稿交给三塚确认——他们需要反复执行这样的作业。在昭和五十九年（1984年）的黄金周①期间，除三塚之外其他所有成员在总裁公馆连续住了两天，将书稿一气呵成撰写完毕。最后，引起大家争论的是"分拆和民营化这部分怎么写"。葛西主张，应该从正面入手大刀阔斧地实施分拆和民营化。但考虑到三塚小组委员会最终报告主张的是"出口论"，而且该最终报告已成为自民党的决议，大家一致认为，暂时还是按"出口论"来撰写吧。另外，这也是因为他们还有一个顾虑：三塚知道大多数国铁首脑都反对分拆和民营化，估计他也不愿与其形成尖锐对立吧。

连休结束后，铁劳总书记志摩好达的儿子在京都的一家饭店举行婚礼，三塚和"三人帮"均应邀前往出席。三塚与"三人帮"一同坐上了新干线列车。从东京站上车后到抵达京都为止，四人一直在餐车车厢里对文稿校样进行讨论。当时，三塚手里拿着一张纸条，上面写着："实施分拆和民营化以及彻底的合理化。如果员工出现冗余，则由政府设立就业对策总部，对冗余人员给予全面支

---

① 在日本，指从4月下旬到5月上旬长达一周左右的连休。

持，一定不能让国铁员工流落街头。""三塚先生，写到这种深度没有问题吧？"三人问道。三塚回答说："嗯，就这么写吧。"三塚的想法已经由"出口论"变成了"入口论"。

然而，此时书稿校样已拿到手，再作全面修改需要花费时间，这样出版计划将被大幅推迟。三塚已经在与"政治广报中心"交涉出版事宜，甚至连书名都已敲定，叫《国铁重建的唯一方法》。于是，他们马上作出决定，由葛西将最后结论部分的第四章按照"入口论"来改写。第一章"国铁为何变得荒废和衰败"、第二章"经营问题出在何处"、第三章"如何踏上重生之路"，这几章分别阐述了国铁经营的现状及所存在的问题。由葛西重写的第四章以"什么是民营化和分拆"为题，大胆提出了"与民营化一体的地区分拆"。

但是，关于具体如何分拆，该书仅提出了"像北海道、四国、九州和本州这样按岛别进行分拆的观点"；关于对本州的分拆，书中写道"我们认为，从根本上来讲，本州的分拆经营直接关系到未来铁路的重生"。具体分拆方法等全部交由重建监理委员会讨论和审议。这与前三章多少有些不协调，但并无大碍。

昭和五十九年（1984 年）7 月 10 日，仁杉总裁在日本记者俱乐部发表讲话刚刚过去两周，事件影响余韵未消之时，由三塚博署名的《国铁重建的唯一方法》在全国各书店发售。在新书上市之前，三塚觉得应该跟国铁管理层"打个招呼"，于是给副总裁绳田打了个电话，解释说"该书的结论部分，自己迫不得已提出了分拆和民营化"。绳田大为吃惊，反复抱怨说："恰恰就是这个地方让我们很为难，非常地为难。"而且，绳田"用非常遗憾的口气说，在出版之前应该与他们商量一下，然后就把电话挂掉了"（三塚博语）。三塚事先已经料到，只要给副总裁绳田打了电话，消息当天就会传到其盟友加藤六月那里。这本书的出版，使得自民党运输族

"老大"加藤六月与三塚博的关系一下子变得疏远起来。

三塚博的这本书，上市后仅2个月就销售了10万册。在同一时期，加藤六月也出版了一本名为《士兵的酒盅》的图册。在战争时期，即将出征的士兵们在奔赴战场前，在与亲人离别之际都要喝壮行酒。书中收集的就是"喝壮行酒时所用酒盅"的照片。二人虽同为运输族但各持己见。在国铁改革临近紧要关头时，一个出版了充满温情的摄影图册，另一个出版了决定国铁未来命运的著作。二人的政治力量对比由此发生剧变。之前，三塚口口声声称加藤为"前辈"，加藤也把三塚当作"小弟"疼爱有加。在反对分拆和民营化的加藤及自民党运输族、国铁的国体护持派这些人看来，三塚的行为无疑是一种决定性的"叛变"。

三塚在该书的《后记》中写道："当今时代交通市场变化激烈，（国铁）要想生存下去，就必须经受住激烈的阵痛。另外，还必须克服各种失望和绝望。不过，我相信，自尊豪迈的国铁人一定会振作起来……"估计这也是三塚对自己的鞭策吧。在自民党运输部会上，在三塚的推动下，"出口论"被写入了党的决议。然而，现在他却突然"改变主意"，变成了"入口论者"，宣称要实施"国铁的分拆和民营化"。

很多之前作为自民党运输族与其合作过的议员同事，都异口同声地称其为"变节者"，对其加以谴责；工会及右翼的街头宣传车开足了喇叭音量，在街头巷尾对其进行诽谤和中伤；他家里不断接到恐吓信及骚扰电话，家里人每天都生活在惶恐之中；曾经很要好的国铁干部见到他扭头就走。

在国铁内部，大家都认为："这不可能是三塚一个人写的。那么到底是谁写的呢？"于是大家开始搜寻"真凶"。绳田和太田等人怀疑，这一定是"三人帮"及其周围的年轻人所为。当知道高层对这本书的敌视态度后，有一位课长竟在众目睽睽之下，将该书扔到地上并用脚使劲踩踏，而且下令说，这本书不许放在单位，必须拿回家去。在单位里，大伙儿都疑神疑鬼、人人自危，不敢随意谈论分拆和民营化，随时看绳田和太田的脸色行事。"这本书刚开始被称为畅销书，然而一段时间之后，却变成了禁书，成了被焚毁的对象。"三塚在前述《再见吧，国有铁路》中如此写道。

＊   ＊

就在这段时期，总裁室秘书课课长井手"为了恢复人事管理的基本功能，正着手对流于惰性及人情世故的人事制度进行改革"。

其中第一项是针对"国铁OB"[①]的人事待遇问题。当时，包括铁道弘济会、铁道会馆、日本食堂及其他111家国铁出资公司在内，国铁出身的专职高管多达303人，其中有77人已超过65岁，而且约有40人已在同一家公司待了10年以上。这些国铁出身的干部为了维护其个人利益，高声叫嚣"反对分拆和民营化"。另外，他们觉得自己就是企业老板，在任用后辈干部时，倾向于只任用那些不会威胁到自己的地位、对自己顺从之人。

对于中央省厅官僚"下凡"[②]去相关行业任职，各省厅由事务次官及官房长在进行严格监督。不过，在国铁，这方面的责任并不明确，关联业务决算等业务管理工作由事业局来执行，但根本没有对高管人事进行监督的部门。作为人事主管课长，井手在对国铁OB人事运用采取一元化管理的同时，在人事运用方面引入了计划

---

① 指由国铁调派到关联单位担任高管的人（国铁元老）。OB即Old Boy的缩写，是日语生造的"和制英语"，指已毕业的校友或已退休的公司前辈。
② 指高级官僚退休后，到与其职务有联系的民间公司或团体担任高管等。也被称为"天降人事"。

性及量才任用等原则，对出资公司高管的人事、薪酬、退职慰劳金的标准作出了明确规定，而且指示出资公司以外的其他关联公司也必须遵循该标准。

那些已就任关联公司高管的国铁 OB 们，纷纷对这个人事标准表示强烈反对，认为"这是井手的独断专横"。"公司是我一手发展起来的，现在怎么能制定那样的标准呢？""公司是独立于国铁的法人，现任管理者有什么资格说三道四？""把井手从秘书课课长的位子赶下去！"这种呼声蜂拥而至。

副总裁绳田对前来投诉的前辈职员说，"那都是主管秘书室的常务理事竹内哲夫和秘书课课长井手自作主张干的"，把责任推到竹内他们身上。在常务理事当中，竹内是唯一理解和支持"三人帮"的领导。

还有一项措施，就是削减"指定职位"（即地方铁路管理局等全国国铁组织的课长、课长助理及主要一线负责人及以上的管理人员）。这些指定职位，包括铁路医院等在内，全国加起来总数多达1.4万人。作为"第一把火"，井手提出要用3年时间对各管理局的"部"和"课"进行撤销合并，以此削减课长助理等共计4000人。在这个实施计划启动之后，常务理事（兼职员局局长）太田怒不可遏地冲进了井手的办公室。

"你小子到底要干什么？现在我们以打造35万人体制为目标，正准备实施合理化改革。课长助理及股长是实现这个目标的'旗本八万骑'。你小子是想让这些'旗本八万骑'造反吗？你有什么权限干这些事情？"井手回答说："这项措施不能停下来。为了减缓冲击和影响，我们特意考虑用3年时间来削减。目前，仅盛冈管理局的列车课，就有5名课长助理呢。""我可警告你小子：不要处处惹老子生气！"太田气势汹汹地吼道。

这件事情发生之后，太田和井手之间的关系"变得极为紧张"

（井手正敬，《国铁改革回想录》）。

副总裁绳田也多次来到秘书室，反复对井手说："井手，咱们之前不是在三塚小组委员会一起说好要完成'背水一战的改善计划'、尽量避免实施分拆和民营化吗？现在准备实行'出口论'了，你小子为什么要跟太田争吵呢？"绳田多次将井手叫到自己办公室里，或者来到秘书室站在井手座位的后面，有时甚至伸出拳头猛砸井手的桌子，以逼迫井手"改过自新"。

《就业稳定协议》废除通告

在临调答询及舆论的推动下，国铁当局开始逐步落实和推进各项合理化措施。尽管"背水一战的改善经营计划"向运输省提交后已经迎来第四个年头，但是到昭和五十九年度（1984 财年）初期，业务定员编制与实际员工之差即剩余人员达 2.45 万人，预计进入昭和六十年度（1985 财年）后将达到 2.8 万至 3 万人，再往后还将持续增加。其原因是虽然新员工招聘被冻结，但合理化改革又造成了剩余人员的持续增加。这个剩余人员，国铁劳资双方称之为"冗员"。产生大量剩余人员的最大原因，是伴随着运输量的减少，业务量出现下滑，由此直接导致人员被削减；还有一个原因是养老金支付年龄的推迟使退休人数少于当初预想。

如果将剩余人员继续留在岗位上，员工之间就得对工作进行分担，这样就会出现"工作散漫等职场纪律松弛"的现象，对列车的安全运行也会造成恶劣影响。但是，国铁当局与各家工会在昭和三十七年（1962 年）4 月签订了《就业稳定协议》，规定"如果因实施机械化等合理化措施产生冗员，在确保就业稳定的同时，要努力维持和改善劳动条件，不得违反员工本人意愿对其进行解雇和降职"。即使合理化措施造成剩余人员出现，该协议也可以"防止"

员工总数减少，但是会由此产生"冗员"。

不过吊诡的是，从表面上看，国铁并不存在"冗员"。这是因为国铁劳资之间达成了一个默契——"根本就不存在什么冗员"。一方面在推进合理化措施，另一方面冗员却在不断增加。"这样的话，岂不是没有必要强行推进合理化么？若是承认存在冗员，那么合理化就等于是在扯淡。"劳资双方都担心这点被捅破。然而，当冗员超过 2 万人之后，只要到一线岗位一看，人满为患的情况便一目了然。于是，单位只好减少大家的工作量，一份工作由数人分担，工作变得松弛懈怠，合理化效果也变得有名无实。国铁当局也一直在尽力掩盖这个事实。

"能否不将冗员留在岗位上，而是把他们借调至其他单位或者让其下岗，在维持纪律的同时打造更有效益的体制？"由葛西敬之担任课长的职员课对相关具体方案进行了探索。经过讨论后，职员课提出了被称为"剩余人员安置三大措施"的三项对策。

这三项对策分别是："下岗制度的引入""借调或派遣至关联企业""修改鼓励退休制度，促进员工退休（离职）"。这是职员课的年轻助理们在研究民营企业做法的基础上制定的措施。这也是国铁大胆突破作为公共企业体持续 30 多年的就业制度原则，首次采用民营企业的做法。

"下岗制度的引入"，其实是对之前所引入的"自愿离职（退休）制度"的修改和调整。之前的自愿离职（退休）制度，仅适用于在合理化裁员岗位离退休还差一年或不到一年的员工，名义上是为了方便其寻找再就业单位。将之前结合大幅度合理化裁员且限定实施对象、以退休为前提的下岗，改为适用于所有员工。另外，作为新增措施，对于有固定期限（通常为 2 年、最长 4 年）、以复职为前提的"自愿停职"也予以认可。对于以退休为前提者，全额保证工资，而且享受加薪和提级；如果是以复职为前提者，则2年期间只发放六成工资。停职期间职员的身份不变，且可以在其他公司做兼职或从事其他工作。

"借调或派遣至关联企业"。这里的关联企业是指由国铁出资的相关企业及铁道弘济会等外围团体、业务外包企业等；工资待遇原则上参照接收单位的水准，差额部分由国铁总公司支付。另外，还引入了"短期支援制度"，即针对那些季节性人手不足的企业，实施有固定期限（如3个月等）的人员派遣。

"修改鼓励退休制度"。之前的制度是，在50岁～60岁的退休者当中，50岁～55岁者在定期加薪、提高基本工资及退职金等各方面都最为有利，而对56岁以上者不利。现在改为按不同年龄分别进行详细规定。比如，50岁～55岁者越早退休越有利，反之，56岁以上者因不再享受定期加薪及提高基本工资等而变得不利，以此促进鼓励退休制度的实施。另外，继续维持鼓励退休制度的基本原则，即虽然养老金支付年龄从56岁开始，但55岁即可实际退休。

昭和五十九年（1984年）6月6日，国铁当局将这个被称为"三大措施"的剩余人员解决对策向工会进行了说明，并在7月10日提交了具体方案。这些制度在民营公司早已不是什么新鲜事儿，但对国铁来讲尚属首次尝试，因此当局预计将会遭到工会方面的强烈反对。为了能够实现这些措施，葛西等职员局员工设了一个很大的"局"。在提交方案时，他们态度十分坚决地说"这个三大措施方案事关国铁重建成功与否、事关国铁的生死存亡，我们将投入国铁所有的力量和资源来解决此问题"，并通告说："如果在10月10日之前得不到工会同意的话，那么我们将废除之前所签订《就业稳定协议》。"

《日本国有铁路法》第 29 条规定："如遇业务量减少及其他经营上迫不得已的情况"，当局可以对职员进行降职或免职。为了阻止该条款，在工会方面的强烈要求下，工会与当局签订了《就业稳定协议》。对各家工会来讲，该协议犹如一面"坚盾"，可以保护工会会员，使其免遭合理化改革及裁员的"侵害"。然而倘若协议失效，则当局可以对因合理化改革产生的剩余人员进行解雇。该协议没有期限规定，只是规定在废除协议时必须提前 90 天通知对方。"假如有工会对实施剩余人员安置三大措施不配合，那我们将无法保证其会员的就业。"——国铁当局以废除《就业稳定协议》来"要挟"各家工会，态度变得强硬起来。

工会的"逃生游戏"

但是，这是事关"就业稳定"这个工会根基的问题。工会方面纷纷表示反对。国劳随即发表"见解声明"：

"剩余人员是因为当局没有计划性且不负责任的裁员而产生的，他们是被剥夺工作并且受到歧视的人。当局所提出的自愿离职（退休）人员扩充措施，有违其承诺'千方百计为员工寻找出路'的口号，是'束手无策和不负责任'的表现，是对国铁工人的新的威胁。我们决心举组织全力采取罢工等行动，绝不允许任何人被解雇。"（概要）

动劳也表示说："假如当局执意单方面、强行推进这三大措施，那么我们也决心严肃以待。"就连偏向当局的铁劳也作出了严厉反应："关于剩余人员安置问题，国铁当局一边回避劳资协商，一边却突然提出了对策措施。这是本末倒置、毫无道理的做法。今天这种事态，是因为国劳等其他工会长期持续草率鲁莽的反合理化斗争，而当局又与其勾结及对其迎合迁就而造成的。因此，当局在提出令员工作出重大牺牲的方案之前，首先应对自己之前的基本姿态进行严肃反省。"

突然发现自己脖子上被架了一把"匕首"（即废除《就业稳定协议》）的工会，在当局提出方案后立刻一齐提出官方见解，进行了猛烈反对。不过后来，各家工会的应对态度却出现了较大的区别。国劳不仅与当局之间形成严重对立，而且，在国劳内部的各派阀之间，围绕这个应对方式也出现了分歧和对立。国劳内部的对立激化，甚至成为后来国劳分裂的诱因。另一方面，动劳这时也与其官方声明相反，表示"为了维护组织及工会会员的生活"，将积极配合当局的雇佣政策。国劳与动劳的裂痕由此变得不可逆转。

到了昭和五十九年（1984 年）9 月，当局开始正式与各工会就"三大措施"展开谈判。

国劳中央委员会（武藤久任委员长）认为这个方案是"事实上的解雇方案"，因此以罢工相威胁，要求当局将方案全部撤回，并且决定开展"不辞职、不下岗、不外调"的"三不运动"。不过，动劳总书记福原福太郎却在 7 月份的全国大会上显示出灵活的姿态："从根本上来讲，我们也反对当局的'三大措施'攻击。但是，对这些攻击，我们必须结合目前形势，从如何维护工会会员及其家属利益的立场出发，逐个应对。我们的最终目的是要维持《就业稳定协议》，实现就业稳定。只有这样才能守住岗位，保护家属的利益。"大会还决定全权委托中央执行委员会作出最终判断。

10 月 9 日，即《就业稳定协议》到期的前一天，当局在审视各工会情况的基础上，提出了一个最终方案，即"对退休制度修改继续进行磋商，但就下岗制度和派遣制度希望在今日之内达成妥协。如不能达成妥协，当局将不得不就《就业稳定协议》的存续作出重大决定"。方案提出之后，动劳、铁劳和全施劳三家工会全盘接受了当局的方案，由此，他们与当局之间的《就业稳定协议》在

90 日之后即翌年 1 月 10 日以后将继续有效；但是国劳和全动劳寸步不让，主张继续磋商，谈判由此决裂。国铁当局决定在终止集体谈判的同时，按事先所作通告，"于昭和六十年（1985 年）1 月 10 日与其解除《就业稳定协议》"。在这个问题上，当局的做法也是优先与人数较少的工会（即动劳和铁劳等）达成妥协，而无视人数较多的工会（国劳）的要求。

动劳最后总结说："我们看穿了当局准备发动解雇攻击的意图，因而明确提出必须遵守《就业稳定协议》，保障工会会员的身份。"然而，国劳对动劳提出了严厉的批评，称其行为"有利于当局，却违背了国铁工人的利益"。不过，动劳对于国劳的批评毫不在意，他们还为那些被派往国铁出资饭店等地工作的动劳会员举行欢送会等，对剩余人员对策采取了积极配合的态度。

到底是继续斗争要求撤回"三大措施"，还是寻求妥协的道路？孤零零撑到最后的国劳也开始出现动摇。最终期限是昭和六十年（1985 年）1 月 10 日。在国劳内部，寻求妥协道路的主流派民同左派（社会党派系）与主张通过罢工进行坚决斗争的反主流派社会主义协会派（向坂派、社会党派系）、革同派（共产党派系）之间的对立和斗争变得激烈起来，国劳在对抗与妥协的夹缝中摇摆不定。

*　　　　　　　*

转年进入昭和六十年（1985 年）之后，为打开局面，国劳采取了相关行动。国劳委员长武藤久拜访了自民党政调会长藤尾正行，请他帮忙斡旋，让国铁当局与国劳"重新签订《就业稳定协议》"。藤尾在担任劳动大臣时期就与武藤有交往，他当即打电话给仁杉总裁，指示说："武藤说不让会员搞'三不运动'了。你们也不要太粗暴了！"（武藤久，《不知己，亦不知敌》）据称，藤尾接着也提醒武藤说："国劳也要懂规矩。让会员不要在一线胡闹。得不到社会支持的国劳是没有前途的。"（《不知己，亦不知敌》）但是，国劳在期限 1 月 10 日之前未能拿出结论，于是《就业稳定协议》暂时被废除。

之后，在政调会长藤尾的斡旋下，当局和国劳重启了有关"三大措施"及《就业稳定协议》问题的谈判，但磋商未能取得进展。3 月 7 日，国劳将春斗时的要求，即"对劝告退休对象中 55 岁～59 岁的在职人员，与其他一般职员实行同样的基本工资提高待遇"，向公劳委申请仲裁。4 月 4 日，仲裁裁定指出："若国劳能够就尚未谈妥的下岗及借调派遣签订协议，那么 55 岁以上人员的基本工资提高问题可按照现行条件执行。"仲裁方案把原本无关的下岗和借调派遣协议作为解决前提，国劳执行部虽然表面上对此表示不满，但为了打压主张"三大措施"全部撤回的强硬派，寻求妥协道路，他们只好接受了这个裁定。

同年 4 月 9 日，国劳也终于同意接受"三大措施"中的下岗制度和借调派遣制度，与动劳、铁劳及全施劳同样，与当局以昭和六十年（1985 年）11 月 30 日为期限重新签订了《就业稳定协议》。但是，国劳内部的对立在协约签订之后也没有平息。之后，主张强硬路线的反主流派继续在各地实施"不辞职、不下岗、不外调"的"三不运动"。5 月份，国劳在札幌召开临时大会，武藤委员长等主流派与社会主义协会等反主流派，围绕应该如何处置《就业稳定协议》再次发生冲突。"斗争总结"也被迫延期，改为"在 7 月末的定期大会上重新进行讨论"。这个延期，不过是因为主流派和反主流派均"不愿拆散组织"而达成的妥协而已。之后，一直到翌年昭和六十一年（1986 年）10 月修善寺大会召开为止，国劳将经历无数次迷离彷徨，一步步走向自我毁灭。

"将军作战会议"

后来，劳资双方围绕"三大措施"形成的对立逐渐加深。昭和五十九年（1984年）8月10日，一直在对国铁重建策略进行讨论和研究的重建监理委员会（委员长为龟井正夫），向中曾根首相提交了《第二次紧急建议》。该建议由"关于国铁业务重建的基本认识"和"当前应采取的紧急措施"两部分构成。

《建议》在"基本认识"中分析说，"国铁经营破产的原因，在于在具有经营责任不明晰等缺陷的公共企业体制度下，由超越管理能力极限的巨大组织来实施全国一元化管理的这种做法"；并判断认为，"我们很难找到必须维持现行经营形态的积极理由。在现行框架不变的情况下进行修改和完善，这种治标不治本的'对症疗法'无法使国铁得到重建。因此，有必要以分拆和民营化为基础，对今后的具体措施进行讨论"。

这是重建监理委员会成立一年多来，首次正式提出"分拆和民营化"。龟井委员长在新闻发布会上说："重建监理委员会在成立后，经过一年多的讨论，认为在全国一社的现行公共企业体制度下难以实现重建。也希望国民能够理解这点。明年在最终答询提交时，不能再用原则论来说三道四。拿富士山来打比方，现在刚爬到'五合目'①。今后我们将重点围绕经营形态、债务处理问题、人员问题，对方案进行具体细化。"

此时距离"国铁消亡之日"尚余2年半的时间。事态开始朝着国铁解体的方向急转直下。可以说，这是"国铁终结的开始"。

---

① "合"为表示登山路程的概略单位，从山脚到山顶按路途险阻程度一共分为10合。"五合目"（即第五合）大概在半山腰的位置。

以总裁仁杉为首的国铁管理层，打着"将委员会的建议反映到经营活动当中"的旗号，马上启动了旨在制定"国铁自身的经营重建策略"的"秘密理事会成员研究小组"。成立这个理事会成员研究小组的目的，是为了与重建监理委员会的分拆和民营化具体方案相抗衡，由国铁自己提出具有说服力的替代方案，以此来阻止"分拆和民营化"。一般来讲，若是审议"国铁自身的重建方案"，那么由国铁通常的"常务理事会"进行讨论即可。然而，首脑层却在常务理事会之外，另外设立了"理事会成员研究小组"来进行讨论。

其目的在于将"三人帮"的影响力从这个研究小组中清除出去。通常情况下，常务理事会的参会人员除了总裁、副总裁、总工程师（土木工程技术方面的领导）这三位领导之外，还有所有的常务理事；另外，会计局局长、经营规划室室长也会参加。而且作为事务性职员，总裁室的秘书课课长、文书课课长、主计课 ① 课长即所谓的"官房三课长"也要列席会议。讨论由文书课课长主持，文书课的总括助理担任会议记录。"三人帮"的首领井手正敬是秘书课课长。领导层认为，在重建监理委员会《紧急建议》的背后，"肯定有井手等'三人帮'的存在"。

倘若不把井手清除出去，那么国铁当局的意图将有可能完全泄露给重建监理委员会以及由三塚博任部会长的自民党交通部会。可是，若是只把秘书课课长井手一个人排除在外，又会被外人认为这分明是在"排挤改革派"。因此，他们把会计局局长、经营规划室室长和官房三课长全部排除在外，发起成立了仅由三个头领及常务理事会成员组成的特别"理事会成员研究小组"。由于没有人打下手，研究小组便把具体工作拆散开来，对各个主管课室不告知其目的，只是命令他们"按此前提条件来进行计算或者制作表格"等，

---

① 在企业会计工作中，主要从事与税金相关及财务分析等工作的部门。

要求他们提供只见树木不见森林的零散资料。

另外还有一个目的，是要削弱担任首席常务理事、主管经营规划及人事的竹内哲夫的力量。竹内在学生时代曾担任东京大学山岳部的领队，他为人温和厚道，人品诚实，在年轻职员当中有相当高的威信。在所有常务理事当中，只有他一个人认为"在现行经营形态下，国铁重建将非常困难"，对"三人帮"的分拆和民营化主张表示理解，并且指示其主管的经营规划室，要积极配合重建监理委员会的工作。为了不让常务竹内掌握主导权，必须强调"理事会成员研究小组"是有别于通常的常务理事会的组织。这是一个出席成员仅限于总裁、副总裁、总工程师及常务理事全体成员的"秘密会议"，所讨论的内容也都是"绝密"。

这个"秘密理事会"的掌控者，是副总裁绳田国武和刚刚升任常务理事、排在第 11 位的末座常务太田知行（兼任职员局局长）。"首席常务竹内好像喝酒喝得酒精中毒了，说话都不利落。"这种"别有用心"的谣言迅速在国铁内部流传开来。会议的所有主持和总结工作都由太田负责，原本应该负责此事的竹内却被晾在一边。秘密理事会每周召开两至三次。会议讨论的内容外面一无所知，据说，很多员工将其揶揄为"仅由将军们参加的作战会议"（三塚博语）。

除了竹内以外，以绳田和太田等人为首的秘密理事会成员尽管程度有所不同，但都认为国铁即便实施民营化，也应该维持自明治以来，从北海道到九州逐渐遍布全国、已形成"全国一体"的铁路网。"民营化可以搞，但分拆不现实"——他们试图制定这种"由国铁自己提出的重建方案"，以此向政界、经济界及国民舆论呼吁，并对重建监理委员会的《紧急建议》展开反击。秘密理事会无视组织原则，将主管此事的经营计划室撇在一边，自行讨论和制订了这个事关国铁未来的计划。

国铁领导层为什么会出现如此动向呢？其背景是，在第二临调成立后同样被当作改革对象的电电公社和专卖公社，当时正在紧锣密鼓地筹划民营化改革。反对民营化的全电通劳动工会及全专卖劳动工会也已转变方针，表示"如若不搞'分拆'，则同意民营化"。国会也按照"以维持全国一社的组织为前提的民营化"这个方向在进行审议。

另一方面，当重建监理委员会的《紧急建议》提出之后，国劳和动劳等国铁各劳动工会立刻与总评等联名发表抗议声明说："这种分拆建议也可称之为'国铁解体论'，我们对其无法容忍。为了抵制分拆和民营化，捍卫准时、方便、安全的国铁，我们将竭尽全力开展斗争。"

战后发起成立的日本劳动工会，多数是以企业为单位设立的工会（欧美的工会主要按产业来设立）。假如国铁被分拆和民营化，那么作为全国性组织的工会很可能也将被迫"分拆"，因分裂而丧失力量。无论工会方面还是国铁当局，都认为纵然民营化是时代潮流，也应该像电电公社及专卖公社那样——"即使被民营化，也要坚守全国一社的体制"。在这一点上，旨在实现"国铁自身重建方案"的国铁管理层，与工会方面的意图完全一致。在理事会成员研究小组的幕后，以职员局为中心，劳资双方还秘密推进了反分拆的"劳资联合斗争"。

井手正敬遭到逐放

同年（1984年）9月16日，总裁仁杉突然去拜访了三塚博。当时，三塚博在第二天将作为自民党考察团的一员前往巴西考察。

"井手是主管人事的秘书课课长，因为工作关系，现在遭到很多现职人员及老同事的反对。再这么下去，恐怕会对他造成伤害。

为了让他暂时离开总公司避避风头，我准备把他调到东京西铁路管理局去当局长。"仁杉对三塚说。他知道三塚马上要离开日本一段时间，因此打算趁机取得其"同意"。当天夜里，三塚打电话给井手："总裁说要把你调走，怎么办呢?""如果是总裁这么说，那只能接受吧。"三塚也无权阻止。"是吗，那只能如此了吧。"三塚说完这话后，第二天就出发去了巴西。

过了 5 天，21 日，当局正式签发了对井手正敬的人事调令：撤销其总公司首席课长即总裁室秘书课课长的职务，将其调任东京西铁路管理局局长。国体护持派为了清除"三人帮"及其同伴，首先对头领井手实施了"逐放"。

起草人事调令是秘书课课长的工作。调令签发之前，副总裁绳田将井手叫去，命令他起草调令文书。东京有西、南、北三个局，西局是地位最低的一个。按照通常的调动路径，作为总公司首席课长的秘书课课长，应该调到大阪或仙台、门司等管理局任局长。而且就在同一天，公司还作出内部决定，将与井手同期入职的劳动课课长阿部常彦调任大阪铁路管理局局长。因此谁都可以看出，这是对井手的降职处理。

在人事调令签发当日，天皇和皇后两陛下因为结婚纪念日旅行，将从中央线原宿站乘坐御用专列，前往位于猪苗代湖的御用别墅。原宿站归西管理局局长管辖，接送御用专列也是其工作之一。"为御用专列送行是一件很光荣的事，你赶紧去上任吧。"在绳田的催促下，井手还没来得及向同事辞行便匆匆前去赴任。井手在就任秘书课课长之后，每个星期一的傍晚，都会在其座位后面的秘书课会议室里，召集十几名年轻改革派举行学习讨论会。这个私下性质的学习讨论会，也因井手的调任而自然消失了。之后形势的发展表明，这次人事调动是为逐放改革派而打响的"第一枪"。

然而，对国体护持派来讲，这次人事变动也存在一个重大的

"疏忽"。假如当初将井手调至大阪、门司、仙台等首席课长通常去的铁路管理局，他不可能频繁地回东京出差，最多也就是通过电话与同伴联系而已。可是，东京西管理局就在国铁总公司旁边的附属楼里，井手可以随时与改革派年轻人联系。而且，在附近高架桥下边的小酒馆里，这些志同道合者也可以随时见面。

当时任职员课课长的葛西敬之，几乎每天上班之前都会先去井手那里，告诉他在旁边总公司所发生的事情。副总裁绳田等人也将与自己鼻息相通的部下派到西管理局的秘书课，令其仔细监视井手的行动并向他们汇报，比如井手每天几点出入办公室，以及去了何处等等。井手察觉此事后，每天一到傍晚就赶紧让秘书回家，然后自己也不使用局长专车，而是乘坐包车或出租车外出办事。

11月末，当局召集全国各地管理局的局长到总公司开会。可能是秘密理事会打算搞点业绩吧——作为"分拆和民营化"讨论的一个环节，"我们可是征求了全国所有管理局局长的意见哦"。会期两天，分两拨举行。当首脑层要求与会人员"对国铁改革提出坦率意见"时，井手回答说："当然应该实施分拆和民营化，而且最好进行彻底的分拆，比如细分到现在的铁路管理局这种程度。"副总裁绳田和常务太田听完后只是冷笑了两下，在他们听来，井手的发言"犹如痴人说梦"。会上，表示赞成分拆者仅有两人：井手和天王寺管理局局长。

*　　　　　　　*

秘密理事会先后一共召开了35次，直到昭和五十九年（1984年）12月22日，才最终决定了以《为了经营改革的基本方针政策》为题的国铁自身的重建策略。其内容是，在昭和六十二年（1987年）4月1日过渡到民营化的同时，维持全国一社的体制，即所谓的"民营、非分拆方案"。但是,"北海道和四国,有可能根据政府的政治判断来实施分拆和独立"。关于经营形态的议论一直持续到最后一次理事会。对于民营化所有人都表示赞成,然而主张"分拆论"者却只有竹内哲夫一人。其他所有人都反对分拆,理由是"分拆的优点不明确"。"首先实行民营化,在此期间,在对各个地区收支情况等进行充分和反复研究的基础上,再考虑分拆的事情。"总裁仁杉采用这种"两步走"的方式,对理事会的讨论进行了汇总。

这个结论早晚得对外公布。为了在公布之前取得重建监理委员会委员长龟井正夫的谅解,总裁仁杉向其口头传达了该方针。"那可不行!"龟井面露愠色。然后,他直截了当地表示:"这样的方案我看还是不公布为好。"

总裁仁杉和副总裁绳田骑虎难下,于是前往目白去田中角荣那里寻找靠山。当初举荐仁杉去当总裁的就是田中。仁杉和绳田等人秘密造访了田中的宅邸。据说,当时田中说:"舆论也有各种各样的观点,将四国和北海道分拆出去属于迫不得已,但是本州和九州不能分出去。"田中发言的确切内容我们不得而知,但仁杉和绳田等人据此认为:"田中角荣考虑只把四国和北海道分拆出去,因此按照这个基本方针的思路,应该能够闯过这关。"

因"田中发言"而自信大增的仁杉和绳田等人,从年底12月25日开始,积极走访了自民党的三位头领及相关人员,并向他们进行了说明。他们先后拜访了干事长金丸信、总务会长宫泽喜一、政调会长藤尾正行、总务厅长官后藤田正晴、前运输大臣细田吉藏、原运输大臣长谷川峻、国土厅长官加藤六月等人,依次向其介绍了基本计划的概要。当时最终的文案尚未完成,因此只是作了简短的口头说明,不过感觉"反响还不错"(草野厚,《国铁改革》)。

年轻改革派的崛起

昭和五十九年（1984 年）12 月 28 日，由秘密理事会汇总的题为《为了经营改革的基本方针政策》的自主重建方案的原稿终于完成。原稿大约使用了 50 页稿纸。理事会准备将原稿拿去印刷，年后一上班，不光是自民党，还要将其分发给社会党、共产党和公明党的干部及各工会的干部等，事先与他们进行疏通。其战术是，要抢在重建监理委员会的最终答询出炉之前，引导舆论支持"国铁自身的重建方案"。当局的日程计划是在元旦放假结束后即昭和六十年（1985 年）1 月 5 日完成自主改革方案的印刷，然后马上召开理事会作出正式决定，在 10 日向重建监理委员会进行说明之后，即将其公之于众。

当天是年前上班的最后一天，当领导宣布这一年的工作结束后，职员们便开始陆续下班回家。就在这天上午，相关负责人将方案原稿交给了经营规划室的总务主管，并对其吩咐说："你去安排一下印刷，注意千万别让其他人知道。"这个消息恰好被同屋的总括助理夏目诚（后来任 JR 东日本副总经理）听见。夏目是"三人帮"的同伴，经常与他们一起参加活动。第二天即 29 日上午，夏目秘密前往印刷厂，拿到了校正用试印稿。对于客户单位总括助理提出的要求，印刷厂也不可能不答应。然后，他马上与其上司首席主管松田昌士联系。这样，松田等改革派抢先一步拿到了《为了经营改革的基本方针政策》试印稿的复印件。

那天正好是昭和六十年度（1985 财年）预算编制工作结束的日子，自民党的三塚博提出"大家一起去吃个饭，就当是开忘年会吧"，将"三人帮"等住在东京的改革派成员召集到了位于东京溜池的东急凯比德酒店。这些人都是协助三塚小组委员会（自民党交通部会长三塚任委员长）秘密办事处开展工作的成员。"我们已经拿到了国铁的自主重建方案，在忘年会开始之前，我们先把它彻底研究一下吧。"下午 2 点，接到联系的 15 名成员在该饭店的某个房间里会合。改革派之一、已被调任仙台铁路管理局总务部部长的松本正之（后来任 JR 东海总经理）也风尘仆仆地赶了过来。

松田等人对"国铁的自主重建方案"进行了字斟句酌的检查，指出了其中的问题，并用数页稿纸对反驳要点作了汇总。就像改革派预想那样，"自主重建方案"不外乎以下内容："虽然实施全国一社的民营化迫不得已，但在昭和六十二年（1987 年）实施分拆存在很大问题，因此需要维持全国一体的经营形态；对于将来也难以自立的北海道和四国，可以考虑实行分拆；今后将适当削减设备投资，将员工总数压缩到 18.8 万人；员工工资由第三方机构来决定"，等等。"虽说同意民营化，但这也是以往改善经营计划的翻版和延续，不过是为了把彻底改革延后的权宜之策而已。"这便是改革派得出的结论。

下午 5 点多，三塚博和重建监理委员会事务局次长林淳司来到该饭店地下一层的中餐厅。作为政调会长代理，三塚在昭和六十年度（1985 财年）预算方案调整上颇费周折，现在这项工作总算有了结果，这令他感到如释重负。后来成为运输次官的林淳司，是为国铁改革奔走呼号的人物，也是重建监理委员会中"分拆和民营化路线"的推动者。三塚特意让秘书准备了一瓶特大号的香槟酒。

可是，大家哪有心思开忘年会？井手等人把秘密理事会的"自主重建方案"复印件递给二人，然后手持刚刚整理好的笔记，向他们阐述了其中的问题。

"你们说得很对。这种东西若是公布出去了，我们将毫无办法。"

三塚怒不可遏。他尤其感到不可理解的是"纵然实施民营化，也不赋予劳动基本权"这点。"劳动基本权维持现状，也就意味着工资决定机制要维持现状。这样的话，哪里有自主性经营决断的空间？在经营活动中占比重最大的是人工费，然而经营者不能自主决定这个人工费，这实在令人不可思议。民营化的本质是什么，他们简直是一窍不通。"三塚继续发言说：

"就像你们所说那样，这个重建策略只是以往改善经营计划的延续和翻版而已。以前多次提出的重建策略均以失败告终，显然，这次也难逃重蹈覆辙的命运。虽然为了体现新意而借用了'民营化'之名，但这与目前的公共企业体制度有何区别呢？赶紧把你们讨论的内容整理成书面材料。我拿着它去找其他自民党干部，让他们一起来抨击国铁在年后将提出的基本方针。你们也分头行动，去向相关方面进行说明吧。"

＊　　　　　　　　　　　　＊

当时，改革派与国体护持派之间的对抗正处于关键时刻。吃完饭后，有人提议说："今后我们将面临残酷的斗争，大家借此机会一起表表决心吧。"然后，由最年轻的经营规划室主任 ① 野宫一树（昭和四十八年即 1973 年入职，后来任 JR 东日本首任劳务课课长，已故）起草《决心书》，并由所有成员对其内容作了确认。首先，由三塚博用毛笔写下了《决心书》的序文："一步万步 ②——放眼 22 世纪。"紧接其后，林淳司写道："为了迎接铁路重生元年，坚定决心勇往直前！"二人还分别签上了自己的名字。在《决心书》的末尾处，出席聚会的 15 人用毛笔署名。野宫撰写的《决心书》

---

① 在日本，主任为某项业务的负责人，接近于主管之类。
② "千里之行，始于足下"之意。

全文如下：

在即将告别昭和五十九年（1984年）之际，我们相聚于"围坐在三塚博先生及林淳司先生身边的聚会"，并作出如下考虑：

一、现在国铁财政之窘困已达极限，处于经营崩溃的前夕。在此国铁危急存亡之秋，为了在我国经济社会当中，使铁路运输作为惠及未来的基础交通设施存续下去并得到发展，我们认为必须完成改革大业。

二、我们认为，改革只有分拆和民营化一条道路可走。

三、然而，在此国铁安危兴亡之时，很多人犹豫不决袖手观望，或窥视变动、最终只计较眼前利害得失，不顾铁路的未来而只忧虑一己之祸福，醉心于无法看破时势、死板教条的空洞理论，这委实令人寒心。任其发展，则铁路将永久丧失，三十余万国铁员工势必陷入涂炭之苦。

四、我们坚决不与那些贪图安逸虚度时日、沉沦于国铁三十余年旧弊之徒为伍，而要凭借远见卓识和英明决断去成就改革大业，今日我们为表此心志而共聚于此。

五、我们深知，此大业的实现极为艰难，非一朝一夕即可完成，亦非口舌所能争也。正因为如此，我们下定决心，务必参照本立而道生① 之例，确立无愧于千秋万代的强大根基。

六、即将迎来的昭和六十年（1985年），是决定铁路未来的关键年份，我们将在今日所述决心的激励和指引下，凝聚全力阔步前行。

　　　　　　　　　　　　昭和五十九年（1984年）12月29日

---

① 源自《论语·学而》"君子务本，本立而道生"。意为"只要根本建立了，治国做人的原则就有了"。

在这份《决心书》的末尾，井手正敬、松田昌士、葛西敬之依次用毛笔署名后，其余 12 人按照入职年度顺序，也依次署名。署名人员及其入职年度如下：

北川博昭（昭和三十九年即 1964 年）、大塚陆毅（昭和四十年即 1965 年）、桝田卓洲（同前）、松本正之（昭和四十二年即 1967 年）、细谷英二（昭和四十三年即 1968 年）、垣内刚（昭和四十四年即 1969 年）、清野智（昭和四十五年即 1970 年）、夏目诚（昭和四十六年即 1971 年）、山田佳臣（同前），内田重行（同前）、阿九津光志（昭和四十七年即 1972 年）、野宫一树（昭和四十八年即 1973 年）。

这里面人才济济，后来在实施分拆和民营化之后，他们都作为核心成员活跃在 JR 各公司。最年长的北川当时 44 岁，是经营规划室主管；最年轻的野宫 33 岁，是该室的主任部员；后来由 JR 东日本副总经理调任理索纳银行、最后升任董事局主席职务的细谷英二，那时也才 38 岁，担任秘书课总括助理；就连作为领头羊的井手也才 49 岁，刚刚就任东京西管理局局长。这些改革派成员，基本上都是离总公司的课长职位仅一步之遥的中坚力量。

对于作为国铁护持派的首脑层来讲，尽管"三人帮"的存在已是公然的事实，但这时其他同伴的身份尚未"暴露"。因此，假如这份《决心书》的署名人员被泄露出去，那么等待他们的将会是何种待遇？所有署名成员对此心里非常清楚。这份《决心书》最后交由井手保管。

从第二天 30 日起到新年之后，改革派小组分头秘密拜访了自民党的行政改革派、民社党和公明党的议员、第二临调及重建监理委员会的成员以及各家报社的评论员和负责国铁报道的记者，向他们出示了秘密理事会所制定的《为了经营改革的基本方针政策》

（"国铁的自主重建方案"）的复印件，并指出了其中所存在的问题。

30日早晨，井手来到山下德夫（由佐贺县选出）的议员宿舍，山下在第二届中曾根改组内阁（11月1日发起成立）中刚刚就任运输大臣。在这个改组内阁中，中曾根起用了三木·河本派的山下为运输大臣，以取代对分拆和民营化持消极态度的细田吉藏（福田派）。山下与田中派保持着良好的关系，而且与福田派的大腕运输族不同，他与国铁之间不存在瓜葛和羁绊。

"国铁管理层拟定了一个《为了经营改革的基本方针政策》，我想国铁总公司早晚会给您送来正式报告。我们事先搞到了这个基本方针，这里面存在很多问题。这个笔记是我们总结的问题要点。希望您在了解这些情况的基础上，去应对国铁首脑层的说明和进行国会答辩。""谢谢你，我一定好好看看。"山下满意地点了点头。

其实，井手与山下并非首次见面。在山下德夫就任运输大臣的前一天，井手等"三人帮"就已秘密拜访过他，当时，山下与家人一起暂时住在千鸟渊附近的钻石酒店。为他们创造这个机会的人是小清水忠，小清水是井手在担任宣传部次长时期的心腹部下。当时，小清水的一位朋友被借调至总理府内阁广报室，这人是原《读卖新闻》记者、当时担任读卖系电视评论员的中村庆一郎。中村曾担任三木内阁的总理秘书官，与山下有很深的交情。听说山下即将出任运输大臣后，"三人帮"便通过小清水与中村见面，然后中村再把井手等人介绍给了山下。"三人帮"向山下力陈国铁的现状及"分拆和民营化"的改革方向，山下被其热情打动后承诺说："你们的热情我已经领教了。如果有什么事情，随时来与我商量吧。"

另外，新年伊始，井手等"三人帮"还通过警察厅出身、当时担任总理秘书官的吉野准（后来任警视总监），悄悄与中曾根首相见面，并向其指出了当局方案中所存在的问题。吉野因为国铁与警察厅的人事交流项目而曾经被借调到国铁，在名古屋铁路管理局担任了两年旅客课课长。回到警察厅后，他继续与井手他们保持着交往。

在两个月之前的 10 月 31 日，中曾根刚刚在自民党两院议员总会上再次当选总裁。尽管候选人只有中曾根一人，没有举行总裁选举，但在这之前，党内一部分人希望拥戴副总裁二阶堂进（田中派）当总裁。中曾根趁田中角荣身处困境反守为攻、试图延长政权生命，当时，二阶堂对中曾根政权的这种做法持批评态度，对"老大"田中早早就决定支持中曾根也心怀不满。福田赳夫和三木武夫等对此随声附和，民社党和公明党也跟着起哄，由此造成自民党内部一时摇摆不定。但是，田中角荣和金丸信都同时支持中曾根，田中还对二阶堂说"我跟你不是如同夫妻么？"在田中的劝说下，二阶堂也只好鸣金收兵。中曾根实现连任后，起用金丸信任干事长。在周围人看来，在这件事上，中曾根又对田中和金丸欠下了一份"人情"。

当井手等人作说明时，中曾根只是在默默倾听，并没有表态。"我想，我们改革派的心意与总理是相通的。"井手后来回忆说。年前，仁杉等国铁首脑层去拜访田中角荣，当时田中说了些什么，相关信息也已传到了中曾根那里。也许人称"风见鸡"的中曾根当时判断认为："眼下还是少说为佳吧。"后来他自己回忆说："那时，我把井手等人的讲话当作一线代表的意见，认真听取了他们的想法。"

总裁仁杉和副总裁绳田等国体护持派做梦也不会想到：《为了经营改革的基本方针政策》会被泄露给改革派，而且这些人还拿着它走访了中曾根首相及山下运输大臣，并就其中的问题向他们作了说明。

当时，国体护持派通过对中曾根再度当选过程的观察，认为田中角荣的强大影响力尚未衰落，因而打算依靠前首相田中角荣的力量来"阻止分拆的实施"。

第八章　改革派的绝命危机

国铁的"秘密警察"——"秋山机关"

在年底时，由秘密理事会制定的《为了经营改革的基本方针政策》（"自主重建方案"）即被泄露给改革派，为了令其"难产夭折"，他们正在四处进行游说活动。新年刚过，昭和六十年（1985年）1月10日，对此毫不知情的国铁管理层，便将该自主重建方案提交重建监理委员会，并向社会进行了公布。以下便是其主要内容。

"当局计划在昭和六十二年（1987年）4月，通过过渡到特殊公司来实现民营化之路。不过，我们反对重建监理委员会所主张的分拆，希望维持全国一体的经营形态。北海道和四国根据政府的政策判断，如果其运营基础能够得到确立，也可考虑分开经营。继续实施鼓励退休和原则上不再招聘新人的措施，员工总数在昭和五十九年度（1984财年）为31.25万人，到昭和六十五年度（1990财年）计划缩减至18.8万人。劳动基本权维持现状。但是，包括分拆在内公司形态应如何改革，在昭和六十五年度（1990年）之前再作讨论。"

仁杉岩总裁在公布这个自主重建方案的同时，还发表了下述"总裁讲话"：

"重建监理委员会从根本上来讲，是准备朝着分拆和民营化方向来讨论具体方案的，但我们是从实际业务执行者的角度出发，考虑到减缓剧变及其他各种情况，才提出了对现阶段的判断和看法。我们确信这个基本策略具有现实意义，而且将非常有效，今后我们将向监理委员会作充分说明，希望他们能够将其反映到审议当中，同时我们也会积极配合审议的推进。当监理委员会的最终答询及政府的基本方针出台后，我们将会认真服从。"

重建监理委员会委员长龟井正夫马上发表讲话，进行了严厉驳斥。监理委员会事务局次长林淳司根据年前改革派搞到的"自主重建方案"的复印件，就其中的问题要点，已经向监理委员会的委员作了说明。这个委员长讲话，估计他早就打好草稿、准备妥当了吧。

"这个基本策略回避剧变，试图不搞彻底改革就实现业务重建，因此，这只不过是以往屡次失败的重建计划的翻版和延续而已。照此下去，不仅劳资的意识改革、企业体质改善等根本问题难以解决，连眼下的紧急事态也无法应对。其次，作为新的经营形态，虽然他们说要废除公共企业体制度，实施民营化，但其内容既不明确也不彻底，是否真的能够充分确保经营自主性令人怀疑。倘若实施针对全国干线网络的一元化运营，则不能革除因超出管理极限而带来的弊端及全国整齐划一的运营所带来的缺陷等。要想克服目前国铁经营的危机状况，必须同时实施民营化和分拆。"

土光敏夫作为第二临调会长已提出"分拆和民营化"的政策方向，他也对这个方案不屑一顾，称"国铁的改革方案不过是重建监理委员会开展讨论时的一个参考意见而已"。

运输省也批评说："改变公共企业体制度，将其改为特殊公司，这点大体上值得肯定，但是其内容缺乏具体可操作性。虽然提出要避免分拆，但没有明确回答之前全国一社体制所产生的弊端如何消除。一方面说要通过特殊公司实施'民营化'，另一方面却对劳动基本权维持现状。公司没有工资决定权，这种形态能称之为民营化吗？"

运输省原先对分拆和民营化的反对声音较为强烈，但在山下德夫大臣的率领下，也开始逐步转向支持"分拆和民营化"。应该说，监理委员会委员住田正二和该委员会事务局次长林淳司（二人均为运输省出身）对此功不可没。

第二天，即11日，各家报社的早报一齐刊登了措辞严厉的文章。《朝日新闻》的标题是"一时的权宜之策""收入估计过于乐观""缺乏实质内容的'民营化'"，而且还对其进行了严厉批判："与以往一样，不承认罢工权，（中间省略）另外，工资决定权这个极为重要的经营权限，依旧交由仲裁裁定，这种经营方式真的能称作民营吗？其结果，多半是以往那种缺乏当事人能力的经营态度继续被姑息迁就。"《日本经济新闻》也指出"这离问题的根本性解决相差甚远""'自救努力'依旧不够充分"；《读卖新闻》说"透过'自主重建方案'可看出国铁的骄娇二气"；《每日新闻》也评论说"国铁的建议缺乏实质性内容"。

显然，改革派小组事先向各家报纸评论员及主管记者所作的秘密说明，产生了很好的效果。

*　　　　　*

在身陷"四面楚歌"的情况下，国铁当局也开始拼命反击。这年2月1日，为了实现这个"自主重建方案"，当局在总公司文书课下面成立了由绳田国武副总裁直接领导的"经营改革推进小组"。绳田副总裁本来打算设立一个名为"经营改革推进室"的正式部门。但是，为施行经营改革已成立松田昌士所在的"经营规划室"，运输省以与现有部门之间的关系不明确为由而不予批准，因此绳田只好悄悄下令在文书课下面成立这个小组。经营规划室是国铁与重建监理委员会联系的窗口，且由改革派占据着。明眼人都可以看出，成立这个小组的目的，是绳田他们想将经营规划室的业务逐渐转移至这个新部门，以便掌握主导权。

被任命为经营改革推进小组主查①的，是当时的器材局局长秋山光文。秋山在担任职员局劳动课课长时，就在国劳有很多熟识的人脉，也许他们企图与国劳在反对分拆这方面开展"联合斗争"吧。小组在成立之初只有秋山等4人。在3月份人事调整②时，"绳田—太田"阵营从精英职员中挑选出精兵强将对小组进行了扩充。这样，转眼之间该小组就发展成一个由约40人组成的庞大组织，国铁内部称之为"秋山机关"。

"秋山机关"的业务内容有：①将"自主重建方案"的内容通知总公司内部各局、各地方管理局，并对其进行具体细化；②尤其要梳理和找出实施分拆时可能碰到的问题；③对"分拆"的替代方案——"分权化"的内容进行深入研究；等等。总之，他们准备以这个部门为核心，与重建监理委员会的"分拆和民营化"进行彻底对抗。

"纵然民营化是时代发展的趋势，但国铁分拆是多么愚蠢的行为"——"秋山机关"首先竭尽全力去搜集和整理了有关这个论点的证据材料。他们编写了一份题为《分拆的优点与缺点》的绝密材料，然后召集各地区管理局局长及全国主要的一线管理人员开会，开始向他们作自主重建方案的说明。该资料虽然题目为"优点与缺点"，但实际宣扬的是"分拆带来的优点很少，而缺点却多得吓人"。对外他们也开始与各党派的国会议员、专家学者、评论人士、文化人士等接触，向他们宣传"自主重建方案"。

---

① 指业务负责人。
② 日本的年度（财年）从4月1日开始到第二年3月31日结束，因此每年3月份各单位都会有大规模的人事调整。

后来在仁杉总裁等首脑层被清除、"秋山机关"遭到解散的当天，这个名为《分拆的优点与缺点》的资料被连夜放入碎纸机里销毁，因而没有被保留下来。井手正敬曾就国铁自主重建方案的问题要点，向日本共产党参议院议员小笠原贞子（该党副委员长）作过说明，他还清楚记得他俩当时的谈话。从小笠原的讲话中，我们大致能推测出《分拆的优点与缺点》的内容。

"井手先生，话又说回来，前不久，（秋山光文那边有人来这里）给了我这个资料。你看，这上面写着：比如从下关去青森，需要先后乘坐好几家公司的线路，票价由各公司分别收取，这样就享受不到以前那种票价长途递减的优惠；另外，票价由途中各段合计得出，所以将会变得很昂贵，非常不方便。他们解释说，因此国铁也反对分拆和民营化。秋山先生他们给了我这个资料，我也表示同意他们的说法。"

"将来是否采用各段加总的计价方法尚未决定，另外，列车也不可能说到了一家公司的边界就停止不前了。就算采取各段加总的计价方法，但采取那种旅行方式的人一天能有多少呢？若一定要举这类特殊例子，那么也许刚开始的确会有各种不周全之处。我们一再强调，即使过渡到新公司，也不会立刻就采取各公司分别定价的做法，仍将继续维持现行票价体系。列车体系将由各公司自行判断，因此也许部分列车会遭到废除，不过没人说要废除蓝色列车啊。"

"秋山机关"在国铁内外对"自主重建方案"进行大张旗鼓宣传的同时，"也在不遗余力地切断经营规划室与重建监理委员会之间的联系渠道"（《再见吧，国有铁路》）。经营规划室应监理委员会要求向其提供的资料及回复说明等，都必须事先由秋山机关进行严格审查，根据需要还须在得到理事会同意的情况下才能作出答复。

秋山机关设在东京站丸之内北口前国铁总公司新馆的一层，紧靠着旧馆与新馆之间的地下停车场车辆出入口。所有从运输省及监理委员会送来的文件以及外送资料，都必须经过秋山机关的检查，未经理事会同意的东西，无论是送进还是送出都会被拦下。

由绳田副总裁直属管理的"秋山机关"，将重建监理委员会称作"GHQ"（盟军总司令部）。他们把监理委员会比作对战后日本进行统治的GHQ，然后把"与监理委员会息息相通的改革派看作出卖国民的'卖国贼'"。绳田在接受内藤国夫（《每日新闻》记者）采访时曾这么说过：

"在战败后，GHQ也曾想对国铁实施分拆。当时，他们准备由伊利诺伊铁路出身的夏侬少校牵头来推进分拆工作。佐藤荣作等铁路行家对此表示反对，说不能搞分拆，于是分拆才被叫停。连占领军GHQ都能听取反对意见，但是监理委员会事务局的那些家伙们竟然对我这个副总裁说：'你现在变成分拆赞成派了吗？如果不同意分拆，跟我们商量也是白搭''请你改变想法、赞成分拆之后，再来这里吧'。我们这些实务派提出'实施分拆将会带来很多问题'，但他们对此充耳不闻，真是令人遗憾啊。"（《国铁陷落前夜的修罗场》，《文艺春秋》，昭和六十年即1985年9月号）

在秋山机关正式运转起来后，当那些所谓改革派的职员不在座位上时，马上就会有人来查问："这人上哪儿去了？"在员工之间逐渐形成了相互监视的局面。员工们对秋山机关甚至感到恐惧，称其为"GPU"（苏联国家政治保卫局）。在秋山机关成立时，当局在办公楼内举行了盛大典礼，绳田副总裁及几乎所有的常务理事、局长都悉数到场。自那以后，为了防止员工自由讨论，当局出台了一条规定：禁止在楼内饮酒。

中曾根首相的"担责发言"

当国体护持派与改革派的争斗仍在持续时，中曾根首相在昭和六十年（1985 年）2 月 6 日众议院预算委员会上的一番讲话，令试图用"自主重建方案"来敷衍过关的国铁首脑层惊得目瞪口呆。这个被称为"担责发言"的讲话，也是中曾根内阁一举奔向"分拆和民营化"的"冲锋号令"。当时，民社党总书记塚本三郎问中曾根对国铁当局所发表的"自主重建方案"有何感想，中曾根回答说：

"国铁的方案我已拜读，但'大锅饭'经营意识依旧没有改观。这样的话他们受到那些批评是理所应当的，我想很多国铁干部对此也应该有切身感受吧。世上没有那么轻松随意的事情，另外，我们对国铁等部门搞行政改革也并非心血来潮一时兴起。我们是以超乎寻常的决心来搞这场行政改革的，因此，希望总裁及下面的干部还有普通员工，能够体谅我们的良苦用心。尤其是诸位领导干部，必须对改革的实施承担全部责任。因此，那些抱有与临调思路相反想法的人，必须承担相应的责任。这是我的想法。"（会议记录概要）

对于成立秋山机关试图转守为攻的国铁首脑层来讲，这个"担责发言"的真实意图何在？周围纷纷作出各种猜测。之前，中曾根首相一直在慎重观察第二临调和重建监理委员会的动向及国铁方面的反应，其表态和发言也相当节制，然而这次从他嘴里首次蹦出如此严厉的发言。其后面究竟有何背景？

昭和五十八年（1983 年）10 月，洛克希德案一审对前首相田中角荣作出有罪判决，认定其违反了外汇法及犯有受贿罪。中曾根一直在谨慎关注田中角荣旗下田中派的动向。尽管老大被判有罪，在昭和五十九年（1984 年）年末，田中派却迅速发展为拥有 130 名国会议员的大派阀。关于国铁改革，中曾根虽然"没有直接跟田中谈过"，但他间接听说田中对"分拆和民营化"持否定态度。身为弱小派阀领袖的中曾根之所以能坐上首相宝座，其实也是因为得到了田中角荣及田中派的支持。

然而，从国铁当局公布"自主重建方案"的这年年初开始，田中派的实力人物金丸信开始拥立竹下登成立"创政会"（金丸为竹下的保护人），政坛暗流涌动。金丸等人打算拥立竹下，这明显是在策划"劫持田中派"，因此田中角荣拼命反击，试图阻止创政会的组建。创政会的成立仪式预定在2月7日即中曾根发表"担责发言"的第二天举行。由此可以推测，当时，中曾根通过前官房长官后藤田正晴及金丸信等人，已经获悉田中手里的权力正在迅速丧失。

当金丸和竹下的造反变得"明目张胆"之后，"田中的焦躁和郁闷加剧，且饮酒量日增，大白天也喝得酩酊大醉，走起路来两腿直打晃。据称田中喜欢喝威士忌兑水，而且从早喝到晚。"（保阪正康，《田中角荣的昭和》）

在中曾根发表"担责发言"20天之后，即2月27日傍晚，田中在位于东京目白的宅邸与新潟越山会的会员们一边喝酒一边谈笑风生，然而在中途起身去厕所时突然倒下。随后被紧急送往东京递信医院，经医生诊断，其所患疾病为脑卒中。

虽然医护小组发布消息说，估计三四个星期就能够恢复正常，但实际上其症状已相当严重。后藤田正晴等田中的亲信向医院下达了缄口令，持续隐瞒实际病情。不过之后，随着田中复出无望的消息逐渐被公开，竹下登的创政会启动，竹下派得以成立。从这时起，中曾根便迅速、公开地朝着国铁分拆和民营化方向行动起来。

被揶揄为"风见鸡"的中曾根之前一直在窥伺时机，现在他终于迎来了主动出击的机会。

与此同时，相信"田中仍然健在"的国铁的国体护持派，也开始了他们最后的迷途狂奔。

葛西被打入"无形牢笼"

3月15日，国铁当局发布了定期人事调动令，实施了继清除井手正敬之后的第二批"肃清人事"。因为担心提前走漏风声，所以当局事先并未告诉相关行政职员，采用的是在取得总裁批准之后突然通知秘书课的方式。在这场人事变动中，"三人帮"之一的经营规划室首席主管松田昌士，被调任新设立的北海道总局综合企划部部长。

在这之前，绳田副总裁曾逼迫主管经营规划室的常务理事竹内哲夫，要他"把松田解雇掉"。竹内头脑非常冷静。他认为，这种做法将对国铁内外造成巨大的冲击，国铁将会遭到来自各方的强烈谴责。于是，竹内说服绳田，为了强调不是贬职，在北海道总局新设了一个"综合企划部"，让松田去当部长。虽名为部长，但其实手下也就两人。松田是北海道出身，他平时常说："北海道的国铁能够实现盈利。""他自己也想回北海道，我们也希望他能实现其'北海道盈利理论'"——这是当局对外宣称的理由。竹内其实是想让松田"暂时避避风头"。

松田之前已察觉到首脑层在清除改革派，但他"没想到他们竟会对身为与监理委员会联系窗口的自己下手"。在宣布内部决定当天，其他的被调动者从午后就开始接到通知，松田是最后一个接到通知的人，当时已过了晚上8时。接到通知后，松田立刻跑到总裁办公室，对仁杉总裁说：

"总裁，我收到了让我去北海道的内部命令，不过我并不打算辞职。其实，在总裁您撤回（以前在日本记者俱乐部所作的）分拆和民营化发言时，我曾经考虑过辞职。但是，后来我多次告诫自己，现在放弃还为时尚早，并一直坚持到了现在。所以我已下定决心，除非被解雇，否则我是不会主动辞职的。我会去北海道的。不

过我想提醒您一点，您这个人事调动就好比是点燃了一个火药桶，对于这点您应该心里有数吧?"(《有志竟成的民营化》)

这是由松田发出的"战斗宣言"。

"这个我知道。"

仁杉只能如此回答。其实，仁杉与竹内一样，也反对将松田降职外调。但是在绳田副总裁等人面前，他未能大胆坚持自己的主张。"我确实比较懦弱。"——对仁杉来讲，这是一个令人苦恼的人事决定。

松田是国铁与重建监理委员会联系的窗口，一直以来积极向重建监理委员会提供资料等，对其工作给予了积极配合。监理委员会方面对于松田被降职的人事安排异常愤怒。龟井委员长直接打电话给仁杉总裁，称"这是对监理委员会的严重挑衅"，并要求重新作出安排。在调令签发前一天即 3 月 14 日晚上，在位于东京纪尾井町的日料餐厅"福田家"举行了一个"二木会"①，这是由历任运输省事务次官与国铁副总裁举办的一边喝酒一边交流的聚会活动，于每月第二个星期四举行。根据内藤国夫所著《国铁陷落前夜的修罗场》记述，席间，重建监理委员会委员原运输次官住田正二责问绳田副总裁说：

"听说你们准备把松田调到北海道去，这可不行啊。马上撤回对松田的调令。你们这是对监理委员会的挑衅!"

"不，我们是不会撤回的。重建监理委员没有理由对课长级别的人事说三道四。"

"好吧，我明白了。如果国铁一定要这么干，那我就撤掉你小子和仁杉的职务。"

据说，也可能是喝了酒的缘故，"二人吵得十分激烈，几乎扭

---

① 星期四的日语是"木曜日"，故在每月第二个星期四举行的聚会简称"二木会"。

作一团"。

不过，松田倒觉得应该把去北海道看作一个新的机会。国铁一旦实现了分拆和民营化，在经营能力方面形势最为严峻的就是北海道。松田想，如果铁路重生在这里获得成功，那么国铁改革大概也将会变得一帆风顺。他一上任就乘坐站站停的地方线路列车，走遍了北海道内的所有国铁线路。他"在耗时一个半月、马不停蹄地完成这个考察之后，再次确信这里一定能够得到重建"。"北海道主要是浪费和损耗太多了。"过去这里的主营业务是用货车来运输煤炭，因此除了干线之外，还有许多用于行使"长大型"煤炭列车的货运设备，这些东西很多都没有得到有效利用而成为闲置设施。这方面占用了很多经费。另外，员工人数也过多。这里的合理化改革还是一张白纸，不过这样反而能够进行大刀阔斧的精简和瘦身。北海道有很多直线区间，用最小限度的投资即可实现提速。松田内心充满了自信，"自从土光临调的答询提出以来，日积月累的学习也发挥了作用，虽然当时北海道铁路大概亏损 2800 亿日元，但应该可以消除亏损，勉强实现盈利。"

在这场 3 月人事调动中被"流放"的还不只松田一人。在年轻的改革派当中资历最老的是总裁室秘书课总括助理细谷英二，他被调任天王寺管理局总务部部长，其前任是同期入职者。秘书课总括助理这个职位，对于总公司内部的课长助理及地方管理局的部长和课长级别人事拥有广泛的权限。旅客局总务课总括助理垣内刚（后来任 JR 西日本总经理），被任命为四国总局总务部部长，也离开了东京。除此之外，被视为支持改革派的中坚职员，也都分别被调往仙台、大阪及九州等地。随着核心人物一个接一个地被调走，改革派陷入了难以开展统一行动的困境。

在"三人帮"当中，只有职员局职员课课长葛西敬之留了下来。对他应该如何处置呢？对于国体护持派来讲，这是一个令人头疼的问题。如果把葛西赶到地方上去，则不知道他在那些偏远之地将会整出什么乱子。常务理事太田知行在仙台铁路管理局任职时，他俩一个是局长一个是总务部部长。他太了解葛西了，知道他不好对付。可能他认为"还是把葛西放在眼皮底下对其进行严密监视更为稳妥"，于是，"葛西被投入了无形的牢狱"（三塚博语）。当职员局内部有重要事情商量时，课长室的那些家伙便三三两两地聚集到常务理事办公室，把葛西一个人孤零零地留在房间里。

职员局的其他课长也被严令"不准与葛西讲话"。如果有人被发现与他进行了交谈，即便聊的是极为平常的话题，也会被叫到别的屋子里，被追查"都说了些什么"。不过，葛西并没有就此垂头丧气，反而被这种打击激发了斗志。

"这种异样的气氛并不好受。既然大家好像很害怕跟我说话，我也就懒得主动跟他们搭话。（中间省略）自己经常是一个人孤零零的无人搭理，不过这样反而有利于跟外面各种各样的人接触。（中间省略）一想到对方是与自己势不两立的家伙，反而觉得他们不管自己更好。（中间省略）令人欣慰的是，下属们都非常有能力。另外，尽管我处于孤立状态，但他们并未离我而去。"

以上是葛西"在跟自己的朋友聊天时所说的内容"（三塚博，《再见吧，国有铁路》）。

20名工薪族的"联名决心书"

就在同一时期，葛西找井手商量了一件事："井手，咱们搞一个联名决心书如何？要想国铁改革获得成功，我们就必须拼着身家性命去搞改革，必须要有这样的决心——倘若改革失败了，大家就一起辞职走人。为了表明永不回头的决心，咱们搞一个联名决心书吧。""这个做法不是很稳妥。"井手脑子里瞬间闪过这种念头，但他转念一想，"这也是一个让大家坚定决心的好机会"。"好啊，那就搞吧。"他回答说。葛西向井手提议的"联名决心书"，是由志同道合者一起签名的《崛起趣意书》①。关于其内容葛西是这样考虑的。

"在（与国体护持派的）分歧和对立变得清晰时，我们应该明确指出双方基本理念的区别，采用非匿名的形式即自报姓名，将自己的见解整理成书面文字，由社会来评判其是非曲直（中间省略）。所有（赞成者）都在该文件上签名并明确自己的责任，然后将其公开，以待（社会的）评判和检验。这样，我们的志向并非权利斗争，而是彻底的改革措施，并且我们还与当时的暧昧观念进行了对抗——无论今后形势如何变化，该文件将作为一个证据留存于世。我们也应该将其留传下去。"（《尚未完成的"国铁改革"》）

当时，葛西认为，这次斗争获胜的希望很渺茫。正因如此，"大家为什么要这么做？留下相关记录非常有必要"。在改革派年轻人当中也有人认为，"对这种以失败为前提的做法应该慎重"，"其负面影响可能更大"。一开始，松田昌士也持慎重态度，但自从被调往北海道之后，他变成了联名决心书的支持者，还催促说"应该尽早实施"。由于松田变成了赞成派，于是"三人帮"一致同意尽早落实此事。"文案撰写者是经营规划室的主管职员。"葛西在其作品中如此写道（《尚未完成的"国铁改革"》）。但据井手说，"葛西拿到文稿后，对其作了修改和润色。"

年底时，在由三塚博和林淳司带头签名的"决心书"上共有15个人签名。除了这15人之外，其他还需要跟谁打招呼呢？井

---

① 即《行动决心书》。

手与葛西进行了商量。二人一致同意再加上以下 5 人：本田勇一郎（昭和三十八年即 1963 年入职，旅客局总务课课长）、南谷昌二郎（昭和三十九年即 1964 年入职，会计局会计课课长）、小岛纪久雄（昭和四十二年即 1967 年入职，总裁室调查役）、志田威（昭和四十二年即 1967 年入职，大阪管理局总务部部长）、石原进（昭和四十四年即 1969 年入职，门司管理局总务部部长）。加上这些人以后，"决心书"的签名者一共有 20 人。

5 月末的一天，留在东京总公司的 14 名改革派秘密聚集于经营规划室的会议室。会议室的桌子上放着两份《崛起趣意书》，他们各自在上面签上了自己的名字。这份文件要求他们的上司即国铁管理层集体辞职，倘若此要求不能实现，那么所有签名者都将被赶出国铁。因此，签名意味着斩断了自己的退路。至于 5 名在地方上工作的同伴（不包括在北海道的松田），由已签名者带着文件去找他们签名。

《崛起趣意书》的开头是："为了实现国铁改革，我们有如下考虑和认识。"以下是其内容概要。

1. 现在实行彻底改革正当其时。

目前，国铁经营面临随时可能破产的悲惨状况。如果国铁陷于破产，则铁路将变得颓废凋敝，国民将遭受损失；不仅如此，巨额债务偿还及利息支付的中断所造成的社会及经济混乱，还将给国民生活带来重大影响。这个问题应该如何解决呢？如果延续以往的国铁重建策略，重复施行那种权宜之策，将使问题变得更加混乱和严重。因此，眼下我们应该大胆斩断祸根，果断实施彻底的改革。

2. 依靠《基本方针政策》（即名为《为了经营改革的基本方针政策》的自主重建方案）**无法实现国铁的彻底改革。**

显然，依靠该策略无法解决国铁问题。

《基本方针政策》声称要"缓和剧变",其实现在正是需要"剧变"之时。然而,他们只想让国民接受"剧变"(负担大幅增加),却希望自己维持现状。而且,为了找出"正当理由",他们在"挑战自救努力的极限"这种美名之下,对收入进行了乐观预估,使收支看似合乎逻辑,好像国铁真的能恢复健全经营似的。

该策略提出"劳动基本权将暂时维持现状"。可是,对劳动基本权的限制意味着由经营者自行判断和自主决定作为经营基础的工资——这个民营化最基本和最重要的条件——的缺失。不过,这倒是符合部分劳动工会提出的要求:无论经营状况如何都要保证工资的发放。

3.只有分拆和民营化才是实施彻底改革的方法。

要想实施国铁改革,第一是必须把所有问题都暴露出来,并找出稳妥的解决对策。第二,既然要求国民有所负担不可避免,就必须保证将来不会再次发生同样的问题。我们认为,如第二临调的基本方针、政府方针和重建监理委员会的基本认识等所明确指出的那样,只有分拆和民营化是切实可行的道路,除此别无选择。

4.实施改革须首先从人事革新开始。

这次改革是史无前例的宏大改革,不仅会对国铁员工的生活造成重大影响,也将给使用者即国民带来巨大的负担,他们将作出巨大的牺牲。然而,现在的国铁管理层一方面声称只有《基本方针政策》才是由业内行家作出的结论,另一方面总裁发言说:一旦政府方针确定,他们将乐于遵照执行。我们只能说,这正是他们没有主见的表现,说明他们心里只想着明哲保身和逃避责任。

像这样的管理层,假如政府的分拆民营化方针得到确立,纵然他们那时表明自己将遵照执行,但在改革实施的过程中,很难想象他们会不屈服于各种内外压力、一以贯之地去推进改革。如果一直高举反对分拆和民营化旗帜之人，竟在一夜之间变身为分拆和民营化的旗手，员工自不必说，国民也不会信任他们。因此，国铁的彻底改革，应该首先从管理层的更迭革新开始。

同年 6 月 12 日傍晚，重建监理委员会委员长龟井正夫邀请 18 名改革派成员共进晚餐。晚餐地点在住友会馆（位于大仓饭店后面）的会客室。委员会事务局次长林淳司也在场。为了出席聚会，松田昌士从北海道赶回了东京。在参加聚会之前，他先来到井手的办公室，在《崛起趣意书》上签上了自己的名字。在 20 人当中，他是最后的一个签名者。大家围坐在龟井身边边吃边聊，"有说有笑的非常开心，这与国铁内部阴郁沉闷的气氛形成强烈反差"（葛西敬之语）。席间，井手把《崛起趣意书》递给龟井，并解释了这么做的目的。

"在国铁内部，有很多对监理委员会阳奉阴违之人。结尾部分'实施改革须首先从人事革新开始'就是针对他们讲的。身为工薪族写这种东西，而且还签上了自己的名字，其分量还望您多加体察。我们已下定决心，如若行动失败，就全体从国铁辞职。"

接着其他人也分别讲述了各自的想法。为了缓和紧张气氛，龟井一边招呼大家吃菜，一边倾听大家的讲话。最后，龟井说："没想到大家下了这么大的决心。不过，这个签名文件千万不能泄露出去。放在我这里也不踏实，还是由你们自己妥善保管吧。"他把《崛起趣意书》还给了井手。所有在场人员都感到，龟井与他们是"心意相通的"。

2 天之后，6 月 14 日早晨 7 时，"三人帮"中的井手、葛西与改革派南谷昌二郎（会计局会计课课长）、大塚陆毅（会计局调查役）等 5 位年轻人，一起前往东京九段议员宿舍拜访了自民党议员三塚博。在与龟井的聚会结束后，松田昌士又连夜返回了北海道。当时，三塚作为政调会长代理，正一边与监理委员会密切联系，一边为最终答询做最后的协调和收尾工作。自从出版了《国铁重建的唯一方法》之后，国铁的首脑都称三塚是"变节者"，将其视作与国铁内部的改革派串通一气的危险人物。

但是，井手等年轻改革派避开当局的严厉监视，每周都会找个早晨去拜访三塚，一边与其共进早餐，一边汇报国铁内部的情况。三塚也会向他们介绍政府及执政党的相关动向。这天早晨，井手首先打开了话匣子。

"三塚先生，现在国铁内部的情况十分堪忧。在监理委员会的最终答询出台后，那些高管成员虽然可能表面上装作服从，但从内心来讲，他们根本没有推动改革的意愿。考虑到这次改革是最后的机会，我们认为，不实施人事革新，改革将不可能实现。我们把自己的想法整理成了文字材料，希望您能助我们一臂之力。"

在井手的示意下，葛西拿出 2 页用文字处理机打印的 A4 纸横排文件，把它放到三塚面前，然后一字一句地念了起来。在文件的最后有 20 名同事的签名。三塚马上意识到，"这分明是一份'联名决心书'啊"。

葛西念完后往前探了探身子，注视着三塚说：

"我们要求革新管理层，绝不是为了搞权力斗争。之所以这样做，是因为我们认为：作为领导者，必须在内心坚信实施分拆和民营化的国铁改革是有必要的，为此虽说不至于赌上性命，但至少应该赌上自己的职位——如果领导者没有这样的信念，则改革不可能成功。然而，现在的当权派们只知道为自己算计，在他们身上，看不到敢于为铁路的未来牺牲自我的勇气和决心。今后，铁路事业将面向 21 世纪一直延续下去。今天，改革派的主要成员也来到了这里，希望您能听听他们的心声。"

接着，南谷、大塚等 5 人在分别表明了自己决心的基础上，就国铁管理层密谋"搞垮分拆和民营化"的战略及战术，汇报了他们的分析成果："国体护持派的管理层预计重建监理委员会将提出以分拆和民营化为方向的最终答询，已经制定了分三个阶段实施的对策。"其内容概要如下。

·第一阶段是从答询提出到政府方针敲定这段时间

　　由国劳采取罢工等手段进行猛烈反对。国铁干部已经举全力对各党派的国会议员、专家学者、评论家、文化人士等，就分拆的问题要点作了宣传和说明，接下来他们将以国劳的激烈反对为导火线，撺掇这些人通过媒体对最终答询提出质疑。在此背景下，他们将对外宣传说"监理委员会的答询不过是外行的闭门造车而已"，并策划通过操纵舆论令公众对答询的合理性产生疑问，让政府在敲定方针时暗含言外之意。

·第二阶段是在政府法案制定之前

　　在这段时间里，通过对执政党及在野党、工会、专家学者、评论家等做工作，删掉答询中的关键内容，使答询变得有名无实。

·第三阶段是国会对国铁改革法案进行审议的过程

　　在这个环节，将法案内容转变为全国一体的民营化或者本州一体化的体制。

　　不过，目前估计监理委员会将提出实施分拆和民营化的答询，这样的话，他们将表面上表示尊重答询和政府方针，采取阳奉阴违的做法。

从之后国体护持派的动向来看，他们的分析可谓切中肯綮。

最后，南谷昌二郎发言说：

"目前，最终答询的提交迫在眉睫，我们迫切希望公布和发表国铁内部深明大义者的意见，为打开局面投石激浪。北海道的松田以及其他在地方上的同志，也在积极敦促我们。所有签名者都怀着这样的决心：如果不实施人事革新，那我们将离国铁而去。其他还有很多人赞成我们的意见。从事事务性工作的课长级别者以及课长助理级别以下者，绝大多数都赞成分拆和民营化。在技术人员中，持同样想法者也有很多。只是，因为担心范围过大导致事情泄露得不偿失，所以我们将签名者控制在了最小范围之内。"

在南谷发言结束之后，7 名改革派悄悄走出议员宿舍大门，朝着国铁总公司的方向昂首阔步而去。望着他们远去的背影，三塚感慨不已："为了实现国铁改革，他们真的是赌上了自己的命运啊！"

闪电解职

在井手等人去议员宿舍拜访三塚博一个星期之后，6 月 21 日，仁杉总裁突然前往首相官邸，向中曾根首相提交了辞呈。形势急转直下，仁杉体制轰然倒塌。"改革派的青年校官们原本打算赌上自己的职务公布其'决心书'，很幸运这份'联名决心书'的使命已由此结束，可以永远保持其神秘色彩了。"（三塚博语）剧情大逆转的背后到底发生了什么？

大概 3 个月之前即昭和六十年（1985 年）3 月 6 日召开的众议院预算委员会会议，对仁杉总裁造成了意想不到的冲击。会议上，社会党议员松浦利尚追问仁杉："有家名为 IWAO 工业的公司与仁杉总裁的宅邸位于同一地点。仁杉总裁曾担任过该公司的董事长，在昭和五十二年（1977 年）改为由您的妻子 Toyo 夫人担任董事长。这家公司承包了由国铁发包的土木工程。"面对这个突然发问，仁杉表示需要进行调查后再汇报。于是，这件事被拖到了 3 月 9 日的预算委员会会议。

《国铁法》禁止国铁理事会成员担任业务上有密切利害关系企业的董事会成员。运输大臣山下表示："尽管没有发现违法行为，但我们已严厉警告了仁杉总裁。"仁杉承认了相关事实，并道歉说"这都是由于我道德修养有限所致，今后我将加强自律，认真履行作为国铁总裁的职责"。事情由此暂时得以平息。据称，向松浦议员提供线索者是与国劳有关的人，其意图何在我们暂且不论。不过，"IWAO 工业事件"却给国铁改革带来了巨大的影响，舆论由此转向，认为"目前这种延续过去体制的改革，将无法使国铁获得重建"。

在这之后，仁杉向极个别运输省官员表明了辞职意向。由此，"仁杉总裁打算辞职"的消息逐渐传开。仁杉在其著作《挑战》中写道："我在 3 月中旬决定（辞去总裁职务），并告诉了运输省的极少数人。之后，可能是运输省走漏了消息吧，政界、官场及部分媒体就传出了撤换总裁的消息。"

关于辞职原因，书中说："我认为，倘若总裁提出辞职，就可以要求（由总裁任命的）其他理事会成员也提交辞呈；采用这种方式将分拆和民营化的反对者清除后，监理委员会推进起国铁改革来也更为容易。"但他并没有提及 IWAO 工业公司的问题。此时，他内心的想法果真如他所说的那样吗？在国会被追责后即迅速表明辞职意向，说明 IWAO 工业公司的问题才是引发其辞职的关键原因——这种看法或许更为合理吧。

关于这件事情，中曾根首相又是如何考虑的呢？

中曾根说："因为有人说（仁杉总裁的）家属与国铁有业务往来，认为其中存在不正当行为，所以仁杉在国会遭到了抨击。于是，他向运输大臣提出辞职申请。我说暂时不必吧，把事情压了下来。"（《天地有情》）

中曾根决定让仁杉辞职，其实并非因为 IWAO 工业这件事，而是因为获悉"三人帮"中的松田昌士被调至北海道（3月15日）。"这样下去哪行？不能让他再当总裁了，我已想好了何时让其提交辞呈。我随即叫来运输大臣山下德夫并吩咐说：'国铁总裁已非换不可。不过，在国会期间闹得沸沸扬扬的不好，等议会结束了你就去落实吧。'"

6月初，在定期国会快要结束时，运输大臣山下问中曾根："总理，那件事（撤换仁杉）真的要落实吗？""什么落实不落实的？不是已经说好了吗？你可不要掉链子哦！"中曾根回答说。"于是山下开始去跟（运输省的）次官、局长等进行了疏通。"（《天地有情》）

实际上，撤换仁杉总裁之事，中曾根在这年3月中旬就已打定了主意。

这年4月4日，各家报社的晚报一齐报道了"国铁总裁仁杉表明辞职意向"的消息。《朝日新闻》写道：据"政府及自民党方面4日早晨透露"，"不久前，国铁总裁仁杉岩以家族企业问题被国会追究等为理由，向中曾根首相表明了辞职意向。尽管首相周边人士声称，目前正值国铁重建监理委员会的国铁重建讨论走上正轨的重要时期，对其极力挽留，但仁杉先生去意甚为坚决"。报道还指出，其背景是"在国铁分拆和民营化问题上，中曾根首相及自民党首脑对国铁当局的改革姿态抱有强烈的不信任感，（仁杉总裁）对与政府及自民党之间的协调失去了自信"。

然而，第二天即5日，仁杉在出席新闻发布会时，全面否认了这些辞职意向报道，称"自己并没有提交辞职申请，不知道为何会出现这种消息"，并对员工呼吁说：

"昨日，有部分媒体报道说我表明了辞职意向，其实根本没有这样的事情。眼下国铁正面临前所未有的艰难局面，我充分认识到自己所肩负责任之重大。我将竭力推进国铁重建及确保每日的运行安全，自就任以来，这种决心没有丝毫改变。今后，我将继续率领诸位一起努力，因此希望全体干部职工团结一致，齐心协力奋勇向前。"

仁杉总裁将自己的"真实想法"深藏心底，由此，事态开始变得复杂起来。在自民党内部也出现了反对撤换仁杉的动向。但不管怎样，经过这次"辞职意向报道"风波之后，仁杉总裁明显"气数已尽"。对于绳田副总裁等国体护持派来讲，仁杉的辞职将极大地影响他们的处境。据说，是绳田副总裁和太田常务等人向仁杉施加压力，令其否认辞职意向相关报道，并发表了"对员工的呼吁讲话"。

面对国铁内部的这些举动，重建监理委员会委员长龟井正夫怒不可遏。在这年 5 月 15 日的新闻发布会上，龟井强调说："计划在7 月份提出的监理委员会答询，其内容将是大胆地实施分拆和民营化。"关于在国铁管理层内存在的反对分拆和民营化的动向，他明确表示说："国铁总裁声称将协助和配合答询的落实。因此，从答询提出到昭和六十二年（1987 年）4 月实施分拆和民营化为止的期间，国铁首脑层如不配合就属于违背公开承诺，这样就必须让总裁担责下台。"

5 月末，葛西敬之去拜访了濑岛龙三，濑岛在第二临调任职时曾对葛西关照有加。葛西的目的是为了告诉濑岛，国铁内部有人在极力反对分拆和民营化，强调实施人事革新的必要性。濑岛龙三听完葛西的说明后，提问说：

"葛西，假设某一天（国铁的）高管们全都不在了，国铁在全国的运输会陷入一片混乱吗？"

葛西回答说：

"非常遗憾，但纵使高管们全都不在，我想，列车也会照常启动和运行，不会有任何变化；纵使像我这样的总公司课长级别者全都不在，列车也依然会滚滚向前。这都是铁路的百年历史使然。"

"是吗，那我明白了。我感觉，若是强行实施分拆和民营化，工会方面可能会搞无限期罢工。对此，我认为必须采取各种手段保证运输不受影响。"

在分别时，濑岛拍着葛西的肩膀说："葛西，你们做的事情是正确的。国家不会扔下你们不管，所以你们就坚定决心好好干吧。"当时，葛西并不明白濑岛此话的含义。但是没过多久，他就明白了。在中曾根内阁发起成立后，濑岛在中曾根的邀请下，担任了外交顾问的角色，因而经常与中曾根在一起切磋和交流。当时，中曾根和濑岛已经在酝酿对仁杉总裁等管理层进行"集体大换血"。

"阳奉阴违"的讲话被人录音

后来，5月27日晚上发生了一件事，直接导致了仁杉总裁等理事会成员的集体下台。

《朝日新闻》在"TOKIWA俱乐部（国铁记者俱乐部）"的常驻记者A是分拆和民营化的支持者，他经常在报纸上发表文章与反对者辩论。这天，常务理事太田知行把A叫到位于神乐坂的一家小酒馆。在声明"谈话内容禁止公开"之后，太田一边喝酒一边趾高气扬地就国铁的现状和未来，将自己的"真实想法"和盘托出。A记者看起来与推进分拆和民营化的改革派走得很近，因而被国铁首脑看作需要注意的危险人物。不过，太田知行从没搞过宣传工作，他以为只要让记者喝两杯、自己说说心里话，对方就会屈从于国体护持派；也可能是他过于自信，认为改革派已被彻底清除、绳田—太田阵营已经坚如磐石——结果太田毫无顾忌地"高谈阔论"一番，而A记者揣摩不透其真实想法，便将所有讲话录了音。

其讲话内容的概要如下：

"我估计今后将会是这么一个过程：重建监理委员会提出分拆和民营化的最终答询，然后内阁通过内阁会议作出决定，设立一个'相关阁僚会议'之类的东西，再由运输省来制定法案，最后将法案提交国会。国铁会在这其中的某一阶段，其真实想法暂且不论，从形式上看会加入作战阵营吧。国铁是政府机关，所以只要运输省作为监督官厅一声令下，当然不得不遵照执行。因此，我认为，撤换总裁、副总裁等理事会成员这种事情是不可能发生的。

"重建监理委员会充其量是一个审议机关，它既无实施责任也无权限。我不明白他们为什么总是显出一副高高在上的样子，不就是一个咨询机关么？等过了这阵子，在答询提交之后，监理委员会就将逐渐远离舞台，变成远景并最终消失。社会党和共产党对其坚决反对，公明党和新自由俱乐部也对国铁制定的'自主重建基本策略'表示理解。

"在国铁组织看来，'三人帮'违反了组织的统一管理。'三人帮'从一开始就企图出卖组织，员工们对此非常清楚。'三人帮'在同期入职及入职年份相近的职员当中颇为孤立，普通员工也对他们白眼相待。在'三人帮'当中，我认为井手和葛西还算有些能力，但松田啥能力也没有。所以他才会肆意妄为，干出那种事情。

"有传言说，为了搞分拆和民营化，重建监理委员会委员长龟井正夫将亲自出任总裁，来国铁工作，不过我认为他根本没有当总裁的想法。假如他浑身充满了使命感，有竭力帮助国铁的想法，就不会在日经联发表那种讲话了。没有人愿意来当总裁，在这种状况下，我认为不可能撤换总裁。我们也对自民党进行了耐心疏通，绳田副总裁和我还去田中派的学习讨论会作了说明，一再恳求他们不要搞分拆。我认为，中曾根首相所说的'担责'问题并不存在。"

太田的意思是，只要暂时坚持"阳奉阴违"，纵然监理委员会提出了分拆和民营化的最终答询，也能够在法案制定过程中，通过反击使法案变得有名无实。应该说，这正是绳田和太田的真实想法。A记者把这个录音内容全部整理成了文字。葛西拿到了一份复印件。然后，葛西把它交给了时事通信社的评论委员屋山太郎，屋山也是第二临调的参事。6月10日晚，屋山太郎秘密访问首相公邸，等中曾根一回到家，他便把这个文件交给了中曾根。中曾根读完后勃然大怒，说"立刻让所有理事会成员辞职"，并委托屋山"提交一份理事会成员免职名单"。

第二天，屋山拿着包括仁杉岩总裁、绳田国武副总裁、太田知行常务理事等8人在内的名单再次来到首相公邸。这8人都是对分拆和民营化进行激烈抵抗，执意与国劳实施协调路线之人。他向中曾根介绍了国铁内部的情况，并建议说："要想扭转局面，就必须将这8人免职。"中曾根本来打算"在6月份撤换仁杉"，大大咧咧的太田在酒桌上的"豪言壮语"不但把撤换时间提前了，还让中曾根作出决断：不仅是仁杉，而是要让"理事会成员集体下台"。

"井手，你现在当着我的面写辞职信！"

得到中曾根首相的授意，6月12日，山下运输大臣便把仁杉总裁叫到自己跟前，对其劝说道："为了打开局面，请你主动向总理表明辞职意向。为了国铁重建，希望你能勇做一枚'弃子'。另外，作为总裁你还有最后一项工作，就是把所有常务理事的辞职信也一起收上来。我们的本意并非让所有人都辞职，而是希望让国铁首脑层焕然一新，打造一个积极配合和推进分拆工作的体制。"在3月份时，仁杉总裁就已经有了辞职的准备。但问题是，如何才能拿到绳田副总裁及所有常务理事的辞职信呢？

仁杉总裁回到国铁总公司后，将眼下发生的"紧急事态"转告了绳田副总裁，并问他"能否答应辞职一事"。绳田当即回绝说："虽说上面命令我们辞职，但我们并不知晓是什么原因。不知道原因我们怎么辞职？"第二天，13日，仁杉又被运输省事务次官松井和治叫去。松井正式通知仁杉："为了使理事会成员焕然一新，请你将所有常务理事的辞职信收上来。"在15日、16日这两天，自民党的运输族议员几乎同时收到了有关"仁杉被撤职"的秘密传闻。看样子，这个消息是反对理事会成员集体辞职的绳田副总裁身边的人有意散布的。

为了确认中曾根的真实想法，19日，绳田的盟友、自民党的加藤六月前往首相官邸与中曾根会面。中曾根故意装傻，说自己还没有听说有关仁杉被撤职及所有理事会成员辞职的传闻。但是，中曾根把根据录音磁带整理出来的太田发言的文字资料递给了加藤，然后皱着眉头说："国铁的理事会成员讲这种话，是会妨碍国铁重建的。"加藤对其内容感到吃惊不已，并告诉绳田："中曾根这次可是要动真格的哦。"此时，加藤其实已被中曾根笼络，背叛了其盟友绳田副总裁，归于中曾根的"军门"之下了。

加藤六月与三塚博同为运输族，过去为实现"国体护持"二人曾相互支持。不过后来，因为三塚博出版《国铁重建的唯一方法》，背叛加藤，转而去支持国铁改革派，从而形成了"加藤 VS. 三塚"这种运输族大佬之间的霸权争斗。当时这种争斗正日趋明显和激烈。中曾根叫来自己的直系众议院议员小此木彦三郎（选举区为神奈川一区），"命令他说，你去请加藤和三塚两人吃个饭，跟他们一起沟通一下"。据说，当时金丸信也有这种想法，"据说金丸也跟小此木说过：'嘿，你们三人一起吃个饭聊聊吧'"。

在这年3月28日晚上，加藤六月去拜访了中曾根，承诺将协助其推行国铁改革。中曾根在第二天即29日的《官邸日志》中如此写道：

"昨晚，加藤六月来过。谈了国铁改革。虽有传言说他是反对派统帅绳田副总裁的幕后支持者，但他承诺将全面配合龟井（正夫），对龟井方案和自民党方案加以协调，并全面配合国铁监理委员会方案的实施。我建议龟井与加藤举行会谈，并与龟井联系。在内阁会议之后，我也告知了运输大臣。大臣不相信加藤会讲这种话，我让其静观事态变化。"

中曾根写道："我（对加藤）说，国铁改革之事拜托啦，他当即发誓说一定配合。加藤（因洛克希德案）有灰色高官的嫌疑而不敢抛头露面，我觉得他有能力却不受重用很可怜，于是在第一次组阁时，将其提拔为国土厅长官。他一定还记着那件事吧。"在中曾根第三次组阁时，加藤也作为农林水产大臣进入内阁。加藤之所以公开停止对分拆和民营化的抵抗，是因为背后存在这种人事"密约"，我想这种看法应该是不会有错的。

国铁首脑及太田知行本人知道这个录音磁带的存在，则是加藤六月在中曾根那里看到那份文字材料之后的事情了。"对国铁方面来讲，形势已经彻底变得不利。"（内藤国夫，《国铁陷落前夜的修罗场》）从 6 月 19 日晚到 20 日，在东京麴町的国铁总裁公邸，仁杉总裁、绳田副总裁和半谷哲夫总工程师举行了"三头领会议"。由于相互之间争论激烈，会议一直持续到 20 日深夜。后来内藤国夫就那次争论当面采访了绳田，以下是他对仁杉和绳田争吵的描述。

"我已答应了运输大臣。请所有常务理事把辞呈交上来。"

"不行，既然原因不清不楚，那我们就没有必要辞职。如果总裁答应了大臣，那您一个人辞职好了。没有理由让我们也提交辞呈。"

"你们也太不讲情义了吧。就算现在撑着不答应，最后也会被罢免，结果是一样的。"

"总裁，我看您不如暂时先拒绝一下，看看不辞职会怎么样？等到实在没辙了再辞也不晚。"

6月21日早晨，官房长官藤波孝生给仁杉总裁打来电话，叮嘱他"无论如何希望总裁您主动表明辞职意向"。这天下午，仁杉在出席众议院运输委员会时中途退席，去首相官邸向中曾根首相表明了辞职意向。他说："在这种时候，还是新人新气象更为合适。"他就任总裁刚一年半，任期还剩两年半。首相好像已等他多时，欣然接受了其辞职。中曾根决定让前运输事务次官杉浦乔也担任新总裁，当即便把杉浦叫来，要求他25日就去上任。杉浦答应了其要求。中曾根及其左右准备工作做得很充分，后任人选早已安排妥当。

之后，绳田副总裁被叫到首相官邸，官房长官藤波要求他提交辞职信。绳田强硬地回绝说："没有理由我不会辞职"。第二天22日，国铁总公司召开了紧急理事会。在会议召开的前一刻，绳田副总裁和半谷总工程师才向仁杉总裁提交了辞呈。在紧急理事会上，仁杉总裁征询了每一位常务理事的意见。"辞职随时都可以，但希望明确告知必须辞职的原因。"这是大多数理事的意见。

在他们当中，只有一个人默默地提交了辞呈，那就是一直积极支持分拆和民营化的首席常务理事竹内哲夫。竹内的想法是，如果自己率先提交了，那么其他反对分拆和民营化的常务理事们也就没有那么多怨言了吧。直到杉浦就任新总裁的前一天，即24日的早晨，所有常务理事的辞职信才全部收齐。辞职信由新总裁杉浦负责受理。对每个人的辞职信受理与否，新总裁将参考仁杉的建议作出决定。

此时此刻，仁杉岩的心境又如何呢？在前述著作《挑战》中，他引用了田原总一郎所著《新·日本的官僚》(文春文库) 中有关国铁改革的部分,这样写道:"相关细节暂且不说,但田原先生能够如此理解我,令我倍感吃惊,也颇为感激。"在仁杉辞职后,田原在东京都内一家饭店对仁杉进行了长达数小时的采访,详细询问了他当时的内心想法。我在这里引用一下令仁杉"深感吃惊和感激"的部分。

"(省略) 我现在觉得,仁杉先生的总裁辞任既不是'撤换'也不是单纯的'辞职',而是一种'舍生成仁'。处处受到劳动工会的束缚,运输省事事都在拖后腿,而且田中角荣也倒下了……照此下去自己将一事无成,只能落魄而亡。于是,您追求所谓的'一莲托生'[1]……通过自己的辞职,将与工会之间的瓜葛、与运输省之间的羁绊全部彻底斩断。同时,这也好比对政府和重建监理委员会亮出了一把'匕首':你们必须认真负责,不可敷衍了事哦!

"也就是说,仁杉先生能做到的最为有效、或者说是唯一可行的国铁重建行动……就是这场'辞职剧'。是这么回事吧?

"'嗯,也许以后有人会说那家伙真傻,或者……总之,政府方面更容易运作了。然而,我也无处可逃……这是事实……'

"仁杉一边频频点头一边说道。"

*　　　　　　　*

在还有几天就要进入杉浦新体制的时候,在原副总裁马渡一真的召集下,会计局的一些老同事在神田高架桥下的一家小酒馆里举行了一次聚会。井手正敬和葛西敬之也去参加了。当时,有传闻说,井手即将由东京西管理局局长调回总公司并担任适当职务。席

---

[1] 佛教用语,指死后转生于极乐世界同一莲花之上。喻同甘共苦,休戚与共。

间，马渡对井手说："我有话跟你说，一会儿你早点儿出来，咱俩单独聊聊。"葛西看见这一幕后凑了过来，悄悄对井手说："他不想让你回到总公司，因此，他肯定是要你拒绝由新总裁发出的人事调动内部指示。"

正如葛西所言，待二人换个地方落座之后，马渡说：

"听说杉浦新总裁要把你调回总公司，并让你担任一定职务。不过，你是这次骚动的当事人，是处于旋涡中心的人物。如果你回归总公司，围绕改革恐怕又会产生派系斗争。在大家正准备重振国铁之际，这不合时宜吧。希望你回绝总公司的调动要求，暂时不要回到总公司。你就说，为了在今后一段时间内，站在一线的角度来支持改革，希望继续待在东京西管理局局长这个位子上。你已经搞得天翻地覆的了，也该收手了吧。你能拒绝他们的要求吗？"

"一直以来，我都是遵照总裁的命令在努力工作。我一心想着早日实施国铁改革，并没有争权夺利的私心杂念。谢谢前辈的忠告，不过新总裁的心意我必须领受。如果新总裁有什么指示，我是不会拒绝的。"

马渡在国铁内外声望颇高。估计国体护持派认为，如果由马渡来劝说，井手不会不听吧，所以才请马渡出面。然而井手却拒绝了大前辈马渡的忠告。

第二天，绳田副总裁的秘书将电话打到了东京西局局长室，告诉井手说："副总裁找你有事。"井手把这件事告诉葛西后，葛西叮嘱他说："他肯定是要你辞职。不管他说什么，你绝对不要答应。"

井手来到副总裁办公室后，秘书说："副总裁去厕所了，请稍等一会儿。"当井手正坐在沙发上等候时，绳田铁青着脸怒气冲冲地走了进来，"咣当"一声把门甩上。绳田本想把最后的希望寄托在自己的盟友加藤六月身上，跟他联系了好几次，可是加藤连电话都不肯接。绳田遭到了加藤的背叛。

"你小子是靠老子和太田的支持才当上秘书课课长的。然而你却背叛了我们，去向权势谄媚讨好。你说说，你们的行动对国铁有什么好处？如果我真想解雇你的话，早就把你解雇了。我已经忍了很长时间，一直容忍你的任性妄为，对吧？而你却恩将仇报，这算怎么回事？井手，你现在当着我的面写辞职信！别忘了，现在老子手里还有权力。"

"我只是一介打工族。如果我犯了什么大错，我随时都会辞职。但是我没有干任何错事。相反，我正与年轻人一道准备搞国铁改革，在这个当口儿，我辞职了你可能会心情舒畅，但大伙儿会怎么想呢？我得去跟同伴们商量一下。"

"那种商量没有必要。"

在二人你一言我一语地争吵之后，井手退出了房间。葛西对他很担心，马上跑到了西管理局局长办公室，问井手说：

"你不会已经提交辞职信了吧？"

第二天即21日，当天仁杉总裁提出辞职，政府决定任命杉浦为新总裁。当天傍晚，井手和葛西等十几名在东京的改革派与重建监理委员会事务局次长林淳司等人，齐聚位于麹町中学旁边公寓二层的三塚事务所。他们在这里召开了一个"作战会议"，研究如何在杉浦新体制下推进国铁改革。"虽说杉浦新总裁当过运输事务次官，但他并不了解国铁内部的情况，因此我们需要在他身边安排一个人，随时告诉他内部的正确信息。"出席人员一致推荐会计局调查役大塚陆毅（后来任 JR 东日本总经理）去任秘书役一职。大塚当时不在现场。根据葛西所获得的消息，国体护持派正准备推荐"秋山机关"里的人去当秘书役。"那绝对不行。如果不能将真实情况告诉新总裁，国铁又会陷入混乱局面。只有大塚能担当此任。"

可是，如何把这件事情告诉即将出任新总裁的杉浦呢？怎样操作才最为有效呢？"我们只能去找在北海道的松田。松田最受杉浦新总裁信任，能跟他说上话。"松田曾被借调到运输省铁路监督局国铁部财政课，当时担任该课课长的就是杉浦。只有他能够用最自然的方式与杉浦接触。于是，井手打电话给松田："我们有件十万火急的事情要跟你商量，请你今日之内务必到东京来一趟。"

当时，松田正在单身宿舍一边用大口杯喝酒，一边独自庆祝"仁杉体制的瓦解"。"虽然你说十万火急，可我也不能说去就去啊。""这事没你不行。你无论如何必须乘坐下午 7 点发车的末班车赶过来。"松田在了解情况之后，飞身坐上最后一班车，连夜赶到了三塚事务所。"我们准备推荐大塚去当秘书役，你认为如何？"松田当即表示赞成。

第二天一早，松田便把电话打到位于东京高井户的杉浦家里，与杉浦约好了见面时间。当天是星期六。午后，松田如约来到杉浦家里。"估计秘书课会提出安排某某来做秘书役。希望您告诉他们，秘书役的人选由您自己来决定，然后指定由大塚来担任。"松田向杉浦请求道。令他吃惊的是，杉浦告诉他，国铁护持派已提供了两名秘书役人选，让自己从里面挑选。据说，杉浦正准备星期一上班后就给他们回复呢。后来，杉浦按照松田所说的办法，指名由大塚担任秘书役。"当时正是革命的前夜啊。"（井手正敬语）

国铁总裁"打人事件"

昭和六十年（1985 年）6 月 25 日，杉浦乔也就任国铁总裁。他是第十任国铁总裁，在接受任命时，他已经做好了"为国铁站好最后一班岗"的准备。中曾根首相鼓励他说："目前，我们需要任用坚强有力的人才，使大家的精神面貌焕然一新，政府也会以非凡的决心提供支持。"杉浦在新闻发布会上表明了自己的决心："我将与副总裁及常务理事们逐个进行推心置腹的谈话，如有不赞成我想法者，将有可能罢免其职务。"在前一天即 24 日，他批准了绳田副总裁等 6 人的辞职请求。在包括仁杉总裁在内的 14 名理事会成员当中，有 7 人即半数提出辞职。这是国铁史上最大规模、也是极为罕见的高层"大换血"。

辞职者除了仁杉总裁、绳田副总裁、半谷总工程师这 3 名头领之外，还有 4 名常务理事：竹内哲夫（主管总务）、盐谷丰（新干线总局局长）、太田知行（主管劳务）、岩崎雄一（主管地方交通线路）。这里面除了竹内支持改革派以外，其他都是反对分拆和民营化的国体护持派。在常务理事当中最年轻、在任时间也较短的是太田，据说他根本没想到自己也会被要求辞职。竹内是一个登山爱好者，他已经决定辞职后去加入新西兰的南极观测队，因而"倍感心情舒畅"。

原来的常务理事、后来调任东武铁路常务的桥元雅司，被召回来担任新的副总裁。总工程师由常务理事坂田浩一升任。除此之外，室贺实（会计局局长）、长谷川忍（职员局局长）、山之内秀一郎（运转局局长）、川口顺启（运输省关东运输局局长）也获得提拔。即将接任副总裁的桥元，虽然过去在国铁主要从事货运领域的工作，但他在大型民营铁路企业东武铁路发挥了自身的才能，而且在任职国铁时也与运输省关系很熟，因此被认为是最佳人选。

杉浦一上任就召集所有干部进行训话，明确提出了"处事三原则"：

第一是无论决定任何事情，都必须进行彻底讨论；第二是当意见不统一时由总裁来作决定；第三是事情一旦决定，则所有员工都必须遵守。关于国铁的改革问题，他斩钉截铁地说道："目前，重建监理委员会正处于讨论的最后关头，不久就会提出明确的改革方向，即分拆和民营化。我相信，这是国铁的唯一出路，除此之外，国铁别无生存之道，我将为实现此道路而尽自己的全力。"他全面否定了国体护持派打算推行的"国铁的自主重建基本策略"。

国铁护持派的干部原本期待杉浦会讲得比较暧昧，比如"在监理委员会的答询出台后，将以其为基础，同时借鉴《基本策略》（"自主重建方案"）的精神"等等。因此，这对他们打击甚大。杉浦说得如此肯定，他们就没有反攻的余地了。对杉浦新总裁来讲最为紧要的工作，是对重建监理委员会将在7月份提出的答询进行推敲和调整。国铁当局在之前对监理委员会一直采取彻底的不合作态度，二者之间的联系渠道已完全被中断。现在杉浦新总裁所处的环境如何呢？尽管在常务理事级别国铁护持派已被清除，但他们在国铁内外依然拥有巨大的势力，因此，杉浦就像一叶驶入汪洋大海的孤舟一样。

＊　　　　　　　＊

在前一年即昭和五十九年（1984年）7月，杉浦乔也从运输事务次官退任，开始了在家赋闲的生活。昭和六十年（1985年）4月初，运输大臣山下德夫找到他说："如果国铁首脑换人，希望你能接任下届总裁。"前文已经说过，在松田昌士被降职调往北海道之后的这年3月中旬，中曾根首相就已决定要撤掉仁杉，并指示山下运输大臣"在6月份落实此事"。于是，山下马上着手物色后任人选，并将目标锁定在了杉浦身上。

"这可是摊上大事儿了。"杉浦脑子里闪过一丝这种念头。但是，作为运输省官僚，杉浦历任国铁部财政课课长、国铁部部长、铁路监督局局长等与国铁相关的要职，对国铁问题可以说无所不知无所不晓。他在心里已做好准备："我一直负责国铁问题，国铁变成今天这种局面，我深感自己也有责任。假如没有其他人接手，那么我不能做逃兵。我将以拼死的决心去努力！"（《再见吧，国有铁路》）"当然，我的任务是推进分拆和民营化。"他在一篇文章里这样写道（《人命在天》，《朝日新闻》，平成二年即 1990 年 7 月 7 日晚报）。

大正十四年（1925 年），杉浦出生于东京大森 ①。在他 4 岁时，父亲因病去世，母亲考取了美发师资格并以此维持家计。因为家里贫穷，他被迫放弃念旧制中学的想法，而进入了东京府立电机工业学校。他原本打算一毕业就去上班，以帮助家里生计，但进入三年级后，却突然产生了想去上大学的念头。"他的成绩非常优秀，而且很有上进心。"据说在与校长商量时，校长建议他去府立高等工业学校（后为都立大学工学系）。而杉浦"死活想去上大学"，于是通过了旧制中学的毕业考试，并参加了旧制一高（现东京大学）的入学考试。其"落榜人生"也由此开启，他先后考了两次才终于考上。

从一高毕业后，因为想当大夫，他参加了东大医学系的入学考试，不想又不幸落榜。他打算再次参加考试，并请求已经考上的同学带他去参观解剖实习。可是实际的解剖场景令他颇受刺激和打击，于是他放弃了学医的念头，并考入了经济学系。当时正值二战刚结束后的混乱时期，在东京大学经济学系，马克思主义经济正成为主流。杉浦也对社会主义充满了憧憬，并学习了相关知识。抱着毕业后去银行工作的梦想，他先后参加了 5 家银行的招聘考试，但一家也没有考上。最后，他想那只能去当公务员了，先后参加了大藏省、邮政省和运输省的录用考试，最终被运输省录用。在昭和

---

① 大森，东京都大田区东部的地名，旧区名，是住宅和工商业混杂的地区。

二十六年（1951 年）4 月入职运输省时，他已是 25 岁。同期入职者共有 5 人。前辈们告诉他："因为同期入职者很少，所以即使是傻子也能当上局长。"

入职运输省之后，性格豪爽的杉浦经常抽烟喝酒。昭和五十二年（1977 年）11 月，在运输省发生了一件后来很长一段时间都被人"津津乐道"的"田元被殴事件"（"田元"是对"田村元"的昵称）。那段时间，杉浦因为之前抽烟喝酒过度引发吐血，在医院住了一个月左右，因此酒量有所下降。当时，因为运输大臣田村元（后出任众议院议长）即将退任，大家为他举行了一个送别会。据说，在送别会上，杉浦喝得酩酊大醉，大声嚷嚷"田元，你不要退任啊"，并动手打了田村元的脑袋。

杉浦醉得一塌糊涂，因此并不记得自己"打人"的事情。但是第二天上班后，大家一直在谈论此事。田村元觉得杉浦醉酒的样子很搞笑，于是开玩笑说"自己被杉浦打了"，事情便由此传开。杉浦羞愧难当，差点因此提出辞职。不过，自此以后，他喝酒倒是变得有节制了。

昭和四十四年（1969 年），杉浦当上了铁路监督局国铁部的财政课课长，参与了第一次国铁重建计划的制订。该计划的目标是，要使昭和三十九年（1964 年）陷入亏损的国铁在 10 年之后实现健全经营。但由于其核心内容即合理化计划（EL、DL 的单人乘务）遭到工会的激烈抵抗，重建计划最终未能实现，亏损金额有增无减。在担任国铁部部长之后，他与国铁重建的关系更加密切，与自民党的运输族加藤六月及三塚博等人的交往也日趋频繁。

昭和五十七年（1982 年）6 月，杉浦升任事务次官，后来，他还把林淳司派到国铁重建监理委员会担任事务局次长。

在国铁举全组织之力疯狂反对分拆的这段时期，"分拆和民营化这种想法堪称是一种革命，投身其中是需要勇气的"（杉浦乔也，《朝日新闻》）。国铁总裁肩负着分拆和民营化的重任，担此大任者必须具有非凡的魄力和能力。我们从杉浦的前半生可以看出，其行为举止并不像一个官僚。其器量之大令人无不佩服，当提出由他来接手仁杉的职位时，没有一个人表示不同意见。对于选用杉浦的背景原因，三塚博如此评述道：

"他是一名很有能力的官僚，而且其器量之大远超一般官僚。我是在担任运输省政务次官后才开始跟他交往的。我非常欣赏他身上所散发出的温暖人性及抛却自身欲望后的那种清爽和通透，之后，我俩就像是拜把兄弟一样。我经过考虑后认为，只有他能接手（后任总裁），于是通过山下德夫运输大臣向中曾根总理举荐他，总理也持同样看法。"（《再见吧，国有铁路》概要）

拒绝打击报复的"匍匐前进式人事"

杉浦就任总裁后，便马上打电话给东京西管理局局长井手：

"希望你下个月尽早回到总公司，来执掌改革的指挥权。具体给你个什么职位比较合适呢？我想跟你商量一下。"

6 月 28 日，二人在总裁室就如何推进改革进行了讨论。当时，自民党的三塚博主张"应该让井手回总公司当职员局局长"，但这样做会招致国体护持派"余党"的强烈抵抗。新上任的常务理事们也对此面露难色。为此，杉浦为井手新设了一个"总裁室审议役"职位，要求他"来当推进今后改革的'参谋长'"。井手欣然接受了这个任命。

在那次会谈中，井手提议说："我们应该首先废除'秋山机关'，将其功能集中到经营规划室，同时新设重建实施推进总部，由经营规划室的成员来兼任其职务。""好，就这么办。"杉浦当即拍板决定。重建实施推进总部的任务，是对长期债务、运输体制、分拆后的组织运营等在分拆和民营化过程中所产生的各种问题进行讨论和落实。该部门在 7 月 4 日正式发起成立。杉浦亲自出任总部长；井手兼任"总裁审议役"和"重建实施推进总部事务局局长"。杉浦将推进分拆和民营化的工作完全交给了井手。

还有一个措施是，为应对分拆和民营化，对"剩余人员对策推进总部"的功能作了大幅扩充。该部门也由杉浦亲自出任总部长，由职员局局长澄田信义（后来任岛根县知事）任事务局局长，并由职员课课长葛西担任事务局次长。葛西平常就主张："今后一个很重要的工作是剩余人员的就业对策。"新总裁预计分拆和民营化将会产生大量剩余人员，因此准备提前采取相关对策。葛西作为职员课课长业绩突出，所以具体工作便由他负责实施。这时，国劳依然在开展"不辞职、不外调、不下岗"的"三不运动"，他们估计在实现分拆和民营化之后将有大批员工遭到解雇，因而对抗态度更趋激烈。

对传统的官僚组织实施变革需要花费相当长的时间。重建监理委员会的中期答询提出，计划在 2 年后即昭和六十二年（1987 年）4 月实施分拆和民营化，最终答询势必也会提出同样的时间表。因此，没有对组织进行大幅变更的富余时间。杉浦新总裁打算在保留现行组织的情况下，仅改变业务架构。杉浦解释说，这两个推进总部"有点类似美国的总统特别助理制度"。在杉浦就任总裁 10 天之后，两个组织的人事任命正式宣布，组织也开始运行起来。

井手作为总裁室审议役，全面掌管了由秘书课、文书课和法务课所负责的事务。整个国铁的组织及人事权限全部由井手一人掌管。这是改革派的全面胜利。

7 月 4 日，井手一就任总裁室审议役，便立即废除了"秋山机关"，同时将 3 个月之前被"逐放"到天王寺管理局的细谷英二召回。在井手担任秘书课课长时，细谷担任总括助理，他对国铁内部的人才资源非常了解，而且知人善任，很令人放心。井手让细谷一方面从"秋山机关"中挑选适合于留任经营规划室的员工，一方面下令由他来牵头研究在向新公司过渡及国铁解体时将会出现的各种问题，包括会计制度、税务制度、营业制度、货物运输方式、票价制度等等。

同一天，井手召集刚刚成立的重建实施推进总部事务局的 50多名成员到总公司九层的大会议室开会，发表了致辞。推进总部的总部长是杉浦总裁，委员是总公司的常务理事及各局局长等，事务局成员则是在各委员手下干活的具体工作人员。

"国铁接下来将用不到 2 年的时间来实施分拆和民营化。你们是执行这项工作的先头部队。我将明确下达任务，并任命诸位为相关主管，因此请大家务必认真完成。希望你们从今往后抛却私心杂念，要有抛家舍业的决心，废寝忘食，一心扑在国铁改革上面。但是，对于结果我不作任何保证。在实施企业重组时，根据以往的例子，一个单位的优秀人才一直留守到最后，在把同伴全部顺利送走、将公司清理完毕后，最后仅剩下自己流落街头，这种事情也是存在的。大家对此要有心理准备。"

关于人事工作，杉浦总裁只对井手提出了一条要求："不要搞肃清和排挤。"井手对此严格照办，即便在废除"秋山机关"时，对于其首领秋山光文，虽然一度让其靠边"待命"，但 3 个月之后又把他重新任用为总裁室审议役。那些热爱本职工作的优秀人才，以及被强迫分配到秋山机关的员工，井手也没有对他们打压或排挤。6 名调查役（课长级）中有 3 人成为经营规划室主管，余下的 3 人也被安排到各主要部门任课长或调查役。改革派与国体护持派曾经长期争执不休，在人事方面出现报复排挤也不奇怪。然而，"为了从整体上顺利推进改革，在人事方面必须采取匍匐前进的方式"（井手正敬语）。被调到北海道总局的松田昌士回归总公司的事情也并没有立即落实，而是在过了4个月之后，即到了这年11月26日，松田才作为"经营规划室审议役兼重建实施推进总部事务局次长"，回到井手麾下。

绳田、太田时期的主要成员，只要是课长级别的人，都继续留在原有职位。"我没有什么敌方我方、胜利方和失败方这类概念，也没有为了推进国铁改革而逐放国体护持派的想法。"井手说。那些刚退休的老干部及对分拆和民营化在本能上持反对意见的老同事纷纷告诫井手："到了现在这个地步，已经不会有人公开站出来反对了；搞点人事肃清，防止产生裂痕也很重要。"那些国体护持派的"余党"原本担心在杉浦新体制下将会出现大规模的"报复人事"，当看到井手的人事措施显得较为懦弱和温和之后，他们便预测说"杉浦体制将会短命而亡"。还有人四处散布谣言，说"最终答询绝对不可能形成法案"。

最大的难题是如何处置国体护持派的头目。

"在交战结束，天色暗下来之后，我已处于战斗结束、无所谓敌我的心境，因此希望极力避免带着仇恨色彩的人事调整。不过，作为'失败方'，也许他们有不同的心境。除非有人坚决反对分拆和民营化，否则我没有对他们进行清除的想法。"井手回顾说。

绳田国武副总裁被调任国铁厚生事业协会①理事长，太田知行常务理事被调任总公司下属京叶临海铁路（位于千叶市）总经理。关于太田，"也许应该让他去更为核心的关联公司，但考虑到这样做会有人站出来反对，于是我们把他调到了经营较为顺畅的京叶临

---

① 负责员工福利保健工作的机构。

海铁路"。关于这些重量级人物的调动方案，井手与松田及葛西也进行了商量，二人都表示同意。

"他们都是自视清高之人，也许我们应该再多为他们考虑一些。对他们来讲，也不可能说一点怨恨都没有吧。"（井手正敬语）

可以想见，在那些围绕分拆和民营化展开争斗的当事人心中，曾经流淌着无尽的血和泪。

第九章　最后的主战场

最终答询

　　就像预先安排好了似的，在杉浦乔也体制启动之后，昭和六十年（1985年）7月26日，国铁重建监理委员会（委员长为龟井正夫）正式向中曾根首相提交了题为《关于国铁改革的意见——为了开拓铁路的未来》的最终答询。重建监理委员会成立于昭和五十八年（1983年）6月，在之后的两年多时间里，经过多达130次的审议，最后终于拿出了结论——"从昭和六十二年（1987年）4月1日起，将国铁分拆为6家客运公司和1家货运公司，并实施民营化"。此时离"国铁解体"仅剩下1年零8个月左右。以下是最终答询的内容要点：

　　（一）将本州分为3个部分：①以首都圈为轴心，由东北—上越新干线和东北—上信越的在来线组成东日本客运公司；②以东海道新干线为轴心，加上中部圈的在来线组成东海客运公司；③由近畿圈和中国地方的在来线及山阳新干线组成西日本客运公司。在此基础上，再加上北海道、四国、九州每个岛屿各为一家公司，共计分拆为6家客运公司。对于经营环境严峻的北海道、四国和九州这3家公司，设立"经营稳定基金"，利用其投资收益来弥补营业损失。

　　（二）将在来线的所有设施划归各客运公司，另外设立"新干线保有机构"，4条新干线的地上设施归其保有。"新干线保有机构"须继承与其成立时（昭和六十二年即1987年4月）市值（指设施市值）相当的国铁债务。该债务通过30年本利均等还款方式来进行偿还，为此保有机构需从本州的 3 家公司收取租赁费用。债务偿还完毕后，保有机构将新干线设施转让给各公司，然后宣布解散。

（三）将货物运输作为全国一体的铁路货运公司从国铁独立出来，车辆及货运车站等由公司自行保有；在线路方面，按照与客运公司之间的协议，使用客运公司所拥有的线路来运行列车。员工人数设定在 1.5 万人以下。对于租用线路时的线路使用费，在合理范围内尽量压低，以减轻负担并使公司维持盈利。

（四）在昭和六十二年度（1987 财年）初，国铁的累积债务为 25.4 万亿日元。加上铁建公团的债务 5.2 万亿日元，年金公积金的不足部分 4.9 万亿日元，北海道、四国和九州 3 家公司的经营稳定基金等分拆和民营化所需措施费 1.8 万亿日元等，共计 37.3 万亿日元，将这些作为一个整体来处理。其中大部分由在实施分拆和民营化时设立的"国铁清算事业团"接手，通过出售国铁的剩余土地等来冲抵，余下部分（16.7 万亿日元）由国民来负担。

（五）6 家客运公司和货运公司整体的合理员工规模为 18.3 万人。由于持续停止新人招聘，在国铁最后一天即昭和六十二年（1987 年）3 月末，整个国铁的在册员工将减至 27.6 万人。由此，相对于合理员工人数将产生剩余人员 9.3 万人。除去其中继续留在新公司的剩余人员 3.2 万人以及由国铁关联企业重新录用的 2 万人，需重新安排就业的员工为 4.1 万人。

（六）对于需要安排就业的 4.1 万人，政府设立由总理大臣任总部长的"国铁剩余人员就业对策总部"，由政府举全力落实就业措施，不让任何一名工人流落街头。在 4.1 万人当中，政府部门及公共机构将录用 3 万人，民间企业将录用 1.1 万人。未被录用者由新设立的"国铁清算事业团"在 3 年之内继续安排就业。"国铁清算事业团"主要负责国铁的清算业务，包括对过去债务的处理和对剩余人员的就业安排等。

最终答询的结尾部分这样写道：

"我们认为，要使国铁获得重生，除了这个改革方案之外别无他法，必须克服一切困难去实施这个方案。只有尽快从整体上实施这个改革方案，国铁才有可能获得重生。在新的经营形态下，经营者和员工都必须倾注数倍于以往的努力，去运营各项业务。我们不能忘记，国铁改革只有在诸多相关人士的辛勤付出及全体国民的支持下才能获得成功。新组织体的未来，必须靠我们自己去开拓。"

最终答询"将本州分拆为3家公司"。不过，据说在进行内部讨论时，大家更倾向于"将本州分为东西2家公司"。也就是说，以在中部地区①纵贯本州的中央大地沟带②的"丝鱼川—静冈构造线"为分界线，将本州分为东西2家。那么为何后来又分为3家了呢？中曾根首相说："在东日本和西日本2家公司之间加入东海，打造这种三分体制，这其实是我的想法。"（《天地有情》）他在书中说，之所以这样做，是"为了通过在东日本和西日本之间加入东海，对东西形成牵制，并刺激其活力，以防止陷入合谋等陈规窠臼。事实证明，这种做法非常成功"。

第二天，27日，中曾根在自民党的轻井泽研讨会上作了题为《新日本的自主性》的演讲，就国铁改革他这样阐述道（概要）：

"国铁的改革方案终于出炉，政府将以毫不动摇的决心锐意实行改革。我认为，无论有何种困难，纵使发生政治混乱，我们也必

---

① 日本本州中央部的地区，包括爱知、岐阜、静冈、山梨、长野、福井、石川、富山和新潟9个县。
② 本州中部纵贯南北的大断裂带。

须谋求国民的理解，果断实行这个国铁改革。国铁为什么变成今天这个样子？首先是因为它实行的是公共企业体制度，在预算方面必须接受大藏省的管控，经营者未能负责任地采取果断、灵活的措施；还有一个原因是其票价上调必须通过法律来决定，因为难以获得国会通过，故而债务越攒越多，以致延误了处理时机。

"另外，在劳资关系方面，工人的主人翁意识比较薄弱。在国铁工会会员身上，存在即便实施罢工单位也不会倒闭这种随意的、'吃大锅饭'的想法。这还是因为缺乏责任感。无论经营者还是工会会员都没有树立责任体制，员工多达五六万人的工厂及一线的管理并非易事。就像身体笨拙的猛犸象随着时代变迁逐渐消亡一样，在汽车普及浪潮和快递行业的冲击下，巨象国铁终于蹒跚倒下。"

7月30日，政府在内阁会议中决定"将最大限度地尊重答询，为了实行国铁改革，尽快提出成熟方案并落实相关所需措施"，另外还发表了政府声明，称"眼下正是以实现国铁的彻底改革为目标，举全国之力来落实相关措施的关键时刻"。同时政府还设立了"有关国铁改革的相关阁僚会议 ①"。该阁僚会议将以重建监督管理委员会的答询为蓝本制定分拆和民营化法案，并将其提交在12月份召开的定期国会，力争在昭和六十二年（1987年）4月1日实现改革。在第二临调成立5年多之后，国铁的"分拆和民营化"终于被提上政府工作日程，开始紧锣密鼓的推进工作。

"三人帮"的完全复活

要实现监督管理委员会的答询，最关键的问题是剩余人员解决对策。在实施分拆和民营化后，整体的员工合理规模是18.3万人。

---

① 阁僚会议，指部长级会议。

预计在新公司成立时，将出现 9.3 万名剩余人员。为了实现答询所提出的"不让任何一名国铁工人流落街头"，政府必须安排各国家机关等公共机构接收剩余人员当中的 3 万人。在这年 8 月 7 日，政府设立了由中曾根首相任总部长的"国铁剩余人员就业对策总部"。副总部长由运输大臣、自治大臣、劳动大臣、总务厅长官及官房长官担任，阵容可谓超级强大。在其下面还设立了由各省①的事务次官②作为成员的"事务联络会"，负责相关事务的联络、协调和落实等具体工作。

在国铁方面，尽管已设立了由杉浦总裁在上任后即亲自担任总部长的"重建实施推进总部"（井手正敬任事务局局长）和"剩余人员对策推进总部"（澄田信义任事务局局长），但在政府的"国铁剩余人员就业对策总部"发起成立之后，当局又新设了"就业对策总部"，由剩余人员对策推进总部事务局次长葛西敬之担任总部长。并在由葛西担任课长的职员课内设立了"就业对策室"，由松本正之（后来任 JR 东海总经理）任室长。

而且，为了方便"重建实施推进总部"和"剩余人员对策推进总部"的两事务局与作为两总部总部长的总裁随时在总裁办公室进行磋商及作出灵活决策，当局还设置了一个"两总部联席会议"。在国铁内部，国体护持派的强烈抵抗依然存在。如果必须等待既有组织及会议作出决定，那么有关分拆和民营化的各种紧急和特殊事项，将无法得到及时处理。两总部联席会议的出席成员仅限于杉浦总裁、大塚陆毅秘书役及两总部的相关人员，会议在总裁办公室举行。这是在组织章程上找不到，也没有具体权限的"特别工作组"。

---

① 相当于中国的各部委。
② 大致相当于中国政府各部（委）的部长助理。

杉浦总裁也对"两总部联席会议"非常重视，根据情况每周召开数次会议，对相关重要事项迅速作出决定。

联席会议的核心人物就是井手正敬和葛西敬之，另外从 11 月份起，松田昌士作为经营规划室审议役兼重建实施推进总部事务局次长也回到了总公司，"改革三人帮"自此完全复活。井手、松田和葛西几乎每天都要在总裁办公室碰头，大家以杉浦总裁为中心，一起讨论"这个事情该如何处理""除此以外别无他法"等，逐项解决相关问题。"那些在一旁冷眼旁观、进行无声抵抗的分拆和民营化反对派迅速被孤立起来，变得无精打采。"（葛西敬之，《国铁改革的真实情况》）"与此同时，很多站在一边观望形势的总公司干部，在切身感到改革的实行已不可避免之后，也开始步履蹒跚地跟着行动起来了。"（《国铁改革的真实情况》）

从国铁的组织体制来讲，主管重建实施推进总部工作的领导是由会计局局长升任常务理事（主管经营规划室）的室贺实。室贺过去曾担任经营规划室室长，当时他根据绳田国武副总裁及太田知行常务理事的指示，命令松田等部下拒绝向重建监理委员会提交相关资料。对于室贺来讲，也许那是迫不得已的事情。总之，他现在又作为松田等"三人帮"的上司，成为推进"分拆和民营化"的最高负责人。

不过，清高且自尊的室贺感觉并不自在。井手等"三人帮"直接受命于杉浦总裁，他们掌握了全部的改革主导权。由于"三人帮"直接听命于杉浦总裁，因此尽管从组织体系来讲他们是室贺的下属，但室贺无法对他们下达任何指示。室贺的郁闷日渐加重，加之其性格又爱较真，遂导致身体出现不适，最后住进了医院。从表面上看，虽然他是井手、葛西和松田的直属上司，但他们遇到重大事情从不跟他商量，只是最后向他汇报一下结果而已。杉浦总裁在了解事情原委后，在昭和六十一年（1986 年）年初便不再让他主管改革事务，而给了他一个虚职。

＊　　　　　　　　　＊

　　重建监理委员会需要解决的最后一个问题是"货运部门"。为什么只有货运部门作为全国一体的公司独立出来呢？当时，按理说也可以将货运部门分成 6 块与 6 家客运公司分别结合在一起，采用这种分拆办法。在国铁内部，这种意见也很强烈。不过，重建监理委员会仅提出"单独成立一家全国一体的货运公司"这个方针，而把制定具体方案等工作交给了运输省及国铁当局。这也间接地说明，当时的货运部门确实问题堆积如山。

　　国铁货运局的干部直到最后仍然强烈主张说："货车及集装箱的全国运转及长途货运列车的运行等，这些业务不适于搞地区分拆。货运领域若实施分拆，则将无法实现其货物运输功能。"但是，要想实现作为"全国一社"的货运公司的健全运营，就必须实施彻底的合理化措施。重建监理委员会对此没有触及，只提出"作为'全国一社'体制运营所需的合理员工人数为不到 1.5 万人"，并指示国铁当局"在 11 月末之前制定具体方案"。

　　国铁的货运部门原先奉行的是"大舰巨炮主义"，他们觉得自己作为日本物流的核心机构，支撑了日本经济的发展。对此，运输省提出了一个"货运安乐死理论"，即认为"在公路设施逐渐完善、卡车已成为陆路交通主角的今天，对于铁路货运可以实施安乐死处置"。重建监理委员会的委员长代理住田正二（原运输次官）在担任运输省国铁部部长时，就是这方面的急先锋，并由此与国铁货运局之间产生了激烈的争执。具体讨论过程我们无从了解，总之，重建监理委员会提出了"货运部门要打造全国一社体制"的结论。

重建实施推进总部（井手担任事务局局长）向货运部门发出指示："即将变成全国一社体制的货运部门，应该大胆转型，打造直达运输体系，废除经由调车场中转的运输方式。"货运列车在调车场重新编排货车车厢，这种做法加大了运输成本。井手认为，"大胆推进中心站点之间的直达运输及集装箱化，对货运站实施集约化管理"是货运改革的主要措施。如果减少货运站并废除调车场，货物的运输量自然会减少；但另一方面，它也会带来运营成本的下降，使收支得到改善。

然而，自诩国铁货运支撑了日本经济发展的货运部门，对此进行了猛烈的抵抗。货运部门好不容易制定出合理化方案，眼看就可以提交重建实施推进总部的全体会议了，他们又将其撤了回去，说"虽然昨天是那么考虑的，但这样收支还是不足以支撑货运公司的独立生存"。"货运局想尽可能多地保留货运站，他们打算将来通过出售其地皮来改善货运公司的经营，因而抱着土地不肯撒手。"（井手正敬语）

以前，货运部门主动让旅客列车优先使用运行线（列车运行时刻）。今后如果必须向分拆后的客运公司租借线路来运行货运列车，那么各客运公司的力量将更加强大，货运的运行线可能被进一步削减。因此他们开始提出，"希望在法律上作出明确规定，让货运拥有更大的话语权"。

后来，货运局提交了一组收支预估数据，它是根据"全国一社"体制运营时的运输量、列车设定里程、列车趟数、货运装卸站数量、员工人数等计算出来的。然而，井手称"其想法过于乐观，因而无法同意"，怒斥"其说明材料过于随意马虎"，将资料撕成碎片抛向空中。这就是后来在很长一段时间被人们津津乐道的"纸吹雪事件"①。

到了 11 月下旬，货运公司合理化计划的具体方案终于制定完成。其主要措施是：①将新货运公司的员工人数削减至目前的三分之一，即 1.25 万人（比重建监理委员会的最终答询减少 2500 人）；②每日的货运列车运行班次削减至原来的一半左右，即 700 趟；③货运装卸站由 422 个减至 300 个左右。

通过实施这种合理化措施，全年运输量将由昭和五十九年度（1984 财年）的 7493 万吨下降到新公司首年度即昭和六十二年度（1987 财年）的 5500 万吨。列车每日的行驶距离由 27.3 万公里降至 20 万公里。根据概算，尽管收入由 2090 亿日元减至大约 1580 亿日元，但由于人工费、设施器材采购费、资本费用等也相应下降，因此将可以消除 2200 亿日元的巨额亏损，在新公司首年度即实现扭亏为盈（盈利 6 亿日元）。

尽管"全国一社"的铁路货运公司决定采用这种大胆的"收缩均衡策略"来重启运营，但这并不等于货运部门的问题便由此得到了彻底解决。可以说，这是为了实现当下的收支均衡而将相关问题搁置起来的一种"甩客发车"行为。

在新公司成立后，高速公路网络更趋完善，货运份额继续被卡车运输吞食。在远距离运输方面，航空货运也日益发达。掌管 JR 货运主业的货运部门，长期处于亏损经营的状态。虽然依靠在货运站旧址上所建楼宇的租赁收益等主业以外的经营努力，企业在整体上保持着盈利，但直到现在（2017 年 2 月），其股票上市之日仍遥遥无期。

---

① 纸吹雪：原指在举行欢迎及庆贺活动时抛撒的五彩纸屑。

成败关键：剩余人员对策

国铁改革成功与否取决于剩余人员就业对策能否顺利落实。

为此，政府设立了以中曾根首相为首领的"国铁剩余人员就业对策总部"，决定由中央及地方政府机关接收3万人。对策总部事务局的实际工作人员从各省厅召集而来。然而，在各省厅，"分拆和民营化不可能实现"这种氛围很浓厚，大家都在关注其他省厅的动向。中曾根觉察到这种情况后，就让总务厅长官后藤田正晴率先作出决定，令其"老东家"警察厅"将国铁的铁路公安警察约3000人全员录用为警察"。由此，也许各省厅感到"总理这次可是动真格了"。于是，气象厅的气象台及海上保安厅的灯塔等与运输省相关的部门决定录用1400人，农林水产省方面录用1100人，防卫厅录用500人等，各部门的录用名额相继敲定。

国铁当局在职员局内成立了实际操作部门"就业对策室"，室长松本正之等人就国铁员工的接收问题，每天都点头哈腰地与政府各省厅开展协调工作。兼任职员课课长的葛西也经常与他们一同外出奔波。由于很多省厅自身也在裁员，因此刚开始他们的反应都比较迟钝。他们担心"国铁会把有问题的人甩给自己"。葛西向他们逐个解释说："有问题的人是不会主动举手的。举手者都是我们也想留下的优秀人才。"另外，"若是调往其他政府机关能让国铁获救，那我也愿意去另辟新路"，在国铁员工当中也开始有人自告奋勇地提出调离申请。

"反正早晚也得录用，那还是先下手为强、早点挑选到优秀人才更好吧。"这种气氛在各省厅逐渐形成。不仅中央机关，地方政府尤其是市町村也录用了不少人。最早表明接收意愿的是东京都，其次是埼玉县，第三个是千叶县。千叶县知事沼田武在记者招待会上表示，"我们必须照顾国铁与千叶县多年的友好关系并响应中央的方针"。营团地铁（现东京 Metro 即东京地铁株式会社）也录用了 650 人。

而且，在这年 12 月 3 日的内阁会议上，政府决定由各省厅按照昭和六十一年度（1986 财年）招聘计划的 10% 来录用国铁的剩余人员。根据总务厅的估算，10% 大约相当于 1600 人。政府还提出，在昭和六十二年度（1987 财年）以后的 3 年期间，将"按照超过 10% 的一定比例来进行录用"。大藏省和总务厅还规定，"只要从国铁录用 1 名员工，就可以招聘新人 0.5 名"。在中曾根及后藤田的极力推动下，政府机关迈出了第一步，中央和地方政府机关等公共机构共计接收了约 2.2 万人。加上国铁关联企业所接收的 1.2 万人，合计约 3.4 万人。尽管没有实现当初所提出的"政府及公共机关接收 3 万人"的目标，但总算渡过了第一个难关。

尽管通过这些努力确定将由政府机关等接收 3.4 万人，不过这也只占到在昭和六十二年（1987 年）4 月实施分拆和民营化之前必须要解决的剩余人员总数的三分之一左右。根据重建监理委员会的答询，新公司成立时的合理员工规模为 18.3 万人。已经通过"三大措施对策"成为剩余人员的"暂时下岗人员"及"借调派遣人员" 2.5 万人如果重返岗位，则员工总数将达到 20.8 万人。昭和五十九年度（1984 财年）末的实际在册人员为 31.5 万人，按简单计算将会产生剩余人员 10 万余人。即使算上政府机关及民间企业的录用，也将还有超过 6 万人的冗员。不仅如此，在新公司成立后，为了实现企业的健全经营，肯定还会进一步实施合理化措施。

葛西是"剩余人员对策推进总部"的实际负责人，该部门所肩负的重要工作就是"在新公司成立之前的较短时间内，进一步实施大幅度的合理化措施，对因合理化措施产生的过剩员工，安排自愿退休或提供再就业机会；退休及再就业安排与合理化谈判同时并行，将剩到最后的人员分配到新公司"。这就需要与工会恢复正常关系，令其配合国铁改革的实施。"员工的高效化""自愿离职（退休）者的募集""员工的岗位分配"，这三项工作必须同时推进，葛西是主要负责人，这副重担便落在了他的肩上。"老实说，我没指望自己能顺利、圆满地完成这个任务。我的想法是：尽自己最大努力能做多少是多少，倘若中途失败了，就让继任者接着做同样的事情。"（《国铁改革的真实情况》）

松崎明就任动劳总部委员长

重建监理委员会提交最终答询前后那段时间，正是各工会召开全国大会的时节。昭和六十年（1985 年）6 月 25 日，动劳的全国大会开幕。这天也恰好是杉浦总裁就任的日子。在这届大会上，之前担任东京地区总部委员长的松崎明（平成二十二年即 2010 年 12 月去世）当选中央总部执行委员长。被称为动劳的"幕后老大"、长期扮演"黑衣人"[①] 角色的松崎由此登上了舞台。

动劳在这届大会上作出了如下决议，明确举起了"反对分拆和民营化"的大旗：①反对政界和经济界将国铁作为新的瓜分对象实施"分拆和民营化"，为了"守住岗位、工作和生活"，将在总评及社会党的领导下，团结一致开展斗争；②提请总评及社会党开展反对重建监理委员会所作答询的大型宣传活动，对中央及地方各党议员进行组织动员，要求地方政府作出相关决议等；③在答询提交之后，若政府及自民党展开强权性攻击，工会将动员社会舆论力量，采取包括罢工在内的群众性行动。

---

① 歌舞伎中身着黑衣、从事道具搬运等辅助工作的人。喻指在幕后处理事情的人物。

但是，松崎明的总部委员长就任讲话却与这个大会决议大相径庭。有别于冠冕堂皇的大会决议，"冷酷动劳"在其他地方已开始出现重大转变。

"倘若广大民众不使用国铁，那么国铁就失去了其存在意义。（省略）若国铁无法受到民众的喜爱，身在其中的工会恐怕也不可能得到支持和喜爱。从这个意义上来讲，我觉得我们今后应该去作这样的点滴努力，即在对自己进行自律的同时，赢得国民的一致理解。对于国铁当局，我认为，我们应当一边去质询各个细节问题如何解决，一边竭力使职场同伴及其家属的利益有所改善。"（松崎明，《国铁改革》）

*　　　　　*

松崎就任总部委员长之后，在会见"劳动省记者俱乐部"的记者时，自然有记者提出了有关松崎与"革马派"关系的问题。在昭和三十二年（1957年）高举反日本共产党和反斯大林主义的旗帜而成立的"日本托洛茨基主义者联盟"，后来改称"革命共产主义者同盟"（简称"革共同"）。革共同在1960年安保斗争之后，因为内部斗争激化，分裂为中核派 ① 和革马派（革命马克思主义派），之后，两派之间反复掀起惨烈的内部武斗，双方均有多人死伤。据称，为了使工人变得左倾和激进化并掀起暴力革命，革马派还秘密制定了对各主要工会进行渗透的战略。

"坊间传说松崎先生是'革马'的高级干部，您能谈一下这方面的情况吗？"对于记者的这个提问，松崎回答说：

"所谓的'革马派'问题，这件事已经被议论了很长一段时期。

---

① 中核派全称"革命共产主义者同盟全国委员会"。

我脱离日本共产党的一个原因，就是对斯大林主义的批判。还有就是国铁劳动工会的新潟斗争（1957年），我非常敬重的细井宗一先生曾说：'只有我一个人在战斗，为什么当时共产党不给予全面支持呢？'即使现在我对此仍抱有疑问，因而当时与日本共产党作了诀别。在这种情况下，我对苏联也抱有很大的疑问，对于所谓的斯大林主义问题也一直在思索。这时，我在书店里发现了由哲学家黑田宽一撰写的《斯大林主义批判的基础》，然后阅读并学习这本书。

"总之，我在这之前就被认为是'托洛茨基主义者'，于是我就开始去学习和了解什么是托洛茨基主义。由于受到这些影响，在一段时期内我确实作为'革马派'存在过。不过，对于有关'内部武斗'的问题，我当然不会赞成。无论有什么理由，支持'内部武斗'对我自身来讲，对劳动工会干部来讲，都意味着死亡，因此我不可能去接手那种党派的领导工作。"（《国铁改革》）

昭和十一年（1936年），松崎出生于埼玉县东松山市。从县立川越工业高中毕业后，作为临时雇员在松户车辆段工作。在那段时期，他加入了日本共产党。昭和三十一年（1956年），他成为国铁员工，在担任尾久机务段的机车副司机时加入了机车劳动工会（即后来的动劳）。昭和三十八年（1963年），在担任动劳尾久机务段支部委员长时，因为反对日本共产党的官僚主义领导，加入了黑田宽一所率领的革共同革马派，并以"仓川笃"为笔名担任该派副议长。当时，被大家尊称为"仓老师"的松崎位居老二，地位仅次于议长黑田宽一。松崎在记者招待会上的讲话可以概括为以下三点：①因昭和三十二年（1957年）的国劳新潟斗争而怀疑日本共产党的领导，并退出了共产党；②当时，对黑田宽一的思想很感兴趣，在黑田的影响下，在一段时间内加入了革马派；③后来，因为不赞成"内部武斗"而与革马派诀别。

在国铁分拆和民营化之后，也有人议论"松崎与革马派的诀别是伪装转向 ①"。松崎真的与革马派诀别了吗？他采用由作家及评论家宫崎学提问、自己来回答的形式，出版了一本《松崎明秘录》（同时代社）。书中有这样一段对话。

宫崎："这样，松崎先生与革马派的最终诀别是在1978年左右吗？"

松崎："我不太清楚呢。因为革马派既没有入党申请书也没有退党申请书，所以没法说清准确时间。"

宫崎："在实施罢工权罢工即1975年时，您是革马派么？"

松崎："也许是，也许不是……（笑）因为从某一时期起完全失去了联系。我当时比较自由任性。所以革马派何时批准了我的退出，我完全不知道。"

宫崎："因为革马派影响很大，所以暂时还得混迹其中……是因为这个关系吧？"

松崎："对，所以即便是现在，我估计革马派的人仍然会说我是革马派吧。（笑）"

在这里，松崎并未否认自己是革马派。对松崎来讲，"伪装"与否也许并不重要。

在动劳大会召开3个星期之后，从7月15日起连续4天，作为工会全国中央组织 ② 的总评（日本劳动工会总评议会）也召开了

---

① 转向指改变思想及政治上的立场，尤指社会主义者、共产主义者因遭到镇压而放弃原来的立场。

② National Center of Trade Union，负责各加盟组织间的联络和协调，并领导全国性的统一行动。在日本，与此相当的组织有"联合"和原来的"总评"等。

大会，国铁重建问题是会议的中心议题。该大会将国铁问题定位为"本年度最大的斗争课题"，决定了如下《国铁重建斗争方针》(《战后史中的国铁劳资》)：

· 设立"国铁重建斗争总部"(黑川武议长任总部长，国劳的武藤久、动劳的松崎明两位委员长任副总部长，总评事务局局长真柄荣吉任事务局局长)，组建举总评全力开展斗争的体制。

· 为了阻止分拆和民营化，开展5000万人签名运动，以获取大多数国民的支持。

动劳委员长松崎明出席大会并作了特别发言，他表示自己决心"与国劳真正做到相互信赖，携手前行，为打破眼下僵局而共同奋斗"。在最后一天，由总评议长黑川站在中间，国劳委员长武藤久和动劳委员长松崎明分立左右，三人在台上共同握手，承诺将开展联合斗争。不过，后来事情的发展却并非如此：总评将工作重点放在了"大胆引入民营手法"和"阻止分拆"上；国劳顽固坚持"阻止分拆和民营化"；动劳则调转方向，转变为"容忍分拆和民营化"。可以想见，当天三人虽然表面上热烈握手，各自却"心怀鬼胎"。

在总评大会召开之后，从7月29日起连续5天，国劳在名古屋召开了大会，决定了"与重建监理委员会的最终答询展开正面对决"的运动方针。大会认为，"阻止分拆"的斗争，其成败关键在于如何取得大多数国民的支持。大会"确认将举全力开展总评所决定的、旨在获得有选举权人过半数即5000万人签名的活动；全会一致表示，为保住就业，将不惜赌上劳动工会的存在价值，在重要阶段通过罢工进行坚决斗争；为了开展这场国民斗争，大会将一线的力量、联合斗争的力量及政治力量融为一体，号召大家团结起来共同战斗"(8月9日发行《国铁新闻》)。

不过，在国铁职员局职员课总括助理升田嘉夫看来，"这不过是虚张声势而已"。"此时的国劳既没有掀起罢工权罢工那种大型斗争的力量，也没有像动劳反对废除副司机斗争那种殊死搏斗的决心和凝聚力。对于阻止分拆和民营化，他们既无战略也无战术。开展总评所主导的 5000 万人签名运动，已经令他们精疲力竭、无暇旁顾。"(《战后史中的国铁劳资》)

前面提到，国劳因为对当局所提出的"合理化三大措施方案"作出妥协而重新缔结了《就业稳定协议》，但这年 5 月的临时大会尚未来得及就其是非对错进行讨论，因此，该讨论成了这次大会事实上的主题。主流派与非主流、反主流派的对立和争斗又重新上演。对于执行部所提交的有关《就业稳定协议》的总结，非主流派和反主流派纷纷提出异议。主流派在台下做了大量协调工作，最后决定在大会第四天对运动方针讨论完毕后，由刚刚当选新委员长的山崎俊一（前任总书记）代替委员长武藤久作"集中答辩"，以使总结报告获得大会通过。

"我们在《就业稳定协议》问题上不得不妥协，另外今后还将依托此协议来加强职场斗争；在把反对合理化三大措施的广泛斗争及权利斗争发展为将职场和地区相结合的全国性斗争方面做得不够充分，还有在工会民主主义方面存在问题和不足，今后要在汲取这些教训的基础上去开展斗争。"

山崎总书记的答辩内容基本上由主流派和反主流派的主张拼凑而成，"其意思也含混不清"。尽管程序上已经了结，然而这个《就业稳定协议》问题后来持续发酵，国劳内部的派系斗争也由此进一步激化。

另外，铁劳大会也与国劳大会同期召开。杉浦总裁亲自出席会议，这在国铁劳资关系史上尚属首次。他呼吁建立劳资合作体制，要求工会进一步给予合作。总裁在致辞中说：

"贵工会很早以前就对国铁所面临的艰难形势有正确认识，并树立了劳资合作共同致力于国铁改革的理念。在此，我再次表示敬意。值此艰难时局，我希望铁劳给予进一步的理解和支持。"

话音未落，全场响起了雷鸣般的掌声。

总裁亲自出席并发表讲话，这意味着自昭和三十七年（1962年）铁劳的前身"新国劳"成立23年来，铁劳首次得到了官方的正式承认。《铁劳新闻》于8月13日发行了"全国大会特刊"，醒目的大标题跃然纸上："向着国铁改革（指民营化和分拆）前进！"

与国劳的《就业稳定协议》被废除

随着昭和六十年（1985年）秋季的到来，剩余人员问题的解决也开始走上正轨。各工会眼下关注的焦点是《就业稳定协议》的重新签订问题，其期限为11月末，时间非常紧迫。所谓《就业稳定协议》，一言以蔽之，即规定"即使实施合理化或现代化措施，也不能违背员工自身意愿调换工种或者解雇"的劳资协定。

10月3日，国铁职员局通知动劳、铁劳和全施劳三家工会"希望重新签署《就业稳定协议》"。然而第二天，4日，他们对国劳提出的要求却是"原则上也希望与国劳签署，但带有附加条件，即前提是国劳必须停止有组织地反对剩余人员对策三大措施的运动"。以非主流及反主流派会员为中心，国劳的很多地区总部还在继续实施"不辞职、不下岗、不外调"的"三不运动"。10月24日，国铁当局由职员局局长澄田信义向国劳委员长山崎俊一再次提出如下交涉条件：除非停止"三不运动"，否则将废除《就业稳定协议》。这可以说是对国劳的恫吓。

"在贵工会的指导下，很多会员向各地一线负责人提交了如下声明：'本人没有申请停职或希望被派遣的想法。由此，今后请勿对我提出此类要求和劝告'。贵工会在机关报纸及广告牌上大肆宣扬'不辞职、不下岗、不外调'的口号，散发类似传单等，此类行为在各地多有发现。另外，地区总部大会等制定'应将三大措施定位为解雇手段''对三大措施仅仅是作为制度进行了认可而已'之类的方针，对响应下岗制度及外调制度的员工限制其意愿表达等，类似行为也有所发现。今后，除非这类情况得到彻底解决，否则我们将不再与贵工会重新签署《就业稳定协议》。"

11月13日，国铁当局对动劳、铁劳及全施劳三家工会提议：以昭和六十二年（1987年）3月末为期限，重新签署《就业稳定协议》。三家工会均对此表示同意。然而，当局对国劳却进一步发出确认通告，称"除非停止'三不运动'，否则不可能重新签署协议"，并且还追加了以下"四项条件"：①积极实施剩余人员调整措施；②就前项内容对地方进行彻底指导；③改变地区总部的方针，并由各管理局加以确认；④消除对一线的干扰，并由当局进行确认。从内部情况来看，要国劳接受这四项条件极为困难，当然这也在当局的预料之中。

被下达"最后通牒"的国劳委员长山崎俊一，为了签署《就业稳定协议》，开始拼命地调转方向。在11月19日的中央委员会上，他发言说："那些已响应外派的工人正在就当地的劳动条件及各种烦恼寻求国劳的援助，如果我们继续开展不让工人响应外调的运动，则相关的援助体制将无法得到完善。对剩余人员对策三大措施的响应，最终应该尊重会员的自发意愿，若发现有单个的强迫行为，我们将举全力开展斗争。眼下处于无法签署协议的状况，虽说当局不至于马上实施点名解雇，但仍有必要尽早签署《就业稳定协议》。"由此，国劳将当前的斗争方针转变为"停止'三不运动'"。

国劳按此方针与当局进行了集体谈判，强烈要求重新签订《就业稳定协议》。可是，当局方面对国劳并不信任，在态度上有所保留，声称"尽管你们前进了一步值得肯定，但我们还需要确认地方层面的动向"。到了当月 30 日，即期限终止日期，当局以"停止'三不运动'的方针在地方上尚未得到贯彻执行"为由，通告国劳说"无法重新签订协议"；同时，对于全动劳（共产党派系），也以其对剩余人员措施不配合为由拒绝重新签订协议。从第二天即 12 月 1 日起，当局与国劳、全动劳的《就业稳定协议》随即被废除。

在昭和三十七年（1962 年）由当局与国劳、动劳率先签订的《就业稳定协议》，一直以来都是每 3 年自动延期一次，现在首次出现了无协定的情况。这样，国劳和全动劳的工会会员就面临随时可能遭到解雇的风险。

同一天，国劳立刻发出了愤怒的抗议声明。

"当局拒绝重新签订协议，我们不得不怀疑他们不仅从一开始就没有与国劳续约的打算，而且还有其他特殊意图。这有悖于国铁当局平日标榜的态度——经营者必须维护国铁工人就业权利的态度。另外，我们不得不认为，在目前国铁形势严峻、劳资关系稳定不可或缺的背景下，他们这是在蓄意破坏劳资关系。政府已经表明不会让国铁工人及其家属流落街头，而作为当事者的国铁当局却对国铁工人的就业采取不负责任的态度，这真是荒谬之极！我们禁不住满腔的愤怒，决心严阵以待。"

与国劳的游走迷离形成鲜明对比的是，在动劳重新签订协议后，委员长松崎明在中央委员会上对其成果夸夸其谈："《就业稳定协议》达成妥协，是参与推进'三大措施'的全体工会会员及其家属血汗的结晶。这个协议具有历史性的意义。对工会会员的解雇与剩余人员对策犹如一枚奖章的正反面[①]。我认为，《就业稳定协议》的重新签订维护了大批会员的就业权利，使他们免于被解雇。"

---

① 指互为表里的关系。

在同一时期，国铁当局以包括管理人员在内的所有员工为对象，开始实施"关于调动意愿的首次问卷调查"。其目的在于，看看 31 万人当中，"针对昭和六十一年度（1986 财年）政府机关的招聘，有多少人希望调动工作，问卷由被调查者自愿回答"。调查内容为，从所列出的调动路径中，根据自己的希望选出 3 个，并标上优先顺序。问卷一共列出了 7 个调动路径：中央政府相关机构、地方政府部门、国铁关联企业、一般产业界、客运铁路公司、货运公司及其他新部门、其他（个体经营）。另外还询问了对工作地点有无要求（在居住地附近还是外地），并设置了所属部门、职务、姓名、年龄填写栏。问卷调查旨在"了解每位员工的真实想法"。

杉浦总裁说，该调查的目的"是想先了解一下有谁愿意在昭和六十一年度（1986 财年）被调到政府机关，今后在实施分拆和民营化、对员工进行分配时，还将再次实施意愿调查"。他下令在圣诞节时将调查问卷发给所有员工，并叮嘱说："希望大家利用元旦假期好好考虑一下，开年一上班即提交上来"。国劳反对说，"（与国铁分拆和民营化相关的一系列改革）法案尚未提交国会，没有进行审议，当然更没有得到表决和通过，在这个阶段即以法案通过为前提实施这种问卷调查，这是不能容忍的粗暴行为"，并指示其会员"绝对不许接受问卷调查"。不过，动劳、铁劳和全施劳三家工会却对这次调查非常配合，号召会员"务必按照自己的真实想法填写"。

三塚博就任运输大臣

在这年年末，12 月 28 日，中曾根首相进行了第二次中曾根内阁改组。这次改组的重点是，在官房长官这个内阁要职上，再次起用了第一次中曾根内阁成立时的官房长官后藤田正晴，而将之前的官房长官、其心腹藤波孝生任命为自民党国会对策委员长。中曾根在进行这次内阁改组时，内心已在秘密筹划下一步战略：于翌年初夏解散众议院，实施众参两院同日选举（《中曾根内阁史 每日的挑战》）。在众参同日选举中，将国铁分拆和民营化作为争论焦点，一气呵成地解决国铁改革问题——这是中曾根的目标。为此，在这次改组内阁中，他将三塚博任命为分拆和民营化改革的总指挥——运输大臣。

三塚担任过三届自民党交通部会的部会长，在交通问题方面，是党内首屈一指的资深议员。前面已经说过，作为国铁重建小组委员会委员长，他与"秘密办事处成员"井手、松田和葛西（即"三人帮"）齐心协力，长期以来一直致力于推进分拆和民营化。当时，国铁总裁杉浦乔也正担任运输省铁路监督局局长。三塚与杉浦经常一起喝酒，相互十分投缘。兴许是借着酒劲吧，一人说"你将来一定要当运输大臣哦"，另一人则回复道"那届时你就当国铁总裁吧"。两人兴致勃勃地谈论着国铁的未来。昔日的豪言壮语如今变成了现实。"现在由三塚先生来坐镇指挥，我也可以放心大胆地去干了。"杉浦由此"感到心里很有底气"。曾经在秘密办事处为三塚跑腿打杂的"三人帮"，这时已回归总公司的核心部门，正在为迈向"分拆和民营化"而坚持不懈地战斗。

三塚作为总司令又回到了这个"主战场"。

中曾根首相交给三塚的任务是，"制定与国铁改革相关的各项法案及为法案成立做相关准备"。从国铁改革整体来看，这仅仅是"入口"[①] 而已，必须突破这个入口使改革法案被国会通过，否则分拆和民营化将无法实现。三塚在国铁改革问题上一直走在前头，因此中曾根把这个重任交给了他。三塚"无暇沉浸于感慨之中"，在随后的 7 个月，他"像一匹不知疲倦的马，一边拉着车一边往前奔

---

① 比喻事情的开端。

跑"。昔日患难与共的三塚如今当上了运输大臣，对于"三人帮"来讲，这无异于有了一个坚强的"后盾"。

"这5年来，运输省、国铁重建监理委员会事务局及国铁的少壮精锐改革派，这些同志与我一同致力于这场牵扯千头万绪的宏大改革。尽管遭遇了超乎想象的苦难，但他们凭借使命感和勇气克服了这些困难。同志们的面容一个个浮现在我的眼前，令我感慨不已。他们遭受了各种各样的非难和干扰，在此我不作详细叙述。总之，同志们在极为严峻的环境中，为了实现辉煌铁路的重振和新生而心无旁骛、奋斗不止。另外，不仅我自己，我的家属也遭到了无数次的骚扰、威胁、中伤和诽谤等等。每当我由此感到气馁和沮丧时，对我给予鼓励和支持的就是这些年轻朋友。"(《再见吧，国有铁路》)

以上是三塚在组阁名单发布后，得知自己被任命为运输大臣时的无限感慨。其实，不仅是三塚及其家属，以"三人帮"为首的改革派也遭到了"无数的威胁、中伤和诽谤"。关于这方面的情况，松田昌士在《我的履历书》中虽未作详细描述，但有所提及：

"(我也)一直坚持分拆和民营化的信念，从未有过怀疑和放弃。当然，对我的非难和谴责逐渐变得激烈，甚至祸及我的家人。(省略)当时我住在埼玉县与野，曾经有人偷偷在我家的液化气罐周围扔下了数根火柴棍。工会的街头宣传车在我家附近来回转悠，并且用高音喇叭反复嚷嚷'松田是个大坏蛋'。有时我在单位连住几天之后，马上就会有绯闻传出，说我'乱搞男女关系'。我大女儿的儿子与我们住在一起，有一天，我发现他非常怕水。经过询问才知道，原来他在附近的游泳池游泳时，被一个貌似教练的人强行把头摁在了水中。他们连我的外孙也不放过，其手段之阴险真是令人不寒而栗。"(《我的履历书》,《日经新闻》，平成二十年即2008年11月)

不只是松田，包括三塚及其家属在内，还有井手、葛西，这些一心一意推进国铁分拆和民营化的"同志们"，或多或少都有同样的痛苦经历。井手住在东京驹场，他家门口曾经多次被人投掷大量的燃烧过的火柴棍及弹珠店的弹子球，另外，他家几乎每天都能接到无声的骚扰电话。葛西家里也反复遭到同样的骚扰和威胁。在这种看不见的威胁之下，他们的家人每日都过得战战兢兢。很明显，这些都是反对分拆和民营化的工会会员所为，然而警察当局就是找不到"真凶"。

非同寻常的《劳资共同宣言》

在那段时期，每天早晨国铁职员局都会召集各课课长及课长助理开早会。在年底迫近、"关于调动意愿的问卷调查"也告一段落时，葛西便就"下一步棋"——"在新年一开始即由劳资之间签订《劳资共同宣言》"——征询职员课课员的意见。葛西认为"必须持续不断地问询工会的真实想法"。他将已经拟好的方案发给下属职员，指示他们利用元旦假期在家琢磨和修改。这样，开年之后，昭和六十一年（1986 年）1 月 7 日，职员局的成熟方案即已出炉。1 月 10 日，该方案在总裁室的"两总部联席会议"上被最终敲定。

国铁的最后一年即昭和六十一年（1986 年），终于在一片动荡之中拉开帷幕。1 月 13 日，国铁当局将各工会的领导干部召集到总公司总裁办公室，向他们出示了一份前所未闻的《劳资共同宣言》。在这之前，当局还没有把工会代表请进总裁办公室的先例。"签订《劳资共同宣言》是史无前例的措施，所以我们想把工会领导请到总裁办公室，由总裁您亲自给他们做工作如何？"杉浦总裁接受了葛西他们的建议。于是，"按照工会由大到小的顺序"，当日上午

11 时，国劳干部山崎俊一委员长等人首先被请入总裁办公室。

山崎委员长等国劳干部进屋后也不入座，眼睛直愣愣地盯着桌上的宣言文稿。"这是啥东西？"山崎粗声粗气地问道。文稿内容分明是要否定"工会的存在意义"，逼迫工会向当局的合理化措施全面举起"白旗"。

杉浦一边注视着每个人的表情，一边说："在实施分拆和民营化之前，我们必须获得国民的信任。国铁为了确立经营基础，必须实施合理化措施。这上面写的是自我约束不搞罢工、提高服务水平等内容。我们提议由劳资达成一致意见后，以共同宣言的形式向社会公布。喏，你们坐下来听我细说嘛。"

"这种东西，我们怎么可能接受？"

山崎等国劳干部既不入座也不拿宣言文稿，跺着脚离开了总裁办公室。

接下来进入总裁办公室的是铁劳干部，他们迫不及待地表示："我们觉得这已经有点晚了呢。我们早就提出应该这么做，现在总算盼到这一天了。我们对这事很赞成。"动劳也表示说："不管怎样现在是紧急和特殊时期，我们非常赞成劳资双方开展合作。"全施劳也表示赞成："比起宣言来讲，我们认为也可以签订像《和平协议》之类的东西。"当日下午 3 时，动劳、铁劳、全施劳 3 家工会的委员长与杉浦总裁一起亮相新闻发布会，发布了刚刚签署完毕的《共同宣言》。这也是动劳和铁劳的代表首次同台就座。

会上，动劳委员长松崎明确表示："今后我们将不再看重工会、意识形态、工会的全国中央组织（总评）这些东西，而仰仗铁劳的指导。即使国劳说不，我们也不会在乎。"

《劳资共同宣言》的概要如下：

（一）为了赢得广大国民的信任和支持，劳资双方必须超越其各自立场，遵守各项法规，举全力确保运输稳定，为社会提供安全、便利的运输服务。为了向乘客提供面带微笑、真诚热情的服务，员工不许佩戴（写有工会口号的）丝带和徽章，而应该佩戴姓名牌并按规定着装，努力为乘客提供礼貌得体的服务。

（二）为了实现铁路事业的重生，由劳资团结合作积极推进必要的合理化措施，建立新的业务运营体制。

（三）关于剩余人员对策，劳资应落实以下具体措施：

① 积极推进和实施派遣制度等。

② 依照以往的特退制度 [1]，积极落实鼓励退休政策。

③ 在新的自愿离职（退休）制度的法律措施出台后，劳资应对其进行积极合理的运用，以完成既定目标。

通过签署这份《劳资共同宣言》，动劳的正式"转变"得到确认，当局对动劳的态度也有了新的变化。与之相反，国劳不但被排除在《就业稳定协议》之外，而且未能参与主张劳资合作的《共同宣言》，被进一步孤立。此后，国铁当局的劳动行政逐渐分化为明显不同的两组工会：3家友好工会（动劳、铁劳和全施劳）和2家敌对工会（国劳和属于共产党派系的全动劳）。国铁职员局把这两个群组分别称为"乖孩子"和"坏孩子"，作了明确区分。16日，怒不可遏的国劳发表了《国劳对劳资共同宣言（方案）的态度》。该声明的字里行间，充满了对当局的高压态度和动劳背叛行为的"怨恨"。

"在这个方案里，不仅总裁的名字，连各工会委员长的名字也以联名形式被提前印好，当局粗暴地要求我们接受这个方案并当场在上面签名。一般来讲，共同宣言必须经双方反复交涉，在达成共识后才能形成文案。我们质问当局：'你们这不是有悖常识吗？'他

---

① 特别退休制度，指鼓励55岁以上员工提前退休的制度。

们却不知廉耻地回答说：'我们认为这并不违背常识。'当局的态度根本不是为国铁重建着想的态度，我们认为继续谈判也不会有任何进展，因而拒绝接受其方案。谈判仅用了极短时间即告结束。

"铁劳和全施劳答应此事并不奇怪，这从他们近期的运动也能猜到。可是动劳在前不久还与我们及总评一起开展了5000万人签名行动，承诺将进一步推进国铁重建斗争。他们竟然做出了背叛5000万签名行动的举动，还说工会的全国中央组织（总评）等他们也不放在眼里，而要仰仗铁劳的指导。这种态度不是变节，那什么才叫变节呢？

"《劳资共同宣言》让工人放弃各种权利，变得一无所有，工会会员将一无所得。由此可以想见，这是他们特意让国劳不能接受、要孤立国劳的苦肉计，我们只能如此解释。对于工会运动推动者来讲，这是无法接受的事情，放眼全世界也没有这种例子。即使当局与3家工会联合起来对我们实施组织攻击，国劳也将坚守劳动工会的基本原则，坚决维护工会会员和全国铁路工人的就业权利。"

铁劳与动劳的"历史性和解"

国劳要求签订《就业稳定协议》但被当局拒绝，而且被排除在《劳资共同宣言》之外，由此陷入了更加孤立的处境。在这种情况下，一些会员对国劳的未来感到不安也并不奇怪。

昭和六十一年（1986年）1月1日，当时国劳的会员总数为184523人，比9个月之前的昭和六十年（1985年）4月1日减少了3069人。国劳最初出现分裂动向，是在《劳资共同宣言》宣布2个月之后的3月上旬。职员局劳动课课长南谷昌二郎接到一名自称是国劳会员的陌生男子打来的电话，称"自己想退出国劳，希望能反映一下情况"。由于打电话者来历不明，因此南谷他们劳动课对此并没有引起重视。

然而，3 月 14 日，123 名隶属于国劳驾驶岗位的东京会员突然集体退出国劳，并且随后加入了动劳。在这之前都是个别人员零零星星地退出，超过 100 人的集体退会尚无先例。对此国劳立刻发出声明，称"退会者主要是对国劳的方针充满敌意、在当局和动劳的授意下试图攻击和破坏国劳的家伙"。这次集体退会事件，成了导致后来国劳分裂的"触发点"。

在 1 个月之后的 4 月 13 日，反对国劳总部方针的东京上野支部业务部门的会员约 1200 人宣布集体退会，并在东京北区的泷野川会馆召开了"真国铁劳动工会"（简称"真国劳"）成立大会。相关成员主要为曾经担任国劳支部的青年部部长及分会长级别职位的人。反对成立新工会的国劳，为了扰乱成立大会，以宣传车为先导，动员了约 150 名会员到离会场最近的京滨东北线中里站前面，企图阻挠退会者前往会场。真国劳获悉此情况后，便指示新工会的会员在其他车站下车，然后乘坐出租车前往会场。于是，会员们陆续聚集到会场。在会场周边担任"保卫工作"的约有 400 人，他们是过去曾经"相互仇视"的动劳和铁劳的会员。现在，面对蜂拥而至的国劳会员，他们反复齐声高呼："国劳，滚回去！"

在成立大会上，首任委员长古川哲郎发表致辞："国劳不能保证我们的就业，工会会员将成为'乘船逃难的难民'。我们经过研究认为国劳内部的改革难以实现，因此果断成立了新工会。"作为来宾前来出席大会的动劳、铁劳和全施劳各工会的总书记，都在批判国劳的同时，对新工会的诞生表示欢迎和赞赏。当月 28 日，真国劳与当局签订了《就业稳定协议》，还签署了《劳资共同宣言》，由此进入了"乖孩子"的行列。不过，警察当局断言：这个真国劳"是动劳的革马派潜伏在国劳业务岗位的别动队"。

　　　　　*　　　　　　　　*

　　以真国劳的举旗成立为开端，各地的国劳会员纷纷提出退会。
从那以后到 6 月末，仅仅 2 个多月就有约 1 万人退会。7 月份以后，
数字急剧上升，大概每月有超过 1 万人退出。4 月 1 日时国劳会员
的总数为 165400 人，到 9 月末则变成了 117400 人，半年时间即有
近 5 万人退出。面对如此事态，国劳强烈要求重启谈判，央求与当
局恢复之前未能续签的《就业稳定协议》。然而，杉浦总裁及职员
局次长葛西等人断然拒绝了其请求，声称"签署《劳资共同宣言》
是唯一和绝对的条件；只有《劳资共同宣言》才能解开'确保就业
稳定和确立劳资信任关系'这个联立方程式"。

　　在国劳退会者急剧增加的这年夏天，从 7 月 8 日起，铁劳在京
都召开了全国大会。在来宾致辞环节，相关人员代读了三塚运输大
臣的致辞，连续 2 年出席该会的杉浦总裁对铁劳也给予了最高级别
的称赞："铁劳是国铁改革的有力推动者。在丸生运动之后的艰苦
条件下，它始终保持着自己的信念、勇气和行动力，我们对此给予
高度赞扬。"在这次大会上，最为引人注目的是首次出席该会的动
劳委员长松崎明的致辞。动劳和铁劳曾经长期处于敌对关系。动劳
是真的有所"转变"还是"伪装"？以下是松崎致辞的概要内容。

　　　　我是动劳的松崎。动劳的松崎是把国铁搞垮的元凶之一。
　　在这个大会上，我将以相互和解为前提，对动劳在过去所制
　　造的各种问题真诚致歉。之前我一直在认真推动阶级斗争。过
　　去，比起如何对现实进行改革、如何维护会员及其家属的利益
　　这些切实问题，我们更加注重意识形态并开展了竭尽全力的斗
　　争。然而，现在我认为，我们所需要的国铁改革，必须要能使
　　在这里上班的工人及其家属的利益得到完全保障，我们不能因

为搞意识形态斗争而让铁路走向衰败。

　　到去年为止，动劳大会一直都坚持"瓦解铁劳"的方针，但在这次大会上，我们开始秉持与铁劳并肩前进的方针。我想，我们以前存在很多缺陷，我们之间也存在很多分歧，然而现在，与分歧相比，我们拥有更多的共同点。大家可以相互切磋，举个例子，比如铁劳的主席辻本（滋敬）和总书记志摩（好达）尽管还很年轻，但我从他们那里学到了很多东西。希望大家能够体谅和理解我们的真情实意。今后，我们将对诸位在方针中所提出的各项问题加以学习和研究，与铁劳共同构建牢固的合作体制。

　　我们今天既然走到这一步，也就不存在退路了。也有很多人在议论，说松崎所讲的是一派谎言，或者说（我退出革马派）不会是伪装吧，等等。那都是我的人格所致，我没有必要去怨恨别人，而将胸怀坦荡、堂堂正正地继续前行。再次恳请诸位原谅我之前的失礼行为。我想，动劳今后将与诸位结成兄弟般的关系，共同奋斗到底……

然而，由于铁劳会员对动劳长年抱有强烈的不信任感，因此对于构筑合作体制提出了各种各样的条件。"我们隶属于同盟（全日本劳动总同盟，与总评不同，主要由民间企业工会组成），并且支持民社党。我们与动劳的基本政治姿态不同，所属团体也不一样。如果动劳想真心实意地与铁劳携手合作，就应该退出总评，停止对社会党的支持。"他们向动劳提出了上述难题。这等于是逼迫动劳"踩踏圣像"[①]。

―――――――――

[①]　也称"踏绘"。江户时代镇压基督教徒时，在木板或金属板上雕刻基督或圣母像，令教徒用脚踩踏，以区分是否基督教徒。引申为为了了解个人的思想、信仰等而强令他人实施的行为。

在同一时期，动劳大会在箱根召开。会议一开始，松崎委员长就发表了"胜利宣言"，强调了动劳将确保就业放在最重要位置所取得的成果："维护动劳同伴就业的斗争取得了完全胜利。这是所有同伴及其家人、朋友充分理解及热心关爱的成果。"在大会最后一天，杉浦总裁出席大会并致辞。国铁总裁出席动劳大会，这当然也是首次。

"动劳的华丽转身是国铁改革的推动力。可以断言，动劳在时代潮流中随机应变、灵活应对的这种特质，就是国铁改革路线的巨大牵引力。我想，我作为总裁的最大责任之一，就是不让任何一名认真工作的员工流落街头。"

在该大会结束之后，7月23日，动劳马上召开了全国战术委员长会议。全会一致决定"退出在昭和三十五年（1960年）所加盟的总评"，随后向总评进行了通告。同时，确认"今后将推动以瓦解国劳为目标的斗争"。会上，松崎致辞说："此前我们一直努力想把总评做大做强，但是从内部进行改革已无可能。我们将告别仅停留在口头的团结，动劳将走动劳自己的道路。"《动力机车新闻》的号外为此打出了"为瓦解国劳而倾尽全力"的标题。

总评、社会党及警察当局等都认为："动劳的方向转变是伪装。这是激进的革马派为保存组织而采取的行动。"不过，在国铁当局的井手和葛西他们看来，"这种看法或许是对的，但是不管黑猫还是白猫，只要能抓住老鼠就是好猫。只要在国铁改革上言行一致，我们就与他们握手言和。倘若某天变得言行不一了，那我们再放手与其对峙"。这是他们对待动劳的基本态度。

动劳在退出总评之后，也撤回了对社会党的支持。

7月18日，与国铁当局签署了《劳资共同宣言》的动劳、铁劳、全施劳以及新诞生的真国劳，联合组成了"国铁改革劳动工会协议会"（简称"改革协"）。他们称其目的是"为实现国铁改革开展联合行动"，并表明"将来的目标是以协议会为核心来组建总联合组织"。很明显，改革协的目标是要成为分拆和民营化之后劳工运动的原型。协议会议长由志摩好达（铁劳主席）担任，副议长由各工会委员长松崎明（动劳）、杉山茂（全施劳）、古川哲郎（真国劳）担任。

志摩议长作为干部代表表明了决心："让我们劳资共同开动脑筋、同甘共苦，相互携手夺取国铁改革的胜利，以确保认真工作者的就业！"松崎副议长也强调4家工会必须团结，他呼吁说："国铁已处于濒死状态。我们必须求大同舍小异，共渡难关，共创未来！"前来出席成立仪式的杉浦总裁与4家工会的代表紧握双手，并表明了开展劳资合作、共促国铁改革的决心："在诸位的大力支持下，我们将努力确保就业，不让任何一名勤恳工作的工人流落街头。"

2万人大调动

让我们再次把时钟拨回昭和六十一年（1986年）2月。当时，《劳资共同宣言》的余波终于平息下来。

2月12日，国铁当局签发了包括常务理事在内、共计60名干部的人事任免命令。曾经主管经营规划室的室贺实因身体不适而住院，入教"耶和华见证人"①的九州总局局长田村刚以"圣经教义"为由提出辞职，包括这2人在内共有3名常务理事退任；职员局局长澄田信义等3人升任常务理事。

在这次人事变动中，总裁室审议役井手正敬出任"总裁室室

----

① 基督教支流之一，19世纪后半叶创建于美国。

长"一职。在第四任总裁十河信二时期，十河的心腹堀口大八曾担任这个职务，但在十河总裁退任后，该职位已空缺了 20 多年。该职位相当于各省厅的官房长，统管总裁室下属的文书课、秘书课和法务课这 3 个课。要使国铁当局各部门齐心协力共同推进分拆和民营化的立法工作，"总裁室审议役这个职位的权限还太小，必须新设一个职位，来统领对整个改革进行指挥的官房及相关管理人员"。当局接受了葛西敬之的这个建议，决定让井手出任总裁室长。

在这次人事变动中，职员课课长葛西被提升为"职员局次长"。之前葛西作为"剩余人员对策推进总部事务局次长"，事实上一直统管着职员局的工作。在国会审议即将开始之际，当局新设了职员局次长这个职位。另外，在前一年 11 月份，松田昌士从北海道被调回总公司并担任经营规划室审议役兼重建实施推进总部事务局次长，这次他作为井手的后任被提升为该事务局局长。由此，在杉浦总裁就任 8 个月之后一直未能落实的、以"改革三人帮"为核心的人事体制终于打造完成。

同时，通过这次人事调整，还在北海道总局、首都圈总部、名古屋和大阪 2 个管理局、四国总局、九州总局设立了"地区经营改革筹备室"，在总公司货运局设立了"货运经营改革筹备室"。这些部门的职责是以总公司所推进的新公司设立"方针"为基础，对新公司的具体方案加以细化和完善，为新公司成立做好筹备工作。在向各筹备室进行人员分配和调动时，当局也充分考虑了员工的原籍及过去工作地点等因素。

2 天之后，2 月 14 日，当局又发布了包括退休离职者 5700 人在内、涉及总人数多达 19900 人的大规模人事调令，其目的是为分拆和民营化提前做准备。新公司计划在翌年昭和六十二年（1987年）4 月发起成立，将大规模调动提早一年实施，以避免在成立前夕再搞这种调动。也就是说，这是以分拆和民营化之后的新公司为前提实施的人事安排。对于在全国范围内调动的各总局、管理局干部，原则上尽量将其分配到原籍或过去工作过的地区。退休离职人员多达5700名，是因为作为剩余人员对策、加大了针对53岁～54岁管理人员的鼓励退休政策的实施力度。

在包括干部级别在内将近2万人的大调动命令发布之日，在国铁总公司，很多员工手持一沓沓盖有"新任问候"红戳的名片在走廊里来回穿梭。因为在第二年实施分拆和民营化之后，届时如果新公司成立，这些人将在各个不同的公司工作，这是他们在相互道别。数天前，在记者俱乐部，已当上总裁室室长的井手就这次人事调整作了如下说明：

"关于新公司员工分配，我们是结合其以前工作地点、原籍及所毕业大学等因素来决定的。我们已经将这些改革的得力干将分配到各个岗位。在明年4月份新公司成立之后，希望你们继续留在那里工作。'能够留在铁路公司太好了，万岁！'希望大家不要这样一味地沾沾自喜。这种人今后迟早会遭到淘汰。我想，坐在我身边的这位白川先生不会是这种人。希望所有收到人事任命的员工奋发图强锐意改革，并取得丰硕成果。"

一同出席新闻发布会的秘书课课长白川俊一，在被念到名字后腼腆地笑了笑。白川在东京出生和长大，在这次人事调动中，他被安排到大阪工作。井手由秘书课课长调任东京西管理局局长时，白川在国体护持派的支持下，担任了秘书课课长职位，当时他不得不扮演一个尴尬的角色——签发对改革派年轻职员的降职调令。现在，他们的立场已经完全逆转。这次人事调整被称为"改革人事"，进入杉浦体制之后所实施的"匍匐前进人事"由此进入尾声。当井手讲话完毕离席后，白川在回答记者提问时，表达了自己的决心："刚才井手先生提到了我，我想，不管我的出生地和成长地在哪里，我都会扎根大阪，在那里安心工作。"后来，白川在井手总经理手下任职，担任了JR西日本的常务董事及京都站大楼开发公司总经理。

当重建监理委员会的最终答询出台后，在东京买房置地的国铁精英职员突然多了起来。这既不是因为单位突然多发了奖金，也不是因为银行出台了新的住房贷款制度。以前有些精英职员明明有自己的住宅，却隐瞒不报而住着位于市中心的租金低廉的干部员工宿舍，然而现在他们却主动申请腾退员工宿舍。这是因为他们在心里暗自期待："若是当局知道自己在东京周边有住宅，也许就不会把自己调到地方上的新公司，而会让自己留在东京吧。"那些精英职员非常渴望留在"中央"。其实，国铁改革也亟须对这种意识进行变革。

根据国铁重建监理委员会的最终答询，新公司的合理员工数为18.3万人。最终答询对各新公司的录用人数也分别作了规定。这样，随着剩余人员对策的推进，"哪个地区将产生多少剩余人员"也就一目了然了。其中，在北海道和九州，新公司的录用名额比当前员工数要少很多，呈现出一边倒的现象。据估计，北海道将产生剩余人员1.3万人，九州将产生1.1万人。而在东京、大阪等大城市周边，由于业务密度较高，因此所需员工人数也较多。要想消除剩余人员产生地和接收地之间的不平衡，只能实施"广域（跨区）调动"，将北海道和九州的员工调往大城市圈。

3月4日，作为事实上的第一拨"员工分配"，国铁当局开始募集愿意参与广域调动的员工，募集名额为北海道2500人、九州900人，合计3400人。如此大规模的广域调动，在国铁历史上也属首次。

国铁当局对各个工会说，这次"广域调动"是"常规的人事调动，不属于劳动条件变更，因此不是集体谈判的对象"。但是，这是在有关分拆和民营化的法案尚未提交国会之时，当局以分拆为前提实施的广域调动对象募集。动劳、铁劳和全施劳对此表示赞成，说"这样做的目的在于消除剩余人员的地区性不平衡，是确保就业的必要措施"。然而，国劳却强烈主张"岗位调动是涉及工资等劳动条件的问题，应当通过集体谈判来解决"。社会党也极力反驳说："国铁改革法案尚未进行审议，就以分拆和民营化为前提实施如此大范围的调动，这是对国会的藐视。"日本共产党也对国铁当局提出了批评，称"这将成为严重的恶性案例，对此断然不能允许"。

不过，民社党却对国铁当局表示支持："在民营公司，广域调动已极为普遍。对其表示反对正是安于'吃大锅饭'意识的表现。如果连这种事情都要反对，那么国铁重建恐怕难有指望。"葛西说："尽管我们不能作出任何承诺，但是，'离开自己在北海道的家园，远离故乡来到东京，在将来参加录用考试时，这种热情和意愿当然会给自己加分'，这种氛围不知不觉地流露了出来，并逐渐扩散开去。"（《国铁改革的真实情况》）也就是说，"对于响应广域调动的员工，我们将会保证其就业哦"，当局有意无意地透露了这种意图。

《国铁改革法》第二十三条之妙

改革最大的难题是"如何把员工'重新分配'到各新公司"。井手等人一边忙于每天的日常业务，一边反复开会研究。也就是说，"从法律的角度来看，怎样才能既不抵触宪法所规定的择业自由，又能将员工重新分配至各新公司？"很明显，国铁将会产生大量的剩余人员，也会产生大量的不能被新公司录用的员工。"分拆时应如何进行员工分配"，这是一道极为棘手的难题。"违背员工本人的意愿，命令'你去这家公司'，这种做法从法律上来讲是不可行的；必须采取在尊重本人意愿的基础上，将其分配到各家新公司的方式。"由总裁室法务课的法律专家牵头，相关人员对此进行了秘密研究。

最后，法务课的专家们找到的唯一办法，就是利用国铁重建监理委员会最终答询中所提出的"国铁清算事业团"来处理这个问题。成立国铁清算事业团的目的是"对国铁的遗留债务进行处理及用 3 年时间为剩余人员安排就业"。

"国铁作为法人与新设立的清算事业团是一个整体。从这个角度来讲，所有国铁职员都将自动转入清算事业团。各新公司只要对所需员工进行重新录用然后开展各自业务即可。也就是说，国铁员工需先从国铁（清算事业团）辞职然后再去新公司应聘，只有那些通过录用考试并被录用者方能成为新公司员工。这种做法也算是由本人按照自己的意愿来选择公司。"

这便是法务课得出的结论。命令"你去这家公司、他去那家公司"，这属于不当劳动行为，若是以违反宪法为由被起诉，则下令的一方多半会输掉官司。"国铁就等于清算事业团"，"新公司"是名副其实的新成立的法人。"员工的重新分配只有这一个办法。"法务课的专家们很肯定地说。总裁室室长井手也由此茅塞顿开。后来国铁与运输省就法案制定开始交涉，运输省担心该法案会引起与在野党之间的争执。他们担心"万一国劳下令不许会员去分拆后的新公司应聘，说不定会出现无人应聘的情况"。"这关系到工会会员的实际生活，因此这种情况不太可能发生。若真出现这种情况，那我们就从外面招聘社会人员好了。"国铁方面由此说服了运输省，内阁法制局及劳动省也对该方案表示支持。

最终，提交给国会的方案是《国铁改革法》第二十三条所规定的"新员工录用方式"。"国铁在过渡到新的组织体（新公司）时，各个新组织体的员工人数由运输大臣决定。新组织体通过公布录用标准和劳动条件来招募员工。国铁按照运输大臣所规定的人数，根据录用标准对应聘员工进行考核后，制作'录用者名单'并提交给新组织体设立委员会。"也就是说，由国铁（清算事业团）制作录用候补人员名单，然后由新公司根据自己公司的录用标准来决定是否录用应聘者。未被录用者则仍然留在清算事业团里。这堪称是一个"终极智慧"，从结果上来讲，该条款将员工划分为"乖孩子"和"坏孩子"，使得以国劳为主的"坏孩子"受到排挤。对国劳来讲，这是一个"终极恶智慧"。

*　　　　　　　*

这年 2 月 12 日，国铁改革系列法案中的"一号法案"被提交国会。当天，国铁总公司发布了对 60 名干部的人事任命。这个法案由运输省制定，其正式名称是《关于为改善日本国有铁路所经营事业的运营、在 1986 年度应紧急采取特别措施的法律草案》[《自愿离职（退休）法案》]。制定该法案的目的在于，"对合理化措施所产生的剩余人员支付比平常更优厚的退职金，用法律形式确定下来，以促进自愿离职（退休）政策的落实"。它也是分拆和民营化员工对策的一项主要措施。之后，3 月 14 日，包括《日本国有铁路改革法案》在内的《国铁改革关联八项法案》也正式提交国会。

国铁改革法案何时才能获得国会通过呢？在前一年年底，国铁当局已朝着分拆和民营化方向积极行动起来，这时，官房长官藤波孝生将井手叫到官邸，叮嘱说："与改革相关的法案尚未被提到国会议事日程之上，你们不要搞得太张扬了。"原来，藤波收到了来自社会党和国劳的言辞激烈的投诉。在《关联八项法案》提交国会后，4 月初，井手正敬和松田昌士两人一同前往自民党的实力派人物大藏大臣竹下登那里，去打探法案何时能够成立。二人恳切地说："希望《自愿离职（退休）法案》能够尽早获得通过；其他法案也要尽早通过，从法案通过到新公司成立最少需要留出 6 个月的时间。"

竹下在二人面前展开了一页长条卷纸，上面写满了当前的国际形势、国内政治形势及竹下本人的预测等各种内容。竹下盯着这张卷纸思索良久，然后注视着二人说："（从法案成立到新公司发起成立）留出 6 个月时间不太可能。估计中间夹着元旦假期，勉勉强强也就 3 个月吧。""结果，法案成立的时间果真如竹下先生所说的那样。"（松田昌士语）估计竹下当时已料到 7 月份将可能举行众参同日选举了吧。

政府和自民党的方针是，"《关联八项法案》和《自愿离职（退休）法案》如果要同时通过，从时间上来讲比较困难；因此应该首先尽全力通过《自愿离职（退休）法案》"。社会党和国劳拼上自身命运进行了阻挠。5 月 21 日，《自愿离职（退休）法案》终于获得国会通过。该法律规定，对在翌年昭和六十二年（1987 年）3 月末之前年满 55 岁的自愿离职（退休）者，其退职金将额外追加 10 个月的标准工资。该法案的成立，使得自愿离职（退休）者的提前募集成为可能。

在国会，围绕众参同日选举的实施，执政党与在野党展开了持续和激烈的争论。在《自愿离职（退休）法案》获得国会通过的当天，职员局次长葛西敬之作为说明人员一直蹲守在国会，到晚上 8 点多，他才回到国铁总公司。当时葛西觉得，"《自愿离职（退休）法案》与《关联八项法案》是不可分割的一个整体，至此，可以说分拆和民营化已实现 80%"。从夏季起，计划募集 2 万人的自愿离职（退休）人员报名工作开始启动。自愿离职（退休）的 2 万人，是指在昭和六十一年度（1986 财年）内领取比平常优厚的退职金并办理离职手续的人数，即通过当局的就业对策调入民间企业者和自谋职业者的总数。

　　对于调到政府机关等公共机构的员工，当时并不需要支付退职金，而是在将来退休时，通过对在国铁和新单位的工作年限合并计算来支付退职金。后文还会讲到，最后，申请自愿离职（退休）者大约有 4 万人，大幅超出了原计划的 2 万人。其中，有 1.6 万人是自己找到工作后离职的，并不需要当局安排就业。由此，就业对策的实际照顾对象减少了很多。

第十章 “猛者终于灭亡”

"装死的解散"

"今年将是波澜壮阔的一年。尽管人们祈盼迎来一个安静祥和之年，但无论世界还是日本，都处于骚动不安的时代。这是因为各国的内政混乱渐趋顶峰，之后或将发生动荡和骚乱。就日本而言，今年的上下半年将迥然不同，而且如同打虎一般，不是主动出击就是被扑倒在地。"

昭和六十一年（1986年）1月1日，中曾根康弘在日记中如此写道。在新的虎年到来之际，或许他内心亦是有所期待吧。以"战后政治总决算"为口号的国铁改革法案尚未提交国会，计划在翌年4月1日实施的"分拆和民营化"犹如"雾里看花"。在10月末，中曾根作为自民党总裁两届四年的任期将满，如不能突破"最多只能连任两届"这个障碍，其倡导的国铁改革将不可能实现。

根据计划，在这年7月份将举行参议院选举。于是，政界等开始悄悄议论：中曾根首相该不会借机解散众议院，搞众参同日选举吧？"从新年元旦起，我就有这个（众参同日选举的）打算。"（前述《天地有情》）"今年将如同打虎一般，不是主动出击就是被扑倒在地"，从这句话中，我们可以窥见其内心的决意。

根据《朝日新闻》的舆论调查（3月15日早报），当时中曾根内阁的支持率为53%，自民党的支持率更是达到"五五年体制"下的最高点59%。在5月份连休之后，中曾根最终作出了实施众参同日选举的决断，并为此开始了行动。当时在国会，围绕众议院的定员数纠正问题，执政党与在野党之间正持续进行激烈争斗。中曾根经过判断后认为，以这个定员数纠正问题为"导火线"，"如果实施同日选举应该能够获胜"，于是，他突如其来地宣布将举行"在 7 月 6 日投票及开票的众参同日选举"。

在前一年即昭和六十年（1985 年）7 月，最高法院认为"中曾根内阁所实施的昭和五十八年（1983 年）大选的'一票的差距'①达到 4.4 倍，是违反宪法的选举，且未在国会所要求的合理期间内得到纠正"，由此作出判决："现行的定员数分配规定违反了宪法"。在该违宪判决下达之后，昭和六十年（1985 年）秋季，中曾根内阁召集临时国会，提出众议院定员数六增六减的方案，着手实施定员数纠正措施，以消除违宪状态。然而，围绕定员数纠正问题，执政党与在野党的交涉困难重重，迟迟没有进展。

在野党担心中曾根通过定员数纠正问题坐实众议院解散的主导权。在自民党内部，以宫泽喜一等铃木派为中心，为了阻止中曾根掌握主导权，也出现了与在野党一唱一和遥相呼应的动向。定员数纠正问题由此陷入胶着状态，昭和六十一年（1986 年）5 月 8 日，定期国会会期临近结束时，才由众议院议长坂田道太提出了"八增七减"的议长调停方案。尽管磋商走上了正轨，但围绕"30 天公告期"的字面解释，又出现了争议。

中曾根为寻求突破口，一直在窥伺实施众参同日选举的时机。昭和六十一年（1986 年）5 月 11 日，他在日记中如此写道："浅利庆太和佐藤诚三郎二人来过。两人申述意见说，在（定

---

① 指在不同的选举区之间，分配给选举区的议员定员数与该选举区拥有选举权者的比率相差甚远。如果该比率差距过大，则被视为违反了"法律之下人人平等"的原则。

员数纠正）法案成立后，应该解散（议会），以尽快走出违宪状态。我原本有同感，且已与金丸、藤波商定将于 7 月 6 日举行众参同日选举。但是，因为 30 天公告期的问题，暂时无法提前解散，而且必须作出很受打击垂头丧气的样子。即装作睡着了或者说是装死。"

第二天 12 日，他又这样写道：

"与后藤田就召集临时国会的理由和名义作秘密磋商。知此战略者只有金丸、藤波、越智（伊平）以及制定日程的自治大臣小泽（一郎）。这是一场博弈，它将考验我们能否架起独木桥、能否安全渡河。"

临时国会召集的"理由和名义"，是商讨应对"去年 9 月'广场协议'①之后日元迅速升值的对策"。

以下是 5 月 16 日的日记。

"藤波、后藤田和小此木彦三郎等人齐聚一处，大家一致同意：6 月 2 日召集临时国会，会期大约 10 天，届时解散众议院，然后在 7 月 6 日实施众参同日选举。"

在野党试图阻挠同日选举的实施，为了转移其视线，中曾根他们开展了"佯动作战"。

在定期国会的最后一天即 5 月 22 日，参议院正式会议表决通过了《修正公职选举法》（即由议长调停提出的"八增七减"方案）。不过，为了通过该法案，各方约定"在按新定员数进行选举公示前需设置 30 天的公告期"。问题就出在这个"30 天"上面。倘若在第二天 23 日公布此法律，则 6 月 21 日恰好是第 30 天。参

---

① 1985 年 9 月 22 日，五国集团财长及中央银行行长（美国、英国、西德、法国、日本）在美国纽约广场饭店举行会议，为抑制美元升值而达成的协议。会后美元迅速贬值，日元则升值。日元升值造成日本出口业受挫，由此日本采取了大规模财政措施和金融缓和政策，但这成为后来日本泡沫经济的温床。

议院选举投票日是 7 月 6 日，由此倒推，如果在 6 月 21 日这天进行公示就能够实施同日选举。不过，对于第 30 天是否也算在"30 天公告期"之内，出现了意见分歧。假如不算在内，则不能进行同日选举。各家报纸也纷纷指出："纵然与参议院的同日选举在理论上可行，但从日程上来看可能性并不大。"有记者问中曾根："您曾经说没有解散的打算，这种想法没有变化吗？""嗯，是啊。"中曾根回答说。于是马上有人追问道："可是您也说过，在解散问题上，即使撒谎也没有关系吧。""不，那是别人说的。是官房长官说的。"中曾根搪塞说。在定期国会闭幕前的执政党和在野党党首会谈上，他也反复声称："我没有考虑过解散之事"。

6 月 2 日，即《定员数纠正法》成立 11 天之后，在当天召集的临时国会上，会议刚开始，在还没来得及进入正式会议之前，中曾根突然宣布解散众议院。"中曾根事先已让自治省选举部部长进行了研究，了解到如果在定期国会闭幕后的临时国会上宣布解散，从法理上来讲可以实施同日选举。"（服部龙二，《中曾根康弘》）对于在野党及媒体来讲，这是出人意料、突如其来的解散，但对中曾根及官房长官后藤田、国会对策委员长藤波等人来讲，则是绞尽脑汁和苦心筹划的解散。后来，人们戏称这次解散为"装死的解散"。

*　　　　　　*

在国铁改革法案当中，于这年 2 月最早提交国会的是《自愿离职（退休）法案》，在执政党和在野党围绕众参同日选举的争执和喧哗声中，该法案于 5 月 21 日被表决，终于赶在闭会前获得通过，由此对自愿离职（退休）者的募集得以提早实施，这点在前一章已经提到。不过，另一个八项法案却因众议院的解散，尚未进入实质性审议即自动成为废案，只能等众参同日选举后召开特别国会时再原样提请审议。

中曾根首相把预定于翌年昭和六十二年（1987年）4月1日实施的"国铁分拆和民营化"，作为众参同日选举的最大争论焦点。他回顾说："那次选举其实是一次检验'国铁民营化和分拆正确与否'的选举。"（《自省录》，新潮社）

这次选举的争论焦点是"国铁的分拆和民营化"，在国铁内部执掌选举对策的是总裁室室长井手正敬。"这是把国铁改革作为口号的选举，因此无论如何也必须让自民党获得压倒性的胜利。"井手说，"为此我们就不能太拘泥于《公职选举法》。于是，我们举全国国铁组织之力大刀阔斧地实施了很多选举对策。"一般来讲，选举主要是针对特定候选人表示支持和拥护，但在这次选举中，"我们还对那些不能让其当选的候选人，实施了'反支持'活动"。

他与文书课课长本田勇一郎一起，将反对国铁改革法案的候选人一一列出，制作了一个"淘汰者名单"，并指示相关管理局去认真落实。他们尤其在冈山二区（定员数5名）下了很大力气。在该地区，分拆和民营化的推动者桥本龙太郎与被视为国体护持派的加藤六月，为争夺头名当选大搞"六龙战争"，打得不可开交。过去，每逢选举，冈山铁路管理局都表示"员工可以翘班去搞选举"，为加藤六月提供了全面支持。井手他们哪里知道：此时加藤六月已被中曾根笼络，已转变为赞成分拆和民营化的立场。

为了让桥本战胜加藤，井手把文书课课长本田勇一郎从国铁总公司秘密派往冈山。若是从东京直接去冈山，则有可能走漏风声，让加藤派知道。于是本田首先直接前往高松铁路管理局，然后再从那里秘密奔赴冈山，在桥本的选举事务所指挥与国铁相关的选举活动。本田命令国铁相关人员停止所有对加藤的支持，改为全力支持桥本。其结果，桥本比前次选举（昭和五十八年即1983年）多获得46000张选票，以第二名的身份当选（不过与第一名差距很小）；在下一届选举（平成二年即 1990 年）中，桥本又增加了将近 46000 张选票，以超过第二名一倍的巨大优势大获全胜。

　　在 7 月 6 日的众参同日选举中，自民党在众议院取得重大胜利，包括追加公认部分在内增加了 54 个议席，共获得 304 个议席，创下了"保守联合"① 即自民党成立以来的最高纪录；在参议院也获得 73 个议席，较之前增加了 11 个议席。与之相反，社会党则在众议院减少了 25 个议席，仅获得 86 个议席，创下了"左右统一"② 之后的最低纪录；委员长石桥政嗣等执行部提出集体辞职。民社党获得 26 个议席，尽管比过去的最低纪录稍多一些，但总书记大内启伍落选。被列入"淘汰者名单"的前总评事务局局长（原国劳总部总书记，神奈川五区）富塚三夫也未能当选。

　　"（众参两院）选举同时开票，（自民党）大获全胜。所有地方均得到了上天的眷顾。（省略）此乃 30 年来之历史性纪录。世人为之惊叹（省略）。我在记者招待会上表示：这并非人谋，而是国民的声音，是上帝的声音和力量。我们将怀揣敬畏之心，谦虚负责地履行自己的承诺。议席越多则责任也越重大，政策措施的关键在于质量，我们需要倾听国民的声音，与在野党中可协商者达成协议，大家一起为国民、为国家贡献力量。我们要自我约束，力戒自民党的自以为是（省略）。当秋风渐起时，临时国会将商讨国铁及行政改革监理委员会等议案。"

　　第二天，7 日，中曾根在日记中写下了上述新的决心。

---

① 指 1955 年 11 月，自由党与日本民主党联合组成自由民主党，实现了自民党的长期执政。

② 也被称为"社会党再度统一"，指分裂为左右两派的日本社会党，在 1955 年 10 月 13 日的党大会上实现再度统一。这件事与随后发生的"保守联合"共同开启了"五五年体制"。

在选举大获全胜之后，自民党内部要求中曾根到期后继续连任的呼声高涨。根据当时自民党的规定，总裁任期是一届两年，最多只能担任两届，禁止连任三届。10 月末，中曾根政权两届四年的任期将结束，按理这时中曾根已不能再连任。但是，9 月 11 日，两院议员总会作为特例，正式决定同意中曾根政权延期一年。

桥本龙太郎出任运输大臣

昭和六十一年（1986 年）7 月 22 日，特别国会召开，第三届中曾根内阁发起成立。金丸信任副总理，竹下登任自民党干事长，安倍晋太郎就任自民党总务会长，宫泽喜一被起用为大藏大臣。日本迎来了由竹下登、安倍晋太郎、宫泽喜一等新一代领导者当政的时代。下午 5 点多，中曾根将竹下、安倍等自民党三头领叫到组阁总部，向他们出示了内阁成员名单：官房长官继续由后藤田担任；不过，主管国铁问题的运输大臣不再是三塚博，而由桥本龙太郎取而代之；围绕国铁分拆和民营化与三塚处于对立关系的运输族加藤六月将被任命为农林水产大臣。

安倍晋太郎是刚刚接手福田派的新生代领导之一，他"看完内阁成员名单后脸色骤变，当场对中曾根提出了质问"（《中曾根内阁史 每日的挑战》）。三塚和加藤都是福田派，而桥本属于田中派。

"安倍因为三塚的问题勃然大怒，差点拂袖而去。'这可不行。如果把三塚换下，国铁改革岂不是无法实现么？我并不是说桥本没有能力。三塚深得国铁的信任，报纸也（预测）说他将连任，他本人及国民也都这么认为。因此请务必任用三塚。至于加藤六月嘛，他很优秀，以后有的是机会当大臣。（福田）派阀的推荐名单里本来也没有他。作为派阀的新会长，我对此不能接受。'他气势汹汹地说。"

中曾根对此解释说："这次除了官房长官后藤田之外，没有人连任。我也考虑过让三塚连任，但其他派阀也有连任要求，如果照单全收，那就没法收场了。另外，如果让桥本进入内阁，那么对同一选举区的加藤就不能'拒之阁外'。"安倍并没被说服，仍然固执己见地说："如果是这样的话，那为什么不提前告诉我们？我们也好想别的办法应对。您现在突然告诉我们……"

中曾根说："那这样吧，我来给三塚打电话。"当然，哪能让中曾根直接去打电话呢？于是，安倍给三塚打了电话，当时三塚正在安倍事务所里等候消息呢。三塚一边琢磨连任运输大臣之事，一边在等待消息，但是他表现得很冷静。"让加藤入阁确实令人不爽，但是在安倍作为派阀领袖刚刚起步之际，我也不想给大家添乱。"三塚说。

中曾根反复强调说："如果让桥本进入内阁，因为同为一个选举区的缘故，就不得不让加藤也入阁。我担任行政管理厅长官时，桥本是行政及财政调查会会长，因此他能够胜任国铁改革的任务。加藤担任过自民党税制调查会会长，干得也很出色。"(《中曾根内阁史 每日的挑战》)

加藤六月的入阁，估计在他就支持国铁分拆和民营化向中曾根发誓时，中曾根就与他悄悄约定好了。后来，官房长官后藤田所宣读的阁僚名单与中曾根手里的原始方案完全相同，中曾根直到最后也没有对新生代领导者作出让步。

自民党在众参同日选举中大获全胜，由此国铁改革法案在政治层面也大势已定，法案成立只是时间早晚的问题。至于三塚和加藤，虽然二人作为资深的运输族大佬，对国铁的利权关系及人脉资源等极为精通，但在他们身上也存在很多历史性的瓜葛和羁绊。中曾根的想法是，通过这次人事调整，在新公司成立时，将这些通过长期浸染形成的陈规陋习清除干净，以使运输行政焕然一新。另一方面，桥本当过厚生大臣，是精通劳动及厚生行政的"社劳族"代表，与总评和社会党等也有很深的交往。为了顺利推进对国铁改革法案的审议，让与国劳及社会党、总评等关系深厚的桥本担任运输大臣，由此避免在国铁问题上与社会党等形成全面对决，这也是中曾根的目的之一吧。

"当时，可能三塚（省略）也打算继续担任运输大臣吧。不过，我经过一番考虑之后，还是让桥本龙太郎当了运输大臣。为什么这么做呢？因为我认为，桥本做过行政财政调查会会长知道事情的来龙去脉，与临调也能融洽相处。还有一点，他在行政方面可谓长袖善舞：他做事很细致，知道未雨绸缪早做准备；另外，其答辩也是无懈可击。若问有谁能趁热打铁使法案一气在国会通过并成立，那么还是只有桥本堪当此任啊。"（《天地有情》）

三塚也认为自己能"连任运输大臣"。老实说，他心里不可能没有留恋，不过他还是离开了内阁。"我与桥本新大臣关系很好，一直以来，我们在各种场合坦率交流意见，共同致力于国铁改革的推进。我想，对于我所铺设的这个路线，桥本先生的远见卓识和行动力能使其得到更好的落实，因此我放心地把这个任务交给了他。"9月10日，自民党成立了以中曾根首相为总部长的"自民党国铁改革推进总部"，三塚任总部长代理兼事务总长[①]，由此，三塚从自民党的角度对桥本的国铁改革给予了支持（《再见吧，国有铁路》）。这次人事调整确立了国铁改革的领导体制，即由政府方面的桥本、国铁的杉浦乔也和自民党的三塚组成了"三驾马车"，而其缰绳则被牢牢掌控在中曾根手里。

国铁的杉浦总裁及"三人帮"直到最后还以为"三塚会连任

---

① 事务总长相当于秘书长。

呢",因此,他们对桥本出任运输大臣"感到很意外"。可是仔细一想,桥本当过自民党行政及财政调查会会长,从党的方面推动了行政改革,现在由他作为运输大臣来最终完成国铁改革也并非不可理解。尽管《自愿离职(退休)法》总算是成立了,但落实分拆和民营化所需的《国铁改革八项法案》还须重新提交国会,接下来还得重新进行审议。"这样做真的没有问题吗?"这种声音依然存在。在重建监理委员会事务局次长林淳司的介绍和安排下,井手等"三人帮"从几年前起,就与桥本龙太郎每3个月举行一次名为"伏龙会"的聚会,他们对桥本的脾气和秉性非常了解。在他们看来,桥本也算是"大臣的次优人选"。

*　　　　　　*

在第三届中曾根内阁启动一个多月之后,8 月 30 日,中曾根首相出席了在轻井泽王子饭店举行的"自民党研讨会"。会上,他总结说,"战后政治已由新的'八六年体制'取代了自民党和社会党互相对立的'五五年体制'"。以下是他的具体发言。

"日本以自由主义、民主主义和市场主义为基础,与欧美各国携手合作发展至今。自民党一直秉持健全的国家主义,国民对此也很支持。进一步讲,即我们已具备灵活应对各种变化的能力。然而,在野党却固执地拘泥于 All or Nothing① 这种思维,国民对此洞若观火。今天,自民党获得 304 个议席,这标志着新的'一九八六年体制'的开启。与之前相比,自民党将羽翼向左侧作了延伸,覆盖了包括新自由俱乐部、民社党及社会党右派在内的中间偏右派。"

在强调众参同日选举的胜利是战后日本的"转折点"之后,中

---

① "要么没有,要么全部""不全宁无"之意。

曾根提到了尚未解决的国铁改革，他的说法如下。我想这应该是他的真实想法吧。

"国铁劳动工会的诸位为守护国铁付出了诸多努力，不过，为了实现国铁重建，我们不得不实施分拆和民营化，这种想法也得到了国民的广泛支持。在工会当中，除了铁劳等四家工会之外，最近，也有很多人退出国劳并成立新的工会。出现这种事态的原因何在？社会党和总评对此甚为忧虑并试图作出灵活应对，然而国劳的干部却非常顽固，拒不签署《劳资共同宣言》。"

"由此出现了以下现象：工会会员因为对自己的生活及就业感到不安而掉队，处境变得艰难，甚至惊慌失措。倘若没有灵活应对变化的能力，那么某一天便会突然发生这种现象。我们要设身处地地为他们着想，告诉他们'尽管或许有些痛苦，但往这边走才是时代潮流'，这样做才是真正的爱护。今后，我们应该就这些困难问题，与当事人仔细商量，集思广益，对各方的方案进行切磋和调整，以使他们拥有更为稳定的生活和健全的人生。"

"国铁的奥斯威辛"——人才活用中心

由于自民党在众参同日选举中大获全胜，国铁分拆民营化问题实际上已越过了最大的障碍，再有8个多月时间新公司就将诞生。为此，国铁当局也加快了相关筹备工作的速度。其中，尤其是剩余人员对策将由此进入关键时期。得益于《自愿离职（退休）法》的成立，募集2万人自愿离职（退休）的工作从选举实施前的6月30日就已经启动。募集工作在新公司成立之前分三次进行，报名者约有4万人，大大超出了原计划的2万人。

紧接着从7月份起，当局开始在各管理局及工厂等一线设立

"人才活用中心"。尽管实行了员工退休后不再补充新人、部分员工由政府机关录用、自愿离职（退休）者募集等剩余人员对策，但由于与秋季列车时刻表调整相关的合理化措施的推进，剩余人员（冗员）进一步增加，预计将达到 7 万人。"大量冗员的存在导致上班拖沓、上班时间搞劳工运动及职场纪律松弛等现象，甚至对旅客安全也会造成威胁"，因此需要"将不必要的富余人员剥离出来，对其进行分配和集中管理"，为此当局在各一线（车站、机务段及养路段等）分别设立了"人才活用中心"。

被分配到人才活用中心的员工，主要从事"招揽和募集团体游客及特殊检票 ① 等创收工作、店铺商品销售、接受转岗培训、车站及车辆的清扫、以削减经费为目的的其他杂活等数十项五花八门的业务"。到了 11 月 1 日，即该措施启动 3 个月之后，当局在全国一共设立了 1438 个人才活用中心，共接纳员工 18510 人。从工会构成来看，国劳占 81%，动劳占 7%，铁劳占 6%，国劳的会员明显多于其他工会。这种做法导致劳资之间产生了新的对立——当局将工会划分为"好工会"和"坏工会"并区别对待，同时，也使得反对分拆和民营化的国劳与持赞成态度的动劳和铁劳等之间的"仇恨"进一步升级。

国劳提出反对意见说，"尽管劳资之间约定对剩余人员不搞'有针对性的区别对待'，然而中心的设立就是一种针对性手段，是明显的'区别对待'，其目的就是要动摇国劳的组织"，并要求通过集体谈判来解决与中心设立相关的问题。职员局对此要求一口回绝，称"这是常规的人事措施"。另一方面，动劳则公然表示这个人才活用中心是当局实施的"区别对待措施"。他们说，"只有以前

---

① 指在特定日子或者每天的特定时间段，使用特殊形状的剪口或改变剪口位置，通过确定进站时间来防止逃票的剪票方法。

实施'三不运动'的那些人，才会受到这种严厉的'区别对待'，不顾其本人意愿而被分配到人才活用中心；显然，我们是不可能受到这种强制对待的"（《动力车新闻》，6月27日发行）。

在动劳、铁劳等4家工会与当局进行劳资谈判时，动劳委员长松崎明公然提出："因为国劳是'坏工会'，所以其会员当然要被派到人才活用中心。无论他们工作多么努力，也不能给他们涨工资，必须彻底实行区别对待。"不过，国铁当局的官方态度是，"无论属于哪家工会，另外即便是对人才活用中心持批评态度者，只要努力工作，我们都会公平对待、一视同仁"。松崎对此明显表示不悦。

然而，与当局的官方表态相反，在人才活用中心一线的确存在"不当歧视"，这是不能否认的。当局方面也认为，"说实话，这点我们不得不承认。我觉得，职员局乘胜追击，做得也有些过分了"（井手正敬语）。

＊　　　　　　　　　　＊

实际上，国劳会员也的确"把人才活用中心称为'没有铁栏的监狱''国铁的奥斯威辛'"（立山学，《总评消亡之日》）。

国劳会员以在将工会会员分配到人才活用中心这件事上各工会之间存在差别为由，向东京、大阪、札幌、福冈、名古屋等全国各地的地方法院，相继提出了临时处置申请，要求停止将会员分配到人才活用中心。11月18日，国劳向杉浦总裁提出了如下交涉（概要）：

"在向人才活用中心分配员工时，没有明确和具体的'筛选'标准。而且，被分配员工几乎都是国劳会员，采用的也都是单方面'事前通知'的方式。这种情况表明，会员是因为隶属于国劳所以才会被筛选和分配到人才活用中心的。我们不得不指出：这与当局历来所标榜的'不以员工所属工会不同为由实行歧视'及'不搞不当劳动行为'的态度背道而驰。

"人才活用中心的业务包括：拔草等环境整治工作，对墙壁、天花板及站台等进行粉刷，厕所清扫，铁路沿线杂草的清除，制作镇纸，电车及内燃机车玻璃的打磨及地板上口香糖的清理，房屋拆除，旅游景点名胜古迹调查，等等。这些工作哪里用得上员工长年积累的知识、经验和技能，员工们被迫从事与运输安全及服务水平提高没有直接关系的业务。再者，他们被强行从其本职岗位调配到人才活用中心后，工资水平显著降低，生活也变得穷困潦倒。"

各家报纸也积极对人才活用中心的这种实际情况进行了报道。从 8 月 19 日起连续 3 天，国劳派出了以调查资料室室长岛田俊男为团长的调查团，去福冈、佐贺和长崎进行实地调查。《朝日新闻》为此派遣了随行记者，并在同月 22 日的早报上刊登了相关报道。该报道的标题分别为："国劳调查人员之所见""上司的严厉管束""'空洞无聊'且难以习惯的作业"。文章用较大篇幅报道了鸟栖养路段工会会员的声音——"我们的皮肤被晒得黝黑发亮，每天的工作就是在线路上割草"，并附有割草的大幅实景照片。NHK[①]也作了特别报道，随后，各家报纸也开始对人才活用中心的实际情况进行追踪报道。在《朝日新闻》8 月 29 日的晚报上，以"国铁人才活用中心特训""箱根八里[②]徒步行走""国劳反对搞'行军'"为标题的相关报道引起了舆论的强烈反响。舆论纷纷表示震惊：

----

① "日本广播协会"的缩略语，它是日本的公共媒体机构，是日本第一家覆盖全国的广播电台及电视台，成立于 1925 年。
② 日本箱根路的一段，江户幕府所开辟的官道，是旧东海道穿越箱根的道路。由三岛到箱根约 3 日里 20 町，由箱根经畑宿到小田原约 4 日里 10 町，合称"箱根八里"。此处的"八里"约等于 32 公里。

"真的有这么严重吗？"以下是该报道的引语：

"国铁把'剩余人员'集中到全国各地的人才活用中心，进行各种各样的人才运用实践。在东京，30 日，他们将让这些员工沿着旧东海道从小田原走到三岛，这段路程共有 32 公里，大约需要走 11 个小时。国铁当局解释说'这是企业员工教育的一环'，但是国劳（委员长为山崎俊一）东京地区总部反驳说'炎炎烈日下的长途跋涉，与部队的行军训练相差无几；这是对人权的漠视'，要求停止这种做法。"

据报道，被命令作 32 公里徒步行走的，是被分配到东京南、东京北及东京西铁路管理局辖区内人才活用中心的 24 人，年龄从 20 多岁到 45 岁前后不等，全部都是国劳会员。当局解释说，"虽然在人才活用中心里国劳会员比较多，但这并非有意为之，只是偶然碰巧而已。"单位为参加者准备了早餐，但午餐需要各自去饭馆或者买盒饭来解决。国劳反击说："炎炎烈日下徒步旅行，这会让人感到极度疲劳。这分明是想通过这种肉体折磨，使会员丧失对分拆和民营化的抵抗意志。"

对国劳会员军心动摇颇有危机感的社会党认为，"人才活用中心这种有组织的'欺凌'正渐趋日常化"，为此他们向国铁表示：准备行使国政调查权派遣社会党议员去一线开展调查。"为了促进国会对分拆和民营化法案的审议，应该带附加条件地允许社会党深入一线。"在国铁当局内部也有人持这种意见。因为他们担心国劳像过去"丸生斗争"时那样，利用媒体发动"反对人才活用中心"的攻击。倘若国劳大肆宣扬"这是对工会会员的不正当歧视"，则当局方面也有心虚之处。

可是，主管人才活用中心工作的职员局次长葛西敬之却对此表示强烈反对。

"一旦允许社会党调查团进入一线，他们就会向报社记者宣扬各种虚虚实实的情况。这样不但不能平息事态，反而会造成火上浇油的后果，这是显而易见的。"在人才活用中心刚设立时，葛西就已经想到国劳、总评和社会党会重点对此发动攻击。不过，葛西推测说："动用国政调查权必须经过众参两院的正式批准。目前，在众参两院都是自民党占压倒性优势，他们不可能让社会党随意动用国政调查权。"

于是，杉浦总裁作出强硬的决定，通知全国各铁路管理局局长："如果有在野党议员要求深入一线调查，要明确予以回绝。倘若少数国会议员希望访问管理局并听取相关说明，可在得到管理局局长的允许后，由管理局出面接待。但是绝对不可以让他们深入一线。一线负责人必须严格执行此要求。"在以"国铁分拆和民营化"为争论焦点的众参同日选举中，中曾根所率领的自民党获得压倒性胜利，时代氛围也随之陡然一变；而国劳由于自身面临分裂和崩溃的危机，当年搞"丸生斗争"时的那种反击力量已荡然无存。

最后的绝招——"第二次《劳资共同宣言》"

葛西敬之及职员局认为，"在分拆和民营化的收尾阶段，国铁当局应该自始至终掌握主导权，将工会逼入穷途末路"。作为对国劳给予决定性打击的"最后的绝招"，他们打算与各工会签署"第二次《劳资共同宣言》"。

"国劳一直拒绝签署第一次《劳资共同宣言》，这次包括第一次共同宣言在内，如果他们积极响应也就罢了，如果他们再次拒绝，那么国劳就会被进一步逼入困境。"这是葛西等人的预测。葛西他们制定的战术有以下三点：

① 向各个工会提交第二次《劳资共同宣言》的方案，其内容

包括："配合实施分拆和民营化""即便将来实施民营化和被赋予了争议权，在实现健全经营之前，也要对争议进行自我约束"等等。国劳没有签署第一次宣言，因此当局要求其一并签署第一、第二次宣言。

② 在签署新的《劳资共同宣言》之后，各家工会遵照宣言的精神，撤回针对经营当局的所有诉讼（当时，国劳和动劳因为对解雇罢工主谋者及对违纪处分不服，与当局之间存在多起诉讼）。

③ 之前，当局就罢工权罢工对国劳和动劳提出了202亿日元的索赔要求，该诉讼目前仍处于争议之中。在上述条件具备后，经营当局将会撤回该索赔要求。

简言之，该战术就是"若工会全盘接受分拆和民营化并对争议进行自我约束，则当局将对因罢工权罢工提出的202亿日元索赔不再追究"。在职员局内部对相关内容进行秘密研究之后，8月18日，该方案获得杉浦总裁的批准，从次日19日起，职员局开始与相关方面进行事先疏通。他们首先与动劳进行了接触。动劳同意"第二次《劳资共同宣言》"的所有内容，并表示，作为当局撤回202亿日元诉讼的交换条件，他们也将撤回32起针对当局的诉讼。铁劳也欣然表示同意。

8月20日，国劳中央执行委员山口英树称"自己受总书记下田恒正之命"，与国铁当局进行了接触。当时，社会党负责国铁问题的窗口是前总书记田边诚及出身于国劳札幌地区总部的众议院议员小林恒人等，由小林负责与国铁当局的具体接洽。山口是小林的秘书兼联络人。据说，总书记下田指示说："反对分拆和民营化的大旗可以降下；《劳资共同宣言》也可以签署；但是唯有《国铁改革法》第二十三条所规定的新员工录用方式（通过国铁清算事业团来安排员工在新公司的再就业）不能同意。"葛西感到，尽管尚需

"作最后调整"，但国劳执行部也在对方向转变进行摸索。

从 20 日傍晚起，当局开始与政府及执政党方面进行沟通。葛西他们首先与中曾根首相的心腹小此木彦三郎接触。小此木指出："应该对罢工权罢工 202 亿日元索赔中的国劳部分与动劳部分加以区分，如果与国劳的交涉没有结果，就应该索赔扣除动劳部分后的金额。"不过，他也担心，该战术有"欺负国劳"之嫌，可能招致舆论的反对。当然，葛西他们已经从法律角度作了研究，对国劳和动劳的金额划分进行了计算。

对于与中曾根首相的沟通，他们决定分两步走：首先由小此木去疏通，然后再由杉浦总裁亲自去拜会并作说明。他们还委托三塚博去与自民党的三头领疏通。8 月 21 日，杉浦总裁向运输大臣桥本作了说明并取得其同意。桥本不经意间感慨道：

"好吧，就这么办。但是，你们干的事情好可怕啊……国劳将会很可怜哟。"

26 日，杉浦总裁亲自去向中曾根首相进行了说明。秘书役大塚陆毅陪同前往，随后，他马上向葛西作了汇报。据称，中曾根是这么说的：

"这件事你们去做吧。这可不是寻常小事，个中的利益不可估量。只是有一点，为确保国劳的支付能力而对其财产进行扣押，这种做法会被外界误以为是在欺负国劳，因此尽量避免。只消撤回对动劳的诉讼就足够了。'动劳方面表示将撤回对当局的诉讼，为此当局也决定撤回 202 亿日元索赔诉讼。'希望在总裁谈话中加上这句话。另外，对党内三头领一定要事先讲清楚。"（《国铁改革的真实情况》）

让我们再把时钟拨回到一个月之前，即 7 月 30 日。这天，由铁劳、动劳、全施劳和真国劳这 4 家工会参加的国铁改革劳动工会协议会（改革协，议长为铁劳主席志摩好达）与总裁杉浦乔也，就设立"国铁改革劳资协议会"达成共识。以前由 4 家工会分别与当局进行的磋商，今后将全部统一在劳资协议会这个平台上来进行。由此，当局与改革协 4 家工会的密切关系进一步得到加强。8 月 27 日下午，首届劳资协议会在国铁总裁室召开，杉浦总裁与改革协签署了名为《关于今后铁路事业发展方式等的共识》的"第二次《劳资共同宣言》"。

在劳资协议会里面，除了铁劳、动劳等改革协 4 家工会之外，由从国劳退出的会员及之前未加入工会的员工等新组成的全国铁路协议会联合会（简称"铁路协"）、工程劳动工会联合会（简称"工程劳联"）、国铁车辆劳动工会（简称"车劳"）这 3 家工会的加盟也获得批准，因此一共有 7 家工会加入了该协议会。杉浦总裁对各家工会决定参加劳资协议会给予了高度评价，并表示"今后将全力以赴推动对改革法案的审议"。议长志摩叮嘱说："听说当局与国劳也准备签署《劳资共同宣言》，希望你们珍惜从第一次宣言到今天所取得的成绩，不要随意放宽签约条件。"《共同宣言》的内容如下：

①关于铁路事业的发展方向

改革协认识到，从根本上来讲，唯有实施"民营化和分拆"改革，国铁才有出路。劳资将团结一心，共同致力于国铁改革的实施。

②关于劳资关系调整

今后即使被赋予争议权，在健全经营走上正轨之前，改革协将对争议权的行使进行自我约束。

③关于对员工的要求

作为肩负今后铁路发展重任的员工，应该具有"企业人"的自觉意识、充满上进心和积极性，劳资对此在认识上完全一致。

第一点从正面提出要配合实施"分拆和民营化";第二点强调即便成为拥有罢工权的民营公司,也要对罢工进行自我约束。正在摸索方向转变道路的国劳主流派,能否彻底压制住以社会主义协会派系及共产党派系为核心的反主流派呢?对被迫作出应对的国劳来讲,需要跨越的门槛变得更高了。第三点的目的,是为了"保证"签署共同宣言的各家工会会员在新公司的就业。

在签署宣言时,议长志摩说:"我们尤其要求,对于认真合作的工会,其属下所有会员都必须转到新的组织体,这是我们尤为关心的问题。"其言外之意是,"假如国劳不能参加这个宣言,那么当然得把国劳会员排除在新公司大门之外"。

*　　　　　　　*

8月27日下午4时30分,当局与国劳在总裁室举行会谈。山崎俊一委员长因为在日内瓦参加ILO(国际劳工组织)大会而未能出席。国劳方面的出席人员为总书记下田恒正及企划部部长秋山谦祐等人。在山崎委员长缺席的情况下,国劳一时无法作出结论。杉浦总裁强烈要求他们当场签署宣言,但国劳方面始终态度暧昧,只是反复询问:"没有其他道路可走吗?"

对总书记下田及企划部部长秋山等人来讲,当时哪里顾得上签署这个"第二次《劳资共同宣言》"。从这年年初起,在国劳平均每月有1万名会员退会,会员总数已降至不到15万人。一线对"国劳会员将被排除在新公司大门之外"深感不安。因此"必须想办法阻止这种势头"。

国劳方面利用这次与杉浦总裁面谈的机会,提出了三项新的要求:①在决定职员今后的发展方向时,不搞区别对待和歧视,要尊重本人的意愿;②无论员工选择何种发展路径,都要完全保障其就业；③在一定时期内平缓有序地实施人员调整。"分拆和民营化已经不可避免，在这种状况下，我们至少不能让任何员工及其家属流落街头。另外，为了在签署《劳资共同宣言》时，工会活动家不至于在动劳面前卑躬屈膝向他们下跪，我们作了仔细的考虑和斟酌。"

据秋山讲，针对他们这个要求，作为职员局实际头领的葛西敬之的回答"非常冷淡，甚至令人无所适从"。

"我们是在依法实施相关措施。国劳所提出的要求，是与（需要由国会审议的）《国铁改革法》第二十三条（新公司的人员录用）相关的内容，这不应该由国铁当局来回答。"

秋山对此感到懊恼不已："当时只恨自己太幼稚了。"不仅如此，葛西还对下田和秋山"挑衅"道："那你们准备啥时候举行罢工啊？"秋山当时的感觉是，"别说达成妥协，就连正常对话的渠道都已被完全堵死了"。（秋山谦祐，《不为人知的、失败者的国铁改革》）

第二天，28 日，全施劳大会在群马县伊香保召开。杉浦总裁作为来宾出席了大会。他在致辞中首次表明，将撤回针对动劳的202 亿日元索赔诉讼。在动劳撤回针对当局的 32 起诉讼之后，9 月3 日，在对 202 亿日元索赔诉讼进行公开审理时，涉及动劳的那部分诉讼被正式撤回。事情的发展与预想完全一样。撤回的只是动劳部分，不过"202 亿日元"原本就是人为编造的数字，这点前文已有记述。但是，与国劳的诉讼在分拆和民营化之后，国劳与清算事业团仍在持续交涉：作为诉讼补偿，当局要求国劳腾让出东京站八重洲南口国铁用地内的"国劳会馆"。直到平成六年（1994 年）12 月，双方才就此达成和解。在时任运输大臣龟井静香的斡旋下，国劳方面拿到搬迁补偿费后将国劳会馆交给了当局。罢工权罢工最后竟然令国劳把斗争"大本营"都给丢掉了。

当铁劳和动劳等在国铁改革劳资协议会签署"第二次《劳资共同宣言》"4天之后，9月1日凌晨，位于埼玉、大阪、兵库三府县的真国劳及动劳干部所居住的国铁宿舍，有6处遭到了手持铁棒的团伙的袭击。这次袭击造成真国劳大阪地区总部总书记前田正明身亡，该地区总部委员长冈野恒雄等工会干部及其家属等有8人受伤。这天，原本是铁劳、动劳、真国劳和全施劳等4家工会各自的大阪地区总部与国铁当局，计划在大阪市内发起成立关西地区的改革劳资协议会的日子，当时已经决定由总书记前田出任该协会干事。

如前文所述，真国劳是部分国劳会员因为觉得"国劳反对国铁分拆和民营化，会员就业将无法得到保障"而退出国劳后在东京另起炉灶成立的工会。之后，包括这年5月在大阪成立的地区总部在内，在全国一共成立了12个地区总部，会员总数超过2000人。在真国劳成立时，国劳委员长山崎说"真国劳是由动劳在幕后操纵的革马派集团"，国劳与动劳的对立因真国劳的卷入而进一步升级。因为遭袭的是真国劳大阪和东京两地区总部的干部及动劳干部（他们对分拆和民营化的支持色彩最为浓厚）的住宅，所以警察当局认为，"这是与革马派势不两立的中核派干的"。在动劳内部，昭和五十四年（1979年）3月，以曾经反复与革马派开展内部武斗的千叶支部为核心的中核派，脱离动劳总部单独成立了"千叶动劳"。

"动劳的领导层依旧是革马派"

与国铁改革劳资协议会各加盟工会签署"第二次《劳资共同宣言》"，另外还撤回了针对动劳的202亿日元索赔诉讼——这也是国铁当局对被"排除在外"的国劳下达的"最后通牒"。社会党和总评对此实在看不下去，便直接开展了调解工作。9月1日，在劳动省劳政局的斡旋下，总评事务局的 4 名干部来到国铁总公司，与职员局次长葛西及劳动课课长南谷等人进行了面谈。见面后他们开口说道：

"倘若国劳总部在中央委员会上取得全权授权，并表明其决心及今后方向，希望你们能对他们给予肯定，与他们签署《就业稳定协议》。国劳总部则将以此为武器，将组织内部统一起来，在大会上对运动方针进行修改，并签署《劳资共同宣言》。作为打压反主流派的武器，这是有必要的。总评愿意为此背书，为其作担保。"

"如果这样国劳将会吃完就开溜。对国劳网开一面是对其他 4 家工会的背叛。国劳必须首先修改运动方针。坚持反合理化、反分拆和民营化，坚持阶级斗争路线，这些与《劳资共同宣言》的内容是完全矛盾的。这样，共同宣言将无法发挥其实际作用。估计反主流派会说：当时全权委托中央委员会是为了实现运动方针而采取了战术。"

面对葛西他们的强烈反驳，总评事务局的干部们显得很遗憾："纵然如此，双方也该找机会握个手吧……"结果，"只能暂时先放一放。不过，我们可以先进行私下接触吧"（葛西语），当日双方就此告别。

9 月 12 日，葛西等人与国劳总书记下田等在丸之内饭店秘密会面，以确认他们对总评行动的反应。据说，下田等人作了如下表示（《国铁改革的真实情况》）：

"我们尊重总评的指导。关于第一、第二次《劳资共同宣言》与国劳运动方针互相矛盾这点，在国劳大会上对其进行修改这个任务难度太大、不现实。我们还不能作出对国铁改革相关法案表示赞成的决议。但是，主流派掌控着中央斗争委员会，在这个'中斗委'上，也许可以作出赞成分拆和民营化及撤回对国铁当局的诉讼等方针修改。然后，再以地区总部委员长的名义来进行方向转换，这种做法或许可行。"

运输大臣桥本也开始行动起来。9月16日晚上，桥本与社会党国会对策委员长大出俊举行了会谈。国铁方面由总裁室室长井手正敬、运输省方面由国铁重建统括审议官林淳司列席。林淳司已经由重建监理委员会事务局次长调回运输省，他现在的职责是要把重建监理委员会所抛出的方案接过来加以落实。这次会谈所达成的共识未被公开，不过，这里有一份会议记录，通过它我们可以推测出这次"桥本—大出会谈"的内容。据国劳企划部部长秋山说，社会党方面保存着一页会议记录，上面写着如下内容（《失败者的国铁改革》）。

> 总评的江田及平（四郎）列席。又另行会谈。如果 24 日国劳在中央斗争委员会采取了必要措施（对前次大会的运动方针进行修改及决定撤回诉讼案件等），则国铁当局将表明愿与其签署《共同宣言》及《就业稳定协议》，同时发表将努力推动劳资正常化的讲话。关于之后的推进步骤（《共同宣言》《就业稳定协议》的签署日期及生效手续等），今后再继续磋商。

由此看来，当时桥本和大出已就之后的实施步骤达成共识，这个文件就是有关这些实施步骤的记录。

在这个"桥本—大出会谈"举行之前，9月11日，总评及社会党已经从国劳委员长山崎那里取得了"空白委任状"①。当天，总评在箱根召开各"单产"（各产业的单一劳动工会）等的代表会议，国劳方面有委员长山崎、总书记下田、企划部部长秋山等干部出

---

① 即将委任者姓名、委任事项等内容空出，由对方或其他人决定和填写的委任状，也被称为"全权委托书"。

席。国劳与国铁当局之间的沟通渠道已被切断，在国铁改革实施过程中，只有国劳陷入孤立状态，并持续遭到打压。对国劳来讲，只有总评和社会党能够帮他们去与国铁当局及政府、自民党斡旋。在箱根代表会议当天，副议长江田虎臣在会议间隙对委员长山崎逼迫道：

"山崎先生，总评一直强调说，如果反对分拆和民营化一条道走到黑，国劳将会被搞垮。每次你都说'知道了'。然而，你回到国劳总部后，也未能提出打破现状的方针，直至今天什么都没定下来，白白浪费了这么多时间。山崎先生，总评可不是傻乎乎为你跑腿儿的人。与国铁总裁的会谈，你必须全权委托我们，否则我们没法去谈。请你出具一份空白委任状吧。"

"山崎委员长的脸都被气歪了。"（秋山谦祐语）山崎取出一张白纸，在上面写上"特此委托。国铁劳动工会中央执行委员长　山崎俊一，1986 年 9 月 11 日"，并盖上了国劳的公章，然后让秋山也瞅了一眼。"江田副议长肯定会在（杉浦）总裁面前掏出这张纸来炫耀，我们甚至能够想象出其得意洋洋的表情。"（秋山谦祐语）

在"桥本—大出会谈"举行之后，国铁与总评决定于 9 月 17 日下午 2 时，在国铁总裁室举行由杉浦总裁、职员局次长葛西、总评副议长江田（全农林）、事务局副局长平四郎四人参加的会谈。运输大臣桥本特意捎来口信嘱咐说："与总评的会谈千万不要发生争吵。"作为"社劳族"的桥本此时正在摸索国铁劳资之间的折衷方案。葛西所撰写的《国铁改革的真实情况》一书中有对当时会谈的描述，其概要内容如下。

江田："希望当局与国劳的劳资关系从今天起能逐步恢复正常。国劳无论怎样落魄潦倒，也是瘦死的骆驼比马大。我想为双方创造理性谈判、和平协商的氛围。运输大臣也让我帮忙做这件事。我与国劳三头领也进行了沟通。希望今天能作一个了结。"

杉浦："我的心情和您一样，也希望与国劳一道为改革而努力。一直以来，我都希望他们能够理解国铁的经营现状及改革的必要性。我并没有暗示或唆使手下与国劳交恶。由于各工会的推进速度大不相同，结果造成相互间出现差距，这的确令人遗憾。能否对其加以改善则是国劳的问题。"

江田："也有速度的差别。问题是我们应该回到去年11月末重新签署《就业稳定协议》的谈判。回到这个起点，我们要求国劳也认真应对。我今天也不是空着手来的。尽管这最终是当事者之间的问题，但我也是受国劳全权委托而来。与国劳签署《就业稳定协议》，是所有问题的出发点。"

杉浦："社会在不断变化，再回到过去也没有意义。只要国劳的运动方针不修改，就不可能签署《劳资共同宣言》。签署《就业稳定协议》的前提条件是《劳资共同宣言》。只要条件和环境具备，随时都可以签署。首先必须由国劳修改运动方针并签署《劳资共同宣言》。"

江田："要他们将意识形态不同的集团统一起来，这在短期内非常困难。让他们修改运动方针，并据此行动，这个门槛也太高了，不现实。签署《劳资共同宣言》其实就是改变运动方针。让他们一下子把所有问题都解决掉，这也不可能。总之，希望您能相信我。"

杉浦："运动方针的改变，不需要全部，只需达到最小限度即可。这一年来，其他工会先后签署第一、第二次《劳资共同宣言》，推进合理化措施，配合实施广域调动等，已经往前走了很远。我并不是说让国劳马上与它们并驾齐驱。只是希望国劳具备能说服其他先行工会的条件。"

江田："如果顾忌其他劳动工会，那您这个总裁可就没法当了。希望您能信任我。我从山崎那里要来了带公章的空白委任状，我并非空手而来。"

杉浦："我们在劳资这个平台上，对国劳做了各种各样的努力，但都于事无补。我们费了九牛二虎之力也没能做到的事情，您说'看我的吧，请老老实实相信我好了'，仅凭这个我们怎么能相信呢？"

总评副议长江田的提议是，"总评高层会让国劳改变其运动方针，希望当局相信他们的话，对国劳给予与其他已签约工会同等的待遇"。可是杉浦总裁寸步不让。杉浦和葛西判断认为，即使总评和社会党拼命指导，国劳也不可能转变方向。在实施剩余人员对策三大措施时，国劳的应对表现已经证明了这点。直到会谈结束，杉浦总裁与总评副议长江田仍然各执一词，双方未能找到契合点。

*　　　　　　　　*

两天之后，9月19日下午7时，运输大臣桥本与杉浦总裁在赤坂的一家日料餐厅一边恳谈一边共进晚餐。国铁方面由井手、松田、葛西三人及大塚秘书役陪同出席。桥本开门见山地说：

"社会党国会对策方面的人跟我说，山崎（国劳委员长）决心实施哥白尼式方向转变。据说他表示将召开大会，将诉讼案件全部撤回，并修改运动方针。我跟社会党方面说，如果他能做到这个份上，那我们也可以考虑让国铁当局在大会会场旁边的屋子里等着，只要说'行'，马上就能签署《就业稳定协议》。你们的意见如何？"

当时社会党高层是这样筹划的：国劳执行部于24日傍晚召开中央斗争委员会，决定为实现与国铁当局的关系正常化而实施战术大转变，而在这之前即当天下午，由桥本和山崎举行会谈。据说，在背后撰写这个"脚本"并将其提交桥本的人，是社会党的前总书记田边诚。

"山崎的话一句也不能相信。""我们没有必要着急,最好还是静观其变吧。""召开临时大会是由反主流派提出的,不会像山崎想象的那么顺利吧。我们不应该'听其言',而要通过'观其行'来作出判断。"

在国铁方面你一言我一语地发表意见之后,桥本仍然坚持自己的意见:"如果定不下来,那就让它分裂好了。这样不是也无所谓吗?"

"如果国劳真的面临分裂,社会党因为已经作了这么多努力,所以肯定会让我们签署《就业稳定协议》,以援助主流派。社会党现在也很着急。我们退一步静观其变如何?"

在双方交谈了一阵之后,桥本陷入了沉默。作为桥本来讲,虽然按照自己的判断对国铁劳资进行了居间调停,但国铁高层对他并不信任。他缓缓地说道:"看来在劳务措施方面,你们不相信我的见识啊。的确,我是一个外行。既然你们有这么多要求,那我就撒手不管了。今后我也概不插嘴。今天实在扫兴,我先告辞了。咱们以后估计也不会直接见面了。不过,我也有一个要求。有件事情你们没有充分尽到说明义务。动劳的领导层依旧是革马派,他们是伪装转向——所有治安管理部门都对此确信不疑。对于消除这个误解的努力,你们做得还很不够。我就说这一点。"(《国铁改革的真实情况》)

"国铁当局与属于革马派的动劳联手,在策划如何使国劳陷入分裂。"估计桥本在很多地方都听到了这种对国铁的谴责和批评。桥本是一个急脾气,说完便扭头回去了。据说,后来出任首相的竹下登曾这么评价桥本,说他是"一个性急易怒、狂妄任性之人"。此时,桥本的这种性格也显露无遗。

"事情的发展超出预想,总裁及我们这些人完全被对方的气势压倒，大家只好早早解散回家。"（《国铁改革的真实情况》）虽然桥本声称"不再见面"，但是总裁室所负责的高层人事、经营规划室所承担的国铁资产分割问题等，都必须与运输大臣商量才能往前推进。于是第二天，井手和松田前往运输省去向桥本"道歉"。葛西主张对国劳采取强硬路线，为了避免刺激桥本，他们没有让葛西同去。二人对桥本低头鞠躬说："我们会尽可能地考虑大臣您的想法。"桥本听了后只是"嘿嘿"一笑。"桥本先生在'易怒、狂妄和任性'之中还带着一股憨厚劲儿，他并非耿耿于怀之人。"井手回顾说。

空白委任状的"迷途狂奔"

国会对《国铁改革法》审议在即，在国劳执行部内部，围绕"分拆和民营化的斗争方式"，有些会员认为"照此下去将会危及就业"，而反主流派会员则主张"坚决开展斗争和反击"，双方产生了意见对立和激烈的主导权之争。在众参同日选举刚刚结束后，7月下旬，国劳大会在千叶召开。会上，山崎委员长强烈要求大会将相关事项"全权委托中央斗争委员会"。他发言说："为了保住就业和组织，关于战术上的诸多问题，希望大家能够全权委托给中央斗争委员会。根据情况我们可能会采取'大胆的妥协政策'。"围绕这个"大胆妥协"的发言，与会代表之间出现了争执。结果，会议一致认为，关于"大胆妥协"的具体内容，必须"得到机关（中央斗争委员会或国劳全国大会）的同意"，对相关决定的表决也被迫"流产"。

9月24日，对"大胆妥协"的具体内容进行讨论的中央斗争委员会，在位于东京八重洲的国劳会馆召开。

这天早晨，在多个地方发生了连环破坏事件：首都圈的京滨东北线等有 28 处通讯和信号电缆被切断，电车陷入全面停运状态。警察当局认为，该事件由曾经开展成田斗争的千叶动劳中核派成员所为，主要是冲着国劳的中央斗争委员会来的。漫长的一天由此开启。原本预定当天下午 6 时，在国劳会馆召开中央斗争委员会，作出转向灵活路线的决定。为阻止会议作出此决定，从早晨开始，东京地区总部的反主流派会员约 500 人蜂拥而至，在会馆的通道及台阶上黑压压地挤成一片。

当天，为了实现由社会党和总评主导下的、国劳和国铁当局之间的"大胆妥协"，日程表上排满了各种会谈及活动。下午 1 时 30 分，首先由桥本大臣与山崎委员长在运输省举行会谈。在该会谈之后，再由社会党的田边诚（前总书记）与总评副议长江田虎臣会见桥本大臣。在会见过程中，由田边和江田表明"将让国劳转变方针"。在这之后下午 6 时，在桥本大臣的斡旋下，已拿到国劳"空白委任状"的副议长江田将与杉浦总裁举行会谈，就国劳与当局"达成和解"的条件作最终调整，国劳中央斗争委员会据此决定其最终态度——这便是他们预先撰写的脚本。

上午 11 时，国劳委员长山崎首先出席了在国劳会馆召开的社会党党员协议会。山崎就重大转变的方针作了说明，他说："考虑到国会的势力对比等因素，我们无法确信能够阻止分拆和民营化。撤回针对国铁当局的诉讼，与当局签署《劳资共同宣言》和《就业稳定协议》——这是为了保住就业及组织，我们所能做的最大限度的让步和选择。"之后，会议一直围绕该方针在进行讨论。下午 1 点多，山崎中途起身退场，准备从总部出发去见桥本。当山崎来到停车场正准备上车时，被闻讯赶来的扎着红色扎头带的反主流派会员包围了起来。"你要去哪里?""你要去跟运输大臣谈什么? 你可不许当叛徒哦!"现场出现了激烈的推搡。可能有人把国劳总部的内部谈话一一捅了出去吧，山崎的发言完全被泄露给了反主流派骨干分子。

"我突然感到后背被人使劲抓扯了一下，随后就听见'吱——吱'响了两声。我正纳闷是怎么回事儿呢——原来是西服的后背中心被撕裂了。当时穿的是夏季的藏青色薄料西服，因为是便宜货所以线缝被扯开了。第二天，我就让老婆缝补好了。没啥大事儿。"（《朝日周刊》，昭和六十一年即 1986 年 10 月 10 日号）

在运输省，桥本大臣对山崎承诺说："关于剩余人员安排问题，我们会事先向他们明确告知再就业单位。最起码我们会确保其再就业岗位，尽量不让员工（工会会员）产生疑虑。""山崎先生带着一脸轻松的表情回到了总部。"（秋山谦祐语）重新召开的党员协议会尚未得出结论就被中断，并决定于下午 6 时重启。6 点多钟，山崎一度外出。在这之前，由总评副议长江田与杉浦总裁按照事先安排，在国铁总公司举行了会谈。山崎外出是为了去打听会谈的结果。山崎从外面回来后，向企划部部长秋山谦祐出示了一张纸条。那就是由"杉浦—江田会谈"达成的《共同遵守事项》，上面这样写道：

（一）国劳决定执行如下方针：

（1）修改运动方针

（2）解除争议状态

① 撤回诉讼案件（包括总部及地方分支机构）

② 停止检查揭发 ① 和中伤诽谤（包括总部及地方分支机构）

（二）在国劳总部及所有地区总部完全履行上述两个条件

---

① 1982 年，国劳第 135 届中央委员会作出决定，开展以维护工人的生命及健康为目的的"检查和揭发斗争"运动。工会向会员发放《检查和揭发笔记本》（红色笔记本），鼓励会员对当时国铁一线的问题进行检查和揭露。

之后，由当局表明将与其签署《劳资共同宣言》和《就业稳定协议》。

读完这张纸条后，秋山"感到大脑一片空白"。这是在逼迫国劳"无条件投降"，其内容分明是要迫使国劳分裂。

"就算中央斗争委员会或者国劳大会强行通过了这个决定，那么接下来被考验的将是总部的统率和控制能力。以东京地区总部为首，从全国的向坂协会派到共产党及新左翼，你们必须将内部的叛乱分子给我一个个清除掉——这便是那张纸条的要求。"

这是由总评副议长江田与当局达成的共识，秋山谦祐恨不得立刻去质问江田："江田先生，你这样也算是劳动工会的领导吗？你这是在戏弄国劳啊。你从我们这里要走空白委任状，换回来的就是这个东西吗？总评才真是连打酱油的小屁孩都不如呢。"（《失败者的国铁改革》）不过，向总评提供空白委任状的正是山崎委员长，企划部部长秋山也有责任。"事已至此，我们也无法再走回头路了。"

山崎委员长在党员协议会上通报说："我们准备在下午7时开始举行的中央斗争委员会上，对这个方针转变作出决定。"他刚说完，以东京地区总部（简称"东京地本"）总书记铃木司为首的反主流派骨干分子便一窝蜂地涌入了会议室。铃木总书记叉着腿站在桌子上高喊："我们将不惜采取一切手段来粉碎你们的阴谋！"后来，中央斗争委员会晚于预定时间在四层会议室召开。但是会议开始后，这里也有超过150名骨干分子冲进会场，山崎等主流派干部被完全"软禁"起来，一步都不敢动弹，一直待到了将近天亮时分。最终，山崎等主流派放弃了在当天作出决定的想法，并与铃木总书记等人约定："改日再召开临时全国大会，就国劳的方针转变进行磋商。"这样，问题的了断再次被拖延至10月份在静冈县修善寺温泉召开的"临时全国大会"。

社会党议员田边诚、总评副议长江田等人为了听取有关中央斗争委员会结果的汇报，一直守候在赤坂附近的日料餐厅。快到天亮时分，委员长山崎、总书记下田和企划部部长秋山三人才赶到那里。田边等人在与运输大臣桥本商量后精心描绘的脚本，已经从根本上崩塌了。田边和江田极为愤怒和失望，对三人怒斥道："你们还嫌我们的脸面丢得不够吗？"第二天即25日，各家报纸的晚报纷纷报道说"路线转变被延期推后""国劳中斗委放弃作出决定""下月将召开临时大会"(《朝日新闻》)，另外，还有报道说"国劳的裂痕日益加深""在大会上反主流派占优势"(《日经新闻》)等等。各家媒体一齐指出：国劳的方针转变极为困难，"国劳已陷入分裂危机"。

9月25日当天，众议院的正式会议决定设立"国铁改革特别委员会"，以便对备受关注的《国铁改革八项法案》进行统一审议。运输大臣桥本就八项法案的宗旨等作了说明。会议推选自民党原运输大臣细田吉藏为特别委员会委员长，开始进入正式审议阶段。就运输大臣桥本而言，估计他原本设想在这之前国劳的态度已经明确，之后即可顺利进入对改革法案的审议。尽管其估计略微有些失算，但谁都可以看出：反对分拆和民营化的国劳已出现分裂的苗头。

悲情结局——修善寺临时大会

静冈县修善寺町原本是一个安静、祥和的温泉疗养胜地。但在昭和六十一年（1986年）10月8日这天，这里却笼罩着一股骚动不安的气氛。从早晨开始，在被作为国劳临时全国大会会场的町立综合会馆周围，就有反主流派会员及戴着头盔的中核派陆陆续续聚集在一起。他们高喊着"不许背叛国劳""开展罢工以阻止分拆和民营化"等口号，气势一阵高过一阵。在其外围则站着一圈机动队队员。在会场入口，试图冲进会场的反对派会员与保安之间反复出现了推搡和争执。

在该大会召开之前，9月29日，国劳召开了中央斗争委员会，经过8个小时的激烈争论之后，以23票赞成和14票反对，通过了《针对当前形势的紧急应对方针（草案）》。其内容是"撤回针对当局的诉讼，停止检查和揭发行为；就劳资关系正常化与当局开始具体磋商，届时表明签署《劳资共同宣言》的意向"，即所谓的"大胆妥协路线"。在大会前一天晚上，在被临时当作总部宿舍的旅馆里，为了能在大会上通过决议，山崎委员长等主流派干部对东京地区总部总书记铃木等反主流派干部进行了反复劝说。然而，这也只是浪费时间而已。参会代表总数为305人，其中，反主流的社会主义协会派（向坂派）为85人，革新同志会（简称"革同"，共产党派系）为70人。仅这些人加起来就已超过半数，掐指一算即可知道："大胆妥协路线"必将遭到否决。

9日上午10时，临时全国大会会议开始，但刚选出议长、副议长，又马上进入了休息时间。探索妥协道路的幕后交涉仍在继续，可到了下午1时，磋商依然没有结果。照此下去，主流派的紧急提案将遭到否决，组织的分裂眼看就会变成现实。到了最后关头，反主流派的共产党派系提出了一个"让步方案"：三头领和企划部部长引咎辞职，在新执行部的核心领导层加入反主流派；对已提交的紧急应对方针暂不表决，将其搁置起来。这样，反主流派能够加入执行部的核心领导层，同时对主流派来讲，紧急应对方针也未被否决，今后还能再利用。然而，山崎等人不同意辞职；社会主义协会派也执意要实施表决，一定要将紧急应对方针草案否决才肯罢休。

为了见证国劳在生死关头的命运走向，有350名记者赶到了会场。3个多小时过去了，然而会议仍然未能重启，代表们开始骚动起来。不能再等下去了。于是，山崎委员长开始致辞。后来，人们称其致辞是"声泪俱下的悲情演说"。

"猛者遂灭，好似风前之尘。我认为，国劳断不该有如此命运。"某家报纸曾在专栏里将国劳和农协^①比作"现代猛者"之代表，山崎在此也引用了《平家物语》^②第一段中的一句话，他接着说道：

"平家经历了从兴盛繁荣到坛浦^③灭亡的过程，但是怎么能把国劳比作平家呢？如果是我们自身造成了国劳衰退的必然性，那就必须找出缺陷和不足，通过全国会员的紧密团结来紧急弥补并将之克服。

"国铁改革法案的成立已不可避免，在这种严峻的现实背景下，为了坚守维护会员的就业和生活权利这个底线，中央斗争委员会对全国的组织力量、彼此实力对比等进行综合研判后，作出了这个选择。那就是我们所提交的紧急应对方针。"

会场里，各种起哄和怒吼声响成一片。在这个可容纳 1200 人的会场里，走廊及台阶上到处挤满了人。"不要妥协！""坚持斗争，国劳雄起！"各种叫喊声在会场里回荡。接着开始进行讨论。"即便签署《劳资共同宣言》也不能维护组织和确保就业""降下反对分拆和民营化的旗帜就是对国民的背叛""紧急应对方针是对人才活用中心会员的见死不救""撤回起诉等是对当局不当劳动行为的纵容，是工会的自杀行为"……激烈的批评和谴责之声不绝于耳。

针对这些反对意见，执行部反驳说："总部的方针不能让步。可供选择的道路只有一条，而且没有讨价还价的余地。"然而，是

---

① "农业协同组合"的简称。由农户（农民或者经营农业的法人）组成的协会组织。
② 战记物语，关于作者说法不一，一说是信浓前司行长所著。记述以平清盛为核心的平氏一门的兴亡，经琵琶艺人的说唱（平曲），脍炙人口，流传甚广，和汉混用的词章亦很精炼。
③ 山口县下关市早鞆濑户海岸，是源氏和平氏进行最后交战的战场。

"大胆妥协"还是"彻底抗争"？其实无论选择哪条道路都看不到希望。"诡辩、固执和无奈的激愤交相碰撞，这种争论只能使已陷入绝境的国劳愈发显得悲催（或者说滑稽）。"（升田嘉夫，《战后史中的国铁劳资》）

　　大会第一天结束后，山崎等主流派一边回避表决，一边继续摸索如何才能够挺过这次大会。执意击溃执行部方针的反主流派，再次要求山崎委员长等执行部干部辞职。这时，社会主义协会派秘密拜访了组织部部长六本木敏，向其传达了反主流派"希望其接手下一任委员长"的想法。六本木点头表示同意。六本木出生于岩手县北上市，时年 56 岁。他曾经担任国劳东北地区总部总书记等职务，后来成为中央执行委员，长期负责企划工作。之前他被看作是主流派中的一员。然而，在 9 月 24 日中央斗争委员会表决时，他却举手表示"反对执行部方案"，令众人迷惑不解。显然，就接替山崎任委员长之事，反主流派事先已与六本木进行了沟通。

＊　　　　　　　＊

　　大会第二天，10 月 10 日，主流派为了回避表决，毅然采取了联合抵制的战术，札幌、静冈、广岛等地区总部的代表 101 人一齐缺席会议。由于未达到规定人数，会议到了预定时间也无法召开。于是，反主流派便把躲在宿舍里的主流派代表一个个揪了出来，并把他们架起来送进会场。见此情景，山崎委员长和企划部部长秋山来到宿舍，对躲在屋里的主流派地区总部委员长们劝说道："如此悲惨难堪的事情，就让它到此为止吧。事已至此，我们纵然失败了也无怨无悔。就算输也要输得堂堂正正的。"中午 12 时 30 分，大会重新开始后，对执行部的"大胆妥协方案"进行了表决。

　　表决采用无记名投票方式。在总投票数 298 票当中，赞成 101

票，反对 183 票，持保留意见者 14 票。当议长扯着嗓子宣布"《紧急应对方针》被否决"时，欢呼声、怒吼声、掌声使会场处于异样的亢奋状态，整个会场被一种极不和谐的嘈杂声包围着。前委员长武藤久当时就在现场，他在其著作中写道："可以说，修善寺大会在一夜之间把国劳会员划分为'胜利者'和'失败者'，那里变成了（冈本绮堂 ① 的）《修禅寺物语》② 中夜叉乱舞的修罗场舞台。"（《不知己，亦不知敌》）

随后，休息室里马上召开了执行委员会，山崎委员长提出"既然《紧急应对方针》已被否决，那么中央执行委员会将集体请辞"，该提案随即获得批准。委员长六本木敏和总书记稻田芳朗等 26 人入选新执行部，之前为反主流派的社会主义协会派、作为非主流派的共产党派系的革同（革新同志会）派由此变身为主流派。虽然从旧主流派社会党派系民同左派中也选出了 8 名执行委员，在形式上维护了"统一和团结"，但旧主流派均被清除出核心职位。这便是国劳"崩溃"的开始。

"同志们，正义终于胜利了！山崎执行部被打倒了！"在会场外面，各个宗派都在召开"胜利集会"。当选委员长的六本木敏作了如下表态：

"国铁分拆和民营化的目的之一，就是资本家和经营者等妄图霸占国铁的土地和设施等国民公有财产，另外一个目的就是要搞垮国劳。包括废除人才活用中心在内，为了让当局停止蹂躏劳动基本

---

① 1872—1939 年，剧作家、小说家，生于东京，本名敬二。他和二世市川左团次合作，创作了《修禅寺物语》等新歌舞伎剧本。著有戏曲《室町御所》《番町皿宅邸》《鸟边山殉情》，小说《半七捕物帐》等。修禅寺是位于修善寺町的寺院。
② 由冈本绮堂创作的剧本，新歌舞伎的代表作，1911 年由二世市川左团次剧团首次公演。该剧以伊豆的面具制造家夜叉王为中心，描写了艺术至上主义者的冷酷。

权的行为，不管有多苦多难，我们都要坚持斗争。《劳资共同宣言》的目的是对国铁工人搞歧视和区别对待，是为了推进裁员等合理化措施。我们新执行部坚决拒绝走这条道路。"

这天晚上，败下阵来的旧主流派在伊豆长冈召开集会，成立了将社会主义协会派系和共产党派系排除在外的"国劳社会党党员全国联席会议"。在全国 27 个地区总部中有 12 个地区总部以整个地区的名义加入了联席会议；其他还有几个地区总部的委员长也加入进来。参加者们一致同意，将通过这个新组织来掀起新的斗争高潮。刚刚辞职的山崎委员长等三头领也出席了集会，并且发表了《旨在创造新的国劳运动的声明》。声明提出，"特定意识形态集团（社会主义协会派）身为社会党党员协议会的一员却与革同（共产党派系）联手，我们不能原谅其背叛和暴行；另外，要求当局确保就业并废除区别对待，尤其必须撤回和修改改革法第二十三条，为此我们将在社会党和总评的指导下开展相关工作"。

第二天即 11 日，《朝日新闻》早报采用下述大标题对整个事件进行了报道："国劳大会否决灵活路线""执行部被撤换、国劳陷入分裂状态""新执行部拒绝签署共同宣言""前主流派单独成立联席会议"。《产经新闻》也作了如下报道："国劳实际上已陷入分裂""反主流派与非主流派组成执行部""对抗态势进一步升级"。战后一直走在日本工人运动前列的"国铁劳动工会"，由于其内部对立的激化，已经无可奈何地陷入分裂并走向瓦解。此时，其工会会员人数已不足 10 万人。

在国铁解体、新公司成立前夕，昭和六十二年（1987 年）春，已辞去委员长职务的山崎俊一，出现在了《日经商务》①（3 月 2 日发行）的《败军之将谈如何用兵》专栏之中。关于临时大会时的心

---

① 日本著名的商业杂志，创刊于 1969 年。

境，他这样说道：

"在临时大会上，大家已经不关心国铁改革的政治意义或其对整个工人运动的作用和意义，而仅仅聚焦于如何确保国劳会员就业这一点上。这主要是因为我们有这种危机感：会员们纷纷退出组织，一些对将来感到悲观的会员选择了自杀，这些问题如果不能及时解决，则工会也将难以生存。我是比较老派的人，所以早就打定了主意，如果自己的所作所为得不到支持，那么自己就提出辞职。于是，作为单一（产业）工会的最终方针，即最起码要守住自己会员的就业权利，我们应该为此开展斗争，我抱着这种想法出席了临时大会。

"在内部调整尚未完成的情况下，方案就被提交大会表决，以前从来没有这种先例。（省略）我认为临时大会对执行部方案的赞成与否难以预测，不过我当时已打定主意：我们已无法和左派团体一起共事，也就是说时限已到。（省略）在最需要团结的时候，组织却出现了分裂。从结果上来讲，虽然我们历经无数次妥协团结至今，但这40年积累下来的'脓液'一举喷发了出来。（省略）在这次对立中，还没搞罢工斗争就急着妥协算怎么回事？这种内部批评的矛头直接指向了我们。然而，仅仅为了在历史上留名而去开展罢工——我并没有这种'为了罢工而罢工'的想法。"

山崎退任后，有一次在见到秋山时，他对秋山说："从那以后，我变得极度消极厌世，跟任何人都不想见面。"（《失败者的国铁改革》）

终章　国铁"陷落"——向新时代进发

《国铁改革八项法案》的成立

昭和六十一年（1986年）10月7日，即在国劳被迫陷入分裂的伊豆修善寺临时全国大会召开两天之前，众议院"国铁改革特别委员会"开始对《国铁改革八项法案》进行实质性审议。由于自民党在众参同日选举中取得压倒性胜利，审议结果已显而易见。

当日上午9时，审议一开始，中曾根首相充满自信地强调必须坚定不移地实施国铁改革，他说："分拆和民营化是政府能想到的最佳方案。我坚信，坚决实施此方案不仅可以开拓明天的铁路，而且能够维护国铁员工的生活。"杉浦乔也总裁也表示："《国铁改革法案》的审议终于开始，这令我感慨万千，同时也深感责任重大。这次的改革法案是最终也是最佳的方案，法案成立后，我们一定要在新的铁路上更加努力地工作。"

这里顺便介绍一下国铁改革八项法案。它囊括了包括基本理念等在内的所有改革内容，具体由以下八项法案组成：①《国铁改革法案》、②《客运及货运铁路公司法案》、③《新干线铁路保有机构法案》、④《国铁清算事业团法案》、⑤《促进自愿离职及再就业特别措施法案》、⑥《铁路事业法案》、⑦《国铁改革等实施法案》、⑧《地方税法修正案》。这八项法案中若有一项不能在国会通过，"国铁分拆和民营化"就将无法启动。

按理说每一项法案都需要深入讨论，不过实际上相关讨论还算比较顺畅。尽管如此，执政党和在野党之间还是存在争议，其中最大的争论焦点是"人才活用中心"问题。总评和国劳宣称"将会员分配到人才活用中心是对国劳的歧视，是事实上的区别对待，是把会员送入清算事业团的'单程车票'"。政府对他们的这些宣传活动也很敏感。中曾根首相在谈到就业对策的基本认识时，拍着胸脯强调说："国铁改革的关键是在实施分拆和民营化的同时，要进行机构精简，减少所谓的剩余人员。要想重振濒临破产的公司，就必须大胆地去落实人员问题。政府将负责任地努力确保就业，不让任何一人流落街头。"

尽管也召开了公开听证会，但由于分拆和民营化反对派的意见缺少说服力，社会党及共产党的追责也缺乏攻击手段，因此讨论始终按照政府及国铁当局的节奏向前推进。最后根据安排，将于10月24日傍晚，由众议院特别委员会进行表决。在前一天，社会党国会对策委员长大出俊在社会党议员会上发言说，"如此重大的改革哪能没有政党反对呢，我们必须让这个历史事实留下痕迹"，并约定如果提问质疑被中止，特别委员会的社会党成员将"严肃退场以示抗议"。于是，该委员会在自民、公明、民社三党表示赞成、共产党表示反对、社会党退场的情况下，对《国铁改革八项法案》进行了表决。在通过28日的正式会议后，法案被提交参议院。在众议院特别委员会的审议时间合计为58个小时。

当法案在特别委员会获得表决后，运输大臣桥本龙太郎被大批记者围在中间，看起来心情颇为舒畅。桥本一边露出兴奋的表情，一边问坐在旁边的运输省国铁重建总括审议官林淳司（后来任事务次官）："我的答辩如何？""哦，大臣，您的答辩很精彩哦。"林淳司回答说。在野党方面底气不足，这使得桥本的答辩"甚至显得游刃有余"。（《国铁最漫长的一天》，《产经新闻》国铁采访组）

"把员工分配到清算事业团，这难道不是点名解雇吗？"针对共产党议员的这个提问，"你这有些强词夺理吧，"桥本顿了顿，然后接着说，"你说得不对，去新公司的人才是被点名解雇呢。"这就是改革法第二十三条的"妙处"所在。提问交流环节耗时较长，在这期间，桥本不但回答了针对自己的提问，连针对中曾根首相及运输省的林淳司、国铁总裁杉浦乔也他们的问题，他也屡次主动请缨说"由我来回答吧"。日后成为首相的桥本，其当时的答辩应该说足以报答中曾根首相对他的期待。井手等"三人帮"早先还认为他是"次优的运输大臣"，现在他们也改变了这种看法。

*　　　　　　　　*

昭和六十一年（1986年）11月28日下午2时，参议院召开正式会议，表决和通过了《国铁改革八项法案》，法案由此正式成立。自民、公明、民社三党及新政俱乐部等表示赞成，社会党和共产党表示反对。自昭和五十六年（1981年）3月第二临调成立、国铁改革讨论开始以来，已经过去5年半的岁月。这一瞬间正式决定了"日本国有铁路"将在4个月之后即昭和六十二年（1987年）3月31日落下帷幕，从4月1日起，它将作为分拆和民营化后的新组织体重新启动。

这天，当中曾根首相被记者们询问感想时，他兴致勃勃地回答说："如此重大的法案能够获得顺利通过，这在一年前是做梦也想不到的。自民党在同日选举中获得304个议席（众议院），在参议院也取得胜利，这起了很大的作用。若当时只是勉强获得260～270个席位，就不会如此顺利了吧。""（您刚才的话）会否过于刺激在野党了？"有记者问道。"这是事实嘛。如果当时输了，不就没法通过了么？"中曾根操着"江户腔"① 回答说（《读卖新闻》29日早报）。中曾根长期以来苦心筹划的国铁分拆和民营化构想终于如愿实现，

---

① 江户人（即东京人）的一种有威势的说话腔调，语速很快，带卷舌音。

从上述描述中，我们也能感受到他那种兴奋和喜悦之情。在序章里我也提到过，在当天的《官邸日志》中，中曾根如此写道：

"二〇三高地终于被攻下。这是第二临调成立 6 年以来，锐意改革者用汗水、泪水及忍耐换来的成果。"

杉浦总裁对记者团说：

"这一年来，我们每天都处于激烈动荡之中，感觉既漫长又像是弹指一挥间。重大的改革方案变成了现实中的法律，简直就像做梦一般……这种心情很难用言语来表达。"

下午 2 点半，在国铁总公司，楼内广播播出了改革法成立的消息。在同一时刻，总裁室室长井手正敬正在总公司给年轻干部们鼓劲："接下来的一周，与我们平常的每周在性质上和内容上完全不同，它将是无比重要和宝贵的一周。"

下午 4 点半，杉浦总裁召集了紧急理事会（所有理事会成员均参加）。在国铁总公司四层经营规划室的墙壁上挂着一块白板，上面写着"（倒计时）还剩 122 天"。这是到翌年 4 月 1 日新公司成立所剩余的天数。在这期间，当局必须完成各个新公司的首脑及干部人事安排、国铁资产分割，以及将超过 20 万人的国铁员工分配到新公司或进行劝退。在进行这些准备的同时，他们还必须安全、准确地完成眼下即将到来的跨年运输任务 ①。《国铁改革法》的成立，使得迎接"国铁最后一天"的各种准备一下子加快了速度。

第二天，29 日上午，运输大臣桥本拜访了中曾根首相，向其提交了负责制定新公司基本框架的"客运公司及货运公司共同设立委员会"（简称"共同设立委员会"）的委员名单，随即获得同意。

---

① 指元旦假期前后，人们出行需求增加，交通运输压力增大的季节。类似于中国的"春运"。

委员长由经团联会长斋藤英四郎（原新日本制铁董事局主席）、委员长代理由国铁重建监理委员会委员长龟井正夫（住友电工董事局主席）担任，此外包括日本商工会议所会头（即会长）五岛升等人在内，一共有 14 人被选为委员，相关任命书在 12 月 2 日得到签发。"共同设立委员会"将负责制定客运及货运共 7 家公司各自的章程、将国铁职员录用到新公司的录用标准等，是新公司的实际"缔造者"。与此同时，在国铁总公司内部也设立了各新公司的成立筹备室。

来自松崎明的请求

当国铁改革法案在国会获得通过后，国铁员工的关注重点便完全转移到"自己将会被派到哪家新公司，还是会在清算事业团待命"这个问题上。对被称为"学士"的精英员工的分配，由总裁室室长井手正敬负责。以前，精英员工的人事调动路径是：入职之后即开始见习，然后被分配到全国各地的铁路管理局，最后再回到总公司。因此，精英员工都强烈希望能留在总公司。不过，当被分成 6 家客运公司及 1 家货运公司之后，其最终工作地点就变成了新公司的总部所在地，如东京、大阪、名古屋、福冈、札幌、高松等，大家全部集中在东京这种机制就不复存在了。因此，"必须让他们每个人改变自己的人生规划"（井手正敬语）。

于是，井手命令秘书课把将近 1600 名精英员工的个人履历（包括原籍、过去工作地点、配偶原籍及自有房产所在地等）制作成卡片。如何利用这些卡片信息结合人事考核，将这些人才分配到全国各地呢？井手想出的办法是，按照入职年份，根据人事考核成绩的高低顺序，将他们依次分配到东日本、西日本、东海、北海道、九州、四国、货运，到了第 8 名又折返过来，不过这回将顺序颠倒过来，依次是货运、四国、九州、北海道、东海……如此进行机械式的分配。以此为基础，再参考秘书课所制作的原籍及过去工作地点等个人履历卡片加以调整。井手打算采取这种方式。

在这段时期，葛西向自己所负责的普通员工分发了《分配志愿调查表》，要求他们"在元旦期间与家人商量好后再填写"。有些精英员工知道这个情况后，就去逼问井手："难道不征求我们的意愿吗?"井手回答说："对'学士'我们不征求其意愿。倘若有人不接受人事安排想造反，那我们就直接把他解雇掉。假如想作为精英职员好好干下去，那么就从北海道开始依次填写并报上来，表明自己愿意去任何地点。"有个别干部职员通过自民党的政治家向经营规划室施加压力，要求"把自己留在东京"。松田昌士知道后勃然大怒："把那家伙的名字给我张贴在总公司大门口!"

*   *

在一次聚会上，动劳委员长松崎明问井手说："井手先生，'学士'的人事如何安排?"井手回答说："对'学士'不会征求他们的意愿。"松崎说"说得很严厉呢"，然后就按下不提了。不过几天之后，他提出请求说："请将 H 等三人留在东京。"当时井手他们已决定派这三人去东日本以外的公司，不知为何走漏了消息。可能他们听说这个消息后，特意请松崎来说情吧。井手问："只要是东日本，随便哪儿都行吗?"松崎回答说："嗯，哪儿都行。"当时正值动劳带头配合当局推进国铁改革的时期。井手与松田商量后，便将那三人调整到了东日本公司。但是，"在新公司成立后，H 等人完全变成了松崎的'情报员'"。对于当时向松崎妥协之事，井手至今仍懊悔不已。

到了年底，员工分配作业迎来最终阶段，井手和秘书课课员悄悄住进了位于福岛县饭坂温泉的员工疗养所，在那里开展突击作业。初步方案完成后，他们把松田和葛西也叫到疗养所，向其进行了说明。二人回答说："好的，明白了。这不是很好吗？就按这个方针办吧。"二人从来不提"把这个人这样或那样"之类的要求，"他们自身非常公正"。关于井手、松田、葛西三人的人事安排，当被告知将"按照其他方针另行考虑"时，松田提出："那就把我安排到我的原籍北海道吧。"松田的想法是，"虽然大家都认为北海道的条件最为艰苦，但自己无论如何也要令其扭亏为盈"。葛西则"什么也没提"。

而井手呢，他认为自己"打乱了员工的人生规划，需对此负责"，因此打算在新公司成立时辞职走人。改革派的年轻职员得知此事后，纷纷对井手说："井手先生，你可真是'酷毙'了啊。战斗还没打响呢，你这样做太不负责任了。""这可不行哦，"松田对井手劝说道，"分拆和民营化是手段而不是目的。让铁路得到重生和发展才是国铁改革的宗旨和目的。辞职是'大丈夫的美学'这种话请不要轻易说出口。"松田说得很在理。于是井手改变了想法。松田他们认为，"井手当然应该去新公司中最为核心的东日本公司"。

在迫近年底时，杉浦总裁也加入进来，并对初步方案做了几处修改。然后，杉浦总裁和井手将这个人事方案上报给了运输大臣桥本。在方案中，杉浦总裁自然是东日本的总经理，"三人帮"当中井手去东日本，松田去北海道，葛西去东海。桥本看了看这个人事方案，然后说："哦，你们是这么考虑的啊。先放在这里吧。我会过问总经理人选，但是二把手以下就交给你们了。你们与事务次官商量着办吧。"然后他又说了一句意味深长的话："搞出这么大的事情，杉浦先生，你得为此承担责任。作为核心成员一直参与其中的井手等人也是如此哦。"井手认为，此时桥本已获悉中曾根关于高层人事安排的意向，这是在暗示二人：最终不会完全按照这个方案去实施。当井手把这话告诉葛西后，葛西说："大臣所指的不仅是总裁，井手先生和我们也难脱干系啊。"应该说，葛西的直觉非常敏锐。

新公司的"录用不合格标准"

根据《国铁改革法》第二十三条，针对新公司的普通员工招募，需由职员局制作《录用候补人员名单》，并将其提交给"设立委员会"。该工作的实际负责人是葛西敬之。根据要求，所有国铁员工的重新分配工作，最晚必须在新公司成立两周之前完成。12月下旬，职员课就报名方式等向所有管理局的人事课课长作出了指示，"招募作业"由此开启。从初春开始，当局便向所有员工下发了《志愿调查表》（因为若等法案通过后再做将来不及）。对于"希望从国铁辞职后去新公司就职"的员工，让他们从6家客运公司及1家货运公司中选出第一志愿到第五志愿，并填入调查表中。职员局以这个《志愿调查表》为基础，附上工作业绩等详细评估数据，为每位员工制作了一个个人管理台账。

对"自愿离职（退休）者"的募集是从这年夏季开始的，到12月1日，报名人数已突破最初计划的2万人，达到2.2万人，而且估计后面还会有大幅增加。国铁内部也有人提出：为了届时有机会"排挤国劳会员"，对自愿离职（退休）者的募集就此打住如何？但葛西及职员局认为，即使自愿离职（退休）者超出预定计划，使得所有想去新公司的员工全都被"重新录用"，当局也应该继续募集"自愿离职（退休）者"。最终，在新公司成立前夕，自愿离职（退休）者达到4万人左右，是预定人数的一倍。在自愿离职（退休）者当中，有16000人是自己找到工作后调走的，不需要当局安排就业。另外，也有很多员工，是因为对"新公司"的未来感到忧虑或者觉得职场环境不够和谐而离职的。

自愿离职（退休）者的人数远超当初的预想，这样，本州的3家公司即便将所有希望去新公司"再就职"的员工全部录用，仍然会出现空缺。此时的问题是，对那些过去因违规而受到处分的"不良员工"，如何才能将他们从新公司录用名单中清除出去呢？这个事情如果由当局提出，很可能被当作"不当劳动行为"。这时，井手和葛西他们把目光放在了《国铁改革法》第二十三条上。根据该条款规定，新公司的录用程序是，"首先由设立委员会提出录用标准及录用条件，然后国铁方面根据这个标准和条件对报名者进行评估，确定先后顺序后再将《录用候补人员名单》提交设立委员会，最后由设立委员会以此为参考决定是否录用"。

二人去拜访了设立委员会委员长斋藤英四郎，提出请求说："希望委员会能提出一个正式的录用标准。"斋藤指示说："那你们草拟一个方案吧。"于是，葛西以"不触及不当劳动行为红线为原则"拟定了一个方案，并将方案概要交给了斋藤。这就是被纳入录用标准的除外规定，即"从（在国铁任职期间的）工作表现来看，不适合于成为新公司员工者（不得被录用）"。随后，斋藤把它作为自己的方案提交给了设立委员会，并解释说："那些专门搞组织破坏的家伙，如果让他们在新公司大行其道，组织将会被再度搞垮。将受处分记录等纳入考核标准是件好事。"不过，运输省的负责人却在心里嘀咕："这到底是谁出的'馊主意'呢？"

最终，写入文件的是"录用不合格标准"，即"从昭和五十八年度（1983财年）到六十一年度（1986财年）之间，受到2次以上停职处分或者1次6个月以上停职处分者，以及其他与录用标准不符者"。国铁当局把符合此条件者从录用名单中剔除了。在这4年期间，动劳为了维护组织而实施"重大转变"，对当局的分拆和民营化路线采取了合作态度，因此动劳会员几乎没有受到处分；

国劳及全动劳（共产党派系）、千叶动劳（中核派）拥有众多受过处分的活动分子，所以不被录用者主要集中在这几家工会。国劳提出抗议声明，认为这是录用歧视。尽管遭到社共两党等的反对，但《国铁改革法》第二十三条已在国会通过和成立，因此这个抗议声明只是虚张声势而已。

在昭和六十一年度（1986财年）初，国铁的员工总数约为27.7万人。重建监理委员会提出的新公司员工合理规模为18.3万人。"三大支柱对策"使部分员工作为剩余人员"临时下岗"或"被借调外派"，这里面有3.2万人将重返岗位，把他们与前述18.3万人加在一起，合计为21.5万人。但是，因为自愿离职（退休）者大幅超出计划，加上1.5万人已被内定调往政府部门及民营公司，以离职为前提的停薪留职者也有所增加，所以到年度末员工总数已减至21.6万人。在新公司成立前夕，自愿离职（退休）者进一步激增，本州的3家新公司甚至出现了编制未招满的情况，最终在新公司启动时，其编制空缺合计约9000人。

另一方面，未被录用者加起来还有6600人，其中北海道为4300人，九州为2300人。这些人几乎都是不愿被跨区调往有编制空缺的本州3家公司，坚持要求在当地被录用的人。此外也有不少因为符合"录用不合格标准"而未被录用者，由清算事业团接手的员工超过了7000人。其中70.8%是国劳会员，余下为全动劳和千叶动劳的会员。清算事业团对未实现再就业者实施教育培训，然后陆续为他们安排就业。不过，因为"录用不合格标准"而被淘汰者，以及到最后仍坚持留在当地而不去新公司就职者有1047人。其中一多半都是国劳会员。

清算事业团的就业安排因为在3年后即告结束，所以，这1047人在3年之后即平成二年（1990年）3月末被解雇。

国劳、全动劳和千叶动劳三家工会认为这是对下属会员的"不正当解雇",因而向各地的地劳委 ① 提出了救济申诉。地劳委下达了救济命令,要求"退回分拆和民营化时期,对他们进行录用"。JR 各公司对此表示不服,向中劳委(昭和六十三年即 1988 年,对由公劳委变身的国劳委改组而成)提出申诉,要求重新审查。不过,中劳委也下达了与地劳委同样的命令。于是,JR 各公司将该案件诉诸法庭,最后,最高法院裁定 JR 各公司胜诉。然而,这个问题在之后仍然长期余波不散,在 20 年之后即平成二十二年(2010 年)才得到政治解决:在民主党政权鸠山由纪夫内阁时期,每个家庭平均获得和解金 2200 万日元。

"令人惊愕的逆转人事"——给杉浦总裁及"三人帮"的待遇

11 月中旬,在《国铁改革法案》已被众议院通过、正由参议院进行审议的时候,井手、松田和葛西三人秘密拜访了濑岛龙三。在这之前,他们刚收到由总裁秘书役大塚陆毅转述的消息:"关于给杉浦总裁的待遇,政府方面好像准备安排他去当清算事业团理事长。"不仅政府方面、运输省内部也开始有人提出:"国铁改革让无数员工尝尽辛酸,让他们付出了巨大的代价。国铁总裁应该率先亲赴清算事业团,为国铁人做善后处理。"三人访问濑岛的目的,是为了向其提出请求:"希望务必让杉浦总裁去新公司中最为核心的东日本旅客铁路当总经理。"三人纷纷强调说:

"新组织体最为优先的课题是劳务对策,新公司在成立后一年左右必须建立起相应的体制。只有由民营化的当事人继续去推进相关措施,才能够维持劳资之间的信任关系。有传闻说杉浦总裁可能

---

① "地方劳动委员会"的简称。

去当清算事业团理事长，我们觉得他最应该去当东日本的总经理。国铁改革在明年 4 月 1 日并非宣告结束，而是将迎来新的开局。让一个新组织体顺利启程，这并非任何人都能做到的轻而易举的事情。"（《国铁改革的真实情况》）

听完他们的发言后，濑岛说：

"我明白了。之前，我也在担心在 11 月份有半个来月会因为工会反对而造成列车停运，为此一直在研究相关对策。杉浦总裁及你们都干得很漂亮。走到这步就问题不大了。首脑人事估计将在开年后 2 月份左右决定。按照民企的做法，清算事业团的工作无非就是请律师去处理一些相关事宜。你们认为杉浦先生应该去当东日本的总经理，而不是清算事业团理事长，对吧？"

12 月 1 日傍晚，即《国铁改革法案》在参议院获得通过并成立 3 天之后，濑岛联系上葛西，说："请你到位于东急凯彼德大酒店的事务所来一趟，就你一个人来。"葛西到了之后，为了不被随后到来的运输大臣桥本撞上，他被领进了另外一间屋子。

"首脑人事估计在 12 月末就会有大致结果。具体安排由总理、官房长官和运输大臣来决定，政党不允许介入其中。按常理来讲，杉浦总裁应该去东日本或者清算事业团。桥本大臣与加藤六月、三塚博都保持着一定距离，应该说还是很公正的。首脑之外的人事则由桥本大臣和杉浦总裁决定即可。"

葛西一边听濑岛讲话，一边凭直觉感到："首脑人事并非濑岛所能触及，估计得由中曾根总理来决定，东日本的总经理很可能由杉浦总裁之外的人来担任。"

开年之后，昭和六十二年（1987 年）1 月中旬，运输大臣桥本龙太郎邀请国铁当局的人"一起喝酒"。杉浦总裁和井手、松田、葛西"三人帮"与秘书役大塚陆毅、秘书课课长原和安、文书课课长本田勇一郎一共 7 人，应邀来到赤坂的一家日料餐厅。桥本因为要晚到一会儿，便通知他们"先喝着"。当众人喝到半截儿时，桥本这才姗姗来迟。从桥本的脸色可以看出，他刚跟别人喝了酒。在推杯换盏畅谈片刻之后，不知道是谁带的头，大家纷纷向桥本恳求说："希望能让杉浦先生去东日本。"面对大家的请求，桥本显得非常生气。最后，他说"这实在太令人扫兴了"，然后便拂袖而去。国铁那帮人呆呆地愣在那里，"也不知到底是什么惹恼了桥本，一个个脸上显出茫然的神色"。

第二天，井手特意穿上国铁橄榄球队远征加拿大时所穿的西装夹克（上面绣有徽章，非常漂亮），去桥本事务所赔礼道歉。其目的是作为头一天出席人员的代表，扮作"小丑"去打探桥本的真实想法。"昨天我们非常抱歉。"他向桥本欠身鞠躬说。不过，桥本只是像个淘气孩子似的"嘿嘿"笑了两下。

之后，首脑人事得到明确：由杉浦担任清算事业团理事长，原运输次官住田正二担任东日本的总经理。

井手这时才回过味来："那天见面之前，很可能桥本刚从中曾根那里获得指示，被告知'让杉浦去当清算事业团理事长，东日本总经理由原运输次官住田正二担任'。"桥本在知道井手等"三人帮""希望让杉浦去当东日本总经理"的强烈要求后，其实也很想满足这个愿望。但是，在被中曾根正式告知"让住田去东日本"后，他肯定无法拒绝。中曾根提名住田主要有两个原因：运输省官僚对国铁分拆和民营化的态度从强烈反对转变为赞成，中曾根认为住田功不可没，由此对其评价甚高；另外，住田是山崎种二 ① （山

---

① 1893—1983 年，日本的投机商、实业家和教育家。山种证券株式会社（今 SMBC 日兴证券株式会社）、山种物产株式会社（后来的株式会社 Asahi Trust，已解散）、株式会社山种的创始人，曾在米行市及股票市场取得骄人业绩。

种证券创始人，有"最后的投机商"之称）的女婿，而山崎是中曾根的有力支持者。

桥本刚被中曾根告知"让住田入主东日本"，随后在杉浦本人也在场的情况下，被其部下恳求说"请让杉浦总裁去东日本"。无疑，桥本出于自尊和傲慢，不可能解释说"中曾根总理已指示让住田入主东日本了"。正好杉浦好似"在让部下站出来为自己说话"，于是桥本故意找茬气他，在众人面前表示："杉浦是一个令人讨厌的家伙，因此不能让他去当东日本的总经理。"井手认为："桥本实际上并未真正生气，只是装装样子而已。他不愿告诉众人东日本总经理的人选已被中曾根'钦定'，而想让大家觉得杉浦的人事是由他来决定的。"

       *   *

2月2日傍晚，运输省国铁重建统括审议官林淳司给井手打电话，通知他说："桥本大臣已把杉浦总裁叫来，并告诉他'东日本总经理已决定由住田正二担任；希望杉浦总裁去担任清算事业团理事长'。"林淳司对井手说："希望杉浦总裁最好接受这个任命，让中曾根总理及运输大臣欠其一个人情。杉浦总裁只能寄希望于下一任了。"

3日早晨，井手、松田、葛西三人齐聚总裁室。"很遗憾，我们也只能期待（总裁您出任东日本的）下一任总经理了。希望总裁善自珍重。干部人事还是按既定方针来执行吧。"杉浦非常干脆地说："这场改革胜负已决。今后希望你们继续维护改革体制。松田按照他自己的意愿去北海道吧。你们不要指望我东山再起了。我本来指望以后在新公司之间会有人事调动，但这也只能是梦想了。东日本由住田入主后，这已经变得不可能了。"住田是杉浦在运输省时的前辈，杉浦对其性格极其了解。

当天傍晚，在新桥的一家日料餐厅，设立委员会委员长斋藤英四郎（经团联会长）与杉浦总裁举行了一个恳谈交流会。国铁方面由井手、松田、葛西及秘书役大塚陪同参加。斋藤已获知有关杉浦的人事任命。斋藤生性乐观开朗，他的人生信条是"遇事尽量看阳光面、不看阴暗面"。在他的带动下，众人暂时把总裁人事的烦恼抛在脑后，尽情把酒言欢。这时，国铁总公司有人给井手打来电话，告诉他："晚上8时，运输大臣桥本希望与井手、松田和葛西三人在赤坂的日料餐厅见面。"三人于是早早离席并来到那家餐厅，果然，桥本正一个人等候在那里。见面后，桥本开口说道：

"国铁改革是前所未有的重大改革，为了让这场改革真正称得上成功，政府必须兑现自己的承诺，即'不能让任何人因为国铁分拆和民营化而流落街头'。为此，我们希望作为改革总指挥的杉浦先生，能够在国铁清算事业团坚守到最后，用3年时间完成就业安排工作。这是我的意思，总理大臣也持同样想法。由此，我们决定让杉浦先生去担任清算事业团理事长。"他接着说：

"关于新公司的首脑人事，董事局主席都选自当地经济界权威。总经理人选也已确定：北海道是大森义弘（国铁常务理事），东日本是住田正二（原运输事务次官），东海是须田宽（国铁常务理事），九州是石井幸孝（同前），四国是伊东弘敦（同前），货运公司是桥元雅司（国铁副总裁）。但是，西日本由于经营能力较弱，而且关西经济界的内部对立，一时难以找到合适人选，最后决定由运输省出身、原海上保安厅长官角田达郎来担任。

"为了让角田担任这个角色，我们需要由国铁出身的人作为董事代表兼副总经理辅佐他。在你们3个人当中，从入职年份来看，只有井手能够马上去担任持有公司代表权的领导。因此希望井手去当西日本的副总经理，去辅佐角田先生；松田本来计划去北海道，但我们准备把你调到东日本去；葛西按原定计划去东海。希望你们3人能够在本州的3家公司担起重任。拜托了！"

桥本是剑道六段，角田也是桥本的剑道伙伴。

杉浦总裁及"三人帮"原来设想让井手去主抓东日本这个核心企业。因此，当桥本"宣布"由井手去担任西日本副总经理、松田任东日本常务董事、葛西任东海董事后，3人都倍感惊讶。在西日本公司那边，一年前进行人事调动时，比井手早一年入职的前辈常务理事山田度（昭和三十三年即1958年入职）已经被派去担任新公司筹备室室长。桥本说："那把山田调到东日本好了。""我们身为国铁员工，如果是由总裁发出的内部命令，我们会立刻接受。但是对大臣您的指示，恕我们无法直接回复。"这也算是对桥本的一种变相抵抗吧。第二天早晨，杉浦在总裁室听完3人的汇报后，一边苦笑一边奚落他们说："你们当场直接答应大臣不就得了吗？"事情的发展超出了3人的预想。

当井手把已取得杉浦总裁同意之事通过电话向桥本汇报后，当天下午，桥本的秘书就把他叫到了皇宫饭店。"井手先生，你昨天没答应，是有什么地方不满意吗？大臣还在笑话你呢，好心提拔你当西日本的代表董事兼副总经理，你却不买账。代表董事是什么级别，你是不是不明白啊？桥本可是把宝都押在你身上了哦。""对不起，我不是那种见利忘义之人，我只遵从总裁的指示。"

这时，桥本又通过秘书要求"将已决定出任西日本营业部部长的川崎孝夫与文书课课长本田勇一郎对调"。本田对鹿儿岛的情况很熟悉，当时已决定让他去九州客运公司。桥本的选举区是冈山二区，属于西日本客运公司的管辖区域。在众参同日选举时，冈山二区在本田的指挥下，国铁"由支持加藤六月改为支持桥本，本田堪称头号功臣"。将"三人帮"的头领井手派到西日本，通过"井手—本田"这条线使自己的选举区固若磐石,这也是桥本的一个目的吧。井手说,桥本对人事安排的介入仅此一回,"当时运输省想将相关干部安插到新公司,他进行了极力抵制"。

"令人惊愕的逆转人事""总裁室室长井手'西行'""国铁改革的'参谋长'为何去西日本?"(《每日新闻》,3月18日早报)各家报纸都对井手"出任西日本副总经理"这个人事安排倍感意外。因为国铁内外都认为,井手"出任东日本董事会成员已是板上钉钉的事情"。

＊　　　　　　＊

3月17日,相关方面对外公布了6家客运公司及货运公司、清算事业团等新公司(或组织)的董事会人事,这时距离新公司成立仅剩两周时间。新公司的董事局主席分别是:东日本为山下勇(三井造船顾问)、西日本为村井勉(朝日啤酒董事局主席)、东海为三宅重光(东海银行顾问)、九州为永仓三郎(九州电力董事局主席)、北海道为东条猛猪(北海道拓殖银行顾问),均由当地经济界大佬出任。在公布董事局主席、总经理等各公司人事安排后,为使国铁150年历史顺利落幕,最后的收尾工作正在紧锣密鼓地推进。

已确定分配到各家新公司的干部职员纷纷前往各自的新东家,留在总公司的员工迅速减少。可是,虽说马上就要过渡到新公司,但列车的运行时刻表一天也不能出现紊乱。在总公司及各管理局,一名员工需身兼数职。为了让国铁顺利迎来最后一天,各地员工必须通宵达旦地工作。

大胆起用民间年轻人担任董事会成员,这是新公司人事的一个亮点。6家客运公司和货运公司的董事会成员合计105人(非专职的审计监事除外），其中，44 人（占四成以上）为民间出身。所有公司董事会成员的平均年龄均在 50 岁上下，都是年富力强的干部。例如，货运公司起用日本通运 ① 的宅急便主管部长担任专职董事会成员，此外，东日本由三井信托银行、西日本由住友银行、货运公司由日本兴业银行的支店长级别人士担任专职董事会成员，以此加强对公司的财务管理。丰田汽车和新日铁的年轻部长也分别在东海和东日本担任董事会成员。长年活跃在民间企业一线的实务型人才，纷纷被起用为新公司的董事会成员。

与之相反，对于精英职员，原则上至少铁路管理局局长以上级别者不再进入新公司，所有人员全部离职或退休。在杉浦乔也就任总裁之前担任总公司局长及管理局局长的那些人，除了个别情况外，没有人留在新公司。不管他们对分拆和民营化的立场和态度如何，这也算是让其对国铁陷入破产状态担责。在改革核心成员中，好歹当过管理局局长的只有井手正敬一人，"三人帮"当中最年轻的葛西敬之，其最终职位是职员局次长。从年龄上来看，50 岁以上者几乎都离开了自己效力多年的国铁。在新公司，国铁出身的董事会成员共有 61 人，其中 26 人（超过四成）是 40 多岁的人。各新公司的业务重担，落在了于国铁改革当中勇立潮头、30 岁到 45 岁的中坚员工肩上。

纵观日本历史，明治维新由萨长下级武士推动实施；另外，二战刚刚结束后，几乎所有上层领导都被清除（开除公职）。应该说，这次发起和成立了以年轻一代为核心的新公司，这点与上述两个时期也很相似。曾经使国铁陷入破产的"吃大锅饭"意识被彻底消除。从人事安排来看，"分拆和民营化"是拥有 100 多年历史的日

---

① 日本通运株式会社，日本以汽车运输和转运业务为主的综合性货物流通企业。成立于 1937 年。

本国有铁路的"解体",也是在堪称"迷你国家"的国铁所发生的一场重大革命。

JR 工会之间的暗斗——"志摩事件"

修善寺大会为国劳带来了悲惨的结局,在其风雨飘摇暂时告一段落、《国铁改革八项法案》在国会表决成立后,国铁的劳工运动也正式启动有关分拆和民营化之后工会重组的准备工作。重组工作主要围绕在昭和六十一年(1986 年)7 月成立的"国铁改革劳动工会协议会"即"改革协"来进行,大家开始摸索在新公司体制下如何组建新的工会组织。负责牵头的是铁劳和动劳。在国铁实施分拆和民营化之后,各新公司将分别重新组建工会并构建新的劳资关系。

铁劳和动劳虽然通过签署第一、第二次《劳资共同宣言》,与国铁当局积极合作,为实现"国劳解体"开展了联合斗争,但他们原本是水火不容的"不共戴天之敌"。即便在过渡到新公司之前,为了确保会员当下的就业及维系组织,他们能够建立联合斗争的体制,但是进入设立新组织的阶段后,由于两家工会的历史及性质不同等原因,暗地里的激烈主导权争斗便开始渐趋明显。尽管动劳在松崎明的领导下,通过号称"哥白尼式转变"的转向守住了组织,然而其"革马派本质"并未发生改变。

在这年 7 月的全国大会上,关于分拆和民营化之后新组织的组建,动劳制定了"一企业一工会"(即每家新公司分别设立工会)的基本方针。其构想是,"强化动劳组织,敦促国劳会员从已丧失存在价值的国劳退出,将包括动劳和铁劳的会员等在内的所有工人汇集于新成立的组织"。动劳的目的在于掌握"国劳瓦解后"的工会运动的主导权。但另一方面,铁劳在 7 月份的全国大会上,决定"将现在的铁劳按照新公司分别进行重组,然后建立'铁劳联合体’；再与处于联合斗争关系的动劳等其他工会组成‘协议体’，以形成多数派”。对于新公司成立后工会组织的存在方式，动劳和铁劳的想法从根本上来讲是互不相容的。

在改革协围绕如何组建新组织开始磋商后，两者想法的不同及主导权之争就立刻显露了出来。动劳主张应尽早将改革协变成联合体，而铁劳则认为为时尚早，双方未能达成共识。眼见铁劳和动劳两家工会为争夺主导权打得不亦乐乎，全施劳、真国劳等3家工会于12月实施合并，组成了“日本铁路劳动工会”（简称“日铁劳”）；车辆劳动工会、工程劳联等4家工会也于昭和六十二年（1987年）新年过后早早合并，组成了“铁路社员劳动工会”（简称“社员劳”）。其结果，加盟改革协的工会就变成了4家：铁劳、动劳、日铁劳和社员劳。

昭和六十二年（1987年）2月2日，此时距离新公司成立只有不到2个月的时间，改革协的4家工会终于组成了“全日本铁路劳动工会总联合会”（简称“铁路劳联”，JR总联的前身）。当天，在九段会馆召开了铁路劳联的成立大会并选出了首任领导班子：志摩好达（铁劳工会主席）当选会长，松崎明（动劳委员长）当选副会长，松崎的心腹福原福太郎（动劳总书记）当选总书记，等等。包括从已分裂的国劳退出的人员在内，组织成员共有约12.6万人。占工会会员资格者的55.2%，是新公司里最为强大的势力。虽然这个铁路劳联赶在4月1日新公司成立前得以成立，但铁劳和动劳之间的对立及主导权争斗并未由此消失。

＊　　　　　　　　　　＊

在4月1日新公司成立后，松崎明出任了这个铁路劳联的下属组织"东日本客运铁路工会联合会（JR 东劳动工会的前身）"的委员长。他成了 JR 东日本最大的劳工组织的首领。

在新公司成立后，动劳和铁劳的内讧又战火重燃。仅仅过了 3 个月，7 月 2 日，铁劳召开临时扩大中央执行委员会，突然改变方针，决定退出铁路劳联。以工会主席志摩为首的铁劳出身的铁路劳联干部声称："如果我们继续留在铁路劳联，将助长盘踞在动劳内部的特定激进派（革马派）的气焰，反而会阻挠 JR 的发展及旨在实现健全劳工运动的组织统一。"

志摩所列出的证据如下：①中核派声称对 5 月 18 日发生的针对动劳干部的袭击事件负责，"动劳即革马"的疑团再次升温，铁劳要求就此事与动劳开展对话，却遭到了动劳的拒绝；②6 月 10 日，JR 东劳动工会委员长松崎明在演讲中，一反常态称铁劳为"御用工会"；等等。在临时扩大中央执行委员会经过长达 5 个小时的激烈争论之后，志摩等总部提出的方案获得批准。

在工会主席志摩决定退出铁路劳联前夕，6 月 27 日，他与已成为 JR 东日本常务董事的松田昌士在东京浅草豪景饭店会面，向其表达了自己的想法。松田提出"我来安排，希望您能与住田正二总经理见个面"，想让他放弃退出的念头。据说，志摩表示"我不会去见住田，你什么都不用管"，便与松田告辞。当天夜里，志摩带着心腹铃木尚之（铁劳总书记）等二人前往大阪，去了 JR 西日本副总经理井手正敬的家里。

"说实话，松崎（明）那家伙越来越专横独断，实在太过分了。为了与松崎断绝交往，我们决定结束与动劳的联合，退出铁路劳联。我们不与松崎联合，而准备与铁产劳（国劳的旧主流派）联合。其实，我与东日本的松田昌士已就此事进行了磋商，并取得了他的谅解。井手先生，您也会支持我们吗？"

"别胡说八道了。JR 不是才成立 3 个月吗？松崎不讲理这事儿我也知道。你的心情我能理解，但是因此就搞脱离是没有道理的。你俩谁也得不到舆论的支持，你再忍一忍吧。"

尽管井手拼命劝说，但是志摩他们并未改变与动劳诀别的想法。动劳方面提出"要对志摩等部分铁劳干部追责"，发动了对铁劳会员的攻势。在铁劳内部，反对志摩等总部方针的声音也逐渐强烈，于是，7月12日召开的中央执行委员会，又撤回了当月2日临时扩大中央执行委员会所决定的"退出铁路劳联"决议。志摩等主张"退出铁路劳联"的干部提出集体辞职，铁劳又决定回归铁路劳联。这一系列骚动被称为"志摩事件"。8月31日，铁劳解散，志摩等人的"分裂闹剧"也烟消云散。动劳也于9月末解散，铁路劳联作为JR各公司劳动工会（单一劳动工会）的联合体整装再发。杉山茂（原全施劳）当选委员长，福原福太郎（原动劳）当选总书记。

在与动劳的内斗中落败的首任会长志摩好达等人，后来自行脱离了铁路劳联，并悄悄退出了劳工运动舞台。其结果，在铁路劳联内部，松崎明所率旧动劳派系的话语权进一步增强，尤其在JR东日本，他们对经营管理层发挥了较大的影响力。松崎是否在激进派"革马"的笼罩之下，这个问题之后长期阴魂不散，对警察公安当局及JR各公司造成了一定的困扰。

平成十三年（2001年）5月25日，在众议院国土交通委员会上，后来成为警察厅长官的漆间严（当时任警察厅警备局局长）针对自由党西村真悟委员的提问，作了如下答辩："在我们看来，在JR总联和（JR）东劳动工会内部，革马派工人已经渗透到能够行使影响力这种程度。对于在JR东日本这个公共交通机构的劳动工会中革马派的动向，警察当局保持着重大关切。"（众议院会议纪要）

另一方面，昭和六十二年（1987年）1月7日，在修善寺大会分裂出来的国劳的旧主流派，即旭川、盛冈、仙台等各地区总部的代表齐聚东京，提出"要坚决捍卫国劳"，并约定将与新的执行部对抗，在各自地区组建"铁路产业劳动工会"（简称"铁产劳"）。2月28日，这些工会的全国联合体"日本铁路产业劳动工会总联合会"（简称"铁产总联"）召开成立大会，泷泽亮一（前国劳东北片区委员长）当选委员长，村吉勇次郎（前国劳北海道片区总书记）当选总书记。该组织的会员仅有约2.1万人（据当局调查）。此时，国劳（新主流派）的会员总数约为6.2万人，而在一年前约为16.5万人，由此可推算这期间有超过8万名会员退会。

同一时期，前国劳委员长山崎俊一在大阪举行记者招待会，从劳工界黯然隐退。"根本没有人在意此事。"（秋山谦祐语）"在国劳临时大会（修善寺大会）中落败的一方，坚信自己虽然在大会代表这个层面是少数派，但在会员层面应该是多数派，因此试图在不久的将来在国劳内部'夺权'。然而，在临时大会之后，因对国劳失望及感到忧虑而退出的会员较之前有增无减。除非另有地方接收，退出国劳的会员都直接加入了改革劳协（动劳、铁劳方面），这已成为难以回避的事实。"（《总评四十年史》，第二卷）

坚持反对分拆和民营化的国劳新执行部，尽管就可否维持全国单一体组织进行了探索，但最后，为了应对4月份以后新公司各自的集体谈判，在各区域分别设立了"区域总部"，如"国劳东日本总部"等。在9月份的定期大会上，他们虽然决定维持单一体组织，继续使用"国铁劳动工会"这个名称，但这也只是抒发一下对工会运动光辉时代古老"国劳"的怀旧情绪而已。

国劳成立于二战结束后不久的昭和二十二年（1947年）6月。2年后，即昭和二十四年（1949年）6月，日本国有铁路变身为"公共企业体"，并根据《定员法》开始实施对9.5万人的解雇。国劳的漫长斗争历史由此拉开帷幕。在JR各公司成立的前一天，即昭和六十二年（1987年）3月31日，长达38年的公共企业体国铁的劳资关系宣告落幕。不过，即便在进入新时代之后，昔日劳资关系的"尾巴"也未能完全斩断，而且时时沉渣泛起。

"五五年体制"的终结

国铁分拆和民营化不仅为整个日本的劳工运动带来了巨大变化，也意味着始于1955年（昭和三十年）的"五五年体制"时代的结束。

五五年体制，是指"在自民党单独执掌政权这种一党占优体制之下，社会党始终保持在野党第一大党的地位，两党利害关系错综交织，长期维持既对立又协调关系的时代"。社会党之所以能长年执其一翼，是因为背后有总评的组织力量。而长期支持总评的就是国劳这个巨型组织。国劳出身的国会议员，众参两院加起来最多时曾达到23名。而今，这个国劳已被逼入绝境，形同解体。社会党、总评和国劳堪称"命运共同体"，国劳的衰退也是总评和社会党的危机。

中曾根是国铁分拆和民营化的倡导者和推进者，他曾经这么说过（概要）：

"由于在众参同日选举上大获全胜及国铁分拆和民营化的实施，国铁劳动工会被迫解散，总评也解体了。以自民党为核心的保守势力在城市恢复了自信，并将羽翼向左侧延伸，夺取了社会党的生存基础。应该说，国劳的崩溃就是五五年体制崩溃的前兆。国劳崩溃了，总评也会随之崩溃，我们明确意识到这点并将其付诸了行动。"（《天地有情》）

在昭和五十七年（1982年）7月，第二临调提出"国铁分拆和民营化"这个基本答询后，总评旗下的官公劳 ① 及民间劳动工会也被迫对之前的运动作出调整。这年年底，为了推进联合行动，劳工四团体（总评、同盟 ②、中立劳联 ③、新产别 ④）组成了"松散型协议体"——全民劳协（全日本民间劳动工会协议会）。全民劳协在昭和六十年（1985 年）11 月的总会上，全场一致通过了"以加深与官公厅劳动工会之间的相互理解和信赖、在 2 年后即昭和六十二年（1987 年）实现劳工界的整体统一为目标"、向"联合体"过渡的方针，并设立了组织过渡筹备会，开始对纲领、章程、财政等进行讨论。

在国铁刚刚实施分拆和民营化之后，昭和六十二年（1987 年）7 月，全递 ⑤、全电通 ⑥ 的定期大会相继召开，通过了"在 1989 年年内实现劳工界统一、解散总评"的方针。随后召开的总评定期大会决定"争取在 1990 年实现统一并解散总评"，开始朝着组建新的官民统一组织这个目标行动起来。中立劳联在这年 9 月 29 日、同盟在 11 月 19 日分别召开大会，相继决定解散组织。在同盟解散的第二天即 20 日，全民劳协变身为联合组织，"全日本民间劳动工会联合会"（全民劳联）由此成立。这是 JR 各公司诞生 7 个月之后的事情。

---

① "日本官公厅劳动工会协议会"的简称。
② "全日本劳动总同盟"的简称。与"总评"相对抗的右派工会全国组织，组建于1964 年。
③ "中立劳动工会联合会议"的简称。日本以民间大型劳动工会为中心的全国组织，1956 年成立。
④ "全国产业劳动工会联合"的简称。1949 年成立。
⑤ "全国邮递员劳动工会"的简称。1946 年组建的日本邮政事业相关职员的劳动工会。
⑥ "全国电气通信劳动工会"的简称。日本电信电话公司（NTT）的劳动工会。1950 年从全国邮电劳动工会分出成立。

　　1989 年 11 月 21 日，总评最终召开临时大会宣布解散，将拥有四十年历史的深红色总评大旗收起。就在这年 1 月 7 日，昭和天皇驾崩，年号也改为了"平成"。在总评解散当日下午，包括官公厅劳动工会在内，由 78 个组织、800 万会员组成了官民一体的日本劳动工会总联合会（简称"联合"）。由总评、同盟、中立劳联和新产别构成的"劳工四团体"时代，与"昭和"一同落下了帷幕。

　　11 月 21 日，"联合"成立，当天是"东西冷战"[①] 的象征——柏林墙倒塌后的第 12 天。"从劳工运动的历史来看，总评解散和'联合'的成立是战后时代结束的标志性事件。它是日本，不，是世界战后时代宣告结束的一个片断。"（兵藤钊，《劳动的战后史》）

　　而且，在"联合"成立后第 12 天，即这年 12 月 2 日，美苏首脑在地中海的马耳他岛举行会晤。美国总统布什与苏联共产党总书记戈尔巴乔夫共同宣布东西冷战结束，世界由此迎来了一个新的时代。

---

①　冷战指不直接使用武力，而以经济、外交、情报等手段来进行的国际性对立抗争。特指第二次世界大战后，以美国为中心的资本主义阵营和当时以苏联为中心的社会主义阵营之间的激烈对立。

后 记

在举办东京奥运会的昭和三十九年（1964年），我开始了我的日本经济新闻社社会部记者生涯。这年，东海道新干线开通运营，国铁首次陷入单财年亏损。国铁走向崩溃的"触发器"在这年被引发。我在第一章里提到，从进入记者生涯第5年即昭和四十三年（1968年）起，我在国铁总公司的记者俱乐部常驻了2年半，由此目睹并采访了国铁在开始走向崩溃时期的实际情况。之后20余年，一直到国铁解体、作为JR重启的时代，作为新闻记者我始终关注着国铁的动向。即便在结束记者生涯之后，我仍然以"交通笔会"会员的身份，继续坚持相关采访。我一直抱有一个想法：应该将这个转变过程不是作为"历史"，而是站在"同时代见证者"的角度将其记录下来。

一个曾经长年繁盛不衰、荣耀光鲜的巨型组织，因为内部盘根错节的腐败及权力斗争而走向崩溃和瓦解，这种例子在历史上屡见不鲜。战后，作为公共企业体再度启程的国铁，始终未能摆脱国家这个"束缚和羁绊"，同时，还受掣肘于战后民主化政策的产物——强大的劳动工会组织。死死抓住国铁利权不愿放手的政界与管理层的争执、管理层与工会之间的争斗、管理层内部的派系斗争、由憎恨发展为仇怨的工会相互之间的"劳劳对决"。在这种背景下，以"三人帮"为核心的年轻改革派登上了舞台……友爱与团结、暗斗、变节、背叛、明哲保身及怨恨等等，多种复杂因素纠缠在一起，最终造成国铁组织的解体。不仅如此，长达115年的"日本国有铁路"的解体，还导致了执掌战后政治一端的国劳、总评及社会党的瓦解，作为战后日本政治体制的"五五年体制"也由此分崩离析。可以说，"国铁分拆和民营化"是战后昭和时代最大的政治和经济事件。将其过程制作成历史剧也一定耐人寻味和发人深省，因为"历史"（history）本身即"故事"（story）。

然而，对于将近150年的日本铁路史来讲，"国铁解体"不过是走向新时代的一个出发点而已。虽然对于意在"击垮国劳、总评和社会党"的中曾根政权来讲，"分拆和民营化"堪称巨大的成功，不过，对于新成立的六家客运公司及货运公司来讲，它却是带着无数经营课题上路的"甩客发车"。新公司的管理层及各公司所"录用"的员工，又开始了新的艰苦奋战。虽然本州的3家公司较为幸运，早早实现了股票上市交易，但JR九州花了近30年才实现上市（2016年10月）；JR四国、JR北海道及货运公司的铁路业务部门，至今仍未摆脱亏损，尤其是JR北海道有一半线路都深陷"难以维持"的困境。此外，由松崎明率领的"动劳"，当初通过哥白尼式转变对分拆和民营化改革给予了支持；在分拆和民营化之后，他们以JR东日本为中心，继续发挥其影响力，对企业经营施加了各种影响。国铁的"分拆和民营化"改革，至今还走在"半路"上。希望今后有人能从新的视角来撰写JR各公司的"三十年史"。

"春斗人已散，欲把墙头字画换，不觉挑花眼。"

这是由第四任国铁总裁、有"新干线之父"之称的十河信二创作的俳句。

《广辞苑》（岩波书店）对"春斗"的解释是，"它是自1955年以来，每年春天，以争取涨工资为主要目的，由劳动工会在全国范围同时举行的、日本独有的联合斗争"。在"五五年体制"下，春斗成了工会每年春季的例行活动，甚至成为表示季节的"季语"①。每年春斗期间，罢工及守法斗争都使得列车时刻表混乱不堪。春斗结束后，十河总裁终于"一块石头落地"，这个俳句充分表现了其难得片刻的轻松心情。

随着国劳、总评和社会党的瓦解，"春斗"这个词实际上已成为死语。今天，我们已经进入由政府出面要求经济界上涨工资这种"官制春斗"的时代。"国铁消亡之日"也是战后昭和出现巨大变化的"关键节点"。那些身处纷争漩涡之中者，有多少人能意识到这点呢？我的一位大学教授朋友对我说："今天，很多学生甚至都没有听说过'国铁'。""战后的昭和"正渐行渐远。

我在撰写本书的过程中，得到了很多人的帮助和支持。98 岁高龄的前首相中曾根康弘非常爽快地答应了我的采访请求。中曾根事务所的井出廉子（秘书）针对我提出的问题，不光从中曾根那里征询了答案，还帮我对答案要点进行了归纳和整理；而且向我提供了中曾根所保存的、有关国铁分拆和民营化的所有资料。平成二十七年（2015 年）年底，有"国劳老大"之称的富塚三夫（原总评事务局局长）也接受了我的采访，当时他刚做完胃癌手术后出院。我当时的采访提纲列出了三十多个问题，他在提供了详细的书面答复后，还接受了一个半小时的采访，为我作了口头补充。开年后的 2 月份，他不幸去世。他的一言一语竟成了遗言。谨为其祈祷冥福。对富塚非常景仰的原国劳委员长武藤久，也为我提供了诸多宝贵的证言。

我的老朋友，被称为"改革三人帮"的井手正敬、松田昌士、

---

① 季节用语。日本连歌、俳谐、俳句中表示季节的词语。

葛西敬之，还有竹内哲夫和川野政史两位朋友，重新为我回忆和讲述了当时的情况。尤其是井手，他向我提供了所有未公开的谈话记录，及其所保存的直至分拆和民营化实施的各种正式及非正式资料。唯一遗憾的是"国体护持派"的统帅太田知行，尽管我通过与他熟识的多位国铁相关人士向其提出采访要求，但都被他以"这已是过往之事"为由拒绝。据说，作为"败军之将"，在分拆和民营化之后，他从不接受任何媒体采访。这也是一种"美学"吧。秋山光文也持有同样想法。纵然"国铁解体"已过去30年，相关当事人也很难做到"相逢一笑泯恩仇"，在采访过程中，我对这种现实深有感触。另外，文中敬称一概省略。

在本书的采访过程中，我还得到了其他诸多朋友的关照。政治评论家屋山太郎，老朋友井上定彦（原总评政策局局长）和田村哲夫（原日本经济新闻社政治部记者），原国劳方面的野田铁郎、新井修一、坪井义范，原国铁方面的竹田正兴（日本交通协会会长）、菅建彦（交通协力会会长）、白川保友（中心警备保障顾问）、江头诚（交通新闻社社长）、宗形明（劳务咨询师），交通笔会的曾我健、铃木隆敏、堤哲，还有原国铁宣传部职员小清水忠、木部义人、佐藤俊惠，日本交通协会图书室的前田美千代等人。衷心向各位表示感谢。最后，本书由加藤晴之负责编辑，加藤即将迎来退休，这是他讲谈社编辑生涯中的收官之作；对其准确拿捏及大力支持，谨表示衷心感谢。

*国铁年表〔昭和二十年（1945年）～平成元年（1989年）〕

国铁方面	年号（括号为公历）	日本国内外动向
5月19日　运输省设立 8月15日　在运输省内设立"复兴运输总部"	昭和二十年（1945年）	8月15日　昭和天皇《终战诏书》广播 9月2日　投降书签署 12月22日　《劳动工会法》颁布
2月27日　"国铁劳动工会总联合会"（国铁总联，"国铁劳动工会"为国劳的前身）成立 3月15日　国铁总联第一届大会召开	昭和二十一年（1946年）	11月3日　《日本国宪法》公布
1月31日　GHQ下令停止"2·1罢工" 6月5日　国铁劳动工会解散联合体，成立作为单一组织的"国劳"	昭和二十二年（1947年）	5月3日　《日本国宪法》开始实施
7月18日　国铁客运票价上调至原来的2.6倍 12月20日　《日本国有铁路法》《日本专卖公社法》《公共企业体劳动关系法》颁布	昭和二十三年（1948年）	7月31日　政府遵照麦克阿瑟书信，颁布和实施第201号政令 12月3号　《国家公务员法》修订（限制劳动基本权、禁止政治活动）
6月1日　公共企业体"日本国有铁路"成立；《公劳法》开始实施；《定员法》开始实施 7月4日　国铁根据《定员法》，开始裁员9.5万人 7月5日　"下山事件"发生（首任国铁总裁下山定则在上班途中失踪，6日被发现遭汽车碾轧致死） 7月15日　"三鹰事件"（无人电车失控，死亡6人） 8月17日　"松川事件"（列车倾覆，死亡3人）官房长官增田甲子七称其为"有组织、有计划的扰乱行为"	昭和二十四年（1949年）	7月8日　天皇前往美国大使馆访问麦克阿瑟元帅（第八次） 10月1日　中华人民共和国宣告成立，毛泽东就任国家主席

国铁方面	年号 （括号为公历）	日本国内外动向
1月12日　国铁"燕子队"组建，并加入中央棒球联盟 6月28日　国劳第八届定期大会决定加盟总评	昭和二十五年 （1950年）	6月25日　朝鲜战争爆发 7月11日　"日本劳动工会总评议会"（总评）成立
5月23日　"国铁机车劳动工会"（机劳为动劳的前身）成立大会	昭和二十六年 （1951年）	9月8日　《旧金山对日和约》签署
12月1日～19日　国劳在年底斗争中实施罢工等抗议措施，造成列车停运31趟等	昭和二十七年 （1952年）	8月1日　电电公社成立，《公劳法》经修订后适用于"三公社五现业"
10月28日　"公共企业体等劳动工会协议会"（公劳协）成立	昭和二十八年 （1953年）	7月27日　朝鲜战争结束
9月26日　青函渡轮"洞爷丸事故"发生，死亡及失踪1430人	昭和二十九年 （1954年）	3月1日　美国在比基尼环礁水域实施氢弹爆炸试验，第五福龙丸遭受核辐射伤害
5月11日　宇高渡轮"紫云丸"与货运船只"第三宇高丸"相撞，死亡168人 5月20日　十河信二就任国铁总裁	昭和三十年 （1955年）	2月14日　日本生产率总部设立 10月13日　社会党左右两派再度统一 11月15日　自由民主党成立（保守联合），以自民党为执政党、社会党为在野党第一大党的战后政治"五五年体制"开启
9月18日　东海道干线全线实现电气化	昭和三十一年 （1956年）	7月17日　《经济白皮书》指出"现在已不是战后时代"
5月10日　国劳开展反处分斗争，当局屡次强行实施处分 7月10日～16日　国劳新潟斗争。国劳的临时职场大会造成运行时刻表大混乱 9月1日　"国铁新潟地区劳动工会"成立（后发展为铁劳）	昭和三十二年 （1957年）	1月31日　石桥湛山首相因病指定由岸信介代理首相职责 2月25日　岸信介内阁成立

国铁方面	年号 （括号为公历）	日本国内外动向
11 月 1 日　东京—大阪 / 神户区间特快"小玉号"开始运行，东京—大阪的运行时间缩短为 6 小时 50 分	昭和三十三年 （1958 年）	3 月 9 日　关门国道隧道（连接北九州市和下关市）开通典礼
6 月 20 日　动力现代化调查委员会答询，建议"将蒸汽机车（SL）全部废除" 7 月 24 日　机劳改称"国铁动力车劳动工会"（动劳）	昭和三十四年 （1959 年）	9 月 8 日　岸首相表示，将坚决实施《日美安保条约》修订
1 月 18 日　日本首个坐席预约系统"MARS1"在东京站等 9 座车站运行 10 月 1 日　新国铁大阪地区劳动工会成立	昭和三十五年 （1960 年）	1 月 19 日　《日美新安保条约》签署 1 月 25 日　三井三池劳动工会掀起无限期罢工 5 月 19 日　安保修订被强行通过
8 月 15 日　动劳第一届青年部全国委员会（松崎明任委员长）	昭和三十六年 （1961 年）	11 月 27 日　池田大作组建公明政治联盟（昭和三十九年即 1964 年改称公明党）
5 月 3 日　三河岛事故发生，死亡 160 人，重伤及轻伤 325 人 11 月 30 日　"新国铁劳动工会联合"（新国劳）成立	昭和三十七年 （1962 年）	10 月 22 日　美国总统肯尼迪宣布对古巴实行海上封锁
5 月 19 日　石田礼助就任国铁总裁，矶崎叡任副总裁 11 月 9 日　鹤见事故发生，死亡 161 人，重伤及轻伤 120 人	昭和三十八年 （1963 年）	2 月　日本新左翼革命共产主义者同盟（革共同）分裂为革马派和中核派 11 月 22 日　美国总统肯尼迪遭到暗杀
4 月 16 日　池田勇人首相与总评议长太田薰举行会谈，17 日公劳协罢工被中止 10 月 1 日　东海道新干线开始运营。同年，国铁陷入单财年亏损	昭和三十九年 （1964 年）	3 月 23 日　取代国铁承建新线路的"日本铁路建设公团"（铁建公团）成立 4 月 8 日　日本共产党发表反对公劳协半日罢工的声明 10 月 10 日　东京奥运会开幕式

国铁方面	年号 （括号为公历）	日本国内外动向
9月24日　全国152座车站设立"绿色窗口" 10月1日　从零开始重新编制运行图，东海道新干线东京—新大阪区间增发"光号"6趟（往返）	昭和四十年 （1965年）	2月7日　美军飞机开始对北越实施战略轰炸
3月5日　客运票价大幅上调，涨幅达31.2% 4月26日　在春斗中，公劳协与交运开展联合统一斗争，掀起"战后最大规模罢工"	昭和四十一年 （1966年）	5月16日　中国的"文化大革命"开始
3月31日　国铁当局提出包括"EL、DL单人乘务"在内的5万人合理化方案	昭和四十二年 （1967年）	4月15日　由社会党和共产党推荐的美浓部亮吉当选东京都知事。在首都东京诞生首位革新系知事
4月1日　当局与国劳签署《关于现场协商的协约》(7月1日起实施) 9月20日　设立EL、DL安全调查委员会 10月1日　大幅调整运行图，以加强运输能力及增发列车（"四—三—十"运行图调整） 10月20日新国劳成立作为单一组织的"铁路劳动工会"（铁劳）	昭和四十三年 （1968年）	3月16日　美军在南越实施屠杀，肆意枪杀美莱村村民504人。在美国国内，反战运动掀起高潮 6月15日　东京大学医学部学生占领安田讲堂（翌年昭和四十四年即1969年1月19日，由警视厅机动队解除封锁） 10月21日　新宿站骚乱事件。在"国际反战日"学生们占领新宿站并实施纵火，734人被逮捕
5月27日　矶崎叡就任国铁总裁，山田明吉任副总裁 7月22日　矶崎总裁开始巡访全国各地一线 10月31日　国劳和动劳针对EL、DL问题在主要干线开展罢工，次日早晨达成妥协 12月13日　国铁当局对国劳和动劳的罢工作出处分，包括解雇66人在内，被处分者超过5000人	昭和四十四年 （1969年）	1月　派往南越的美军达到最大规模（55万人） 7月20日　阿波罗11号成功登陆月球 9月3日　越南民主共和国主席胡志明去世

国铁方面	年号 （括号为公历）	日本国内外动向
3月24日　国铁常务会决定委托生产率总部实施教育培训 4月11日　在全国23个机车段开始实施生产率培训 6月2日　为推进生产率提高运动（"丸生运动"），在各铁路管理局设立"能力开发课"	昭和四十五年（1970年）	3月14日　日本世界博览会在大阪府吹田市千里丘陵开幕 11月25日　作家三岛由纪夫在自卫队市谷驻屯地剖腹自杀
1月　国劳开始搞"反丸生运动" 4月27日　"全国铁设施劳动工会"（全施劳）成立 8月28日　国劳第三十二届定期全国大会（函馆）的最后一天，中川新一委员长表明决心："与其坐以待毙，不如起来反击" 9月　各家报纸开始大肆刊登"批判丸生运动的报道" 10月10日　"要绞尽脑汁去搞不当劳动行为。"水户的能力开发课课长对20名一线管理人员的讲话被"窃听"，讲话内容被各家报纸报道 10月11日　矶崎总裁就不当劳动行为问题道歉 10月23日　因被追究不当劳动行为的责任，职员局局长真锅被撤职，18人遭受处分。矶崎总裁向国劳提交"道歉信" 10月29日　职员局长原田宣布"暂停生产率培训"（事实上的丸生运动终结宣言） 11月2日　当局与国劳、动劳设立"纷争对策委员会"	昭和四十六年（1971年）	2月22日　成田空港公团着手实施强制代执行措施。 3月6日结束了对反对派堡垒的拆除，逮捕461人 6月17日《日美冲绳返还协定》签署 7月9日　美国总统助理基辛格秘密访华（中华人民共和国） 7月15日　美国总统尼克松发表访华计划后，8月15日宣布暂停美元兑换黄金，即所谓的"尼克松冲击" 10月25日　联合国大会决定恢复中国在联合国的合法权利 11月24日　众议院正式会议表决通过《日美冲绳返还协定》批准书法案

国铁方面	年号 （括号为公历）	日本国内外动向
3月15日　山阳新干线（到冈山的区间）开始运营 4月3日　动劳为要求确保驾驶安全而掀起无限期 ATS 斗争	昭和四十七年 （1972年）	5月15日　《日美冲绳返还协定》生效 6月20日　通产大臣田中角荣出版《日本列岛改造论》，该书随即成为销量超百万的畅销书 7月7日　田中角荣内阁诞生 9月29日　《中日联合声明》签署，中日邦交恢复正常化
3月13日　"守法斗争"造成运行时刻表紊乱，对此不满的乘客采取暴力行为，"高崎线上尾事件"爆发 4月27日　全交通及公劳协掀起春斗总罢工。新干线也首次参加 9月22日　矶崎卸任国铁总裁，藤井松太郎继任	昭和四十八年 （1973年）	10月6日　第四次中东战争爆发 10月17日　欧佩克（OPEC）成员波斯湾沿岸六国将原油公示价格上调21%，引发"第一次石油危机"：出现手纸抢购风潮、物价飞涨
4月11日　春斗史上最大规模的总罢工。国劳、动劳开展了长达96小时的长时间罢工（国铁首次出现全面停运） 9月5日　东海道新干线"光号"上的餐车开始营业 10月1日　运价大幅上调：客运上调23.2%，货运上调24.1%	昭和四十九年 （1974年）	4月10日　内阁会议决定，就罢工权问题设立"公共企业体等相关阁僚协议会" 7月7日　在参议院选举中，田中所率领的自民党遭到强烈批判，被诟病为"金权选举"和"企业选举" 8月15日　韩国总统朴正熙遭枪击，总统夫人身亡 10月10日　月刊《文艺春秋》11月号刊登评论家立花隆的文章《田中角荣研究——其"金脉"与人脉》、记者儿玉隆也的文章《寂寞的越山会女王》 11月26日　田中首相表明辞职意向 12月9日　三木武夫内阁成立

国铁方面	年号 （括号为公历）	日本国内外动向
3 月 10 日　山阳新干线冈山—博多区间开通运营（全线贯通） 6 月 16 日～18 日　主要报纸连续三天刊登《国铁的心里话》等意见广告 10 月 21 日　藤井总裁在众议院预算委员会表示应"赋予有条件的罢工权" 11 月 20 日　票价大幅上调，平均上调 32.2%（绿色车厢上调 92%） 11 月 26 日～12 月 3 日　公劳协实施罢工权罢工（国铁所有线路停运 192 个小时） 12 月 2 日　藤井总裁举行紧急新闻发布会 12 月 4 日　早晨零时，公劳协结束罢工权罢工	昭和五十年（1975 年）	4 月 30 日　西贡陷落，越南战争结束 11 月 26 日　相关阁僚协议会专门委员恳谈会提出《对国铁、邮政等公共机构劳动者的罢工权不予承认》的意见书（由庆应大学教授加藤宽起草） 12 月 1 日　傍晚，三木首相举行紧急新闻发布会，宣读《政府声明》，表示"将尊重专门委员恳谈会的意见书"
1 月 31 日　国铁当局发布通告，针对"罢工权罢工"，包括解雇 15 人在内，对 5405 人给予（警告以上）处分。要求国劳及动劳赔偿损失 202.48 亿日元 2 月 18 日　藤井总裁提出辞职 3 月　昭和五十年度（1975 财年）净亏损 9147 亿日元，累积亏损达 6.7 万亿日元 3 月 5 日　高木文雄就任国铁总裁，天坂昌司任副总裁 5 月 12 日　高木总裁与富塚等国铁三头领举行会谈，双方确认"罢工权问题是改善劳资关系不可回避的课题"（会议纪要）	昭和五十一年（1976 年）	2 月 4 日　在美国参议院外交关系委员会跨国企业小组委员会，"洛克希德贿赂事件"浮出水面。7 日，三木首相声称"必须进行彻底调查" 7 月 27 日　前首相田中角荣因洛克希德案被捕 10 月 6 日　英国报纸报道，在中国，"四人帮"（王洪文、江青、张春桥、姚文元）被逮捕 12 月 24 日　因大选惨败，三木内阁集体引咎辞职，福田赳夫内阁成立

国铁方面	年号 （括号为公历）	日本国内外动向
4月16日　国铁技研的"悬浮式铁路（磁悬浮列车）宫崎试验中心"开业 10月31日　高木总裁在基本问题会议上作意见陈述 12月20日　高木总裁刊发《国铁坦言录——"亏损皇帝"的自言自语》	昭和五十二年 （1977年）	9月28日　日本赤军劫持日航飞机，并在达卡（孟加拉国首都）机场强行着陆 9月29日　政府采取超法规措施，释放被关押的赤军派等9人，并支付赎金600万美元
7月8日　客运票价上调19.2% 10月1日　特快、快车票价平均上调12% 11月3日　"吉日启程"活动开始（《吉日启程》为山口百惠所演唱的歌曲）	昭和五十三年 （1978年）	5月20日　新东京国际空港（成田机场）举行开业典礼 12月7日　大平正芳内阁成立
7月2日　国铁当局向运输大臣提交《重建国铁的基本构想方案》（裁员7.4万人，打造35万人体制）	昭和五十四年 （1979年）	3月　在昭和五十四年度（1979财年）预算中，国债发行额为15.27万亿日元，占一般会计的四成
2月20日　《促进国铁重整经营特别措施法案》提交国会 10月1日　调整运行图，国铁史上首次削减客运列车里程3万公里 11月28日　《促进国铁重整经营特别措施法》成立	昭和五十五年 （1980年）	5月31日　大平首相在进行众参同日选举游说时突然倒下，紧急住进虎之门医院。6月12日，因病情恶化而去世 6月22日　自民党在众参同日选举中获得压倒性胜利 7月17日　铃木善幸内阁成立。中曾根康弘作为行政管理厅长官（副首相级）进入内阁 9月12日　内阁会议同意设立临时行政调查会。所谓的"第二临调"开始启动 11月4日　里根当选美国总统

国铁方面	年号 （括号为公历）	日本国内外动向
5月1日　国铁向运输大臣提交《改善经营计划》（通称"背水一战的改善经营计划"），5月21日取得运输大臣的同意	昭和五十六年 （1981年）	3月16日　第二次临时行政调查会（以下称"第二临调"，会长土光敏夫）召开首次会议 7月10日　第二临调提交第一次答询 9月9日　第二临调第四部会（加藤宽任会长）举行首次会议
1月23日　《朝日新闻》社会版头条报道"夜行卧铺特快列车（即'蓝色列车'）乘务的虚假出差及违规津贴问题" 3月15日　在名古屋发生机车与卧铺特快"纪伊号"相撞事故 4月20日　国铁撤换常务理事吉井浩及经营规划室室长川野政史等"鸽派"干部 6月23日　东北新干线开通运营（大宫—盛冈） 11月15日　上越新干线开通运营（大宫—新潟） 11月30日　当局与动劳、铁劳、全施劳缔结新的"现场协商协约"，与国劳、全动劳变成无协约状态	昭和五十七年 （1982年）	2月5日　自民党"国铁重建小组委员会"（通称"三塚小组委员会"）举行首次会议 3月1日　加藤宽在《现代》4月号发表《国铁理应解体》 3月3日　三塚小组委员会以国铁管理人员为对象，实施一线实际情况问卷调查（4月2日公布调查结果） 3月10日　屋山太郎在《文艺春秋》4月号发表《国铁劳资"国贼"论》 5月17日　第二临调第四部会提交报告 6月18日　三塚小组委员会公布《重建国铁之策略纲要》 7月30日　第二临调提交《基本答询》 11月24日　中曾根康弘在自民党总裁预备选举中获得压倒性胜利，27日，第一届中曾根内阁成立。在20名阁僚中，田中派占6名

国铁方面	年号 （括号为公历）	日本国内外动向
1月27日　青函隧道先行导洞贯通，本州与北海道实现海底连接 5月20日　《关于日本国有铁路经营事业重建推进临时措施法》颁布 12月2日　高木辞去总裁职务，仁杉岩就任新总裁	昭和五十八年 （1983年）	3月14日　第二临调提交最终答询 6月10日　国铁重建监理委员会（委员长龟井正夫，住友电工董事局主席）成立 10月12日　东京地方法院对田中角荣作出有期徒刑4年、追缴金5亿日元的实刑判决。田中提出上诉 12月18日　自民党在大选中大败，议席减少36个，仅获得250个。（田中角荣个人大获全胜，获得创历史纪录的22万张选票） 12月27日　自民党与新自由俱乐部组成联合政权，第二届中曾根内阁成立
3月5日　绳田国武就任国铁副总裁 5月17日　仁杉总裁向运输大臣提交"背水一战的改善经营计划修改方案" 7月10日　当局向各工会提交剩余人员对策三大措施方案 6月21日　仁杉总裁在位于内幸町的新闻中心演讲称"赞成分拆和民营化"，第二天22日，又撤回讲话并致歉 9月21日　总裁室秘书课课长井手被调任东京西铁路管理局局长 12月22日　国铁"秘密理事会"归纳出"自主重建方案"即《为了经营改革的基本方针政策》，并从25日起，向自民党三头领等作口头说明	昭和五十九年 （1984年）	7月10日　三塚博所著《国铁重建的唯一方法》上市，并成为畅销书 8月10日　国铁重建监理委员会在《第二次紧急建议》中，正式提出"分拆和民营化方向" 10月27日　自民党副总裁二阶堂进对中曾根首相提出批评，自民党内出现拥立二阶堂的动向 10月28日　自民党执行部及各派实权人物举行会谈，就中曾根连任达成一致 11月1日　第二届中曾根内阁的第一次改组内阁成立

国铁方面	年号 （括号为公历）	日本国内外动向
1月10日 国铁管理层向重建监理委员会提交"自主重建方案" 2月1日 在总裁文书课内设立"秋山机关"（通称） 3月14日 东北上越新干线上野站投入使用 3月15日 经营规划室首席主管松田昌士被调任北海道总局综合企划部部长 4月9日 国劳与当局重新签署《就业稳定协议》(期限到当年11月30日止）。同时，开始"不辞职""不下岗""不外调"的"三不运动" 5月27日 常务理事太田知行在与《朝日新闻》记者喝酒时，发表"阳奉阴违"的言论 6月24日 以仁杉总裁为首，绳田副总裁、半谷总工程师等理事会成员半数辞任（事实上的撤换） 6月25日 杉浦乔也就任国铁总裁，桥元雅司任副总裁 7月4日 国铁设立重建实施推进总部 8月7日 国铁设立剩余人员对策推进总部，事务局次长由职员课课长兼就业对策总部长葛西敬之担任 11月30日 《就业稳定协议》到期，与国劳、全动劳变成无协约状态。与动劳、铁劳、全施劳均有签署	昭和六十年 （1985年）	2月6日 中曾根首相在众议院预算委员会上发表"谴责发言"，批评了国铁首脑层的"自主重建方案" 2月7日 由金丸信作"监护人"，拥立竹下登成立"创政会" 2月27日 田中角荣因患脑卒中住进东京递信医院 3月11日 戈尔巴乔夫当选苏联共产党总书记 4月1日 日本电信电话（NTT）、日本烟草产业（JT）成立 7月26日 国铁重建监理委员会向中曾根首相提交最终答询《关于国铁改革的意见——为了开拓铁路的未来》 8月12日 日航飞机在群马县御巢鹰山坠毁，死亡520人 12月28日 第二届中曾根内阁的第二次改组内阁成立，三塚博出任运输大臣
1月13日 当局与动劳、铁劳、全施劳签署《劳资共同宣言》	昭和六十一年 （1986年）	1月31日 日元急速升值，达到1美元兑换191日元左右，8月20日创下纪录，达到152.55日元

国铁方面	年号 （括号为公历）	日本国内外动向
2月12日　井手正敬就任总裁室室长，松田昌士就任重建实施推进总部事务局局长，葛西敬之就任职员局次长 2月14日　当局签发包括5700名离职（退休）者在内的大规模人事变动命令，共涉及19916人 4月13日　从国劳集体退出的1200人组成"真国铁劳动工会"（真国劳）。之后，每月均有1万人以上退出国劳 7月5日　国铁开始在各管理局等一线设立"人才活用中心" 7月18日　由铁劳、动劳、全施劳和真国劳组成"国铁改革劳动工会协议会"（改革协） 7月23日　动劳退出总评 7月30日　当局与改革协设立"国铁改革劳资协议会" 8月27日　签署"第二次《劳资共同宣言》" 9月1日　在埼玉、大阪、兵库，真国劳和动劳干部所居住的国铁宿舍（有6处）遭到手持铁棒团伙的袭击，死亡1人，重伤及轻伤8人 9月3日　当局撤回202亿日元索赔诉讼中的动劳部分 9月24日　为反对国铁分拆，激进派对首都圈22处设施实施连环破坏行为。他们纵火烧毁通信及信号电缆，由此造成列车运行混乱不堪 10月10日　国劳召开第五十届临时大会（修善寺），因在应对分拆和民营化上存在分歧而出现分裂	昭和六十一年 （1986年）	3月15日　《朝日新闻》舆论调查显示，对中曾根内阁的支持率升至53%，对自民党的支持率达59%，创下"保守联合"（1955年合并组建）以来的最高纪录 4月26日　苏联切尔诺贝利核电站发生重大事故 6月2日　中曾根首相突然宣布解散众议院（"装死的解散"），在7月6日的众参同日选举中，自民党大获全胜，在众议院夺得304个议席（在参议院也夺得73个议席） 7月22日　第三届中曾根内阁成立。桥本龙太郎出任运输大臣 9月11日　自民党议员总会决定对中曾根总裁的任期延长一年 9月16日　为了对国铁和国劳进行调解，运输大臣桥本与社会党国会对策委员长大出俊举行会谈 10月28日　《国铁改革八项法案》在众议院获表决通过 11月15日　伊豆大岛三原山火山大喷发，1.2万人乘船疏散 11月28日　《国铁改革八项法案》获参议院表决通过后成立 12月4日　该法被颁布

国铁方面	年号 （括号为公历）	日本国内外动向
2月2日 铁劳、动劳等四家工会联合组成"全日本铁路劳动工会总联合会"（铁路劳联） 2月28日 由国劳旧主流派组建"日本铁路产业劳动工会总联合会"（铁产总联） 3月31日 《日本国有铁路法》被废除，国铁消亡 4月1日 东日本客运铁路（JR东日本）及西日本、东海、九州、四国、北海道各客运公司、日本货运铁路公司成立。国铁清算事业团成立，前国铁总裁杉浦乔也出任理事长 7月2日 铁劳临时扩大中央执行委员会决定退出铁路劳联 7月12日 铁劳中央执行委员会撤回退出铁路劳联的决定 8月31日 铁劳解散	昭和六十二年 （1987年）	4月22日 已完成民营化的NTT股票创下瞬时最高值纪录（318万日元） 9月22日 昭和天皇住进宫内厅医院并接受手术。对外发布消息称患慢性胰腺炎 10月7日出院 11月6日 竹下登内阁成立 11月19日 中立劳联、全日本劳动总同盟（同盟）解散，第二天20日，全日本民间劳动工会联合会（全民劳联）成立
	昭和六十三年 （1988年）	7月5日 "利库路德事件"（利库路德Cosmos公司的未公开股份被转让给中曾根前首相、自民党干事长安倍晋太郎、大藏大臣宫泽喜一各自的秘书）被曝光
	昭和六十四年/平成元年 （1989年）	1月7日 昭和天皇去世 11月9日 柏林墙倒塌 11月21日 总评解散。由78个组织、800万名会员组成日本劳动工会总联合会（联合）（中央及地方政府机构劳动工会也并入其中） 12月2日 在地中海马耳他岛，美国总统布什与苏联共产党总书记戈尔巴乔夫宣布东西方冷战结束 12月29日 东京证券交易所年末终场交易日经平均股价涨至38915日元，创历史新高

主要引用及参考文献

▶**国鉄当局相関**

* 『国鉄改革回想録』上・下巻　井手正敬　未公開版　二〇
〇〇年

* 『国鉄改革回想録資料集』上・下巻　井手正敬　未公開版

* 『未完の「国鉄改革」』葛西敬之　東洋経済新報社　二〇
〇一年

* 『国鉄改革の真実』葛西敬之　中央公論新社　二〇〇七年

* 『なせばなる民営化 JR 東日本』松田昌士　生産性出版
二〇〇二年

* 『国鉄とともに五〇年』藤井松太郎　交通協力会　一九
七七年

* 『あの日も列車は定時だった』磯崎叡　日本経済新聞社
一九九一年

* 『剛毅木訥　鉄道技師・藤井松太郎の生涯』田村喜子　毎
日新聞社　一九九〇年

* 『藤井松太郎総裁の思い出』菅建彦　交通ペン 20 周年記念
号　二〇〇〇年

* 『国鉄ざっくばらん』高木文雄　東洋経済新報社　一九
七七年

* 『挑戦』仁杉巌　交通新聞社　二〇〇三年

　＊『鉄路に夢をのせて』住田正二　東洋経済新報社　一九九二年

　＊『JRはなぜ変われたか』山之内秀一郎　毎日新聞社　二〇〇八年

　＊『私の履歴書』磯崎叡　日本経済新聞　一九九〇年六月掲載

　＊『私の履歴書』高木文雄　日本経済新聞　一九九四年三月掲載

　＊『私の履歴書』加藤寛　日本経済新聞　二〇〇五年五月掲載

　＊『私の履歴書』松田昌士　日本経済新聞　二〇〇八年一一月掲載

　＊『私の履歴書』葛西敬之　日本経済新聞　二〇一五年一〇月掲載

　＊『命は天に在り』杉浦喬也　朝日新聞　一九九〇年六月二三、三〇日・七月七、一四日付夕刊

　＊『JNRからJRへ──鉄道の経営革新』松田昌士　『運輸と経済』一九八八年四月号

　＊『「こだま」第一七二号　特集・本社公開講座』国鉄本社広報部　一九八六年

　＊『JR東日本社長・松田昌士が語る──「国鉄改革」から「株式上場」まで』松田昌士　『月刊経営塾』一九九四年一月号

　＊『全面意見広告騒動顛末記』井手正敬　交通ペン20周年記念号　二〇〇〇年

　＊『国鉄を売った官僚たち』大野光基　善本社　一九八六年

　＊『鉄道先輩名簿』交通新聞社　一九九五年

▶工会相关
＊『国鉄マル生闘争資料集』国鉄労働組合　非売品　一九

七九年

　＊『国鉄闘争・分割民営資料集』国鉄労働組合　非売品
二〇一二年

　＊『職場闘争の手引き』国鉄労働組合　非売品　一九六七年

　＊『国鉄労働組合の現場交渉権』国鉄労働組合　労働旬報
社　一九六八年

　＊『くたばれ! 生産性運動　資料集』国鉄労働組合　非売
品　一九七一年

　＊『鎮魂・細井宗一さん』『細井宗一さん』を偲ぶ会実行委員
会　非売品　一九九七年

　＊『語られなかった敗者の国鉄改革』秋山謙祐　情報センタ
ー出版局　二〇〇九年

　＊『己を知らず敵をも知らず』武藤久　自家本　二〇〇五年

　＊『国鉄再建への時刻表』富塚三夫　かんき出版　一九八二年

　＊『戦後史のなかの国鉄労使』升田嘉夫　明石書店　二〇
一一年

　＊『総評四十年史』第二巻　『総評四十年史』編纂委員会　第
一書林　一九九三年

　＊『国鉄労働組合 50 年史』国鉄労働組合　労働旬報社　一九
九六年

　＊『動力車三十年史』上・下巻　動力車労働組合　一九八二、
一九八三年

　＊『日本労働年鑑第 57 集』法政大学大原社会問題研究所　労
働旬報社　一九八七年

　＊『公企労レポート』公企労研究所　一九八四年七月一五日号

　＊『証言：戦後社会党・総評史―富塚三夫氏に聞く』『大原社
会問題研究所雑誌』No.678（二〇一五年四月号）、No.679（同五

月号）

　　＊『スト権スト40年目の真実（上）　富塚三夫・総指揮者インタビュー』富塚三夫・大橋弘　『エコノミスト』二〇一五年四月七日号

　　＊『総評の「SL」事務局・富塚三夫のわが闘争』『サンデー毎日』　一九七七年九月二五日号

　　＊『労働の戦後史』上・下巻　兵藤釗　東京大学出版社　一九九七年

　　＊『鋼鉄はいかに鍛えられたか』N・オストロフスキー　金子幸彦訳　岩波文庫　一九五五年

　　＊『JRの光と影』立山学　岩波新書　一九八九年

　　＊『総評が消える日』立山学　ありえす書房　一九八七年

　　＊『国鉄の労政と労働運動』一・二巻　有賀宗吉　交通協力会　一九七八年

　　＊『猛き者ついに亡びぬ』野田峯雄　労働教育センター　一九八七年

　　＊『国鉄改革──正々堂々と我が道を行く』上・下巻　松崎明　ぴいぷる社　一九九八年

　　＊『松崎明秘録』松崎明・宮崎学　同時代社　二〇〇八年

　　＊『国鉄処分』鎌田慧　柘植書房　一九八六年

　　＊『もう一つの「未完の『国鉄改革』」』宗形明　月曜評論社　二〇〇二年

　　＊『異形の労働組合指導者「松崎明」の「死」とその後』宗形明　高木書房　二〇一一年

　　＊『中核VS革マル』上・下巻　立花隆　講談社文庫　一九八三年

　　＊『Z（革マル派）の研究』野村旗守　月曜評論社　二〇

〇三年

　＊『マングローブ』西岡研介　講談社　二〇〇七年

　＊『鬼の動労はなぜ仏になったか』松崎明・屋山太郎対談
『文藝春秋』一九八六年四月号

　▶政府、臨調相関

　＊『中曽根内閣史　理念と政策』世界平和研究所　中央公論
事業出版　一九九五年

　＊『中曽根内閣史　資料編』世界平和研究所　中央公論事業
出版社　一九九五年

　＊『中曽根内閣史　日々の挑戦』世界平和研究所　中央公論
事業出版　一九九六年

　＊『中曽根内閣史　首相の一八〇六日』上・下巻　世界平和
研究所　中央公論事業出版　一九九六年

　＊『中曽根内閣史　資料編（続）』世界平和研究所　中央公
論事業出版社　一九九七年

　＊『天地有情』中曽根康弘　文藝春秋　一九九六年

　＊『自省録』中曽根康弘　新潮社　二〇〇四年

　＊『中曽根康弘』服部龍二　中公新書　二〇一五年

　＊『中曽根康弘・元内閣総理大臣』『AERA』一九九六年一二
月三〇日・一九九七年一月六日合併号

　＊『情と理』上・下巻　後藤田正晴　講談社　一九九八年

　＊『瀬島龍三回想録　幾山河』瀬島龍三　産経新聞社　一九
九五年

　＊『瀬島龍三　参謀の昭和史』保阪正康　文藝春秋　一九
八七年

　＊『国鉄を再建する方法はこれしかない』三塚博　政治広報

センター　一九八四年

　＊『さらば国有鉄道』三塚博　ネスコ　一九八六年

　＊『改革への道』亀井正夫　創元社　一九八四年

　＊『土光さん、やろう』土光敏夫・細川隆元・加藤寛　山手書房　一九八二年

　＊『土光さんとともに730日』加藤寛・山同陽一　経済往来社　一九八三年

　＊『清貧と復興　土光敏夫100の言葉』出町譲　文春文庫　二〇一四年

　＊『小説　土光臨調』牧太郎　ビジネス社　一九八二年

　＊『国鉄労使「国賊」論』屋山太郎　『文藝春秋』　一九八二年四月号

　＊『国鉄解体すべし』加藤寛　『現代』　一九八二年四月号

　＊『再び国鉄労使国賊論』屋山太郎　『文藝春秋』　一九八五年四月号

　＊『林淳司さんとの想い出』室賀実　『交通ペン』第六三号　二〇〇〇年

　▶其他参考文献

　＊『国鉄は生き残れるか』大谷健　産業能率短期大学出版部　一九七七年

　＊『毒を以て毒を制す中曽根人事の凄味』屋山太郎　『諸君』一九八三年二月号

　＊『国鉄落城前夜の修羅場』内藤国夫　『文藝春秋』　一九八五年九月号

　＊『国鉄に何を学ぶか』屋山太郎　文藝春秋　一九八七年

　＊『日本の政治はどう変わったか』屋山太郎　PHP研究

所　一九八七年

　＊『国鉄のいちばん長い日』サンケイ新聞国鉄取材班　PHP
研究所　一九八七年

　＊『国鉄改革』草野厚　中公新書　一九八九年

　＊『国鉄解体』草野厚　講談社文庫　一九九七年

　＊『民営化の政治過程』飯尾潤　東京大学出版社　一九九三年

　＊『国鉄解体』原田勝正　筑摩書房　一九八八年

　＊『国鉄の戦後がわかる本』上・下巻　所澤秀樹　山海堂
二〇〇〇年

　＊『JR28兆円の攻防』高木豊　日刊工業新聞社　一九九七年

　＊『国鉄崩壊』加藤仁　講談社　一九八六年

　＊『社長解任』有森隆　さくら舎　二〇一六年

　＊『田中角栄の昭和』保阪正康　朝日新書　二〇一〇年

　＊『田中角栄　昭和の光と闇』服部龍二　講談社現代新書
二〇一六年

　＊『田中角栄—その巨善と巨悪』水木楊　日本経済新聞社
一九九八年

　＊『昭和後期10人の首相』山岸一平　日本経済新聞出版社
二〇〇八年

　＊『田中角栄と中曽根康弘　戦後保守が裁く安倍政治』早野
透・松田喬和　毎日新聞出版　二〇一六年

　＊『田中角栄の青春』栗原直樹　青志社　二〇一六年

　＊『日本列島改造論』田中角栄　日刊工業新聞社　一九七二年

　＊『新・日本の官僚』田原総一朗　文春文庫　一九八八年

　＊『ある警視総監日記』吉野準　角川文庫　二〇〇二年

　＊『ナショナリズムの昭和』保阪正康　幻戯書房　二〇一六年

　＊『新聞記者として』内藤国夫　筑摩書房　一九七四年

＊『伝説の鉄道記者たち』堤哲　交通新聞社　二〇一四年

＊『国鉄の苦闘』厚川正夫　徳間書店　一九六八年

＊『鉄道と国家』小牟田哲彦　講談社　二〇一二年

＊『折れたレール』クリスチャン・ウルマー　坂本憲一監訳　ウエッジ　二〇〇二年

＊『新・日本の官僚』田原総一朗　文藝春秋　一九九八年

＊『安岡正篤　人生を変える言葉』神渡良平　講談社　二〇一三年

＊『昭和史 1945—89』下巻　中村隆英　東洋経済新報社　二〇一二年

▶ 各类报纸（发行日期见正文，排名不分先后）

朝日新聞、毎日新聞、読売新聞、産経新聞、日本経済新聞、交通新聞、国鉄新聞、鉄労新聞、動力車新聞

《SHOUWA KAITAI KOKUTETSU BUNKATSU MIN'EIKA 30NENME NO SHINJITSU》
© Hisashi Maki 2017
All rights reserved.
Original Japanese edition published by KODANSHA LTD.
Publication rights for Simplified Chinese character edition arranged with KODANSHA LTD.
through KODANSHA BEIJING CULTURE LTD. Beijing, China.

图字:09-2020-1132 号

图书在版编目(CIP)数据

昭和解体:日本国铁分割、民营化的真相/(日)牧久著;高华彬译.—上海:上海译文出版社,
2022.9
(译文纪实)
ISBN 978-7-5327-9005-0

Ⅰ.①昭… Ⅱ.①牧… ②高… Ⅲ.①纪实文学-日本-现代 Ⅳ.①I313.55

中国版本图书馆 CIP 数据核字(2022)第 153603 号

昭和解体
[日]牧久/著 高华彬/译
责任编辑/常剑心 装帧设计/邵 旻 观止堂_未氓

上海译文出版社有限公司出版、发行
网址:www. yiwen. com. cn
201101 上海市闵行区号景路 159 弄 B 座
上海信老印刷厂印刷

开本 890×1240 1/32 印张 16 插页 2 字数 319,000
2022 年 11 月第 1 版 2022 年 11 月第 1 次印刷
印数:0,001—8,000 册

ISBN 978-7-5327-9005-0/F·234
定价:75.00 元